KARINE GIEBEL
DIE FLÜGEL, MEIN ENGEL, ZERREISS ICH DIR
THRILLER

Aus dem Französischen von
Eliane Hagedorn und Bettina Runge

Bloomsbury Berlin

MIX
Papier aus verantwortungsvollen Quellen
FSC® C014889

Die Originalausgabe erschien 2012 unter dem Titel
Juste une ombre bei Éditions Fleuve Noir/Univers Poche
© 2012 Karine Giébel
Für die deutsche Ausgabe
© Berlin Verlag in der Piper Verlag GmbH, Berlin 2014
Alle Rechte vorbehalten
Umschlaggestaltung: ZERO Werbeagentur, München
Typographie: Claudia Selpin, Berlin
Gesetzt aus der Adobe Garamond von hanseatenSatz-bremen, Bremen
Druck und Bindung: Druckerei Pustet, Regensburg
Printed in Germany
ISBN 978-3-8270-1244-9

www.berlinverlag.de

*Für Stéphane, die letzten sechzehn Jahre
und alle, die noch folgen werden …*

PROLOG

Die Straße ist lang. Schmal. Dunkel und feucht.

Mir ist nicht gerade warm in meinem Mantel. Eher kalt. Besonders im Rücken.

Ich beschleunige den Schritt, um schneller zu meinem Auto zu kommen. Und danach gleich ins Bett.

Ich hätte nicht so weit entfernt parken sollen. Nicht so viel trinken, nicht so spät aufbrechen.

Mehr noch, ich hätte erst gar nicht zu dieser Abendgesellschaft gehen sollen. Lauter überflüssige Momente, verschwendete Zeit. Ich hätte den Abend besser mit einem guten Buch verbringen sollen oder mit einem tollen Typen. Meinem Typen.

Jede zweite Straßenlaterne ist kaputt. Es ist finster, es ist spät. Es ist einsam.

Meine Schritte hallen von den schmutzigen Mauern wider. Ich fange richtig an zu frieren. Und ohne zu wissen, warum, bekomme ich Angst. Ein vages, diffuses Gefühl, das sanft meine Kehle umfängt. Wie zwei eiskalte Hände, die sich unbemerkt um meinen Hals legen.

Angst wovor? Die Straße ist menschenleer, und die Mülltonnen werden mich wohl kaum anfallen!

Los, nur noch hundert Meter. Zweihundert, wenn's hoch kommt. Fast gar nichts …

Plötzlich höre ich Schritte in meinem Rücken. Instinktiv laufe ich schneller und drehe mich kurz um.

Ein Schatten, zwanzig Meter hinter mir. Ein Mann, glaube ich. Keine Zeit festzustellen, ob er groß, klein, dick oder dünn ist.

Nur ein Schatten, quasi aus dem Nichts aufgetaucht. Der mir um zwei Uhr morgens in einer verlassenen Straße folgt.

Nur ein Schatten …

Ich höre mein Herz. Ich spüre es. Komisch, wie deutlich man sein Herz manchmal spüren kann, während man ihm die meiste Zeit nicht die geringste Beachtung schenkt.

Ich beschleunige mein Tempo noch mehr. Er auch. Mein Herz ebenfalls.

Mir ist nicht mehr kalt, ich bin nicht mehr betrunken. Ich bin nicht mehr allein.

Die Angst ist bei mir. In mir. Ganz konkret, jetzt.

Noch ein flüchtiger Blick nach hinten: Die Gestalt hat sich genähert. Es trennen uns nur noch fünf oder sechs Meter. Fast gar nichts.

Jetzt nur nicht in Panik geraten.

Es ist bloß ein Typ auf dem Heimweg, genau wie ich.

Ich biege rechts ab und beginne zu rennen. Mitten auf der Straße sehe ich mich um: Er ist verschwunden. Statt erleichtert zu sein, werde ich panisch. Wo ist er?

Wahrscheinlich ist er weiter geradeaus gegangen. Bestimmt hat er sich ins Fäustchen gelacht, als er mich so hat davonlaufen sehen! Ich werde ein wenig langsamer und biege noch einmal rechts ab. Jetzt bin ich fast da!

Endlich habe ich die Rue Poquelin erreicht, suche nach dem Schlüssel in meiner Tasche. Es tut mir gut, ihn in der Hand zu spüren. Ich hebe den Blick, entdecke meinen Wagen, ordnungsgemäß geparkt zwischen den anderen. Ich betätige meinen Funkschlüssel, die Blinklichter leuchten auf.

Nur noch zehn Meter. Nur noch fünf. Nur noch …

Der Schatten springt aus einer Nische hervor. Mein Herz setzt aus und sackt ins Bodenlose.

Schock. Erschütterung.

Er ist riesig. Ganz in Schwarz gekleidet, eine Kapuze über den Kopf gezogen.

Reflexartig weiche ich einen Schritt zurück. Den Mund geöffnet zu einem Schrei, der mir in der Kehle steckenbleibt.

Heute Nacht werde ich in einer dreckigen, gottverlassenen Straße krepieren! Er wird sich auf mich stürzen, mich erstechen oder erschlagen, mich erwürgen, mir den Bauch aufschlitzen. Mich vergewaltigen, mich ermorden.

Ich sehe sein Gesicht nicht. Man könnte meinen, er hätte keins.

Ich höre mein Herz nicht mehr. Man könnte meinen, ich hätte keins.
Ich sehe keine Zukunft mehr für mich. Man könnte meinen ...
Noch einen Schritt zurück. Er einen voran.
Mein Gott, ich werde sterben. Nicht jetzt. Nicht heute Nacht. Nicht hier, nicht so ...
Wie versteinert fixiere ich diesen Schatten ohne Gesicht. Ich denke an nichts mehr, ich bin nichts mehr.
Seine Augen leuchten im Dunkeln wie die eines Raubtiers. Diese grauenvolle Konfrontation dauert endlos lange Sekunden.
Und plötzlich wendet er sich ab, entfernt sich, verschmilzt langsam mit dem Dunkel und verschwindet.
Meine Beine beginnen zu zittern, der Autoschlüssel entgleitet meinen Fingern. Meine Knie geben nach, ich breche auf dem Bürgersteig zusammen. Zwischen zwei Mülltonnen.
Ich glaube, ich habe mir in die Hose gemacht.

* * *

Du führst ein normales, banales, eher beneidenswertes Leben.
Du scheinst es geschafft zu haben, zumindest in beruflicher, vielleicht sogar in persönlicher Hinsicht. Je nachdem, wie man es sieht.
Du hast dich in dieser Welt behauptet, einen Platz darin gefunden.
Und dann, eines Tages ...
Eines Tages drehst du dich um und siehst einen Schatten hinter dir.
Nur einen Schatten.
Von diesem Tag an verfolgt er dich. Unablässig.
Bei Tag, bei Nacht, immer ist er da. Beharrlich. Entschlossen. Unerbittlich.
Du siehst ihn nicht wirklich. Du erahnst ihn, du spürst ihn. Ganz dicht hinter dir.
Er streift bisweilen deinen Nacken. Ein schaler, widerlicher Hauch.
Jemand folgt dir auf der Straße, jemand löscht das Licht hinter dir.
Jemand öffnet deine Post, jemand schließt deine Fenster.
Jemand blättert in deinen Büchern, jemand zerknautscht deine Laken, jemand durchstöbert deine Tagebücher.
Jemand beobachtet dich in den intimsten Momenten.

Du beschließt, zur Polizei zu gehen, die überhaupt nichts versteht. Die dir rät, einen Psychiater aufzusuchen.

Du vertraust dich Freunden an, die dich schief ansehen. Die sich schließlich von dir abwenden.

Du machst ihnen Angst.

Du hast Angst.

Er ist immer da. Nur ein Schatten. Ohne Gesicht, ohne Namen. Ohne erklärbaren Grund.

Niemand versteht dich. Niemand kann dir helfen.

Du bist allein.

Oder, besser gesagt, du *wärst* so gern allein.

Aber der Schatten ist da, immer da. In deinem Rücken, in deinem Leben.

Oder nur in deinem Kopf …?

Du schluckst immer mehr Medikamente. Beruhigungsmittel, um schlafen zu können, Aufputschmittel, um die Tage durchzustehen. Tage, an denen du doch nur an ihn denkst.

Mehr an ihn als an irgendwas anderes.

Dein so perfektes Leben gerät ins Wanken. Zerbröckelt, langsam, aber sicher.

Und der Schatten höhnt in deinem Rücken. Unablässig.

Oder in deinem Kopf …?

Bis du es endlich weißt, wird es zu spät sein.

KAPITEL I

Drei Stunden Schlaf, das ist wenig. Viel zu wenig.

Dennoch muss sie dem barbarischen Befehl des Weckers gehorchen. Duschen, kämmen, schminken, anziehen.

Alles erledigen wie gewöhnlich, auch wenn Cloé ahnt, dass nichts mehr sein wird wie früher.

Dabei gibt es gar keinen Grund. Ein Zwischenfall wie viele andere, ohne Folgen.

Aber warum dann dieses seltsame, unerhörte Gefühl? Diese kleine Stimme, die ihr zuflüstert, dass ihr Leben sich geändert hat? Für immer.

Wenige Kilometer in der morgendlichen Rushhour, bis schließlich das Gebäude auftaucht, ein Koloss unter Kolossen. Schlicht, imposant, unendlich trist.

Ein neuer Tag, der Cloé hoffentlich das nächtliche Grauen vergessen lassen wird. Diese intensive Angst. Die immer noch in ihrem Herzen, ihrem Kopf, ihrem Bauch sitzt.

Der Aufzug, die Flure, die Begrüßungen. Aufrichtiges und gespieltes Lächeln von allen Seiten. Emsiges Treiben erfüllt den Bienenstock, dessen kompromisslose Königin sie vielleicht schon bald sein wird.

Nathalie begrüßen, ihre treue, ergebene Sekretärin. Pardieu begrüßen, den Generaldirektor, der in einem geräumigen Büro, unweit von ihrem, thront. Ihm versichern, dass alles in Ordnung und man bereit ist, einen endlosen, produktiven Tag im Dienst der expandierenden, sie alle ernährenden Agentur in Angriff zu nehmen.

Vortäuschen, man hätte den Termin um sechzehn Uhr nicht vergessen, der so entscheidend für den neuen Großauftrag ist.

Wie hätte ich den vergessen können? Seit Wochen denke ich an nichts anderes mehr, Monsieur!

Verbergen, dass man so gut wie nicht geschlafen hat. Dass man dem Tod ins Auge gesehen und der Termin um sechzehn Uhr nicht die geringste Bedeutung hat.

* * *

Cloé öffnet die Tür des italienischen Restaurants und sieht sich nach Carole um. Dies ist ihr Treffpunkt, der Ort, an dem sie beide die Welt auseinandernehmen und sie dann neu zusammensetzen. Wo sie Komplotte schmieden, sich einander anvertrauen, über Gott und die Welt reden und natürlich unentwegt lästern.

»Entschuldige, ich bin spät dran! Pardieu hat mir ausführlich erzählt, dass er sich ein Landhaus im Département Allier gekauft hat … Was interessiert mich das? Soll er doch in seinen Schuppen einziehen und vor allem dort bleiben! Hauptsache, er macht endlich seinen Platz frei!«

Carole muss lachen.

»Hab ein bisschen Geduld, meine Liebe. Du weißt genau, dass der Alte in Kürze in Rente geht. Und dann machst du es dir auf seinem Sessel bequem!«

»Das ist noch gar nicht so sicher«, entgegnet Cloé und ihre Miene verfinstert sich plötzlich. »Schließlich sind wir zwei Leute in Wartestellung.«

»Aber du bist seine Favoritin, das ist doch klar!«

»Martins hat auch Chancen. Er legt sich ordentlich ins Zeug. Dieser Arschkriecher! Wenn er das Rennen macht, bin ich ihm unterstellt, und ich fürchte, das ertrage ich nicht.«

»Dann schaust du dich einfach nach was anderem um«, meint Carole. »Mit deiner Vita dürfte das kein Problem sein.«

Der Kellner nimmt die Bestellung auf und schlängelt sich geschickt zwischen den Tischen hindurch. Cloé trinkt ein Glas Wasser und legt wieder los.

»Ich muss dir was erzählen … Gestern Nacht hatte ich eine Heidenangst. Ich war bei einer meiner Kundinnen eingeladen.«

»War Bertrand dabei?«

»Nein, er hatte was anderes vor.«

»Bist du sicher, dass er kein Doppelleben führt?«, wirft Carole ein. »Er hat allzu oft *etwas anderes vor*, finde ich.«

»Wir leben nicht zusammen. Und wir müssen nicht ständig aufeinanderhocken.«

»Klar, aber nachdem du ihn erst seit ein paar Monaten kennst, mache ich mir schon ein paar Gedanken über diesen mysteriösen Märchenprinzen!«

Als ihr klar wird, dass sie sich hier in eine Sackgasse manövriert hat, legt Carole den Rückwärtsgang ein.

»Du bist also zu dieser Party gegangen … war's denn nett?«

»Kein bisschen. Es zog sich ewig hin. Ich habe mich schließlich einem Paar angeschlossen, das aufgebrochen ist, aber da war es schon fast zwei Uhr.«

Der Kellner erscheint mit einem Salat, einer Pizza und einer Flasche Mineralwasser.

»Guten Appetit, Mesdemoiselles!«

»Wie süß«, sagt Carole lächelnd. »*Mesdemoiselles* … Das höre ich nicht mehr so oft! Also, du brichst um zwei Uhr morgens auf und dann?«

»Auf der Straße ist mir so 'n Typ gefolgt.«

»Oje!«

Cloé schweigt, die Angst kommt zurück wie ein Bumerang.

Nach einer Weile beginnt sie ihre Geschichte in allen Einzelheiten zu erzählen. Als würde sie sie damit loswerden können. Carole sieht sie einen Moment verwundert an.

»Und das ist alles?«, sagt sie schließlich. »Er ist umgekehrt und verschwunden?«

»Genau. Wie vom Erdboden verschluckt.«

»Bist du sicher, dass es derselbe war? Der, der dir gefolgt ist, und der, der aus der Nische aufgetaucht ist?«

»Ja. Ganz in Schwarz gekleidet, eine Kapuze über den Kopf gezogen.«

»Sonderbar, dass er dir nichts getan hat. Er hätte dir deine Tasche stehlen können oder …«

»Mich umbringen.«

»Ja, klar«, sagt Carole mit sanfter Stimme. »Aber Ende gut, alles gut. Vielleicht hat er sich nur einen Spaß draus gemacht, dir Angst einzujagen.«

»Ein sehr komischer Scherz, wirklich.«

»Komm, vergiss die Sache.« Carole stürzt sich auf ihren Salat. »Das war nur ein blöder Zufall, nichts Tragisches. Jetzt ist es vorbei.«

»Ich weiß nicht. Vielleicht ist er ja immer noch da und verfolgt mich weiter.«

»Hast du ihn denn heute noch mal gesehen?«, fragt Carole besorgt.

»Nein, aber … Ich weiß nicht. Ist nur so 'n Gefühl.«

»Das ist die Nachwirkung des Schocks«, erklärt Carole.

Und deine paranoide Neigung, die wieder neu erwacht ist, fügt sie in Gedanken hinzu.

»So einen riesigen Schrecken verarbeitet man nicht so schnell. Aber das wird schon wieder«, versichert sie mit einem Lächeln.

Da Cloé schweigt, bietet Carole ihre ganze Überzeugungskraft auf.

»Du vertraust mir doch, oder? Das ist schließlich mein Job … mit Ängsten umzugehen.«

Cloé lächelt. Merkwürdige Definition des Berufs der Krankenschwester.

»Morgen hast du die Sache schon wieder vergessen. Und das nächste Mal nimmst du halt deinen Leibwächter mit!«

»Du hast recht.«

»Hauptsache, der Typ hat dir nichts getan … Nun komm, deine Pizza wird kalt. Ich weiß nicht, wie du es anstellst, dauernd Pizza zu essen, ohne ein Gramm zuzunehmen!«

Heute könnte es daran liegen, dass sie das Gefühl hat, einen Kaktus hinunterzuwürgen.

* * *

Einundzwanzig Uhr. Endlich parkt Cloé ihren Wagen in der Rue des Moulins.

Sie hatte Bertrand zum Abendessen einladen wollen, doch nun ist es etwas spät, um sich noch an den Herd zu stellen. Es heißt immer, man sollte im Leben wissen, was man will. Vor allem aber sollte man wissen, was man kann …

Sein Privatleben auf dem Altar des Erfolgs opfern. Seine Kompetenz, Ausdauer, Motivation und auch Diskretion ständig unter Beweis stellen.

Stets auf der Hut sein. Vor allem, wenn man eine Frau ist.

Cloé holt ihre Post aus dem Briefkasten und steigt dann die Stufen der Außentreppe hinauf mit dem Gefühl, den Mont Ventoux bei starkem Wind zu erklimmen.

Endlich daheim ... Ein hübsches Haus aus den fünfziger Jahren, umgeben von einem Garten mit vielen Bäumen. Und sie die einzige Mieterin. Genau diesem Zweck dienen die Überstunden: um nicht in einem elenden Vorort in einem schäbigen Apartment zu hausen. Nur dass Cloé viel mehr Zeit im Büro als in ihrem hübschen Haus verbringt. Doch diese Absurdität hat sie schon lange aus ihren Gedanken verdrängt.

Im Flur lässt sie die Post auf dem marmornen Blumenständer im Schatten eines prächtigen japanischen Bonsai liegen. Sie geht zunächst ins Schlafzimmer, um die Kleidung zu wechseln.

Nur in ihren Dessous macht sie es sich im Salon auf der Couch bequem und wählt die Nummer von Bertrand. Als er abhebt, entspannen sich ihre Züge. Nichts tut ihr so gut, wie seine Stimme zu hören. Sanft, tief und sinnlich wie eine handfeste Liebkosung.

»Hallo, Liebling.«

»Ich hab mich schon gefragt, ob dich der Alte gekidnappt hat!«

»Wir hatten heute um sechzehn Uhr einen wichtigen Termin, der sich, wie gewöhnlich, in die Länge gezogen hat. Und der Alte fand dann, das müsse gefeiert werden! Mit Champagner für alle.«

»Du musst hundemüde sein, oder?«

»Ja. Vor allem, weil ich letzte Nacht nicht viel geschlafen habe.«

»Ach ja, dein berühmter Abend! Und, wie war's?«

Der Schatten erscheint plötzlich ungebeten im Salon und pflanzt sich schamlos vor ihr auf den Perserteppich. Cloé zittert am ganzen Leib und zieht ängstlich die Beine an.

»Ich hab mich ohne dich gelangweilt. Du hast mir gefehlt.«

»Das will ich doch hoffen! Soll ich noch vorbeikommen?«

»Ich hab nichts zum Essen vorbereitet.«

»Ich hab schon gegessen. Fehlt nur noch das Dessert.«

»Lässt du mir etwas Zeit, um ein Bad zu nehmen?«

»Eine halbe Stunde«, flüstert Bertrand. »Keine Minute mehr.«

»Abgemacht. Also leg ich besser schnell auf ...«

Cloé beendet das Gespräch mit einem genießerischen Lächeln um die Lippen.

Zum Glück ist alles sauber und aufgeräumt. Fabienne hat ihren Job gut gemacht. Die Überstunden haben einen weiteren Vorteil: Cloé muss sich nicht auch noch um den Haushalt kümmern.

Und so beschließt sie, ins Bad zu gehen und sich schön zu machen für diesen Mann, der auf so wunderbare Weise jede Parzelle der Leere in ihrem Leben ausfüllt. Oder fast.

Immer ein wenig Freiraum um sich herum bewahren, um atmen, sich entfalten zu können.

Cloé könnte nicht behaupten, dass sie in ihn verliebt ist, doch sie weiß, dass sie endlich dieses Gleichgewicht gefunden hat, nach dem sie sich so lange gesehnt hat. Im Grunde seit jeher, auch wenn sie bereits einmal verheiratet war.

Mit einem Monster.

Vor dem Kleiderschrank zögert sie ein paar lange Minuten. Schließlich zieht sie ein kurzes schwarzes Kleid mit schmalen Trägern heraus und wirft es auf die cremefarbene Bettdecke.

Cloé bleibt einen Moment vor dem Fenster stehen, und ihr Blick schweift durch den Garten, der in den blassen Lichtschein der einzigen Straßenlaterne getaucht ist. Aufkommender Wind, ein klarer Himmel, der mit Abertausenden Sternen durchsetzt ist.

Plötzlich stockt ihr der Atem. Ein flüchtiger Schatten huscht am Haus entlang.

Nicht ein Schatten, nein.

DER Schatten.

Riesig, ganz in Schwarz gekleidet, eine Kapuze über den Kopf gezogen, bleibt er vor der niedrigen Mauer stehen. Er verschmilzt mit der Dunkelheit, fixiert das Fenster.

Er fixiert Cloé.

Sie schreit auf, eine unsichtbare Kraft drückt sie nach hinten. Den Rücken an der Wand, die Hände vor den Mund gepresst, die Augen aufgerissen, hört sie ihr Herz hämmern.

Er ist da. Er ist mir bis hierher gefolgt.

Er will mich ... töten.

Plötzlich fällt ihr ein, dass die Haustür nicht abgeschlossen ist, sie stürzt in den engen Flur.

Sie muss es rechtzeitig schaffen.

Sie stößt gegen ein Möbelstück, den Schmerz spürt sie gar nicht. Sie wirft sich gegen die Tür, dreht den Schlüssel zweimal um und greift zum Telefon.

Die 18 ... Nein, die 17! Sie weiß die Notfallnummer nicht mehr, ihre Finger zittern.

Ein schriller Klingelton, und der Hörer gleitet ihr aus der Hand. Sie rührt sich nicht, ist wie versteinert.

Es klingelt erneut.

Die 17, ja. Jemand will mich umbringen!

Ihr Handy beginnt zu vibrieren. Sie holt es vom Tisch und sieht Bertrands Gesicht auf dem Display. Ihr Retter, da ist er, besser als eine Armee von Polizisten!

»Bertrand! Wo bist du?«, brüllt sie ins Handy.

»Vor deiner Tür. Hast du die Klingel nicht gehört? Was ist denn los?«

Sie stürzt erneut in den Flur, erkennt eine Gestalt, verzerrt durch das Ornamentglas. Sie sperrt auf, öffnet und steht vor einem Mann. Ihrem Mann.

»Guten Abend, Chérie.«

Er zieht sie an sich, sie verkrampft, will nicht geküsst werden.

»Hast du jemanden gesehen? Dort im Garten ... als du gekommen bist?«

Bertrand ist ein wenig irritiert.

»Nein, ich hab niemanden gesehen.«

Sie löst sich aus seiner Umarmung, wirft einen Blick nach draußen und schließt erneut ab.

»Ein Typ war hinten im Garten, unter meinem Schlafzimmerfenster!«

»Glaub mir, ich hab niemanden gesehen«, wiederholt Bertrand.

Er zieht seinen Blouson aus und mustert Cloés verängstigtes Gesicht.

»Es ist stockfinster, weißt du ... Das hast du dir sicher nur eingebildet.«

»Nein!«, erwiderte sie mit schneidender Stimme.

Bertrands Blick verfinstert sich. Der Ton überrascht ihn.

»Hol mir eine Taschenlampe, ich schaue nach, um dich zu beruhigen.«

»Das ist gefährlich! Wenn er da ist, könnte er ...«

»Beruhige dich. Gib mir eine Lampe, ich kümmere mich darum. Okay?«

Sie holt eine Maglite aus dem Wandschrank.

»Sei vorsichtig.«

»Keine Angst, Chérie. In zwei Minuten bin ich zurück.«

Während er in der Dunkelheit verschwindet, hört er, wie hinter ihm wieder abgeschlossen wird.

Cloé tritt ans Wohnzimmerfenster. Die Hand in den Vorhang gekrallt, ringt sie nach Atem und erkennt Bertrand, der dem Strahl der Lampe folgt.

»Ich bin sicher, ihn gesehen zu haben ... er war da. Ich bin doch nicht verrückt, verdammt nochmal!«

Das ist der Schock. So einen riesigen Schrecken verarbeitet man nicht so schnell ...

Die Klingel lässt sie zusammenzucken. Sie eilt durch den Flur, presst das Ohr an die Tür.

»Ich bin's. Beeil dich, ich friere!«

Schließlich öffnet sie. Bertrand tritt ein.

»Nichts zu vermelden. Und wenn da vorhin jemand war, so kann ich dir garantieren, dass er jetzt fort ist.«

»Danke«, sagt sie. »Weißt du, ich hatte wirklich Angst.«

»Ich denke, ich werde die Nacht hierbleiben müssen, um dich zu beruhigen!«

»Ich habe ihn wirklich gesehen.«

»Ich glaube dir. Aber er ist jetzt fort. Vergessen wir ihn also, okay?«

Vergessen ... Das würde Cloé nur allzu gern. Diesen unheilvollen Schatten aus ihrem Geist vertreiben.

KAPITEL 2

Es ist noch nicht hell draußen, aber auch nicht mehr ganz dunkel. Seine Augen haben sich an das Licht gewöhnt.

Er betrachtet sie. In Schlaf versunken. Sie liegt auf dem Bauch, hat einen Arm unter dem Kopfkissen, ein Bein angewinkelt.

Schön. Schöner noch, wenn sie schläft.

Ausgeliefert. So gefällt sie ihm am besten.

Sie hat ihr modernes Kriegsarsenal abgelegt. Keine Raketenabwehr mehr in den Tiefen des Blicks, keine Feuerwaffe mehr am Gürtel, keine Eisenkrallen mehr an den Fingern.

Nur eine Frau, zerbrechlich und wehrlos. Es ist noch nicht lange her, dass er sie kennengelernt hat. Erst ein paar Monate.

Aber sie war ihm schon eine Weile vorher aufgefallen.

Allein, traumatisiert von ihrem Ex.

Allein, zu sehr auf ihre Karriere konzentriert.

Bezaubernd, aber für viele Männer einfach beängstigend.

Nicht für ihn. Dompteur ist der Beruf, von dem er schon als kleiner Junge geträumt hat. Deshalb liebt er die Löwinnen, die Tigerinnen ... Cloé ist eine. Die ihre Schwächen unter einem fast perfekten Panzer verbirgt.

Undurchdringlich, unzerstörbar? Nichts und niemand ist es.

Risse. Mit dem bloßen Auge nicht wahrnehmbar. Doch mit einem guten Objektiv und aus dem richtigen Blickwinkel betrachtet, kann man alles erkennen. Und er hat es gesehen. Sofort. Wie man sie ködern, sie erobern muss.

Er beobachtet sie weiter; ihre milchige Haut, die im Dunkeln fast leuchtet. Ihr langes hellbraunes Haar mit dem rötlichen Schimmer, das ihr Gesicht verdeckt.

Bertrand beschließt, sie zu wecken. Ganz sanft. Sie öffnet die Augen, als er ihre Schulter, ihren Rücken liebkost.

»Verzeih mir«, flüstert Bertrand. »Ich glaube, du hattest einen Albtraum.«
Ein Albtraum, ja. Immer derselbe, so lange schon.
Ein gellender Schrei. Ein Körper, der ins Leere fällt und vor ihren Füßen aufschlägt.
Cloé flüchtet sich in Bertrands schützende Arme.
»Hab ich geschrien?«, fragt sie. »Hab ich dich geweckt?«
»Nein, ich war schon wach.«
»Es ist noch früh, oder?«
»Ja, aber … Ich glaube, ich habe irgendetwas gehört.«
Sie zuckt zusammen, er lächelt im Dunkeln. Ihr Atem hat sich beschleunigt, er spürt ihr Herz an seiner Haut schneller schlagen. Ein köstliches Gefühl.
»Es kam aus dem hinteren Teil des Gartens … Sicher habe ich nur geträumt!«
Cloé setzt sich auf, zieht die Decke höher, starr vor Entsetzen.
»Er ist da«, murmelt sie.
»Wer? … Aber nein, da ist niemand«, erwidert Bertrand belustigt. »Ich hätte das nicht sagen sollen, ich bin einfach zu blöd.«
Cloé legt die Hand auf den Schalter der Nachttischlampe. Sie zögert. Fürchtet wohl, das Licht könnte seine Präsenz am Fuße des Bettes erst recht zutage fördern.
»Er ist da«, flüstert sie erneut.
Ihre Stimme ist eisig, ihre Stirn heiß.
»Beruhige dich. Da ist niemand. Ich habe geträumt, das ist alles. Vielleicht war es der Wind.«
»Es geht kein Wind. Er ist da!«
»Von wem sprichst du bloß?«
»Von dem Typen, den ich gestern im Garten gesehen habe! Er ist mir auf der Straße gefolgt … Ruf die Polizei an!«
Bertrand macht Licht, Cloé schließt die Augen.
»Bitte beruhige dich … Ich werde das Haus durchsuchen, damit du dich wieder sicher fühlst.«
Sie öffnet die Augen, das Zimmer ist leer. Sie sieht, wie Bertrand in seine Jeans schlüpft, und kann nicht umhin, ihn ebenso attraktiv wie heroisch zu finden. Zum Glück ist er da, um sie zu beschützen.
»Geh bitte nicht so«, fleht sie. »Nimm eine Waffe mit!«

Er lächelt ein wenig spöttisch.

»Hast du eine Knarre unter dem Kopfkissen, Baby?«

Sie stürzt zum Wandschrank, zieht etwas heraus und reicht es ihm. Er sperrt die Augen auf.

»Was ist das?«

»Ein ... Ein Regenschirm.«

Er bricht in Lachen aus, schiebt sie sanft zurück.

»Ich sehe, dass es ein Schirm ist! Aber lass, ich komme auch ohne zurecht.«

Er zieht die Vorhänge auf und schaut in den Garten hinter dem Haus. Dann tritt er hinaus auf den Flur, der zum Salon führt. Da sie nicht allein zurückbleiben will, beschließt sie, ihm zu folgen.

In jedem Zimmer macht Bertrand Licht. Er schaut in den Schränken nach, inspiziert alle Ecken, wirft einen Blick in den anderen Teil des Gartens.

»Du siehst«, sagt er schließlich, »außer uns ist niemand hier.«

Cloé scheint nicht überzeugt.

»Es tut mir wirklich leid«, fügt er hinzu und nimmt sie in die Arme, »es ist allein meine Schuld. Ich hätte den Mund halten sollen ... Was ist das für eine Geschichte von dem Typen, der dich auf der Straße verfolgt hat?«

»Das war, als ich von dieser Party heimfuhr. Mein Auto war ziemlich weit entfernt geparkt. Ein Mann ist mir gefolgt, und ich bin gerannt, um ihn abzuhängen. Aber er hat mir an meinem Auto aufgelauert.«

»Hat er ...«

»Nein. Er hat nichts gesagt, nichts getan. Nach einem kurzen Augenblick ist er verschwunden.«

»Sonderbar«, meint Bertrand. »Aber du solltest nachts auch nicht allein durch die Gegend laufen, das ist mehr als unvorsichtig.«

Er ist wütend. Cloé legt die Stirn an seine Schulter.

»War denn niemand auf dieser Party, der dich zu deinem Auto hätte begleiten können? Das gibt's doch gar nicht! Gut, dass er nichts versucht hat!«

»Ja ... Aber der Typ gestern Abend im Garten ... ich glaube, es war derselbe.«

»Und ich glaube, der Schock neulich nach der Party hat Halluzinationen bei dir ausgelöst.«

»Das hat Carole auch gesagt.«

»Wenn ich dich recht verstehe, hast du Carole davon erzählt und mir nicht, richtig?«

»Ich wollte dir nicht auf die Nerven gehen«, sagt Cloé kleinlaut.

»*Mir auf die Nerven gehen?* Ich glaub, ich hör nicht recht!«

Er nimmt ihr Gesicht in die Hände und sieht ihr tief in die Augen.

»Vertraust du mir, ja oder nein? Dann musst du mir solche Sachen sagen, okay?«

»Okay.«

Endlich lächelt er. Ein so schönes Lächeln. Das die Wunden heilt und die Albträume wegwischt.

Er küsst sie und schiebt sie langsam an die Wand.

»Ich bin nicht mehr müde«, murmelt er. »Und du?«

»Ich auch nicht! Ich hab so ein Glück, dir begegnet zu sein«, fügt sie hinzu, während seine Hand unter ihren Bademantel wandert.

»Nein, ich bin ein verdammter Glückspilz!«

Sie lacht leise, ihr Bademantel gleitet zu Boden.

Ein verdammter Glückspilz, ja.

KAPITEL 3

Zu spät dran. Na und?

Schließlich wird sie bald diese Firma leiten. Welcher Idiot würde es da wagen, auch nur den leisesten Vorwurf zu äußern?

Auf dem Weg in ihr Büro wird sie von allen respektvoll begrüßt. Unterwürfige, kriecherische Verbeugungen vor der zukünftigen Herrscherin. Verlegenes Lächeln, ergebener Blick.

Cloé liebt das. Unglaublich, wie schnell man Gefallen an der Macht finden kann.

Wenn sie erst einmal die Chefin ist, wird sie den Laden mit eisernem Besen kehren. Wenn ihre Berechnungen stimmen, wird das im Frühjahr der Fall sein, die ideale Zeit für den großen Hausputz. Der eine oder andere wird seinen Schreibtisch räumen müssen, um stempeln zu gehen.

Als sie ihr Büro betritt, lächelt sie bei dem Gedanken an die kurze, aber delikate Liste derer, die ihre Koffer für die Reise zu diesem trostlosen Ziel, auch Arbeitsamt genannt, packen würden.

Kaum hat sie ihren Mantel abgelegt, platzt auch schon, ohne anzuklopfen, Nathalie herein.

»Bonjour, Cloé!«

Seit kurzem glaubt ihre Sekretärin, sie beim Vornamen nennen zu dürfen. Bald wird sie sie duzen und ihr vertraulich auf die Schulter klopfen. Höchste Zeit, sie in ihre Schranken zu verweisen.

»Bonjour.«

»Na, hat der Wecker nicht geklingelt?«

Erst jetzt lässt sich Cloé herab, sie anzusehen. Sie durchbohrt sie geradezu mit den Augen.

»Wie bitte?«, fragt sie eiskalt.

Die Assistentin sucht nach Worten. Bloß nicht zweimal hintereinander denselben Fauxpas begehen.

»Ich dachte … Weil Sie sonst immer so früh dran sind, hab ich mich gefragt …«

Cloé tritt näher, ein kleines Raubtierlächeln um die perfekt gezeichneten Lippen.

»Wenn ich Sie recht verstanden habe, werfen Sie mir vor, zu spät zu kommen?«

»Nein, natürlich nicht!«, stammelt die Sekretärin. »Ich hab mich nur gefragt, ob es Ihnen vielleicht nicht gut geht, und hab mir Sorgen gemacht!«

»Sind Sie meine Mutter, oder was?«

Nathalie schweigt lieber. Was auch immer sie jetzt sagen würde, es wäre falsch.

»Ich bin hier nicht irgendeine Angestellte«, fügt Cloé mit ruhiger Stimme hinzu. »Und ich erscheine im Büro, wann es mir passt. Okay?«

Fast fällt Nathalie das Dossier, das sie im Arm hält, herunter.

»Natürlich«, murmelt sie. »Sie müssen sich nicht rechtfertigen.«

»In der Tat. Hatten Sie mir etwas Interessantes zu sagen?«

»Monsieur Pardieu wünscht Sie zu sprechen.«

»Sehr gut. Vielen Dank, Nathalie.«

Die Sekretärin ergreift die Flucht. Ein erneutes, diesmal spöttisches Lächeln huscht über Cloés Gesicht. Vielleicht gehört diese dumme Gans dem Konvoi Richtung Arbeitsamt an. Sie hat sich noch nicht entschieden. Nathalie ist nicht besonders pfiffig, dafür aber tüchtig, wie Cloé durchaus anerkennen muss.

Sie hängt ihren Mantel auf und begibt sich in Pardieus Büro. Der Alte telefoniert gerade, macht ihr aber ein Zeichen, einzutreten und Platz zu nehmen.

Cloé schlägt die Beine übereinander, wobei ihr Rock ein wenig hochrutscht. Nicht zu weit, doch der Alte sieht sofort hin. Seit einer Weile, so vermutet Cloé, kann er sowieso nichts anderes mehr als Stielaugen machen. Die einen altern einfach schneller als die anderen, so ungerecht ist die Natur …

Schließlich legt Pardieu auf und lächelt sie an. Ein liebevolles, väterliches Lächeln.

»Wie geht's, Cloé?«

»Gut, danke. Ich bin ein bisschen spät dran, tut mir leid.«

»Nicht schlimm, meine Kleine. Sie haben gestern sehr gut gearbeitet, wirklich perfekt.«

Sie lächelt zurück, schmeichelt ihm mit einem zuckersüßen Blick. Er steht auf und schließt die Bürotür, die sonst immer geöffnet ist. Die Besprechung ist also von Bedeutung. Ausschlaggebend vielleicht.

»Ich habe beschlossen, das Heft aus der Hand zu geben«, verkündet er. »Dieses Mal hab ich mir sogar einen Termin gesetzt.«

Cloé zwingt sich, eine besorgte Miene aufzusetzen. Gut, dass sie als Jugendliche einen Schauspielkurs besucht hat.

»Sie wollen uns wirklich verlassen?«

»Ich möchte mich zur Ruhe setzen und die Zeit genießen, die mir noch bleibt! Wie Sie wissen, bin ich schon achtundsechzig. Die Zeit vergeht so schnell…«

In Wahrheit sieht er viel älter aus. Selbst ihr Großvater, der schon über achtzig ist, wirkt neben ihm wie ein junger Mann. Doch jetzt ist wohl nicht der rechte Augenblick, ihm zu erklären, dass er sicher nicht lange von seinem ersehnten Ruhestand profitieren wird.

»Ich hätte Sie viel jünger geschätzt«, lügt Cloé. »Das habe ich Ihnen bereits gesagt. Sie müssen mir das Geheimnis Ihrer ewigen Jugend unbedingt noch verraten, bevor Sie gehen!«

»Die Arbeit, meine Kleine… Die Arbeit.«

Wenn das der Grund für dein frühzeitiges Altern ist, sollte ich so bald wie möglich aufhören, mich abzurackern!

»Ich kann verstehen, dass Sie sich nach mehr Freizeit sehnen«, erwidert sie. »Doch wie sollen wir nur ohne Sie zurechtkommen?«

»Das werden Sie spielend meistern! Vor allem, da ich durch eine sehr kompetente Person ersetzt werde.«

Cloés Herz setzt einen Schlag aus. Der lang ersehnte Augenblick scheint endlich gekommen. Aber ist *sie* diese sehr kompetente Person?

Pardieu fixiert sie mit einem mysteriösen Lächeln, das die Spannung auf grausame Weise in die Länge zieht.

»Ich muss mich natürlich noch mit dem Vorstand absprechen, doch ich habe meine Wahl getroffen und glaube, dass die anderen einverstanden sein werden … Was würden Sie davon halten, meine Stelle zu übernehmen, Cloé?«

Eine Hitzewelle steigt in ihr auf. Am liebsten würde sie schreien, von ihrem Stuhl hochspringen bis an die Decke. Ja, fast würde sie den Alten sogar küssen.

Doch sie begnügt sich mit einem schüchternen Kleinmädchen-Lächeln.

»Nun … Ich fühle mich sehr geehrt und bin tief berührt. Auch ein wenig überrascht. Und, um ganz offen zu sein, leicht beängstigt!«

»Kommen Sie, meine Kleine, ich habe Sie nicht zufällig ausgewählt …«

»Ich hoffe, ich bin der Aufgabe gewachsen. Auf jeden Fall wäre es mir eine große Ehre, Ihre Nachfolge anzutreten.«

»Das freut mich.«

»Die anderen werden mich vielleicht ein wenig zu jung finden, oder?«

»Sie wissen Sie zu schätzen, und ich werde ihnen erklären, dass Sie in meinen Augen am ehesten qualifiziert sind, das Ruder zu übernehmen. Ich bin nahezu sicher, dass sie meine Entscheidung anerkennen.«

Dieses *nahezu* klingt irgendwie falsch in ihren Ohren.

»Danke, Monsieur. Vielen Dank.«

»Sie verdienen es, Cloé. Sie haben alles, was man für diesen Job braucht. Charisma, Intelligenz, Arbeitswillen, Teamgeist, Know-how … Und, nicht zu vergessen, eiserne Entschlossenheit und außergewöhnlichen Mut.«

Cloé stößt ein verlegenes Kichern aus, versucht sogar zu erröten. Er nimmt ihre Hand in die seine.

Der Lohn für all die Jahre der Schufterei. Jahre des behutsamen Einschleimens. Der wohldosierten Schmeichelei. Der geopferten Abende und freien Tage.

Das alles hat ihr schließlich geholfen, dieses Husarenstück zu vollbringen. Mit nur siebenunddreißig die Nachfolge des Kalifen anzutreten.

Ein Husarenstück, jawohl.

Sie denkt an Philip Martins, den anderen stellvertretenden Creative Director. Der sich schwarzärgern wird. Davon wird er sich nie erholen, so viel steht fest. Sich den Platz von einer Frau wegschnappen zu lassen, die noch dazu jünger ist als er und weniger Erfahrung hat … Die schlimmste Demütigung überhaupt.

»Das muss natürlich zunächst mal unter uns bleiben«, fügt Pardieu hinzu. »Wenn der Vorstand in meinem Sinne entscheidet, gebe ich die frohe Botschaft in etwa zwei Monaten bekannt. Bis dahin bitte ich Sie, für sich zu behalten, was Sie wissen.«

»Darauf können Sie sich verlassen, Monsieur. Aber wie wird Philip Ihrer Meinung nach reagieren? Er gehört dem Haus schon länger an als ich, und …«

»Philip wird sich meiner Entscheidung beugen«, fällt ihr der Alte ins Wort. »Es bleibt ihm gar keine andere Wahl. Und wenn er es nicht akzeptiert, werden wir einen Ersatz für ihn finden müssen.«

»Ich hoffe, wir müssen uns nicht von ihm trennen. Er ist wahnsinnig wertvoll für uns alle hier.«

»Das hoffe ich auch«, erwidert der Alte und nickt. »Ich habe übrigens lange zwischen Ihnen beiden geschwankt. Doch ich glaube, ihm fehlt etwas Wesentliches. Etwas, das in vielen Situationen hilft, und das darüber hinaus eine sehr nützliche Waffe sein kann.«

»Und das wäre?«, fragt Cloé ungeduldig.

»Ganz einfach, Charme.«

KAPITEL 4

Sein Blick hat etwas leicht Verrücktes.

Faszinierend. Beunruhigend.

Seine Augen sind dunkelbraun. Einfach nur dunkelbraun. Eine klare Farbe, ohne jede Schattierung.

Ein so tiefgründiger Blick, dass man glaubt, im Unendlichen zu versinken.

Unergründlich ist das treffende Wort.

Das Unbehagen rührt von dem her, was er verbirgt. Was er andeutet, versteckt, enthüllt. Verspricht und provoziert.

Er schweigt, hat schon eine Weile kein Wort mehr gesagt.

Er sitzt in dieser spießigen Küche. Ihm gegenüber eine Frau von knapp dreißig Jahren. Kurzes, enges T-Shirt in einem scheußlichen Rosa, das sich über Silikonbrüsten spannt und einen hässlichen Bauchnabel freigibt; weiße, enge Hose, leicht durchsichtig. Billiger Modeschmuck und Nagellack in der Farbe des T-Shirts. Piercings im rechten Nasenflügel, an der linken Augenbraue, in der Zunge. Ausgeblichenes, strohiges Haar. Übertrieben geschminkt.

Vulgär ist das treffende Wort.

Er sieht sie durchdringend an, sie hat Mühe, seinem Blick standzuhalten. Diesem besonderen Blick.

Ein leichtes, kaum wahrnehmbares Lächeln umspielt seine Lippen. Als würde er sich über sie lustig machen. Oder etwas aushecken. Sie streicht sich über den Nacken, der viel zu angespannt ist, nutzt die Gelegenheit, um den Kopf kurz abzuwenden.

Er rührt sich nicht, scheint vollkommen erstarrt. Ein Fels aus Granit.

Er ist gewaltsam in ihre Wohnung eingedrungen, hat ihr keine Wahl gelassen. Er hat sie gezwungen, sich hierherzusetzen, und ihr eine Frage gestellt. Eine einzige.

Er lauert auf die Antwort, offenbar bereit, ewig so vor ihr sitzen zu bleiben.

»Verdammt, hör auf, mich so anzustarren!«, ruft sie plötzlich aus.

»Warum? Stört es dich, wenn man dich ansieht? Ich dachte, das würde dir gefallen.«

»Es stört mich, wenn *du* mich ansiehst! Du bist wirklich verrückt, Mann!«

»Weil ich dir in die Augen sehe?«

»Du hockst da, rührst dich nicht, ein Wunder, dass du überhaupt atmest! Bist du ein verdammter Roboter, oder was? Wahrscheinlich bist du gar kein Bulle! ... Genau, dein Ausweis ist gefälscht. Verschwinde oder ich ruf die Polizei – die echte!«

Sie wird hysterisch, er bleibt wie in Stein gemeißelt. Begnügt sich damit, seinen Dienstausweis aus der Tasche zu ziehen und zu ihr hinüberzuschieben. Sie betrachtet das Foto und liest mechanisch:

»Hauptkommissar Alexandre Gomez ... Hauptkommissar, dass ich nicht lache!«

Noch immer reglos, mustert er sie weiter, versucht, in ihren Schädel einzudringen, in ihr Gehirn zu sehen. Aber gäbe es dort überhaupt etwas Interessantes zu entdecken?

Sie beginnt, unruhig auf ihrem Stuhl hin und her zu rutschen, als hätte man ihr Juckpulver in den String geschüttet. Sie wippt mit einem Bein, verhakt ihre Finger ineinander.

Das Boot ist leckgeschlagen, der Schiffbruch steht unmittelbar bevor. Gomez' Lächeln wird breiter.

»Du solltest mit dem Kaffeetrinken aufhören«, sagt er, »aber vor allem mit dem Koksen.«

»Scher dich zum Teufel, du Dreckskerl«, stößt sie hervor und verzieht das Gesicht zu einer hässlichen Grimasse.

Sie hat keine Zeit zu reagieren oder überhaupt nur Angst zu haben. Schon steht er vor ihr, zerrt sie von ihrem Stuhl und drückt sie gegen die Wand. Ihre Füße berühren den Boden nicht mehr. Denn er ist wirklich groß. Und stark. Hypnotisiert von diesen wahnsinnigen Augen, die sie noch immer fixieren, hält sie die Luft an.

»Hör auf, mich zu beleidigen, sonst jage ich dir eine Kugel in den Kopf, kapiert?«

Er spricht ruhig und ohne die Stimme zu heben. Sie überlegt, sich zur Wehr zu setzen, ihm weiterhin nicht zu antworten.

Natürlich wird er seine Drohung nicht wahr machen. Dazu hat er kein Recht. Er blufft.

»Lass mich los, verfluchter Scheißbulle!«

Er gehorcht, sie ist erstaunt, wieder Boden unter den Füßen zu haben. Und sie ist noch erstaunter, als sie den Schlag mitten ins Gesicht bekommt. Eine Ohrfeige wie ein Fausthieb. Sie hält sich kaum auf den Beinen, blickt ihn ungläubig an.

Er hat nicht geblufft.

Dann folgt noch ein Schlag. Sie bricht zusammen.

»Hör auf, du bist ja total krank«, wimmert sie.

»Ich habe dich gewarnt«, antwortet er nur. »Du solltest auf das hören, was man dir sagt.«

»Verdammte Scheiße …«

Sie versucht sich aufzurappeln, er packt sie beim T-Shirt und zwingt sie zurück auf den Stuhl. Blut rinnt aus ihrer Nase, sie wischt es mit der Hand ab.

»Ich zeige dich an!«, droht sie ohne große Überzeugung.

»Sehr gut, soll ich das dann gleich aufnehmen? Das ist schließlich mein Job.«

Eine Weile ist sie perplex, tupft mit einem Küchentuch weiter das Blut ab, das aus ihrem linken Nasenloch läuft.

»Du bist echt irre …«

»Ja, so munkelt man. Du solltest also lieber meine Frage beantworten. Wer weiß, wozu ich sonst noch fähig bin …«

»Du kannst mich nicht einschüchtern«, gibt sie zurück. »Er ist viel gefährlicher als du!«

»Das würde mich wundern. Aber falls doch, wirst du kaum die Zeit haben, dich davon zu überzeugen.«

Sie hebt den Blick, versucht, diesen rätselhaften Satz zu verstehen.

»Entweder du sagst mir, was ich wissen will, und ich kümmere mich um diesen Dreckskerl, damit du ihn so bald nicht wiedersiehst, oder ich verliere hier weiter meine Zeit und sorge dafür, dass du von der Bildfläche verschwindest.«

Sie fängt an zu lachen. Die Nerven gehen mit ihr durch.

»Du nimmst also deine Knarre und knallst mich einfach so ab?«, ruft sie. »So siehst du aus, Bulle!«

»Nein, natürlich nehme ich nicht meine Dienstwaffe. Ein Küchenmesser tut's auch. Niemand weiß, dass ich hier bin, und niemand wird mich verdächtigen. Nach dir kräht ohnehin kein Hahn.«

Die Pupillen der Frau weiten sich. Sie registriert, dass er seine Lederhandschuhe nicht ausgezogen hat. Keine Fingerabdrücke, keine Spuren.

Ihr Mund wird trocken, der Herzschlag unregelmäßig. Er starrt sie noch immer ruhig an.

»Du hast doch ein Küchenmesser, nicht wahr?«

…

»Also, wie lautet deine Entscheidung?«

»Du bluffst!«

»Nie. Ich hasse Spiele, ich verliere immer.«

Er steht auf und öffnet die oberste Schublade. Sie beobachtet ihn, zu perplex, um zu reagieren.

»Fehlanzeige!«, lacht er höhnisch und hält eine Streichholzschachtel in die Luft. »Obwohl … ich könnte, wenn ich gehe, auch deine Bruchbude in Brand setzen. Das würde die Identifizierung der Leiche verzögern.«

Er steckt die Streichhölzer in die Tasche seiner Jeans und öffnet die zweite Schublade.

»Bingo!«

Sie sieht die Klinge aufblitzen und kommt wieder zu sich. Sie rennt zum Ausgang, er schnappt sie, bevor sie die Wohnungstür erreicht.

Sie schreit, er hält ihr den Mund zu.

Sie wehrt sich, er setzt ihr das Messer an die Kehle.

»Also, wie entscheidest du dich?«, flüstert er ihr ins Ohr. »Ich darf dich daran erinnern, dass Flucht nicht unter den möglichen Optionen ist. Entweder du redest oder du stirbst.«

Sie brüllt durch seine Hand hindurch.

»Hör auf, so rumzuzappeln, sonst bring ich dich noch versehentlich um, bevor ich weiß, ob du nicht vielleicht doch kooperieren willst. Das wäre doch zu dumm, oder?«

Er verstärkt den Druck auf das Messer, sie hört auf sich zu bewegen. Er nimmt seine Hand weg, sie schreit nicht mehr.

Er weiß, dass er gewonnen hat. »Ich weiß nicht, wo er ist«, wimmert sie.

»Schade. In diesem Fall bist du nicht von wirklichem Nutzen für mich. Bye bye …«

»Nein, hör auf! Ich sag es dir … Hör auf, verdammt nochmal!«

Sie fängt an zu weinen, er seufzt. Das erste Zeichen von Ungeduld, seit er hereingekommen ist.

»Ich höre.«

»Er ist …«

»Wo?«

»In einer Wohnung in Créteil, Rue de la Fraternité … Nummer 29.«

»Allein?«

»Ja … ja!«

Er stößt sie unsanft zurück. Sie stolpert über ein Stuhlbein, fällt auf den Teppich.

»Wenn du gelogen hast, komme ich zurück. Wenn du zu irgendjemandem auch nur ein Sterbenswörtchen über unser Gespräch sagst, komme ich ebenfalls zurück. Kapiert?«

»Ja … Ich habe dir alles gesagt, was ich weiß!«

»Perfekt … *Vielen Dank für Ihre gute Zusammenarbeit mit den Ordnungskräften, Mademoiselle.*«

Bevor er das Haus verlässt, wirft er das Messer in Richtung der jungen Frau. Die Klinge bohrt sich wenige Zentimeter neben ihrem Gesicht in die Sofalehne. Sie sackt in sich zusammen.

»Bin aus der Übung!«, stellt er lächelnd fest. »Nur damit wir uns richtig verstehen, das war kein Scherz … Du solltest wirklich aufhören zu koksen! Schönen Tag noch, Kleine.«

KAPITEL 5

Sie sitzen auf der Terrasse ihres Lieblingscafés auf halbem Weg zwischen dem Hochhaus, in dem Cloé arbeitet, und Caroles *Fabrik*. So nennt sie ihr Krankenhaus.

Sie treffen sich gerne hier, wenn sie keine Zeit haben, mittagessen zu gehen. Manchmal nur für eine Viertelstunde.

Ein Tee, ein Milchkaffee. Und auf Cloés Lippen ein Lächeln, das nicht verschwinden will. Das des Triumphs. Carole betrachtet sie mit einer Mischung aus Zärtlichkeit und Neid.

»Dir geht es richtig gut, was?«

»Ich bin im siebten Himmel, meine Liebe!«

»Ich freue mich für dich. Und ich bin stolz auf dich. Aber ich wusste, dass du es schaffen würdest.«

»Generaldirektorin! Kannst du dir das vorstellen?«

Carole trinkt einen Schluck Tee, will etwas Zucker zugeben, besinnt sich im letzten Augenblick anders. Immer schön auf die Linie achten.

»Auf alle Fälle darf dir bis zum Tag X nichts mehr dazwischenkommen.«

»Klar, ich darf keinen Mist bauen. So kurz vorm Ziel, das würde ich mir nie verzeihen.«

Cloé lächelt nicht mehr. Ganz so, als würde ihr erst jetzt bewusst, dass ihr Traum zwar in Reichweite ist – aber eben noch nicht in Erfüllung gegangen. Das Vögelchen könnte im letzten Augenblick auch noch davonfliegen.

Ein Mann geht an der Terrasse vorbei und betrachtet die beiden jungen Frauen.

Nein, eigentlich nur Cloé. Carole hat gelernt, sich nichts mehr vorzumachen. Wenn sie zusammen sind, wird sie unsichtbar, transparent. Cloé zieht alles Licht, alle Aufmerksamkeit auf sich. Sie füllt den Raum aus und lässt keinen Platz für andere.

So war es schon immer. Nicht nur, weil sie wirklich schön ist. Eher, weil etwas Besonderes von ihr ausgeht. Eine unvergleichliche Aura, ein umwerfender Charme, eine ungeheure Anziehungskraft. Jeder sieht sie, sie kann sich nicht unbemerkt unter die Menge der Normalsterblichen mischen. Sie hat etwas Einzigartiges. Etwas Seltenes. Etwas, was Carole auch immer liebend gern gehabt hätte.

Das war schon so, als sie sechzehn waren. Cloé Beauchamp, eine herausragende, überdurchschnittlich begabte Schülerin. Lustig, geistreich und anmutig. Ebenso gut in Mathe wie in Sport.

Cloé, die zukünftige Generaldirektorin der französischen Filiale einer internationalen Werbe- und Marketing-Holding.

Cloé, die vor wenigen Monaten ihrem Traumprinzen begegnet ist, obwohl sie gerade erst eine gescheiterte Beziehung hinter sich hat, durch die sie eigentlich für die nächsten Jahre zum Singledasein hätte verdammt sein müssen.

Cloé, die von allen Männern begehrt wird.

Cloé, Cloé, Cloé … Das Epizentrum des Universums, die strahlende Sonne, um die die anderen wie erbärmliche Trabanten kreisen.

Genau, ich bin nur ein Trabant von Cloé. Ein armseliger Planet in ihrem Schatten.

»Woran denkst du?«, fragt Cloé und trinkt ihren letzten Schluck Kaffee.

»An dich«, antwortet Carole. »An dich, meine Liebe.«

* * *

Nathalies Spitzmausgesicht erscheint in der Türöffnung.

»Entschuldigen Sie, ich würde gerne Ihre Termine mit Ihnen durchgehen.«

»Kommen Sie herein«, antwortet Cloé. »Setzen Sie sich.«

Ihre Sekretärin nimmt Platz und öffnet den Terminkalender ihrer Vorgesetzten.

Ja, nein. Verschieben, absagen, bestätigen.

Cloé ist mit ihren Gedanken woanders. Wie aus dem Korb eines Heißluftballons heraus, betrachtet sie die Welt von oben. Magisch. Berauschend. Betörend.

Die anderen, die zu ihren Füßen wimmeln, sind nur winzige Insekten. Unbedeutend.

Dass sie so schnell so hoch aufgestiegen ist ... Erst vor fünf Jahren hat sie als Creative Director in dieser Firma angefangen, und schon schickt sie sich an, die oberste Sprosse zu erklimmen. Einfach nur, weil sie die Beste ist, weil sie starke Nerven und einen eisernen Willen hat.

Einfach nur, weil sie Cloé Beauchamp ist und ihr nichts und niemand widersteht.

Weil es ihr gelungen ist, ihre Schwächen vor aller Welt zu verbergen. Obwohl diese nicht eben unerheblich sind. Um nicht zu sagen gewaltig. Weil es ihr gelungen ist, sich einen Schutzpanzer gegen alle Formen von Angriffen zuzulegen.

Sie lächelt, lauscht mit halbem Ohr Nathalies schriller Stimme. Sie hört nicht einmal, dass es an der Tür klopft, und braucht einen Moment, um zu realisieren, dass Philip Martins vor ihrem Schreibtisch steht.

Nathalie macht sich eilig aus dem Staub. Cloé lächelt ihrem Kollegen zu. Ihrem Gegner. Den sie in nur wenigen Runden geschlagen hat und der noch nichts von seinem K. o. weiß.

»Ich würde gerne dieses Projekt mit dir besprechen«, sagt er und legt einen dicken Aktenordner vor sie hin. »Ich möchte deine Meinung hören.«

»Natürlich. Wenn ich dir helfen kann ...«

Cloé mustert seine Hände. Sie haben ihr nie gefallen. Pummelige Finger mit Venen, die sich zu stark abzeichnen. Schade, denn sonst ist er nicht hässlich. Eigentlich sogar ganz charmant. Er hat sich gut gehalten für seine fünfzig Jahre. Er pflegt sich, das sieht man. Er hat sich immer selbst geliebt, das zumindest haben sie gemeinsam.

Sie hört kaum zu, was er ihr erzählt, ist ganz auf seine Person konzentriert. Auf sein Gesicht, seinen geöffneten Kragen, das Dior-Hemd. Sie stellt sich den Augenblick vor, in dem er es erfahren wird ... Verwundert stellt sie fest, dass es ihr einen leichten Stich ins Herz versetzt, ein Gefühl, mit dem sie nicht gerechnet hat. Nie hätte sie gedacht, dass sie Anteil nehmen würde am traurigen Schicksal des Philip Martins, dieses nervigen Kollegen, der ihr auch nie etwas geschenkt hat, sondern stets nur auf seinen eigenen Vorteil bedacht war.

Ich habe gewonnen, er hat verloren. So ist das nun mal im Leben. Ich muss ihn nicht bemitleiden. Er wird ganz einfach mein Stellvertreter. Mein Angestellter.

»Denkst du manchmal daran?«, fragt sie ihn unvermittelt.

Martins hält in seinen uninteressanten Ausführungen inne und sieht sie verständnislos an.

»An den Tag, an dem Pardieu gehen wird«, präzisiert Cloé mit einem seltsamen Lächeln.

Verdutzt, braucht er eine Weile, um zu antworten.

»Ja, natürlich. Aber warum fragst du mich das?«

»Ich finde, du würdest einen hervorragenden Generaldirektor abgeben.«

Aufrichtig von diesem Kompliment überrascht, schweigt er.

»Ja, ich finde, du bist bestens für diesen Posten geeignet«, fährt Cloé fort.

»Danke. Doch im Moment ist Pardieu noch da.«

»Genau. Aber unter uns, ich denke, nicht mehr lange.«

Er sieht sie fragend an, hängt an ihren vollen Lippen.

»Weibliche Intuition«, meint Cloé mit einem entwaffnenden Lächeln.

Sie hat schon immer gern mit anderen gespielt … Allerdings ist Martins kein einfaches Opfer. Sie ist auf der Hut, misstraut ihm.

Ihm und jedem anderen. So kann man Niederlagen vermeiden. Verhindern, an den Klippen zu zerschellen.

Sie konzentriert sich wieder auf Martins, der sich weiter in ermüdenden Ausführungen verliert.

Die kommenden Wochen versprechen, kurzweilig zu werden.

Ihn glauben machen, dass er es wäre. Ihn in Sicherheit wiegen, ihn beruhigen. Ihn mit einem hübschen Bauchtanz ablenken, damit er den Zyklon nicht nahen sieht. Der ihn hinwegfegen wird.

Von Philips tiefer Stimme sanft gewiegt, hat Cloé wieder ihren Platz im Heißluftballon eingenommen. Weit über allem schwebt sie in strahlendem, gleißendem Licht dahin.

Nicht ein einziger Schatten trübt das Bild.

* * *

»Haben Sie sich gestern Abend das Spiel angesehen?«, fragt Kommissar Laval.

Gomez mustert ihn mit einem kleinen herausfordernden Lächeln.

»Nein, ich hatte Interessanteres zu tun.«

»Was?«

»Das kann ich dir nicht sagen.«

»Warum?«, wundert sich Laval.

»Weil du eben erst volljährig bist und *bestimmte Szenen für unsere jungen Zuschauer nicht geeignet sind.*«

»Manchmal sind Sie wirklich blöd«, erwidert Laval und zuckt die Achseln.

»Nur *manchmal*? Das beruhigt mich. Danke, Kleiner.«

»Das Spiel war jedenfalls super! PSG hat ...«

»Ich weiß, wer gewonnen hat«, seufzt Gomez. »Ich kenne auch das Ergebnis. Man kann dem ja kaum entgehen, es sei denn, man ist taub ... Manchmal wäre mir das wirklich lieber! Ich verstehe einfach nicht, wie man sich für eine Bande von Vollidioten begeistern kann, die wie bekloppt hinter einem Ball herrennen.«

»Sie sind echt etwas aus der Art geschlagen, muss man sagen – und das nicht nur manchmal!«

Gomez lacht und legt die Hand auf die Schulter seines Kollegen.

»Du hast mich durchschaut, bravo! Du wirst einen guten Bullen abgeben, wenn du groß bist.«

Sie sitzen in einem getarnten Polizeiwagen, der in der Rue de la Fraternité in Créteil parkt.

»Können Sie mir sagen, was wir hier machen?«, fragt Laval.

»Wir observieren.«

»Ja, das habe ich auch schon gemerkt. Aber auf wen genau warten wir?«

»Das wirst du sehen, wenn er herauskommt. Du wirst auf alle Fälle nicht enttäuscht sein, das kann ich dir versprechen.«

»Na gut, schließlich sind Sie der Boss ...«

»Genau, Kleiner. Also halt schön die Augen auf und weck mich, wenn ein südländischer Typ mit langen Haaren und einer fiesen Visage das Haus Nummer 29 verlässt.«

Gomez stellt seine Rückenlehne nach hinten, verschränkt die Arme und schließt die Augen.

»Wollen Sie um diese Zeit pennen?«

Aber der Kommissar ist schon eingeschlafen oder tut zumindest so. Sein junger Kollege schüttelt nur den Kopf. Mit Alexandre Gomez zu arbeiten ist jeden Tag aufs Neue ein Abenteuer. Man weiß nie, was er genau vorhat und in was er einen als Nächstes hineinziehen wird. Ins totale Chaos oder in einen genialen Coup.

Dieser Typ ist ein einziges Rätsel und wird es wohl bis zu seinem Ende bleiben. Das ihn mit Sicherheit nicht im Bett eines friedlichen Altersheims ereilen wird.

Er ist viel zu geheimnisvoll, um ihn je von Grund auf zu kennen.

Viel zu unausstehlich, um ihn wirklich zu mögen.

Viel zu intelligent, um ihn wirklich zu hassen.

Viel zu mutig, um ihn nicht insgeheim zu bewundern.

Viel zu gefährlich, um sich direkt mit ihm anzulegen.

• • •

Es ist Nacht, es ist kalt. Es ist spät.

Sie lachen ausgelassen.

Bertrand umarmt sie leidenschaftlich, während Cloé in ihrer Handtasche nach dem Hausschlüssel sucht. Leicht angeheitert, hat sie Mühe, ihre Bewegungen zu koordinieren.

»Hast du ihn bald?«, fragt Bertrand ungeduldig. »Wir wollen es doch schließlich nicht vor deiner Haustür treiben ... Ich habe keine Lust, wegen Erregung öffentlichen Ärgernisses festgenommen zu werden!«

Cloé ist noch immer bester Laune, leicht berauscht von Alkohol, Stolz und Verlangen.

Schließlich findet sie den Bund und bemüht sich, den Schlüssel ins Schloss zu schieben. Bertrand nimmt ihre Hand und hilft ihr dabei. Sie treten ein und stürzen sich aufeinander. Bertrand stößt mit dem Fuß die Tür zu, während Cloé ihm die Jacke vom Leib reißt.

»He, langsam, Chérie, die hat fünfhundert Euro gekostet!«

»Ich kaufe dir so viele davon, wie du willst«, antwortet sie und macht sich an seinem Hemd zu schaffen.

»Du bist ja richtig gefährlich, wenn du zu viel getrunken hast.«

»Ich kaufe dir ein Dutzend oder auch hundert, wenn du willst!«

»Hältst du mich für einen Gigolo, oder was?«

»Da würdest du jedenfalls gut verdienen«, kichert Cloé. »Du wärest sicher wahnsinnig gefragt … Aber ich will dich nicht teilen … Wenn du mich betrügst, kratze ich dir die Augen aus.«

Er hebt sie hoch, sie klammert sich an seinen Hals. Er trägt sie ins Wohnzimmer, sie lacht noch immer. Er legt sie auf den Teppich und beginnt nun seinerseits, sie auszuziehen. Ganz sanft.

Immer ganz sanft.

Plötzlich hört Cloé auf zu lachen. Eine tiefe Furche gräbt sich in ihre Stirn.

Sie starrt auf etwas hinter Bertrand, er dreht sich um, bemerkt aber nichts Besonderes. Sie steht auf, geht zu einer wunderschönen Nussbaumkommode und betrachtet die drei Bilder, die darüberhängen.

»Was ist los?«, fragt Bertrand beunruhigt. »Man könnte meinen, du siehst diese Fotos zum ersten Mal.«

»Sie sind nicht an ihrem Platz. Das rechte hängt normalerweise auf der linken Seite und umgekehrt. Das war bestimmt Fabienne, die Putzfrau. Sie muss sie abgestaubt und falsch aufgehängt haben.«

Bertrand legt die Hände auf ihre Hüften und presst seine Lippen auf ihren Nacken.

»Wahnsinnig spannend diese Geschichte mit den Bildern. Aber ich glaube, wir haben trotzdem Interessanteres zu tun.«

Er seufzt, als sie sich wieder von ihm losmacht. Sie reckt sich auf die Zehenspitzen und tauscht die Fotos aus.

»Siehst du, dieses Bild zeigt meinen Vater und mich, als ich zwölf war. Schön.«

»Wer, dein Vater?«

»Nein, das Bild.«

Angesichts seiner gekränkten Miene lächelt sie. Und bricht dann in richtiges Lachen aus.

»Du bist wirklich unberechenbar«, seufzt Bertrand.

Er streichelt ihr Gesicht, fährt mit der Hand durch ihr Haar.

»Du hast mir nie von deinen Eltern erzählt.«

Sie lächelt ihn zärtlich an.

»Du willst wohl alles über mich wissen?«

Bertrand nickt.

»Dabei weiß ich gar nichts über dich«, murmelt Cloé.

Absolut nichts. Weder woher du kommst, noch wohin du willst. Wer du wirklich bist. Was du erlebt hast und noch erleben möchtest. Was deine Träume sind oder deine Albträume.

Rein gar nichts, außer dass du die außergewöhnlichsten Augen hast, die ich je gesehen habe. Und dass du im Begriff bist, zu einer Droge zu werden, nach der ich immer süchtiger werde.

* * *

»Vielleicht sollten wir abbrechen?«, fragt Laval hoffnungsvoll.

Gomez starrt ungerührt auf die Straße. Regungslos, unerschütterlich.

»Nimm ein Taxi und fahr nach Hause«, schlägt er vor. »Kinder in deinem Alter müssen früh ins Bett.«

»Der Typ, den wir beschatten, scheint sich auf die Seychellen abgesetzt zu haben …«

Laval gähnt ausgiebig.

»Sagen Sie mir wenigstens, auf wen wir hier seit einer halben Ewigkeit warten. Das könnte meinen Durchhaltewillen durchaus stärken.«

»Besser, du weißt es nicht. Sonst machst du dir noch vor Angst in die Hose.«

»Wollen wir wetten?«

»Auf einen Kumpel von Bashkim.«

»Bashkim? Wie haben Sie den denn gefunden?«

»Ich habe nicht gesagt, dass ich Bashkim gefunden habe. Nur die Spur eines Typen, der uns zu ihm führen könnte … Das ist ein kleiner Unterschied.«

»Woher haben Sie die Information?«

»Von einer Frau, die fand, dass ich schöne Augen habe und eine sexy Art, mit Messern zu werfen.«

»Was?«

»Vergiss es, Kleiner. Was zählt, ist, dass wir endlich zum Kopf dieses Netzwerkes gelangen.«

»Ich glaub's ja nicht … Wenn es ein Kumpel von Bashkim ist, könnte der doch auch selbst hier aufkreuzen!«

»Mach dir keine Illusionen«, knurrt Gomez. »Dieser Mistkerl hat sich garantiert in irgendeinem verdammten Scheißland ein warmes Plätzchen gesucht. Albanien ist schön. Kennst du Albanien?«

»Nein. Aber wenn Bashkim auftauchen sollte, müssten wir die Armee zur Verstärkung rufen. Der Typ ist verrückt.«

»Ich auch«, erinnert ihn der Hauptkommissar. »Und sicher noch mehr als er, weil ich meinen Kopf für zweitausendfünfhundert Euro im Monat riskiere.«

Schlagartig ist Laval hellwach. Nervös starrt er auf den Eingang der Nummer 29 und fürchtet jetzt, den Mann herauskommen zu sehen, auf den er den ganzen Nachmittag gewartet hat, ohne es zu wissen.

Hoffentlich kommt er nicht, weder er noch sein Kumpel.

»Du hast Schiss, was?«, mutmaßt Gomez.

Laval rutscht unruhig auf seinem Sitz hin und her.

»So einen Fang kann man nicht zu zweit machen. Zu gefährlich. Das ist ein großes Tier! Bis an die Zähne bewaffnet …«

»Und was hast du unter deiner Jacke? Eine Kinderrassel? … Außerdem hab ich doch gesagt, dass dort nicht Bashkim wohnt, sondern ein Kumpel von ihm. Es geht momentan nur um eine Beschattung. Damit er uns zu seinem Dreckskerl von Boss führt. Ich werde dir doch wohl nicht die Grundlagen unserer Arbeit erklären müssen?«

»Es ist trotzdem ein Wahnsinn, verdammt nochmal ….«

Gomez bedenkt ihn mit einem eisigen Blick.

»Jetzt hältst du die Klappe, ja? Wenn du Angst hast, verschwinde. Wenn nicht, sei still und mach die Augen auf.«

Laval ist wie erstarrt. Letztlich ist Gomez noch furchterregender als Tomor Bashkim.

»Ich will diesen Dreckskerl schnappen, verstehst du mich? Seit Monaten zerbreche ich mir den Kopf, wie ich ihn erwischen kann, und jetzt habe ich endlich eine Spur. Die werde ich nicht aufgeben. Ich habe dich als Partner gewählt, weil ich dir vertraue. Aber wenn du dem nicht gewachsen bist, wenn ich mich geirrt habe, dann hau ab. Kapiert?«

»Kapiert«, murmelt Laval. »Ich bleibe.«

»Perfekt. Du kannst jetzt etwas schlafen, wenn du willst. Du bist an der Reihe.«

* * *

Die roten Leuchtziffern auf dem Radiowecker sind erloschen.
Cloé greift nach ihrem Handy auf dem Nachtkästchen und stellt erleichtert fest, dass sie noch Zeit hat. Erst 4:12 Uhr.

Sie legt ihren Kopf auf die Schulter von Bertrand, der tief und fest schläft, und versucht, wieder einzuschlummern. Doch ein immer dringender werdendes Bedürfnis hindert sie daran.

Widerwillig steht sie auf, ohne ihren Geliebten zu wecken, und schleicht auf leisen Sohlen ins Badezimmer. Sie ist dankbar, dass sie im Dunkeln ihr Gesicht nicht im Spiegel anschauen muss. Nach dem Rausch von gestern Abend sieht sie bestimmt grässlich aus.

Sie erleichtert sich und beschließt, noch ein Glas Wasser zu trinken, bevor sie wieder ins Bett geht. Plötzlich hört sie ein Geräusch hinter sich und zuckt zusammen.

»Was machst du denn da?«, fragt Bertrand.

»Ich habe Durst. Aber es gibt kein Licht. Wahrscheinlich ein Stromausfall.«

»Hm, auf der Straße ist es allerdings hell ... Wo ist dein Sicherungskasten?«

»In der Garage.«

»Ich sehe nach. Geh zurück ins warme Bett. Dieses Haus ist ein Kühlschrank.«

Er zieht sich schnell an, während sie wieder unter die Decke kriecht und auf ihn wartet. Sie legt den schmerzenden Kopf auf das Kissen, hört, wie die Eingangstür sich öffnet und wieder schließt, und schläft ein.

* * *

Alles ist still. Zu still.

Cloé streckt den Arm zur rechten Seite aus und stellt fest, dass Bertrand nicht da ist.

Der Stromausfall, der Sicherungskasten ... Das Display ihres Handys zeigt 4:45 Uhr.

Er ist schon eine halbe Stunde weg.

»Bertrand?«

Schweigen.

»Liebling?«, ruft sie lauter, ohne dass sich irgendetwas rührt.

Sie beginnt zu zittern, versucht, die Nachttischlampe einzuschalten. Er ist nicht zurückgekommen, genauso wenig wie der Strom. Sie muss nachsehen, was da los ist. Doch die Angst fesselt sie an ihr kaltes Bett. Der Schatten zeichnet sich vor ihren Augen ab. Dunkler als die Finsternis.

»Bertrand, antworte mir, zum Teufel!«

Diesmal hat sie geschrien. Sie klappert mit den Zähnen, nicht nur, weil die Heizung ausgefallen ist.

Ganz ruhig bleiben. Er findet wahrscheinlich die Ursache nicht so schnell, das ist alles.

Cloé nimmt all ihren Mut zusammen und steigt aus dem Bett, verlässt ihren sicheren Unterschlupf, um sich in die feindliche Welt zu begeben.

Im Bademantel und mit bloßen Füßen tastet sie sich über den Gang.

»Bertrand? Bist du da?«

Im Eingang versucht sie idiotischerweise noch einmal, das Deckenlicht einzuschalten, und verflucht sich im Stillen.

Ich bin lächerlich.

Der Schein der Straßenlaterne auf der Außentreppe beruhigt sie ein wenig. Aber nur ein wenig.

»Bertrand?«

Ein schwacher Wind lässt sie frösteln. Sie kehrt um und zieht ihre Pumps an.

Kurz stellt sie sich den Anblick vor, wie sie im Morgengrauen im weißen Bademantel und mit schwarzen Pumps auf der Treppe vor ihrem Haus steht. Aber sie hat wahrlich andere Sorgen.

Bertrand ist tot. Ermordet von dem Schatten.

Sie steigt die Stufen hinab und geht nach links zur Garage. Das Tor scheint offen zu stehen, dahinter ein schwarzes Loch.

Sie steht wie erstarrt auf der Schwelle und lauscht in die Stille.

»Liebling?«

Kein Geräusch außer dem Rascheln der Zweige im Wind und dem Motorengeheul eines großen Autos von der benachbarten Straße her. Sie wagt sich zwei Schritte weiter in die Garage vor. Sie ist leer, weil ihr Wagen im Parkhaus der Agentur geblieben ist.

Sie atmet tief durch, die eisige Luft brennt in ihrer Lunge. Die Stimme in ihrem Kopf wird drängender.

Kehr um, solange Zeit ist!
Zur Flucht bereit, schnellt sie herum. Und steht ihrem Albtraum gegenüber.

Der Mann ist riesig, ganz in Schwarz gekleidet, eine Kapuze über den Kopf gezogen.

Cloé stößt einen Schrei aus und weicht zurück. Sie knickt um, verliert das Gleichgewicht. Ihr Kopf schlägt auf etwas Hartes, der Aufprall ist heftig.

Atemnot, eine Hitzewelle, die ihren Körper durchflutet und schließlich in ihrem Kopf explodiert.

Sie öffnet die Augen halb und sieht den Schatten, der sich über sie beugt.

Sie will sprechen, ihn fragen, wo Bertrand ist.

Was haben Sie mit ihm gemacht? Was werden Sie mit mir machen?

Doch sie bringt kein Wort hervor.

Der Mann ist ganz dicht vor ihr. Sie glaubt, die untere Hälfte seines Gesichts zu sehen. Sie hat den Eindruck, dass er lächelt.

Und dann ...

* * *

Die orangefarbenen Blinklichter blitzen im Rückspiegel auf. Zeit für die Müllabfuhr. Zeit ins Bett zu gehen.

Der Motor stottert ein wenig, springt aber schließlich an. Laval schreckt aus dem Schlaf und braucht eine Weile, um zu begreifen, dass er nicht in seinem Bett liegt.

»Haben Sie ihn gesehen?«

»Nein«, antwortet der Hauptkommissar. »Ich bringe dich jetzt nach Hause.«

Laval gähnt, seine Augen fallen wieder zu.

»Was haben Sie vor?«

»Eine Runde pennen.«

»Nein, ich meine mit dem Typen.«

»Leicht wird er jedenfalls nicht davonkommen.«

»Das glaube ich Ihnen aufs Wort«, seufzt Laval. »Verdammt, hab ich Rückenschmerzen ...«

»Sag deiner Frau, sie soll dir 'ne nette kleine Massage verpassen.«

»Ja, nur dass ich gar nicht verheiratet bin …«, erinnert ihn der junge Kommissar.

Zwei Betrunkene torkeln am Bordstein entlang. Gomez weicht aus. Bald wird er zu Hause sein in seiner tristen Wohnung. Aber wenigstens in ihrer Nähe. Er weiß, dass er keinen ruhigen Schlaf finden wird. Den sucht er schon seit Monaten vergeblich.

Das Morgengrauen kündigt sich bereits an, doch für ihn hält es keinerlei Trost bereit. Dieser so besondere Moment zwischen Tag und Nacht. Zwischen zwei völlig verschiedenen Welten.

Die Stunde, da sich die Schatten aus der Dunkelheit lösen.

KAPITEL 6

Noch ehe sie zu sich kommt und aus diesem seltsamen Traum, diesem Albtraum voller Schreie und hämisch grinsender Schatten, erwacht, spürt sie den Schmerz. Glühende Schürhaken, die ihre Schädeldecke aufreißen.

Hinter den geschlossenen Lidern erahnt sie einen Lichtschein. Und eine Stimme, die sie ins Leben zurückholen will.

Der Schatten, der Sturz.

»Komm, mach die Augen auf, Chérie ...«

Er ist noch da, es ist besser, sich weiter tot zu stellen.

Doch die Stimme ist sehr bestimmt und zwingt sie, ihren Zufluchtsort zu verlassen.

»Wach auf!«

Sie gehorcht schließlich und hat Bertrands besorgtes Gesicht vor sich. Die Erinnerung wird deutlicher, sie beginnt zu zittern. Ihr wird bewusst, dass sie in ihrem Bett liegt.

»Was ist passiert?«, stößt sie mühsam hervor.

»Ich weiß es nicht«, gesteht Bertrand. »Ich nehme an, du bist hingefallen und hast dir den Kopf angeschlagen.«

»Ist er weg?«

»Wer?«

Plötzlich übermannt sie wieder die Angst. Cloés ganzer Körper scheint wie gelähmt.

»Er ist da!«

»Ganz ruhig ... Wer ist da?«

»Der Typ, ich habe ihn in der Garage gesehen.«

»So beruhige dich doch, bitte. Du bist hingefallen, das ist alles. Es ist meine Schuld.«

Bertrand hilft ihr, sich aufzusetzen, und schiebt ihr zwei Kissen in den

Rücken. Sie wendet den Kopf zu dem vor sich hin blinkenden Radiowecker, spürt einen stechenden Schmerz in der Schulter.

»Wie spät ist es?«

»Zehn nach fünf. Ich habe einen Arzt angerufen, er muss jeden Augenblick kommen.«

»Ich will keinen Arzt, ich sage dir doch, dass ich ihn gesehen habe!«

»Bitte versuch, dich zu beruhigen. Es ist niemand hier außer dir und mir.«

Er ergreift ihre Hand und drückt sie fest.

»Wo warst du?«, fragt sie plötzlich vorwurfsvoll. »Nachdem du nicht zurückgekommen bist, bin ich hinausgegangen und ...«

»Ich weiß, entschuldige bitte. Als ich gerade das Garagentor geöffnet hatte, habe ich auf der Straße das Quietschen von Bremsen gehört und dann einen Knall. Ich bin hingelaufen, um nachzusehen, was passiert ist ... Ein angetrunkener Typ ist seinem Vordermann hinten draufgefahren.«

»Gab es Verletzte?«

»Nein, nur Blechschaden«, erklärt Bertrand, ohne Cloés Hand loszulassen. »Aber keiner von beiden hatte ein Unfallformular bei sich, also haben sie mich gefragt, ob ich ihnen eines geben könne, und so kam ich zurück ins Haus, um meine Autoschlüssel zu holen. Ich dachte, du wärst wieder eingeschlafen und hättest meine Abwesenheit nicht bemerkt. Ich habe ihnen das Formular gegeben, und als ich wieder am Tor war, habe ich deinen Schrei gehört. Ich bin zur Garage gerannt und habe dich ohnmächtig gefunden. Du hast mir vielleicht einen Schrecken eingejagt!«

»Ich habe ihn gesehen.«

Bertrand seufzt.

»Wen genau hast du gesehen?«

»Den riesigen Mann, ganz in Schwarz gekleidet. Ich hatte höllische Angst, dann habe ich das Gleichgewicht verloren und bin gestürzt.«

»Du bildest dir das ein, Cloé. Seit dieser Dreckskerl dich auf der Straße verfolgt hat, gerätst du ständig in Panik. Und glaubst, ihn überall zu sehen. Das ist normal, aber trotzdem ...«

»Das habe ich mir nicht eingebildet!«

»Wenn in der Garage ein Mann gewesen wäre, hätte ich ihn gesehen. Ich hätte ihm begegnen *müssen*, denn als du geschrien hast, bin ich gleich gekommen. Aber da war niemand, das kann ich beschwören.«

Die Klingel unterbricht sie. Bertrand geht zur Haustür. Cloé schließt die Augen und versucht, zur Ruhe zu kommen.
Du glaubst, ihn überall zu sehen ... Wenn dort ein Mann gewesen wäre, hätte ich ihn auf jeden Fall gesehen.
Bin ich wirklich im Begriff verrückt zu werden?
Bertrand kommt in Begleitung einer müde wirkenden Frau um die fünfzig zurück.
»Die Ärztin ist da, Chérie.«
»Guten Morgen, Madame ... Also, was ist passiert?«
Bertrand fasst die Situation zusammen. Den Stromausfall, den Sturz in der Garage. Er erwähnt nur das Wesentliche, lässt die Details lieber beiseite.
Die Ärztin beginnt Cloé zu untersuchen. Sie bittet sie aufzustehen, lässt sie ein paar Übungen machen, stellt viele Fragen.
»Dem Anschein nach haben Sie keine ernsthafte Schädelverletzung. Trotzdem muss man bei einem Sturz auf den Kopf immer vorsichtig sein. Ich rate Ihnen daher, sich morgen im Krankenhaus einer eingehenderen Untersuchung zu unterziehen.«
»Das ist nicht nötig.«
»Sei vernünftig, Chérie«, bittet Bertrand sie.
»Mir fehlt nichts, und ich habe auch keine Lust, fünf Stunden in der Notaufnahme zu sitzen, um mir das bestätigen zu lassen.«
Bertrand seufzt erneut verärgert und wechselt einen resignierten Blick mit der Ärztin.
»Gut, wie Sie wollen, Madame. Ich kann Sie nicht zwingen. Aber wenn Übelkeit oder starke Kopfschmerzen auftreten, rufen Sie sofort den Notarzt, ja? Und wenn Sie können, ruhen Sie sich morgen aus.«
»Ja, gut«, murmelt Cloé unwillig. »Was bin ich Ihnen schuldig?«

* * *

Sie sind in südlicher Richtung gefahren und erreichen endlich Lavals Wohnung: ein kleines bescheidenes Mietshaus zwischen den großen Villen am Ufer der Seine und den verrufenen, trostlosen Hochhaussiedlungen der Vorstädte.
»So, Kleiner.«

Kommissar Laval hatte auf ein Danke gehofft für die vielen Stunden vergeblicher Überwachung. Aber bei Gomez darf man so etwas nicht erwarten.

»Gute Nacht, bis morgen.«

»Mach morgen Vormittag frei«, fügt Gomez hinzu.

Laval ist überrascht. Also doch eine Art Anerkennung.

»Schlaf dich mal richtig aus«, sagt der Hauptkommissar. »Du siehst echt beschissen aus.«

»Immer ein nettes Wort auf den Lippen, das macht Freude.«

Der Kommissar schlägt die Tür zu, und Gomez fährt sofort an. Wenn er schon keinen erholsamen Schlaf finden wird, so freut er sich doch immerhin auf eine warme Dusche.

Er fährt schnell, weit über dem Tempolimit. Dabei hat er es nicht wirklich eilig, nach Hause zu kommen.

Sie wiederzusehen ist eine Freude. Aber auch eine Qual.

Er fährt nur schnell, weil er den Kick braucht. Weil er gern das Schicksal herausfordert.

Wenn doch ein Reifen platzen und ich durch die Luft geschleudert würde. Am liebsten wäre ich auf der Stelle tot. Einen schönen schnellen Tod wünsche ich mir, keine lange Agonie. Das Leben ist schon Dahinsiechen genug.

Er zündet sich eine Zigarette an und öffnet das Fenster. Die Tachonadel schlägt gefährlich aus.

Er bräuchte nur leicht von der Fahrbahn abzukommen. Nur ein winziger Schlenker.

Eine Mauer oder ein Brückenpfeiler, mit voller Wucht. Ein grelles spektakuläres Finale.

Alexandre zögert.

Ich habe kein Recht dazu, sie braucht mich.

Schönes Alibi für einen Schuldigen.

Dieser Mangel an Mut, diese alltägliche Feigheit!

Niemand ist unersetzlich, ich schon gar nicht. Erst sie töten und mich gleich hinterher, das wär's.

Er hält die Spur, der Fuß geht leicht vom Gas.

Zu spät, ein Streifenwagen hat bereits seine Verfolgung aufgenommen.

Gomez lächelt, wirft seine Kippe aus dem Fenster und gibt erneut Gas. Er wird sie ein bisschen durchschaukeln, ihnen zeigen, wie man Auto fährt.

Mit quietschenden Reifen biegt er rechts ab. Die Beamten sind noch hinter ihm, aber er muss etwas abbremsen, um ihnen nicht davonzufahren und die Partie zu schnell für sich zu entscheiden. Gelegenheiten zur Zerstreuung sind so rar.

Diese Schwachköpfe haben jetzt auch noch die Sirene eingeschaltet, damit die armen anständigen Bürger im Umkreis noch vor der Zeit aus dem Schlaf gerissen werden.

Wieder nach rechts und gleich nach links. So, jetzt hat er sie abgehängt. Alle Rekorde geschlagen … in nur vier Minuten.

Game over, Jungs!

Er zündet sich eine Zigarette an und lacht vor sich hin. Wie ein Idiot.

In wenigen Minuten werden sie anhand des Nummernschilds wissen, wem der Wagen gehört, sofern sie ihm nahe genug gekommen sind, um es zu erkennen. Dann werden sie verdattert feststellen, dass sie einen Kollegen aus dem Nachbardépartement verfolgt haben.

In dem Augenblick, als Gomez die Richtung zu seiner Wohnung einschlagen will, stößt er auf ein weiteres Polizeiauto. Der Renault Scénic macht eine gewagte Kehrtwende und nimmt die Verfolgung auf.

Aber Gomez ist müde. Hat keine Lust, mit denen auch noch zu spielen. Außerdem ist der Tank seines Peugeot fast leer.

Er hält am Bürgersteig an und stellt den Motor aus. Die Kollegen parken direkt hinter ihm, und es dauert einige Minuten, bis sie aussteigen. Der Fahrer bleibt im Wagen, während sich die beiden anderen mit gezogener Waffe nähern.

»Werfen Sie die Schlüssel raus und legen Sie die Hände aufs Lenkrad!«

Gomez stellt sich vor, wie er im Kugelhagel der französischen Polizei zu Boden geht, Opfer eines spektakulären fehlgeleiteten Einsatzes wird.

Sehr verlockend.

Aber womöglich würden sie danebenschießen oder die Kugel würde ihn an der falschen Stelle treffen.

Schon weniger verlockend.

Also wirft er den Schlüssel durch das offene Fenster und legt brav die Hände auf das Lenkrad.

Wenn er schon nicht als Held sterben kann, wird er sich wenigstens noch ein wenig amüsieren.

Einer der beiden Polizisten reißt die Wagentür auf, während der andere ihn im Visier hat.

»Raus aus dem Wagen!«, brüllt der erste.

»Keine abrupten Bewegungen!«, schreit der zweite.

»Ganz ruhig, Jungs. Schön cool bleiben. Ich leiste keinerlei Widerstand.«

Nun gesellt sich auch der dritte Beamte zu den anderen. Eine Frau, noch sehr jung. Gomez ist überrascht; eine Seltenheit bei der Streife.

»Los, steig schon aus, Arschloch!«

Gomez macht eine Bewegung, die beiden zerren ihn aus dem Wagen und zwingen ihn zu Boden.

Sehr männlich.

Ihm werden Handschellen angelegt, und im Eifer des Gefechts bekommt er einen hinterhältigen Fußtritt in die Rippen. Als er das Abzeichen an der Uniform sieht – ein Adler mit weißem Kopf –, weiß Gomez, dass er es mit Kollegen aus dem Nachbardépartement Essone zu tun hat.

Vor ihm steht der Chef der Nachtstreife. Ein kleiner, stämmiger Polizeimeister mit einer Ganovenvisage, der anfängt ihn zu durchsuchen, und erstarrt, als er die Pistole spürt, die Gomez unter den Gürtel seiner Jeans geschoben hat.

»Er ist bewaffnet!«

»Na und?«, antwortet Gomez. »Ihr ja auch.«

»Schnauze, Arschloch! Wo sind deine Papiere?«

»Die habe ich bedauerlicherweise zu Hause vergessen.«

»Schade für dich, Arschloch!«

»Ich bewundere Ihre gewählte Ausdrucksweise, meine Herren. *Arschloch* scheint dabei auf der Liste ganz oben zu stehen.«

Der Gendarm, dem offenbar die Argumente fehlen, versetzt Gomez einen Fausthieb in die Magengrube, der ihn zusammenklappen lässt.

»Warum hast du eine Knarre?«

Gomez ringt nach Luft, bevor er loslegt:

»Die gehört nicht mir, M'sieur! Ich schwöre es beim Leben meiner Mutter, die gehört einem Kumpel! Er hat sie mir gegeben, ich soll sie zu seinem Cousin bringen, M'sieur!«

»Du kannst dich auf eine unangenehme Nacht einstellen, mein Freund«, entgegnet der Polizeimeister. »Du bist mit hundertdreißig durch die Stadt gerast, hast eine Waffe bei dir, aber keine Papiere. Und ich bin sicher, wir werden weitere interessante Sachen finden, wenn wir dein Auto durchsuchen.«

»Okay, das Spielchen ist vorbei«, unterbricht ihn Gomez plötzlich. »Ihr nehmt mir sofort die Handschellen ab, gebt mir meine Autoschlüssel und meine Waffe zurück und entschuldigt euch, okay?«

Die beiden Polizisten lachen höhnisch, die junge Frau, offenbar vorsichtiger, verhält sich neutral.

»Den Teufel werden wir tun, Arschloch!«

»Es wäre mir lieber, wenn du mich mit Namen ansprechen würdest: Hauptkommissar Alexandre Gomez, Kripo Val-de-Marne. *Arschloch* dürfen mich nur meine Freunde nennen.«

Es folgt ein verblüfftes Schweigen.

»Die Papiere sind in der Seitentasche der Fahrertür«, fügt Gomez hinzu.

Die Polizistin nimmt seinen Dienstausweis heraus und reicht ihn ihrem Chef. Der wird bleich, sieht aus, als würde er sich gleich vor Angst in die Hose machen.

»Ich führe eine interne Untersuchung über die Praktiken der Streifenpolizei durch«, erklärt Gomez gelassen. »Meine Aufgabe ist es, zu überprüfen, wie Verdächtige behandelt werden, die – wie in meinem Fall – keinerlei Widerstand leisten. Ich soll zum Beispiel feststellen, ob sie einfach geduzt, beleidigt oder vielleicht sogar geschlagen werden.«

»Aber ...«

»Ich weiß, das ist normalerweise die Aufgabe der Generalinspektion, aber unsere lieben Brüder, diese Hosenscheißer, haben nicht den Mumm, sich einer solchen Situation auszusetzen. Sich als *Arschloch* titulieren zu lassen oder Faustschläge einzustecken, das ist nicht ihr Ding. Also hat man mir die Drecksarbeit überlassen ... Worauf warten Sie eigentlich, mir die Handschellen abzunehmen?«

Der zweite Beamte, der die Schlüssel in der Hand hält, sieht seinen Chef fragend an. Der nickt, und Gomez findet seine Bewegungsfreiheit wieder.

»Danke. Könnte ich jetzt bitte meine Waffe wiederhaben? Das ist mein Kuscheltier, verstehen Sie? Ich habe furchtbare Albträume, wenn sie nicht unter meinem Kopfkissen liegt.«

Der Polizeimeister händigt sie ihm aus, Gomez wirft sie auf den Beifahrersitz des Peugeot.

»Und wenn wir uns jetzt etwas besser kennenlernen würden? Name, Vorname, Dienstgrad bitte. Ich höre. Die Dame hat den Vortritt ...«

»Das ist jetzt wirklich unfair!«, wagt sich der jüngere Beamte vor.
»Du hast ganz recht, mein Junge, aber Befehl ist Befehl!«, seufzt Gomez. Der Polizeimeister ergreift erneut das Wort:
»Hören Sie, Herr Hauptkommissar, das ist ein Missverständnis ...«
Gomez zündet sich eine Zigarette an und erfreut sich an ihren aufgelösten Mienen.
»Entspannt euch, ihr Memmen, das war bloß ein Scherz! Hinter dem Baum da ist eine versteckte Kamera angebracht! Das ist für die Jahresabschlussfeier der Präfektur! ... Na los, lächeln, ich hab euch doch gesagt, ihr werdet gefilmt!«
Obwohl es sich eindeutig um einen Witz handelt, wissen die Beamten nicht, wie sie sich verhalten sollen. Plötzlich tun sie Gomez leid. Gerade will er der Farce ein Ende setzen, als der Polizeimeister lospoltert:
»Ich weiß nicht, welches Spielchen Sie hier spielen, Hauptkommissar, aber wir haben wirklich anderes zu tun, als uns das Gequatsche eines Alkoholikers anzuhören!«
Gomez packt ihn beim Kragen und drückt ihn gegen den Peugeot.
»Jetzt hör mal gut zu, *Arschloch*: Du hast Mist gebaut, und ich werde dafür sorgen, dass du das dein Leben lang bereuen wirst! Du hast nicht die geringste Ahnung, mit wem du es zu tun hast! Und ganz im Gegensatz zu dir habe ich keinen Tropfen Alkohol getrunken.«
»Ich habe nichts getrunken!«, verteidigt sich der Polizeimeister.
»Dein widerlicher Atem verrät mir das Gegenteil!«
Der kleine Stämmige erstarrt unter dem furchterregenden Blick, der sich in seine Augen bohrt.
»Das hätten Sie gleich sagen sollen, dass Sie einer von uns sind! Das konnten wir doch nicht ahnen!«
»Hättet ihr aber müssen! So was nennt man einen guten Riecher, *Arschloch!*«
»Sie spinnen doch ...«
»Bingo! Du darfst morgen Abend zum Finale wiederkommen. Du hast wirklich ein Siegergesicht, ich bin sicher, dass du den großen Preis gewinnst!«
Die junge Polizistin kichert leise. Gomez lässt den Polizeimeister los, der sich an die schmerzende Kehle greift.
»Nicht, dass ich mich langweilen würde, aber nach diesem anstrengen-

den Tag im Kampf gegen das Verbrechen möchte ich jetzt nach Hause. Spielt schön weiter.«

Er macht einen Schritt auf die junge Frau zu, die zurückweicht. Er ergreift ihre Hand, drückt einen Kuss darauf und zwinkert ihr zu.

»Entschuldigen Sie dieses launige Zwischenspiel, Mademoiselle. Wenn Sie mir Ihren Vornamen nennen, verspreche ich, es nie wieder zu tun.«

»Valentine.«

»Ein wunderschöner Name. Gute Nacht, Valentine. Und lassen Sie sich nie von diesen beiden Machos auf die Füße treten, versprochen?«

»Versprochen, Herr Hauptkommissar.«

Sie lächelt leicht verunsichert. Gomez steigt in seinen Wagen, setzt das Blaulicht aufs Dach und fährt mit quietschenden Reifen davon.

Verblüfft starren die drei Polizisten dem Wagen nach, der am Ende der Straße ein Tempo von mindestens einhundert Stundenkilometern erreicht hat.

»Der Kerl hat sie wirklich nicht mehr alle«, murmelt Valentine.

ICH denke ununterbrochen an dich.
Es ist stärker als ich, stärker als alles andere.
Ich habe dich auserwählt, dich, aus dieser großen anonymen Masse heraus.
Dich zu meiner Muse erkoren, meiner Inspirationsquelle.

Für dich ersinne ich tausendundeine Qual, eine raffinierter als die andere.
Das verspreche ich dir.
Für dich werde ich alle Opfer bringen, eines nach dem anderen. Menschliche natürlich.
Ich werde alle Hindernisse niederreißen, die sich zwischen uns auftun.
Du wirst nicht enttäuscht sein.
Das verspreche ich dir.
Für dich werde ich das Unmögliche möglich machen.
Nichts wird mir standhalten.
Vor allem du nicht.
Natürlich wirst du dich wehren, mit dem Mut, den ich an dir kenne, mit der Intelligenz, die dich auszeichnet.
Natürlich wirst du bis zum Schluss kämpfen, daran zweifele ich nicht eine Sekunde.
Doch irgendwann wirst du das Unvermeidliche erkennen und mir deine Waffen zu Füßen legen.

Ich werde dich verwandeln, nach meinem Geschmack formen.
Dich häuten, dich enthüllen, bis du ganz und gar entblößt bist. Vollkommen nackt.
Ich werde dich langsam zerstören, Tag für Tag, Stück für Stück.
Ich werde dich Teilchen für Teilchen auseinandernehmen.

Du wirst mein schönstes Kunstwerk sein, mein größter Erfolg.

Mein Meisterwerk, das verspreche ich dir.

KAPITEL 7

»Du musst wirklich mit diesem Unsinn aufhören, Alex.«

Gomez hält dem Blick von Kriminaloberrat Maillard unbeeindruckt stand. Dazu muss man sagen, dass sie sich seit fünfzehn Jahren kennen und dass Maillard schon lange aufgegeben hat. Gomez kontrollieren zu wollen ist utopisch. So als versuche man, eine Büffelherde zu bändigen, die von einer Hyänenmeute gejagt wird.

Also begnügt er sich mit Schadensbegrenzung. Damit, alles unter den Teppich zu kehren.

»Wenn ich mich ordnungsgemäß verhalten würde, würdest du dich doch zu Tode langweilen«, meint Gomez provokant.

»Du willst sagen, ich könnte endlich entspannen! Heute Morgen musste ich mir die Schilderungen deiner nächtlichen Eskapaden anhören, und das war alles andere als lustig.«

»Dann entspann dich doch jetzt, mein Alter«, lacht Gomez und zündet sich eine Zigarette an.

»In meinem Büro wird nicht geraucht!«, faucht Maillard.

Gomez macht das Fenster auf, nimmt noch einen Zug und wirft die Zigarette hinaus.

»Bei dem, was die Dinger jetzt kosten ...«

»Dann hör endlich auf.«

»Um erst mit neunzig zu sterben? Nein danke!«

»Du gehörst wirklich in die Klapse, Alex.«

»Du hast gut reden, keine psychiatrische Klinik würde mich nehmen. Ich habe mich schon beworben, aber offenbar haben sie Schiss vor mir.«

»Warum hast du diese Streife derart schikaniert?«, seufzt Maillard.

»Sie hätten mich ja nur in Ruhe lassen müssen. Ich fuhr friedlich nach Hause ...«

»Du bist mit hundertdreißig Stundenkilometern durch die Stadt gerast. Das scheint mir Grund genug. Das Blaulicht ist kein Spielzeug.«

»Dabei ist es mir nicht mal gelungen, ein Großväterchen zu überfahren! Um die Zeit liegen die längst in der Falle und pennen. Ich würde ja gern zur Sanierung unseres Rentensystems beitragen, aber dazu müssten die Alten etwas mobiler sein.«

»Darf ich dich daran erinnern, dass du dafür bezahlt wirst, Gangster einzuschüchtern, nicht Polizisten! Die gehören zu deiner Familie, verstehst du? Zu der Mannschaft, in der du spielst. In der du zumindest spielen solltest …«

»Ich werde bezahlt, bist du da sicher?«, fragt Gomez verwundert. »In Anbetracht meines Kontostands dachte ich, ich wäre Freiwilliger bei der Heilsarmee.«

»Die Jungs von heute Nacht haben sich beschwert, und das wird wieder auf mich zurückfallen.«

»Du hast starke Schultern, das weiß ich. Außerdem habe ich mich köstlich amüsiert, das kann ich dir sagen. Sie hatten eine junge Polizistin dabei. Valentine heißt sie. Die solltest du zur Kripo holen. Die kann nämlich richtig Auto fahren.«

»Tatsächlich?«

»Vor allem ist sie sehr sexy!«, gibt Alexandre zu.

Maillard verdreht die Augen und schließt das Fenster.

»Kannst du mir übrigens sagen, warum du um diese Zeit unterwegs warst?«

»Ich habe den Sternenhimmel bewundert. Sterne sind wirklich was Wunderbares.«

Maillard verschränkt die Arme und wartet.

»Ich interessiere mich neuerdings brennend für Astronomie«, versichert Gomez.

»Sag mir, was du gemacht hast, oder ich werfe dich wegen der Sache heute Nacht der Generalinspektion zum Fraß vor.«

»Das würdest du nie tun, mein Alter.«

»Ich bin nicht dein Alter, sondern dein Vorgesetzter.«

Gomez erhebt sich langsam aus dem Sessel, in den er sich gefläzt hat.

»Du bist nicht nur mein Vorgesetzter. Du bist vor allem mein Freund.«

Maillard presst die Lippen zusammen, als hätte man ihn bei etwas Verbotenem ertappt. Gomez legt ihm die Hand auf die Schulter.

»Danke, ich mach's wieder gut.«

Bevor er den Raum verlässt, dreht er sich mit einem beunruhigenden Lächeln noch einmal um.

»Vertrau mir, ich werde dir ein besonders erlesenes Stück Jagdwild liefern. Eines, das dir eine hübsche Auszeichnung einbringen wird, die du dann auf deine alten Tage bewundern kannst.«

Hauptkommissar Gomez schlägt die Tür hinter sich zu, Maillard seufzt erneut. Eines Tages, das weiß er, wird es ihn teuer zu stehen kommen, dass er Gomez stets deckt.

Sein Freund, das stimmt. Und auch sein bester Spürhund. Kamikaze bei aussichtslosesten Missionen.

Ein Mann, der seine chronische Verzweiflung hinter einer Karnevalsmaske verbirgt. Mal übertrieben und grotesk. Mal furchteinflößend.

Meistens furchteinflößend.

Ein Mann, der auf alle Fälle etwas Außergewöhnliches hat, um das ihn Maillard seit jeher beneidet.

Den unumstößlichen Willen, frei zu bleiben.

* * *

»Hast du im Büro angerufen?«, fragt Bertrand.

»Ja, ich habe ihnen gesagt, dass ich heute Vormittag nicht komme.«

»Ich gebe meinem Chef auch Bescheid. Ich bleibe lieber bei dir.«

Er trinkt einen Schluck Kaffee und zieht sein Handy heraus. Cloé hört zu, wie er seinem Boss eine Lüge auftischt. Sie findet ihn von Mal zu Mal verführerischer. So, als würde jede Nacht, die er mit ihr verbringt, ihn noch charmanter machen. Die Vorstellung, dass sie ihn attraktiver und strahlender macht, gefällt ihr. Dass auch sie eine Art Droge für ihn ist. Mit rein wohltuender Wirkung natürlich.

»Wie fühlst du dich?«, fragt Bertrand besorgt.

»Ganz gut«, behauptet Cloé.

Er ergreift ihre Hand, sie weicht seinem forschenden und zugleich sanften Blick aus.

»Glaubst du wirklich, dass ich Halluzinationen habe?«

»Sagen wir so: Du bist neulich in Panik geraten, und das hat in der Folge seltsame Reaktionen bei dir ausgelöst ... Ich denke, du solltest Hilfe in Anspruch nehmen.«

»Willst du mich zu einem Therapeuten schicken, meinst du das?«, fragt Cloé und hebt den Kopf.

»Es könnte dir guttun, mit einem Spezialisten darüber zu reden.«

»Ich bin nicht verrückt!«

»Hör auf, Clo. Fang bitte nicht wieder an. Ich habe dich nicht eine Sekunde für verrückt gehalten. Das hat nichts damit zu tun. Du bist ganz offensichtlich traumatisiert und ...«

»Ich bin nicht traumatisiert!«, erregt sich Cloé. »Ich habe große Angst gehabt, das ist alles. Für ein Trauma braucht es etwas mehr.«

Bertrand lässt ihre Hand los und erhebt sich.

»Ich gehe«, sagt er nur.

Cloé zögert einen Moment, läuft ihm dann aber nach.

»Bleib hier!«, befiehlt sie.

»Dein Ton gefällt mir nicht, da fahre ich lieber gleich nach Hause.«

Cloé legt den Arm um seinen Hals.

»Geh bitte nicht, bleib bei mir ...«

Sichtlich unentschlossen, antwortet er nicht.

»Ich bin fertig mit den Nerven«, fügt Cloé hinzu. »Entschuldige. Ich habe mir den Vormittag freigenommen und du auch. Es wäre doch blöd, wenn jetzt jeder allein in seiner Wohnung hockt, oder?«

Sie zieht ihm den Mantel aus, er lässt es geschehen. Dann nimmt sie ihn bei der Hand und führt ihn in die Küche. Er willigt ein, sich zu setzen, schweigt aber weiter.

Cloé schenkt ihm noch eine Tasse Kaffee ein und verwandelt sich in ein braves Mädchen.

»Entschuldige«, wiederholt sie. »Ich glaube, ich spreche nicht gerne darüber ... weil ich mich schäme, so zu reagieren, Angst zu haben. Den Typen überall zu sehen.«

»Sich schämen nutzt nichts. Darüber sprechen hingegen vielleicht ...«

»Kommt nicht in Frage«, fällt ihm Cloé ins Wort, ohne die Stimme zu heben. »Ich werde mich selbst zur Vernunft rufen, dann wird es schon gehen.«

Sie küsst ihn, er schmilzt wie Schnee in der Sonne.

»Hast du keine Kopfschmerzen mehr?«, fragt er.
»Nein, nur einen blauen Fleck an der Schulter. Nichts Schlimmes.«
Sie räumt den Tisch ab, er lässt sie nicht aus den Augen.
»Hast du eigentlich deine Medikamente genommen?«, fragt er plötzlich.
»Nein, hab ich ganz vergessen …«
Cloé öffnet den Schrank über der Spüle und greift nach einem Tablettenröhrchen. Dann schluckt sie zwei davon mit einem Glas Wasser.
»Was sind das für Pillen, die du jeden Morgen nimmst?«
Es ist das erste Mal, dass er ihr diese Frage stellt. Cloé zuckt die Achseln:
»Ein kleines Herzproblem, nichts Schlimmes. Das ist eine vorbeugende Maßnahme.«
Sie nähert ihr Gesicht dem von Bertrand und murmelt:
»Ich habe ein Herz aus Stein, vergiss das nicht.«
Bertrand lächelt.
»Ich bin Geologe, Chérie. Vergiss das nicht. Die Untersuchung von Felsgesteinen ist mein Job. Von den härtesten bis zu den weichsten widersteht mir keins.«

* * *

Einen Becher kalten Kaffee in der Hand, öffnet Gomez die Tür zu seiner Abteilung.
»Hallo, Chef!«, ruft Laval.
»Solltest du heute Morgen nicht ausschlafen?«
»Doch, aber Sie haben mir gefehlt. Ich konnte dem Wunsch nicht widerstehen, in Ihrer Nähe zu sein.«
Gomez unterdrückt ein Lächeln und nimmt einen letzten Schluck von dem ekelhaften Gebräu.
»Wo sind die anderen?«
»Vielleicht im Café an der Ecke«, antwortet Laval.
»Du hast fünf Minuten, sie herzuholen.«
»Ich bin doch nicht Ihr Schäferhund!«
»Wenn du mich so ansiehst, habe ich aber manchmal ganz den Eindruck.«
»Tja, die Bewunderung für Sie trieft nun mal nur so aus meinem Blick, Chef.«

»Hör auf mit dem Scheiß und hol mir die Idiotentruppe her, die angeblich mein Team ist.«
Gomez hat noch nicht ganz zu Ende gesprochen, da platzen drei Männer herein.
»Die Idiotentruppe meldet sich zum Rapport!«
Sie schütteln ihm die Hand, allen voran Oberkommissar Villard.
»Es heißt, du hättest eine Streife aus dem Département Essonne attackiert?«
»Ich habe ihnen nur eine Gratisfahrstunde erteilt. Damit sie nicht extra Unterricht im Schnellfahren nehmen müssen. Und jetzt Schluss! Wir wollen unseren Tag nicht mit so was vergeuden.«
»Jedenfalls ist heute Morgen auf den Fluren von nichts anderem die Rede!«, erklärt Villard.
»Tatsache? Endlich verstehe ich, warum es in den Mietshäusern keine Concierges mehr gibt. Die sind offenbar alle hierher versetzt worden, um ihren Klatsch und Tratsch zu verbreiten … Wenn wir uns jetzt also mal an die Arbeit machen wollen?«

* * *

Pardieu betritt das Büro, ohne vorher anzuklopfen. Philip Martins hebt den Kopf von seinen Akten und lächelt dem Generaldirektor zu.
»Ich muss mit Ihnen reden, Philip.«
Der Alte schließt sorgfältig die Tür hinter sich, bevor er seinem Mitarbeiter gegenüber Platz nimmt.
»Ich möchte wissen, was Sie von Cloé halten«, kommt er ohne Umschweife zur Sache.
Es gelingt Martins nicht, seine Überraschung zu verbergen.
»In welcher Hinsicht?«, fragt er, um Zeit zu gewinnen.
»In jeder Hinsicht.«
Philip lockert automatisch seinen Krawattenknoten. Pardieu sieht ihn mit seinen kleinen, lächelnden Augen an. Ein junger Blick, fast kindlich in diesem so stark von den Jahren gezeichneten Gesicht. Dieser Blick, aus dem keine Stimmung abzulesen ist.
Martins beginnt schließlich.
»Sie ist sehr intelligent und hat großes Talent.«

»Weiter?«

»Sie ist fleißig und zählt ihre Stunden nicht.«

»Nun legen Sie doch endlich mal los, Philip!«, bittet Pardieu mit einem kleinen Lachen.

Martins rückt sich in seinem Sessel zurecht.

»Sagen Sie mir lieber, was Sie hören möchten, Monsieur.«

»Was Sie denken, was sie *wirklich* über Mademoiselle Beauchamp denken. Ehrlich und ohne Umschweife.«

»Ich bewundere sie«, gesteht Martins. »Sie ist begabt, hat viel Fantasie. Sie findet immer eine Lösung. Sie ist brillant. Sie lässt sich nie entmutigen. Ich bin selten jemandem begegnet, der einen so starken Willen hat.«

»Weiter«, drängt Pardieu.

Martins zögert, weiß immer noch nicht, worauf der Alte hinauswill.

»Ja, ich bewundere sie«, wiederholt er. »Aber ... ich möchte nicht an ihrer Stelle sein, denn es muss ein Martyrium sein, das sie durchmacht.«

»Glauben Sie?«

»Ich bin ganz sicher. Ihr Ehrgeiz frisst sie auf und isoliert sie von den anderen. Sie misstraut allen ... Ich denke, dass sie große Angst hat zu scheitern.«

»Wie wir alle, nicht wahr?«

»Sicher. Aber bei Cloé ist das krankhaft. Es zählt nichts anderes. Ich fürchte, dass sie irgendwann zusammenbricht, weil sie immer alles im Griff haben will. Immer perfekt ... überall die Beste sein will.«

Er verstummt.

Pardieu sieht ihn weiter durchdringend an.

»Danke, Philip.«

»Keine Ursache. Aber wozu all diese Fragen?«

»Um mich zu überzeugen, dass ich die richtige Wahl getroffen habe.«

Martins' Kehle zieht sich zusammen. Er hat die Krawatte bereits gelockert, mehr kann er nicht tun.

»Die richtige Wahl?«

»Sie wissen ganz genau, wovon ich spreche«, fährt Pardieu fort. »Über den oder die, die nach mir dieses Haus leiten wird.«

»Sie haben sich schon für jemanden entschieden? ... Für Cloé, nicht wahr?«

»Nein, für Sie, Philip.«

Man merkt Martins die Überraschung an.

»Sie sagen nichts dazu?«, fragt Pardieu verwundert.

»Ich ... Ich bin überrascht, entschuldigen Sie. Ich hatte, ehrlich gesagt, gedacht, Sie würden Cloé wählen.«

»Ich hab lange zwischen Ihnen beiden geschwankt, das gebe ich zu. Was ich an Ihnen schätze, Philip, und was Sie zu einer hervorragenden Führungskraft machen wird, ist Ihre Menschlichkeit. Sie sehen die Qualitäten der anderen, vermögen sie zu erkennen und werden sie also auch nutzen können. Cloé ist zu sehr auf sich selbst konzentriert, um wahrzunehmen, was um sie herum vorgeht. Sie haben ganz recht mit Ihrer Einschätzung: Die anderen sind für sie nur potenzielle Feinde oder im besten Fall Sklaven, die sie ausbeuten kann. Denen sie auf die Füße tritt, um voranzukommen. Immer weiter voran ... Nie würde ich ihr diese Firma, die ich gegründet habe, überlassen.«

»Das wird schlimm für sie sein«, versichert Martins.

»Ich weiß. Sie wird die Agentur verlassen und für die Konkurrenz arbeiten. Das ist wegen ihrer durchaus vorhandenen Qualitäten, die Sie ja gerade aufgezählt haben, schade für uns. Aber meine Entscheidung ist getroffen. Und sie ist unumstößlich.«

»Wann wollen Sie es ihr sagen?«

»Ich habe bereits mit Cloé gesprochen und sie glauben lassen, ich hätte sie gewählt.«

Martins wird bleich.

»Sie finden mich hinterhältig, nicht wahr?«

Philip widerspricht ihm nicht einmal.

»Wenn Cloé an Ihrer Stelle wäre, hätte sie mir jetzt verschwörerisch zugelächelt!«

»Können Sie sich vorstellen, was das für ein Schock für sie sein wird?«

»Ja. Aber ich will, dass sie bis zur offiziellen Bekanntgabe gut arbeitet, statt ihre Zeit damit zu verbringen, einen anderen Job zu suchen. Ich sehe in erster Linie die Interessen der Firma. Und ich zähle auf Sie, damit sie bis zum Ende glaubt, sie wäre die Auserwählte.«

Martins zögert. Doch unter dem Blick des Alten kapituliert er schließlich.

»Okay, ich werde den Mund halten.«

»Ich erwarte mehr als Schweigen von Ihnen, Philip. Sie dürfen sich nichts anmerken lassen. Kann ich mich auf Sie verlassen?«

»Ja, das können Sie.«

»Sehr gut.«

Der Alte erhebt sich und geht zur Tür. Doch ehe er das Zimmer verlässt, dreht er sich um.

»Ach so, Sie haben mir gar nicht gesagt, ob Sie sich freuen, mein Nachfolger zu werden. Wie sieht's aus?«

»Lassen Sie mir etwas Zeit, das Ganze erst einmal zu realisieren.«

Mit einem Lächeln auf den Lippen verabschiedet sich Pardieu.

Philip bleibt eine lange Weile am Fenster seines Büros stehen. Er kann keine Freude empfinden, denn er hat durchaus seine Zweifel.

Vielleicht hat Pardieu sich für ihn entschieden.

Vielleicht aber auch nicht.

So langsam kennt er diesen alten Fuchs, der zu allem fähig ist.

Fähig zu lügen, dass sich die Balken biegen. Seine beiden potenziellen Nachfolger in eine Konkurrenzsituation zu bringen, um sie noch einmal genau vermessen, sie auf der Zielgeraden noch einmal nebeneinander abschätzen zu können.

Auf alle Fälle wird er sich ins Zeug legen müssen, wenn er das Ziel als Erster erreichen will. Ein letzter Wettkampf, bei dem alles erlaubt ist.

Alles.

KAPITEL 8

Sie kommen bestimmt zu spät. Doch Cloé wagt nicht, Bertrand zu bitten, schneller zu fahren. Er ist schon den ganzen Vormittag über leicht angespannt. Genau wie sie. Also übt sie sich in Geduld.

Es ist schon fast dreizehn Uhr, und sie haben erst die Pariser Außenbezirke erreicht. Cloé betrachtet den Lauf der Seine, die ihre Farbe dem grauen Himmel anpasst wie ein Chamäleon.

»Stört es Carole wirklich nicht, wenn ich einfach dazukomme?«

»Natürlich nicht«, versichert Cloé. »Im Gegenteil, sie wird sich freuen.«

»Erzählst du ihr von heute Morgen?«

»Ich weiß nicht.«

»Übrigens, du solltest deine Garage nachts nicht offen lassen. Vor allem, wenn ich nicht da bin. Selbst wenn es darin nichts zu stehlen gibt, ist das nicht sehr vernünftig.«

Bertrand ist ganz auf die Straße konzentriert und sieht nicht die Angst, die in ihren schönen, hellen Augen aufflammt. Eine Mischung aus Bernstein und Jade. Zwei leuchtende, funkelnde Edelsteine.

»Stand sie denn heute Nacht offen?«, fragt sie leise.

»Ja. Die zehnminütige Schlüsselsuche hätte ich mir sparen können …«

Cloé verbirgt ihre zitternden Hände zwischen den Schenkeln. Ihr bleiben zwar nicht mehr viele Gewissheiten, aber eins weiß sie ganz genau: Als sie ins Bett gegangen sind, war die Garage doppelt abgeschlossen gewesen.

* * *

Bertrands Anwesenheit bereitet ihr Unbehagen. Sie kennen sich erst so wenig … Dennoch tut Carole so, als würde sie sich freuen, und bittet den Kellner um ein weiteres Gedeck.

Nachdem Cloé bestellt hat, geht sie zur Toilette. Carole bleibt allein mit Bertrand zurück, der sie mit einem kleinen Lächeln ansieht.

»Ich wollte nicht mitkommen«, legt er ohne Vorrede los. »Aber Cloé hat darauf bestanden. Ich weiß, dass ihr gern unter euch seid, und hoffe, ich störe nicht zu sehr.«

»Nicht im Geringsten, wir treffen uns so oft, weißt du. Da haben wir genug Gelegenheit, unsere kleinen Geheimnisse auszutauschen.«

Carole schaut eine Weile aus dem Fenster und sieht den vorbeilaufenden Menschen nach. Als wären die von irgendeinem Interesse. Dann wendet sie sich wieder Bertrand zu und schenkt ihm ein schüchternes Lächeln.

Warum weckt dieser Mann ein solches Unbehagen in ihr? Sinnlos, sich etwas vorzumachen: Sie fühlt sich aus irgendeinem Grunde unwiderstehlich von ihm angezogen und hat Angst, dass man ihr das anmerken könnte.

»Bist du noch immer solo?«, fragt Bertrand plötzlich.

Blöder Mistkerl.

»Ja«, antwortet Carole.

Er nimmt ein Stück Brot aus dem Korb, sie folgt seinen Bewegungen mit den Augen. Er hat schöne Hände, umwerfende grüne Augen, ein Lächeln, das tausend Kilometer entfernte Eisberge zum Schmelzen bringen könnte.

»Das Singledasein hat auch seine Vorteile«, meint Bertrand.

»Ja, da ist was dran«, erwidert Carole, die ihn am liebsten geohrfeigt hätte.

Oder geküsst, je nachdem.

»Ich koste es im Übrigen auch wirklich aus«, fügt sie hinzu und versucht, überzeugend zu wirken.

Bertrands angedeutetes Lächeln wird breiter. *Das wird ja immer besser.*

Manchmal ist es ratsam zu schweigen, um sich nicht noch mehr zu verstricken.

»Was treibt Cloé eigentlich?«

»Wahrscheinlich ist sie dabei, sich neu zu schminken und die Haare zu machen«, spöttelt Bertrand. »Dabei hat sie das wirklich nicht nötig, sie ist ohnehin die Schönste.«

Schöner als ich, wie reizend, das noch mal klarzustellen.

Carole knetet ihre rosafarbene Papierserviette und fährt sich dann mit der Hand durch das schwarze Haar, das sie zu einem Pferdeschwanz zusammengebunden hat. Hätte sie gewusst, dass er mitkommt, hätte sie es offen gelassen.

»Du hast abgenommen, oder?«

Ungewollt verkrampfen sich Caroles Gesichtszüge.

»Nein, ich glaube nicht. Eher im Gegenteil.«

Wie lange will er sie noch quälen? Und wenn er endlich aufhören würde, sie so spöttisch anzusehen ...

»Auf jeden Fall siehst du sehr gut aus.«

Plötzlich hat sie Zweifel. Ist das ernst gemeint? Wohl eher nicht! Aber Carole ist sich da nicht mehr so sicher. Ihr Herz schlägt schneller, ihre Hände knüllen die Papierserviette jetzt ganz zusammen.

»Nett von dir, das zu sagen!«, erwidert sie mit einem kleinen nervösen Lächeln.

»Das ist meine ehrliche Meinung.«

Und genau in diesem Augenblick erscheint Cloé wieder auf der Bildfläche. Ihre Freundin verflucht sie innerlich.

»Du siehst nicht gut aus«, meint Carole schließlich. »Was ist los?«

»Schlecht geschlafen«, weicht Cloé aus.

Carole runzelt die Stirn und sieht Bertrand an. Der beginnt ausführlich die ganze Geschichte zu erzählen, wobei er auch Cloés Halluzinationen nicht auslässt. Diese wirft ihm einen vernichtenden Blick zu.

»Ich habe mir das nicht eingebildet!«, sagt sie und unterdrückt ihren Zorn. »Ich habe diesen Typen wirklich gesehen.«

»Du willst doch wohl nicht wieder damit anfangen«, meint Bertrand in herablassendem Ton.

»Bertrand hat recht«, fällt Carole ein. »Das ist nur die Angst, sonst nichts.«

»Ach, die Angst hat das Garagentor geöffnet?«, fährt Cloé sie an.

»Du hast nur vergessen, es zuzumachen, das ist alles«, antwortet Bertrand.

»Nein, da bin ich mir ganz sicher.«

»Bertrand hat recht ...«

»Hör auf, immer wieder zu sagen *Bertrand hat recht*!«, faucht Cloé. »Ich bin schließlich nicht blöd ...«

Ohne es zu bemerken, hat sie geschrien. Die Gäste am Nachbartisch betrachten sie belustigt. Bertrand ergreift ihre Hand und drückt sie etwas zu fest. Sie verzieht das Gesicht.

»Beruhige dich«, befiehlt er. »Es reicht jetzt. Dieser Typ existiert nicht, und das wirst du wohl oder übel einsehen müssen.«

Cloé versucht, ihre Hand freizumachen, doch Bertrands Griff wird noch fester. Es ist das erste Mal, dass er sich ihr gegenüber brutal zeigt. Und noch dazu vor Carole.

»Wenn er letzte Nacht tatsächlich da gewesen wäre, hätte ich ihn doch sehen müssen, oder?«

»Er könnte sich auch in der Garage versteckt haben, schließlich war es stockfinster«, ruft Cloé.

Sie spürt, dass ihr gleich die Tränen kommen, versucht, sich zusammenzureißen. Carole schweigt und sehnt ein Mauseloch herbei, in das sie sich verkriechen könnte.

»Ich bin kurz nach deinem Schrei gekommen, habe sofort die Sicherung reingedreht und Licht gemacht. Er war nicht da. Er war nie da. Nur in deinem Kopf. Wirst du mir nun verdammt nochmal glauben?«

»Und wer hat dann den Strom abgeschaltet?«

»Niemand.«

Die ganze Zeit über hat er nicht einmal die Stimme erhoben. Aber sein Blick ist hart und stechend. Endlich lässt er ihre Hand los, und ein langes Schweigen tut sich zwischen ihnen auf, das Carole möglichst schnell zu überbrücken versucht.

»Hör zu, Cloé, ich denke, was Bertrand sagt, stimmt. Du hattest den Eindruck, der Typ wäre da. Weil du auf der Straße verfolgt worden bist und furchtbare Angst hattest, und weil …«

Sie kann ihren Satz nicht aussprechen, denn Cloé steht wortlos auf und geht. Carole will ihr nachlaufen, Bertrand hält sie zurück.

»Lass sie. Sie kommt wieder, wenn sie sich beruhigt hat.«

»Du hast recht …«

Ein idealer Vorwand, sich nicht einzugestehen, dass sie lieber bei diesem Mann bleibt, als ihre Freundin zu trösten.

Ihre beste Freundin.

* * *

Die Büros sind dunkel, die Flure menschenleer. Doch Cloé ist noch da.

Obwohl sie an diesem Nachmittag fast nicht hat arbeiten können.

Er hätte sie anrufen, sich entschuldigen, zu ihr kommen müssen. Doch er hat kein Lebenszeichen von sich gegeben.

Carole dagegen hat eine verlegene Nachricht auf ihrer Mailbox hinterlassen.

Sie macht sich Sorgen, aber glauben tut sie mir nicht ... Ist sie wirklich meine Freundin?

Cloé versucht, der Verwirrung, die sich in ihrem Kopf ausbreitet, Einhalt zu gebieten. Doch es wird von Stunde zu Stunde schlimmer. Sie weiß nicht, was ihr mehr Angst macht: Opfer einer Halluzination zu sein oder wirklich von einem Unbekannten verfolgt zu werden.

Sie muss sich eingestehen, dass es keine Spuren von Gewaltanwendung am Garagentor gibt. Aber es gibt sicher einen Weg, Türen zu öffnen, ohne sie aufzubrechen.

Heute Nacht wird sie allein sein. Sie wird Bertrand nicht anrufen, sie ist viel zu stolz, zuzugeben, dass sie vor Angst halb umkommt. Wenn der Unbekannte existiert und in die Garage hat eindringen können, warum dann nicht auch in ihr Haus?

Grauenvolle Bilder tauchen vor ihren Augen auf. Von dem, was er ihr antun könnte.

Nein, Cloé, nein. Die beiden haben sicher recht, du machst dir was vor. Du bist in Panik und fantasierst.

Aus ihrem Fenster sieht sie, wie sich die Dunkelheit über das 13. Pariser Arrondissement senkt. Wie die Menschen in den Metrostationen verschwinden, einkaufen gehen, ein Taxi heranwinken.

Sie fühlen sich bestimmt nicht verfolgt. Sie haben bestimmt heute Nacht weder vor Dunkelheit noch vor Schatten Angst.

Sie dreht sich um und unterdrückt einen Schrei.

»Entschuldige«, sagt Martins. »Ich wollte dir keinen Schrecken einjagen, tut mir leid. Gehst du nicht nach Hause?«

»Doch, gleich«, antwortet sie und räumt ihren Schreibtisch auf. »Und du?«

»Ich bin gerade fertig. Also, bis morgen.«

»Noch einen schönen Abend, Philip.«

Er verschwindet auf dem Flur, und sie bedauert plötzlich, sich ihm nicht angeschlossen zu haben.

Die Angst. Schon wieder, andauernd. Allein das Hochhaus verlassen, allein zu ihrem Auto in die Tiefgarage gehen.

Eilig zieht sie ihren Mantel an, sichert ihren Computer mit dem Passwort und greift nach ihrer Tasche. Dann hastet sie zum Aufzug. Mit etwas Glück ... Aber sie hat kein Glück, die Türen schließen sich zu schnell.

Jetzt liegt das Stockwerk ganz verlassen da ...

KAPITEL 9

Die Türen öffnen sich zur Tiefgarage. Einsam und verlassen, na klar. Die perfekte Falle.
Dieser Mistkerl von Martins hätte ruhig auf mich warten können!
Cloé sieht sich um, zögert aber, aus dem Aufzug zu treten. Sie konzentriert sich und erteilt mit harter Stimme sich selbst Befehle:
»Mach dich nicht lächerlich! Du bist doch kein kleines Mädchen mehr!«
Schließlich traut sie sich und macht sich auf den Weg. Mit zusammengebissenen Zähnen, geballten Fäusten und viel zu schnellem Schritt.
Der Wagen ist schon in Sichtweite, der Funkschlüssel in ihrer Hand. Sie dreht sich einmal um, kann aber nichts Verdächtiges entdecken.
Sie steigt in ihren Mercedes A-Klasse und verriegelt sofort die Türen. Die Hände aufs Lenkrad gelegt, holt sie mehrmals tief Luft, bevor sie den Motor anlässt. Sie angelt ihren Parkausweis aus dem Handschuhfach und fährt aus der Tiefgarage.
Sie hat es geschafft. War doch gar nicht so schwer. Nur eine Frage des Willens.
Während sie sich in den Verkehr einfädelt, versucht sie, sich zu entspannen. Klassische Musik, Klimaanlage auf 24 Grad. In ihrem kleinen Luxusuniversum fühlt sie sich in Sicherheit. Doch irgendwann wird sie es verlassen müssen. Sie spielt kurz mit den Gedanken, die Nacht in einem Hotel zu verbringen.
Ein Ort, wo er mich nicht finden kann. Ein Bau, wo ich mich verkriechen kann.
Als sie an einem *Mercure* vorbeikommt, zögert sie.
»Kommt gar nicht in Frage. Ich werde trotz allem nicht die Panik über mich bestimmen lassen!«
Ich hätte heute Mittag nicht einfach aus dem Restaurant weglaufen dürfen.

Ich hätte bei Bertrand anrufen und mich entschuldigen müssen. Ihn bitten sollen, heute Nacht zu mir zu kommen. Ihn anflehen sollen.

»Ihn anflehen? ... Wie erbärmlich!«

Während sie vor einer roten Ampel wartet, taucht plötzlich ein Gesicht vor ihrem inneren Auge auf. Das von Christophe.

Die Liebe ihres Lebens? ... Eher die Angst ihres Lebens. Der Hass ihres Lebens.

Fünf Jahre an seiner Seite. Und als hässlicher Epilog einen Monat Krankenhaus für sie und zwei Monate Gefängnis für ihn.

Christophe. Groß und imposant. Wie der Schatten.

Sie schließt die Augen, sieht nicht, dass die Ampel auf Grün schaltet. Wütendes Hupen reißt sie aus ihren Tagträumen. Sie war in der Hölle.

Er ist es. Es ist Christophe. Er ist zurückgekommen, will mich fertigmachen. Sich rächen, mich töten.

Es hat ihm immer schon Spaß bereitet, mir Angst zu machen. Mich in seiner Gewalt zu haben.

Tränen laufen ihr übers Gesicht.

»Du bist zurückgekehrt, Dreckskerl! Du willst mich zerstören, stimmt's?«

Sie schreit ins Leere. Niemand hört sie. Niemand versteht sie. Sie ist einsam. Schrecklich einsam.

Nein. Die Angst ist bei ihr. Steckt wie ein Stachel in ihrem Fleisch. Fließt durch ihre Adern, hämmert in ihren Schläfen, klebt ihr an Stirn und Händen. Sie lebt hier, in ihr.

Seit langem schon.

• • •

Normalerweise hat sie es eilig heimzukommen. Heute Abend ist sie langsam gefahren. Hat sogar unnötige Umwege gemacht.

Die Straße ist menschenleer. Alle sind zu Hause. Jeder für sich.

Sie sieht sich in der vertrauten Umgebung um, die für sie nun zu einem feindlichen Dschungel geworden ist. In der jeder Baum ein ideales Versteck für das Raubtier ist, das nur darauf wartet, sich auf sie zu stürzen.

Sie nimmt ihr Handy, sucht Bertrands Nummer aus ihrer Kontaktliste.

Will ihm gestehen, dass sie vor Angst halb umkommt, ihn anflehen herzukommen.

Mit ihren eigenen Widersprüchen hadernd, zögert sie jedoch.

Sei nicht so stolz, verdammt nochmal!

Gönn ihm auf keinen Fall diesen Triumph!

Oder … Soll sie Carole anrufen? Sie würde kommen, so viel steht fest.

Caro anzurufen hieße, den Schatten als Realität anzuerkennen. Sie nicht anzurufen hieße, zuzugeben, dass sie sich alles nur eingebildet hat, dass es nur ein Traum war. Besser gesagt ein Albtraum.

Sie muss einen Weg aus diesem Dilemma finden. Später. Jetzt geht es erst mal nur darum, ins Haus zu kommen. Diesen banalen Akt zu vollziehen, der zu einer gefährlichen Mission geworden ist.

Sie muss ihren Ängsten und Dämonen trotzen. Allen Mut zusammennehmen.

Als sie den Garten betritt, denkt sie, dass es Zeit wird, ein Tor anzubringen. Man kann hier rein- und rausspazieren, wie man will. Ein Tor allerdings hindert auch niemanden daran, über das Mäuerchen zu klettern, das den Garten umschließt.

Vielleicht sollte sie sich einen Wachhund anschaffen. Einen großen, der jeden Eindringling zerfleischen würde.

Das Problem ist, dass Cloé seit jeher Angst vor Hunden hat. Eine regelrechte Phobie.

Sie sieht sich um, blickt hinter sich. Nur noch wenige Meter, und sie ist in Sicherheit.

Und wenn er nun drinnen auf sie wartet, es sich in aller Ruhe auf ihrem Sofa bequem gemacht hat?

Als sie den Fuß auf die erste Stufe der Außentreppe setzt, tritt ein Mann aus dem Dunkel.

»Ich bin's, keine Angst.«

Cloé schließt die Augen für eine Sekunde, öffnet sie wieder und sieht Bertrands Gesicht vor sich. Sie findet keine Worte, so erleichtert ist sie, dass er da ist. Trotzdem durchströmt sie von Kopf bis Fuß etwas Kaltes, wie ein Luftzug.

Zeig ihm bloß nicht, wie gut es dir tut, seine Stimme zu hören.

»Ich wollte nur sehen, wie es dir geht.«

»Schon okay«, erwidert sie kühl.

»Umso besser ... Wir sollten miteinander reden, oder?«

»Wie du willst«, sagt sie und öffnet die Tür. »Aber ich sag's dir gleich, ich bin total müde.«

»Ich kann auch wieder gehen, wenn dir das lieber ist.«

»Wenn du schon mal da bist, kannst du auch reinkommen.«

Im Flur befördert sie Schlüssel, Tasche und Schuhe in eine Ecke, ohne Bertrand auch nur eines Blickes zu würdigen. Er folgt ihr in den Salon, wo sie sich einen Martini einschenkt. Ihm bietet sie nichts an, bittet ihn nicht einmal, Platz zu nehmen.

Während sie mit ihrem kleinen Manöver fortfährt, inspiziert sie ganz nebenbei jedes Zimmer des Hauses. Ausnutzen, dass er da ist. Anschließend kann sie ihn ja immer noch rausschmeißen. Es sei denn, er bittet tausendmal um Entschuldigung. Am besten auf Knien.

Sie kommt in den Salon zurück, geht an Bertrand vorbei, der mitten im Zimmer steht, schenkt ihm keinerlei Aufmerksamkeit.

Das wird ihm eine Lehre sein. Dass man sie nicht ungestraft für verrückt erklären darf. Dass er ihr aus dem Lokal hätte nachlaufen müssen. Sie mit Entschuldigungen hätte überschütten oder wenigstens danach zehnmal bei ihr hätte anrufen müssen.

Sie geht durch den Raum, stellt den Fernseher an. Bertrand hat sich nicht vom Fleck gerührt.

Zum x-ten Mal streift sie ihn, ohne ihn wirklich zu berühren. Da packt er sie beim Arm, sodass sie die Hälfte ihres Glases auf dem Teppich verschüttet.

»Wenn du mich nicht sehen willst, hättest du's mir nur sagen müssen.«

Endlich sieht sie ihn an. Mit einem herablassenden, fast verächtlichen Lächeln.

»Lass mich los!«, befiehlt sie. »Auf der Stelle.«

Er zieht sie brutal an sich, entreißt ihr das Glas und stellt es auf die Anrichte.

»Was soll das Spielchen?«

»Aus dem Spielalter bin ich heraus.«

»Ich auch. Also hören wir auf damit.«

Er lässt sie los, zieht seinen Mantel aus und wirft ihn über die Sofalehne.

»Du brauchst gar nicht erst dein Lager aufzuschlagen. Du schläfst sowieso nicht hier.«

Er packt sie bei den Schultern, schiebt sie an die Wand. Und jetzt entdeckt sie an ihm einen ihr unbekannten Gesichtsausdruck.

Nur etwas zu spät.

Sie fühlt sich mehrere Jahre zurückversetzt. Als ein Mann sie terrorisierte. Als sie mit einem Gewalttäter zusammenlebte.

Sie versucht, ihn wegzustoßen, er drückt sie noch fester an die Wand.

»Hör sofort auf damit ... Sonst rufe ich die Polizei!«

Er bricht in Lachen aus. Auch dieses Lachen kennt sie nicht an ihm. Sie zittert.

»Komm, Cloé, du bist heilfroh, dass ich hier bin, weil du halbtot bist vor Angst.«

»Du spinnst.«

»Ich? Wohl kaum ... Du bist glücklich, mich zu sehen, willst es aber um keinen Preis zeigen. Aus lauter Stolz.«

Er drängt sie in eine Umarmung, die sie nicht will. Doch sie weiß, es wäre gefährlich, ihn weiterhin abzuwehren.

»Was glaubst du?«, murmelt er. »Dass ich dich anflehen werde, die Nacht hier verbringen zu dürfen?«

»Warum bist du sonst gekommen?«

»Um zu sehen, ob es dir gut geht, das habe ich dir doch schon gesagt.«

»Du hast es gesehen, also verschwinde jetzt.«

»Red nicht so mit mir. Red *nie wieder* so mit mir.«

»Ich rede mit dir, wie es mir passt.«

Er schüttelt den Kopf. Cloé erstickt langsam.

»Verlass mein Haus! Hau ab!«

Sie schreit, ein untrügliches Zeichen, dass sie vor Angst die Kontrolle verliert.

»Weißt du«, fügt Bertrand hinzu. »Ich bin weder ein braves Schoßhündchen noch dein Begleit- oder Wachhund. Du musst endlich lernen, deinen Mitmenschen ein Minimum an Achtung und Respekt entgegenzubringen. Insbesondere mir.«

Er schiebt die Hände unter ihren Rock, eine Hitzewelle steigt in ihr hoch.

»Ich habe keine Lust«, sagt sie mit gesenkter Stimme.

»O doch ... Du fürchtest dich davor, allein zu sein, weil du Angst hast. Du möchtest, dass ich bleibe, willst es aber nicht zugeben. Los, sag es!«

Sie streckt ihren linken Arm aus, greift nach ihrem Glas, in dem sich nur noch ein paar Eiswürfel befinden, und schleudert ihm diese ins Gesicht. Er weicht zurück, wischt sich die Stirn mit dem Ärmel ab. Sie starren sich schweigend an.

»Du willst mich schlagen?«, fragt sie schließlich herausfordernd. »Nur zu!«

»Du verwechselst mich mit jemand anderem, Cloé. Mit deinem Ex wahrscheinlich.«

Sie wird leichenblass. Zufrieden mit der Reaktion, lächelt Bertrand.

»Nun, wie du siehst, bin ich auf dem Laufenden ...«

Carole! Kein Zweifel. Die nicht weiß, was das Wort »diskret« bedeutet. Das wird sie ihr büßen.

»Und ich bin nicht so blöd wie er«, fügt Bertrand hinzu und greift nach seinem Mantel. »Du glaubst doch nicht etwa, dass ich für dich in den Knast gehe?«

Er wendet sich ab und steuert ohne Eile auf die Haustür zu.

»Wenn du heute Nacht Geräusche hörst, brauchst du mich gar nicht erst anzurufen. Auch nicht, wenn wieder mal der Strom ausfällt. Ich denke, ich werde nicht abkömmlich sein. Gute Nacht, Cloé.«

Als die Tür ins Schloss fällt, zuckt sie zusammen. Ihre Lippen beginnen zu zittern. Sie lässt sich mit dem Rücken die Wand hinuntergleiten, bis sie am Boden sitzt.

»Dreckskerl!«

Du fehlst mir jetzt schon. Trotzdem bedauere ich nichts.

* * *

Gomez liegt auf dem Sofa, ein Buch in der Hand. Es ist einer der wenigen Chandler-Krimis, die er noch nicht gelesen hat.

Keine Beschattung heute Abend. Schließlich hat er's nicht eilig. Er wird an einem anderen Tag, in einer anderen Nacht zurückkehren. Und am Ende wird er Bashkim auf die Spur kommen. Diesem Arschloch, diesem Stück Dreck, das eigentlich in kleine Stücke geschreddert auf die Müllkippe gehört. Er würde ihm gerne zwei Kugeln ins Herz jagen, doch damit würde man ihm nur einen Gefallen tun. Knast, das wäre sehr viel besser. Vor allem, weil ein Typ wie er auf jeden Fall lebenslänglich kriegt. Wenn die Justiz einem nicht noch einen Strich durch die Rechnung macht und Monate der Schufterei für die Katz sind.

»Alex!«

Gomez legt sein Buch beiseite und steht mühsam vom Sofa auf.

»Ich komme«, ruft er und geht durch den Flur.

Er betritt das hintere Zimmer, macht Licht.

»Was hast du, Liebes?«

Im Pflegebett liegt eine Frau und starrt an die Decke. Ihr Gesicht ist so stark eingefallen, dass man ihr Alter nicht schätzen kann. Sie ist gespenstisch mager, ihre Augen sind von bläulichen Ringen umgeben und liegen extrem tief in den Höhlen.

Sie ist erschreckend. Und schön zugleich.

»Warum schläfst du nicht?«, fragt Alexandre mit sanfter Stimme.

»Ich habe Schmerzen.«

Er setzt sich in den Sessel neben ihrem Bett. Es ist wie in einem Klinikzimmer. Seitengitter, Galgen, Infusionsbeutel. Nichts fehlt. Inzwischen ist es sechs Jahre her, dass die Wohnung in ein Krankenhaus umfunktioniert wurde.

Dann in ein Hospiz.

Er nimmt ihre Hand in die seine, drückt sie, aber nicht zu stark. Das würde Hämatome verursachen.

»Ich habe dir schon alle Medikamente gegeben«, erinnert er sie.

»Wenn du wüsstest, wie stark die Schmerzen sind!«

Tränen rinnen über ihre Wangen. Er erträgt es nicht, sie weinen zu sehen. So als rinne ätzende Säure seine eigene Haut entlang.

»Bleib ganz ruhig, bitte. Ich will sehen, was ich tun kann … Bin gleich wieder da.«

Kaum hat er das Zimmer verlassen, setzt das Wimmern wieder ein. Er eilt in die Küche. Dort öffnet er einen Hängeschrank, der mit Medikamenten gefüllt ist, und greift zum Morphium.

Er hat die Höchstdosis schon überschritten. Und nun?

Er bereitet die Injektion vor, während hinten in der Wohnung aus dem Jammern Schreie werden.

Eines Tages bringt er sie noch um. Ohne es zu wollen. Oder vielleicht doch.

Weil er es nicht mehr erträgt, sie leiden zu sehen. Weil sie ihn jeden Tag anfleht. Wortlos, nur mit ihren Blicken.

Weil er bereit ist, ins Gefängnis zu gehen für dieses Verbrechen.

Weil das Liebe ist.

* * *

Da sie sich nicht traut, einzuschlafen, beschließt sie, bis zum Morgen wach zu bleiben.

Auf dem Sofa vor dem ohne Ton laufenden Fernseher ausgestreckt, starrt Cloé ins Nichts.

Die Lichter brennen. Das Telefon ist in Reichweite. Wie auch die Whiskyflasche, die sie nach Bertrands Abgang geöffnet hat.

Nicht einschlafen, sonst kommt er. Nicht einschlafen, sonst bringt er mich um. Oder Schlimmeres noch.

Was will er von mir? Wer ist er?

Sie versucht, dem Schatten ein Gesicht zu geben. Er ist hochgewachsen, doch sie könnte nicht genau sagen wie groß. Und Männer von der Größe zwischen 1,80 und 1,90 Meter kennt sie mehrere. Christophe, Martins ... Bertrand.

Sie schenkt sich ein weiteres Glas ein und gleitet sanft in den Rausch über.

Oder aber ich leide unter Wahnvorstellungen. Bin verrückt, krank, plemplem.

Welche der beiden Möglichkeiten ist die schlimmere? Wenn sie tatsächlich von einem Mann verfolgt wird, kann sie zumindest ans andere Ende der Welt fliehen. Wenn der Feind in ihr selbst steckt, könnte sie bis zum Mond fliegen, es würde nichts ändern.

Nein, sie weiß nicht, was am schlimmsten wäre. Also versucht sie, eine dritte, beruhigendere Option zu finden.

Sie haben recht. Es ist nur die Nachwirkung des Schocks, das wird vorbeigehen. In ein paar Tagen sehe ich diesen Schatten, höre ich diese verdächtigen Geräusche nicht mehr. Alles wird wieder ins Lot kommen.

Und ich werde Generaldirektorin der Agentur sein!

Sie lacht und gönnt sich einen weiteren Schluck Single Malt. Und verzerrt das Gesicht zu einer Grimasse. Um zu vergessen, hätte sie ein anderes Gesöff wählen sollen, eins, das leichter die Kehle hinabrinnt.

Und Bertrand wird wieder angekrochen kommen!

Sekunden später ist sie in Tränen aufgelöst. Sie greift nach ihrem Handy, wählt seine Nummer. Sie lässt es lange klingeln, bis sich seine Mailbox meldet. Sie legt auf und genehmigt sich noch einen Schluck.

»Los, antworte!«

Sie versucht es erneut. Diesmal schaltet sich der AB schon nach dem zweiten Klingelton ein. Anruf abgelehnt.

Guten Tag, Sie haben die Nummer des Mobiltelefons von Bertrand ...

Diese betörende Stimme. Die ihr Inneres mehr erwärmt als jeder zehn Jahre im Fass gereifte Single Malt.

»Bertrand, ich bin's ... Ich wollte dir nur sagen, dass ich ... Nur sagen, dass ...«

Ihre Augen blicken ins Leere, die Worte verlieren sich. Was könnte sie ihm schon sagen? Ich liebe dich? Absurd. Liebe ist eine Schwäche, die einen meist teuer zu stehen kommt. Besser, man behält sie für sich. »Ich wollte dir nur sagen, dass du dich zum Teufel scheren kannst!«, schreit sie schließlich in ihr Handy.

Sie legt auf und bricht in Tränen aus. Ihre Hand öffnet sich, das Handy landet auf dem Teppich. Sie weint lange. Ummantelt von ihrer Einsamkeit, kann sie endlich einmal allem freien Lauf lassen. Allem, was sonst ständig unter einem dicken Panzer versteckt werden muss. Hinter einem netten Lächeln, einer freundlichen Miene, einer tönernen Maske.

Allem, was sie schon seit so langer Zeit verbirgt.

Seitdem die Lüge zu ihrem Zufluchtsort, ihrer Religion geworden ist.

Nur wenn sie allein ist, kann sie schluchzen, heulen, bis ihre Stimme versagt. Die ganze Welt verfluchen, all jene, die sie verletzt haben, und jene, die nicht mal das versucht haben. Jene, die sie ausgenutzt haben, als es noch möglich war. Bevor sie sich mit allen Mitteln dagegen gewappnet hat.

* * *

Sie ist endlich eingeschlafen. Gomez betrachtet sie von seinem Sessel neben dem Bett aus. Das Morphium hat ihre Züge entspannt, ihren Gesichtsausdruck besänftigt. Ihr etwas von ihrer einstigen Schönheit zurückgegeben.

Wird es auch so sein, wenn sie in den Tod hinübergleitet? Alexandre hofft es. Das ist seine letzte Hoffnung.

Wann es sein wird, weiß er nicht.

Bisweilen betet er, dass es geschehen möge. Dann wieder heult er vor Angst, dass es geschehen wird.

Er ist zum Sklaven einer Sterbenden geworden. Aber sie den Weißkitteln zu überlassen, bringt er nicht übers Herz. Er könnte sowieso nicht ohne sie leben.

Langsam schläft er ein. Eine Hand auf ihre gelegt.

Er träumt von ihrem Gesicht. Ihrem wirklichen Gesicht, vor der Krankheit. Von ihrem verlorenen Lächeln. Ihrem vergessenen Lachen. Er träumt, dass er ihr gibt, was sie erwartet. Die Befreiung.

Den Tod.

* * *

Einige Kilometer entfernt gleitet auch Cloé auf die andere Seite hinüber. Sobald sie die Grenze überschritten hat, taucht sie ein in einen Albtraum.

Ihren Albtraum.

Derselbe seit Jahren.

Er beginnt wie ein ganz normaler Traum. Kinderlachen …

Dann ein gellender Schrei. Ein Körper, der ins Leere fällt und vor ihren Füßen aufschlägt.

Cloé schreckt hoch, reißt die Augen auf. Zusammengekauert auf dem Sofa, sinkt sie langsam in ein tiefes Koma.

An ihrem Fußende sitzt ein Schatten.

KAPITEL 10

»Was ist das für ein hingeschludertes Geschreibsel?«
Sie hat die Stimme nicht erhoben. Doch ihr Blick ist ein Affront. Matthieu Ferraud, der Neue im Team, nimmt den Hieb scheinbar gelassen hin.
»Wo liegt das Problem?«, fragt er schließlich.
Sie haut ihm die Mappe, die er ihr am Vortag auf den Schreibtisch gelegt hat, gleichsam um die Ohren.
»Das *Problem*?«, wiederholt Cloé. »Ich denke, das Problem sind Sie.«
Matthieu starrt auf die Werbekampagne, die er mit seinem Team ausgearbeitet hat, bevor er den Blick hebt und Cloé ansieht. Obwohl er erst seit zwei Monaten in der Firma arbeitet, ist es nicht das erste Mal, dass er mit dieser Furie aneinandergerät. Aber dass sie ihn auf solche Weise angeht, ist bisher noch nicht vorgekommen. Er atmet tief ein, wie sein Yogalehrer es ihm beigebracht hat.
»Vielleicht könnten wir darüber sprechen?«, schlägt er vor. »Sie könnten …«
»Was gibt es da noch zu sagen?«, fällt Cloé ihm ins Wort. »Außer, dass Sie völlig untalentiert sind. Ich will noch heute ein neues Konzept. Sie werden schließlich nicht fürs Kaffeetrinken bezahlt. Also los, an die Arbeit.«
Er fügt sich, steht aber auf, um deutlich zu machen, dass er mindestens einen Kopf größer ist als sie. »Sagen Sie mir wenigstens, was Ihnen an meinem Projekt nicht gefällt!«
»Einfach alles, von A bis Z. Das Ganze ist völlig unbrauchbar. Der Slogan veraltet, das Foto total daneben! Unsere Kunden lachen sich kaputt über uns, bevor sie dann zur Konkurrenz wechseln. Sie haben Zeit bis sechzehn Uhr. Wenn ich bis dahin nichts Brauchbares habe, bitte ich den Generaldirektor, Sie zu feuern.«
Sie macht auf dem Absatz kehrt und lässt ihren Untergebenen fassungs-

los zurück. Sie schließt sich in ihrem Refugium ein und trinkt von dem Kaffee, den Nathalie ihr gekocht hat. Der ist viel zu bitter, ihr wird noch übler.

»Nicht mal fähig, einen ordentlichen Kaffee zu kochen! Ich arbeite ganz offensichtlich mit einem Haufen kompletter Schwachköpfe zusammen!«

In Cloés Innerem scheint ein Vulkan zu brodeln. Die kleine Auseinandersetzung mit dem Neuling hat auch nicht dazu beigetragen, sie zu beruhigen.

Wer wäre wohl in der Lage, das Feuer zu löschen, bevor sie implodiert?

Sie blickt auf ihr Handy, das jedoch keinen neuen Anruf anzeigt, nur mehrere SMS von Carole, auf die sie bisher nicht geantwortet hat.

Sie tritt ans Fenster und betrachtet, plötzlich von Zweifeln geplagt, den grauen Himmel. Sie hätte sich gegenüber Bertrand vielleicht nicht derart ruppig verhalten dürfen. Doch sie hätte auch nicht gedacht, dass er so krass reagieren würde. Er schien so verliebt ... So abhängig.

Schließlich schickt sie eine SMS an Carole, in der sie ihr vorschlägt, sich zum Mittagessen zu treffen. Ganz beiläufig, um bloß nicht den Anschein zu erwecken, sie wäre auf sie angewiesen. Eher so, als würde sie ihr damit einen Gefallen tun. In dem Moment, als sie auf Senden drückt, betritt Philip Martins ihr Büro. Ohne anzuklopfen.

Ihre Anspannung steigert sich noch um eine weitere Stufe.

»Cloé, was war das mit Matthieu?«

»Was soll die Frage? Hat er sich bei dir ausgeheult?«

Philips Züge verhärten sich.

»Ich glaube nicht, dass es deine Aufgabe ist, unsere Mitarbeiter zu tyrannisieren.«

»Ich soll diesen armen Mann *tyrannisiert* haben? Wie konnte ich es nur wagen?«

»Hör auf!«, befiehlt Philip. »Anscheinend hast du ihm gedroht.«

Cloé trinkt den Rest ihres Kaffees aus und es kommt ihr vor, als würde sie eine Säuremischung schlucken.

»Ich habe ihn lediglich darum gebeten, ordentliche Arbeit abzuliefern. Ist das ein Problem für dich?«

»Sprich nicht in diesem Ton mit mir ...«

»Sag bloß, dich tyrannisiere ich auch.«

»Nein, aber du gehst mir gewaltig auf die Nerven.«

Martins wird sonst nie ausfällig, was beweist, dass er jetzt wirklich wütend ist.

»Ich habe mir das Projekt angesehen, es ist gar nicht so schlecht. Dass du ihn bittest, es noch mal zu überarbeiten, ist eine Sache. Und auch gut so. Ihm aber mit Entlassung zu drohen, ist etwas anderes. Und ohnehin entscheidest nicht du darüber.«

»Ich brauche Pardieu nur darum zu bitten«, erwidert Cloé. »Das kommt aufs Gleiche raus.«

»Ach ja, stimmt! Ich hatte ganz vergessen, wie sehr er unter deinem Einfluss steht!«

»Mehr, als du glaubst.«

Martins lächelt und lässt sich unaufgefordert auf einem der Stühle nieder.

»Du solltest deine schlechte Laune nicht an anderen auslassen. Wir können nicht jeden Monat einen neuen Art Director einstellen. Ich erinnere dich daran, dass du schon den letzten rausgeekelt hast.«

»Wir können froh sein, dass wir den los sind!«

»Jeder kann mal einen Fehler machen. Lass ihm Zeit, sich zu bewähren.«

»Oho, ich sehe schon, männliche Solidarität, wie ergreifend!«, spöttelt Cloé.

»Das hat damit nichts zu tun. Dieser Typ darf deinen Rat erwarten, keine öffentliche Hinrichtung.«

»Meinen Rat? Dann kann ich ja gleich alles selbst machen. Nur damit du's weißt, ich hab genug zu tun.«

»Wir haben alle genug Arbeit … Du musst nachsichtiger sein.«

»So wie du es mir gegenüber warst, als ich hier angefangen habe?«, fragt Cloé ironisch.

»Daran kann ich mich nicht erinnern«, behauptet Martins. »Das ist schon so lange her … Hast du momentan irgendwelche persönlichen Probleme? Du bist derzeit besonders unausstehlich. Noch mehr als sonst.«

Verdutzt starrt sie ihn mit offenem Mund an. Wie kann er es wagen?

»Wenn du darüber sprechen willst«, setzt Martins hinzu, »ich stehe zu deiner Verfügung.«

»Bist du mein Therapeut, oder was?«

»Dein Therapeut? Der Ärmste … Der tut mir ernsthaft leid!«

Während Cloé kurz davor ist zu explodieren, scheint Philip belustigt zu sein.
»Raus hier!«
Er tritt zu ihr ans Fenster. Viel zu nah für ihren Geschmack, doch sie kann schlecht die Flucht ergreifen, denn dafür müsste sie über ihren Schreibtisch springen.
»Du musst dein Verhalten ändern«, sagt er mit leiser Stimme. »Das ist ein freundschaftlicher Rat ... Du bist dabei, dir hier alle zum Feind zu machen. Ich nehme an, du hast deine Gründe, aber unser Privatleben hat bei der Arbeit nichts zu suchen.«
Sie dreht ihr Gesicht zum Fenster, hält die Tränen zurück. Zornestränen. Martins legt eine Hand auf ihre Schulter. Sie erstarrt förmlich.
»Nimm dir ein paar Tage frei, wenn's dir schlecht geht.«
»Mir geht's wunderbar. Lass mich in Ruhe, ich habe zu tun.«
Er wendet sich endlich ab, sie schließt die Augen. Noch einer, der ihr die Hand reicht und dem sie ins Gesicht spuckt. Ein Automatismus, eine Angewohnheit. Eine Devise sogar. Niemals die Hand ausstrecken, sie könnte zerquetscht werden. Niemals eine gereichte ergreifen, aus Angst, am Ende etwas schuldig zu sein.
Außerstande, sich auf ihre Arbeit zu konzentrieren, starrt sie nach draußen, wie hypnotisiert von dem schweren Himmel und der düsteren Atmosphäre. Und plötzlich entdeckt sie etwas Blitzendes hinter einer der Scheiben des Wohnturms gegenüber.
Ein Fernglas, daran besteht kein Zweifel.

* * *

Eingehüllt in ihren Mantel, läuft Carole auf und ab. Cloé hat sich verspätet.
Sie wird mich doch nicht versetzen! Ihre Nachricht war so unterkühlt ...
Nach zwanzigjähriger Freundschaft werden sie sich doch nicht wegen einer solchen Lappalie verkrachen!
Die Tür des Gebäudes öffnet sich. Cloé tritt heraus. Weniger strahlend als gewöhnlich, aber immer noch elegant. Langer Mantel, grauer Filzhut, Rock und schwarze Stiefel.
Sie mustern sich einen Augenblick. Carole ergreift die Initiative.
»Hallo, meine Liebe. Ich freu mich, dass wir Essen gehen.«

Cloé antwortet nicht sofort. Noch eisiger als sonst. Nach mehreren Sekunden dieses unangenehmen Schweigens deutet sie schließlich ein Lächeln an.

»Ich mich auch.«

Erleichtert drückt ihr Carole einen Kuss auf beide Wangen.

»Hast du meine SMS bekommen?«

»Ja, danke. Ich hatte noch keine Zeit zu antworten. Ich hatte so viel zu tun.«

Carole schluckt ihre Enttäuschung herunter.

»Kann ich mir denken. Nicht schlimm ... Italiener?«

»Okay, gehen wir zum Italiener. Nehmen wir den Bus?«

Sie machen sich auf den Weg, und Carole bemerkt, dass Cloé sich ständig nach allen Seiten umschaut. Es ist also nicht besser geworden.

»Hast du Bertrand wiedergesehen?«

»Ja, gestern Abend. Ich habe ihn rausgeschmissen«, fügt sie mit schneidender Stimme hinzu.

»Oha ... das war vielleicht nicht so klug ...«

»Sag mir gefälligst nicht, was ich zu tun oder zu lassen habe oder nicht!«

Sie nutzen eine Lücke im Verkehrsfluss, um den Boulevard zu überqueren. Und plötzlich bleibt Cloé wie versteinert mitten auf der Fahrbahn stehen. Ein Mann mit schwarzem Kapuzenpullover, die Hände in den Hosentaschen, den Kopf gesenkt, kommt direkt auf sie zu.

Cloé hört auf zu atmen, Panik ergreift sie. Der Mann streift sie, ohne den Kopf zu heben, ihre Schultern berühren sich. Es fühlt sich an wie ein heftiger Stromschlag.

»Cloé!«, brüllt Carole.

Das Geräusch von quietschenden Bremsen dringt in Cloés Bewusstsein. Der Wagen ist wenige Zentimeter vor ihr zum Stehen gekommen. Sein Hupen lässt sie zusammenzucken. Die Flüche des Fahrers erreichen sie kaum. Carole läuft zurück, macht dem wütenden Mann ein beschwichtigendes Handzeichen und führt Cloé auf die andere Straßenseite.

»Was ist denn in dich gefahren? Bist du lebensmüde, oder was?«

Cloé dreht sich um, der Mann in Schwarz ist verschwunden. Doch die Angst ist wieder voll da.

* * *

»Typen mit schwarzem Kapuzenpulli laufen dir in Paris hundertfach über den Weg«, sagt Carole.

Sie ergreift Cloés Hand und schenkt ihr ein besänftigendes Lächeln.

»Du musst dich beruhigen, Cloé. Ich denke, du solltest dir ein paar Tage freinehmen.«

»Ich bin wirklich in Gefahr. Jemand beobachtet und verfolgt mich ... Das träum ich nicht!«

»Aber wer sollte so was tun? Und warum?«

»Ich weiß es nicht ... Es ist ... Vielleicht ist es Christophe.«

Carole starrt sie verwundert an.

»Er hat schon lange nichts mehr von sich hören lassen, und ich kann mir nicht vorstellen, dass er plötzlich auftaucht, um ... Ja, warum eigentlich?«

»Um sich zu rächen!«

»Das ergibt keinen Sinn. Er weiß, was er riskiert, wenn er sich dir noch mal nähert. Und er hat sicher keine Lust, wieder ins Gefängnis zu wandern.«

»Er ist verrückt!«, brüllt Cloé.

Mehrere Gesichter drehen sich in ihre Richtung. Sie senkt die Stimme.

»Er ist verrückt«, wiederholt sie.

»Nein, Cloé, er ist nicht verrückt.«

»Verteidigst du ihn jetzt etwa?«

»Ganz und gar nicht. Aber verrückt ist was anderes. Er ist gewalttätig, nicht wahnsinnig.«

»Wer dann also?«, fragt Cloé mit bebender Stimme. »Wer?«

»Ich weiß es nicht«, murmelt Carole. »Aber ... Hör zu, ich möchte nicht, dass du wie gestern einfach davonläufst. Ich will dir doch nur helfen. Das weißt du, oder?

Ich weiß, dass du mir nicht glauben willst. Aber ich denke, du bildest dir da was ein und ...«

»Sprechen wir nicht mehr davon«, unterbricht Cloé sie.

»Natürlich können wir drüber sprechen. Wir *müssen* sogar drüber sprechen!«

»Nein, es bringt nichts. Ich möchte es lieber lassen.«

Langes Schweigen breitet sich zwischen ihnen aus. Der Kellner deckt ihren Tisch ab. Cloé verschwindet auf der Toilette und kommt erst nach einer halben Ewigkeit zurück.

»Tut mir leid«, sagt sie. »Ich geh dir mit meinen Geschichten auf den Geist.«

»Nein«, versichert ihr Carole. »Ich mach mir nur Sorgen, das ist alles.«

»Du hast vielleicht recht, ich weiß es ja selbst nicht. Lass uns von was anderem reden. Erzähl mir von dir.«

»Von mir?«

Carole lächelt und lehnt sich zurück.

»Na klar. Oder hast du nichts zu erzählen?«

Ihre Freundin zuckt die Achseln, setzt eine geheimnisvolle Miene auf.

»Hast du jemanden kennengelernt?«

»Wie kommst du darauf?«, wundert sich Carole.

»Ich weiß nicht … Irgendwas in deinen Augen!«

Carole lacht, Cloé fixiert sie und wartet auf das Geständnis.

»Also, hast du nun jemanden kennengelernt oder nicht?«

»Erinnerst du dich an Quentin?«

Cloé runzelt die Stirn, denkt angestrengt nach.

»Du bist ihm einmal bei mir begegnet – auf der Party, kurz vor Weihnachten. Er ist Krankenpfleger. Groß, brünett, um die vierzig. Längere Haare.«

Endlich kann Cloé dem Namen ein Gesicht zuordnen. Sie erinnert sich vage an einen eher schweigsamen und nichtssagenden Typen. Wenn sie ihn nicht doch mit jemand anderem verwechselt.

»Wir kennen uns schon eine ganze Weile, und jetzt haben wir uns ein paarmal getroffen. Er hat mich ins Café eingeladen, dann ins Restaurant … Ich glaube, ich gefalle ihm.«

»Verheiratet?«, erkundigt sich Cloé.

»Er will sich scheiden lassen«, sagt Carole schnell.

»Das sagen sie alle. Und wenn sie dann ihren Spaß gehabt haben, ist das mit der Scheidung plötzlich wieder vergessen.«

Carole zuckt ein wenig, als krampfe sich ihr Innerstes zusammen.

»Nicht so schlimm«, versichert sie.

»Er gefällt dir also«, meint Cloé lächelnd. »Das freut mich für dich.«

»Wie findest du ihn?«

Ihre Stimme hat sich geändert, ist schelmisch geworden, erwartungsvoll.

»Ich müsste ihn noch mal sehen. Ich gebe allerdings zu, dass er mich anscheinend nicht besonders beeindruckt hat, sonst könnte ich mich besser an ihn erinnern.«

Carole spült diesen Brocken mit einem Glas Mineralwasser hinunter.

»Und wann soll es ernst werden zwischen euch beiden?«, will Cloé wissen.

»Ich weiß nicht. Er lässt sich anscheinend Zeit.«

»Gibt's das noch, Typen, die einem wochenlang den Hof machen? Das glaub ich ja nicht! Lad mich demnächst mal mit ihm zusammen ein. Dann kann ich mir diesen Gentleman noch mal genauer anschauen!«

* * *

Gomez zündet sich eine Zigarette an und lehnt sich an seinen Peugeot. Ein wenig nervös ist er schon.

Plötzlich sieht er sie das Kommissariat verlassen.

»Valentine!«

Die junge Frau dreht den Kopf zu ihm, starrt ihn einen Augenblick ungläubig an. Er tritt auf sie zu. Selbstsicheres Lächeln, fester Schritt.

»Guten Abend, Valentine. Ich habe auf Sie gewartet.«

»Aber ... Woher wissen Sie, um wie viel Uhr ...«

»Ich habe mich erkundigt. Man hat mir gesagt, dass Sie um siebzehn Uhr Dienstschluss haben. Ich wollte mich wegen neulich Nacht entschuldigen.«

»Nett von Ihnen. Aber ... ich fand das Ganze eher lustig!«, gesteht sie.

»Umso besser. Mein eigentlicher Plan war nämlich, Sie als Wiedergutmachung zum Essen einzuladen.«

Jetzt ist sie noch verwirrter. Instinktiv fällt ihr Blick auf Alexandres linke Hand, genauer gesagt seinen Ringfinger. Ein schmaler Ehering. Offensichtlich älteren Datums.

»Ja, ich bin verheiratet«, bestätigt Gomez. »Aber ich will mit Ihnen ja auch ins Restaurant, nicht ins Hotel.«

Valentine wird rot und starrt auf die Tür des Kommissariats.

»Nehmen Sie die Einladung an?«

»Ich weiß nicht.«

»Wie? Haben Sie nun Lust, einen Abend mit mir zu verbringen, oder nicht?«

Sie setzt ein schüchternes Lächeln auf, zögert.

»An welchem Abend dieser Woche sind Sie frei?«, fragt Gomez.

»Morgen.«

»Das passt mir. Ich hole Sie um zwanzig Uhr ab.«

Immer noch leicht verlegen, gibt sie ihm ihre Adresse. Er ergreift ihre Hand, drückt einen Kuss darauf und kehrt zu seinem Wagen zurück.

»Warten Sie!«, ruft Valentine. »Wohin gehen wir denn?«

»Ich weiß noch nicht. Warum?«

»Ich muss doch wissen, was ich anziehen soll.«

Er lacht, sie sieht ihn schief an.

»Denken Sie dran, Valentine, ich bin Bulle.«

»Ja und?«

»Ich bekomme also auch ein Bullen-Gehalt. Aber Sie werden in jedem Fall perfekt sein, da mache ich mir keine Sorgen.«

KAPITEL 11

Sie hat sich geschworen zu warten, in diesem Kräftemessen nicht als Erste klein beizugeben. Aber das Risiko, ihn zu verlieren, wiegt noch schwerer als eine mögliche Kapitulation. Cloé drückt auf den Klingelknopf und wartet.

»Ja?«

»Ich bin's.«

Es folgt ein langes Schweigen, das ihre Ungeduld noch steigert. Schließlich signalisiert ihr das Summen des Türöffners, dass sie aufgefordert wird, hochzukommen. Erster Etappensieg.

Sie tritt in die Eingangshalle und steigt die Treppe hinauf in den dritten Stock. Sie klopft zweimal ganz behutsam, wartet erneut. Bertrand nimmt sich alle Zeit der Welt, bevor er ihr öffnet. Er trägt nur Jeans, Oberkörper und Füße sind bloß. Er lehnt sich an den Türstock, verschränkt die Arme vor der Brust.

Die Sache lässt sich schwierig an.

»Guten Abend.«

Seine Stimme ist eisig, sein Blick unmissverständlich. Cloé bereut schon, gekommen zu sein, denkt kurz daran, doch lieber die Flucht zu ergreifen. Ihr Stolz aber gewinnt die Oberhand, gebietet ihr, die Konfrontation zu suchen. Sie hat schon schwerere Schlachten gewonnen. Aber Entschuldigungen weiß sie eigentlich nur entgegenzunehmen. Und auch das nur, wenn es hoch kommt ...

»Guten Abend, darf ich hereinkommen? Ich möchte mit dir reden.«

»Wenn du mir sagen willst, ich soll mich *zum Teufel scheren*, erübrigt sich das, ich hab meine Nachrichten abgehört.«

Seine grünen Augen versprühen einen unerträglichen Zynismus. Lieber hätte sie Wut darin gelesen. Er scheint wenig geneigt, ihr die Sache leicht zu machen.

»Ich wollte dir eigentlich etwas Angenehmeres sagen, aber ich bleibe keine Sekunde länger auf dieser Türschwelle stehen«, warnt Cloé.

Er weicht endlich zur Seite, fordert sie mit einer Handbewegung auf, hereinzukommen. Zweiter Etappensieg.

Cloé betritt die geräumige Wohnung, die, wie immer, tadellos aufgeräumt ist, und legt ihren Mantel ab.

»Du brauchst gar nicht erst dein Lager aufzuschlagen. Denn du schläfst nicht hier«, erklärt er ironisch.

Ihn direkt anblickend, zieht sie ihre Jacke aus und wirft sie über die Sofalehne.

»Ich hab ein optimistisches Naturell«, erwidert sie und imitiert sein sarkastisches Lächeln.

Sie lässt ihn nicht aus den Augen und knöpft mit kalkulierter Langsamkeit ihre Bluse auf. An die Wand gelehnt, beobachtet er das Schauspiel. Sie hebt den Rock leicht an, lässt ihren Slip aus Spitze zu Boden gleiten und geht dann auf ihn zu.

»Ich dachte, du wolltest mit mir reden«, erinnert Bertrand.

»Ich hab's mir anders überlegt. Außerdem können wir ja *danach* reden, wenn du dann noch Lust dazu hast ...«

Sie versucht, ihn zu küssen, er wendet den Kopf ab. Sie lässt sich nicht entmutigen. Er spielt weiterhin den Ungerührten, doch Cloé ist ihm nah genug, um festzustellen, dass ihr kleiner Striptease den erhofften Erfolg zeigt.

Er wird nicht lange widerstehen. Weil sie sowieso nie verliert.

Sie küsst ihn in der Halsbeuge, macht sich am Gürtel seiner Jeans zu schaffen. Plötzlich packt er sie bei den Schultern und drückt sie so fest an die Wand, dass sie vor Schreck einen Schrei ausstößt.

»Entschuldige dich!«, befiehlt er.

»Ich hatte getrunken. Nun mach doch nicht aus einer Mücke einen Elefanten.«

»Entschuldige dich«, wiederholt er. »Oder verschwinde von hier.«

Sie hatte es sich einfacher vorgestellt, gehofft, sie könne dem entgehen. Aber jetzt vor die Tür gesetzt zu werden wäre unerträglich. Er muss unbedingt nachgeben, wieder ihr gehören.

Weil sie es nicht aushält, ohne ihn zu sein.

Genau in diesem Moment wird es ihr klar. Gerade noch rechtzeitig.

»Es tut mir leid«, murmelt sie. »Es war nicht so gemeint ...«

»Ist das alles?«

Ihr Herz krampft sich zusammen. Die Eisschicht, die ihre Iris bedeckt, wird rissig und enthüllt die Ursprungsfarbe.

»Ich hätte nicht so mit dir sprechen dürfen.«

Er streckt die Waffen noch immer nicht. Doch sie spürt, dass sie dem Ziel nahe ist. Nur noch eine kleine Stufe zu erklimmen. Oder hinabzusteigen, je nachdem.

»Du fehlst mir so sehr ... Bitte verzeih mir.«

Er blickt sie mit einer Genugtuung an, die ihr äußerst unangenehm ist.

Ich habe gewonnen, redet sich Cloé ein.

Ein Sieg mit bitterem Beigeschmack.

Niemals hätte sie sich vorstellen können, ihm das eines Tages zu gestehen. Und doch ist es die schlichte Wahrheit. Warum also fühlt es sich so an, als sinke sie ganz tief hinab?

Bertrand hat schließlich kapituliert, er gehört wieder ihr. Oder umgekehrt, sie weiß es selbst nicht mehr. Die Leere, die er zurückgelassen hat, füllt sich langsam wieder. Es ist schön und schmerzhaft zugleich. Wie die Entschuldigungen auch.

* * *

Gomez steigt langsam die Treppe hinauf, einen unsichtbaren Klotz am Bein. Im zweiten Stock angelangt, trifft er seine Nachbarin, eine ältere Dame, die stets wie aus dem Ei gepellt ist, als könne sie damit verheimlichen, dass sie nicht jeden Tag genug zu essen hat.

»Bonsoir, Monsieur!«

Sie ist freundlich, diskret. Und trotzdem kann er sie nicht ausstehen. Ohne triftigen Grund. Einfach weil sie in fortgeschrittenem Alter ist. Einem Alter, das Sophie nie erreichen wird.

Er antwortet dennoch mit einem Lächeln, betritt seine Wohnung und trifft Martine im Esszimmer an, die in einem Magazin blättert. Er stellt die Einkäufe aus dem kleinen Lebensmittelladen an der Ecke ab und schüttelt ihr die Hand.

»Wie ist es heute gegangen?«

»Es gab schon schlimmere Tage. Heute Morgen war sie sehr schlecht drauf, doch später wurde es besser.«

»Können Sie morgen Abend eventuell länger bleiben?«

»Natürlich«, erwidert die Pflegerin. »Überhaupt kein Problem.«

Alexandre begleitet sie und bleibt einen Augenblick vor der verschlossenen Tür stehen, als müsse er sich auf einen schwierigen Kampf vorbereiten. Dabei ist es immer derselbe.

Schließlich zieht er seinen Blouson aus, legt seine Waffe auf den Tisch und betritt auf Zehenspitzen das Zimmer. Sophie öffnet sofort die Augen. Sie lächelt ihn an, streckt ihm die Hand entgegen. Er küsst sie lange auf die Stirn.

»Hallo, meine Schöne … wie fühlst du dich?«

»Geht so. Und du?«

»Alles bestens!«

Er nimmt in dem Sessel Platz, ohne ihre Hand loszulassen, die kalt ist wie der Tod. Schon.

»Hast du Hunger? Worauf hättest du Lust?«

Sie überlegt einen Augenblick und entscheidet sich schließlich für Nudeln in Butter.

»Ich kümmere mich drum«, sagt Alexandre. »Ich gehe nur noch schnell duschen.«

»Ich hab's nicht eilig. Ich hab alle Zeit dieser Welt, wie du weißt!«

Sie kichert, er küsst sie erneut. Wartet, bis er im Badezimmer ist, um loszuheulen. Regungslos steht er unter dem etwas zu heißen Wasserstrahl, lässt seinen Tränen freien Lauf. Wie ein kleiner ängstlicher Junge.

Bald wird er Witwer sein. Mit zweiundvierzig Jahren.

Schließlich geht er aus der Dusche, schlüpft in eine alte Jeans und ein verblichenes T-Shirt. Während er das Abendessen zubereitet, hört er die Nachrichten im Radio. Er weint noch immer, ohne es zu merken. Reine Gewohnheit.

Er stellt die Teller auf ein Tablett und trocknet seine Tränen, bevor er ins Krankenzimmer zurückkehrt.

»Es ist angerichtet, Madame!«

Er hilft ihr, sich aufzusetzen. Sie verzieht das Gesicht zu einer Grimasse und bekommt einen Hustenanfall. Doch gleich darauf lächelt sie wieder.

»Du hast mir heute gefehlt«, sagt sie.

»Nur heute?«

Sie lacht erneut und zwinkert ihm zu.

»Guten Appetit, Liebes.«

Sie beschäftigen sich mit ihrem Essen, ohne sich aus den Augen zu lassen. Alexandre erzählt ihr von seinem Tag und erfindet ein paar lustige Anekdoten. Sie durchschaut ihn, weiß, dass er einen undankbaren Job hat. Doch sie lächelt gern heute Abend. Martine muss großzügig mit dem Morphium gewesen sein.

Er nimmt das Tablett mit in die Küche, kocht ihr einen Tee.

»Machst du mir ein wenig Platz?«, fragt er.

Er streckt sich neben ihr aus, nimmt sie in die Arme. Das Bett ist wirklich zu schmal. Es gibt noch keine Pflegebetten, die ein Meter vierzig breit sind. So als würde Krankheit die Liebe grundsätzlich ausschließen.

»Morgen komme ich später heim.«

»Beschattung?«

»Nein.«

Sophie deutet ein unendlich trauriges Lächeln an. Sie schmiegt sich noch enger an ihn, atmet seinen Geruch ein. Das Verlangen steigt auf in ihren Kopf. Aber nur in ihrem Kopf.

Der Rest existiert nicht mehr.

»Wie heißt sie?«

»Valentine.«

»Schöner Name ... Wie alt?«

»Ich weiß nicht. Unter dreißig auf jeden Fall.«

Sie schweigen einen Moment. Sophie streicht liebevoll über sein Gesicht, ihre Hand verweilt auf seinem Mund.

»Lass sie nicht zu sehr leiden«, sagt sie schließlich. »Sie kann nichts dafür.«

* * *

Sie haben am Ende doch nicht geredet. Das hätte auch zu gar nichts geführt. Außer vielleicht dazu, den schlummernden Zorn neu zu entfachen und ihre explosive Versöhnung zu verderben.

Cloé liegt neben ihm, dem, den sie fast verloren hätte, zugewandt. Sie wird nicht müde, ihn zu betrachten.

Sie fühlt sich gut. Das heißt, nur fast.

Bleibt der Schatten. Sie spürt ihn immer noch in ihrer Nähe. Er wird sie holen und sie in die Hölle zerren, das weiß sie sicher.

Denn ihr Platz ist im Fegefeuer, auch das weiß sie sicher.

Will er sie töten? Oder ihr einfach nur Angst einjagen? Egal, was er vorhat, sie wird es nicht zulassen. Sie wird kämpfen, wie sie es immer getan hat.

Sie legt den Kopf auf Bertrands Schulter, er wacht nicht auf.

Sie fühlt sich gut. Das heißt, fast.

Sie sehnt das Tageslicht herbei, um den Schatten vertreiben zu können, der am Fußende des Bettes lauert und sie unentwegt anstarrt.

Dolor (lat.), Schmerz, Kummer, Leid.

DU wirst lernen, was dieses Wort bedeutet, mein Engel.
Reiner Schmerz. Kristallklar, wie deine Augen.
Ungekünstelt, ohne Milderung. Und vor allem: ohne Ende.
Du hältst dich für stark, glaubst, nichts könne dir widerstehen oder dich bremsen.
Du hältst dich für unbesiegbar.
Ich bin es.
Nicht du.
Du denkst, von deinem Podest aus die Welt regieren zu können.
Dein Sturz wird brutal sein, denn du wirst mir direkt vor die Füße fallen.

Du kommandierst, ich werde dich Gehorsam lehren.
Du verachtest, ich werde dich Respekt lehren.
Du spielst dich auf, ich werde dich das Fürchten lehren.
Du manipulierst, ich werde dich zum Opfer machen.
Meinem Opfer.
Du dominierst, ich werde dich zur Sklavin machen.
Meiner Sklavin.
Du urteilst, ich habe dich schon längst verdammt.
Vergiss nie, dass ich dich erwählt habe. Unter so vielen anderen.
Vergiss nie, warum.

Du willst leben?
Stirb stille, mein Engel.

KAPITEL 12

Cloé sieht auf die Uhr, trinkt ihren Kaffee aus und fängt an, den Tisch abzuräumen.
»Lass nur«, sagt Bertrand. »Geh lieber, sonst kommst du noch zu spät.«
Sie setzt sich auf seinen Schoß, küsst ihn.
»Es war doch gut, dass ich gekommen bin, oder?«
»Ich kann mich nicht beschweren«, sagt Bertrand lächelnd. »Und ich finde, wir sollten uns öfter streiten – allein schon wegen der anschließenden Versöhnung!«
»Hör auf! ... Gut, es wird Zeit. Ich muss ja noch zu Hause vorbeifahren und mich umziehen.«
»Denk dran, deine Medikamente zu nehmen.«
Sie mustert ihn verwundert.
»Hast du wirklich Angst, dass ich krank werde, oder was?«
»Wäre doch schade, wenn dein Herz auch nur den geringsten Schaden nähme, oder?«

* * *

»Haben Sie das Spiel gesehen, Chef?«
Gomez hebt den Blick von seiner Zeitung zu Laval, der ihn mit seinem frechen Kinderlächeln ansieht.
»Siehst du nicht, dass ich zu tun habe? Also lass mich in Ruhe, ja?«
»Das war genial, oder?«, fährt Laval fort und hockt sich auf die Schreibtischkante seines Chefs.
»Ich habe keinen Fernseher«, seufzt Gomez.
Der junge Kommissar starrt ihn aus weit aufgerissenen Augen an, als habe er einen Neandertaler vor sich.
»Soll das ein Witz sein? Das gibt's doch gar nicht!«

»Doch, das gibt's schon. Ist noch nicht verboten ... Also nutze ich die Gelegenheit.«

»Aber was machen Sie denn abends?«

Alexandre mustert ihn mitleidig.

»Such dir eine Frau«, rät er, »die wird dir so manches Alternativprogramm beibringen«, und vertieft sich wieder in seine Zeitung.

»Ah, jetzt verstehe ich endlich, warum Sie morgens immer so müde aussehen! Wenn Sie Ihre Abende damit verbringen ...«

»Hast du mir sonst noch etwas Interessantes zu sagen?«, unterbricht ihn Gomez.

»Wir machen nächsten Samstag eine Fete. Das ganze Team, bei Villard.«

»Na, dann viel Spaß.«

»Sie sind auch eingeladen«, erklärt Laval.

Der Hauptkommissar gibt auf und faltet seine Zeitung zusammen.

»Was willst du eigentlich wirklich?«

»Ich habe gewettet, dass es mir gelingt, Sie zum Kommen zu überreden. Zweihundert Euro.«

»Du bist ja verrückt!«

»Bitte, Chef ... Mein Konto ist überzogen, versauen Sie mir dieses Geschäft nicht!«

Gomez lächelt halbherzig.

»Okay, ich komme. Wenn wir fifty-fifty machen.«

»Genial! Ich wusste, dass ich auf Sie zählen kann. Die Ehepartner sind übrigens auch eingeladen. Dann haben wir endlich das Vergnügen, Ihre charmante Frau kennenzulernen!«

Gomez lächelt weiter. Die perfekte Fassade trotz des Schmerzes, der ihn fast erwürgt.

»Das kannst du dir abschminken. Glaubst du etwa, sie hat Lust, sich den Abend mit Einfaltspinseln wie dir zu verderben?«

»Ehrlich gesagt, geht es bei der Wette darum, Sie UND Ihre Frau zu überreden. Also bringen Sie sie doch bitte mit – mir zuliebe!«

»Tut mir leid, aber deine zweihundert Euro kannst du vergessen.«

»Villard hat mir prophezeit, dass es schwierig sein würde«, stöhnt Laval. »Er arbeitet jetzt schon seit drei Jahren mit Ihnen und hat noch nicht einmal ein Foto von ihr gesehen.«

»Hör jetzt auf mit diesem Theater«, befiehlt Gomez.

»Warum verstecken Sie sie denn so? Haben Sie etwa Angst, dass wir sie Ihnen ausspannen?«

Der junge Kommissar grinst, Gomez mustert ihn herausfordernd von Kopf bis Fuß.

»Glaubst du wirklich, sie würde mich wegen so einer Niete wie dir verlassen? Du träumst ja wohl.«

Jetzt betritt Villard den Raum. Er hat das Gespräch durch die dünne Trennwand mit angehört.

»Ich habe dir doch gesagt, dass du es nicht schaffst. Vermutlich hält er sie gefangen.«

»Lasst mich in Ruhe, Jungs«, seufzt Gomez. »Spielt weiter in eurem Sandkasten.«

Doch Laval gibt nicht auf.

»Wir würden wirklich zu gern den Menschen kennenlernen, der Sie jetzt schon seit zwanzig Jahren erträgt. Wir haben nämlich beschlossen, ihr Samstag einen Orden zu verleihen.«

»Die Tapferkeitsmedaille«, setzt Villard noch hinzu.

Während seine Männer ihre Witzchen machen, bleibt Gomez ungerührt. Keiner merkt ihm an, dass es ihm das Herz zerreißt.

* * *

Cloé läuft hastig die Stufen der Außentreppe hinauf.

Immer schön eilig. Pünktlich und effizient sein. Perfekt.

Sie bleibt abrupt stehen, weil ihr eine dunkle Spur auf der weißen Tür auffällt. Als sie ihr mit den Augen folgt, sieht sie den Kadaver. Ein schwarzer Vogel, der tot auf ihrer Fußmatte liegt.

Vögel fliegen nicht gegen Türen. Gegen Scheiben, das ja ... Das ist kein Zufall, das ist vielmehr ein Geschenk. Ein morbider Gruß.

»Du warst also hier ...«

Zorn und Angst wechseln sich bei ihr ab.

»Glaubst du etwa, ich fürchte mich vor dir, du Dreckskerl?!«

Sie hat den Satz ins Leere geschrien. Ihre Augen füllen sich mit Tränen der Wut.

»Was willst du von mir?«

Der Nachbar auf der anderen Straßenseite hört auf, sein ohnehin schon blitzblankes Auto zu putzen, und beobachtet die Frau, die allein auf ihrer Treppe steht und herumbrüllt. Cloé will in ihrer Gegend nicht als Verrückte gelten, also atmet sie tief durch und versucht, sich zu beruhigen. Bemüht, nicht auf den unglückseligen Vogel zu treten, schließt sie vorsichtig auf. Sie sollte daran denken, sich eine Pistole zu beschaffen. Das wird höchste Zeit.

Sie greift nach ihrem Stockschirm mit der metallenen Spitze und inspiziert derart bewaffnet das Haus. Nichts Auffälliges.

Wie sollte dieser Wahnsinnige auch hineingelangen, ohne die Tür aufzubrechen?

Aber sie ist sich inzwischen bei gar nichts mehr sicher.

Eine Waffe und ein zusätzliches Schloss. Die Liste der zu erledigenden Dinge wird länger.

In der Küche holt sie sich einen großen Gefrierbeutel und ein Paar Latexhandschuhe. Mit vor Ekel verzogenem Gesicht nimmt sie den Vogel mit den Fingerspitzen hoch, schiebt ihn in den Beutel, verschließt ihn sorgfältig und trägt ihn dann zum Gefrierschrank in der Garage.

Ein Beweisstück.

Anschließend macht sie sich daran, den Dreck abzuwischen, der ihre hübsche Tür beschmutzt.

»Verfluchter Irrer!«

Als sie fertig ist, verspürt sie das dringende Bedürfnis zu duschen, obwohl sie das gerade erst bei Bertrand getan hat.

Eilig wählt sie in ihrem Schrank einen Hosenanzug und eine Bluse und läuft zu ihrem Auto. Die Uhr am Armaturenbett zeigt ihr vorwurfsvoll die bereits fortgeschrittene Stunde an. Plötzlich fällt ihr ein, dass sie um zehn Uhr eine Besprechung mit Pardieu und einem wichtigen Kunden hat.

»Himmel!«

An der ersten roten Ampel greift sie nach ihrem Handy und wählt die Nummer des Generaldirektors.

»Guten Morgen, Monsieur, hier ist Cloé. Es könnte sein, dass ich etwas zu spät komme.«

»Das ist sehr ärgerlich.«

Die Ampel wechselt auf Grün, Cloé fährt los.

»Ich hatte heute Morgen ein Problem ... Aber ich tue mein Bestes ... Spätestens um Viertel nach zehn bin ich da!«

»Ich verlasse mich auf Sie.«

Als sie auflegt, entdeckt sie den Streifenwagen am Straßenrand. Der Uniformierte macht ihr ein Zeichen, anzuhalten. Das Schicksal hat sich wirklich gegen sie verschworen. Bereits jetzt ein Scheißtag.

»Guten Morgen, Madame. Bitte schalten Sie den Motor aus.«

»Hören Sie, ich bin spät dran und …«

»Schalten Sie den Motor aus«, wiederholt der Beamte etwas lauter. »Und zeigen Sie mir Ihre Fahrzeugpapiere.«

Der Polizist inspiziert eingehend Zulassung, Versicherungskarte und Führerschein.

»Ich hab's eilig«, sagt Cloé schroff.

»Sie haben am Steuer telefoniert. Das bringt Ihnen eine Strafe von fünfunddreißig Euro und zwei Punkte ein.«

Cloé versucht es auf die sanfte Tour und mit Charme. Betörendes Lächeln und schmachtender Blick.

»Es tut mir wirklich leid. Ich habe nur ganz kurz meinen Chef angerufen, um ihm mitzuteilen, dass ich zu spät zur Sitzung komme.«

Der Polizist beugt sich leicht zu ihr und lächelt ebenfalls.

»Es ist verboten, am Steuer zu telefonieren, Madame.«

»Ja, aber …«

»Wissen Sie, was das Wort *verboten* bedeutet?«

»Okay, ich bin offensichtlich an jemand sehr Verständnisvollen geraten. Jetzt aber schnell, ich hab es wirklich eilig.«

Das ist natürlich genau das, was sie nicht hätte sagen dürfen. Der Beamte schreibt den Strafzettel mit besonderer Sorgfalt aus. Nach zehn Minuten springt Cloé aus dem Wagen und verliert die Beherrschung.

»Machen Sie das absichtlich? Ich habe Ihnen doch gesagt, dass ich spät dran bin.«

Ein anderer Beamter, wahrscheinlich sein Vorgesetzter, kommt dazu.

»Wir tun nur unsere Arbeit, Madame. Sie sollten sich lieber beruhigen.«

»Bezahlt man Sie deshalb so großzügig, damit Sie andere daran hindern, ihrer Arbeit nachzugehen?«

Mit einem kleinen Lächeln schreibt der erste im Tempo eines Schulanfängers weiter. Fehlt nur noch, dass er vor Eifer die Zunge zwischen die Zähne schiebt.

»Wir werden bezahlt, und zwar keineswegs *großzügig*, um das Gesetz zur Anwendung zu bringen. Wenn Sie es eilig haben, hätten Sie die Verkehrsregeln beachten sollen. Dann hätten Sie fünfunddreißig Euro und eine gute Viertelstunde Zeit gespart.«

»Idiot!«, murmelt Cloé.

»Wie bitte?«

An ihren Mercedes gelehnt, lässt sie den Blick in die Ferne schweifen.

»Können Sie bitte wiederholen, was sie gerade gesagt haben?«, beharrt der Chef.

»Ich habe nichts gesagt«, erwidert Cloé lächelnd. »Offenbar hören Sie Stimmen.«

»Soll ich noch Beamtenbeleidigung auf dem Strafzettel hinzufügen?«

»Ich will nur zur Arbeit fahren. Wenn Sie erlauben natürlich. Aber bitte, lassen Sie sich ruhig Zeit, meine Herren.«

Endlich reicht ihr der Beamte den Bußgeldbescheid. Cloé steigt ein und fährt mit quietschenden Reifen an.

Für Pardieu ist Verspätung eine Todsünde. Sie muss schleunigst ein hieb- und stichfestes Alibi finden.

Es ist 10:40 Uhr, als Cloé in den Sitzungssaal kommt. Wie jedes Mal, wenn sie einen Raum betritt, sind alle Blicke auf sie gerichtet. Mit einem schuldbewussten Lächeln nimmt sie neben dem Generaldirektor Platz.

»Guten Tag, meine Herren, bitte entschuldigen Sie die Verspätung.«

»Wir haben nur noch auf dich gewartet«, bemerkt Philip Martins in spitzem Ton.

»Es tut mir wirklich sehr leid«, erklärt Cloé und sieht ihm direkt in die Augen. »Aber man hat nicht jeden Tag die Gelegenheit, ein Leben zu retten.«

Es herrscht absolute Stille, alle hängen an ihren Lippen.

»Ich musste bei einer alten Dame, die einen Schwächeanfall hatte, eine Herzmassage vornehmen. Ich denke, das ist eine halbe Stunde Verspätung wert ... was meinen Sie?«

Martins starrt sie mit offenem Mund an. Pardieu unterdrückt ein Lächeln.

»Nun, nachdem unsere Heldin endlich da ist, können wir ja anfangen.«

Werbung ist eben vor allem eine Frage der Erfindungsgabe.

∙ ∙ ∙

Gomez bremst, um den Straßennamen lesen zu können. Ein gutbürgerliches Viertel in Évry, Reihenhäuschen, die alle gleich aussehen. Hier sollte man beim Nachhausekommen besser nicht zu betrunken sein, sonst könnte man sich in der Adresse irren und im Bett des Nachbarn landen.

Inmitten dieser traurigen Puppenhäuser liegt das von Valentine. Sie wartet bereits auf dem Bürgersteig auf ihn.

»Guten Abend, Valentine! Steigen Sie ein …«

Sie nimmt neben ihm Platz und mustert ihn mit offensichtlichem Unbehagen.

»Sie sehen bezaubernd aus. Dieses Kleid steht Ihnen viel besser als die Uniform.«

»Dazu gehört nicht viel.«

»Stimmt. Fahren wir?«

Sie nickt, er legt den ersten Gang ein.

»Entspannen Sie sich, ich fresse Sie schon nicht.«

»Ich bin auch nicht zum Verzehr geeignet.«

Gomez lacht. Er nutzt ein Stoppschild, um ihr in die Augen zu sehen.

»Trotzdem sind Sie äußerst appetitlich.«

Valentine errötet ungewollt, fügt aber sofort hinzu:

»Giftpflanzen sehen zunächst immer appetitlich aus.«

Er zündet sich eine Zigarette an und öffnet das Fenster.

»Ich hoffe, es stört Sie nicht?«

»Doch.«

»Tja, da kann man nichts machen.«

»Ein galanter Mann würde seine Zigarette wegwerfen.«

»Nein«, erklärt Gomez, »ein galanter Mann hätte Sie um Erlaubnis gefragt, ehe er sie überhaupt anzündet. Aber ich bin nun mal nicht galant.«

»Wie gut, dass Sie mich vorwarnen, Herr Hauptkommissar.«

»Nennen Sie mich bitte Alexandre, sonst sage ich Polizeimeisterin zu Ihnen.«

»Okay, Alexandre, wohin fahren wir?«

»Ich kenne ein nettes, kleines Restaurant am Marneufer. Ist Ihnen das recht?«

Auf dem Weg nach Paris herrscht ein langes Schweigen. Bis Alexandre plötzlich fragt:
»Warum haben Sie meine Einladung angenommen?«
»Das frage ich mich ehrlich gesagt auch.«
»Vielleicht, weil Sie mich unwiderstehlich finden?«
Sie sieht ihn an und unterdrückt ein Lachen.
»Ja, das muss es wohl sein.«
»Ich für meinen Teil ... finde Sie auf alle Fälle unwiderstehlich.«
»Das habe ich verstanden. Aber Sie sollten sich lieber auf die Straße konzentrieren. Wenn ich durch die Scheibe fliege, bin ich nicht mehr so *unwiderstehlich*.«
Alexandre lacht erneut. Er hat sie nicht für so schlagfertig gehalten und ist angenehm überrascht.
»Wo sind Sie jetzt offiziell?«, fragt sie.
»Wie bitte?«
»Für Ihre Frau«, erklärt Valentine.
»Mit Ihnen unterwegs.«
»Wollen Sie mich auf den Arm nehmen?«
»Ganz und gar nicht. Ich habe ihr gesagt, dass ich ein Rendezvous mit einer jungen Frau namens Valentine habe. Sie fand übrigens, dass das ein hübscher Vorname ist.«
»Ist sie nicht eifersüchtig?«
»Doch, natürlich.«
Valentine ist verunsichert.
»Sie machen mir etwas vor. Ihre Frau denkt, Sie wären im Dienst.«
»Sie müssen mir nicht glauben. Aber ich versichere Ihnen, dass sie genau weiß, was ich gerade tue.«
»Na gut ... Und was tun Sie gerade?«
Er sieht einen freien Platz und parkt geschickt ein.
»Sie haben meine Frage nicht beantwortet, Alexandre«, beharrt Valentine.
Gomez steigt aus und öffnet ihre Wagentür.
»Ich lade eine giftige, nicht zum Verzehr geeignete, aber ausnehmend charmante Pflanze zum Essen ein!«
»Und haben Sie keine Angst?«, meint Valentine belustigt und steigt ebenfalls aus.

»Ich bin immun, Mademoiselle!«
Auf dem Weg zum Restaurant fasst er sie bei der Hand.
»Und ich habe Hunger.«

* * *

Cloé räumt ihren Schreibtisch auf, schlüpft in ihren Mantel und greift nach der Tasche.
»Sie sind noch da?«
Sie fährt herum. Leise wie immer hat Pardieu ihr Büro betreten.
»Ich wollte gerade gehen«, erklärt Cloé.
»Haben Sie noch ein paar Minuten Zeit für mich?«
Er setzt sich. Sie sich auch, wirft jedoch einen diskreten Blick auf ihre Uhr. Nicht diskret genug.
»Ich halte Sie nicht lange auf«, erklärt der Generaldirektor.
»Kein Problem«, heuchelt sie.
Er mustert sie eine Weile. Sie beginnt, sich unbehaglich zu fühlen.
»Bravo für heute Morgen«, sagt er schließlich. »Die Entschuldigung für Ihre Verspätung ... Alle Achtung!«
»Ich hab mir gedacht, es kann nicht schaden, bei unseren Kunden Eindruck zu schinden«, meint Cloé lächelnd.
»Das passt zu Ihnen. Und was war der wirkliche Grund?«
»Es würde etwas zu lange dauern, es zu erklären.«
»Und es geht mich nichts an. Aber es geht nicht, dass Sie mich jetzt enttäuschen.«
Cloés Kehle schnürt sich zusammen.
»Ihre Verspätung war schon unverzeihlich, doch das war nicht das Schlimmste ...«
Der Alte legt eine kleine Pause ein, um die Spannung zu steigern.
»Sie haben sich nicht richtig auf diese Sitzung vorbereitet.«
»Doch, ich ...«
»Lassen Sie mich bitte ausreden.«
Sie schweigt, beißt die Zähne zusammen.
»Sie haben sich nicht richtig auf diese Sitzung vorbereitet, und um Haaresbreite wäre uns ein wichtiger Auftrag durch die Lappen gegangen. Glücklicherweise war Martins da. Nicht wahr?«

»Ja, ich habe mir ein, zwei Patzer geleistet, aber ...«

»Sie dürfen nicht nachlassen. Zumindest wenn Sie noch immer meinen Platz einnehmen wollen.«

»Ich verspreche Ihnen, dass so etwas nicht wieder vorkommt«, versichert sie eilig.

»Daran habe ich keinen Zweifel«, erklärt der Alte und erhebt sich. »Ich wünsche Ihnen einen schönen Abend, meine Kleine. Und enttäuschen Sie mich nie wieder.«

Cloé bleibt eine lange Weile auf ihrem Stuhl sitzen. Völlig k. o.

* * *

Gomez hält mit laufendem Motor vor dem Haus.

»So, nun sind Sie wieder daheim, Valentine.«

Die junge Frau erinnert plötzlich wieder an ein schüchternes Schulmädchen. Dabei hat sie sich den ganzen Abend über impulsiv und forsch gezeigt.

Doch jetzt ist der Moment gekommen, wo die Masken fallen. Sie wartet, dass er sie in die Arme nimmt und küsst. Sie selbst würde sich niemals trauen. Zumindest, solange er nicht einmal den Motor ausgeschaltet hat.

Sie zögert, auszusteigen, bleibt schließlich sitzen.

»Fragen Sie mich nicht, ob ich Sie auf ein letztes Glas einlade?«, erkundigt sie sich, leicht beschämt ob ihrer Kühnheit.

Sie mustert ihn mit ihrem naiven Lächeln und ihren Rehaugen.

»Nein.«

Ihr Lächeln erlischt, sie steckt den Schlag ein. Brutal wie eine Ohrfeige.

Alexandre hat die Hände auf das Lenkrad gelegt, den Blick auf die Straße gerichtet. Dabei war er sich ganz sicher gewesen, wusste, was er wollte, als er sie zu diesem Abendessen eingeladen hat. Er wollte sich beweisen. Sich überzeugen, dass er nicht nur baldiger Witwer, sondern auch noch ein verführerischer Mann ist. Er wollte seinen Durst löschen, seinen Hunger stillen. Sein Unglück vergessen. Vergessen ...

Aber er denkt nur an sie. Immer und ewig.

Und Valentine ist zu zerbrechlich, um sie einfach nur auszunutzen. Sie hat etwas Besseres verdient als die Rolle eines Schmerzmittels.

»Seien Sie mir bitte nicht böse, Valentine. Bitte. Es tut mir leid, aber ich kann nicht.«

»Wegen Ihrer Frau?«

Er nickt schweigend.

»Ich dachte, sie wüsste Bescheid«, sagt Valentine mit einem traurigen Lächeln.

»Ja, und sie hat mich sogar ermutigt, mich heute Abend mit Ihnen zu treffen.«

»Lieben Sie sich nicht mehr?«

»Sie liegt im Sterben. Und wir lieben uns wie am ersten Tag.«

Zweiter Schock für Valentine, fast stärker als der erste.

Alexandre starrt jetzt auf seinen Ehering. Jedes Wort bricht ihm das Herz.

»Wir hatten doch bisher einen schönen Abend, oder? Und jetzt mache ich alles kaputt ...«

»Sagen Sie das nicht, Alexandre.«

Ein bedrückendes Schweigen macht sich breit.

»Du bist wundervoll, Valentine«, sagt Gomez plötzlich. »Aber ich würde dir nur wehtun, und das möchte ich nicht. Und jetzt geh.«

Sie streckt die Hand aus, um sein Gesicht zu berühren. Doch er hält sie zurück.

»Wir könnten nur miteinander reden«, sagt sie.

Sie ist aufrichtig, das sieht er in ihren Augen. Sie ist noch wundervoller, als er gedacht hat.

»Damit ich dir mein Leid klage? Das hast du nicht verdient ... Oder damit du Mitleid mit mir hast? Das habe *ich* nicht verdient. Ich sage doch, geh jetzt!«

»Sie hat Glück, dich zu haben.«

Er spürt eine unsichtbare Hand, die seine Kehle umschließt.

Valentine schreibt etwas auf ein Papiertaschentuch und legt es auf das Armaturenbrett. Sie schlägt die Tür hinter sich zu, er wartet, bis sie im Vorgarten ist, und fährt an. Sofort zündet er sich eine Zigarette an und schaltet das Autoradio ein.

Am Ende der Straße hält er mitten auf der Fahrbahn an. Ein heftiger Schmerz durchzuckt seine Eingeweide. Doch die Tränen wollen nicht kommen, nichts kann ihm Erleichterung verschaffen. Er greift nach dem

Papiertaschentuch und schaltet die Innenbeleuchtung ein. Eine Handynummer und wenige Worte. *Falls du mich brauchst.*

* * *

Nach Pardieus Strafpredigt ist sie direkt nach Hause gefahren. Sie hat gehofft, Bertrand würde sie dort erwarten. Aber niemand wartet auf sie. Außer der Einsamkeit. Und der Angst vor dem Schatten.

Sie hat ihn natürlich angerufen. Pokerpartie mit Freunden. Sie hat so getan, als würde sie ihm das nicht übelnehmen. Schließlich sind sie frei.

Ihre geliebte Freiheit.

Da sie keinen Hunger hatte, ist sie gleich ins Bett gegangen. Und jetzt wartet sie auf den Schlaf. Sie fleht ihn herbei, um sich ein wenig Linderung zu verschaffen. Aber auch er ist nicht gekommen. Also liegt sie mit eingeschaltetem Licht und offenen Augen da und fragt sich.

Wer? Warum?

Ein Motiv, ein Schuldiger. Eine Lösung.

Sobald sie die Augen schließt, fliegt ein Unglücksvogel gegen die Wände des Schlafzimmers und stößt unheilvolle Schreie aus.

Sobald sie das Licht löscht, kichert der Schatten höhnisch an ihrem Fußende.

Und ihr Herz aus Stein verausgabt sich, erschöpft sich in seinem wilden, unregelmäßigen Schlag.

* * *

Martine ist im Wohnzimmer eingeschlafen. Alexandre weckt sie.

»Soll ich Sie nach Hause bringen?«, bietet er ihr an.

»Nein, danke«, antwortet die Pflegerin und zieht ihren Mantel an. »Ich bin mit dem Wagen da.«

»Gut, auf alle Fälle danke, dass Sie so lange geblieben sind.«

Sie geht. Alexandre springt unter die Dusche und verharrt lange unter dem heißen Strahl. Dabei muss er sich von keiner Schuld reinwaschen.

Als er den Vorhang aufzieht, traut er seinen Augen nicht. Sophie sitzt auf dem kleinen Hocker, die Krücken neben sich.

»Aber warum bist du denn auf?«, fragt er und greift nach einem Handtuch.
Sie lächelt traurig und sieht zu, wie er sich rasch abtrocknet.
»Ich habe auf dich gewartet.«
Er nimmt sie in die Arme und drückt sie etwas zu fest.
»Du darfst nicht aufstehen«, erklärt er mit sanftem Vorwurf in der Stimme. »Du hättest fallen können.«
»Ich mache, was ich will. Und gefallen bin ich schon. Dir verfallen – seit so langer Zeit.«
Er nimmt ihr Gesicht in seine Hände und küsst sie.
»Hattest du einen schönen Abend?«, fragt sie.
Sie sieht, dass sich seine Halsmuskulatur anspannt.
»Ja«, sagt er.
»Hast du mit ihr geschlafen?«
Sophie weiß nicht, ob sie ein Ja oder ein Nein als Antwort erhofft. Was sie weiß, ist, dass er nicht lügen wird. Seit sie eine Dreierbeziehung mit dem Tod führen, gibt es keine Lügen zwischen ihnen.
»Nein.«
»Hast du sie wenigstens geküsst?«
»Bitte, hör auf.«
Er hilft ihr zurück ins Schlafzimmer, setzt sich auf die Bettkante.
»Alex, es wäre noch schwerer für mich, wenn ...«
»Sei still!«
»Nein, ich will nicht still sein.«
Ihre Stimme ist sanft, aber fest.
»Du bist noch jung. Du musst mir versprechen, ein neues Leben mit einer anderen Frau anzufangen.«
Er schließt die Augen, versucht, sich zu beherrschen.
»Alex, das ist sehr wichtig für mich. Zu wissen, dass du jemanden hast, der dich aufrichtet. Dass du mir nicht folgst. Dass du an der Oberfläche bleibst, wenn ich im Nichts versinke.«
»Ich kann nicht ...«
Plötzlich versetzt er dem Sessel einen heftigen Fußtritt.
»Ich kann nicht!«, brüllt er.
»Beruhige dich«, bittet seine Frau.
Aber er hat jetzt jegliche Selbstkontrolle verloren. Er schlägt auf Mö-

bel und Wände ein, stößt wirre Schreie aus. Es gelingt Sophie, aufzustehen und sich dem Wirbelsturm zu nähern, der das Zimmer verwüstet.

»Alex! Bitte, beruhig dich!«

Sie darf ihn nicht berühren, wenn sie nicht Gefahr laufen will, auf dem Teppich zu landen.

»Liebling, bitte …«

Endlich hört er ganz unvermittelt auf. Erschöpft. Was dann kommt, ist noch schlimmer, das weiß Sophie. Der Zorn hält ihn auf den Beinen.

Sie setzt sich auf das Bett, er bricht zu ihren Füßen zusammen. Sie streichelt sein Haar, während er, den Kopf auf den Schoß seiner Frau gelegt, zu weinen beginnt.

»Ich verbiete dir, daran zu denken«, murmelt sie. »Du hast kein Recht, mir das anzutun, Alex.«

KAPITEL 13

Ein Sarg aus hellem Holz mit einem bronzenen Kreuz darauf. Der langsam in ein bodenloses Loch hinabgelassen wird.
    Gomez schreckt auf. Seine Augen suchen die von Sophie. Sie lächelt ihn an, er ist beruhigt. Noch ein Tag, an dem sie da sein wird.
    Seit zwei Stunden wartet sie still darauf, dass Alexandre aus seinem unruhigen Schlaf erwacht. Zwei Stunden, während derer sie ihren Schmerz unterdrückt und sich zum wiederholten Male gefragt hat, wie ihr Mann die Nacht in einer so unbequemen Position verbringen kann. Zusammengesunken in einem Sessel und nur mit einem kleinen Plaid zugedeckt. Wie er die Kraft findet, anschließend zur Arbeit zu gehen und so zu tun, als wäre nichts.
    Er hätte in ihrem ehemaligen Schlafzimmer nebenan bleiben oder statt des Sessels ein Feldbett aufstellen können. Aber nein, er erlegt sich lieber diese Strapaze auf.
    Sie streckt den Arm aus, und es gelingt ihr, Alexandres Hand zu streicheln.
    »Hallo, meine Schöne. Gut geschlafen?«
    »Ja.«
    Er reckt sich und gibt ihr einen Kuss. Mit einem Blick auf den Wecker stellt er fest, dass es bereits acht Uhr ist, und verlässt das Zimmer.
    Automatisch schaltet er in der Küche das Radio ein und setzt Wasser auf. Dann holt er die Medikamente aus dem Hängeschrank. Er kennt die Dosis auswendig, könnte sie fast mit geschlossenen Augen ausgeben. Bleibt die Frage, ob diese Behandlung – das Morphium ausgenommen natürlich – irgendeinen Sinn hat.
    Flüchtig denkt er an Valentine. Er stellt sie sich schlafend vor. Hofft natürlich egoistisch, dass sie von ihm träumt. Ein weiterer kleiner Schmerz in der Flut von Qualen, die er schon so lange aushält.

Er kehrt zu seiner Frau zurück, hilft ihr, sich aufzusetzen, und stellt das Tablett mit dem Frühstück, das hauptsächlich aus bunten Pillen besteht, vor sie hin.

»Meine Tagesdosis«, seufzt Sophie.

»Guten Appetit, Liebes!«, witzelt Alexandre.

Er trinkt seinen Kaffee, nimmt sonst nichts zu sich.

»Isst du nichts?«, fragt sie verwundert.

»Hab keinen großen Hunger. Ich … Entschuldige wegen gestern Abend. Ich darf mich nicht so aufregen.«

»Du tust, was du kannst.«

Sie streicht über seine unrasierte Wange.

»Es ist meine Schuld. Aber ich muss sicher sein, dass du nicht allein bleibst. Und vor allem muss ich sicher sein, dass du nicht die Dummheit begehst, mir zu folgen.«

Gomez' Kehle schnürt sich derart zusammen, dass er kaum noch atmen kann.

»Ich weiß, dass du nicht magst, wenn ich darüber rede, aber du musst es mir versprechen, Alex.«

»Und wenn ich aufhören würde zu arbeiten?«

Nettes Ablenkungsmanöver.

»Ich gehe zu Maillard und bitte ihn um ein Sabbatjahr. Dann kann ich ständig bei dir sein.«

Sie wissen beide, dass ihnen kein Jahr mehr bleibt.

»Du musst raus, Alex. Etwas anderes sehen und hören.«

Das Sprechen erschöpft sie, sie ringt nach Luft.

»Ich möchte nicht, dass du dich hier einsperrst und meinen Todeskampf beobachtest. Das wäre furchtbar. Sowohl für dich als auch für mich. Außerdem weiß ich, dass du deine Arbeit liebst.«

»Wir sprechen ein andermal darüber«, sagt er und steht auf. »Ich muss mich jetzt fertig machen.«

Sie hört, wie er die Badezimmertür schließt, das Surren des Rasierapparats, das Wasserrauschen. Sie wendet den Kopf zum Fenster. Selbst wenn der Himmel trübe ist wie heute, zieht er sie an wie das Licht die Motten. Mit Hilfe des Galgens über dem Kopfende hievt sie sich auf die Bettkante.

Sie ist noch keine vierzig. Erst in ein paar Monaten, sofern sie diesen

Tag erlebt. Sie greift nach ihren Krücken und gleitet aus dem Bett. Sie stützt sich auf und verzieht schmerzlich das ohnehin schon von der Krankheit gezeichnete Gesicht.

Diese verdammte Krankheit. Sie ist unheilbar, lässt sich alle Zeit, um Sophie auszulöschen. Stück für Stück.

Sie hätte etwas Schlagartiges, Rascheres vorgezogen. Hätte vorgezogen, dass Alexandre nicht mit ansieht, wie sie sich in eine lebende Leiche verwandelt. Dass er sie anders in Erinnerung behält.

Aber man hat nicht die Wahl.

Zumindest nicht bei solchen Dingen.

Endlich erreicht sie das Fenster, öffnet es weit und schließt die Augen. Der frische Wind liebkost ihre Haut, sie träumt, sie wäre an einem Strand im Norden. Sie würde durch feuchten Sand gehen. Könnte noch laufen und schwimmen. Leben und nicht nur überleben.

Wenn sie wenigstens eine Chance hätte … Sie kämpft nur darum, nicht zu schnell zu sterben, stemmt sich noch gegen das Unvermeidliche. Das ist vielleicht dumm, aber man kommt nun mal nicht an gegen das, was man Überlebensinstinkt nennt.

Alexandre tritt angezogen und frisch rasiert ein.

»Du solltest dich wieder hinlegen.«

»Nein, es geht schon … Ich wollte etwas frische Luft haben.«

»Ich muss los«, sagt er und gibt ihr einen Kuss. »Bis heute Abend, meine Schöne.«

»Du hast mir noch immer nichts versprochen«, erinnert ihn Sophie.

»Doch«, sagt er und betrachtet seinen Ehering. »Ich habe dir versprochen, bei dir zu bleiben, bis dass der Tod uns scheidet.«

»Versprich es mir!«

»Nie.«

Trotz der Tränen, die in ihre großen, müden Augen treten, gibt er nicht nach. Er begnügt sich damit, sie noch einmal zu küssen und fest in die Arme zu schließen, bevor er die Wohnung verlässt.

In der Halle trifft er Martine, die ihn ablöst.

»Passen Sie gut auf meine Frau auf«, murmelt Gomez.

* * *

Cloé ist eine der Ersten im Büro. Sie hat keine Sekunde geschlafen, aber sie ist nicht müde. Fühlt sich sogar richtig fit.

Da Nathalie noch nicht da ist, beschließt sie, sich selbst Kaffee zu kochen. Sie sitzt in der kleinen Küche und starrt auf die weiße Wand. Auf der ihr das Bild eines Sarges erscheint.

Jenes Sarges, der heute Morgen auf ihre staubige Kühlerhaube gemalt war. Ein hübsches Geschenk zum Tagesbeginn. Sie lässt alle potenziell Verdächtigen Revue passieren. Zum x-ten Mal. Ihr Ex steht ganz oben auf der Liste. Doch langsam kommen ihr Zweifel. Erkennt man nicht einen Mann, den man mal geliebt hat, wieder – trotz Kapuze und Dunkelheit? Einen Mann, den man so sehr verflucht hat, dass man ihm den Tod wünschte?

Cloé weiß keine Antwort.

Plötzlich erscheint ihr Christophe doch eher als ein Außenseiterkandidat.

Der letzte Marketingleiter, den Cloé schikaniert und gedemütigt hat, bis er schließlich das Handtuch geworfen hat? Benjamin. Dieser Trottel von Benji ... Eine Null. Langsam und ineffizient.

Nathalie vielleicht? Sie hat immer an einen Mann gedacht, nie an eine Frau. Dabei ... Ihre Sekretärin verabscheut sie, das weiß sie. Und es belustigt sie.

Allerdings nicht heute Morgen.

Nein, Nathalie hat nicht den Schneid. Und auch nicht genug Fantasie.

Martins hingegen ... Er hat das Zeug dazu. Und vor allem ein ernsthaftes Motiv, sie in den Wahnsinn zu treiben. Damit sie Fehler macht und er sich im entscheidenden Moment in den Vordergrund spielen kann.

Gestern Morgen schien er jedenfalls hocherfreut über ihre Verspätung und ihre Unsicherheit während der Sitzung ...

Sie schenkt sich eine Tasse Kaffee ein und verlässt die Küche. Auf dem Weg zu ihrem Büro kommt sie auch an dem von Philip vorbei. Sie zögert kurz, überzeugt sich, dass niemand sie sieht. Schließlich geht sie hinein und schließt die Tür hinter sich. Ihr Herz schlägt schneller, sie hat das Gefühl, etwas Verbotenes zu tun. Aber schließlich ist es kein Verbrechen, den Schreibtisch eines Kollegen zu durchsuchen ... nur eine ziemlich dreiste Taktlosigkeit.

Aber was hofft sie hier zu finden? Ein schwarzes Sweatshirt mit Kapuze? Lächerlich! Martins würde die Drecksarbeit nicht selbst machen. Er gehört nicht zu den Leuten, die sich die Hände schmutzig machen. Er gehört zu denen, die delegieren.

Sie setzt sich in den Sessel ihres Rivalen, dreht sich nach rechts und versucht, sich vorzustellen, wo er etwas Kompromittierendes verstecken könnte. Sie versucht, die Schubladen zu öffnen. Sie sind nicht abgeschlossen. Was nicht bedeutet, dass er nichts zu verbergen hätte.

Gewissenhaft untersucht sie den Inhalt. Dossiers, die sie auswendig kennt, Büromaterial … Nichts Persönliches, außer einem Foto seiner Frau und seiner Tochter. Neben dem Rahmen liegt auch ein leicht zerfleddertes Buch, das offenbar mehrmals gelesen wurde. Cloé sieht auf den Titel.

Die Manipulatoren.

Interessante Lektüre.

Sie legt das Buch zurück, lässt den Blick über den Schreibtisch gleiten. Verschiedene Notizen auf Klebezetteln. Dinge, die man nicht vergessen darf, Kunden, die angerufen werden müssen … Als sie den Kalender anhebt, der als Schreibunterlage dient, entdeckt sie ein anderes, gut sichtbares Post-it. Ein Name und ein Vorname, die ihr nichts sagen, sowie eine Handynummer.

Schnell notiert sie sie auf einem Stück Papier und schiebt es in ihre Tasche. Es wird Zeit, dass sie von hier verschwindet.

Cloé stellt alles an seinen Platz zurück und nimmt ihre Kaffeetasse. Als sie die Tür öffnet, steht sie Philip gegenüber, der vor ihr zurückzuckt.

Er sieht sie erst überrascht, dann zornig an.

»Cloé, du bist aber heute früh dran! Darf ich erfahren, was du in meinem Büro treibst?«

»Ich habe eine Akte gesucht, die ich brauche.«

»Und, hast du sie gefunden?«, fragt er mit einem Blick auf ihre leeren Hände. »Wenn du etwas brauchst, frag mich das nächste Mal gefälligst.«

Blitzschnell überlegt sie, ihr Herz rast.

»Die Akte Barbier.«

»Die ist im Archiv. Ich darf dich daran erinnern, dass dies nicht das Archiv ist. Noch nicht … Und jetzt verschwinde aus meinem Büro.«

Cloé geht zum Gegenangriff über.

»Warum stört es dich so sehr, dass ich hier bin? Hast du etwas zu verbergen?«

»Nicht im Geringsten, meine Liebe. Aber du vergeudest nur deine Zeit.«
»Ich ... ich vergeude meine Zeit? Wovon redest du?«
»Du wirst die Antwort auf deine Frage nicht finden, indem du in meinen Sachen herumschnüffelst. Wenn du wissen willst, was die Zukunft bringt, geh lieber zu einer Wahrsagerin!«, ruft er und schlägt ihr die Tür vor der Nase zu.

* * *

Gomez klopft Laval auf die Schulter.
»Bis morgen, kleiner Nichtsnutz!«
»Bis morgen, Chef. Und schönen Abend!«
»Dir auch! Grüß deinen Fernseher von mir.«
»Sehr witzig«, knurrt der Kommissar.
Gomez fährt nicht gleich nach Hause. Angesichts der aktuellen Verkehrslage setzt er das Blaulicht aufs Dach, schaltet die Zweitonsirene ein und rast durch die Stadt.
Er hat endlich gefunden, was er seit Wochen sucht. Was Sophie eine Freude machen wird ...
Er parkt vor einem kleinen, etwas tristen Antiquariat. *Livres anciens*.
Drinnen kein einziger Kunde, erstaunlich, wie der Laden überleben kann.
»Guten Abend, mein Name ist Gomez.«
»Ah, ich habe auf Sie gewartet!«
Er holt einen Band unter der Kasse hervor und legt ihn vor den Hauptkommissar hin.
»Hier ist das, was Sie gesucht haben.«
Gomez lächelt glückselig. Ein Buch, das seit langer Zeit vergriffen und nie wieder aufgelegt worden ist. Ein Roman, den Sophie als junges Mädchen gelesen und der sie zutiefst beeindruckt hat. Ein Roman, den sie unbedingt noch einmal lesen möchte, bevor ...
Obwohl das Buch nach nichts Besonderem aussieht, hat Gomez den Eindruck, einen wahren Schatz in den Händen zu halten. Er bezahlt und bittet den Buchhändler um eine Geschenkverpackung. Dann steigt er wieder in seinen Wagen. Er legt das Buch auf den Beifahrersitz und schaltet die Sirene ein.

KAPITEL 14

Alexandre läuft die Treppe hinauf. Da er weiß, wie sehr sie sich freuen wird, hat er es eilig, Sophie das Geschenk zu übergeben. Er hatte ihr versprochen, dass er es finden würde. Und er hält immer Wort.

Im Wohnzimmer findet er Martine vor, vertieft in eines jener albernen Sensationsblätter, nach denen sie ganz verrückt ist.

»Guten Abend. Bitte seien Sie leise, sie schläft.«

»Ja, gut«, flüstert Alexandre. »War heute alles in Ordnung?«

Martine zuckt die Achseln.

»Sie hat viel Morphium gebraucht. Sie hatte Schmerzen.«

Gomez' Lächeln erlischt.

»Aber jetzt scheint es ihr besser zu gehen. Ich habe vor kurzem nach ihr gesehen, und da hat sie tief und fest geschlafen. Versuchen Sie, sie nicht aufzuwecken.«

»In Ordnung. Schönen Abend.«

Er begleitet sie zur Tür und reicht ihr die Hand.

»Bis morgen.«

Etwas enttäuscht, es ihr nicht gleich geben zu können, beschließt er, das Geschenk auf das Tischchen neben ihrem Bett zu legen, damit sie es beim Aufwachen sofort sieht.

Auf Zehenspitzen schleicht er sich in das Zimmer. Das Nachtlicht brennt.

Ein sanfter Schein erhellt Sophies Gesicht. Sie ist tot.

KAPITEL 15

Nur noch wenige Kilometer und Cloé ist zu Hause. Nur noch eineinhalb Stunden und Bertrand schließt sie in seine Arme. Er will sie gegen zwanzig Uhr zum Essen abholen.

Es nimmt schon bedenkliche Züge an, wie sehr er ihr fehlt. Aber sie hat weder die Kraft noch die Lust, dieser Anziehungskraft zu widerstehen. Egal, welchen Preis sie dafür zahlen muss.

Denn alles hat seinen Preis.

Während sie im Stau steht, denkt Cloé nach. Sie hat sich einen guten Teil des Nachmittags den Kopf zerbrochen, doch der Name auf dem Post-it ist nicht der eines Kunden.

Er ist es, ich bin mir ganz sicher. Es ist Martins. Irgendwie hat er herausgefunden, dass Pardieu mich zu seiner Nachfolgerin ernennen will, und versucht deshalb, mich loszuwerden. Und jetzt weiß er, dass ich ihn verdächtige. Das kann ihn beruhigen oder ...

Der Mercedes verlässt schließlich die Autobahn und fährt Richtung Stadt. Der Verkehr ist heute Abend besonders dicht. Also beschließt Cloé, einen anderen Weg zu nehmen, der am Marneufer entlangführt. Der ist zwar etwas länger, aber auch weniger befahren. Endlich kann sie Gas geben.

Plötzlich folgt ihr ein Wagen, der sehr dicht auffährt und sie blendet.

»Das Abblendlicht, du Depp!«, schimpft sie und verstellt den Rückspiegel.

Die Ampel springt auf Rot, sie hält an. Die Scheinwerfer sind noch immer hinter ihr.

»Idiot!«

Sie fährt an, biegt nach rechts, um eine Abkürzung zu nehmen, die durch ein Gewirr von kleinen, mit Reihenhäuschen gesäumten Straßen führt. Die Scheinwerfer folgen ihr.

Cloé beginnt zu schwitzen. Kalter Schweiß rinnt ihr über den Rücken.

Das ist er. Kein Zweifel.

Sie gibt Gas, er auch.

Sie biegt ab, er auch.

»Verdammt nochmal!«

Sie ist so geblendet, dass es ihr nicht gelingt, die Marke oder die Farbe des Wagens zu erkennen. Sie vermutet lediglich aufgrund der Scheinwerferhöhe, dass es sich um einen Gelände- oder Lieferwagen handelt.

Die Zeichnung auf ihrer Kühlerhaube, die sie heute Morgen entdeckt hat ... Eine Warnung, dass sich ihr Wagen in einen Sarg verwandeln wird?

»Ruhig bleiben«, murmelt sie. »Ruhig bleiben.«

Sie bremst abrupt und hält am Straßenrand. Hofft, dass der andere sie überholt und verschwindet. Aber natürlich hält auch er einen Meter hinter ihr an.

Cloé vergewissert sich, dass die Türen verriegelt sind, und zieht ihr Handy aus der Tasche.

Die Polizei anrufen. Schnell!

Der Aufprall schleudert sie nach vorn, das Telefon gleitet ihr aus der Hand. Ihr Verfolger hat sie angefahren. Cloé sucht ihr Handy, kann es aber nicht finden. Er gibt Gas und schiebt den Mercedes voran, obgleich Cloé die Bremse durchtritt.

Sie legt den ersten Gang ein und startet mit Vollgas. Ihre Hände zittern.

Der andere Wagen hat sie schnell eingeholt.

In ihrer Panik weiß Cloé nicht mehr, was sie tut.

Sie fährt nach links und übersieht ein Schild.

Sackgasse.

* * *

Er steht wie erstarrt am Fußende des Bettes.

Ohne jede Reaktion. So starr wie sie.

Mit dem Unterschied, dass er noch atmet.

Und das schmerzt ihn vielleicht am meisten.

All die Jahre, die bleiben.

In denen er ohne sie atmen muss.

* * *

Vollbremsung.
Sackgasse.
Die Scheinwerfer hinter ihr nähern sich langsam, aber stetig. Bedrohlich.
Cloé weiß nicht weiter. Ihre Gedanken überschlagen sich, sie ist vor Angst wie gelähmt.
Den Wagen stehen lassen und über den Zaun klettern, um bei jemandem Zuflucht zu suchen? Oder besser warten?
Sie versucht noch einmal, ihr Handy zu finden, aber es ist unter den Sitz gerutscht. Um es zu fassen zu bekommen, müsste sie aussteigen.
Als sie sich wieder aufrichtet, sieht sie, dass der Verfolger zehn Meter hinter ihr gehalten hat.
Er wird kommen. Sie gewaltsam in sein Auto zerren. Sie schlagen, sie töten. Oder Schlimmeres noch.
Ihr Herz schlägt zum Zerbersten, scheint aus ihrer Brust springen zu wollen.
Die Tür öffnet sich, er steigt aus. Die Augen auf den Rückspiegel geheftet, hält Cloé die Luft an. Was wird er tun?
Wegen der Scheinwerfer erkennt sie nicht viel.
Nur einen Schatten.
Offenbar ein Mann. Groß, dunkel gekleidet, der Kopf bedeckt. Er kommt auf sie zu.
Die richtige Entscheidung treffen. Schnell.
Cloé drückt auf die Hupe, hält die Hand darauf. Der Schatten bleibt stehen.
Schließlich geht im Haus gegenüber ein Licht an, ein Mann tritt auf die Schwelle. Kurz darauf tut es ihm sein Nachbar gleich.
Cloé hupt weiter.
»Kommen Sie doch und helfen Sie mir, bitte!«, schreit sie.
Der Unbekannte steigt wieder ein. Er legt den Rückwärtsgang ein und verschwindet.
Cloé nimmt die Hand von der Hupe. Sie ringt nach Atem und bricht in Tränen aus.
Die Anwohner kehren in ihre Häuser zurück. Endlich haben sie ihre Ruhe.

* * *

Cloé sitzt auf dem Sofa. Sie hat die Hände unter ihre Schenkel geschoben, ihr Gesicht ist angespannt, das rechte Bein zuckt leicht. Bertrand steht am Fenster und beobachtet sie.

»Geht es dir besser?«

Sie schüttelt den Kopf.

»Nachdem du nicht ins Restaurant gehen willst, mache ich eine Kleinigkeit zu essen«, schlägt er vor.

»Nein ... Der Kühlschrank ist leer. Ich hatte keine Zeit ... Und ich habe sowieso keinen Hunger.«

Bertrand kniet sich vor sie hin und nimmt ihre Hände. Sie sind eiskalt.

»Versuch, dich zu entspannen.«

»Er will mich umbringen!«

Sie versenkt ihren müden Blick in seinem, sucht dort Trost, den sie nicht findet.

»Sag so was nicht, das war nur ein Spaßvogel«, versichert Bertrand. »Jemand, der dir einen Schrecken einjagen wollte ... was ihm auch gelungen ist.«

Cloé hält die Tränen zurück. Bertrand nimmt sie in die Arme.

»Beruhige dich, meine Kleine. Vielleicht war das einfach ein Typ, den du geschnitten hast und der sich rächen wollte. Oder aber er hat eine hübsche Frau gesehen und wollte etwas spielen.«

»Das war er!«, schreit Cloé.

»Es war dunkel. Ich verstehe nicht, wie du dir da so sicher sein kannst. Wie du jemanden erkennen kannst, den du nie richtig gesehen hast ...«

Sie weiß es. Es war derselbe Mann. Und es war kein schlechter Scherz. Doch sie findet nicht die richtigen Worte, um Bertrand zu überzeugen. Also gibt sie auf und schluchzt in seinen Armen.

KAPITEL 16

An die Wand unter dem Fenster gekauert, betrachtet er sie.
Er hat sie die ganze Nacht über betrachtet.
Denn bald wird man sie ihm nehmen. Bald wird er sie nicht mehr sehen können.
Nie mehr.
Ein unerträglicher Gedanke.
Er hat alle Tränen der Welt vergossen, alle Götter des Universums verflucht.
Er wollte ihr die Augen schließen, hat es dann aber doch nicht gewagt, sie zu berühren. Die Kälte ihrer Haut zu fühlen übersteigt seine Kräfte.
Er wollte seine Pistole nehmen. Sich den Lauf in den Mund schieben und mit ihr gehen.
Und dann hat er doch nicht abgedrückt. Sich aber auch nicht dagegen entschieden.
Schließlich hat er ihr nichts versprochen.
Seine Waffe ist in Reichweite. Im Holster.
Nur ein Handgriff. Und alles vergessen. Nicht mehr leiden.
Nie mehr.

Wieder eine schlaflose Nacht.
Und trotzdem keine Anzeichen von Erschöpfung. Eher eine Energie, die an Hysterie grenzt. Angespannte Muskeln, überreizte Nerven.
Vor dem Spiegel erkennt sich Cloé nicht wieder. Die Müdigkeit, die sie nicht spürt, zeigt sich dennoch überdeutlich in ihrem Gesicht.
Sie geht zurück ins Zimmer, wo Bertrand noch schläft. Wie kann er friedlich schlummern, während sie dem Tod ins Auge sehen muss? Sie würde sich wünschen, dass er ihre Schlaflosigkeit, ihre Ängste und Befürchtungen teilt. Sie fühlt sich allein, auch wenn er da ist.

Allein und verletzlich.

Doch das Spiel hat jetzt lange genug gedauert. Die Regeln werden sich ändern.

* * *

Er hört sie nicht einmal hereinkommen. Er ist viel zu weit entfernt. In seinem Kokon aus Schmerz, Kummer und Angst.

»Guten Morgen, Sophie!«

Martine bleibt in der Zimmertür stehen. Als Erstes sieht sie Alexandre, der am Boden kauert und nicht wiederzuerkennen ist. Eine Pistole in der rechten Hand.

Dann wandert ihr Blick zu Sophie.

»Mein Gott ...«

Eine Weile steht sie wie erstarrt da, bevor sie reagiert. Sie geht auf den Hauptkommissar zu und kniet sich vor ihn hin.

»Monsieur Gomez, geben Sie mir bitte die Waffe.«

Sie streckt die Hand aus, doch er sieht sie nicht, sein Blick ist weiterhin starr auf seine Frau gerichtet. Als würde sie, wenn er ihn abwendet, für immer verschwinden.

»Geben Sie mir Ihre Waffe, Monsieur Gomez«, wiederholt sie mit sanfter Stimme.

»Lassen Sie uns in Ruhe. Gehen Sie.«

»Nein, Alexandre, ich kann Sie nicht allein lassen. Geben Sie mir die Waffe, dann gehe ich.«

Schließlich sieht er sie an. Leicht verrückte Augen. Entsetzlich schön. Entsetzlich traurig.

Martine streckt die Hand aus, ergreift die Waffe.

»Kommen Sie, Alexandre, lassen Sie los.«

Er öffnet die Finger, sie fasst die Sig-Sauer beim Kolben und geht hinaus, um sie an einem sicheren Ort zu verstauen. Als sie zurückkommt, hat er sich nicht vom Fleck gerührt.

Martine zieht das Laken über Sophies Kopf. Als dürfe der Tod kein Antlitz haben.

»Nein!«, schreit Gomez. »Rühren Sie sie nicht an!«

Er springt auf. Sie weicht instinktiv zurück.

»Beruhigen Sie sich, bitte ...«

Im Rückwärtsgang verlässt sie das Zimmer, ohne zu hastige Bewegungen zu machen. Auf dem Gang zieht sie ihr Handy heraus. Aber zum Telefonieren verlässt sie lieber die Wohnung. Mit zitternder Hand zieht Alexandre das Laken zurück.

»Ich bin da«, murmelt er. »Niemand wird dich anrühren. Niemand.«

* * *

»Gut, ich fasse zusammen. Gestern Abend hat ein Mann Sie in einem Auto verfolgt. Dieser Mann, den Sie nicht beschreiben können, ist Ihnen bereits mehrfach auf der Straße gefolgt.«

Der Beamte seufzt, Cloé gibt nicht auf. Sie hat nicht damit gerechnet, dass es so schwer werden würde, die Polizei zu überzeugen.

»Da wäre noch der tote Vogel auf meiner Fußmatte und ...«

»Sie dürfen nicht hinter allem und jedem etwas Böses vermuten, Madame«, unterbricht sie der Beamte. »Die Tatsache, dass ein toter Vogel auf Ihrer Fußmatte liegt, muss ja nichts zu bedeuten haben. Vögel verkriechen sich nicht unbedingt, wenn sie sterben.«

Cloé beißt die Zähne zusammen. Dieser Typ macht sich offensichtlich über sie lustig.

»Und der Sarg auf meiner Kühlerhaube?«

Er zuckt die Achseln.

»Ein Dummer-Jungen-Streich oder ein taktloser Nachbar.«

»Ich bin in Lebensgefahr, und Sie glauben mir nicht?«, erregt sich Cloé.

»Hören Sie, Madame, ich würde Ihnen ja gerne helfen, aber ich weiß nicht, wie! Sie erzählen mir von einem Mann, den Sie nie richtig gesehen haben. Sie erzählen mir von Vorfällen, die einfach nicht überprüfbar sind. Wenn Sie Anrufe oder anonyme Briefe bekommen würden, könnten wir etwas unternehmen. Aber so ...«

»Ich sage Ihnen, dass mir jemand nach dem Leben trachtet«, erklärt Cloé mit eisiger Stimme. »Und es ist Ihre Pflicht, mir zu helfen.«

Erneuter Seufzer des Polizisten. Er wirft einen Blick auf die Wanduhr.

»Wer könnte denn ein Interesse daran haben, Ihnen Böses zu wollen?«, fragt er widerwillig. »Haben Sie wenigstens eine Vermutung?«

»Nun ... mein Exmann vielleicht. Ich habe dafür gesorgt, dass er ins Gefängnis gekommen ist.«

Der Beamte horcht plötzlich auf.

»Er war extrem eifersüchtig und besitzergreifend. Er ... Er hat mich geschlagen. An dem Tag, als ich deshalb ins Krankenhaus musste, habe ich ihn angezeigt. Er ist zu einer Gefängnisstrafe von sechs Monaten verurteilt worden, vier davon auf Bewährung. Er heißt Christophe Dario.«

Der Polizist notiert den Namen.

»Wo ist er jetzt?«

»Keine Ahnung. Wir haben uns scheiden lassen, und ich habe nichts mehr von ihm gehört.«

»Und Sie bekommen keine Unterhaltszahlungen?«, wundert sich der Mann.

»Nein, ich verdiene deutlich mehr als er«, erklärt Cloé mit einem sarkastischen Lächeln.

»Verstehe ... Und Sie glauben also, dass er sich rächen will?«

»Möglicherweise.«

Der Beamte seufzt erneut. Das scheint eine Angewohnheit von ihm zu sein. Ein Tick

»Andere Verdächtige?«

»Da wäre noch Philip Martins, ein Kollege aus der Werbeagentur, bei der ich arbeite.«

Cloé erklärt die Situation, den bevorstehenden Ausstieg des Generaldirektors. Ihr Gegenüber runzelt die Stirn.

»Übertreiben Sie da nicht ein bisschen? Wenn alle Kollegen, die auf einen Posten scharf sind, anfangen würden ...«

»Nehmen Sie meine Anzeige nun auf?«

»Eine Anzeige gegen wen?«

Sie verdreht die Augen.

»Gegen Unbekannt natürlich!«

»Tut mir leid, Madame, aber ich sehe da keine Möglichkeit. Es gibt nichts Stichhaltiges, aufgrund dessen man Ermittlungen einleiten könnte. Ich brauche handfeste Fakten, Tatsachen. Es gab weder einen tätlichen Angriff auf Sie, noch wurde in ihr Haus eingebrochen. Sie haben keine konkreten Drohungen erhalten ...«

»Wollen Sie warten, bis ich tot bin, ehe Sie etwas unternehmen?«

»Jetzt seien sie mal nicht so pessimistisch!«, sagt der Beamte mit ironischem Unterton. »Nur weil ihnen ein Mann ein oder zwei Mal auf der Straße gefolgt ist ... Vielleicht ist er verliebt in Sie?«
»Und mein Exmann?«
»Wenn er es wäre, hätten Sie ihn erkannt. Selbst mit einer Kapuze auf dem Kopf ... Alles, was ich im Moment tun kann, ist, die Sache zu Protokoll zu nehmen. Kommen Sie wieder, wenn Sie etwas Konkretes haben.«
Cloé wirft ihm einen vernichtenden Blick zu.
»Und vergessen Sie nicht, Ihren ... tiefgefrorenen Vogel wieder mitzunehmen. Wir haben wirklich Besseres zu tun, als Schatten hinterherzujagen.«

* * *

Er hatte keine Wahl. Es waren zu viele, und sie kamen mit falschem Mitleid, aber einer echten Spritze.
Sophies Körper ist nun im Leichenschauhaus. Und er bleibt als Gefangener dieses Zimmers allein zurück. Er hat sich seine Dienstwaffe wiedergeholt, die Martine in den Schrank gelegt hatte, und hält sie in seiner rechten Hand.
Du musst mir versprechen, Alexandre ...
Es gibt Versprechen, die kann man nicht halten, Liebes. Ich weiß, auch wenn ich mir eine Kugel in den Kopf jage, werde ich dich nicht wiedersehen. Das wäre zu einfach, zu schön. Wenn es diesen Ort, an dem man sich wiedersieht, wirklich gäbe, müsste ich nur warten.
Ich weiß, wenn ich abdrücke, verliere ich dich für immer, Liebes.
Aber wenigstens könnte ich vergessen.

* * *

Das unangenehme Gefühl, eine Giftschlange verschluckt zu haben. Die sich in ihren Eingeweiden windet.
Oder an 220 Volt angeschlossen zu sein und alle dreißig Sekunden einen Stromschlag versetzt zu bekommen.
Es will Cloé einfach nicht gelingen, sich zu beruhigen.
Die Angst überspült sie in Wellen.

Die Ohnmacht. Und dieses furchtbare Gefühl von Einsamkeit. Niemand glaubt ihr. Niemand nimmt sie ernst.

Nachdem sie den Morgen auf dem Polizeirevier vertrödelt hat, ist sie erst am späten Vormittag in die Agentur gekommen. Zwei Stunden Warterei, um sich schließlich von diesem einfältigen Polizisten abkanzeln zu lassen. *Unfähiger Vollidiot, jawohl! Du willst handfeste Argumente? Ich verspreche dir, meine Leiche in dein Büro bringen zu lassen, solange sie noch warm ist!*

Cloé zieht den Zettel mit der mysteriösen Telefonnummer, den sie in Philip Martins' Büro gefunden hat, aus der Tasche. *Victor Brugman, 06 39 63 …*

Sie beschließt, ihr Glück zu versuchen. Sie wählt die Nummer von ihrem Handy aus, schließt die Tür zu ihrem dämmrigen Büro. Sie hat die Jalousien heruntergelassen, damit man sie nicht mit dem Fernglas beobachten kann. Denn er ist wieder da, sie ist sich ganz sicher.

Nach dem dritten Klingelton meldet sich eine Männerstimme.

»Monsieur Brugman?«

»Am Apparat.«

»Entschuldigen Sie die Störung. Ich habe Ihre Handynummer von Philip Martins bekommen.«

Kurzes Schweigen am anderen Ende der Leitung.

»Ich höre, Madame … Madame?«

Cloé erfindet schnell einen Namen.

»Ich würde auch gerne Ihre Dienste in Anspruch nehmen.«

»Natürlich, sehr gern. Wie viel möchten Sie investieren?«

»Wie viel?«, fragt Cloé verblüfft. »Ich zahle, was nötig ist.«

Erneutes Schweigen. Länger als beim ersten Mal.

»Sie verfügen also über ein unbegrenztes Budget? Das hört man gerne! Aber was suchen Sie denn genau?«

»Dasselbe wie Philip Martins. Dass Sie sich für mich um jemanden kümmern.«

»Wirklich? Und wie möchten Sie, dass ich mich *kümmere*?«

Cloé hat das Gefühl, im Treibsand zu versinken.

»Ich möchte, dass Sie ihm Angst machen.«

Der Mann beginnt zu lachen.

»Hören Sie, Madame, ich glaube, da liegt ein Missverständnis vor. Ein ziemlich großes Missverständnis! Wissen Sie, ich bin Immobilienmakler. Ich mache bestimmt niemandem Angst, höchstens, wenn ich meine Preise nenne ... aber ansonsten bin ich darauf nicht spezialisiert!«

Cloé schließt die Augen und legt auf, ohne sich zu entschuldigen.

»Verdammter Mist!«

Wieder eine Sackgasse. Wie gut, dass sie mit unterdrückter Nummer angerufen hat.

Sie sieht auf ihre Uhr. Es ist noch früh am Nachmittag, aber plötzlich fragt sie sich, was sie hier überhaupt zu suchen hat. Es ist ihr heute in keiner Weise gelungen, sich auf ihre Arbeit zu konzentrieren. Die Akten türmen sich vor ihr auf wie unüberwindbare Berge. Kein einziges Projekt hat sie heute bearbeiten können. Sie, die normalerweise so schnell ist!

Aber es jetzt zu versuchen hat gar keinen Sinn, es käme ohnehin nichts dabei heraus, sie gibt auf. Sie hebt das Telefon ab und ruft Nathalie an.

»Ich muss gehen«, erklärt sie. »Ich habe einen Arzttermin.«

»Um wie viel Uhr kommen Sie zurück?«

»Ich komme nicht zurück.«

»Ach so?«, wundert sich ihre Sekretärin. »Muss ich irgendetwas Spezielles wissen?«

»Nein. Bis morgen, Nathalie.«

Sie fährt ihren Computer herunter, zieht ihren Mantel an und flieht aus ihrem Büro. Die Aufzugtüren öffnen sich, und sie steht Martins und Pardieu gegenüber, die offenbar bester Laune sind.

Schlechtes Timing.

»Gehst du etwa schon?«, fragte Philip scheinheilig.

Er sieht auf die Uhr, der Generaldirektor folgt seinem Beispiel.

Das wird ja immer besser.

»Ich habe einen Außentermin.«

»Mit wem?«, fragt Pardieu.

»Mit meinem Arzt.«

»Sind Sie krank, meine Kleine?«

Sie findet es unerträglich, dass er sie *meine Kleine* nennt, vor allem vor Martins.

»Ich weiß nicht, ich fühle mich jedenfalls nicht besonders.«

»Stimmt, du bist ganz blass«, meint Martins ironisch. »Du siehst erschöpft aus.«

»Ich glaube, ich habe mir einen Virus eingefangen«, antwortet Cloé.
»Morgen geht es bestimmt wieder besser.«
»Ruhen Sie sich aus, meine Kleine. Das ist nicht der richtige Moment, um zu schwächeln.«
Sie steigt in den Aufzug, drückt auf den Knopf zum Erdgeschoss. Martins dreht sich um und bedenkt sie mit einem triumphierenden Lächeln. Ehe sich die Türen schließen, sieht sie, wie er die Hand auf Pardieus Schulter legt und ihm etwas zuflüstert.
»Warte du nur«, murmelt Cloé.

* * *

»Chef?«
Gomez weiß, dass er diese Stimme kennt. Aber er erinnert sich nicht daran, wem sie gehört. Vielleicht wegen dieses Deckzeugs, das ihm der Arzt heute Morgen gespritzt hat. Vielleicht ist er auch im Begriff, verrückt zu werden. Wirklich verrückt.
Laval steht im Zimmer.
»Die Wohnungstür war offen«, entschuldigt er sich.
Gomez hebt den Kopf, der junge Kommissar zuckt kaum merklich zurück, als er das vertraute Gesicht sieht. Komplett verwüstet.
Er sieht auf das Pflegebett, kann nicht fassen, dass er die ganze Zeit über nichts bemerkt hat. Er erinnert sich an ihr Gespräch, als es um den Abend bei Villard ging, und Tränen steigen ihm in seine Kinderaugen.
»Maillard hat mich informiert … Er hat gesagt, ich soll zu Ihnen fahren.«
»Verschwinde. Ich will allein sein.«
»Die Pflegerin, die sich um Ihre Frau gekümmert hat, hat ihn angerufen. Er ist in Marseille, deshalb hat er mich angerufen und mir alles am Telefon erklärt. Ich hatte ja keine Ahnung … Niemand wusste ja übrigens etwas, außer ihm. Er hat mich gebeten, bei Ihnen zu bleiben.«
»Geh!«
»Nein, ich gehe nicht. Sie dürfen nicht allein sein, nicht jetzt.«
Der Kommissar macht einen Schritt auf seinen Chef zu und bleibt dann abrupt stehen. Er hat die Waffe in seiner Hand bemerkt.
Jetzt nur nichts überstürzen. Er gleitet an der Wand hinab und setzt sich zu ihm auf den Boden.

»Sie hätten es uns sagen sollen.«
»Und was hätte das geändert?«
»Wir hätten Ihnen vielleicht helfen können.«
Gomez lacht nervös. Seine Hand umklammert den Kolben der Sig-Sauer.
»Du solltest jetzt besser gehen, Kleiner.«
»Nein, Chef. Ich lass Sie nicht allein.«
»Hast du Angst, dass ich mich erschieße?«
Laval überlegt, bevor er antwortet.
»Sie würden gern zu ihr, nicht wahr?«
»Ich werde nie zu ihr kommen. Das ist alles Blödsinn.«
»Das glaube ich auch. Da wo sie jetzt ist, leidet sie nicht mehr.«
»Ich schon.«
»Das kann ich mir vorstellen.«
»Kannst du nicht.«
»Ich habe gesagt *vorstellen*, nicht, dass ich es weiß ...«
Sie schweigen eine Weile.
»Ich werde Sie nicht daran hindern, sich umzubringen, wenn Sie das wirklich wollen«, fährt Laval fort. »Aber ... ich möchte wenigstens versuchen, Sie abzuhalten.«
Der Kommissar legt erneut eine Pause ein. Gomez wirkt ruhig, doch in seinem Inneren sieht es zweifellos ganz anders aus. Was soll er ihm sagen? Wie soll er ihn dazu bringen, zu bleiben?
Folge deinem Instinkt, Kleiner. Das sagt ihm der Chef doch ständig.
Aber ein einziger Fehler von ihm kann Gomez das Leben kosten.
Nach ein paar Minuten wagt er sich vor.
»Sie haben sie sehr geliebt, nicht wahr?«
Gomez schließt die Augen.
»Verschwinde.«
»Antworten Sie mir, dann lasse ich Sie in Ruhe.«
»Über alles«, stößt Alexandre hervor.
»Wenn Sie sich eine Kugel in den Kopf jagen, hört der Schmerz auf, das ist sicher«, fährt der Kommissar fort. »Aber Sie vergessen nicht nur den Schmerz. Sie vergessen alles.«
Gomez legt die Stirn auf die Knie und presst die Hände auf seinen Schädel. Sein Kopf scheint zu explodieren. Auch ohne dass er abdrückt.

»Sie werden vergessen, wer sie war. Was Sie einander bedeutet haben.«
Wie Nägel hämmern sich die Worte in Gomez' Bewusstsein.
»Ich denke, niemand kannte sie besser als Sie. Wenn Sie sich also das Hirn wegblasen, hätte sie gar keinen Ort mehr, wo sie existieren könnte.«
»Sei still ...«, fleht Gomez. »Bitte ... hör auf!«
Laval spürt, dass er ihn an der richtigen Stelle getroffen hat. Und im richtigen Moment.
»Gut, ich bin still ... Übrigens haben wir Nikollë aufgespürt.«
Alexandre hält den Kopf gesenkt, als würde er nichts hören.
»Alban Nikollë, Bashkims rechte Hand«, erzählt Laval. »Das haben wir Ihnen zu verdanken.«
Der Hauptkommissar reagiert noch immer nicht. Doch Laval gibt nicht auf.
»Erinnern Sie sich noch, der Typ, der im Haus Nummer 29 in der Rue de la Fraternité wohnte? Na ja, als wir ihn überwachten, haben wir Nikollë aufgespürt. Ich bin sicher, er führt uns bald zu Bashkim. Denn aus unseren Abhörprotokollen wissen wir, dass dieser Dreckskerl momentan in Frankreich ist. Ich dachte, das würde Sie interessieren.«
Gomez hebt endlich den Kopf und sieht seinen jungen Kollegen mit unerwarteter Zuneigung an.
»Tomor Bashkim ist hier«, skandiert Laval. »Hier in Frankreich. Genauer gesagt im Département Val-de-Marne. Aber der Mistkerl gehört Ihnen. Das haben wir nicht vergessen. Also behalten wir ihn im Auge und warten, bis Sie zurück sind. Wir warten so lange, wie es nötig ist ... Wollen Sie eine Zigarette?«
Alexandre nickt. Laval schiebt die Schachtel und das Feuerzeug auf dem Boden zu ihm. Alexandre lässt endlich seine Waffe los. Sicher nur für ein paar Minuten. Aber es ist ein erster Schritt.
»Erzählen Sie mir von ihr«, murmelt Laval. »Ich weiß ja gar nichts über sie ...«

KAPITEL 17

Natürlich war Cloé nicht beim Arzt. Um den Parasiten zu entfernen, der ihr Leben zerfrisst, braucht sie mehr als einen Allgemeinmediziner. Eher einen Spezialisten. Einen gedungenen Killer zum Beispiel.

Trotz ihres aufgelösten Zustands ist sie nach Hause gefahren, in der Hoffnung, durch die ungewohnte Uhrzeit die Pläne des Schattens zu durchkreuzen. Unterwegs hat sie allerdings eine Pause am Straßenrand einlegen müssen.

Und tatsächlich ist ihr kein Wagen gefolgt.

Sie schließt die Tür hinter sich ab, zieht den Mantel aus und greift sofort zum Telefon, um den Schlosser anzurufen. Sie will die Eingangstür verstärken, einen Riegel anbringen und das alte Schloss austauschen lassen. Armselige Verteidigungsmaßnahmen, die sie hoffentlich dennoch ein wenig beruhigen werden.

Der Handwerker bietet Montagabend als Termin an. Also muss sie noch das Wochenende überstehen, aber sie ist fest entschlossen, durchzuhalten.

Jetzt muss sie nur noch herausfinden, wie sie an eine Waffe kommen kann. Eine leicht zu handhabende Pistole, die in ihre Handtasche passt, zwischen Lippenstift und Taschenspiegel.

Aber in ihrer Welt kennt sie leider niemanden, der ihr so etwas beschaffen könnte.

Sie sitzt auf dem Sofa und überlegt. Wer in ihrer Umgebung könnte ihr einen Tipp geben, wie sie vorzugehen hätte?

Vielleicht kann sie ja einfach einen Waffenhändler aufsuchen? Sie kennt sich zwar nicht aus, vermutet aber, dass man einen Waffenschein oder Ähnliches braucht. Nach einigen Recherchen im Internet wird ihr klar, dass die einzige Pistole, die sie sich spontan kaufen könnte, eine aus der Spielwarenabteilung ihres Kaufhauses ist.

Und wenn sie sich mit Tränengas eindecken würde? Nicht so abschreckend wie eine AK 47, aber besser als gar nichts. Zusätzlich könnte sie einen Golfschläger im Auto und einen hinter der Eingangstür deponieren, und noch einen im Schlafzimmer.

Wie man sich die beschaffen kann, weiß sie. In ihrer Welt ist es um einiges einfacher, einen Golfschläger auszuleihen, als an eine Pistole zu kommen. Eine Frage des sozialen Status.

Nachdem sich die Polizei nicht für ihren Fall interessieren will, wird sie sich eben selbst verteidigen.

Sie ist keine Frau, die sich einem Angreifer kampflos ergibt. Wenn der Verrückte das nächste Mal auftaucht, so schwört sich Cloé, wird sie nicht ohnmächtig werden, sondern ihn mit Tränengas besprühen und ihm dann mit dem Golfschläger den Schädel einschlagen.

Nach diesem guten Vorsatz beschließt sie, sich ein wenig Ruhe zu gönnen. Sie hinterlässt auf Bertrands Mailbox eine Nachricht, um ihn zum Abendessen einzuladen, und überzeugt sich, dass Fenster und Türen gut verschlossen sind.

Im Schlafzimmer zieht sie sich aus und kriecht unter die Decke. Sie ist nicht wirklich müde, weiß aber, dass sie Ruhe braucht. Montag muss sie in Form sein, um den Aktenstapel abzuarbeiten. Darf den Alten nicht enttäuschen, wenn aus ihren Plänen etwas werden soll.

Da sie doch kein Auge zubekommt, nimmt sie ein Röhrchen Schlaftabletten aus der Schublade des Nachtkästchens und schluckt eine davon.

Nach zehn Minuten nimmt sie eine zweite.

* * *

Kinderlachen. Rein und kristallklar. Dann ein gellender Schrei. Ein Körper, der ins Leere fällt und vor ihren Füßen aufschlägt.

Cloé öffnet die Augen, es ist dunkel. Sie sieht auf den Wecker und stellt fest, dass es bereits halb acht ist. Wie lange hat sie geschlafen? Sie weiß nicht mehr, wann sie sich hingelegt hat. Weiß nicht mehr, warum sie nicht im Büro ist. War sie heute überhaupt dort? In ihrem Kopf herrscht ein furchtbares Durcheinander.

Als ihr Handy vibriert, hat sie das Gefühl, einen Elektroschock verpasst zu bekommen. Mit leicht zusammengekniffenen Augen liest sie die SMS. Alles ist so verschwommen ...

Bertrand schreibt ihr, dass er gerne zum Abendessen kommt.
Hat sie ihn eingeladen? Anscheinend ... Sie würde sich nur gerne daran erinnern.
Cloé versucht, aus ihrer Benommenheit aufzutauchen. Sie nimmt den Kopf zwischen die Hände, bemüht, gegen die Strömung anzuschwimmen.
»Verdammte Schlafmittel!«
Sie hat immer noch die Bilder aus ihrem Traum vor Augen – ein Zeichen dafür, dass sie noch nicht richtig wach ist.
Ein gellender Schrei. Ein Körper, der ins Leere fällt und vor ihren Füßen aufschlägt.
Wenn es doch bloß ein Albtraum wäre. Wenn es doch ...
Sie steht auf, schwankt leicht.
Glücklicherweise kommt Bertrand nicht vor neun Uhr.
Sie duscht schnell und zieht sich an. Der Nebel in ihrem Kopf lichtet sich ein wenig, und plötzlich erinnert sie sich, dass der Kühlschrank leer ist. Vollkommen leer.
»Verdammter Mist!«
Sie fühlt sich nicht in der Lage, sich dem Gedränge im Supermarkt auszusetzen, und beschließt, beim Feinkosthändler an der Ecke einzukaufen. In der Küche stützt sie sich auf die Arbeitsplatte. Sie hat noch etwas Mühe, das Gleichgewicht zu halten. Ein Glas kaltes Wasser wird ihr vielleicht guttun. Obwohl sie in diesem Zustand eigentlich einen Eimer Eiswasser brauchen würde. Sie öffnet den Kühlschrank, nimmt die Flasche und ein Glas aus dem Schrank.
Plötzlich hält sie inne.
»Nein, das kann doch nicht sein ...«
Sie macht den Kühlschrank wieder auf. Er ist bis oben hin gefüllt.

* * *

Cloé ist von den Toten auferstanden. Dazu hat es einer zweiten, fast kalten Dusche bedurft, dreier Tassen Kaffee und einer Stunde Zeit. Sie hat sich geschworen, ab jetzt die Finger von Schlafmitteln zu lassen.
»Es war absolut köstlich«, beglückwünscht sie Bertrand.
Er ist sehr elegant heute Abend. Cloé findet ihn besonders attraktiv. Jeden Tag etwas verführerischer.

»Ich muss dir etwas erzählen.«

Sie holt tief Luft und sagt:

»Er war hier.«

Bertrands Gesichtsausdruck verändert sich. Zorn funkelt in seinen faszinierenden hellen Augen.

»Du wirst doch wohl nicht schon wieder damit anfangen. Jetzt, wo es gerade so schön gemütlich war ...«

»Ich sage dir, er war hier.«

Bertrand seufzt. Sie sieht, dass er versucht, sich zu beherrschen.

»Woher weißt du das?«

»Der Kühlschrank ...«

»Was? Sind seine Fingerabdrücke drauf?«, fragt er spöttisch.

»Mach dich nicht lustig«, sagt Cloé. »Heute Morgen war er leer. Und heute Abend ist er voll.«

Bertrand runzelt die Stirn. Und plötzlich fängt er an zu lachen.

»Du willst mich auf den Arm nehmen!«

»Nein, das ist kein Scherz. Ich sage dir, dass jemand während meiner Abwesenheit den Kühlschrank gefüllt hat.«

Er wird ernst.

»Jetzt beunruhigst du mich wirklich, Clo.«

Sie spielt mit ihrer Serviette, versucht, die richtigen Worte zu finden, um ihn zu überzeugen.

»Er war hier, und er hat den Kühlschrank gefüllt.«

»Hör auf, solchen Unsinn zu reden.«

Plötzlich sieht er sie an, und in seinem Blick liegt etwas Grausames.

»*Hilfe*«, ruft er mit übertrieben schriller Stimme. »*Ein Mann will mir Böses! Er hat eingekauft und meinen Kühlschrank aufgefüllt. Wo bleibt bloß die Polizei?*«

Cloé spürt, wie ihr die Tränen kommen, und versucht, sie zu unterdrücken.

»Sprich nicht so«, murmelt sie. »Ich bin nicht verrückt.«

Er schlägt einen anderen Ton an.

»Ich weiß, dass du nicht verrückt bist, Chérie. Aber du hast ein Problem.«

»Ja, ich habe ein Problem. Jemand will mich in den Wahnsinn treiben. Und niemand glaubt mir.«

»Es gibt mit Sicherheit eine Erklärung. Wahrscheinlich hat deine Putzfrau eingekauft.«
»Unmöglich. Sie kommt nie freitags, und sie geht nie einkaufen.«
»Dann warst du es selbst.«
Sie blickt ihn verständnislos an.
»Also, wenn ich Essen gekauft hätte, wüsste ich es!«
»Genau da liegt das Problem«, folgert Bertrand. »Ich denke, du solltest einen Arzt aufsuchen. Einen Neurologen.«
»Einen Neurologen?«, ruft Cloé entsetzt.
»Ja, vielleicht der Aufprall, als du neulich in der Garage gestürzt bist ...«
»Nein!«, schreit Cloé. »Es geht mir bestens!«
Er nimmt ihre Hand, gibt sich zärtlich.
»Nein, es geht dir nicht gut, ganz bestimmt nicht. Du zeigst seltsame Reaktionen. Du machst mir Angst.«
»Ich sage dir doch, dass er hier war! Er war es, da bin ich mir ganz sicher!«
Bertrand zieht sie vom Stuhl hoch.
»Komm mit«, befiehlt er.
Er führt sie in die Küche, öffnet den Kühlschrank.
»Der ist in der Tat ganz schön voll«, stellt er fest. »Das sind doch die Lebensmittel, die du normalerweise kaufst, oder?«
Sie wirft einen Blick auf die Produkte, antwortet aber nicht.
Bertrand nimmt eine Packung Joghurt und hält sie ihr unter die Nase.
»Das ist doch deine Lieblingsmarke, oder?«
»Ja ...«
Er stellt den Joghurt zurück, nimmt ein Paket mit frischem Schinken und sieht auf den Aufkleber.
»Wo gehst du einkaufen?«
»Bei Casino.«
»Bei Casino gekauft«, sagt er und zeigt ihr das Etikett.
Cloé wird leichenblass.
»Aber ich war nicht dort. Ich ... ich bin direkt vom Büro nach Hause gefahren ... Dann habe ich geschlafen.«
»Hast du Medikamente genommen?«, will Bertrand wissen.
»Nur eine Schlaftablette«, gesteht sie. »Eigentlich zwei.«
Er macht den Kühlschrank zu und fasst Cloé bei den Schultern.
»Wo ist deine Handtasche?«

»Ähm ... im Wohnzimmer.«
Sie gehen zurück, und sie reicht Bertrand die Tasche.
»Wie bezahlst du deine Einkäufe normalerweise?«
»Mit Kreditkarte.«
»Gib sie mir bitte.«
Sie gehorcht und reicht ihm verwirrt die in einer Lederhülle steckende Karte. Er zieht die Zahlungsbelege heraus, sortiert sie und hält triumphierend den gesuchten hoch.
Cloé mustert ihn ungläubig. Er trägt das Datum des heutigen Tages.
»Du warst bei Casino und hast um siebzehn Uhr mit deiner Karte bezahlt.«
»Das ist unmöglich«, wimmert Cloé und schüttelt den Kopf.
Bertrand nimmt ihr Gesicht in beide Hände.
»Hör zu, Clo ... Hör mir gut zu. Du hast ein ernsthaftes Problem. Du musst einen Spezialisten aufsuchen. Du hast offensichtlich Gedächtnisstörungen. Das kommt sicher von deinem Sturz. Oder du bist überarbeitet. Du brauchst Behandlung und Ruhe.«
Noch wehrt sie sich dagegen.
»Nein!«
»Doch, Cloé. Dieser Kühlschrank hat sich nicht selbst gefüllt. Und dieser mysteriöse Typ, den du überall siehst, konnte nicht bei dir eindringen, ohne die Tür oder ein Fenster aufzubrechen. Denk doch bitte mal nach! Du behauptest, er wäre, weiß der Teufel wie, hier hereingekommen, hätte deine Kreditkarte aus deiner Tasche genommen und wäre zu Casino gefahren. Dort hätte er mit deiner Geheimzahl bezahlt, wäre dann zurückgekommen, hätte alles eingeräumt und wäre anschließend friedlich von dannen gezogen ... Ist dir klar, wie grotesk das ist?«
Cloé hat plötzlich Atemnot. Ihr Herz schlägt unregelmäßig.
»Das ist unmöglich, Cloé. Unmöglich, hörst du?«
Sie weiß gar nichts mehr. Der Zweifel beginnt an ihr zu nagen, ein eiskalter Schauer läuft ihr über den Rücken. Sie beginnt leise zu weinen, Bertrand nimmt sie in die Arme.
»Das ist nicht schlimm, Chérie. Ich bin doch da, alles wird gut. Du lässt dich behandeln und wirst wieder gesund, du wirst sehen.«

* * *

Cloé kommt aus dem Badezimmer. Sie hat erneut geduscht, diesmal warm. Eine Gelegenheit, noch einmal heimlich zu weinen. Die Tränen haben sie seltsamerweise erleichtert.

Das lange, noch feuchte Haar hat sie zu einem Knoten zusammengefasst, einen Bademantel angezogen und dezent Parfum aufgelegt.

Bertrand hat beschlossen, heute Nacht dazubleiben.

Sie setzt sich zu ihm aufs Sofa, gegenüber vom Fernseher. Der Film scheint ihn zu faszinieren. Sie legt den Kopf auf seine Schulter. Möchte den Schatten vergessen, der drohend über ihrem Leben schwebt. Und dabei kann nur er ihr helfen.

»Geht es dir besser?«, erkundigt er sich.

»Ein bisschen ... danke, dass du bleibst.«

»Das ist doch wohl selbstverständlich.«

»Du hättest dich auch aus dem Staub machen können. Wenn ich tatsächlich verrückt werde, kriegst du es bestimmt mit der Angst zu tun.«

»Ach was, ich liebe das Risiko.«

Cloé erkundigt sich nach dem Film, den er da gerade guckt: *Kap der Angst* von Martin Scorsese.

Wie passend! Sie hat keine Lust, das zu Ende zu sehen, und weiß, wie sie Bertrand ablenken kann.

»Mach den Fernseher aus«, flüstert sie und schiebt ihre Hand unter sein Hemd.

Während er sie küsst, greift er nach der Fernbedienung und stellt den Ton aus, nicht aber das Bild. Cloé erhebt sich und lässt ihren Bademantel zu Boden gleiten. Bertrand mustert sie mit einem Raubtierlächeln. Als würde er sie zum ersten Mal nackt sehen.

»Ich müsste wirklich verrückt sein, die Flucht zu ergreifen, während doch jeder andere Mann gerne an meiner Stelle wäre.«

Sie fühlt sich wieder stark. Schön und begehrenswert. Zum Teufel mit dem Schatten.

Sie setzt sich auf ihn und öffnet den Reißverschluss seiner Jeans.

»Du hast ganz recht, ich bin verrückt. Aber nur nach dir ... Glaubst du, das ist schlimm?«

»Das könnte es werden. Nimm dich in acht, man kann nie wissen.«

Sinnlich und lasziv liefert sie ihm das große Spiel. Sie zieht ihn langsam aus und sieht ihm dabei tief in die Augen. Sie spielt mit ihm, provoziert ihn. Bietet sich an, verweigert sich. Gibt ihm und nimmt alles wieder zurück.

Lange Minuten, in denen sie ihn fast in den Wahnsinn treibt, dorthin, wo es wehtut.

Wo es so wehtut, dass sich das Kostüm des zivilisierten Menschen auflöst und das wilde Tier zum Vorschein kommt, das darunter schlummert.

Es gibt keine Lust ohne Schmerz.

Dessen ist sich Cloé ganz sicher.

ES gibt keine Lust ohne Schmerz, mein Engel.
Weißt du das?
Dein Schmerz ist meine Wonne.

Du beginnst, an dir zu zweifeln, an deinen Fähigkeiten, deiner Stärke.
Ich spüre es, ich sehe es, ich höre es.
Du beginnst, deine Kampfkraft, deine Selbstgewissheit zu verlieren. So wie man Blut verliert, wenn man sich verletzt hat.
Diese Blutung ist nicht mehr zu stoppen.
Ich habe dein Fleisch aufgerissen, und nichts kann diese Wunde wieder schließen.
Der Kampf hat begonnen, und ich werde als Sieger daraus hervorgehen.

Du fängst gerade erst an, mir zu gehören, und schon bin ich von Wollust ganz berauscht.
Aber das ist erst der Anfang, mein Engel. Es wird noch viel besser werden.
Für mich natürlich nur ...
Keine Lust ohne Schmerz. Diese Regel wirst du akzeptieren müssen.
Weil ich es so beschlossen, weil ich dich ausgewählt habe. Nur deshalb.
Ich will, dass dein Schmerz so stark ist, dass du den Tod anflehst, dem Leiden ein Ende zu setzen. Dich zu befreien, zu retten – vor mir.
Aber der Tod, das bin ich.

Ich reiße dir die Flügel aus, mein Engel. Ich reiße sie dir in Stücke, sodass du nur noch kriechen kannst vor mir.

KAPITEL 18

Bertrand trinkt ein paar Schlucke kaltes Wasser direkt aus dem Hahn. Dann gleitet sein Blick hinüber zum Küchenfenster. Bald wird der Morgen grauen. Doch noch ist die Nacht nicht zu Ende.

Er geht zurück ins Schlafzimmer und legt sich neben Cloé, die tief und fest schläft. Wie immer auf dem Bauch.

Er ist nicht mehr müde, begehrt sie zu sehr, um gleich wieder einzuschlafen.

Doch allmählich zieht sich die Partie für seinen Geschmack etwas in die Länge, wird es Zeit, sich eine neue Herausforderung zu suchen.

Ich sollte langsam mal über einen Schlusspunkt nachdenken. Aber alles zu seiner Zeit. Noch bin ich nicht mit ihr fertig. Das Beste kommt noch ...

Langsam schiebt er die Decke zurück und enthüllt ihren fast perfekten Körper.

Ganz perfekt wäre langweilig.

Trotz des schwachen Lichts im Zimmer verschlingt er sie mit den Augen.

Er weiß, was er will. Eine Obsession, eine Droge für sie werden, die durch keine andere zu ersetzen ist.

Nichts ist erregender.

Das bedeutet es, lebendig zu sein. Leben.

Leben heißt, jemandem zu fehlen.

Leben heißt, der Schmerz eines anderen zu sein.

Eine geordnete Existenz? Das interessiert Bertrand nicht. Ist nie sein Traum gewesen. Die Routine, die sich überall einschleicht. Die langsam alles zerfrisst. Die den solidesten Stein aushöhlt, jeden Zement brüchig werden lässt.

Er will, dass sie sich an ihn erinnern. Für immer.

Er will, dass sie bereit sind, für ihn zu sterben. Aus Sehnsucht nach ihm.

Dass sie sich vor Schmerz winden, wenn sie an ihn denken. An das, was er ihnen gegeben und dann wieder genommen hat.

Schließlich ist er nur ein Dieb. Ein Seelendieb.

Er sammelt sie wie andere Uhren oder Kunstwerke.

Er beschließt, Cloé sanft zu wecken. Sanft, immer ganz sanft. Auf sanfte Art bekommt man alles, was man will. Oder aber mit Gewalt. Beides kann sehr angenehm sein.

Wie bei Waffen: Alle sind wirksam, sofern man mit ihnen umzugehen versteht.

Und Bertrand ist ein gefürchteter Jäger.

Er streichelt ihren Rücken, fährt an der Wirbelsäule entlang. Sie öffnet die Augen, braucht eine Weile, um aus ihrem Traum zu erwachen. Oder ihrem Albtraum.

Welchen Unterschied macht das schon? Ihm ist es egal.

Sie schmiegt sich an ihn, er küsst sie auf den Hals, dann auf die Schulter. Sie schläft schnell wieder ein, hört nicht mehr, wie er murmelt:

»Bald bist du so weit ...«

Er holt sie erneut aus dem Schlaf, den sie so mühsam gefunden hat.

Aber sie nimmt es ihm nicht übel. Ist zu glücklich, ihm etwas zu bedeuten.

So viel zu bedeuten.

KAPITEL 19

Der Neurologe studiert endlos lange das EEG, als suche er nach irgendeinem Fehler. Mit Hilfe eines Freundes ist es Bertrand gelungen, einen zeitnahen Termin bei einem bekannten Spezialisten für sie zu bekommen. Cloé hat sich auf das Spiel eingelassen, um zu beweisen, dass sie nicht den Verstand verloren hat. Dass es einen Schatten in ihrem Leben gibt. Und nicht in ihrem Kopf.

»Nehmen Sie Medikamente, Madame?«

»Nein«, antwortet sie etwas zu schnell. »Das heißt … nur etwas fürs Herz. Ich habe eine AV-Knoten-Reentrytachykardie, eine leichte Herzrhythmusstörung.«

Sie zerbricht sich den Kopf, versucht, sich an den Namen der Kapseln zu erinnern, die sie jeden Morgen schluckt, und nennt ihn schließlich dem Spezialisten.

»Noch etwas anderes?«

»Ein anderes Medikament, meinen Sie?«

»Oder eine andere Substanz.«

Cloé sieht ihn verblüfft an. Sie versteht nicht recht.

»Substanz? Was soll das bedeuten?«

Ein kleines, kaum wahrnehmbares Lächeln.

»Ich bin da, um Sie zu behandeln, nicht um Sie zu verurteilen. Wissen Sie, Sie können mir alles sagen. Nehmen Sie Drogen? Kokain zum Beispiel?«

»Aber nein!«, empört sich Cloé.

Er mustert sie auf eine unangenehme Art, sie hält seinem Blick stand.

»Ich konsumiere keine Drogen. Weder Kokain noch sonst was.«

»Schlafmittel?«

»Ich habe am Freitag etwas genommen. Aber das kommt äußerst selten vor.«

»Der Name des Medikaments?«

Diesmal fällt er ihr nicht ein, so verzweifelt sie auch darüber nachdenkt.

»Wer hat es Ihnen verschrieben?«

»Niemand. Meine Freundin hat es mir gegeben, als ich ihr erzählt habe, dass ich oft schlecht einschlafen kann.«

»Keine Angstlöser oder Antidepressiva?«

»Nein. Warum all diese Fragen?«

»Die Symptome, die Sie beschreiben, könnten zwei Ursachen haben: die Einnahme bestimmter Substanzen oder Überarbeitung und starker Stress. Trifft das zu?«

Sie ist versucht, ihm zu sagen, dass sie sehr gestresst ist. Dass sie in Panik lebt, seit der Schatten sie verfolgt. Doch sie hält sich zurück. Sie ist hier, um zu beweisen, dass sie geistig gesund ist, also ist es wohl besser, ihm keine Argumente zu liefern.

»Nun, ich bin in letzter Zeit sehr nervös, beruflich stehe ich unter starkem Druck. Ich schlafe fast nicht, bin aber nie müde.«

»Verstehe. Ich werde Ihnen etwas zur Entspannung verschreiben, damit Sie wieder schlafen können. Aber das ist natürlich nur eine vorübergehende Lösung. Bis Sie sich erholt haben. Das Wichtigste ist, dass Sie sich jetzt ein paar Tage ausruhen.«

»Wollen Sie damit sagen, ich soll nicht zur Arbeit gehen?«

»Ich schreibe Sie für ein bis zwei Wochen krank.«

»Das geht nicht!«, ruft Cloé aus.

Der Neurologe stößt einen kleinen verärgerten Seufzer aus. All diese Leute, die sich für unersetzlich halten ...

»Sagen wir also zunächst einmal eine Woche.«

»Ich sage doch, dass es völlig unmöglich ist, eine Woche nicht ins Büro zu gehen.«

»Tatsächlich? Wenn Sie meine Meinung hören wollen – und das wollen Sie, denn sonst wären Sie nicht hier –, gibt es nur zwei Optionen: Entweder Sie ruhen sich jetzt ein paar Tage lang aus, oder Sie überspannen endgültig den Bogen. Und in diesem Fall wird eine Woche Ruhe nicht mehr ausreichen. Es wird ein Monat sein – oder zwei ... Im besten Fall. Also, was ist Ihnen lieber?«

Cloé senkt den Kopf. Was soll sie darauf antworten?

»Eine Woche, in der Sie die Ursache des Stresses meiden müssen«, beharrt der Arzt. »Haben Sie irgendwo einen ruhigen Ort, an den Sie sich zurückziehen können?«

»Vielleicht. Ich werde es versuchen.«

»Das ist genau das Richtige. Und vor allem, nehmen Sie keine Arbeit mit. Entspannung, Schlaf und Ruhe. Nichts anderes. Ist das klar? Verzichten Sie auch auf Kaffee oder andere anregende Substanzen …«

Offensichtlich bleibt er davon überzeugt, dass sie mehr als irgendwelche Kräutertees zu sich nimmt, aber er belässt es jetzt dabei. Er stellt ihr ein Rezept aus. Cloé ist plötzlich zum Heulen zumute.

»Glauben Sie, dass ich im Begriff bin, den Verstand zu verlieren?«

Er sieht sie erstaunt an.

»Nein, Madame. Sie sind sehr angespannt und nervös, stehen unter Druck. Wissen Sie, der menschliche Körper ist eine empfindliche Maschine. Gönnen Sie sich eine Pause. Und wenn sich die Beschwerden nicht legen, kommen Sie wieder, ja?«

Sie nickt.

»Machen Sie sich keine Sorgen«, fährt er fort und reicht ihr das Rezept und die Krankschreibung. »Das kommt rasch alles wieder in Ordnung. Folgen Sie nur meinen Anweisungen.«

»Das werde ich tun, Herr Doktor.«

* * *

Das Tor zur Hölle öffnet sich.

Der Sarg fährt in die Flammen wie in den rotglühenden Schlund eines großen Ungeheuers.

Gomez hat Erstickungsanfälle, als würde er selbst auf dem Scheiterhaufen verbrannt.

Das Tor schließt sich, seine Augen auch. Aber er stellt sich alles genau vor, sieht und spürt es. Zunächst macht sich das Feuer über den Sarg her. Die Temperatur steigt, wird unerträglich.

Schließlich verzehren die Flammen das Fleisch.

Die große Liebe seines Lebens verglüht, wird zu Asche und Rauch.

Es tut so weh, dass er fast ohnmächtig wird.

Nie mehr ihr Lächeln sehen.

Nie mehr ihre Stimme hören.

Nie mehr seinen Blick in ihren versenken.
Nie mehr ihre Haut unter seinen Händen spüren. Ihren Körper an seinem.
Nie mehr.
Der Schmerz ist unvorstellbar.

* * *

Cloé hat lange gezögert. Jetzt nicht ins Büro zu gehen ist ein Fehler, das weiß sie. Aber dieser Mann im weißen Kittel war wirklich überzeugend. Montagnachmittag fünfzehn Uhr. Cloé wählt die Handynummer des Alten. Etwas erfinden, das ist doch ihr Spezialgebiet. Überprüfen kann er es ohnehin nicht.
Es gelingt ihr, ihre Stimme zu verstellen. Ein Oscar für die beste weibliche Hauptrolle!
Sie fährt gleich alles auf: hohes Fieber, Grippe, Schwindel. Sie kann sich nicht mehr auf den Beinen halten, es tut ihr leid, so furchtbar leid.
Pardieu zeigt sich verständnisvoll, dennoch spürt Cloé, dass sie Punkte abgezogen bekommt. Was soll's, die holt sie später wieder auf.
Nun hat sie eine freie Woche vor sich. Wertvolle Oase oder qualvoller Wüstentrip, was wird es werden?
Abstand nehmen, rät der Arzt. Abstand nehmen von dem Schatten ...
Sie ruft gleich Bertrand an.
»Hallo, Liebling ...«
»Was hat der Arzt gesagt?«
»Dass ich mich ein paar Tage ausruhen soll. Zu viel Stress und Druck, Überarbeitung.«
»Siehst du! Hatte ich doch recht! Ich hoffe, du befolgst seinen Rat?«
»Ja, er hat gesagt, ich solle am besten irgendwo ins Grüne fahren. Ich habe gedacht, ich besuche meine Eltern. Sie leben auf dem Land, und ich habe sie lange nicht gesehen.«
»Eine gute Idee! Wo wohnen sie denn genau?«
In einem abgelegenen Dorf rund zweihundert Kilometer von Paris entfernt. Die Beschreibung, die sie ihm liefert, wäre eine Zierde für jeden Reiseprospekt, dabei hat sie die Gegend immer todlangweilig gefunden.
»Vielleicht ... kannst du mitkommen?«, fragt sie hoffnungsvoll.

Es fällt ihr zwar schwer, es einzugestehen, aber eine Woche ohne ihn erscheint ihr wie eine Bestrafung.

»Das geht leider nicht«, entschuldigt sich Bertrand. »Wenn du willst, könntest du aber mit dem Zug hinfahren, und ich komme dich dann nächstes Wochenende abholen. Dann kann ich deine Eltern auch mal kennenlernen.«

»Ja, das wäre gut. Du könntest Freitagabend kommen und dort übernachten.«

»Ich möchte keine Umstände machen«, gibt er zu bedenken.

»Mach dir darüber keine Sorgen … Ich fahre morgen früh. Vielleicht können wir uns heute Abend noch sehen?«

»Natürlich. Ich komme nach der Arbeit, Kleines. Du wirst sehen, das wird dir guttun. Der Aufenthalt in so einem verschlafenen Nest bringt dich wieder auf die Beine!«

»Ich hoffe vor allem, dass er mich nicht meine Beförderung kostet.«

»Entspann dich, Chérie. Bei deiner Rückkehr nimmst du wieder den Platz ein, der dir zusteht.«

Sie legt auf und holt ihren Koffer aus der Garage. Der Schlosser kommt erst um achtzehn Uhr, sie hat also genügend Zeit zum Packen.

Während sie einige Kleidungsstücke aus dem Schrank nimmt, denkt Cloé an den Schatten. Wird er wütend sein, dass sie ihn allein lässt, sich für ein paar Tage seinem Einfluss entzieht? Wird er sich nach ihrer Rückkehr rächen?

Oder wird er ihr folgen?

Oder existiert er sowieso nur in ihrem Kopf?

Sie zieht es vor, die beiden letzten Möglichkeiten, eine so erschreckend wie die andere, ganz weit weg zu schieben.

KAPITEL 20

Er verharrt eine Weile vor dem Schrank, regungslos.
Schließlich wählt er eine Strickjacke, die sie gerne getragen hat. Er führt sie an sein Gesicht, schließt die Augen und atmet ihren Duft ein. So steht er lange mitten in ihrem leeren Schlafzimmer, die Reliquie in der Hand.
Seit der Einäscherung hat Gomez nicht mehr geweint. Er hat nicht mehr die Kraft dafür.
Er hat für gar nichts mehr die Kraft. Sie reicht gerade noch, um den Schmerz zu spüren. Denn dafür genügt es, am Leben zu sein. Selbst wenn es nur so halb ist, eine Illusion.
Er setzt sich auf das Bett, hält die Jacke in den Händen. Um ihn herum Stille.
Die Krankheit ist ein gemeines Dreckstück, das einem das geliebte Wesen entreißt. Die Liebe aber lässt es zurück.

* * *

Trotz der Medikamente schläft Cloé schlecht. Zerstückelter Schlaf, Albträume und wilde Wahnvorstellungen. In offener Feldschlacht gegen Armeen blutrünstiger Dämonen. Doch selbst denen gelingt es nicht, ihren üblichen Traum zu vertreiben. Der kommt am Anfang und am Ende der Nacht, wie eine öffnende und schließende Klammer.
Ein gellender Schrei. Ein Körper, der ins Leere fällt und vor ihren Füßen aufschlägt.
»Hast du gut geschlafen?«, fragt Mathilde.
Cloé lächelt. Ein komisches Gefühl, mit ihrer Mutter zu frühstücken.
»Wie ein Baby«, lügt sie.
»Hier ist es ruhig. Hier stört dich niemand. Du kannst dich ausruhen.«
Ein Tapetenwechsel ist es in jedem Fall, so viel ist sicher.

Keine Autobahn, keine Schnellstraßen, kein Verkehr.

Keine zu bearbeitenden Dossiers, keine Anrufe, keine E-Mails.

Vogelgesang, Geräusche von Wasser und Wind. Cloé kommt sich vor wie in einem Kloster. Gar nicht unangenehm im Übrigen. Vorausgesetzt, die Zwangskur dauert nicht länger als eine Woche. Danach würde sie verrückt werden. Wirklich verrückt.

»Ich hab deine Schwester und Armand für heute Abend eingeladen.«

»Eigentlich wollte ich zu ihnen fahren. Aber trotzdem eine gute Idee von dir«, erklärt Cloé eilig.

»Und Lisa? Wollen wir sie nicht auch besuchen? Du bist ja nicht oft da ...«

Cloés Hand umklammert die Tasse.

»Ich gehe lieber allein.«

Wie immer macht Mathilde ihr keinen Vorwurf. Sie fügt nur hinzu: *Das würde ihr Freude bereiten.*

Cloé weiß, dass das nicht stimmt. Es wird keine Freude. Weder für sie noch für Lisa.

Nur eine Qual, eine Pflicht, die sie sich auferlegt. Eine Bestrafung.

Sich immer wieder bestrafen. Schließlich ist es ihre Schuld. Auch wenn ihr das nie jemand gesagt hat.

Vermutlich weil sie es nie jemandem erzählt hat.

»Bertrand kommt mich Freitagabend abholen«, erklärt Cloé, um das Thema zu wechseln.

In den Augen ihrer Mutter sieht sie ein kleines Lächeln funkeln.

»Das freut mich, dann können wir ihn kennenlernen.«

Cloé errät ihre Gedanken. *Ich hoffe, dass es endlich der Richtige ist. Der, den du halten kannst, der, der den Mut hat, bei dir zu bleiben.*

Mathilde macht sich ans Geschirrspülen. Cloé beobachtet sie voller Zärtlichkeit. Sie findet, dass sie müde aussieht, ein wenig gealtert, aber noch immer so elegant wie früher. Sie ist einfach gekleidet, doch Eleganz hat nicht viel mit dem zu tun, was man trägt. Es ist eine Wesensart.

Sie hat ihre Mutter jetzt sechs Monate nicht gesehen, doch Cloé könnte nicht genau sagen, ob sie ihr gefehlt hat. Es ist immer schwierig, ins Elternhaus zurückzukehren, in diese Umgebung, die für eine glückliche Kindheit steht.

Bis zu dem Tag, an dem alles in Grauen umgeschlagen ist.

Ihr Vater betritt die Küche, er kommt von seinem Morgenspaziergang zurück. Seit er nicht mehr arbeitet, ist das sein Ritual. Jeden Morgen steht er früh auf und macht einen Rundgang.

»Hallo, mein Mädchen«, sagt er und gibt ihr einen Kuss.

»Hallo, Pa …«

Sie haben nie recht gewusst, was sie reden sollen. Er, der etwas grobe Landbursche, der nie viel für Worte oder Gefühlsäußerungen übrighatte. Ist stolz auf den Erfolg seiner ältesten Tochter, ohne es ihr je zu sagen. Ist glücklich, dass sie da ist, ohne es zu zeigen. Als hätte er Angst vor den Worten. Als wären Emotionen ein Zeichen der Schwäche.

Cloé hat einiges von ihm geerbt. Viel.

Er setzt sich ihr gegenüber und schenkt sich Kaffee ein.

»Kann ich dich morgen früh begleiten?«, fragt Cloé.

Und fragt sich im selben Moment, warum sie ihm so etwas vorschlägt.

Ebenso verblüfft wie sie, zuckt er die Achseln.

»Aber ich warte nicht bis zehn Uhr, wenn du da erst aufstehst! … Hast du wenigstens ordentliches Schuhwerk?«

»Ich habe hübsche Pumps aus Lackleder«, scherzt Cloé. »Meinst du, das geht?«

Ihre Mutter lacht ebenfalls, der Vater verzieht das Gesicht.

»Wenn du dir den Knöchel verstauchst, brauchst du dich hinterher nicht zu beklagen«, brummt er.

»Dann trägst du mich.«

»Darauf würde ich mich nicht verlassen, dazu bin ich zu alt.«

»Ach was«, erwidert Cloé belustigt. »Du bist bestimmt immer noch fit und stark.«

»Die Zeit, mein Mädchen … Die Zeit kennt kein Mitleid.«

Nicht nur die Zeit, denkt Cloé.

* * *

»Haben Sie Lust, sich mit mir betrinken zu gehen?«

Laval hat seinen Chef überreden können, ihm die Tür zu der Wohnung zu öffnen, in der er sich verkrochen hat wie ein waidwundes Tier.

Eine wahre Meisterleistung.

»Ich kenne einen netten Pub ganz in der Nähe.«

»Und dann? Bringst du mich nach Hause und legst mich aufs Sofa? Wenn du ein netter Junge bist, ziehst du mir die Schuhe aus und deckst mich vielleicht auch noch zu … Und morgen früh habe ich einen dicken Kater und muss kotzen. Aber der Schmerz wird immer noch da sein. Also, wozu soll das gut sein?«

Laval begnügt sich mit einem Seufzer. Als könnte ein Besäufnis je zu etwas gut sein. In dieser Hinsicht ist nichts wirklich nützlich.

»Was führt dich hierher, Kleiner? Willst du nachsehen, ob ich wieder zum Dienst komme?«

»Nein, natürlich nicht! Das ist viel zu früh …«

Gomez hat ihm gegenüber Platz genommen und betrachtet ihn mit seinem stechenden Blick.

»Zu früh? Glaubst du denn, in einem Monat ginge es mir besser? Oder vielleicht in zwei Monaten? Oder in sechs? Was schätzt du, wie lange ich noch so leiden muss? Wie lange wird es deiner Meinung nach dauern, bis ich *meine Trauer bewältigt* habe?«

Laval öffnet den obersten Hemdknopf.

»Ich weiß es nicht.«

Gomez setzt ein furchtbares Lächeln auf. »Nein, das weißt du nicht, Kommissar. Du weißt im Übrigen gar nichts. Selbst in zehn Jahren wird es mir nicht besser gehen. Es wird nie besser. *Nie*, hörst du?«

»Sagen Sie das nicht, Chef.«

»Ich komme nächste Woche zurück«, erklärt Gomez kühl. »Falls ich zu feige bin, mir bis dahin das Gehirn wegzupusten. Reicht dir das als Antwort? Und komm nie wieder her. Ich brauche kein Kindermädchen, das auf mich aufpasst.«

Laval erhebt sich und zieht seinen Blouson an.

»Okay, Herr Hauptkommissar. Wie Sie wollen. Bis nächste Woche.«

Gomez hört, wie die Tür etwas laut ins Schloss fällt, und bleibt regungslos in seinem Sessel sitzen.

Was er befürchtet hat, ist eingetreten. Seine Männer haben Mitleid mit ihm. Er wird sich noch härter zeigen müssen, um dieser zusätzlichen Kränkung zu entgehen.

* * *

Der gute Armand ist noch immer genauso blöd.

Aber, fragt sich Cloé, warum sollte er sich auch ändern? *Meine Schwester sieht in ihm einen Helden, fällt vermutlich jeden Abend vor ihm auf die Knie. Warum, zum Teufel, sollte er sich also in Frage stellen?*

Während des Abendessens, das gerade beendet ist, hat Cloé nicht viel gesagt. Ihr Schwager redet ohnehin für zwei. Oder für zehn. Er beherrscht das Gespräch, sorgt dafür, dass es sich ausschließlich um das Thema dreht, das ihn wirklich begeistert: Er selbst.

Cloé hätte gerne einige nuancierte feine Spitzen in seine Richtung losgelassen, hat sich dann aber doch zurückgehalten. Besser keinen Streit anfangen, das würde ihren Eltern nur wehtun. Das Lächeln ihrer Mutter ist sicher ein paar kleine persönliche Opfer wert.

Ihre Mutter, die sich wirklich Mühe gegeben hat und einfach nur glücklich ist, all ihre Kinder am Tisch versammelt zu haben. Oder fast alle. Denn eines fehlt.

Dafür sind sämtliche Enkel da. Die drei, die Armand Juliette gemacht hat. Drei egozentrische, unruhige, lärmende Monster.

Kinder eben!, denkt Cloé, die plötzlich glücklich ist, keine zu haben.

Auf jeden Fall nicht solche. *Ich würde wahnsinnig mit drei Gören am Hals. Die ständig plärren und etwas wollen. Die sich streiten und heulen. Ich wüsste sowieso nicht, wie ich mich um sie kümmern sollte, da ich ja nie zu Hause bin ...*

Kurz empfindet sie Bewunderung für ihre Schwester. Aber nur kurz.

Wie hat sie nur einen solchen Idioten heiraten können? Sie muss komplett blind gewesen sein. Arme Juliette. Du hast wirklich was Besseres verdient ...

»Und du, Cloé, was hältst du davon?«, fragt Armand.

Aber Cloé weiß absolut nicht, worüber der gute Armand gerade gesprochen hat.

»Entschuldige, ich war etwas abwesend. Was hast du gesagt?«

Diese Ohrfeige trifft den Schwager hart. Sie hört ihm nicht zu? Was für eine unglaubliche Beleidigung!

Cloé lächelt ihn herausfordernd an.

»Du warst *abwesend*?«, wiederholt er.

»Cloé war schon immer eine Träumerin«, wirft Mathilde eilig ein. »Immer woanders mit ihren Gedanken.«

Cloé hätte am liebsten laut losgelacht. Sie, immer woanders mit ihren Gedanken?! Das ist ja zum Totlachen.

»Ich sprach gerade von der Zuverlässigkeit der französischen Autos«, erklärt Armand offensichtlich verärgert.

Ein wirklich aufregendes Thema. Stimmt, der gute Armand arbeitet ja in einem Autozulieferer-Betrieb.

»Dazu kann ich nichts sagen«, antwortet Cloé. »Ich fahre ausschließlich Mercedes.«

* * *

Gomez tritt seine Zigarette auf dem Bürgersteig aus. Ein seltsames Gefühl, abends draußen zu sein.

Als er die Tür des Pubs öffnet, schlägt ihm ohrenbetäubender Lärm entgegen. Eine Mischung aus Musik, Gelächter und Stimmen.

Es gibt noch Menschen, die Lust zu lachen haben.

Er sieht Laval an der Theke sitzen. Wie er vermutet hat. Sogar gehofft hat. Er legt eine Hand auf seine Schulter. Der Kleine dreht sich um und sieht ihn verblüfft an.

»Chef ...«

»Nenn mich nicht so. Nicht hier.«

Gomez macht dem Barkeeper ein Zeichen. Was er trinken will? Einen Desperado natürlich.

»Ich wusste, dass ich dich hier finden würde.«

»Ja, ich bin oft hier.«

»Es wird Zeit, dass du ein Mädchen findest«, seufzt Alexandre.

»Ich habe eins gefunden«, vermeldet der junge Kommissar.

»Und was treibst du dann hier?«

»Ich habe auf Sie gewartet.«

»Also, erzähl's mir.«

»Was?«

»Eine Liebesgeschichte ... Eine schöne, bitte.«

* * *

Auf der Terrasse lauscht sie der Nacht, so wie sie eigentlich ist. Tief und still, geschützt vor den aufdringlichen Lichtern der Stadt. Eine wilde Nacht, fern von den Menschen.

Auf das Geländer gestützt betrachtet Cloé die Sterne.

»Was treibst du hier?«

Juliette steht neben ihr. Der Moment des Alleinseins ist schon wieder vorbei.

»Langweilst du dich mit uns? Man hatte den ganzen Abend über den Eindruck.«

Cloé presst die Lippen aufeinander. Sie dreht sich zu ihrer jüngeren Schwester um, die ihr so gar nicht ähnlich sieht. Klein, pummelig, blondes, kurzgeschnittenes Haar.

»Ich bin nur müde. Ich bin hierhergekommen, um mich auszuruhen.«

»Was ist los? Bist du krank? Maman hat mir gesagt, dass ...«

»Ich bin nicht krank«, unterbricht Cloé sie schroff. »Nur etwas gestresst von meinem Job. Nichts Schlimmes. Ich brauchte eine Pause und dachte, ich nutze die Gelegenheit, um die Eltern mal zu besuchen.«

»Du hättest dich etwas früher ankündigen können. Weißt du, sie sind auch müde. Vor allem Papa.«

»Und du hast Angst, dass ich sie noch mehr erschöpfe? Danke für das Kompliment!«

»Du verstehst sowieso alles falsch, was ich sage«, seufzt Juliette.

»Und wie sollte ich das bitte anders verstehen?«, fragt Cloé ironisch.

»Ich sage ja nur ... Ach, vergiss es!«

»Es passt dir nicht, dass ich da bin, stimmt's?«

Dabei war sie doch auf die Terrasse gegangen, um für fünf Minuten ihre Ruhe zu haben. Chance vertan ...

»Ich weiß nicht, warum mir das nicht passen sollte«, kontert Juliette.

»Sag doch gleich, dass sich hier niemand freut, mich zu sehen, dann hätten wir das zumindest geklärt!«

Juliette sieht ihr lange in die Augen, bevor sie antwortet:

»Du hast dich nicht verändert! Du denkst noch immer, alle Leute wären gegen dich und nähmen dir irgendwas übel ... Du siehst nur Feinde um dich herum. Du bist noch genauso paranoid wie früher, meine arme Cloé!«

KAPITEL 21

Das Heim befindet sich in einem hübschen alten Haus, inmitten eines wundervollen, baumbestandenen Parks. Cloé parkt den Citroën ihres Vaters in unmittelbarer Nähe, zögert aber, auszusteigen. Im Rückspiegel ordnet sie ihr Haar und überprüft ihr Make-up. Als ob ihr Aussehen von irgendeiner Bedeutung wäre.

Schließlich geht sie langsam zum Eingang, die Schiebetüren öffnen sich automatisch in eine große, hell erleuchtete Halle. Die Sauberkeit und der Luxus haben etwas Beruhigendes.

Die Empfangsdame bedenkt sie mit einem charmanten, wenn auch leicht gezwungenen Lächeln.

»Guten Tag, Madame, kann ich Ihnen helfen?«

»Guten Tag, ich ...«

Sie wird von durchdringendem Gebrüll unterbrochen: Ein junger Mann, der zuvor starr auf einer Bank saß, hat sich auf den Boden geworfen und stößt Schreie aus, von denen man nicht weiß, ob sie Zorn oder Angst ausdrücken. Ein großer Kerl in einem weißen Kittel kommt angelaufen, hebt ihn unsanft auf und schleift ihn über den Gang weg.

Die Stille, die nach seinem Verschwinden einsetzt, hinterlässt eher Bitterkeit als Erleichterung.

»Madame?«, wiederholt die Empfangsdame, als wäre nichts gewesen.

»Ähm ... ich möchte Élisabeth Beauchamp besuchen.«

»Können Sie mir die Zimmernummer sagen?«

»Nein«, erwidert sie und senkt den Blick.

Dabei lebt Lisa schon seit fünf Monaten hier. Wenn man das überhaupt leben nennen kann ...

»Zimmer 404, vierter Stock. Melden Sie sich oben bitte im Stationszimmer an. Der Aufzug ist dort drüben zu Ihrer Linken. Einen schönen Nachmittag.«

Cloé betätigt die Ruftaste, doch als der Aufzug kommt, wendet sie sich der Treppe zu. Vielleicht um Zeit zu gewinnen. Den Moment hinauszuzögern.

Als sie nach dem anstrengenden Aufstieg atemlos den vierten Stock erreicht, hält sie nach dem Stationszimmer Ausschau.

Cloé ist augenblicklich schockiert. So einladend das Äußere und die Eingangshalle sind, so trostlos ist es hier oben! Gesprungene Bodenfliesen, abgeblätterte Wandfarbe, Risse an der Decke. Und ein widerwärtiger Gestank, eine Mischung aus aufgewärmter Suppe und Desinfektionsmittel, verursacht ihr Übelkeit. Was für ein abstoßender Ort!

Sie bleibt vor dem Raum stehen und räuspert sich, um auf sich aufmerksam zu machen. Zwei Krankenschwestern diskutieren bei einer Tasse Kaffee, eine von ihnen wendet sich Cloé zu, ohne zu verbergen, dass sie stört.

»Ich komme Lisa Beauchamp besuchen.«

»Élisabeth? Gehören Sie zur Familie?«

Misstrauischer Blick.

»Ich bin ihre Schwester.«

»Ihr Besuch war nicht angekündigt ...«

Seit wann muss man einen Termin ausmachen, um seine Schwester zu besuchen?

»Ist sie in ihrem Zimmer?«

»Natürlich! Wo soll sie sonst sein? Zimmer 404, am Ende des Gangs.«

Die Krankenschwester wendet sich wieder ihrem Kaffee zu, und Cloé setzt ihre schmerzliche Wallfahrt fort. Das Haus ist überheizt, sie wischt sich den Schweiß von der Stirn, bevor sie den Punkt erreicht, an dem es kein Zurück mehr gibt. Sie atmet einmal tief durch, klopft und tritt ein, ohne eine Antwort abzuwarten.

Die gibt es ohnehin nicht.

Cloé bleibt wie erstarrt auf der Schwelle stehen.

Lisa ... man hat sie in einen alten Kunstledersessel gesetzt, ihr Kopf ist zur Seite gesackt, der Blick verloren im Nichts, der Mund leicht geöffnet.

»Kuckuck, meine Lisa, ich bin's.«

Ihre Stimme zittert, ihr Herz schlägt wieder einmal in Rekordtempo. Langsam tritt sie näher, und ihr Unbehagen wächst mit jedem Schritt.

Das ausgewaschene Nachthemd ist übersät mit Überresten vom letzten Essen, und Élisabeth hat sich in die Hose gemacht. Plötzlich versteht Cloé, warum ihr unangekündigter Besuch den Schwestern nicht gepasst hat.

»Mein Gott«, murmelt sie und schlägt die Hand vor den Mund.

Sie kann kaum weitergehen, so sehr lässt sie dieser grauenvolle Anblick erstarren. Der Geruch im Zimmer ist noch schlimmer als auf dem Flur, und die Temperatur beträgt mindestens dreißig Grad. Um nicht zu ersticken, zieht Cloé ihren Mantel aus und legt ihn auf das ungemachte Bett mit den schmutzigen Laken. Endlich findet sie die Kraft, zu Lisa zu gehen und sie auf die Stirn zu küssen.

»Hallo, kleine Schwester.«

Sie öffnet das Fenster, holt sich einen Stuhl und nimmt ihr gegenüber Platz. Sie sitzt jetzt einen knappen Meter von ihr entfernt und hofft, dass Lisas Blick dem ihren begegnet. Doch er gleitet ziellos über sie hinweg.

»Hörst du mich?«

Sie ergreift ihre seltsam kalte Hand und drückt sie. Ein verzweifelter Versuch, Kontakt mit dem Nichts aufzunehmen.

»Ich weiß, ich habe dich lange nicht mehr besucht, aber ich war weit weg. Trotzdem habe ich immer an dich gedacht, meine Lisa.«

An dich gedacht.

Jeden Tag, jede Minute, jede Sekunde. Sogar ohne es zu bemerken.

Von dir geträumt – jede Nacht.

Ihr Blick richtet sich wieder auf den Schmutz, mit dem ihre kleine Schwester übersät ist, und als sie es nicht mehr aushält, kehrt sie zum Fenster zurück. Sie unterdrückt die Tränen und lässt ihren Blick zur Erholung über den grünen Park schweifen.

Das wirst du doch wohl noch schaffen, Cloé, stell dich nicht so an!

Sie wendet sich um und geht lächelnd zu Lisa.

»Keine Sorge, ich bringe das in Ordnung.«

Sie inspiziert das Badezimmer, ein muffiges Loch, in dem es nach Urin und Schimmel stinkt und das offensichtlich seit mehreren Tagen nicht geputzt wurde. Sie beschließt, ihren Zorn für später aufzuheben. Das einzig Wichtige ist jetzt Lisa.

»Bei dieser Hitze hast du bestimmt Lust zu duschen. Ich helfe dir.«

Schon seit langem kann Lisa nicht mehr laufen. Auch nicht sprechen.

Also fasst Cloé sie unter den Knien und Achseln und hebt sie mühsam hoch. Dabei wiegt sie nicht viel. So leicht wie ein verknittertes Laken, so leblos wie ein Stück trockenes Holz.

Cloé trägt sie ins Badezimmer und setzt sie auf den Plastikstuhl, der unter dem Duschkopf thront. Sie zieht ihr das Nachthemd aus, hat Angst vor dem Anblick. Aber schließlich ist Lisa noch acht Jahre alt. Sie ist noch ein kleines Mädchen und wird es auch immer bleiben.

Ein weiterer Schock für Cloé: der erschreckend magere Körper, vorspringende Knochen und Blutergüsse an den Armen, den Oberschenkeln, am Bauch, an den Hüften …

Dann nimmt sie ihr die durchnässte Windel ab und wirft sie eilig in die Mülltonne. Ihr wird übel, und sie spürt, dass sie schwankt. Das ist nicht der richtige Augenblick, ohnmächtig zu werden, verdammt nochmal!

»Alles ist gut, meine Lisa!«

Alles ist gut, Cloé.

Sie zieht im Zimmer ihre Schuhe aus und kehrt zurück in das finstere Loch, als wäre es eine Arena. Nur dass sie selbst der Gegner ist, gegen den sie antreten muss.

Sie überprüft die Wassertemperatur und lässt den Strahl über Lisas Beine rinnen. Sie zeigt keinerlei Reaktion. Also führt sie den Schlauch weiter über den reglosen, malträtierten Körper. Und plötzlich hat sie den Eindruck, dass ihre Blicke sich treffen. Für einen kurzen Moment kommt es ihr vor, als nähme ihre Schwester sie wahr.

Nach dem Duschen hüllt sie Lisa in ein großes, sauberes Badetuch, das sicher ihre Mutter mitgebracht hat, und trägt sie aufs Bett.

Verdammt, wann haben die das letzte Mal die Laken gewechselt?

Es kommt ja auch überhaupt nicht in Frage, um diese Zeit noch ein Nachthemd zu tragen. Also sucht Cloé ein leichtes weißes Kleid und eine blaue Strickjacke heraus und schreitet zur nächsten Etappe, die darin besteht, ihre Schwester anzukleiden. Wie eine Puppe.

Eine Puppe in Lebensgröße, der man vergessen hat, ein Lächeln aufzumalen.

Anschließend reinigt Cloé den Sessel und steckt die schmutzige Wäsche in eine Plastiktüte. Ganz hinten in der Schublade des Nachtkästchens findet sie einen Kamm für den letzten Schliff.

Sie setzt sich aufs Bett und nimmt Lisa in die Arme. Es tut gut, ihren Körper an sich zu drücken.

Ihr Fleisch und Blut.
Ihr Verbrechen.
Sie kämmt die kurzen, struppigen Haare, versucht, ihnen eine feminine Form zu geben. Sie erinnert sich an die wunderschönen langen Haare, um die alle anderen Mädchen Lisa beneidet haben.
Dann legt sie sie auf den Rücken und betrachtet das Ergebnis: Élisabeth ist jetzt viel hübscher. Und vor allem hat ihr Gesicht einen friedlichen Ausdruck.
»Ich komme gleich wieder«, murmelt Cloé.
Auf dem Flur entdeckt sie einen herrenlosen Rollstuhl. Sie nimmt ihn unauffällig mit, setzt ihre Schwester hinein, deckt sie mit einer Fleecedecke zu und schiebt sie aus diesem abscheulichen Zimmer.
Doch hier lebt Lisa. Tag für Tag.
Cloé denkt an ihr großes gemütliches Haus, und ihr Herz zieht sich noch mehr zusammen.
Ich bin ein egoistisches Miststück, ein Nichts. Ich kann mir und allen anderen den ganzen Tag etwas anderes erzählen und Lügen auftischen von früh bis spät, aber die Wahrheit ist, dass ich ein Nichts bin.
»Jetzt gehen wir spazieren, Liebes.«
Cloé meidet das Stationszimmer und steuert direkt auf den Lastenaufzug am Ende des Gangs zu. *Nur für Personal.*
Heute ist er nur für Lisa und ihre große Schwester.
Sie durchqueren die Eingangshalle und gelangen schließlich in den Park. Cloé atmet tief die frische Luft ein. Ein Genuss. »Das tut gut, draußen zu sein, was?«
Sie begegnen anderen Rollstuhlfahrern auf den schmalen geteerten Wegen, die sich zwischen den hohen Bäumen hindurchschlängeln. Die Vögel singen ihnen entgegen. Ob Lisa sie hört?
Natürlich hört sie sie. Sie sieht und hört alles.
Sie kann bloß nicht reagieren. Nicht mehr. Gefangen in einem Sarkophag.
So ziehen sie lange ziellos kreuz und quer durch den Park. Wenn sie nur in die Vergangenheit zurückkönnten. Den geheimen Weg finden, der sie genau sechsundzwanzig Jahre zurückführt. Einige Sekunden bevor …
Sie kommen an einem moosüberzogenen Wasserbecken vorbei, in dem

ein paar verblühte Seerosen treiben. Cloé setzt sich auf eine Bank und stellt Lisas Rollstuhl direkt neben sich.

»Gefällt es dir hier? Ist doch schön, oder? Besser als in deinem Zimmer.«

Cloé wendet den Kopf zur Seite und versenkt ihren Blick in das grünliche Wasser, das von einer angenehmen kleinen Brise gekräuselt wird.

»Weißt du, ich verbringe ein paar Tage bei Papa und Maman. Ich brauchte etwas Ruhe ... Vielleicht musste ich auch meine Wurzeln wiederfinden!«

Cloé lacht leise, ihre Kehle schnürt sich zusammen. Eher musste ich der Realität ins Auge sehen. Die ich sonst jeden Tag mühsam unter den Teppich kehre. Seit sechsundzwanzig langen Jahren.

»In Wirklichkeit bin ich aus meinem Leben geflohen. Wenn du wüsstest, was ich in letzter Zeit durchgemacht habe ... Ich ... Jemand will mir Böses. Alles hat damit angefangen, dass mir nachts ein Typ auf der Straße gefolgt ist, und dann ...«

Und dann hört Cloé nicht mehr auf zu erzählen. Wie leicht es doch ist, sich jemandem anzuvertrauen, der nicht antworten kann. Seine Ängste jemandem zu gestehen, der einen nicht verurteilen kann.

Cloé legt die Hand auf Lisas Knie, schafft es aber nicht, sie anzusehen. Sich mit dieser Abwesenheit zu konfrontieren, für die sie die Verantwortung trägt.

»Ich weiß nicht, ob ich langsam verrückt werde, oder ... oder ob mich wirklich jemand in den Wahnsinn treiben will! Ich sterbe fast vor Angst, Lisa.«

Sie spürt, dass ihr die Tränen kommen, und wischt sie mit dem Handrücken ab. Dann wendet sie endlich den Kopf Lisa zu. Dieses Mal träumt Cloé nicht: Ihre Schwester mustert sie mit ihren großen haselnussbraunen Augen. Ihr Blick streift sie nicht zufällig – er ist ihr zugedacht, da ist sie sich ganz sicher.

Das Gefühl verschlägt ihr den Atem.

»Lisa?«

Sie wendet sich noch immer nicht ab, sieht sie aus der Tiefe ihrer Einsamkeit an, so als würde plötzlich das Leben wieder an die Oberfläche kommen. Cloé ergreift ihre Hand und legt sie auf ihr Herz.

»Erkennst du mich? Ich bin's, Cloé. Bitte, gib mir ein Zeichen!«

Doch das Leben weicht schon wieder zurück, und die Leere gewinnt erneut die Oberhand.

»Lisa? ... Lisa?! ...«

Zu spät, sie ist wieder in ihrem Schneckenhaus. Dort, wohin ihr niemand folgen kann. Cloé küsst ihre Hand und hält sie lange in der ihren.

Dann treten sie langsam den Rückweg an.

Cloé kann sich nicht geirrt haben: Lisa ist für eine kurze Weile zurückgekehrt. Lisa hat ihr zugehört und sie verstanden.

Das tut ihr unglaublich gut.

Als sie wieder im Zimmer sind, ist der Gestank verflogen. Cloé legt Lisa aufs Bett. Aber vielleicht möchte sie lieber im Sessel sitzen? Wie soll sie es wissen?

Dann küsst sie sie auf die Stirn und streichelt ihr Gesicht.

»Ich komme wieder«, murmelt sie. »Ganz bald. Das verspreche ich.«

Erneut begegnen sich ihre Blicke für einen kurzen Moment.

Und Cloé versteht, dass ihre Schwester glücklich ist, sie zu sehen.

Dabei müsste sie sie verfluchen. Sie hassen.

Sie drückt sie an sich und flüstert ihr ein paar Worte ins Ohr.

Hin- und hergerissen zwischen Erleichterung und einem Gefühl von Verlassenheit, geht Cloé hinaus. Doch bevor sie nach Hause fährt, hat sie noch etwas zu regeln.

Vor dem Stationszimmer, in dem die beiden Krankenschwestern noch immer in ihr Gespräch vertieft sind, bleibt sie stehen.

»Kann ich Sie sprechen?«

»Was ist, Madame?«

»Ich habe meine Schwester besucht und muss Ihnen sagen, dass ich fassungslos bin. Es stinkt in diesem Zimmer und es sind mindestens dreißig Grad darin.«

»Es ist ja wohl nicht unsere Schuld, wenn die Heizung schlecht eingestellt ist.«

»Ach ja? Und es ist Ihnen auch entgangen, dass es ein Fenster gibt? Es ist wohl zu viel verlangt, es von Zeit zu Zeit mal zu öffnen?«

Der Gesichtsausdruck der Krankenschwester nimmt immer härtere Züge an. Sie baut sich, die Hände in die Hüften gestemmt, vor Cloé auf und sieht sie mit einem aggressiven Funkeln in den Augen an.

»Ist das alles, Madame?«

»Nein, das ist nicht alles!«, schreit Cloé. »Das ganze Zimmer ist schmutzig, ein richtiger Saustall! Und Lisa musste ich erst einmal abduschen!«
»Ist es vielleicht meine Schuld, wenn sie sich einpinkelt?«
Cloé hat große Lust, sie zu ohrfeigen.
»Wozu sind Sie eigentlich da?«, fragt sie in scharfem Ton. »Schämen Sie sich nicht, sie in einem solchen Zustand zu lassen?«
»Wollen Sie mir meine Arbeit erklären? Geduscht wird dreimal die Woche. Geputzt wird am Morgen. Sie sind zum falschen Zeitpunkt gekommen. Aber Sie kommen ja auch nicht gerade oft, muss man sagen!«
Ein Schlag unter die Gürtellinie.
»Was geht Sie das an?«, brüllt Cloé. »Und die vielen blauen Flecke am ganzen Körper? Waren Sie das? Bestimmt misshandeln Sie sie!«
»Passen Sie auf, was Sie sagen!«, empört sich die Schwester. »Sie hat Durchblutungsstörungen. Das ist normal, wenn man sich nie bewegt!«
»Halten Sie mich für blöd? Das lasse ich Ihnen nicht durchgehen, das können Sie mir glauben. Wo ist der Direktor von diesem Saustall?«
»Die Direktorin ist heute nicht da, Madame. Wenn Sie sie sprechen wollen, müssen Sie einen Termin ausmachen.«
»Ich brauche keinen Termin. Ich verlange sie auf der Stelle zu sprechen!«
»Sie haben gar nichts zu verlangen! Und wenn Sie weiter hier rumschreien, hole ich die Polizei.«
»Gut, wenn Sie mir so kommen, rede ich morgen mit der Leiterin. Und dann werden Sie es bereuen, mich kennengelernt zu haben.«
Die Krankenschwester schlägt ihr die Tür vor der Nase zu, und Cloé bleibt eine Weile wutentbrannt vor der Glasscheibe stehen.
Dann entschließt sie sich endlich zu gehen. Auf dem Weg kommt sie an einem Zimmer vorbei, dessen Tür offen steht. Flüchtig sieht sie eine alte Dame, die vollkommen nackt an ihr Bett gebunden ist und mit monotoner Stimme um Hilfe ruft.
Cloé ergreift die Flucht, läuft die Treppe herunter und dann durch die Halle. Sie steigt in den Wagen, fährt aber nicht los. Ihre Augen suchen Lisas Fenster.
Die Tränen machen sie blind, sie sieht nichts mehr.
Doch, ein kleines achtjähriges Mädchen, das lächelt, das lacht.
Ein kleines achtjähriges Mädchen, das die Zukunft noch vor sich hat.
Ein Leben auf jeden Fall.

KAPITEL 22

Ich heiße Cloé.

Cloé Beauchamp.

Mein Vater ist Rentner, vorher war er Mechaniker. Meine Mutter arbeitete halbtags als Angestellte in der Dorfgemeinde.

Ich habe zwei Schwestern. Élisabeth und Juliette. Lisa ist vierunddreißig, Juliette zweiunddreißig Jahre alt. Wir sind hier geboren und aufgewachsen.

Eine von uns ist hier gestorben.

Ich heiße Cloé, ich bin siebenunddreißig Jahre alt. Und ich habe ein Leben zerstört.

Nein, um ehrlich zu sein, sogar mehrere. Die all derer, die mir lieb und teuer sind. Und mein eigenes auch.

Aber es war ein Unfall. Nur ein Unfall ...

Ich war damals elf, Lisa acht. In der Nähe unseres Hauses gab es eine alte, leerstehende Fabrik. Unsere Eltern haben uns natürlich verboten, dort hinzugehen. Aber wir haben es natürlich trotzdem getan ... Ein toller Abenteuerspielplatz.

Eines Nachmittags musste meine Mutter mit Juliette zum Arzt. Und so hat sie mir Lisa anvertraut. *Es dauert nur eine knappe Stunde. Pass gut auf deine Schwester auf.*

Eine knappe Stunde. Gerade Zeit genug, um meine kleine Schwester zu töten.

Es geht tatsächlich sehr schnell, jemanden zu töten. Und es geht leicht. Sobald Mamans Wagen außer Sichtweite war, habe ich das Haus verlassen. Mit Lisa.

Und wir sind zu der alten Fabrik gegangen.

Gefährliche Spiele ... Sich Angst einjagen. Wer hat das früher nicht gemacht?

Ich bin als Erste hinaufgestiegen. Seiltänzer spielen, das hat mir schon immer gefallen. Auf den alten Eisenbalken in drei Metern Höhe balancieren. Das ist aufregend.

Lisa hat mir zugesehen, die braven Kinderaugen voller Bewunderung. Ich habe gesagt, jetzt wäre sie an der Reihe. Ich erinnere mich, dass ich sie ausgelacht habe, weil sie so ängstlich war. Sie einen Feigling genannt habe. Ich erinnere mich auch, wie ich sie ermutigt habe, als sie endlich einen Fuß auf den Balken setzte.

Sie schwankte wie eine betrunkene Tänzerin. Eine verrückte Tänzerin. Dabei war ich die Verrückte ...

Unglaublich, wie schnell so etwas geht.

Ein gellender Schrei. Ein Körper, der ins Leere fällt und vor meinen Füßen aufschlägt.

Das dauert nur eine Sekunde. Doch es verändert alles. Den Verlauf des ganzen Lebens, des ihren und des meinen.

Zuerst dachte ich, sie würde simulieren. Sich tot stellen.

Ich habe sie geschüttelt, ihr gesagt, sie solle aufhören zu spielen.

Es war ein Unfall. Ein verdammter Unfall ...

Ich glaube, es wäre mir lieber gewesen, wenn ich sie getötet hätte. Richtig getötet.

Anschließend habe ich gelogen. Ich habe behauptet, ich wäre nicht bei Lisa gewesen, als sie gestürzt sei, sie sei weggelaufen, während ich auf der Toilette war. Ich hätte sie dann gesucht und bewusstlos in der alten Fabrik gefunden.

Meine erste Lüge. Meine erste Feigheit. Mein zweites Verbrechen.

Cloé fährt eine gute Weile mit dem geliehenen Auto ziellos umher, folgt den fast leeren Straßen, die durch Laubwälder und brachliegende Felder führen.

So wie ihr Kopf. Der liegt auch brach. Ist leer oder zu voll. Furchtbare Erinnerungen, die sich in einer Endlosschleife wiederholen.

Darum ist sie schon als junges Mädchen von hier weggegangen und nur ganz selten zurückgekommen. Darum hat sie diese Festung um sich herum aufgebaut.

Um nicht sterben zu müssen.

Sie hat sich für Flucht und Verdrängung entschieden. Sich wie besessen darum bemüht, das Bild der starken Frau zu verkörpern, die es zu etwas

gebracht hat. Nachdem sie die Rolle so lange gespielt hat, hat sie schließlich selbst daran geglaubt. Nachdem sie diese Maske so lange getragen hat, ist sie schließlich zu ihrem Gesicht geworden.
Habe ich die falsche Wahl getroffen?
Hatte ich überhaupt die Wahl?
Im Alter von elf Jahren verantwortlich für die Agonie der eigenen Schwester, für das Unglück der eigenen Eltern ...
Hatte ich wirklich die Wahl?

Endlich beschließt Cloé, wieder in Richtung ihres Elternhauses zu fahren. Sie weiß nicht mehr, wohin sie sonst soll. Alle Wege führen zum Ausgangspunkt zurück. Zur Erbsünde.

»Es war ein Unfall«, murmelt sie. »Nur ein Unfall, wie sie so häufig passieren.«

Ihre Eltern haben die größten Spezialisten in Paris, Lyon, Marseille aufgesucht. Der Urteilsspruch war immer der gleiche. Keine Hoffnung auf irgendeine Verbesserung, nicht die geringste. Lisa lebte, aber sie war wie tot. Und das war endgültig.

Die Tränen ihrer Mutter. Nie wird Cloé sie vergessen. Sie, die nur den einen Wunsch hatte, alles ungeschehen zu machen, oder ganz zu verschwinden. Lisas Platz in diesem verdammten Rollstuhl einzunehmen.

Ihre Eltern waren wirklich großartig. Nicht der geringste Vorwurf. Höchstens mal ein Blick, ein bedeutungsvolles Schweigen.

Nein, Cloé, es ist nicht deine Schuld. Ich hätte euch nie allein lassen dürfen ... Du konntest ja nicht ahnen, dass Lisa weglaufen würde.

Doch, Maman, es ist meine Schuld. Lisa wollte mir nacheifern, dem Beispiel ihrer großen Schwester folgen. Ihrer Heldin.

Jener Schwester, die sie heute nicht mehr erkennt.

Cloé schließt die Eingangstür etwas heftig hinter sich. Hat ihre Bewegungen und Gefühle nicht ganz unter Kontrolle.

»Bist du es, Liebes?«

Ja, Maman, ich bin es. Die, die eine deiner Töchter getötet hat.

Der Vorspann der Fernsehnachrichten. Schon acht Uhr. In der Küche küsst Cloé ihre Mutter.

»Du kommst aber spät ... warst du bei Lisa?«

Mathilde sieht die tiefe Verzweiflung auf diesem sonst so kalten Gesicht.
»Stimmt etwas nicht? Was ist los?«, fragt sie beunruhigt und wendet sich vom Herd ab.
»Wann besucht ihr Lisa normalerweise?«
»Montags, mittwochs und samstags. Manchmal auch sonntags ...«
»Aber nie donnerstags, oder?«
»Nein, da hat dein Vater seinen Termin beim Krankengymnasten. Und ich fahre einkaufen ... Aber warum fragst du? Was ist passiert?«
Ihr Vater steht plötzlich in der Küchentür. Obwohl er nicht mehr so gut hört und der Fernseher läuft, ist ihm das Gespräch nicht entgangen.
»Was passiert ist? Ich habe Lisa in einem erbärmlichen Zustand vorgefunden!«
»Was erzählst du da?«, fragt Mathilde beunruhigt.
»Sie war ...«
Cloé kann es nicht einmal aussprechen.
»Dieses Heim ist grauenvoll. Wie könnt ihr sie an einem solchen Ort lassen?«
Die Gesichtszüge ihrer Mutter entgleisen, der Blick des Vaters verfinstert sich.
»Niemand kümmert sich dort um sie. Sie wird vernachlässigt, alles ist schmutzig, es stinkt! Habt ihr kein Herz, oder was?«
Mathilde stützt sich auf den Tisch. Ihre müden Hände beginnen zu zittern.
»Und du? Kannst du mir sagen, was du für sie getan hast, außer sie in den Abgrund zu stürzen?«, sagt Henri in schneidendem Tonfall.
Jetzt schwankt Cloé. Dieser Schlag nimmt ihr den Atem. Trotzdem würde sie jederzeit auch noch die linke Wange hinhalten. Ohne es zu wissen, ist es genau das, was sie hier gesucht hat. Was sie seit Jahren herbeisehnt. Seit sechsundzwanzig langen Jahren.
Sie senkt den Blick und gesteht schweigend ihr Verbrechen. Sie wissen es, haben es begriffen. Und haben ihr dennoch nie den geringsten Vorwurf gemacht. Bis heute.
»Und du glaubst, uns Lektionen erteilen zu können?«, fährt Henri mit dumpfer Stimme fort. »Wie kannst du es wagen? Wenn sie an diesem Ort ist, dann allein durch deine Schuld.«
»Henri«, ruft seine Frau. »Hör auf! Sag so etwas nicht.«

Cloé reagiert nicht mehr, der Dolch hat sie mitten ins Herz getroffen. Ihr Vater beruhigt sich langsam wieder, und Mathilde wischt ihre Tränen fort.

»Deine Mutter und ich konnten Lisa nicht mehr zu Hause behalten«, fährt er fort. »Sonst hätten wir sie nie in dieses Heim gegeben. Es hat uns das Herz gebrochen ... aber wir haben nicht mehr die Kraft, uns um sie zu kümmern. Verstehst du das?«

Cloé versucht, dieses Mal nicht zu fliehen. Die Bestrafung bis zum Ende auszuhalten. Sie muss bezahlen.

»Ihr Gesundheitszustand erfordert ständige Betreuung und Pflege«, fährt ihre Mutter mit unterdrücktem Schluchzen fort. »Dort gibt es Ärzte und Schwestern. Das gibt uns Sicherheit ... Wir waren einfach nicht mehr in der Lage, das alles zu bewältigen. Lisa waschen, Lisa anziehen, Lisa füttern, Lisa sauber machen, das Bett jeden Tag neu beziehen! Ich hatte nicht mehr die Kraft. Und dein Vater mit seinem kaputten Rücken ...«

Sie fängt wieder an zu weinen. Cloé will sie in die Arme nehmen, doch Mathilde stößt sie heftig zurück. Sie, die nie eine brutale Geste zeigt. Sie, die so sanft ist. So ruhig ...

»Dieses Heim ist vielleicht nicht perfekt«, erklärt Henri, »aber es ist das einzige, das nicht weiter als zweihundert Kilometer entfernt ist, und sowieso das einzige, das wir uns leisten können. Dafür geht meine ganze Rente drauf, zum Leben bleibt uns kaum noch etwas!«

Cloé begreift plötzlich, wie blind sie war, wie egoistisch.

»Wir besuchen sie mehrmals in der Woche und kümmern uns, so gut wir können. Aber wenn du eine bessere Lösung hast, brauchst du es nur zu sagen«, schließt ihr Vater.

»Ich ... ich habe Blutergüsse auf ihrem Körper gesehen ...«, versucht Cloé sich zu rechtfertigen.

»Sobald man sie anfasst, bekommt sie blaue Flecke. Was glaubst du denn? Dass sie geschlagen wird?«

»Ja, das habe ich gedacht«, gesteht sie.

»Und warum sollten sie das tun? Sie macht ihnen keine Schwierigkeiten, sie bewegt sich nicht! Sie beklagt sich nie!«

Das stimmt natürlich. Aber die Bilder vom Nachmittag verfolgen sie immer noch.

»Entschuldigung«, murmelt Cloé schließlich. »Ich wollte euch nicht verletzen, aber als ich sie heute gesehen habe ... Und dieses Zimmer, es ist so hässlich ...«

»Wir können nicht mehr tun, Clo«, wiederholt ihr Vater. »Wenn das so weitergeht, werden wir ohnehin das Haus verkaufen müssen, um das alles zahlen zu können. Und nachts können wir kaum schlafen, weil wir uns Sorgen um ihre Zukunft machen. Was soll nach unserem Tod aus ihr werden? Kannst du mir das sagen?«

»Ich kümmere mich um sie«, versichert Cloé kaum hörbar.

»Ach ja? So wie du dich bis jetzt um sie gekümmert hast?«

Cloé hebt endlich den Kopf.

»Ich sage doch, dass ich mich um sie kümmern werde, Papa. Und ich ... ich entschuldige mich.«

Dass ich euer Leben verdorben habe. Eure Nächte in einen Albtraum verwandelt habe.

»Wenn ihr wüsstet, wie häufig ich an sie denke ... Welche Vorwürfe ich mir mache.«

Mathilde zögert und schließt Cloé endlich in die Arme.

»Er meint es nicht so. Es ist nicht deine Schuld, mein Liebes.«

»Doch, ich war bei dem Sturz dabei ... Und ich habe sie dorthin mitgenommen.«

Sie erwartet, dass ihre Mutter sie zurückstößt. Sie aus dem Haus wirft.

Doch Mathilde drückt sie weiter an sich.

»Ich hatte solche Angst, dass ich gelogen habe. Ich dachte, dass ...«

Cloé bricht in Schluchzen aus, versucht, ihren Satz zu Ende zu bringen. Den ganzen Horror auszusprechen.

»Ich habe geglaubt, ihr würdet mich wegschicken, wenn ich die Wahrheit sagen würde!«

»Beruhig dich«, murmelt Mathilde. »Beruhig dich.«

»Jetzt ist es sowieso zu spät zum Weinen«, fügt Henri hinzu. Mit schwerem Schritt kehrt er zurück zu seinem Fernseher. Cloé bleibt noch eine gute Weile in den Armen ihrer Mutter und lässt den Tränen, die sie so lange zurückgehalten hat, freien Lauf.

Ich heiße Cloé.
Ich heiße Cloé Beauchamp.
Ich bin siebenunddreißig Jahre alt.

Ich habe sechsundzwanzig Jahre gebraucht, um meine Tat einzugestehen.

Ich glaube, es liegt an dem Schatten, dass ich endlich den Mut dazu gefunden habe.

Ich glaube, ich habe mich verändert.

KAPITEL 23

Die erste Nacht seit sechsundzwanzig Jahren.
Die erste Nacht, in der sie nicht den Schrei von Lisa gehört, sie nicht ins Leere hat fallen sehen.
Sie stellt fest, dass es schon zehn Uhr ist, und erinnert sich, dass Bertrand sie heute Abend abholen kommt. Um sie in ihr Leben zurückzubringen. Und vielleicht in die Fänge des Schattens.
Doch fliehen nützt gar nichts. Was einen einholen soll, holt einen auch ein.
Selbst nach sechsundzwanzig Jahren.
Die Fensterläden öffnen sich auf einen grauen Tag hinaus. Kalte Luft peitscht ihr ins Gesicht.
Cloé hat fast Angst, ihren Eltern gegenüberzutreten, auch wenn sie gestern Abend nicht auf das Thema zurückgekommen sind. Diesen monströsen Abszess aufzustechen hat sicher allen gutgetan. Ihnen wie auch ihr. Trotzdem fühlt sie sich einfach nur schlecht ...
Sie will ihnen bei ihrer Abreise einen Scheck dalassen. Für Lisa natürlich. Aber werden sie ihn auch annehmen?
Sie schlüpft in einfache Freizeitkleidung, bindet ihr Haar zu einem lockeren Knoten zusammen und beschließt, hinunterzugehen. Ihre Mutter ist dabei, die Fenster zu putzen. Ständig in Bewegung, um nicht nachdenken zu müssen. Cloé kennt das Problem. Laufen, immer nur laufen. Damit man beim Stehenbleiben nicht im Treibsand versinkt.
Immer erfolgreich sein, um zu vergessen, dass man bereits versagt hat.
»Guten Morgen, Maman.«
»Guten Morgen, mein Liebes. Gut geschlafen?«
Eine schreckliche Nacht; kein Fall ins Leere, weit Schlimmeres noch. Eine überstürzte Flucht, den Schatten im Nacken. Der Tod, ihr dicht auf den Fersen.

Eine schreckliche Nacht, ja. Doch Cloé beeilt sich, das Gegenteil zu behaupten. Immer weiter lügen.

»Ich mache heute Großputz! Schließlich kommt dein Freund nachher ...«

»Maman, das ist wirklich nicht nötig.«

»Aber natürlich. Es ist noch Kaffee da, möchtest du eine Tasse?«

»Nur, wenn du eine mittrinkst.«

Sie lassen sich in der Küche nieder, finden keine Worte.

»Papa ist noch nicht zurück?«, wundert sich Cloé.

»Nein. Er muss jemanden getroffen haben.«

»Weißt du, gestern Abend, ich ...«

»Sag nichts«, bittet Mathilde.

»Seit wann wisst ihr es?«, fragt Cloé trotzdem.

»Vom ersten Tag an«, gesteht ihre Mutter. »Lisa wäre niemals allein dorthin gegangen.«

»Warum ... warum habt ihr nie was gesagt?«

Mathilde starrt auf ihre Kaffeetasse und kämpft, so gut sie kann, ihre Tränen nieder.

»Wir dachten ... Wir dachten, das wäre das Beste für dich. Für Juliette auch. Und schließlich war alles meine Schuld. Ich hätte dir Lisa niemals anvertrauen dürfen. Du warst viel zu jung.«

»Maman, ich ...«

»Ich weiß, du leidest auch. Ich weiß, du hast das nie gewollt. Man macht Dummheiten im Leben. Vor allem als Kind. Manche sind belanglos, Gott sei Dank. Andere ... andere sind nicht wiedergutzumachen. Man muss sich damit abfinden, damit leben. Was anderes bleibt einem ja gar nicht übrig.«

Damit ist wahrscheinlich alles gesagt.

»Wenn ich dich schon nicht davon abhalten kann, das Haus auf Hochglanz zu bringen, will ich dir wenigstens helfen«, schlägt Cloé vor.

»Du sollst dich doch auszuruhen«, mahnt ihre Mutter.

»Mein Kopf, Maman ... Mein Kopf soll sich ausruhen«, betont Cloé.

Sie bleiben noch eine Weile schweigend vor ihrem Kaffee sitzen, bis das Klingeln des Telefons sie zusammenzucken lässt.

* * *

Die Notaufnahme ist so gut wie leer. Cloé und ihre Mutter sitzen im Wartezimmer.

Sie wissen nichts Genaues. Nur, dass der Vater einen Unfall hatte. Dass er lebt, dass man sich um ihn kümmert.

Eineinhalb Stunden sind schon vergangen, seit das Telefon geklingelt hat. Cloé sieht aus dem Fenster. Eine Ambulanz hält vor dem Eingang, die Krankenträger liefern ihre Fracht ab und fahren wieder los. Sie schaut zum x-ten Mal auf ihre Uhr.

Der Arzt tritt ein, Cloé und ihre Mutter springen auf.

»Madame Beauchamp?«

Diese so besonderen Augenblicke. Die alles verändern können.

»Wie geht es meinem Vater?«

Die Miene des jungen Assistenzarztes ist ausdruckslos, doch Cloé glaubt es schon zu wissen.

Reanimation, irreversibles Koma, Lähmung ... Die Geschichte wiederholt sich, zwangsläufig.

»Er ist außer Gefahr«, verkündet der Arzt.

Cloé schließt die Augen, ein Lächeln erhellt ihr Gesicht.

»Aber was hat er denn?«, fragt Mathilde.

»Er ist abgestürzt. Er steht noch unter Schock, aber das ist nicht so schlimm. Sie können ihn kurz sehen, wenn Sie möchten.«

Sie folgen ihm durch ein Gewirr von Gängen. Henri wurde in ein Krankenzimmer im ersten Stock verlegt. Einen dicken Verband um den Kopf, eine Kanüle im Arm. Er ist mit einem Gerät verbunden, das seinen Puls, seinen Blutdruck misst. Seine Augen sind geöffnet, seine Gesichtszüge abgespannt.

»Ein Spaziergänger hat ihn gefunden«, erklärt der Arzt. »Soweit ich es verstanden habe, ist er eine steile Böschung hinabgestürzt. Bleiben Sie nicht zu lange, das könnte ihn ermüden.«

Mathilde umarmt ihren Mann, dann ist Cloé an der Reihe.

»Pa ... Wie konnte das nur passieren?«

»Ich hab den Weg oberhalb des Flusses genommen ... dort wo die römische Brücke ist, du weißt schon. Plötzlich hab ich ein Geräusch gehört und Steine sind von den Klippen herabgefallen. Was danach war, weiß ich nicht mehr ... Ich bin unten aufgewacht. Dort war ein Mann, der Hilfe geholt hat.«

»Ein Steinschlag, meinst du, und du hast einen davon auf den Kopf bekommen?«
»Ich denke, ja. Es ging alles so schnell!«
»Mein Gott, das sieht aber auch schlimm aus«, stöhnt Mathilde.
»Na ja«, knurrt er, »wenigstens bin ich nicht tot.«
»Hättest du aber sein können! Du hast uns wirklich Angst gemacht.«
»Beruhige dich, Maman. Du siehst doch, es ist nicht so schlimm. Ich lasse euch beide jetzt allein. Ich muss Juliette Bescheid geben.«
»Ist nicht nötig«, brummt der Vater.
»Doch, das ist nötig«, erwidert Cloé und drückt ihm einen Kuss auf die Stirn. »Bis später, Pa.«

Sie will diesen Ort, der so schreckliche Erinnerungen in ihr wachruft, so schnell wie möglich verlassen. Sie beschließt, vom Parkplatz aus ihre Schwester anzurufen. Sie wählt den Weg vorbei an der Notaufnahme, um den Ausgang aus diesem Labyrinth zu finden.

Endlich öffnen sich die gläsernen Schiebetüren, und Cloé holt mit geschlossenen Augen mehrmals tief Luft.

Gott sei Dank, es geht ihm gut.

Als sie die Augen wieder öffnet, braucht sie eine Sekunde, um zu begreifen. Er sitzt auf der Mauer, keine zwanzig Meter vom Eingangsbereich entfernt.

Ein Mann, von Kopf bis Fuß in Schwarz gekleidet. Eine Kapuze über den Kopf gezogen.

Cloé ist so erschrocken, dass sie überhaupt nicht reagieren kann.

Sie müsste zu ihm rennen, sich auf ihn stürzen, doch sie ist wie gelähmt, zu keiner Bewegung fähig.

Ein Krankenwagen wendet vor der Notaufnahme, nimmt ihr die Sicht.

Als er wieder wegfährt, ist der Schatten verschwunden.

* * *

»Deine Eltern sind nett«, sagt er lächelnd. »Ich hab sie mir anders vorgestellt.«

Der Wagen fährt schnell. Bertrand scheint es eilig zu haben, nach Paris zurückzukommen.

»Und wie hast du sie dir vorgestellt?«, fragt Cloé.

»Ich weiß nicht. Mehr ... Weniger ...«
Sie lacht, streichelt seine Hand, die auf dem Schaltknüppel liegt.
»Nun sag's schon, hab keine Angst!«
»Sie sind einfach. Im positiven Sinn des Wortes. Ich dachte, du kämst aus einer gutbürgerlichen Familie.«
»Du hast mich also für die Tochter von verklemmten Adligen gehalten? Meine Eltern sind vielleicht nicht vermögend, aber sie sind reich.«
Sie schweigen eine Weile, Cloé stellt das Autoradio lauter.
»Ich mache mir Sorgen um Papa«, sagt sie schließlich.
»Er kommt Montag raus, du wirst sehen.«
Cloé hat darauf bestanden, ein paar Tage länger zu bleiben, doch ihre Mutter wollte nichts davon hören.
»Mach dir keine Sorgen, Chérie. Er ist eine Kämpfernatur.«
»Es hätte viel schlimmer kommen können ... In seinem Alter!«
Erneutes Schweigen, begleitet von den Goldberg-Variationen.
»Dir scheint es jedenfalls besser zu gehen«, meint Bertrand. »Trotz des gestrigen Zwischenfalls hat dir dieser Aufenthalt sichtlich gutgetan.«
»Es hat sich nichts geändert«, erwidert Cloé mit leiser Stimme.
»Was sagst du?«
»Nichts ...«
Durch die Maske hindurch, die sie bei Verlassen des Elternhauses wieder aufgesetzt hat, sieht Cloé die Landschaft vorbeiziehen.
Ein Schatten hinter jedem Baum.

KAPITEL 24

Ihre Hand zittert leicht.

Ein paar Augenblicke warten, bis das Herz sich beruhigt hat, die Bewegungen sicherer werden.

Das Magazin bis zum Anschlag einschieben. Sichern.

Jetzt muss sie lernen, mit der Waffe umzugehen. Lernen, im richtigen Augenblick die richtige Bewegung zu machen.

Entsichern und durchladen. Arm ausstrecken, zielen. Abdrücken.

Cloé steht in ihrem Wohnzimmer und wiederholt den Vorgang mehrmals.

Nach der Pistole greifen, entsichern, durchladen, zielen, abdrücken.

Zur Aria der Goldberg-Variationen, immer und immer wieder.

Bald fühlt sie sich bereit.

Sich zu verteidigen.

Zu schießen. Zu töten.

Du hast es gewagt, dich an meinem Vater zu vergreifen. Du hast dein Ziel verfehlt, du miese Ratte.

Aber ich garantiere dir, dass ich dich nicht verfehlen werde.

KAPITEL 25

Gomez zündet sich eine Zigarette an.
Er hat es nicht eilig, in sein Büro, zu seinen Männern zurückzukehren. In sein früheres Leben.
Früher hatte er ein Leben ... Doch er kann sich kaum noch daran erinnern. Hat den Weg vergessen, der dorthin führt.
Feindlich erhebt sich das Kommissariat vor ihm. Ein graues, tristes Gebäude.
Er erwägt, umzukehren. Sich in seiner Wohnung zu verkriechen, die genauso trist ist wie dieses verfluchte Polizeirevier. Wo aber noch Sophies Duft und ihre Seele herumschweben.
Nachdem er seine Zigarette ausgedrückt und seine Wagentüren verriegelt hat, rafft er sich endlich auf. Er hat Laval versprochen, zu kommen, und er hält seine Versprechen immer.
Er nickt dem diensthabenden Uniformierten vor dem Eingang zu, durchquert die Halle und erwidert mechanisch den Gruß der anderen.
Den Blicken ausweichen. Den neugierigen und den mitfühlenden. Den ernstgemeinten und den scheinheiligen.
Er steigt die Treppe hinauf, erreicht seine Abteilung. Seine Männer sind alle da, als hätten sie auf ihn gewartet.
Natürlich warten sie auf ihn.
Die Stille nach seinem Eintreten wiegt schwer. Furchtbar schwer.
»Hallo, Jungs.«
»Hallo, Chef.«
Beim Anblick dieses leichenblassen Gesichts weiß niemand etwas hinzuzufügen.
»Besprechung in zehn Minuten.«
Er schließt sich in seinem Büro ein und hat das Gefühl, als betrete er es

zum ersten Mal. Zehn Minuten Ruhe. Er öffnet das Fenster, schließt die Augen.
Ohne dich schaffe ich es nicht.
Ohne dich fehlt mir jeder Ansporn, es überhaupt zu wollen.

* * *

Cloé parkt ihren Wagen in der Tiefgarage.
Sie war nur eine Woche weg. Und doch kommt es ihr vor, als wäre sie seit Monaten nicht mehr hier gewesen.
Fünf Minuten später ist sie in ihrem Büro. Die Aktenstapel sind natürlich immer noch da. Was übrigens eher beruhigend ist.
Ich bin unersetzlich.
Wie von einer schweren Last niedergedrückt lässt sie sich in ihren Sessel sinken.
Es ist nur eine Frage der Zeit. Sie wird es schaffen. Sich erneut auf ihre Arbeit konzentrieren können, die sie so sehr liebt. Und die ihr dennoch nicht gefehlt hat.
Sie wird wieder auf die Beine kommen. Da sie den Schatten nicht vergessen kann, muss sie ihn als eine zusätzliche Herausforderung betrachten, die sie meistern und in einen Sieg ummünzen wird. Wie schon so viele zuvor.
Sie öffnet ihre Handtasche. Sie ist da, in ein einfaches Stück Stoff eingewickelt. Beruhigend. Die Walther P38, die sie heimlich ihrem alten Herrn entwendet hat. Eine Waffe, die er von seinem eigenen Vater geerbt hat. Die dieser gegen Ende des Zweiten Weltkriegs gefunden hat und die somit offiziell gar nicht existiert. In einem simplen Schuhkarton im obersten Fach eines Wandschranks versteckt.
Acht Patronen plus eine im Lauf. Neun Schuss. Und ein zweites Magazin, für alle Fälle.
Danke, Papa. Dass du dieses Erinnerungsstück bis heute aufbewahrt hast. Es gibt keinen Zufall.
Sie realisiert gar nicht, wie ungeheuerlich ihr Plan ist … Ein Feind, eine Lösung. Diese einfache Gleichung beherrscht ihre Gedanken.
Cloé beschließt, Pardieu aufzusuchen. Der Alte ist schon früh in seinem Büro. Wie immer.

»Ach, Cloé. Kommen Sie rein, meine Kleine. Geht's Ihnen besser?«

»Ja, danke. Tut mir leid, dass ich Sie eine ganze Woche im Stich gelassen habe. Aber ich konnte mich nicht mehr auf den Beinen halten. Nun, was ist in meiner Abwesenheit so alles passiert?«

Cloé nimmt Platz, und Pardieu berichtet. Was noch in Arbeit, was bereits erledigt ist. Sie hat Mühe, sich auf seine Worte zu konzentrieren. Stellt sich vor, an seiner Stelle zu sein, in diesem herrlichen Ledersessel zu sitzen, in diesem geräumigen Büro mit fantastischem Blick.

Ein Satz aber holt sie brutal in die Realität zurück.

»Martins hat das Dossier GM übernommen.«

Dieses Projekt, das sie von Anfang an betreut hat. Das sie allein an Land gezogen hat.

»Ärgert Sie das, meine Kleine?«

»Nein, natürlich nicht«, beteuert Cloé mit einem gezwungenen Lächeln. »Wichtig ist nur, dass wir diesen Auftrag bekommen.«

»So ist es. Übrigens hat Philip großartige Arbeit geleistet.«

Von wegen, da war doch schon alles unter Dach und Fach!

»Der Vertrag ist unterzeichnet«, fügt der Alte hinzu.

Cloés Zorn nimmt noch zu. Das Bild der P38 taucht kurz vor ihrem geistigen Auge auf.

»Gut, ich gehe dann mal«, sagt sie und erhebt sich. »Ich habe eine Woche aufzuholen.«

Sie verlässt das Büro des Generaldirektors und steuert geradewegs das von Martins an. Dabei weiß sie, dass es besser wäre, sich erst einmal zu beruhigen.

Philip ist eben erst eingetroffen und dabei, seinen Mantel abzulegen.

»Na, Cloé! Wieder unter uns? Und gesund, wie ich hoffe?«

Er tritt auf sie zu, ein sarkastisches Lächeln um die Lippen.

»Du hast uns gefehlt.«

»Ach, wirklich? Du hast die Situation doch schamlos ausgenutzt, du miese Ratte.«

Die Verbalattacke seiner Kollegin verschlägt Martins für einen Moment die Sprache.

»Was hast du da gerade gesagt?«

»Ich komme gerade aus dem Büro von Pardieu. Er hat mir erzählt, dass du dir das Dossier GM unter den Nagel gerissen hast.«

»Jemand musste dich schließlich während deiner Abwesenheit vertreten, oder?«

»Ja, und jemand musste sich unbedingt damit vor dem Direktionskomitee brüsten«, fährt ihn Cloé an. »Ich habe alles für dieses Projekt vorbereitet! Und du hast die Gelegenheit beim Schopfe gepackt und meine Arbeit als deine ausgegeben!«

Philip kehrt ihr den Rücken und geht zu seinem Stuhl. Cloé würde am liebsten den Brieföffner nehmen und ihn ihm zwischen die Schulterblätter rammen.

Als er es sich bequem gemacht hat, mustert er sie mit seinem unerträglichen Lächeln.

Der Konflikt ist von nun an nicht mehr latent. Die Visiere sind heruntergelassen, und es gibt nur noch eine mögliche Richtung.

»Was willst du, Cloé? Weggegangen, Platz vergangen ... Du kennst das Sprichwort, oder? Jedenfalls versichere ich dir, dass die da oben mein Eingreifen sehr zu schätzen wussten. Sie haben mir *herzlichst* gratuliert.«

»Das wirst du mir büßen«, murmelt Cloé.

»Du drohst mir? ... Du willst Krieg? Ich warne dich, du wirst nicht unversehrt daraus hervorgehen.«

»Du aber auch nicht. Und du wirst es bereuen, das garantiere ich dir ... Die Zeit wird kommen.«

Als sie jemanden hinter sich spürt, fährt sie herum und steht Philips verdutzter Sekretärin gegenüber. Cloé rempelt sie an und verlässt den Ring.

* * *

Immer diese Anspannung.

Trotz der beruhigenden Wirkung der griffbereiten P38, trotz des neuen Schlosses und des zusätzlich angebrachten Riegels ist das Heimkommen für Cloé eine Zerreißprobe.

Die Dunkelheit ist schon hereingebrochen, und Cloé hat das merkwürdige Gefühl, sie falle nur auf sie herunter.

Erschöpft nach diesem Arbeitstag, hat sie wohl noch nicht zu ihrem Rhythmus zurückgefunden.

Sie läuft vorsichtig bis zur Außentreppe, kann nichts Verdächtiges entdecken. Kein totes Tier auf der Fußmatte, keine Blutspur an der Tür. Sie dreht den Schlüssel im Schloss, macht sofort Licht im Flur und schließt eilig von innen ab. Nichts Außergewöhnliches festzustellen heute Abend.

Sie macht es sich bequem, ruft ihre Mutter an und erkundigt sich nach Henris Befinden. Er ist immer noch im Krankenhaus, doch Mathilde gibt sich zuversichtlich. In zwei oder drei Tagen wird die ganze Geschichte vergessen sein.

Nachdem sie aufgelegt hat, wählt sie Bertrands Nummer. Sie erwischt ihn, als er gerade losfahren will. Wieder einmal ein Pokerabend bei Freunden. Gegen ihren eigenen Willen fängt Cloé an, ihn zu überreden: *Du kannst ja anschließend vorbeikommen.*

Dann fleht sie geradezu. *Ich möchte dich sehen. Bitte komm!*

Doch Bertrand gibt nicht nach. Ihre viel gepriesene Freiheit, die Unabhängigkeit.

Cloé fühlt sich elend, versucht nicht einmal mehr, es zu verbergen. *Du fehlst mir ...*

Mit dem Hinweis, er sei schon spät dran, beendet Bertrand das Gespräch. Cloé bleibt eine Weile wie versteinert auf dem Sofa sitzen.

Reflexartig greift sie erneut zu ihrem Handy und ruft diesmal Carole an. Sie erzählt ihr kurz von ihrer Woche bei den Eltern, dann vom Unfall ihres Vaters, ohne allerdings zu erwähnen, dass es sich um einen Mordversuch handelt.

»Was machst du heute Abend?«, fragt Cloé.

»Quentin kommt, er konnte sich freimachen. Übrigens wollte ich dich demnächst mal zum Essen einladen, damit du ihn kennenlernst.«

»Gerne«, antwortet Cloé. »Heute Abend?«

Dieser Vorschlag begeistert Carole offensichtlich wenig. Doch Cloé lässt ihr keine andere Wahl.

»Du weißt ja, ich habe nicht so oft Zeit«, fügt sie hinzu. »Das müssen wir ausnutzen, meine Liebe.«

»Gut ... warum nicht?«

Cloé lächelt. Caroles neuen Freund kennenzulernen, das könnte amüsant werden! Carole hat in Sachen Männer immer schon einen sehr eigenwilligen Geschmack gehabt.

Die Blödesten, die Langweiligsten, die Unfähigsten.

Cloé hat besagten Quentin schon einmal gesehen, kann sich aber nicht wirklich erinnern. Bestimmt, weil an ihm nichts Erinnernswertes ist!

Erfreut über diese Ablenkung, geht sie unter die Dusche und trocknet schnell ihr langes Haar.

In ihrem Schlafzimmer öffnet sie ihr Schmuckkästchen, entscheidet sich für ein Paar Ohrringe aus Weißgold und einen dazu passenden Ring. Doch wo ist ihre über alles geliebte Halskette? Sie durchkämmt jeden Raum, sucht überall und gibt schließlich auf.

Sie kehrt ins Schlafzimmer zurück, stellt sich vor ihren Kleiderschrank. Die Verderbtheit kommt oft ganz unbewusst daher, und so bemerkt Cloé nicht einmal, dass sie ein Outfit wählt, das besonders sexy ist. Ein kurzes schwarzes Kleid mit tiefem Dekolleté.

Jedem gefallen wollen, selbst wenn es Caroles neuer Freund ist. Selbst wenn er ein Idiot ist.

Die anderen in den Schatten stellen, selbst wenn es sich um die beste Freundin handelt.

Quentin erhebt sich aus dem Sessel, tritt mit einem Lächeln auf sie zu. Cloé ist einen Augenblick verblüfft. Sie hatte sich ihn so nicht vorgestellt. Wie kann es sein, dass er ihr damals nicht aufgefallen ist?

»Freut mich, Sie kennenzulernen. Carole hat mir schon viel von Ihnen erzählt.«

Er hat einen entschlossenen, kräftigen Händedruck. Die Augen gleichen zwei Eiswürfeln. Er ist groß, schlank. Langes braunes Haar, das zu einem Pferdeschwanz gebunden ist. Verwirrender Charme.

»Ich freue mich auch«, erwidert Quentin. »Ich habe viel von Ihnen gehört! Außerdem haben wir uns schon einmal gesehen. Wissen Sie nicht mehr?«

Seine Stimme ist wie sanfte Musik. Tief und sinnlich. Cloé wird auf einmal ganz warm.

»Vielleicht«, sagt sie. »Aber ich glaube, wir haben uns nicht wirklich unterhalten.«

»Doch, aber das scheinen Sie vergessen zu haben.«

»Oh ... Ich ...«

»Machen Sie doch nicht so ein Gesicht. Ist doch nicht schlimm! Es waren viele Leute auf dieser Party ... Außerdem ist es mehrere Monate her. Und ich bilde mir ohnehin nicht ein, unvergesslich zu sein!«

Cloé lacht herzlich und nimmt ihm gegenüber im Salon Platz. Sie schlägt die Beine übereinander, fängt seinen Blick ein, seine Aufmerksamkeit. Das tut ihr gut.

Auch Carole hat sich ins Zeug gelegt. Sie trägt ein hübsches Kleid. Eine originelle Frisur.

Aber wie könnte sie mit ihr konkurrieren?

Sie schenkt den Aperitif ein, versucht zu verbergen, was sie empfindet. Sie weiß es selbst nicht so richtig.

Stolz, dass ihre Eroberung Cloé gefällt. Demütigung, dass er sie nicht aus den Augen lässt.

Sie weiß, dass es nur ein Spiel ist, dass sie nichts zu befürchten hat. Dass Cloé ihr niemals einen Mann abspenstig machen würde. Aber es tut ihr trotzdem weh.

Immer unsichtbar zu werden, sobald Cloé erscheint. In ihrem blendenden Licht zu erlöschen.

Sie lachen – beide. Quentins Blick heftet sich auf die perfekten Kurven der Besucherin.

Carole nimmt seine Hand in die ihre, er lässt es zu. Merkt er es überhaupt? Er scheint auf einen anderen Planeten katapultiert worden zu sein.

Den Planeten Cloé.

»Ich geh mal in die Küche, das Essen vorbereiten«, entschuldigt sich Carole.

»Kann ich dir helfen?«, bietet Cloé an.

Überrascht lächelt Carole.

»Gern, wenn du magst.«

»Wir lassen Sie mal kurz allein, Quentin.«

Sobald sie in der Küche sind, stellt Carole *die* Frage. Aufgeregt wie ein Schulmädchen.

»Also, wie findest du ihn?«, flüstert sie.

»Charmant.«

»Ich wusste, dass er dir gefällt!«, frohlockt Carole.

»Ja ... Schade nur, dass er verheiratet ist.«

Quentin lässt sich nicht lange bitten. Er erklärt sich bereit, Cloé zu ihrem Wagen zu begleiten.

Zu dieser Stunde ist das vernünftiger.

»Hast du weit weg geparkt?«

»Nein, nur in der Straße weiter oben. Neulich ist mir nachts so ein Typ gefolgt ... Bestimmt ein Verrückter. Vielleicht ist er ja bei euch ausgebrochen.«

»Unmöglich«, erwidert Quentin. »Bei uns reißt keiner aus. Wobei die Kranken nicht alle eingesperrt sind. Viele laufen sogar frei auf der Straße rum.«

»Das ist ja beruhigend!«

»Sie sind nicht zwangsläufig gefährlich«, erklärt Quentin.

»Ich bewundere dich dafür, dort zu arbeiten.«

»Ich wollte es so. Es ist eine Art Berufung.«

Cloé kann es sich kaum vorstellen. In einer psychiatrischen Klinik zu arbeiten soll eine Berufung sein? Noch dazu in einer Abteilung für die besonders schweren Fälle.

Dieser Quentin ist schon erstaunlich. Abwechselnd finster und herzlich. Zugänglich und mysteriös.

»Trotzdem bewundere ich dich«, wiederholt Cloé. »Es muss eine schwierige Arbeit sein.«

»Manchmal. Wichtig ist, dass diese Menschen uns wirklich brauchen. Ich fühle mich nützlich. Und das ...«

»Das ist wichtig«, pflichtet Cloé bei. »Das verstehe ich.«

Der Mercedes kommt in Sichtweite. Cloé bedauert es fast. Die Nähe dieses Mannes ist ihr angenehm. Von Gewissensbissen keine Spur.

»So, da wären wir«, sagt sie und deutet auf ihren Wagen.

»Hübscher Schlitten«, meint Quentin lächelnd. »Wie ich sehe, wird man in der Werbung besser bezahlt als in der Psychiatrie!«

»Ich schätze, ein Psychiater verdient mehr als ich.«

»Zweifellos. Aber nicht ein einfacher Pfleger wie ich ...«

»Und wo parkst du?«

»Da vorne«, sagt er und deutet auf einen grauen Van, nicht weit von dem Mercedes entfernt. »Gute Nacht, Cloé.«

Er küsst sie auf die Wangen, sie legt eine Hand auf seine Schulter.

»Schön, dich kennengelernt zu haben. Ich freue mich für meine kleine Caro ...«

Er begnügt sich mit einem unergründlichen Lächeln.

»Sie hat mir gesagt, du wärst verheiratet. Planst du, deine Frau zu verlassen?«

»Du bist ganz schön indiskret«, erwidert Quentin noch immer lächelnd.
»Entschuldige. Du hast recht. Es ist nur so, dass ich ...«
»Du machst dir Sorgen um deine Freundin, das verstehe ich. Aber ich versichere dir, ich werde ihr nicht wehtun.«
»Umso besser. Dann kann ich ja beruhigt schlafen gehen!«
Er sieht sie in ihr Auto steigen, wartet, bis sie losgefahren ist, und geht dann zu seinem eigenen Wagen.

* * *

Bertrand liegt auf dem Sofa, vor dem Fernseher. Er ist gar nicht ausgegangen.
Er denkt an Cloé. An das, was sie vorhin am Telefon gesagt hat. Ihr Flehen, deutlich spürbar hinter ihrem autoritären Tonfall. Sie ist anscheinend so weit.
Morgen ist es so weit, Chérie. Morgen Abend, der große Abend ...

KAPITEL 26

Laval schlägt den Kragen seines Blousons hoch.
»Mir ist kalt …«
Gomez stellt die Klimaanlage auf 25 Grad.
»Danke. Die Arbeit mit Ihnen hat mir richtig gefehlt, Chef.«
»Red keinen Quatsch, okay?«
Laval seufzt. Der Tag war nicht leicht. Wie auf rohen Eiern zu gehen. Dabei ist er noch gut dran, verglichen mit den anderen Jungs, die die neue Art ihres Chefs voll zu spüren bekommen. So hart und unerbittlich wie früher. Aber jetzt auch noch ohne jeden Humor.

Der junge Kommissar kann nicht umhin, Mitleid mit dem nächsten Verdächtigen zu empfinden, der in die Fänge seines Chefs gerät.

Die beiden Ermittler haben bald die Rue Michelet erreicht. Dort wo Alban Nikollë haust, der berüchtigte Kumpel von Tomor Bashkim. Genauer gesagt, sein rechter Arm. Der die Geschäfte im engeren und weiteren Umkreis von Paris kontrolliert. Obwohl er seit mehreren Wochen beschattet wird, hat er sie noch nicht zum Versteck seines Bosses geführt.

Plötzlich fragt sich Alexandre, was er hier zu suchen hat. Schlimmer noch, was er hier überhaupt *macht*. In diesem Wagen. In dieser Straße. In diesem Leben.

Seine Arbeit, allem Anschein nach.

Um sich zu motivieren, lässt er die Bilder noch einmal Revue passieren. Ein Abend vor etwa sechs Monaten am Flussufer. Die Leiche einer jungen Frau, die Bashkim in die Hände gefallen war. Eine, die versucht hatte, der Sklaverei zu entkommen. Und die den anderen Mädchen als abschreckendes Beispiel dienen sollte.

Alexandre entsinnt sich noch, was er empfunden hat, als er sich über die Tote beugte. Dieser Aufruhr in seinen Gedärmen. Er erinnert sich auch noch gut an das Gesicht Lavals, kurz bevor der sich zehn Meter weiter die Seele aus dem Leib kotzte.

Bashkim, ein übles Schwein unter vielen. Berüchtigter Zuhälter, der sich selten auf französisches Territorium wagt, da er per internationalem Haftbefehl gesucht wird, nach diesem Mord beziehungsweise dem Massaker an einer siebzehnjährigen Prostituierten. Einem Mädchen, das wie ein Engel ausgesehen hatte.

Alexandre parkt den Wagen fünfzig Meter von dem Haus entfernt, in dem Alban Nikollë wohnt. Dann ruft er die Männer an, die seit dem frühen Nachmittag von einem »Privatauto« aus das Gebäude observieren.

»Wir sind da, ihr könnt euch vom Acker machen.«

Es beginnt eine lange Wartezeit. Gomez zündet sich eine Zigarette an, lässt das Fenster herunter. Laval sagt nichts, begnügt sich damit, den Kragen seines Blousons erneut hochzuschlagen.

»Ist dir kalt, Kleiner? ... Mir ist auch kalt.«

Wenn du wüsstest, wie kalt mir ist. Ich erfriere innerlich.

»Es ist gut, dass Sie wieder da sind«, murmelt der Kommissar.

»Es wäre besser für euch, wenn ich nicht zurückgekommen wäre.«

»Warum sagen Sie das? Sie haben uns gefehlt.«

Der Hauptkommissar bleibt ungerührt. Als würden ihn die Worte nicht erreichen.

»Wir waren ziemlich verloren ohne Sie.«

Ein schwarzer Wagen kommt aus der entgegengesetzten Richtung und hält vor dem Gebäude. Ein 7er BMW mit getönten Scheiben.

Nikollë verlässt kurz darauf das Haus und steigt in die Limousine, die sogleich startet und dicht an dem Peugeot vorbeifährt. Laval und sein Chef verstecken sich, so gut es geht, dann lässt Alexandre den Motor an. Wie es aussieht, sind sie heute Abend nicht umsonst gekommen.

❖ ❖ ❖

Kilometer um Kilometer folgen sie dem BMW.

Ihn nicht aus den Augen verlieren und dabei nicht auffallen. Eine heikle Aufgabe, die Alexandre mit Bravour meistert.

Die Gangster halten schließlich an einem ruhigen Ort an. Der Peugeot bleibt fünfzig Meter oberhalb mit ausgeschalteten Scheinwerfern stehen.

Und als die beiden Ermittler Bashkim und Nikollë sehen, wie sie sich neben der Limousine unterhalten und eine Zigarette rauchen, trauen sie ihren Augen nicht.

»Ich glaub's nicht, er ist tatsächlich da!«, murmelt Laval. »Bashkim ist da, verdammte Scheiße.«

Gomez schweigt. Er fixiert die Limousine, deren Motor noch immer läuft. Das kann bedeuten, dass ein Mann am Steuer geblieben ist oder dass Bashkim Vorsorge trifft, um möglichst schnell fliehen zu können.

»Wir schnappen sie uns.«

»Was? Das ist unmöglich!«

Laval versucht, ruhig zu bleiben.

»Ich bin sicher, da ist noch ein Dritter in dem Schlitten. Und wir sind nur zu zweit!«

»Ja und? Der Überraschungseffekt. Den darf man nie unterschätzen. Der ist oft wirksamer als jedes Kaliber.«

»Ich hole Verstärkung.«

»Keine Zeit. Lass das Telefon, Kleiner. Das ist ein Befehl.«

Laval fügt sich. Sein Instinkt sagt ihm, lieber die Beine in die Hand zu nehmen. Doch er bleibt hinter seinem Busch hocken. Vielleicht ist seine Angst vor Gomez größer als die vor Bashkim.

»Leg deine Armbinde an!«, befiehlt der Hauptkommissar, während er die seine hochschiebt.

»Dieser Typ ist verrückt ...«

Unmöglich zu sagen, wer gemeint ist.

»Den nehmen wir uns mal so richtig zur Brust ... Auf geht's!«

Alexandre verlässt sein Versteck. Laval auch. Er hat keine andere Wahl. Bashkim hebt den Kopf in Richtung der beiden Männer, die den Hang hinabstürzen. Er drückt seine Zigarette aus, zögert, in seinen Wagen zu steigen.

Gomez legt einen Sprint ein und ist kurz darauf auf Höhe der Limousine.

»Guten Abend, die Herren. Kriminalpolizei. Tomor Bashkim, bitte folgen Sie mir.«

Der Albaner zeigt keine Regung.

»Ist es verboten, sich um diese Zeit draußen aufzuhalten? Haben wir Ausgangssperre?«

»Ich nehme Sie fest auf Grundlage des Haftbefehls von Untersuchungsrichter Mercier, ausgestellt im Rahmen der Ermittlungen im Mordfall Ilna Prokowa.«

Bashkim deutet ein Grinsen an. Vielleicht, weil er sich daran erinnert, wie er sich um sie gekümmert hat oder wie seine Schergen das für ihn erledigt haben.

Gomez erwidert sein Lächeln. Die beiden Männer schätzen sich eine Weile mit den Blicken ab.

»Ilna wie?«

»Prokowa.«

»Kenn ich nicht.«

»Das können Sie dem Untersuchungsrichter erklären.«

Laval steht in zweiter Linie, fünf Meter von dem Wagen entfernt. Bereit, seine Waffe zu ziehen.

»Ich glaube, hier liegt eine Verwechslung vor, Monsieur ... Monsieur?«

»Hauptkommissar Gomez, Kriminalpolizei.«

Alexandre zeigt seinen Ausweis, die andere Hand am Kolben seiner Sig-Sauer.

»Und hinter mir, das ist Kommissar Laval.«

»Schicken Sie mir eine Vorladung. Dann beantworte ich gern all Ihre Fragen.«

Trotz starken Akzents beherrscht Bashkim die französische Sprache nahezu perfekt.

»Ich glaube, du hast nicht richtig verstanden«, erwidert Gomez. »Ich schicke dir keine Briefe. Du folgst mir, und zwar auf der Stelle. Du bist verhaftet.«

»Tut mir leid, aber ich habe anderes vor. Eine charmante junge Frau erwartet mich.«

»Willst du der auch den Schädel mit einer Eisenstange zertrümmern?«

»Was für eine komische Idee, Hauptkommissar!«

Ein Geräusch aus den Büschen rings um den Parkplatz lenkt Gomez' Aufmerksamkeit für eine Sekunde ab.

Eine Sekunde zu viel, in der Bashkim sich auf ihn stürzt. Alexandre versucht, seine Sig-Sauer zu ziehen, hat aber keine Zeit mehr.

Laval entsichert seine Waffe in dem Moment, als der Gangster Gomez seine an den Hals drückt.

Der junge Kommissar ist wie erstarrt.

»Schieß!«, schreit Gomez trotz seiner nicht sonderlich bequemen Position. »Schieß doch!«

Das ist kein Befehl. Vielmehr eine Bitte.

Als Held enden. Jetzt enden. Und der Grund für »lebenslänglich« für diesen Saukerl sein. Oder für seinen Tod, für den Fall, dass Laval einen Treffer landet.

Nikollë greift ein und bemächtigt sich der Sig-Sauer von Gomez. Er wirft sie ins Gebüsch und scheucht damit eine ausgehungerte Katze auf.

Eine schwarze, versteht sich.

»Drück ab, verdammt!«, brüllt Gomez.

»Wirf deine Knarre rüber!«, befiehlt Bashkim. »Sonst knalle ich deinen Kumpel ab!«

»Hör nicht auf ihn! Schieß!«

Laval zögert eine Sekunde, lässt dann seine Waffe sinken und tritt sie mit dem Fuß in Richtung des Albaners.

»Jetzt lassen Sie ihn los! Lassen Sie ihn los und verschwinden Sie.«

Gomez bekommt einen Schlag mit dem Pistolenkolben auf den Schädel und bricht zusammen. Bashkim und sein Kumpel steigen schnell wieder in den BMW und fahren mit quietschenden Reifen an.

Laval bückt sich nach seiner Pistole, will sie aufheben. In dem Moment hebt Gomez den Kopf.

Sieht, wie die Limousine auf seinen jungen Kollegen zurast. Wird Zeuge, wie sie ihn mit voller Wucht trifft und ihn mehrere Meter durch die Luft schleudert.

Die Bremslichter des BMW leuchten auf, dann die Rückfahrscheinwerfer.

»Nein!«, brüllt Gomez und rappelt sich hoch.

Der Wagen rollt mit Vollgas rückwärts über den am Boden liegenden Laval. Dann im Vorwärtsgang knapp an dem vorbei, was von dem Kleinen übrig ist, bevor er im Dunkeln verschwindet.

Gomez sinkt auf die Knie.

Es herrscht Totenstille.

KAPITEL 27

Lisas Lachen ... Ihr Schrei, als sie ins Leere stürzt und vor den Füßen ihrer großen Schwester aufschlägt.
Cloés Schrei, als sie die Augen aufschlägt.
Eine Stunde zu spät.
Wieder hat sie den einfachen Weg gewählt und eine von diesen wunderbaren Schlaftabletten geschluckt. Sie reckt sich und tastet automatisch nach Bertrands Körper. Aber er ist nicht da.
Heute Nacht bestimmt. Nächste Nacht hoffentlich. Wenn er da ist, kann sie auch ohne Hilfsmittel schlafen. Und in diesem Augenblick fasst sie den Entschluss.
»Heute Abend frage ich ihn, ob er hier bei mir leben will. Das wird ein großer Abend ...«
Cloé ist verwundert über das, was sie da leise gesagt hat. Sie fragt sich plötzlich, ob ihr Wunsch nicht nur eine Folge der Angst ist. Einen Mann im Haus zu haben, damit er den Schatten vertreibt. Nein, natürlich nicht. Dieses Verlangen hat nichts mit dem Dämon zu tun, der sich in ihrer Nähe herumtreibt. Sie möchte Bertrand bei sich haben, weil er ihr fehlt. Vielleicht auch, weil sie sich nach einer gewissen Stabilität sehnt. Sicher auch weil sie älter wird.
Ein Paar bilden, ein richtiges. Gemeinsame Pläne schmieden, den Alltag teilen.
Sie weiß, wie gefährlich das ist. Aber sie weiß auch, dass Bertrand irgendwann dieser losen, unbeständigen Beziehung überdrüssig werden wird. Natürlich wird er erst nachdenken müssen. Vielleicht wird er sogar ablehnen. Aber zumindest würde ihm das zeigen, wie sehr sie an ihm hängt. Und er könnte später, nach reiflicher Überlegung einwilligen.
Von diesem Entschluss gestärkt, verlässt Cloé das Bett, zieht die dunklen Vorhänge auf und stellt fest, dass es draußen grau und wolkenverhan-

gen ist. Sie hat leichtes Sodbrennen, Caro ist noch immer eine schlechte Köchin. Ihr Geschmack bei Männern hat sich hingegen stark verbessert. Kurz denkt sie an Quentin, diesen etwas düsteren, mysteriösen Mann. Nicht wirklich schön, aber bei weitem nicht hässlich. Auf alle Fälle äußerst charmant.

Sie greift nach ihrem Bademantel und streift ihn über ihre vor Einsamkeit kalte Haut. Und in diesem Moment zieht etwas ihren Blick an. Gestern Abend hat sie die Ohrstecker und den Ring auf dem Nachtkästchen deponiert. Heute liegt das dazugehörige Collier in Herzform rundherum. Cloé ergreift es mit zitternder Hand.

»Mein Gott«, murmelt sie.

Unmöglich, dass ich es gestern nicht gesehen habe.

Sie lässt sich aufs Bett zurückfallen und starrt auf das Schmuckstück, das in ihrer Handfläche liegt.

»Entweder ich werde verrückt, oder ...«

Er war hier. Während ich geschlafen habe.

Cloé lässt die Kette durch die Finger gleiten und zu ihren Füßen auf den Boden fallen. Eine lange, glitzernde Giftschlange.

* * *

Nachts in der Notaufnahme eines großen Krankenhauses, das einer riesigen Fabrik gleicht.

Gomez sitzt auf einer schwarzen Plastikbank in einem grauen Flur und wohnt dem stetigen Ballett der weißen Kittel bei, ohne es wahrzunehmen. Die einzigen Bilder, die in einer Endlosschleife vor seinem inneren Auge vorbeiziehen, sind die von Laval, verletzt, zerquetscht und überfahren von diesem Wagen. Sein regloser Körper, die zerfetzten Beine. Der offene Schädel, die geschlossenen Augen.

»Alex? Warum hast du mich nicht früher angerufen?«

Beim Klang der vertrauten Stimme hebt Gomez den Kopf. Maillard steht vor ihm.

»Bist du verletzt?«

Der Hauptkommissar greift automatisch zu dem Pflaster an seiner Schläfe, da wo ihn der Pistolenkolben gnadenlos getroffen hat.

»Ist nicht so schlimm.«

»Wie geht es Laval?«
»Er wird sterben.«
Schockiert lässt sich Maillard neben ihn fallen.
»Erzähl«, bittet er nach einem langen Schweigen.
»Ich kann nicht ...«
»Ich habe deine Männer zu Nikollë geschickt.«
Aber Gomez macht sich keine Hoffnungen.
»Der war natürlich schon längst über alle Berge«, bestätigt der Kriminaloberrat. »Mit Sack und Pack ... Auf und davon. Sicher auf dem Weg zurück in sein Land. Was Bashkim angeht, so nehme ich an, dass er es ihm gleichgetan hat. Wir durchsuchen natürlich Nikollës Wohnung, falls er in der Eile irgendetwas Interessantes vergessen haben sollte. Aber ich erwarte mir nicht allzu viel davon.«
Die Züge des Hauptkommissars sind von Angst und Hass fast entstellt. Laval wird sterben. Noch dazu für nichts.
»Du hättest nicht so schnell wieder anfangen sollen«, sagt Maillard wie zu sich selbst.
»Glaubst du, dass ich Schuld habe?«
»Schuld hat Bashkim. Er hat den Wagen doch gefahren, oder?«
»Du hast recht, ich hab Schuld«, murmelt Gomez. »Das Ganze war mein Fehler.«
»Nein, genau genommen ist es meiner«, seufzt der Kriminaloberrat.
»Du hast keine Ahnung«, schreit Gomez. »Du warst nicht dabei, als ...«
»Ich hab Schuld«, beharrt Maillard. »Ich hätte nicht zulassen dürfen, dass du zurückkommst, so schnell nach ...«
»Hör auf!«, unterbricht ihn Alexandre heftig. »Ich habe den Jungen auf dem Gewissen.«
Er springt auf, der Kriminalrat bleibt wie versteinert auf der Bank sitzen.
»Ich habe den Jungen auf dem Gewissen«, wiederholt Gomez kalt. »Und ich habe nicht die geringste Entschuldigung.«
Außer, dass ich eigentlich mich selbst töten wollte.
Doch der Tod ist nicht leicht zu verführen. Er verweigert sich denen, die ihn herbeisehnen, und umarmt jene, die ihn zurückstoßen. Gomez setzt sich wieder, lehnt den schmerzenden Kopf an die Wand.

Maillard zögert kurz und legt dann die Hand auf Alexandres Schulter. »Du darfst dich jetzt nicht gehen lassen, bitte. Deine Männer kommen gleich, und das ist das Letzte, was sie brauchen.«

* * *

Cloé sitzt noch immer auf ihrem Bett. Sie hat sich nicht einmal angezogen oder ihren Kaffee getrunken. Sie beobachtet auf ihrem Radiowecker, wie die Minuten verstreichen. Rote Ziffern, die nicht mehr viel zu bedeuten haben.

Er war hier, während ich geschlafen habe.

Er ist in mein Zimmer gekommen. Während ich im Bett lag. Betäubt vom Schlafmittel.

Er hat mich vielleicht berührt.

Natürlich hat er mich berührt.

Ein kalter Schauer jagt ihr über den Rücken. Ein schreckliches Gefühl.

Wie eine Vergewaltigung.

Die Vergewaltigung ihres Hauses, ihrer Intimsphäre. Ihrer Nacht, ihrer Träume.

Sie hat nicht einmal daran gedacht, sich davon zu überzeugen, ob das Haus leer ist. Sie weiß instinktiv, dass er nicht mehr da ist. Aber sie weiß auch, dass er wiederkommen wird. Dass er es nicht dabei belassen wird. Unklar ist ihr nur, was er will.

Sie aus der Bahn werfen? Sie ermorden?

Sie holt sich die P38, legt sie auf die Knie. Ab jetzt wird sie sie nachts unter ihr Kopfkissen schieben. Außer natürlich, wenn Bertrand da ist.

Aber ja, er wird da sein.

Ihre letzte Hoffnung.

Plötzlich erinnert sich Cloé, dass sie einen Job hat. Dass man auf sie wartet.

Aber sie erinnert sich nicht, wie sie die Kraft finden soll, hinzugehen. Also bleibt sie sitzen. Gefangene ihres Zimmers.

Gefangene des Schattens.

* * *

Gefangen in diesem Krankenhaus mit seinen endlosen Gängen, hat Gomez sich nicht durchringen können, nach Hause zu fahren. Hatte das Gefühl, Lavals Todesurteil zu unterzeichnen, wenn er ihn allein ließe.

Und er weiß sowieso nicht, wohin er gehen soll.

Ins Büro? Schuldgefühle und Scham hindern ihn daran, das Kommissariat zu betreten.

Nach Hause? Seine Wohnung scheint ihm ein erbärmlicher Zufluchtsort.

Der einzige Zufluchtsort, den er kennt, sind ihre Arme. Aber sie ist nicht mehr da. Hat sich in Rauch aufgelöst.

Und ganz in seiner Nähe kämpft der Kleine. Widersetzt sich. Will leben. Das spürt Alexandre. Als wären sie durch ein unsichtbares Band miteinander verbunden. Dabei sind die Ärzte pessimistisch, was seine Chancen angeht. Schwere Kopfverletzungen, offene Brüche an den Beinen, eingedrückter Brustkorb. Ganz zu schweigen von den beiden gebrochenen Wirbeln, den gequetschten Organen … Ein Wunder, dass er noch lebt.

Oder ein Fluch.

Denn sollte er von den Toten zurückkehren, würde er wohl eher vor sich hin vegetieren.

Gomez trinkt ein Gebräu, das sich Kaffee nennt und das er sich aus dem Automaten in der Eingangshalle geholt hat.

Er hat den Kleinen noch nicht sehen können. Ist vielleicht auch besser so.

Als er wieder auf der Bank Platz nimmt, sieht er am Ende des Ganges seinen Stellvertreter. Oberkommissar Villard setzt sich neben ihn und fragt, ohne ihn zu begrüßen:

»Gibt's was Neues?«

»Nein.«

»Seine Schwester kommt voraussichtlich morgen«, verkündet Villard. »Sie lebt in Neukaledonien und nimmt das erste Flugzeug.«

»Und seine Eltern?«, fragt Alexandre.

»Sein Vater ist tot, die Mutter im Heim – Alzheimer. Sie erinnert sich nicht einmal mehr an ihn.«

Gomez wird bewusst, dass er fast nichts über Laval weiß.

Ich bin ein Arschloch. Der letzte Dreck, letztlich nicht besser als Bashkim.

»Er hat eine Freundin, oder?«

»Ich glaube nicht«, antwortet Villard. »Auf jeden Fall hat er uns nie davon erzählt, und wir haben ihn auch nie mit jemandem gesehen.«

Gomez erinnert sich an die schöne Liebesgeschichte, die er ihm beim Bier im Pub erzählt hat. Ein Märchen, erfunden, um ihm Freude zu machen. Denn der Kleine hat sich für ihn interessiert. Er war großherzig. Intelligent und witzig. Ein guter Typ.

Und ich habe ihn auf dem Gewissen.

»Du solltest besser nach Hause gehen«, fügt der Oberkommissar hinzu. Er schlägt ihm nicht vor, ins Büro zu kommen. Sie brauchen ihn nicht mehr.

»Wozu?«

»Und wozu hierbleiben? Glaubst du, du könntest ihn aufwecken, indem du hier auf dem Flur versauerst?«

Alexandre presst die Lippen aufeinander, sein Gesicht wird noch härter.

»Lass mich in Ruhe.«

Und dann kommt ohne jede Vorwarnung die Attacke. Der Angriff, auf den Gomez schon seit einer Weile wartet.

»Was ist überhaupt in dich gefahren gestern Abend, unter diesen Umständen einzugreifen? Bist du verrückt geworden, oder was?«

Jetzt ballt der Hauptkommissar die Fäuste.

»Ich war schon immer verrückt.«

»Mag sein. Aber vorher hast du nicht das Leben deiner Männer aufs Spiel gesetzt.«

»Verschwinde.«

Villard erhebt sich, sieht seinen Chef mit einer Mischung aus Zorn und Traurigkeit an.

»Du verlierst die Kontrolle, Alex.«

»Verschwinde, sage ich.«

Jetzt erhebt sich auch Gomez, sieht seinen Gegner herausfordernd an. Villard weiß, dass er dem Hauptkommissar nicht gewachsen ist. Ohnehin würde es Laval nicht helfen, wenn er sich mit ihm prügelt.

»Ich komme morgen wieder, ich muss die Vertretung übernehmen. Wenn es Neuigkeiten gibt, ruf mich an. Auch wenn sie schlecht sind und es mitten in der Nacht ist.«

»Natürlich«, versichert Gomez.

Er sieht seinem Stellvertreter nach, möchte ihm nachlaufen, sich entschuldigen. Ihm sagen, wie weh es ihm tut.

»Herr Hauptkommissar?«

Alexandre dreht sich zu dem Arzt um, der sich ihm lautlos genähert hat.

»Wenn Sie wollen, können Sie ihn kurz sehen.«

Sein Herz schlägt schneller. Sie laufen über einen der vielen Gänge, dann über einen anderen.

»Ich möchte Sie vorwarnen. Der Anblick könnte ein Schock für Sie sein.«

»Ich war dabei, als es passiert ist«, erinnert ihn Gomez.

»Aber jetzt sieht er fast noch schlimmer aus, also machen Sie sich darauf gefasst.«

Der Arzt öffnet eine Tür, Gomez folgt ihm.

»Das Zimmer dürfen Sie nicht betreten, Sie können ihn nur durch die Glaswand sehen.«

Gomez tritt an die Scheibe und begreift sofort, was der Arzt sagen wollte.

Schlimmer, ja.

Laval ist nicht mehr wiederzuerkennen. Sein Gesicht ist völlig verzerrt. Wie die Fratze eines Ertrunkenen, den man nach vierzehn Tagen aus dem Wasser gefischt hat. Umgeben von barbarisch wirkenden Apparaturen – Nadeln in beiden Armen, einem Schlauch in der Kehle –, sieht der Kleine aus wie ein Haufen Fleisch. Sein Brustkorb hebt und senkt sich im Rhythmus der Maschine.

»Leidet er?«, murmelt Gomez.

Auch der Arzt betrachtet seinen Patienten. Mit der notwendigen Teilnahmslosigkeit.

»Er befindet sich im Koma. Ich kann es Ihnen nicht wirklich sagen. Aber wir tun alles, um auf jeden Fall die Schmerzen zu lindern.«

»Wenn er durchkommt ... wie ... wie wird er dann sein?«

»Auch das kann ich Ihnen nicht sagen. Sicher ist nur, dass er nie mehr normal wird laufen können. Wir mussten ...«

Gomez schließt kurz die Augen. Öffnet sie aber sogleich wieder. Er muss ihn ansehen. Sich der Realität stellen.

»Wir waren gezwungen, ihm ein Bein zu amputieren«, fährt der Arzt fort. »Unterhalb des Knies. Was die anderen Schäden betrifft, so müssen wir abwarten, bis er aufwacht. Doch ich will Ihnen nicht verheimlichen, dass die Chancen schlecht stehen. Aber man darf die Hoffnung nie aufgeben. Er ist jung und bei guter Gesundheit ... das heißt, er *war* bei guter Gesundheit. Eine solide Konstitution. Also, da kann durchaus ein Wunder passieren.«

An Wunder glaubt Alexandre schon lange nicht mehr.

»Ich muss jetzt gehen. Sie können zehn Minuten bleiben. Dann kehren Sie bitte auf den Gang zurück, um den Betrieb nicht zu behindern. Alles Gute, Herr Hauptkommissar.«

Gomez verharrt wie versteinert vor der Scheibe. Er legt beide Hände, dann die Stirn dagegen.

»Kämpf, Kleiner. Stirb nicht. Bitte.«

Die Tränen, die über seine Wangen rinnen, hinterlassen eine Spur von Menschlichkeit in seinem steinernen Gesicht.

»Ich bitte dich um Verzeihung ... Hörst du? Ja, ich weiß, dass du mich hörst. Es ist nicht wirklich meine Schuld, weißt du. Es ist wegen Sophie ... Aber du hast recht, ich habe keine Entschuldigung. Ich würde so gern mit dir tauschen, weißt du!«

»Monsieur, Sie dürfen nicht hierbleiben«, befiehlt eine weibliche Stimme.

Die Krankenschwester fasst ihn bei den Schultern und führt ihn nach draußen. Unfähig sich aufzulehnen, lässt er es geschehen.

»Glauben Sie, dass er mir verzeihen kann?«

Die Frau sieht ihn verständnislos an. Sie öffnet die Tür und schiebt ihn sanft hinaus.

* * *

Eine frische Brise kräuselt das Wasser. Es ist genauso grau wie der Himmel ringsum.

Cloé läuft langsam am Ufer des Flusses entlang, dem Lärm, Hektik, das ganze Leben nichts anhaben können.

Von Zeit zu Zeit blickt sie sich um. Natürlich wird sie ihn nicht erblicken. Denn er allein entscheidet, ob er sich zeigt oder nicht. Er bestimmt, lenkt dieses Spiel nach seinem Willen.

Sie ist nur eine Spielfigur, Beute, Freiwild.

Am Mittag ist sie aus ihrem Haus geflohen. Sie hat nicht eine Sekunde daran gedacht, ins Büro zu gehen, oder auch nur daran, Pardieu anzurufen. Sollen sie sich zum Teufel scheren.

Dafür hat sie mehrere Nachrichten auf Bertrands Mailbox hinterlassen und wartet jetzt auf seinen Rückruf.

Er wird kommen und sie in seine Arme nehmen. Sie beruhigen und besänftigen. Sie lieben.

Sie hat ihren Wagen genommen und ist ziellos umhergefahren. Durch Zufall ist sie schließlich an diesem Ort gelandet. Es sei denn, es ist doch er, der sie hergeführt hat.

Womit hat sie das verdient? Welche Schuld hat sie auf sich geladen, die eine solche Strafe nach sich zieht?

Sie setzt sich auf eine Bank und sieht einen vollbeladenen Lastenkahn vorbeiziehen.

Ich habe Lisa getötet. Ich habe meine eigene kleine Schwester zerstört. Die ich hätte beschützen sollen.

Es geschieht mir vollkommen recht, so zu leiden.

* * *

Schließlich ist Alexandre doch geflohen. Hat dem dringenden Bedürfnis nach frischer Luft nachgegeben.

Das Bild von Laval in seinem Krankenbett – oder Totenbett – will nicht verblassen. Es dringt durch den Schutzschild seiner Gedanken, drängt sich ihm plastisch, in Farben, in seinem ganzen Grauen auf.

Er parkt seinen Wagen und geht direkt hinunter ans Marneufer.

Laufen. Atmen.

Doch es verschafft ihm keine rechte Erleichterung. Von seiner Schuld, seinem Kummer, seinem Leid.

Wie ein Roboter geht er weiter, im Kopf ein sich ständig wiederholendes Grauen.

Und dann plötzlich ein Schock.

Diese Frau, die ebenso verloren scheint wie er selbst. Sie sitzt auf einer Bank.

Gomez bleibt abrupt stehen. Sie hat so große Ähnlichkeit mit …

Träumt er? Hat er bereits Halluzinationen?
Ein Zeichen? Eine Nachricht?
Die Unbekannte erhebt sich, kommt mit langsamen Schritten direkt auf ihn zu. Ohne ihn wirklich zu sehen.
Doch in dem Moment, als sie aneinander vorbeigehen, treffen sich ihre Blicke. Ihre Augen sind schwer, ihr Unglück ist ähnlich, das spürt er.
Gomez dreht sich um, während sie sich entfernt. Die Ähnlichkeit mit Sophie ist so frappierend, dass er fast ohnmächtig wird.
Aber es ist nicht Sophie.
Nur ihr Schatten.

* * *

Es ist fast achtzehn Uhr, als Bertrand klingelt. Auch wenn er einen Schlüssel hat, kündigt er sich lieber vorher an. Cloé öffnet sofort und flüchtet sich in seine Arme.
»Ich bin so froh, dass du da bist … du hast mir gefehlt«, flüstert sie.
Er streichelt ihr Haar, küsst ihren Hals. Sie schließt die Tür, verriegelt alle Schlösser.
»Alles in Ordnung?«, fragt Bertrand.
Am Telefon hat sie nichts sagen wollen, doch er spürt, dass es ihr nicht gut geht.
Cloé antwortet nicht, umarmt ihn erneut.
»Hattest du Probleme im Büro?«
»Ich bin nicht hingegangen«, gesteht sie leise.
»Was? Warum? Bist du krank?«
Sie ergreift seine Hand und zieht ihn ins Wohnzimmer.
»Willst du etwas trinken?«, fragt sie.
»Ja … Aber sag mir zuerst, was los ist.«
Cloé atmet tief durch und lässt ihn nicht aus den Augen, während er seinen Mantel auszieht.
»Nur wenn du mir versprichst, dich nicht aufzuregen.«
Sie nimmt die Whiskyflasche und schenkt ihm ein Glas ein.
»Ich höre.«
»Er war heute Nacht hier.«
Bertrand verzieht das Gesicht, sagt aber nichts und wartet ab.

»Er hat etwas in mein Zimmer gelegt, während ich geschlafen habe. Eine Kette.«

»Willst du damit sagen, dass du eine Art ... Geschenk gefunden hast?«

»Nein. Es war mein Schmuck. Gestern Abend war ich bei Carole. Ich wollte das Collier tragen und habe es überall gesucht. Das aus Weißgold, das ich so oft anhabe, du weißt schon.«

»Und?«

»Ich habe es partout nicht finden können. Obwohl ich wirklich alles abgesucht habe. Und heute Morgen war es da. Unübersehbar auf meinem Nachtkästchen. In Herzform ausgelegt.«

Bertrand wendet kurz den Blick ab. Vielleicht erträgt er nicht, was er vor sich sieht ...

»Du glaubst mir nicht, stimmt's?«

Er trinkt ein paar Schlucke Whisky und stellt das Glas auf dem Couchtisch ab.

»Doch, ich glaube dir«, versichert er. »Aber lass uns später darüber reden.«

Sie sieht in seinen Augen, dass er nicht gekommen ist, um zu sprechen. Dass er Lust auf etwas anderes hat.

Lust auf sie.

Auf einmal ist er sehr erregt. Sie hat ihm also auch gefehlt, auch wenn es nur eine Nacht der Trennung war. Es wird Zeit, das wieder aufzuholen.

Er fasst sie bei der Taille, hebt sie hoch und schwenkt sie durch die Luft. Cloé fängt an zu lachen.

Niemals hätte sie gedacht, dass sie heute lachen würde.

Der Schatten verblasst, besiegt von etwas anderem, viel Stärkerem als Zweifel und Angst. Ihr Verlangen fegt alles davon. Cloé hat nichts getrunken, ist aber dennoch berauscht. Von ihm, von dem, was sie verbindet.

Der Tanz endet auf dem Sofa, das an ihre Umarmungen schon gewöhnt ist. Wie so oft, sagt er nichts. Nimmt sich nicht einmal Zeit, sie zu entkleiden. Nur das Nötigste. Sie schließt die Augen, öffnet sie wieder, ist geblendet von einem grellen Licht.

Von ihm.

Das Gefühl, dass seine Hände elektrisierend sind, dass sie Tausende von Funken auf ihrer Haut schüren, Hunderte von Haken in ihr Fleisch bohren. Keine einzige Parzelle, die nicht von ihm erfüllt ist.

Zwei. Ein und derselbe Körper.

Cloé vergisst ihren Namen, ihre Vergangenheit, ihr Leben. Die Schatten. Alles, was nicht er ist.

Die Glut verwandelt sich in Feuer, in einen Brand.

Ein Glutofen, der Hölle ähnlich. Dann eine große Kälte, dem Tod ähnlich.

Lange Minuten bleiben sie erschöpft und umschlungen liegen.

Bis Bertrand sie endlich loslässt. Cloé hat den Eindruck, in ein Polarmeer zu gleiten.

Dabei sitzt er neben ihr. Sie legt den Kopf auf seine Schulter und streichelt seinen Nacken.

»Ich möchte, dass wir uns nicht mehr trennen«, murmelt sie. »Dass wir zusammen leben ...«

Er versenkt seinen Blick in den ihren, lässt lange Sekunden verstreichen. Die Ungewissheit entstehen lassen.

»Willst du das auch?«, fragt Cloé flehend.

Sie hat alle Waffen gestreckt, gleicht jetzt einem kleinen Mädchen.

»Zwischen uns ist es aus«, erwidert Bertrand mit tonloser Stimme. »Schluss.«

Ein Dolch bohrt sich in Cloés Leib.

»Ich verlasse dich.«

Ohne Eile zieht er sich an und greift nach seinem Mantel.

Unfähig, ein Wort herauszubringen, sieht Cloé ihm nach, als er geht. Es ist schwer zu sprechen, mit einer Klinge im Leib.

Als die Tür ins Schloss fällt, zuckt sie nicht einmal zusammen.

Nichts.

Nur ein seltsames Gefühl. Das, sich sterben zu sehen, ohne etwas dagegen tun zu können.

KAPITEL 28

Zwischen uns ist es aus. Schluss. Ich verlasse dich.
Worte wie Schläge.
Wie gekreuzigt, mit Nägeln in den Handflächen, kann Cloé sich nicht rühren.
Dabei ist er schon vor einer Stunde gegangen. Sie liegt noch immer auf dem Sofa. Halb nackt, verschlungen von einem eisigen Schlund, die Hände um die Abwesenheit gekrampft. Ohne das leichte Zittern könnte man sie für tot halten.
Keine Träne, kein Wort. Kein Zorn. Nicht mal ein Gedanke. Nur ein tiefes Befremden, eine unendliche Leere.
Als hätte ihr jemand das Gehirn abgeschaltet.
Durchgebrannt, zerbrochen, zerstört.
Als das Telefon klingelt, reagiert sie nicht. Eine Stimme, die sie dem Nichts entreißt. Carole, auf dem Anrufbeantworter.
»Bist du da, Clo? Ich bin's ... Wenn du zu Hause bist, heb ab!«
Eine beharrliche Stimme. Die schließlich resigniert.
»Gut, macht nichts. Du bist sicher mit Bertrand im Restaurant! Ich rufe dich morgen wieder an. Ciao.«
Mehrere Pieptöne, dann herrscht wieder Stille. Cloés Gesicht verwandelt sich in eine klaffende Wunde. Das Zittern verstärkt sich und ergreift schließlich ihren ganzen Körper. Die Haken, die er in ihr Fleisch geschlagen hat, ziehen an ihr, zerreißen sie Stück für Stück. Ihre Augen öffnen endlich ihre Schleusen, eine unkontrollierbare Flut verschlingt sie. Sie löst sich auf.

DIESE Klage ist so süß, mein Engel.
Dein herzzerreißendes Schluchzen ist eine wohlklingende Arie, die mein Herz mit großem Jubel erfüllt.
Ich sage es dir noch einmal, mein Engel: Keine Lust ohne Schmerz. Je tiefer du sinkst, desto höher erhebe ich mich.
Ich lausche dir stundenlang, werde dessen nicht überdrüssig, werde es sicher nie werden.
Du erfüllst meine Erwartungen, übertriffst sie sogar. Du bist ein Geschenk der Götter.

Du entdeckst das wahre Leiden.
Du wirst es in all seinen Formen, all seinen Nuancen auskosten. Das verspreche ich dir.
Aber ich habe es nicht eilig. Jede Sekunde deines Unglücks ist eine glückliche Fügung. Ein Schritt, den du auf mich zugehst, ohne es zu ahnen.
Komm näher, mein Engel. Komm zu mir. Ganz nah zu mir.
Komm näher, mein Engel. Du bist bald da.
Da, wo ich dich erreichen, nach dir greifen kann ...

Dein Fuß schwebt schon über dem Abgrund.
Bald stürzt du ins Leere ... Du glaubst, der Abgrund sei bodenlos. Und wieder irrst du dich, mein Engel.
Am Grund bin ich. Erwarte dich.

Am Grund deiner selbst wirst du mich finden.

KAPITEL 29

Sie denkt nach.
Darüber, wer sie gewesen ist. Was sie gemacht hat. Was sie geliebt und was sie verabscheut hat.
Sie denkt nach.
Was für ein grauenhafter Tag, der da zu Ende geht.
Sie ist ins Schlafzimmer gekrochen.
Sie hat sie geschluckt.
Die restlichen Schlaftabletten.
Dann hat sie sich hingelegt.
Auf das weiße, reine Laken. Mit ausgebreiteten Armen, den Blick starr auf die glatte Decke gerichtet.
Glatt wie ein Abgrund. Nichts, woran man sich festhalten könnte.
Wenn doch nur jemand diesen Dolch aus meinen Eingeweiden ziehen würde. Damit das Blut herauslaufen kann. Damit mein Leben ein Ende hätte ...
Grinsend beugt sich der Schatten über ihr Grab.
»Hier ruht Cloé Beauchamp.«
Du hast gewonnen. Er ist gegangen, wegen dir. Oder wegen mir. Was spielt das noch für eine Rolle? Das Einzige, was zählt, ist, dass das Grauen jetzt ein Ende hat. Dass die Angst ein Ende hat.
Sie betet.
»Mach, dass ich genug Tabletten geschluckt habe ... Mach, dass ich sterbe, bitte!«
Ihr Herz schlägt schnell, viel zu schnell. Und völlig unregelmäßig. Langsam fallen ihr die Augen zu.
Doch etwas in ihr kämpft. Ein winziger Teil von ihr.
Draußen bricht ein Gewitter los. Donner, Blitze. Der Zorn des Himmels, wie ein letzter Vorwurf.

Ihre Lider fallen zu. Sind schwer wie Blei.
Ihr Geist macht sich auf den Weg ins Ungewisse.
Während ihr Herz mit dem Tode ringt, breitet sich die Angst in ihren Eingeweiden aus. Zu spät.
Dieser Weg ist eine Einbahnstraße.
Das Licht erlischt.
Aus und vorbei.
Hier ruht Cloé Beauchamp. Gestorben im Schattenreich.

* * *

Er spukt noch immer durch dieses Krankenhaus. Vielleicht wird er zum Gespenst, das auf immer und ewig durch diese aseptischen Gänge geistert.
Alexandre prallt gegen die Wände, wie ein feingliedriges Insekt, das vom Licht, von einer Chimäre angezogen wird.
Bleiben, um über ihn zu wachen. Um sich zu bestrafen.
Er verbringt das Ende des Tages hinter einer Glasscheibe. Der Kleine kämpft, immer noch. Gomez legt seine Hand an das Glas. Will ihn berühren. Sein Herz erreichen. Spricht mit kaum hörbarer Stimme zu ihm.
Sagt ihm all das, wozu nie Zeit war.

* * *

Eine im dichten Nebel verschwommene Silhouette.
Es ist noch nicht an der Zeit, Cloé. Noch nicht...
Diese Stimme, merkwürdig, als käme sie direkt vom Himmel. Und diese Kälte auf ihrer Haut, in ihrem Mund. Die durch ihre leicht geöffneten Lippen strömt.
Die Augen, die sich wieder schließen, die zunehmende Kälte.
Ist das der Tod? Wo bin ich?
Noch nicht, Cloé. Darüber entscheidest nicht du...
Sie gehorcht der Stimme nicht, sondern taucht wieder hinab in die ruhigen, tiefen schwarzen Gewässer.

Ihre Augen öffnen sich erneut.
Cloé kommt mit einem grauenhaften Schrei wieder zu sich. Ihr Herz

brennt wie Feuer. Es wehrt sich mit aller Macht. Es versucht zu schlagen, es kämpft. Ihre Hände berühren etwas Eiskaltes, Feuchtes.

Sie braucht ein paar Minuten, bis sie begreift, dass sie sich in einer Badewanne befindet. In ihrer Badewanne.

Dass ihre Haut nass ist.

Der Strahl der Dusche trommelt auf ihre Beine, ihren Bauch. Sie versucht aufzustehen, um dieser Qual zu entkommen, fällt schwerfällig ins Wasser zurück.

Schließlich gelingt es ihr, den Wasserhahn zuzudrehen. Sie kommt langsam zu sich. Ihre Augen erkennen die Umgebung. Ihr Kleid liegt auf den Fliesen des Badezimmers, das Deckenlicht ist an. Mühsam hievt sich Cloé aus der Wanne, fällt zu Boden.

Sie greift nach einem Handtuch, wickelt sich hinein, zittert immer stärker. Ihre Zähne klappern.

Nein, nein, nein!

Sie schlägt mit der Faust gegen die Wand. Bis sie blutet.

Der Schmerz erinnert sie daran, dass sie am Leben ist. Die Worte fallen ihr wieder ein, sie klingen noch genauso grausam.

Zwischen uns ist es aus. Schluss. Ich verlasse dich.

Sie erinnert sich. Das Schlafzimmer, die Schlaftabletten, die ausgebreiteten Arme.

Der Donner. Augenlider, die sich schließen.

Sie kann nicht von allein hierhin gekommen sein. Sich ausgezogen, in die Wanne gelegt haben.

Noch nicht, Cloé. Darüber entscheidest nicht du ...

Nun weiß sie wenigstens eins: Der Schatten will nicht ihren Tod. Der Schatten will, dass sie lebt.

Er lässt ihr nicht mal diesen Ausweg.

Sie fängt wieder an zu weinen, das beste Mittel, um sich aufzuwärmen.

Er will, dass ich lebe.

Um mich selbst töten zu können.

* * *

Sie würgt sich die Eingeweide, die Seele aus dem Leib, bis sie nur noch Blut spuckt.

Auf den Knien, den Kopf übers Klo gebeugt. Was für ein Albtraum von einem trüben Morgen.

Cloé richtet sich auf, drückt die Spülung. Über das Waschbecken gebeugt, wäscht sie sich den Mund aus.

Als sie den Kopf hebt, sieht sie ihr Abbild im großen Spiegel. Die Augenlider geschwollen, die Wangen eingefallen, ihr Teint bleich. Sie sieht entsetzlich aus. Für eine Sekunde glaubt sie, dass Bertrand, wenn sie so bei ihm aufkreuzte, Mitleid mit ihr bekäme. Sie wieder zurücknehmen würde.

Ich wollte für dich sterben, Liebster. Siehst du?

Cloé schließt die Augen. Sie macht sich Angst. Sie verabscheut sich, wie sie noch nie jemanden verabscheut hat.

Sie wankt in ihr Schlafzimmer, schlüpft erneut unter die Bettdecke. Die P38 liegt auf dem Kopfkissen neben ihr. Ganz in ihrer Nähe. Natürlich, das wäre viel sicherer und schneller als mit Schlaftabletten. Ihre Finger streichen über den Kolben.

Keine Lust zu leben, keine Lust zu sterben.

Eine paradoxe Verwirrung.

Vielleicht hat der Mut sie verlassen. Vielleicht liefert sie sich ganz dem Willen des Schattens aus.

Zwischen uns ist es aus. Schluss. Ich verlasse dich.

»Bertrand, Liebster ...«

Sanft fließen ihre Tränen.

»Warum tust du mir das an? Warum willst du mich nicht mehr?«

Der Kummer und dieses entsetzliche Gefühl der Zurückweisung sind fast stärker als die Angst vor dem Schatten.

Alles ist ihr unerträglich, nichts ist mehr von Bedeutung.

Soll er doch endlich kommen.

Soll er doch kommen und mit mir machen, was er will.

DU dachtest, du könntest mir entkommen? Du dachtest, du hättest eine Wahl?
Wieder ein Irrtum, mein Engel ...
Du hörst einfach nicht damit auf!
Mit der Zeit wirst du verstehen. Mit der Zeit wirst du es akzeptieren.

Dieses Spiel hat Regeln. Sie sind ganz einfach.
Ich bestimme, du gehorchst.

Ich habe eine Kette um deinen Hals gelegt, ich nehm dich mit, wohin ich will.
Je mehr du dich sträubst, desto mehr schnüre ich dir die Luft ab.
Du entscheidest gar nichts mehr. Der einzige Herr über das Geschehen bin ich.
Wann begreifst du das endlich?
Selbst dein Tod gehört mir.
Ich bin dein Schicksal, mein Engel.

KAPITEL 30

Mittwochmorgen, 6:30 Uhr.
Ich heiße Cloé; Cloé Beauchamp.
Ich bin am Leben. Und ich bin allein. Schrecklich allein.
Ich bin siebenunddreißig Jahre alt. Und letzte Nacht wollte ich sterben.
Cloé trinkt einen Kaffee. Noch einen. Obwohl sie Koffein meiden sollte, denn ihr Herz rast unaufhörlich. Sie nimmt ihre Tablette, dann greift sie zu ihrem Handy und stellt fest, dass sie mehrere Anrufe in Abwesenheit erhalten hat. Für einen Moment schöpft sie wieder Hoffnung. Die stirbt eigentlich nie, diese dumme Verbündete des Überlebenswillens.
Aber Bertrand hat nicht angerufen.
Pardieu dafür drei Mal.
Carole zwei Mal. Ihre Mutter ein Mal.
Sie hört die Nachrichten ab: Der Alte ist fuchsteufelswild, das war zu erwarten.
Cloé nimmt all ihre Energie zusammen, um ihre Mutter anzurufen, die für gewöhnlich sehr früh aufsteht. Ihre Stimme klingt derart zerbrechlich, dass Mathilde sie nicht erkennt.
Nein, Maman, es ist nichts ... Ich bin nur sehr müde. Hauptsache, Papa geht es gut ... Und Lisa?
Sie beendet das Gespräch, zögert. Doch ihre Sehnsucht gewinnt die Oberhand. Ist übermächtig. Sie wählt Bertrands Nummer, die selbst eine Überdosis Schlaftabletten nicht aus ihrem Gedächtnis hat löschen können. Der Anrufbeantworter, na klar. Er schläft bestimmt seelenruhig. Neben einer anderen?
Merkwürdig, es ist das erste Mal, dass Cloé in Betracht zieht, dass er sie wegen einer anderen Frau verlassen hat.

Sie stellt sich seine Hände auf der Haut einer anderen vor. Ihr dreht sich der Magen um, eine warme Flüssigkeit steigt bis zu ihren Lippen auf.

Sie sucht nach Worten. Sie hätte ihren Text vorher vorbereiten sollen.
»Hallo, ich bin's. Können wir vielleicht miteinander reden? Ich verstehe nicht, warum du gestern Abend einfach so gegangen bist. Ich ... Mir geht es schlecht, weißt du. Sehr schlecht ... Sag mir bitte, dass wir uns treffen können. Du musst mir das erklären. Wir müssen miteinander reden. Ruf mich an ... Ich liebe dich, weißt du.«

Sie findet sich jämmerlich, erbärmlich. Das will er sicher nicht hören.

Aber Cloé weiß einfach nicht mehr, was er hören will, was er möchte. Was er von ihr erwartet.

Danach schließt sie sich im Bad ein und duscht ausgiebig.

Sich von einem Selbstmordversuch reinzuwaschen, dauert seine Zeit. Sich von seiner Todessehnsucht reinzuwaschen, noch viel länger. Der Sehnsucht, alles hinter sich zu lassen, auch Lisa. Ihr Versprechen gebrochen zu haben.

Doch irgendwann dreht sie den Wasserhahn zu. Ihre Bewegungen sind langsam, kraftlos und unelegant.

Die Stille erschien ihr noch nie derart unerträglich.

Sie zieht sich im Schlafzimmer an, ohne wirklich auf ihre Kleiderwahl zu achten.

Zurück ins Bad für die anstrengende, aber unerlässliche Schminkprozedur. Eher Spachtelarbeiten, wenn man das Ausmaß der Schäden berücksichtigt. Make-up, Rouge, Lidschatten, Wimperntusche.

Das Ergebnis ist niederschmetternd. Nichts kann ihre tiefe Verzweiflung überdecken.

Das bin nicht ich.

Das kann unmöglich ich sein!

Eine Viertelstunde später steigt Cloé in ihren Mercedes. Die Straße vor ihr, noch leicht verschwommen.

Was tut sie da? Gestern noch hat sie versucht, sich auszulöschen. Heute fährt sie ins Büro.

Doch sie merkt, dass sich etwas ändert. Sie merkt, dass sie wieder zurückkommt. Dass Cloé Beauchamp zu neuem Leben erwacht ist. Zuerst war es nur ein kleiner Funken in ihrem Innern. Doch allmählich wächst die Flamme, erreicht ihr Gehirn. Mit jedem Kilometer werden ihre Hände sicherer, das Fahrzeug schneller.

Ich war immer eine Kämpfernatur. Bertrand hat mich verlassen, na und, ich werde aufhören zu heulen und ihn zurückerobern. Er wird wieder mir gehören. Wie der Posten der Generaldirektorin. Der gehört auch mir. Bleibt nur der Schatten.

Er hätte mich sterben lassen sollen. Denn jetzt werde ich diejenige sein, die ihn vernichtet.

Sie ist erst eine halbe Stunde unterwegs. Doch Cloé, die wahre Cloé, ist wieder voll da.

Als hätte sie in den Abgründen, die sie letzte Nacht erforscht hat, eine unglaubliche Dosis Kraft getankt.

Als hätte sie eine Line Koks geschnupft.

Ich heiße Cloé. Cloé Beauchamp. Und ich bin noch nicht tot.

Pardieu trifft Punkt acht Uhr in der Firma ein. Als er an Cloés Bürotür vorbeikommt, bleibt er stehen. Sie ist da, sitzt an ihrem Computer.

»Guten Morgen, Monsieur.«

Mit strenger Miene geht er auf sie zu.

»Schön, Sie mal wieder zu sehen!«, bemerkt er ironisch. »Eigentlich haben wir Sie gestern hier erwartet. Wir mussten Ihr Meeting völlig überhastet absagen! Und von Ihnen? Kein Anruf, keine Erklärung ... Glauben Sie, Sie sind hier in einem Freizeitclub?«

»Selbstverständlich nicht, Monsieur. Und ich möchte mich dafür auch in aller Form entschuldigen.«

Er lehnt es ab, Platz zu nehmen, verlegt das Spiel auf sein Terrain.

»Kommen Sie in mein Büro«, befiehlt er.

Sie folgt ihm, er setzt sich in seinen herrschaftlichen Sessel, lässt sie stehen.

»Ich höre.«

Cloé holt tief Luft, hält seinem Blick stand.

»Ich kann Ihnen nicht sagen, warum ich nicht da war.«

Pardieus Gesicht wird noch strenger. Er ist überrascht, dass sie nicht zu einer ihrer überspannten Ausreden gegriffen hat.

»Ich würde Ihnen aber dringend raten, mir Ihre Abwesenheit zu erklären. Und bitte seien Sie überzeugend. Denn ich dulde ein solches Verhalten nicht. Wenn sich das jeder herausnehmen würde ... wo kämen wir da hin?«

»Nun gut ... Ich konnte nicht kommen, weil jemand versucht hat, mich umzubringen.«

Er war eigentlich auf alles gefasst gewesen. Bei Cloé musste man mit den abenteuerlichsten Geschichten rechnen. Doch jetzt, das muss er zugeben, hat sie wirklich einen ganz großen Coup gelandet. Schweigend hängt er an ihren Lippen.

Doch Cloé fährt nicht fort, lässt ihn einfach mit dieser unbequemen Neuigkeit sitzen.

»Wer hat versucht, Sie umzubringen?«, fragte er schließlich.

»Ich mich.«

Es sieht aus, als würde Pardieu in seinem riesigen Sessel versinken. Mit jedem weiteren Wort scheint er kleiner zu werden.

»Aber, um Gottes willen, Cloé, warum?«

»Das geht Sie nichts an. Das geht übrigens niemanden etwas an.«

Pardieu wendet seinen Blick ab. Die ganze Sache ist ihm offensichtlich unangenehm.

»Cloé, Sie sind jung, talentiert und intelligent. Sie haben solche Dummheiten doch gar nicht nötig!«

»Die Sache ist abgehakt. Das wird nie wieder vorkommen. Und ich bitte Sie, unser Gespräch für sich zu behalten.«

Sie sieht ihn mit festem Blick an. Er ist sichtlich beeindruckt.

»Selbstverständlich, aber ... Ich muss Ihnen sagen, ich bin beunruhigt. Sind Sie sicher, dass Sie nicht darüber sprechen wollen?«

»Absolut.«

Ihr Ton ist unnachgiebig, ihr Gesicht wie aus Stein.

»Machen Sie sich meinetwegen keine Sorgen«, fügt sie hinzu. »Ich bin darüber hinweg. Und zurück unter den Lebenden, mehr als je zuvor, seien Sie dessen versichert.«

»Diesen Eindruck machen Sie auch«, gesteht Pardieu immer noch ein wenig zaghaft ein.

»Und der Eindruck täuscht keinesfalls ... Nun, ich habe zu tun. Wenn Sie also gestatten, würde ich gerne wieder in mein Büro gehen.«

»Nur zu«, murmelt der Alte.

Sie macht auf dem Absatz kehrt, lässt ihn verdutzt in seinem geräumigen Büro zurück. Sie verschwindet in ihren Schlupfwinkel, zieht die Jalousien hoch.

Du kannst mich ruhig mit deinem Fernglas beobachten, wenn es dir Spaß macht. Ich habe keine Angst vor dir.

Ich habe im Übrigen vor überhaupt nichts mehr Angst.

* * *

Er könnte dieses Krankenhaus mit geschlossenen Augen zeichnen. Jeder noch so hässliche Winkel ist in sein Gehirn eingebrannt.

Er gehört hier inzwischen schon zur Einrichtung. Man geht an ihm vorbei, ohne Notiz von ihm zu nehmen.

Nachdem er noch einmal kurz an der verglasten Wand gestanden und Laval etwas zugemurmelt hat, beschließt Gomez schließlich, doch nach Hause zu fahren.

Draußen stellt er überrascht fest, dass es schon Tag ist. Dass die Erde sich weiter dreht. Dabei hätte er geschworen, dass in einer so entsetzlichen Nacht alles zum Stillstand kommen müsse.

Er hat jegliches Zeitgefühl verloren.

Er hat alles verloren.

Er zündet sich eine Zigarette an, steigt in sein Auto und muss sich kurz orientieren.

Die Straße zieht wie im Zeitraffer an ihm vorüber. Die Augen drohen ihm zuzufallen. Er hat seit Ewigkeiten nicht mehr geschlafen, abgesehen von ein paar Minuten auf dieser verdammten Bank.

Er wünscht sich, seine Augen würden ihm für immer zufallen. Dann müsste er nicht mehr sehen, was aus ihm geworden ist.

Ein Witwer. Und ein Mörder.

Nein, es war fahrlässige Tötung. *Herr Staatsanwalt, es geschah ohne jeglichen Vorsatz.*

Schließlich kommt er vor seinem Haus an. Weil er nicht mehr die Energie hat, einen Parkplatz zu suchen, lässt er das Auto einfach in zweiter Reihe stehen und klappt die Sonnenblende herunter, auf der in weißen Lettern POLIZEI steht.

Außerstande, die zwei Stockwerke zu Fuß zu bewältigen, nimmt er den

Fahrstuhl. Die beklemmende Stille, die ihn zu Hause erwartet, macht ihn fertig.

Einen Moment lang bleibt er im Wohnzimmer stehen. Wie auf einem Trümmerfeld. Er schleppt sich ins Bad, zieht sich aus und geht unter die Dusche.

Nicht geschlafen, nicht gegessen, nicht geduscht.

Ein lebender Toter.

Mit dem warmen Wasser wird er seine Fehler, sein Verbrechen auch nicht fortspülen können.

Noch lebt der Kleine, liegt weiterhin im Koma.

Er ist fünfundzwanzig. Hat nur noch ein Bein und bestimmt nicht mehr lange zu leben. Und wenn doch, wird er wohl den Rest seines Lebens nur vor sich hin vegetieren.

Gomez schlägt mit der Faust gegen die Fliesen. Wieder und wieder. Immer härter.

Schließlich schlägt er seinen Kopf gegen die Wand.

Das Wasser färbt sich rot. Zu seinen Füßen bildet sich ein Strudel, ebenso wie in seinem Kopf.

Doch es verschafft ihm Linderung.

Er würde gern auf Bashkim eindreschen, ihm den Schädel einschlagen, die Beine zertrümmern. Doch Bashkim ist weit weg. Also muss die Wand herhalten. Die Fliesen, die Sophie ausgesucht hat und die er nun vergeblich zu demolieren versucht.

Später legt er sich auf ihr Bett. Rollt sich nackt auf der Matratze zusammen.

Innerhalb weniger Minuten ist er eingeschlafen, betäubt von ihrem Duft, der noch im Zimmer hängt.

* * *

Es wird schon dunkel, als Cloé die Agentur verlässt.

Den ganzen Tag über hat Pardieu sich nicht mehr blicken lassen. Er hat sich in seinem Büro vergraben, als fürchte er sich davor, auf den Fluren einem Ungeheuer zu begegnen.

Einem Ungeheuer, das den Tod besiegt hat.

Der Mercedes verlässt die Tiefgarage. Cloé sieht automatisch in den

Rückspiegel. Aber hier fahren so viele Autos ... In welchem Wagen sitzt er wohl?

Die P38 liegt auf dem Beifahrersitz. Wartet auf ihre große Sternstunde.

Kilometer um Kilometer auf der Autobahn. Im Schritttempo fahren, bremsen. Wieder anfahren. Schließlich erreicht sie die Ausfahrt, ein Ende des Leidensweges ist in Sicht.

Cloé realisiert, dass sie Richtung Créteil fährt. Richtung Kommissariat.

Ja, genau, das wird sie jetzt machen. Sie überzeugen.

Ein letzter Versuch. Auch als Beweis, dass sie keine andere Möglichkeit hat, als mit einer Waffe in ihrer Handtasche durch die Gegend zu laufen.

Sie parkt den Mercedes, versteckt die Pistole im Handschuhfach.

Wenn sie ihr immer noch nicht glauben, tragen sie die Verantwortung.

Wenn sie ihr immer noch nicht glauben, machen sie aus ihr eine Mörderin.

* * *

Alexandre öffnet die Tür zum Kommissariat und bleibt unvermittelt stehen.

Da ist sie wieder. Diese Unbekannte, die er an den Ufern der Marne getroffen hat.

Sie läuft direkt auf ihn zu, wie beim ersten Mal.

Er kommt, sie geht. Sie berühren sich leicht.

Auf ihrem Gesicht sieht er eine solche Verzweiflung ... In ihren Augen so viel Wut.

Er schaut ihr nach, während sie sich entfernt.

Gomez geht zum Empfangstresen und fragt den diensthabenden Beamten.

»Diese Frau, die gerade gegangen ist, wer ist das?«

»Sie wollte Anzeige erstatten. Kommissar Duquesne hat mit ihr gesprochen, Hauptkommissar.«

»Danke.«

Statt nach oben geht Gomez schnurstracks zu den kleinen Büros, in denen die Anzeigen aufgenommen werden. Duquesne ist beschäftigt, Gomez macht ihm ein Zeichen. Der Kommissar entschuldigt sich und kommt zu Alexandre auf den Gang.

»Wie geht's Laval?«

»Er lebt, er kämpft«, fasst Alexandre die Lage zusammen.

»Das ist gut. Was kann ich für Sie tun, Hauptkommissar?«
»Die Frau, die gerade bei dir war ... Groß, langes, kastanienbraunes Haar. Was wollte sie?«
Der Kommissar verdreht die Augen.
»Ach die. Die ist komplett irre, meine Güte ...«
»Wie meinst du das?«, hakt Gomez nach.
Der Kommissar wird mit einem Mal bleich.
»Kennen Sie sie etwa?«, erkundigt er sich.
»Das tut nichts zur Sache. Erzähl.«
»Sie war schon zwei Mal hier. Sie behauptet, ein Typ verfolge sie, spaziere in ihrer Wohnung herum, wenn sie nicht zu Hause ist. Er beobachte sie auch im Büro ... Lauter solche Geschichten. Doch es gibt weder Drohbriefe noch anonyme Anrufe. Keinen Einbruch. Rein gar nichts. Sie ist weder angegriffen noch bedroht worden. Meiner Ansicht nach leidet sie unter Verfolgungswahn.«
Gomez hört ihm schweigend zu.
»Neulich hat sie mir einen toten tiefgefrorenen Vogel gebracht! Das muss man sich mal vorstellen! Einen Vogel, den sie auf ihrer Fußmatte gefunden hat ... Sie behauptet, ihr mysteriöser Verfolger habe ihn ihr vor die Tür gelegt! Sie sagt, er fülle in ihrer Abwesenheit ihren Kühlschrank auf, drehe ihr den Strom ab ... Eine Verrückte, wie ich schon sagte! Schade, wo sie doch so ein heißer Feger ist!«
»Lebt sie allein?«
Duquesne nickt.
»Hast du sie gefragt, wer alles den Schlüssel zu ihrer Wohnung hat?«
»Selbstverständlich! Die Putzfrau und ihr Freund. Doch die beiden kommen ihrer Ansicht nach nicht in Frage.«
»Hast du ihre Anzeige aufgenommen?«, fragt Gomez.
Der Kommissar sieht ihn perplex an.
»Wie denn? Es gibt keinerlei Anhaltspunkte für eine Anzeige! Ich habe eine Aktennotiz gemacht, so wie letztes Mal auch.«
»Gib mir ihre Adresse und Telefonnummer«, weist Alexandre ihn an.
»Wieso?«
Ein einziger Blick des Hauptkommissars genügt, um jede weitere Frage zu unterbinden. Duquesne kommt der Aufforderung nach, bevor er sich wieder seinem Antragsteller zuwendet. Gomez steckt den Zettel in die Ta-

sche und verschwindet nach oben in sein Büro. Zum Glück begegnet er unterwegs niemandem aus seinem Team.

Er zündet sich eine Zigarette an, öffnet das Fenster und sucht eine Nummer in seinem Telefonverzeichnis. Ein alter Freund, der im Polizeirevier von Sarcelles arbeitet. Ebenfalls Hauptkommissar.

Obwohl er sicher Bescheid weiß, erspart er es Gomez, ihn auf den Vorfall mit Laval anzusprechen.

Nach dem Austausch einiger Höflichkeiten kommt Gomez auf den Grund seines Anrufs zu sprechen.

»Vor einer Weile hast du mir mal die Geschichte von einer Frau erzählt, die x-mal bei euch war, um Anzeige zu erstatten ...«

»Was meinst du genau?«

»Eine junge Frau, die alle zwei oder drei Tage auf dem Revier erschien, weil sie angeblich von einem Mann verfolgt wurde. Er kam in ihre Wohnung, während sie schlief, stellte Gegenstände um ...«

»Ah, jetzt erinnere ich mich wieder! Aber das ist doch ewig her! Mindestens ... ein Jahr, oder?«

»Ungefähr«, räumt Gomez ein. »Was ist aus der Sache geworden?«

»Keine Ahnung, mein Lieber! Sie hat uns wochenlang genervt, und dann kam sie irgendwann nicht mehr.«

»Kannst du mir alle Aktennotizen und Anzeigen zusammenstellen? Ich würde gern etwas überprüfen. Möglicherweise gibt es eine Übereinstimmung mit einem anderen Fall.«

»Okay, ich bereite alles vor. Kommst du dann morgen vorbei?«

»Ja«, bestätigt Alexandre. »Vielen Dank, Kumpel.«

»Keine Ursache. Wie geht es übrigens Sophie?«

Gomez beißt die Zähne zusammen. Es schnürt ihm die Kehle zu, als er antwortet.

»Sie ist tot.«

* * *

Cloé behält die Eingangstür des Hauses so fest im Blick, dass ihr davon fast die Augen schmerzen.

Sie hat bei Bertrand geklingelt, aber er hat sich nicht gerührt. Also wird sie einfach warten, bis er zurückkommt.

Wenn es sein muss, die ganze Nacht.

Sie muss wieder an den Polizisten denken, der sie nach wie vor für verrückt hält. Es bleibt ihr nichts anderes übrig, als sich ganz auf sich selbst zu verlassen. Auf dem Bürgersteig nähert sich eine Gestalt. Trotz der aufkommenden Dunkelheit erkennt Cloé Bertrand sofort. Ihr Herz macht einen Sprung.

Sobald er an ihrem Auto vorbeigegangen ist, steigt Cloé aus. Sie läuft los und holt ihn ein, ehe er im Treppenhaus verschwindet.

»Bertrand!«

Die Hand am Türknauf, dreht er sich um. Sie hält Abstand. Sich bloß nicht gleich auf ihn stürzen, nicht bitten und betteln, nicht weinen. Ihm keine Angst einjagen.

»Hallo. Hast du meine Nachricht gehört?«

»Ja.«

Er wird es ihr nicht leicht machen, das ist klar.

»Kann ich mit dir reden?«

Er antwortet nicht sofort, mustert sie kühl.

»Ich bin auf dem Sprung«, sagt er schließlich. »Ich muss gleich wieder los, tut mir leid.«

»Bitte, es dauert auch nur ein paar Minuten.«

Sie hat kein Beben in ihrer Stimme, der Ton ist eher herzlich.

»Okay«, willigt er ein. »Komm.«

Sie folgt ihm durch die große Eingangshalle hinauf in den dritten Stock. Es kommt ihr vor, als ginge sie einem Fremden hinterher. Einem Fremden allerdings, den sie sehnlichst umarmen, küssen, berühren möchte.

Er schließt die Tür zu seiner Maisonettewohnung auf und tritt zur Seite, um sie hereinzulassen.

»Möchtest du etwas trinken? ... Einen Whisky?«

»Nein. Lieber etwas weniger Starkes.«

Er holt eine Flasche Wein aus der Küche.

»Setz dich doch«, sagt er zu ihr.

Cloé nimmt auf dem Sofa Platz. Ganz am Rand, so als wolle sie auf keinen Fall stören. Es läuft besser als gedacht.

Bertrand entkorkt eine Flasche Saint-Émilion und füllt die beiden Gläser auf dem Couchtisch.

»Okay, fang an.«

»Ich will einfach nur verstehen, was passiert ist«, sagt sie schlicht.
Er lässt sich im Sessel ihr gegenüber nieder und führt das Glas an seine Lippen.
»Das ist ganz einfach ... Ich habe beschlossen, dich zu verlassen.«
»Einfach so?«
Er zuckt unbeteiligt mit den Achseln.
»Nein«, gesteht er. »Um ehrlich zu sein, ich denke schon eine ganze Weile darüber nach.«
Sie schlägt die Augen nieder.
»Es ist wegen dieser Geschichte, nicht wahr? Wegen dieses Typen, der mich verfolgt ...«
»Es stimmt, deine Paranoia fing echt an, mich zu nerven.«
»Ich bin nicht paranoid. Und das kann ich dir im Übrigen auch beweisen.«
Sie holt die Kreditkarte aus ihrer Handtasche.
»Siehst du diesen Kassenzettel?«, fragt sie. »Der besagte Einkauf bei Casino ... Du erinnerst dich?«
Bertrand nickt.
»Nun, ich habe heute meine Kontoauszüge im Internet abgerufen. Dabei ist mir aufgefallen, dass dieser Einkauf bisher nicht abgebucht wurde. Was logisch ist, da die Nummer auf dem Kassenzettel nicht mit der auf meiner Karte übereinstimmt!«, erklärt sie fast triumphierend.
Widerwillig wirft Bertrand einen Blick auf die Quittung.
»Sieh dir die Nummern nach den Sternchen an«, beharrt Cloé.
»9249«, liest Bertrand mit zusammengekniffenen Augen.
»Nun, die Ziffern meiner Karte enden aber auf 8221!«
»Und?«
»Wie, *und*? Das heißt, dass nicht ich an jenem Tag die Einkäufe gemacht habe! Nicht ich habe den Kühlschrank gefüllt. Jemand hat diesen Zahlungsbeleg einfach in mein Portemonnaie getan, damit es so aussieht, als sei ich verrückt geworden!«
»Das erklärt nicht, wie das Essen in deine Küche gekommen ist«, betont Bertrand und legt den Zettel auf den Couchtisch. »Mir ist das alles zu sehr an den Haaren herbeigezogen. Vielleicht hast du aus Versehen den Beleg eines anderen eingesteckt, der vor dir an der Kasse war. So was kommt doch vor ...«

Sie ist baff. Er glaubt ihr noch immer nicht, obwohl sie ihm doch gerade einen Beweis geliefert hat. Einen Beweis, den im Übrigen auch der Polizist nicht für stichhaltig hielt.

Cloé hat das Gefühl, in einem Spiegellabyrinth zu stecken. Immer wenn sie glaubt, den Ausgang gefunden zu haben, stößt sie wieder an einem unsichtbaren Hindernis an.

»Was muss ich tun, um dich zu überzeugen?«, murmelt sie.

Bertrand zuckt erneut die Achseln.

»Nun gut, das ist nicht tragisch«, behauptet sie einfach. »Ich bin bereit, nie wieder mit dir über diese Geschichte zu reden. Ich werde schon alleine damit klarkommen.«

»Das ändert nichts. Es ist aus, Cloé. *Aus und vorbei.* Verstehst du das?«

Ihre Hand umklammert das Glas. Sie kämpft gegen die Tränen an. Gegen den Wunsch, sich ihm vor die Füße zu werfen und ihn zum Bleiben zu bewegen. Oder ihm die Augen auszukratzen.

»Ich dachte, wir würden uns lieben«, sagt sie.

Ein flüchtiges Lächeln huscht über Bertrands Gesicht. Doch Cloé ist es nicht entgangen.

»Also, ich für meinen Teil habe dich nie geliebt.«

Wieder stößt er ihr ein Messer in die Eingeweide. Und er wird es jetzt noch in der Wunde umdrehen, das weiß sie.

»Ich habe eine gute Zeit mit dir gehabt, das ist wahr. Ich bedaure nichts, ganz im Gegenteil. Aber alles hat nun mal ein Ende. Für mich ist das Thema abgeschlossen.«

»Ich kann es nicht glauben!«, sagt Cloé nun schon ein wenig lauter.

»Das wirst du wohl müssen.«

Ihre Lippen fangen an zu zittern, sie spürt, wie ihr die Tränen in die Augen schießen.

Sie kämpft erbittert dagegen an.

»Aber ich liebe dich!«

Er seufzt, leert sein Glas.

»Ich wollte wirklich nicht, dass du leidest«, behauptet er. »Ich glaube auch nicht, dass du mich liebst. Dir missfällt lediglich, dass ich mit dir Schluss mache und nicht umgekehrt. Du bist es nicht gewohnt, verlassen zu werden.«

»Das stimmt nicht!«

»Doch, Cloé. Ich kenne dich besser, als du denkst ...«

Er erhebt sich. Für ihn ist das Gespräch damit beendet.

»Ich habe versucht, mich umzubringen.«

Ihr letzter Trumpf. Jedes Mittel ist ihr recht, um ihn umzustimmen. Zu Tode schämen kann sie sich später noch.

»Red keinen Unsinn, Cloé. Du bist quicklebendig ...«

Sie wirft ihm einen Blick zu, in dem sich Wut und Verzweiflung mischen.

»Bedauerst du etwa, dass es nicht geklappt hat?«

»Geh jetzt. Ich will davon nichts mehr hören.«

»Ich habe versucht, mich umzubringen«, wiederholt sie. »Weil du mich verlassen hast.«

Er legt ihr die Hände auf die Schultern. Die Berührung geht ihr durch Mark und Bein.

»Dann war es ein großer Fehler«, sagt er. »Ich bin es nicht wert, das kann ich dir versichern. Also, jetzt fährst du nach Hause und vergisst mich. Einverstanden?«

KAPITEL 31

Maillard setzt eine Leichenbittermiene auf. Dabei ist der Kleine noch gar nicht tot.

Alexandre sitzt ihm gegenüber und wartet geduldig, dass er endlich die Katze aus dem Sack lässt.

»Alexandre, ich weiß, dass die Arbeit wichtig für dich ist. Ich weiß auch, was du durchmachst, aber ...«

»Nein, das weißt du nicht«, unterbricht ihn der Hauptkommissar.

»Gut, sagen wir, dass ich mir vorstellen kann ... Und auch wenn die Arbeit gerade alles ist, was dir noch bleibt, denke ich, dass es besser ist, wenn du eine Pause machst.«

»Du *denkst*?«

»Nun gut, ich verordne dir eine Auszeit«, präzisiert der Kriminalrat. »In Anbetracht dessen, was passiert ist, will die Generalinspektion Laval vernehmen, bevor sie eine Entscheidung trifft. Vorausgesetzt natürlich, dass der Junge aus dem Koma erwacht. Was wir alle hoffen.«

»Dabei habe ich ihnen schon alles gesagt«, meint Alexandre. »Als sie im Krankenhaus waren, habe ich ein umfassendes Geständnis abgelegt. Eine *Mea culpa*-Anthologie! Was wollen sie noch?«

»Lavals Version. Wir haben beschlossen, dich in der Zwischenzeit freizustellen. Ich habe dir einen Urlaubsschein ausgestellt, den du jetzt unterzeichnen wirst. Und wenn es sein muss, schreiben wir dich anschließend noch zusätzlich krank.«

»Verstehe. Warum entlässt du mich nicht gleich? Das wäre klarer!«

»Ich habe nicht die Absicht, meinen besten Mann rauszuschmeißen. Du musst dich nur ausruhen und all das verdauen, was dir in letzter Zeit widerfahren ist. Während deiner Abwesenheit übernimmt Villard die Vertretung.«

»Perfekt. Wie ich sehe, hast du an alles gedacht.«

Gomez unterschreibt, wirft den Stift hin und geht zur Tür. Maillard springt auf.

»Alex! Hör zu ... Ich habe keine Wahl. Ich habe immer zu dir gehalten, aber jetzt sehe ich keine andere Lösung. Diese ist für den Moment die beste. Ich bin sicher, dass du wieder zurückkommst.«

Alex knallt die Tür hinter sich zu, der Kriminalrat lässt sich in seinen Sessel fallen.

* * *

Jetzt fährst du nach Hause und vergisst mich.
Natürlich. So einfach ist das. So leicht. So gemein.
Der Tacho des Mercedes zeigt nicht mehr als dreißig Stundenkilometer an. Nicht so einfach, die Straße durch einen Tränenschleier hindurch zu erkennen.
Ich habe dich nie geliebt. Für mich ist das Kapitel abgeschlossen. Ein rechter Haken, ein linker Uppercut, Gegner am Boden.
Cloé hatte gehofft, dass sie noch eine Chance hätte. Dass alles noch möglich wäre, sie noch gewinnen könnte.
Doch jetzt ist sie sicher, dass alles verloren ist. Warum, hat sie allerdings noch immer nicht verstanden ...
Es ergibt keinen Sinn.
Bertrand hat sie nicht anhören wollen. Die Polizei auch nicht.
Sie lässt sich auf das Sofa fallen und wartet resigniert auf einen neuen Tränenausbruch. Den Blick ins Nichts gerichtet, das Herz im Abseits.
Ich habe dich nie geliebt. Das hallt eigenartig in ihrem Kopf wider, als wäre ihr Schädel leer. Andererseits hat sie das Gefühl, er müsse jeden Moment platzen.
»Mistkerl! Drecksack ...«
Selbst Beschimpfungen verschaffen ihr keine Erleichterung. Sie steht auf, ihre Beine tragen sie kaum. Sie öffnet den Barschrank, betrachtet die Flaschen wie verschiedene Möglichkeiten.
Soll sie alle austrinken? *Nein, ich werde nicht wieder anfangen ...*
Für ihn sterben. Um es ihm zu beweisen. Dass ich ihn geliebt habe. Dass ich ihn immer noch liebe.
Lächerlich. Das ist ihm vollkommen egal. Außerdem, liebe ich ihn wirklich?

Dir missfällt lediglich, dass ich mit dir Schluss mache und nicht umgekehrt ...
Sie greift zur nächstbesten Flasche. Das Unglücksrad hat sich für Gin entschieden. Sie füllt ein Glas bis zum Rand, zögert, es in einem Zug zu leeren.
Eine Qual, eine Folter, die sie sich auferlegt. Sie klammert sich an der Nussbaumkommode fest; ihr Blick heftet sich auf die Fotos an der Wand. Ihr Vater und sie. Ihre Mutter, ihr Vater und Juliette. Lisa, bevor ...
Cloé runzelt die Stirn. Das ist nicht der Alkohol. Noch nicht!
Sie nimmt das letzte Bild ab und betrachtet es.
Das ist nicht Lisa auf dem Foto.
Das ist nicht *mehr* Lisa. Es ist ein monströser Totenkopf mit zwei klaffenden Löchern an Stelle der Augen und einem abscheulichen Grinsen. Cloé lässt den Rahmen fallen, als hätte sie sich daran verbrannt, und beginnt zu schreien.

* * *

Das leichte Schiffchen nähert sich gefährlich den Stromschnellen. Es dreht sich um sich selbst, schwankt mehr und mehr. Cloé hat das Gefühl, statt in ihrem Bett in einem Boot zu liegen, das in der Strömung zu zerschellen droht. Ihre Hände klammern sich am Laken fest, ihre Augen versuchen, die Deckenlampe zu fixieren, die sich in einem imaginären Sturm wiegt und umherwirbelt.
Die Ginflasche ist leer. Ins Meer geworfen, ohne eine Nachricht drin. Was sollte sie auch schreiben?
Hilfe. Zu Hilfe. Ich habe die Richtung verloren. Ich finde mich nicht mehr zurecht.
Cloé hört seltsame Geräusche. Höhnisches Gelächter, das nicht enden will, herzzerreißende Schreie, die in ihrem armen Kopf widerhallen.
Auch das Geräusch ihres Herzens, das auszusetzen scheint. Das rast und nicht zu bändigen ist.
Sie braucht die Tabletten, die sie morgens nimmt. Auch wenn jetzt Abend ist. Und zwar schnell, ehe ihre Pumpe platzt wie eine überreife Frucht.
Sie versucht aufzustehen, bricht aber auf dem Fußboden zusammen.
Doch sie fühlt keinen Schmerz und kriecht auf allen vieren weiter über

den dunklen Flur. In der Küche angekommen, zieht sie sich hoch und greift nach der Medikamentenschachtel. Zwei statt einer, sicher ist sicher.

An der Wand entlang tastet sie sich ins Wohnzimmer. Vielleicht muss sie noch mehr trinken, um zu vergessen? Vergessen, dass er sie weggeworfen hat wie ein gebrauchtes Taschentuch. Vergessen, dass sie zur Zielscheibe eines unsichtbaren Feindes geworden ist.

Sie nimmt die P38 vom Sofa und legt sie vor sich hin. Wie durch ein Wunder kann sie sich jetzt wieder auf den Beinen halten und fängt an zu lachen. Ein grauenvolles Lachen, wie aus dem Nichts.

»Glaubst du etwa, du machst mir Angst? Zeig dich, du Feigling. Komm, kämpf mit mir! Na los! Trau dich! ... Wo bist du? Ich weiß, dass du da bist!«

Sie hört auf zu lachen und lauscht in die Stille, die sie zum Narren zu halten scheint.

Sie bildet sich ein, in ihrem Rücken ein Geräusch zu hören, schnellt herum und drückt ab. Der Rückstoß lässt sie das ohnehin fragile Gleichgewicht verlieren, und sie fällt hintenüber.

Ihr Kopf schlägt heftig auf den Boden, ihr Blick verschwimmt, sie sieht alles doppelt.

Sie liegt auf dem Rücken mitten auf dem Teppich, die Arme seitlich ausgestreckt.

Die folgenden Minuten sind furchtbar. Sie fühlt sich, als befände sie sich im Todeskampf, als würde ihr Körper geviertelt, zerfetzt, zerquetscht.

Dann lässt die Anspannung langsam nach. Bunte Schmetterlinge flattern am klaren Himmel. Auf ihren Lippen liegt ein Lächeln. Sie fühlt sich gut. Eigenartig gut. Wie in Ekstase. Wieder überkommt sie ein Lachanfall.

»Du zeigst dich nicht, was? Du hast zu viel Angst vor mir!«

Sanft dreht sie sich um sich selbst, steigt wieder in ihr Schiffchen, wird von der Strömung davongetragen. Doch jetzt hat sie keine Angst mehr vor den Stromschnellen oder den Klippen und nicht einmal mehr vor dem Schatten.

Angst vor nichts mehr.

»Ich heiße ...«

Doch sie hat ihren Namen vergessen.

* * *

Als sie die Augen aufschlägt, ist es tiefste Nacht. Cloé weiß nicht, wo sie ist.

Ihre Finger tasten umher, und ihr wird klar, dass sie nicht in ihrem Bett liegt. Vielmehr rücklings auf dem Boden. Ihr Kopf drückt sich in etwas Flauschiges, Weiches.

Sie zieht es vor, die Augen wieder zu schließen. Aber sie fühlt, dass sie in Gefahr ist.

Mühsam setzt sie sich auf und verharrt eine Weile so. Furchtbarer Schwindel, das Gefühl, ein Stück Holz verschluckt und Hammerschläge auf den Kopf bekommen zu haben.

Sie stöhnt leise und rappelt sich vorsichtig auf. Übelkeit gesellt sich zur Migräne.

Sie streckt eine Hand vor, greift ins Leere. Wie eine Blinde tastet sie sich voran, bis sie eine Wand erreicht, der sie langsam folgt. Schließlich spürt sie den Lichtschalter, es wird hell. Schmerzhaft grell und blendend.

Endlich gelingt es Cloé, die Augen wieder zu öffnen, und sie stellt erleichtert fest, dass sie sich im Wohnzimmer befindet. Sie hat neben dem Couchtisch auf dem Teppich gelegen, unter ihrem Kopf ein Kissen.

Ihr Kopfkissen.

Die Übelkeit nimmt zu, ihr dreht sich der Magen um. Sie läuft zur Toilette und fällt auf die Knie. Tiefer sinken kann sie nicht mehr. Sturzbetrunken kotzt sie ihre Verzweiflung heraus.

Wie konnte es so weit kommen?

Sie rekapituliert die einzelnen Stufen des Absturzes. Das Polizeirevier, Bertrand, die Flasche Gin, Lisas geschändetes Gesicht ... Ihr Herz, das sich überschlug, die Tabletten ... Diese seltsame Euphorie ... Das Gefühl von Erfüllung ... Und dann nichts mehr.

Als Cloé wieder auf den Beinen ist, torkelt sie in die Küche und macht sich einen Kaffee. Die Wanduhr zeigt drei Uhr nachts. Wie lange war sie bewusstlos? Mindestens sechs Stunden.

Sie trinkt eine große Tasse Arabica, und langsam werden ihre Gedanken klarer. Mit der zweiten Tasse geht sie ins Wohnzimmer. Sie greift nach dem Rahmen mit Lisas Foto. Unter dem zersplitterten Glas sieht sie das kindliche Lächeln ihrer kleinen Schwester. Ihr strahlendes Gesicht. Der widerwärtige Totenkopf ist verschwunden.

»Verdammt«, murmelt sie. »Dabei habe ich ihn wirklich gesehen ...«

Sie legt den Rahmen auf die Kommode und lässt ihn nicht aus den Augen, lauert auf eine Verwandlung, die nicht eintritt.

Sie blickt sich um und betrachtet das Loch in der Wand. Dort, wo die Kugel der P38 eingeschlagen ist. Dann wandern ihre Augen zu dem Kissen, auf dem ihr Kopf stundenlang geruht hat. Sie versucht, sich zu konzentrieren, um noch einmal die Momente vor ihrer Ohnmacht zu durchleben.

»Ich war im Schlafzimmer in meinem Bett. Ich bin aufgestanden und hingefallen. Ich bin auf allen vieren in die Küche gekrochen.«

Cloé läuft auf den Flur und stellt fest, dass die Tür nicht verschlossen ist. Sie dreht den Schlüssel um und lässt sich mit dem Rücken die Wand hinuntergleiten, bis sie am Boden sitzt.

Er war da. Schon wieder.

Er wird immer da sein.

ICH spiele mit dir wie ein Raubtier mit seiner Beute. Du weißt schon, bevor es sie verschlingt.

Ich gebe es zu, mein Engel: Ich habe die Spielregeln manipuliert. Damit du die Partie nicht zu schnell aufgibst.
Ich gebe dir Gelegenheit, Widerstand zu leisten, neue Kraft zum Kämpfen zu finden, wieder und wieder.
Ich ziehe dich auf den tiefstgelegenen Grund der Untiefen und erhebe dich auf die höchsten Gipfel.
Ich wecke dich auf, ich schläfere dich ein.
Damit du die Orientierung verlierst, dich verlierst.
Um dein Martyrium und mein Vergnügen hinauszuzögern.

Du, diese erbärmliche Marionette, deren Fäden alle in meiner Hand zusammenlaufen!

Ich bin um dich herum und ganz bei dir.
Ich bin inmitten deiner Gedanken und hinter jeder deiner Handlungen.
Ich bin in jeder Entscheidung, die du zu treffen glaubst.

Ich bin in deinem Kopf und sogar in deinen Adern, mein Engel ...

KAPITEL 32

Regel Nummer eins: Nie mehr trinken, immer einen klaren Kopf behalten.
Regel Nummer zwei: Nie mehr vergessen abzuschließen, wenn ich nach Hause komme.
Regel Nummer drei: Mich nie von der Pistole trennen. Sie immer bei mir behalten, Tag und Nacht.
Regel Nummer vier: Sofort abdrücken. Abdrücken und töten.
Cloé wiederholt sich diese Gebote mehrere Male. Goldene Regeln, die sie unbedingt beachten sollte, wenn sie nicht auf dem Tisch eines Rechtsmediziners enden will.
Er oder ich. Die Wahl ist schnell zu treffen.
Aber sie zweifelt weiter daran, dass dieser mysteriöse Jäger ihren Tod will.
Er hatte schon so viele Gelegenheiten, mich umzubringen ... Das könnte schon längst erledigt sein.
Er will etwas anderes. Aber was? Was bezweckt er damit?
Außer, er lässt sich einfach nur Zeit ...
Cloé fröstelt. Sie trinkt eine Tasse grünen Tee, im Moment verzichtet sie auf Kaffee. Die Tachykardie lässt ihr fast keine Ruhe mehr. Sicher ist ihr Herz zu schwach, um einem solchen Druck standzuhalten. Schon zu müde geworden.
Sie sieht auf ihre Uhr, stellt fest, dass es Zeit ist, ins Büro zu gehen.
Ein neuer Tag beginnt, der vielleicht ihr letzter ist.

* * *

Alexandre legt die Hand an die Glasscheibe. Auf der anderen Seite kämpft Laval noch immer ums Überleben.
Vielleicht ist es sein letzter Tag. Genau sagen kann das niemand. Der Hauptkommissar betrachtet ihn lange, vergisst fast das Atmen.

Auch in dieser Nacht hat er kaum geschlafen. Dabei hat er die Plastikbank auf dem Krankenhausflur gegen sein Bett getauscht, besser gesagt, gegen das von Sophie.

Eine Krankenschwester, eine andere diesmal, fordert ihn auf, den Raum zu verlassen. Gomez gehorcht. Er öffnet die Tür und läuft über den ruhigen langen Gang. Sohlen schwer wie Blei, höllische Migräne.

Sobald er draußen ist, zündet er sich eine Zigarette an, steigt in seinen Wagen und setzt das Blaulicht aufs Dach. Der Weg nach Sarcelles ist weit, und er hat keine Lust, seine Zeit in den morgendlichen Staus zu verlieren.

Diese endlosen Minuten der Untätigkeit, in denen sich sein Geist gefährlich von den tiefen und dunklen Abgründen angezogen fühlt.

Er denkt lieber an diese Unbekannte, die ihn an Sophie erinnert.

Er überzeugt sich lieber davon, dass sie ihn braucht. Dass er noch jemandem nützlich sein kann.

* * *

»Heute Nachmittag habe ich mit Cloé einen Kaffee getrunken.«

»Und wie geht es der guten Cloé?«, erkundigt sich Quentin.

Carole malt mit den Fingerspitzen imaginäre Bilder auf den unbehaarten Brustkorb ihres Liebhabers. Herzen, so als wäre sie wieder vierzehn.

Sie haben sich um siebzehn Uhr bei ihr getroffen, zu einem kurzen, aber köstlichen geheimen Rendezvous.

»Es geht ihr schlecht«, erklärt Carole. »Immer schlechter ... Sie macht mir Angst, um ehrlich zu sein.«

»So schlimm?«

»Sie ist noch immer davon überzeugt, dass sie verfolgt wird. Dass jemand in ihr Haus eindringt, wenn sie nicht da ist oder schläft ...«

»Vielleicht stimmt es ja!«, gibt Quentin zu bedenken. »Warum glaubst du ihr nicht?«

»Das ist schwer zu erklären, aber ihre Geschichte ist in sich nicht schlüssig, so viel steht fest! Kannst du dir vorstellen, dass jemand ohne irgendwelche Spuren zu hinterlassen in ihr Haus eindringt und ihren Kühlschrank auffüllt?«

Quentin lacht. Carole stimmt nicht mit ein.

»Sicher, so gesehen ist es total unsinnig. Aber warum sollte sie lügen?«

»Ich glaube nicht, dass sie lügt. Ich glaube, sie selbst ist felsenfest davon überzeugt.«

»Oha, eine verschärfte Form von Verfolgungswahn also?«

»Sieht mir fast danach aus.«

»Na, Moment mal … Man wird nicht einfach von heute auf morgen paranoid!«

»Das war sie immer schon ein bisschen«, erklärt Carole. »Überall hat sie immer Komplotte gegen sich gewittert, war allen und jedem gegenüber misstrauisch.«

»Misstrauen ist noch keine Paranoia!«, erinnert der Krankenpfleger.

»Ich weiß, was Paranoia ist«, gibt Carole zurück. »Und ich sage dir, sie hat Anzeichen davon. Auf alle Fälle mache ich mir Sorgen. Es geht wirklich bergab mit ihr … Und zu allem Überfluss hat Bertrand sie verlassen.«

»Oje …«

Quentin küsst Carole auf die Schulter und erhebt sich.

»Gehst du schon?«

Er beantwortet ihren irritierten Blick mit einem ungezwungenen Lächeln.

»Ich würde gerne länger bleiben, aber in einer Stunde fängt mein Dienst an.«

Er nimmt seine Sachen und geht ins Bad. Carole folgt ihm und erzählt weiter, während er duscht.

»Was würdest du sagen, wie ich ihr helfen kann?«, fragt sie.

»Was? Ich höre nichts!«

Carole wiederholt ihre Frage und genießt noch ein wenig den Anblick seines Körpers.

»Sie sollte zu einem Therapeuten gehen«, erklärt Quentin. »Wenn du willst, kann ich dir einen guten nennen. Aber das Schwierigste wird sein, sie dazu zu bewegen, hinzugehen. Solange sie sich ihres Problems nicht bewusst ist, wird sie sich sträuben.«

Quentin tritt aus der Dusche, Carole reicht ihm ein Handtuch.

»Danke … Eigentlich müsstest du sie doch am besten überzeugen können, schließlich ist sie deine beste Freundin, oder?«

»Ich habe es schon versucht, aber sie hält an ihrer Version fest. Bestimmt hat Bertrand sie aus diesem Grunde verlassen.«

»Möglich. Vielleicht hat er es mit der Angst zu tun bekommen.«
Er umarmt Carole und küsst ihren Hals. Sie schließt die Augen, träumt von einer kleinen Verlängerung.
»Du verlässt mich aber nicht, nicht wahr?«, murmelt sie.
»Niemals ... Aber jetzt muss ich gehen. Meine charmanten Patienten warten auf mich.«
»Haben die ein Glück!«
Er sieht sie verblüfft an.
»*Glück?* In der Psychiatrie eingesperrt zu sein?«
»Dich die ganze Nacht in ihrer Nähe zu haben natürlich ...«

* * *

Wird er da sein?
Irgendwo im Verborgenen, ganz bestimmt. Wo er heimlich jede ihrer Bewegungen überwachen kann.
Dabei möchte Cloé eine Konfrontation. Sie will, dass der Jäger sich zeigt. Selbst wenn das Duell tödlich für sie ausginge.
Sie will ihm in die Augen sehen. Ihm endlich gegenüberstehen.
Ein Feind aus Fleisch und Blut, mit einem Gesicht. Mit Haut, Stimme und Geruch.
Cloé schaltet den Motor aus und greift nach der P38. Steckt sie in ihre Tasche, bevor sie aussteigt. Die Straßenlaterne ist noch immer kaputt, und die Straße liegt in einem beunruhigenden Halbdunkel.
Alles ist beunruhigend geworden. Die kleinste dunkle Ecke, jeder neue Morgen, das leiseste Geräusch ... So sieht der Alltag der Gejagten aus. Sich ständig die schlimmste aller Fragen zu stellen: Wie wird er mich töten? Langsam? Schnell?
Offenbar lässt er sich gerne Zeit. Das lässt das Schlimmste befürchten ...
Cloé läuft eilig zum Haus. Eine Hand in der Tasche, sucht sie unterwegs mit den Augen den Garten ab. Ihre Finger umklammern den Metallkolben. Der wenigstens ist beruhigend.
Vorsichtig geht sie zur Außentreppe. Trotz der feuchten Kälte hat sie den Eindruck, innerlich zu verbrennen. Sie träufelt sich eine Dosis Mut ein. Selbst wenn er in ihrer Abwesenheit hier war, ist er jetzt weg. Schon lange ausgeflogen.

Doch als sie den Fuß auf die erste Stufe setzt, sieht sie ihn.

Eine Sekunde lang fragt sie sich, ob er wirklich da ist oder ob sie eine Vision hat.

Der Unbekannte, der auf der Steinbrüstung neben der Tür sitzt, erhebt sich. Er ist riesig, ganz in Schwarz gekleidet.

»Guten Abend«, sagt er mit Grabesstimme.

KAPITEL 33

Cloé fühlt sich, als habe sie einen Faustschlag in die Magengrube bekommen. Sie ringt nach Luft.

Der so lang erwartete, so gefürchtete Augenblick ist da.

Sie kann sein Gesicht kaum erkennen. Doch das schwache Licht erhellt seine Augen. Furchteinflößend.

Regel Nummer vier: Sofort abdrücken. Abdrücken und töten.

Der Mann kommt die Treppe herunter. Cloé streckt die P38 vor sich aus. Er bleibt sofort stehen.

»Ganz ruhig! ... Ich heiße Alexandre Gomez und bin Polizeibeamter. Lassen Sie sofort die Waffe fallen.«

Während er spricht, macht er eine Bewegung, um etwas aus seinem Blouson zu holen. Ein greller Blitz explodiert in Cloés Kopf.

Sofort abdrücken. Abdrücken und töten.

Er oder ich.

Sie betätigt den Abzug. Nichts passiert.

Gomez stürzt die Treppe herunter und entreißt ihr die Waffe, noch ehe sie begriffen hat.

»Sind Sie verrückt, oder was?«, schreit er. »Ich sage doch, ich bin von der Polizei!«

Er schiebt die P38 in den Bund seiner Jeans und hält ihr seinen Dienstausweis unter die Nase. Cloé sieht drei Streifen.

Drei Farben.

Blau, Weiß, Rot.

Drei Worte.

Verhaftung, Verurteilung, Gefängnis.

Sie hat soeben versucht, einen Polizisten zu erschießen, sie wird sicher gleich ohnmächtig werden.

»Ich habe auf Sie gewartet«, fügt Alexandre hinzu und steckt den Aus-

weis in die Innentasche seiner Jacke. »Und da es kein Tor gibt, habe ich mir erlaubt einzutreten.«
Cloé bleibt stumm, wie erstarrt.
Beinahe hätte ich einen Polizisten getötet. Ich habe eine Waffe auf ihn gerichtet, ich bin geliefert.
»Ich würde gerne mit Ihnen reden«, fährt der Hauptkommissar fort.
»Können wir das vielleicht drinnen tun?«
Nachdem sie nicht reagiert, fasst er sie beim Arm und führt sie zur Tür.
»Bitte schließen Sie auf.«
Er nimmt ihr den Schlüssel aus der Hand und schiebt sie ins Haus. Als die Tür hinter ihr ins Schloss fällt, schreckt Cloé zusammen. Die Hand umschließt wieder ihren Arm, Gomez führt sie ins Wohnzimmer, tastet nach dem Lichtschalter und drückt sie aufs Sofa. Sie wirkt wie eine Wachspuppe, reagiert nicht.
Unter Schock.
Alexandre öffnet einige Türen, bis er die richtige findet: den Barschrank. Er nimmt ein Glas und schenkt ein wenig Cognac in ein Glas.
»Trinken Sie, ich glaube, Sie brauchen eine Stärkung!«
Sie gehorcht, und eine wohlige Wärme steigt in ihr auf.
Gomez legt die P38 auf den Couchtisch und nimmt in dem Sessel ihr gegenüber Platz.
»Geht es Ihnen besser? Sie werden doch wohl nicht ohnmächtig werden?«
»Ich hätte Sie beinahe getötet«, murmelt Cloé.
»Da bestand keine Gefahr«, sagt der Polizist mit einem spöttischen Lächeln. »Vor dem Abdrücken muss man entsichern. Sie können mit einer Waffe nicht umgehen – zum Glück für mich.«
Sein Lächeln verschwindet ebenso schnell, wie es sein Gesicht erhellt hat. Er beugt sich leicht vor, so als wolle er ihr jedes Wort einhämmern.
»Sonst wäre ich tot.«
»Ich weiß, dass man entsichern muss. Ich habe es nur vergessen, ich war in Panik ... Nehmen Sie mich jetzt fest?«
Er zuckt die Achseln und betrachtet seine Umgebung.
»Vielleicht«, sagt er lässig. »Das würde ausreichen, Sie für eine Weile in den Knast zu stecken.«
»Ich dachte ... *er* wäre es.«

»Davon gehe ich aus. Und ich bin gekommen, um mit Ihnen über *ihn* zu sprechen.«

Er betrachtet sie wieder mit seinen leicht verrückten Augen. »Es tut mir leid, wenn ich Ihnen Angst gemacht habe. Das war nicht meine Absicht.« Mit einer schnellen, präzisen Bewegung entlädt er die P38 und steckt die Munition in seine Tasche.

»Haben Sie noch mehr? ... Haben Sie noch andere Magazine?«

Cloé zögert kurz.

»Nein«, lügt sie. »Es ist eine alte Waffe, es gab nur ein einziges Magazin.«

Er zögert, lässt sie nicht aus den Augen.

»Wissen Sie, ich kann auch das Haus durchsuchen. Also sagen Sie lieber die Wahrheit.«

Seine Stimme ist drohend, in Cloés Innerem brennt es nach wie vor lichterloh. Dennoch hält sie durch. Darauf kommt es jetzt auch nicht mehr an ... Mordversuch an einem Polizisten.

»Ich sage die Wahrheit.«

»Okay«, sagt Alexandre und lehnt sich zurück. »Erzählen Sie mir alles, von Anfang an. Ich habe zwei Aktenvermerke gelesen, aber ich will alle Einzelheiten hören.«

»Sie interessieren sich für meinen Fall?«, fragt sie verwundert.

»Warum wäre ich sonst hier?«, antwortet Gomez mit einem erneuten spöttischen Lächeln. »Zum Aperitif vielleicht?«

»Aber der Bulle ... Der Beamte ...«

»Sie können ruhig *Bulle* sagen, das ist keine Beleidigung«, meint Alexandre belustigt.

»Der Beamte, bei dem ich war, hat gesagt, er könne keine Ermittlungen einleiten.«

»Darüber entscheide ich. Also erzählen Sie.«

Cloé nickt und trinkt einen Schluck Cognac, um sich Mut zu machen. Dieser Typ beeindruckt sie. Sein Blick ist so durchdringend, dass sie ihn kaum ansehen kann. Sie senkt die Augen. Die Worte kommen nur zögerlich. Ihr Gegenüber sitzt regungslos da. Kein Zeichen von Ungeduld.

»Wie hat es angefangen? Wann?«

»Er ist mir eines Abends auf der Straße gefolgt ...«

Sie erinnert sich in schmerzhaften Flashbacks. Redet ununterbrochen. Von Zeit zu Zeit hebt sie den Kopf, senkt ihn dann aber gleich wieder.

Wochenlange Angst, die ihr den Magen zusammenschnürte. Sie lässt kein Detail aus, nicht einmal ihre Trennung von Bertrand. Und auch nicht den Selbstmordversuch.

Man könnte meinen, sie monologisiert vor einer Wand. Trotzdem spürt sie, dass er ihr zuhört. Auch wenn er sich keine Notizen macht, registriert er jedes Wort, jede Geste. Das folgende Schweigen dauert mehrere Minuten an. Wird fast schon peinlich.

»Sind Sie verrückt?«, fragt Gomez plötzlich.

Cloé starrt ihn an.

»Wie bitte?«

»Ich habe Sie gefragt, ob Sie verrückt sind«, wiederholt Alexandre ruhig.

Er sieht, wie das Gesicht der jungen Frau sich verändert und unglaublich hart wird. In beeindruckendem Tempo mobilisiert sie ihre Kräfte.

»Sie glauben mir nicht? Sie denken, dass ich spinne?«

»Bitte schweifen Sie nicht ab. Antworten Sie auf meine Frage.«

Sie ist kurz vorm Explodieren. Würde ihn am liebsten rausschmeißen.

»Nein, ich bin nicht verrückt!«, schreit sie und springt vom Sofa auf.

Sie läuft im Zimmer auf und ab, spürt seine Augen, die starr auf sie gerichtet sind.

»Ich bin nicht durchgeknallt, verdammt nochmal! Diesen Typen gibt es wirklich! Langsam bin ich es leid, meine Zeit mit Polizisten zu verlieren, die nicht in der Lage sind zu begreifen, dass ich in Gefahr bin!«

Sie wartet auf eine Antwort, die nicht kommt, Gomez bleibt ungerührt.

»Dieser Kerl ist hinter mir her, verstehen Sie?«, sagt Cloé eindringlich.

»Er will mich töten, oder noch Schlimmeres.«

Noch immer keine Reaktion ihres Gegenübers. Jetzt wird Cloé richtig wütend.

»Ihr seid doch alle unfähig! Raus jetzt!«

Er rührt sich nicht vom Fleck, beobachtet nur weiter jede ihrer Gesten. Cloés Zorn verfliegt, sie setzt sich wieder hin.

»Ich weiß es nicht mehr«, murmelt sie. »Vielleicht bin ich am Ende doch verrückt ...«

Gomez lächelt wieder. Aber diesmal ohne Ironie. Ein aufrichtiges Lächeln.

»Ich glaube Ihnen«, sagt er. »Ich denke, dass es diesen Typen gibt und dass er Ihnen Böses will.«

Sie betrachtet ihn verblüfft, versucht herauszufinden, was für ein Spiel er spielt.

»Warum haben Sie mich dann gefragt, ob ich verrückt bin?«

»Um herauszufinden, ob Sie es sind. Aber die Tatsache, dass Sie es für möglich halten, sich alles einzubilden, beweist, dass Ihr Geisteszustand in Ordnung ist. Soweit das unter den gegebenen Umständen möglich ist jedenfalls.«

Um ihrem Ärger Ausdruck zu verleihen, macht sie eine kleine Kopfbewegung, die Gomez unglaublich sexy findet.

»Sie haben seltsame Methoden!«

»Gut, ich möchte Ihnen ein paar Fragen stellen.«

»Bitte ... Möchten Sie etwas trinken?«

»Gerne«, antwortet Alexandre.

Cloé geht zur Bar, sein Blick folgt ihr noch immer. Sie sieht Sophie eigenartig ähnlich und ist doch ganz anders.

»Was möchten Sie?«

»Einen Whisky. Ohne Eis.«

»Ich dachte, Polizisten trinken im Dienst nicht.«

»Denken Sie auch, dass die Erde eine Scheibe ist?«

Während sie einschenkt, zündet er sich, ohne zu fragen, eine Zigarette an.

Cloé stellt einen Kristallaschenbecher vor ihn hin und das Glas mit Single Malt.

»Danke, Mademoiselle Beauchamp.«

Sie setzt sich ihm gegenüber und versucht, seinem Blick standzuhalten. Unglaublich, wie schwierig das ist.

»Wer hat die Schlüssel zu Ihrem Haus, seit Sie das Schloss haben auswechseln lassen?«

»Meine Putzfrau Fabienne und mein Ex, Bertrand.«

»Verteilen Sie Ihre Schlüssel immer so großzügig?«

Beleidigt antwortet Cloé:

»Es scheint mir logisch, dass meine Putzfrau die Schlüssel hat.«

»Gut. Und Ihr Ex?«

»Ich wollte ihm damit zu verstehen geben, dass er hier zu Hause ist.«

»Und Sie haben sie ihm nicht wieder abgenommen, nachdem er Sie hat sitzenlassen?«, wundert sich Alexandre.

Sitzenlassen ... Ein verletzendes Wort. Diesem Typen mangelt es an Takt. Obwohl er durchaus Feingefühl besitzt, wie sie feststellen konnte.

»Nein«, gesteht sie. »Ich dachte, wir würden wieder zusammenkommen.«

»Hmm ... Seltsam, dass er sie nicht von sich aus zurückgegeben hat.«

»Er hat nichts damit zu tun.«

»Wirklich? Wie können Sie sich da so sicher sein?«

Sie findet keine Antwort, die für einen Polizisten akzeptabel wäre.

»Ich weiß es, das ist alles.«

»Sie haben nicht die geringste Ahnung, Cloé. Aber Sie gehören zu denen, die immer denken, sie wüssten alles.«

Gleich hat er es wieder geschafft, sie auf die Palme zu bringen. Sie beherrscht sich, so gut sie kann. Hin- und hergerissen zwischen dem Wunsch, ihm eine runterzuhauen, oder sich in seine Arme zu flüchten.

Dieser Typ ist ihr Retter, das weiß sie.

»Ich soll also die Schlüssel zurückverlangen?«

»Zu spät. Er hat sich schon längst Nachschlüssel machen lassen können. Jetzt müssen Sie das Schloss noch einmal auswechseln und dann die Schlüssel nicht mehr an Gott und die Welt verteilen.«

»Aber die Putzfrau muss ...«

»Niemand bekommt einen, verstanden? Sehen Sie zu, wie Sie anders klarkommen.«

»Gut«, willigt Cloé ein und denkt genau das Gegenteil.

Wie soll sie diesem Starrkopf verständlich machen, dass Fabienne nicht in der Lage ist, durch verschlossene Türen zu gehen, und dass es nicht in Frage kommt, dass sie am Wochenende oder abends arbeitet?

»Ich werde die Nachbarn befragen«, erklärt Alexandre.

»Muss das sein?«

»Ich will herausfinden, ob sie eventuell jemanden gesehen haben, der sich in Ihrer Abwesenheit Zutritt zu Ihrem Haus verschafft hat.«

»Und werden Sie auch nach Fingerabdrücken suchen? Er hat hier bestimmt so einiges angefasst.«

»Dieser Typ scheint mir alles andere als dumm zu sein. Es würde mich also wundern, wenn er seine Visitenkarte hinterlassen hätte.«

»Aber ...«

»Handschuhe sind ja nun nicht die allerneueste Erfindung«, unterbricht sie der Hauptkommissar. »Wir brauchen also unsere Zeit nicht damit zu verlieren.«

Gomez zündet sich eine neue Zigarette an. Cloé beherrscht sich, nicht sofort das Fenster aufzureißen.

»Geben Sie mir den Zahlungsbeleg Ihrer Kreditkarte, die vom Einkaufen bei Casino.«

»Ich habe ihn nicht mehr. Ich habe ihn aus meiner Tasche genommen, als ich bei Bertrand war, um ihn ihm zu zeigen. Und dort liegenlassen.«

»Sagen Sie ihm, er soll ihn herbringen. Er könnte mir nützlich sein … Und jetzt erzählen Sie mir etwas von Ihrem Ex. Von Ihrem Ex-Ehemann meine ich.«

Er spürt, dass allein die Erwähnung dieses Mannes großes Unbehagen bei ihr auslöst. Das passt ihm ganz gut in seine Strategie. Er will sie verunsichern, um sie ein wenig von ihrem Podest zu heben.

»Wir waren sieben Jahre zusammen, fünf davon verheiratet. Er … Wir …«

»Lassen Sie sich Zeit«, sagt Gomez.

Sie atmet tief durch.

»Am Anfang war alles wunderbar. Aber dann hat sich das Verhältnis verschlechtert. Er … er hatte Schwierigkeiten im Job … und hat angefangen zu trinken.«

Sie macht eine Pause, nimmt noch einen Schluck Cognac.

»Es fällt mir schwer, darüber zu reden«, gesteht sie.

»Ich helfe Ihnen«, schlägt Alexandre vor. »Er hat angefangen zu trinken und ist brutal geworden, wenn er besoffen war. Unkontrollierte Gesten, Drohungen … Bis hin zu Ohrfeigen. Sie haben ihm verziehen, mehrfach … Vielleicht hat er sich sogar entschuldigt, hat Ihnen geschworen, es nie wieder zu tun. Und dann hat er doch wieder angefangen. Immer gewalttätiger. Bis Sie schließlich im Krankenhaus gelandet sind.«

»Woher wissen Sie das alles? Haben Sie meine Anzeige gelesen?«

»Nein, aber ich kenne solche Geschichten in- und auswendig. Ein Klassiker. Wie lange waren Sie im Krankenhaus?«

»Einen Monat. Ich hatte mehrere Brüche. Er ist zu zwei Monaten Gefängnis verurteilt worden.«

»Haben Sie ihn wiedergesehen? … Bitte schämen Sie sich nicht, es mir zu sagen, wenn es so war. Haben Sie hinterher wieder mit ihm geschlafen?«

»Nein, nie! Mein Anwalt hat sich um die Scheidung gekümmert. Ich habe es so eingerichtet, dass ich ihm nie mehr gegenübertreten musste.«
»Sonst wären Sie doch wieder schwach geworden?«, vermutet Gomez.
Sie rutscht etwas auf dem Sofa hin und her, ihre Finger kneten ein Kissen.
»Nein, ich glaube nicht.«
»Meinen Sie, dass er der mysteriöse Angreifer sein könnte?«
»Zu Anfang habe ich das gedacht. Aber … Ach, ich weiß es nicht.«
»Ich werde Erkundigungen über ihn einholen, herausfinden, wo er jetzt wohnt … Sagen Sie, Cloé, lieben Sie ihn noch?«
Sie presst die Lippen zusammen.
»Nein.«
»Sie lügen schlecht. Und dieser Bertrand, lieben Sie den?«
»Wozu all diese Fragen? Ich verstehe nicht, was das …«
»Ich muss bestimmte Dinge wissen, um die Situation, um Sie einschätzen zu können.«
Er schweigt eine Weile, spielt mit der Marlboro-Schachtel.
»Haben Sie etwas zu verbergen, Cloé?«
Sie fühlt sich immer unwohler, wischt ihre Handflächen am Rock ab. Dann sieht sie ihm in die Augen.
»Ich habe meine Schwester getötet.«
Gomez verdaut die Information, ohne eine Reaktion zu zeigen.
»Sie war acht Jahre alt, ich elf. Ich sollte auf sie aufpassen, habe sie aber stattdessen zu einem gefährlichen Spiel verleitet. Sie … sie ist gestürzt, die Wirbelsäule war gebrochen und der Kopf aufgeschlagen. Jetzt ist sie schwerstbehindert, vegetiert nur noch vor sich hin.«
Gomez denkt nach, bevor er sich auf dieses gefährliche Terrain wagt.
»Wie kommen Sie mit Ihren Schuldgefühlen zurecht?«
Cloé antwortet nicht. Wozu auch?
»Vielleicht wollten Sie sich bestrafen, als Sie sich von Ihrem Mann wie ein Punchingball haben behandeln lassen?«
»Sind Sie Bulle oder Psychiater? Ein Psychiater für Arme, oder was?«, fragt Cloé in schneidendem Tonfall.
Er lächelt nur. Wenn sie zynisch ist, hat sie noch mehr Charme. Dann funkeln ihre bernsteinfarbenen Augen.

»Vor einigen Wochen ist meine Frau von mir gegangen«, erklärt Alexandre unvermittelt.
»Das tut mir leid. Aber warum erzählen Sie mir das?«
»Sie sehen ihr ähnlich. Darum habe ich mich für Ihren Fall interessiert.«
Cloé wird bleich.
»Jetzt erinnere ich mich an Sie … Ich bin Ihnen neulich auf dem Revier begegnet, oder?«
»Genau.«
Er erhebt sich, Cloé folgt seinem Beispiel.
»Ich habe vor nicht einmal einer Woche einen meiner Männer getötet. Und ich komme mit meinen Schuldgefühlen überhaupt nicht gut klar.«
Ein komischer Typ, dieser Kommissar.
»Durch meine Leichtfertigkeit schwebt er jetzt in Lebensgefahr. Sie haben ihm ein Bein amputiert, er hat zahlreiche Brüche und sicher bleibende Schäden im Gehirn … Er ist fünfundzwanzig.«
Cloé weiß nicht, was sie sagen soll. Ohne Regung beobachtet sie, wie er zur Tür geht. Doch dann, plötzlich, läuft sie ihm nach.
»Herr Kommissar! Lassen Sie mich nicht allein. Ich habe Angst.«
Gomez dreht sich um und lächelt.
»Ich bin Hauptkommissar. Schließen Sie Ihre Tür gut ab und blockieren Sie die Klinke mit einer Stuhllehne. Oder wenn Ihnen das lieber ist, gehen Sie ins Hotel … Vergessen Sie nicht, ich bin nur ein einfacher Bulle«, sagt er. »Weder Psychiater noch Bodyguard.«
Dennoch reicht er ihr eine Visitenkarte.
»Wenn irgendwas ist, zögern Sie nicht, mich anzurufen. Mein Handy ist Tag und Nacht eingeschaltet.«
Sie nimmt die Karte und betrachtet sie. Sie ist verwundert, dass seine vollständige Adresse darauf zu lesen ist. Mit Festnetz- und Handynummer.
»Danke, Hauptkommissar Gomez.«
»Ich heiße Alexandre.«
»Und Ihre Frau … Waren Sie lange zusammen?«
»Achtzehn Jahre … Gute Nacht, Cloé.«
Sie sieht ihm nach, als er die Außentreppe hinuntergeht, und dreht dann den Schlüssel um. Eine Weile verharrt sie mit einem traurigen Lächeln an die Tür gelehnt.
Endlich ist sie nicht mehr allein.

EIN neuer Spieler ist auf das Feld gekommen, drängt sich in unsere Partie. Jetzt glaubst du, du wärest gerettet. Du hoffst, einen Verbündeten im Kampf gegen mich gefunden zu haben ...
Doch wieder täuschst du dich, mein Engel.
Nichts und niemand wird sich zwischen uns stellen.
Das schwöre ich dir.

Bei dieser Partie gibt es nur zwei Spieler. Nur dich und mich.
Möge der Bessere gewinnen.
Und der Bessere bin ich.

KAPITEL 34

Gomez sitzt im Wohnzimmer, ein Kaffee und eine Zigarette als einzige Gesellschaft, und studiert noch einmal die Anzeigen, die ihm sein alter Freund am Vormittag gegeben hat.

Laura Paoli, die mysteriöse Beschwerdeführerin, hatte vier Mal Anzeige erstattet, außerdem gibt es zwei Aktennotizen. Die Fakten liegen etwa vierzehn Monate zurück. Damals war Laura zum ersten Mal auf einem Polizeirevier im Département Yvelines erschienen.

Die Fakten ... Ein Mann, der ihr zu Fuß oder mit dem Wagen auf der Straße folgt. Ein Mann, den sie nicht genau beschreiben kann. Der es so einrichtet, dass sie ihn immer nur flüchtig wahrnimmt.

Ganz in Schwarz gekleidet, eher groß.

Eher schlank, so die Beschreibung.

Gegenstände, die in ihrer Abwesenheit, oder während sie schläft, in ihrer Wohnung umgestellt werden. Andere, die verschwinden und einige Tage später auf mysteriöse Weise wieder auftauchen. Erst wird der Strom abgeschaltet, dann das Telefon.

Kein Zweifel, diese Laura Paoli hat durchgemacht, was Cloé Beauchamp jetzt gerade durchlebt.

Ein Remake desselben Martyriums.

Darum ist es wichtig zu wissen, wie die Geschichte ausgegangen ist. Darüber gibt die Akte keine Auskunft. Denn es wurden nie ernsthafte Ermittlungen eingeleitet. Alle Anzeigen sind nur abgeheftet und archiviert worden.

Doch Gomez glaubt nicht an ein Happy End – dafür ist sein natürlicher Hang zum Pessimismus einfach zu ausgeprägt.

Er schließt die Mappe und lehnt sich zurück. Die Zigarette verqualmt im Aschenbecher, der Kaffee wird kalt.

Er weiß schon, welches Programm morgen auf der Tagesordnung steht.

Er muss diese Laura Paoli finden, sofern sie nicht in irgendein wildes, weit entferntes Land geflüchtet ist, und sie befragen. Gemeinsamkeiten zwischen der dreißigjährigen Junggesellin, die allein mit ihren Katzen lebt, und Cloé Beauchamp finden.

Die beiden sind weder gleich alt, noch üben sie denselben Beruf aus oder gehören derselben sozialen Schicht an, denn Laura arbeitete damals in einem Supermarkt. Eine Kassiererin gegen die zukünftige Generaldirektorin einer großen Werbeagentur ...

Alexandre hätte gerne ein Foto von Laura, um zu sehen, ob sie genauso hübsch ist wie Cloé.

Cloé ... Deren Bild er nicht aus seinem Kopf zu vertreiben vermag. Deren Bild sich wie eine Blaupause über das seiner geliebten Verstorbenen legt.

Er versucht nicht, die Tränen zurückzuhalten.

Eine Urne voller Asche. Das ist alles, was von dir geblieben ist. Was von uns geblieben ist.

Asche, die ich in meinem Mund, in der Kehle zu spüren meine. Die die ganze Welt mit einem ekelhaften grauen Schleier bedeckt. Die mir den Geschmack an den Dingen, am Leben nimmt. Die von Tag zu Tag mehr Patina ansetzt.

Weil ich mich an deine Abwesenheit gewöhne. Weil ich Angst habe zu vergessen, wer du warst. Und wer ich wirklich bin.

Ohne dich bin ich wirklich nichts.

* * *

Cloé legt auf, wartet kurz und wählt die Nummer erneut. Sie weiß, dass er nicht abhebt, denn sein Handy ist offenbar ausgeschaltet. Egal, sie wird nicht müde, seiner Stimme auf dem Anrufbeantworter zu lauschen.

Das ist alles, was sie jetzt noch von ihm haben kann. Die wenigen Worte, die nicht an sie gerichtet sind und die sie in einer Endlosschleife hört. Das warme, tiefe Timbre, das ihr so fehlt.

Das ist alles, was ihr von Bertrand bleibt.

Nun ruft sie schon zum dritten Mal in dieser Nacht an. Mit Rufnummernunterdrückung natürlich. Und während sie mit klopfendem Herzen auf das vertraute *Guten Tag, dies ist die Mailbox von Bertrand* wartet, hört sie zu ihrer Überraschung ein Klingelzeichen und dann Bertrand, der sofort abhebt.

Seine wahre Stimme trifft sie wie ein Stromschlag.

»Hallo?«

Ihr Herz überschlägt sich, und ein Frösteln gleitet über ihre Haut.

»Hallo?«, wiederholt Bertrand.

»Ich bin es.«

»Cloé?«

Sie glaubt ein Seufzen zu hören. Aber immerhin legt er nicht auf. Das ist schon mal etwas.

»Ich muss mit dir reden«, fährt sie fort.

»Weißt du, wie spät es ist?«

Cloé richtet sich auf dem Sofa auf.

»Ich möchte meinen Schlüssel zurückhaben«, erklärt sie kurz angebunden. »Und den Zahlungsbeleg meiner Bankkarte, den ich letztes Mal bei dir gelassen habe.«

»Und darum rufst du mich um Mitternacht an?!«

»Ich bin tagsüber sehr beschäftigt.«

Er lacht spöttisch, ihre Muskeln verkrampfen sich noch mehr.

»Kannst du mir beides vorbeibringen?«, fragt sie, um etwas mehr Freundlichkeit bemüht. »Wenn es dir lieber ist, kann ich es auch abholen ...«

»Weder das eine noch das andere. Ich deponiere die Sachen in deinem Briefkasten. Gleich morgen.«

Dummerweise hat sie an diese Möglichkeit gar nicht gedacht.

»Ist es so schlimm, mich wiederzusehen?«

»Nein, aber ich glaube, es ist besser so.«

»Ich würde dich aber gerne sehen. Es ... es würde mir wirklich eine große Freude machen.«

Sie bedauert sofort, sich dazu hinreißen gelassen zu haben.

»Okay«, sagt Bertrand. »Ich komme vorbei. Sag mir, um wie viel Uhr.«

Beinahe hätte sie vor Freude geschrien, ein Lächeln erhellt ihr Gesicht.

»Sagen wir gegen halb neun?«

»Perfekt. Gute Nacht, Cloé.«

Sie legt auf und lässt ihrer Ausgelassenheit freien Lauf. Wusste sie's doch, dass sie ihm auch fehlen würde. Das war ja ganz unvermeidlich. Das war vorherbestimmt.

Man verlässt Cloé Beauchamp nicht einfach so.

* * *

Es friert. Die Laken sind nass und eisig. Ihr Herz explodiert gleich.
Die Hände verkrampfen sich, die Nägel bohren sich ins Fleisch. Ihre Beine werden von Krämpfen geschüttelt. Die Muskeln sind angespannt, die Zähne zusammengebissen, der Atem geht keuchend.

Cloé gibt auf. Sie kriecht aus dem Bett und wird sofort von der beißenden Kälte umfangen. Schnell schlüpft sie in Bademantel und Hausschuhe.

In der Küche eilt sie zum Hängeschrank. In dem die Kapseln gegen ihre Tachykardie sind, die ihren Herzrhythmus verlangsamen. Ihre Hände zittern so stark, dass sie das Röhrchen kaum geöffnet bekommt.

An das Ablaufbrett gelehnt, schluckt sie das Medikament mit einem großen Glas Wasser.

Ihre Augen wandern zur Wanduhr: 3:30 Uhr.

Eine lange Nacht der Schlaflosigkeit liegt vor ihr.

Sie hat unglaubliche Lust auf Alkohol.

Auf alles, was ihr helfen könnte, einzuschlafen. Sogar ein Schlag mit dem Hammer auf den Kopf wäre willkommen.

Sie braucht den Schlaf so sehr, doch ihr Körper weigert sich, in Morpheus' Arme zu sinken.

Sie träumt von einem Schlafmittel, hat schon vergessen, dass dieses sie beinahe umgebracht hätte. Da sie keines hat, entscheidet sie sich für die Beruhigungstabletten, die der Neurologe ihr verschrieben hat. Die sind natürlich weniger wirksam, aber das kann sie jetzt nicht ändern.

Sie nimmt zwei auf einmal, zögert kurz, dann noch einmal zwei.

Schließlich hat er gesagt, sie seien nicht besonders stark.

Statt in ihr Bett zurückzukehren, geht sie ins Wohnzimmer und bleibt vor dem Barschrank stehen.

Nein, Cloé, erinnere dich: *Regel Nummer eins: Nie mehr trinken, immer einen klaren Kopf behalten.*

Sie entfernt sich, kommt zurück. Wie von einem Magneten angezogen.

»Nur ein Glas!«

Zusammen mit den Beruhigungsmitteln wird es ihr helfen, ein paar Stunden zu schlafen.

Schon hat sie den Whisky in der Hand. Dieses teuflische Zeug!

Ein Glas braucht sie nicht, sie kann direkt aus der Flasche trinken. Nur ein paar Schlucke, nicht mehr.

Noch einen. Zwei, drei ...

Sie stellt die Flasche zurück, schließt den Barschrank ab, wischt sich mit dem Ärmel ihres Bademantels über den Mund. Sie verachtet sich, findet sich erbärmlich.

Auf dem Rückweg ins Schlafzimmer meidet sie die Spiegel, schlüpft unter die Bettdecke.

Sie zittert am ganzen Leib. Es dauert endlose Minuten.

Dann geschieht das kleine Wunder. Ihr Körper entspannt sich, auch wenn ihr Herz noch immer rast. Und wieder sitzt sie in ihrem Schiffchen, getrieben von einer leichten, köstlichen Brise. Sie lächelt ins Nichts.

Morgen kommt Bertrand. Er nimmt mich in die Arme. Er wird nicht widerstehen können. Kein Mann kann mir widerstehen.

Wir werden wieder eins sein.

Das Boot dreht sich immer schneller. Die leichte Brise verwandelt sich langsam in einen Tropensturm. In einen Hurrikan, einen Zyklon.

Statt einzuschlafen, fühlt sich Cloé immer wacher. Ihre Sinne sind geschärft, ihr Gehirn dreht sich unaufhaltsam wie eine Zentrifuge.

Dann wird sie wieder ruhig. Ihr Geist driftet langsam ab. Richtung Ferne. Ins Unbekannte.

Eine elliptische Reise. Eine Rundstrecke, auf der sie endlos dahingleitet. Und dann abgleitet.

Bertrand ist da, aber dann tritt der Kommissar mit den verrückten Augen an seine Stelle. Anschließend der in Schwarz gekleidete Mann, dessen Gesicht sie nicht sehen kann. Sie schwankt zwischen Traum und Realität, weiß nicht mehr, ob sie schläft oder wach ist. Ob ihre Augen geöffnet oder geschlossen sind.

Sie dreht sich immer schneller. Entfernt sich immer weiter.

So weit, dass sie nicht mehr hört, wie sich die Eingangstür öffnet.

Dass sie auch die leisen Schritte auf dem Gang nicht hört.

So weit, dass sie nicht sieht, wie der Schatten ihr Schlafzimmer betritt.

»Guten Abend, mein Engel ...«

KAPITEL 35

Gomez hat nicht den Mut aufgebracht, im Krankenhaus vorbeizufahren.
Wozu auch? Hört der Kleine etwa seine langen Gebete, nimmt er seine Gegenwart hinter dieser Glasscheibe wahr?
Alexandre zieht es vor, sich in seine Ermittlungen zu stürzen. In diese völlig verrückte Geschichte.
Das passt gut; schließlich ist er kurz davor, selbst verrückt zu werden.
Cloé retten, bevor es zu spät ist. Wenigstens eine retten.
Auf seinem Weg gab es schließlich in letzter Zeit genügend Leichen.
Er steigt aus dem Wagen, läuft ein paar Meter, um die richtige Nummer zu finden. Ein bescheidenes Reihenhäuschen in einem Arbeiterviertel von Sarcelles, das im Schatten eines Gebirges aus Hochhäusern liegt. Davor ein winziger Hof mit drei Alpenveilchen-Töpfen, die einen Garten simulieren sollen.
Auf dem Briefkasten steht nicht der Name von Laura Paoli. Gomez drückt trotzdem auf den Klingelknopf und wartet. Niemand antwortet. Na, das fängt ja gut an!
Er geht zum Nachbarhaus, versucht erneut sein Glück. Eine alte Dame in einem buntgeblümten Morgenrock erscheint auf der Schwelle.
»Wer ist da bitte?«
»Kriminalpolizei, Madame!«
Er zeigt seinen Ausweis durch das Torgitter. Das Mütterchen nähert sich vorsichtig.
»Ich bin Polizeibeamter. Ich möchte Ihnen ein paar Fragen stellen.«
»Polizei? Was ist denn passiert?«
»Nichts Schlimmes, keine Sorge. Würden Sie mir bitte öffnen?«
»Es ist offen ... Das Schloss ist kaputt.«

Krampfhaft um ein Lächeln bemüht, tritt er in den Vorgarten. Allein schon an dem Gesichtsausdruck der Achtzigjährigen erkennt er, wie furchterregend er wirkt. Die alte Dame ist so klein und so gebeugt, dass sie ihm kaum bis zur Taille reicht.

Er fühlt sich plötzlich wie ein struppiger Riese. Eine Art Höhlenbär aus der letzten Eiszeit.

»Keine Angst, Madame. Es handelt sich nur um eine Nachbarschaftsbefragung ... Wenn wir ins Haus gehen würden?«

Sie zögert, Alexandre lächelt erneut, was bei ihm fast zu einer Jochbeinzerrung führt. Mangel an Training.

Drinnen ist es düster und ärmlich, aber sauber, und es riecht gut.

»Ich frühstücke gerade. Möchten Sie vielleicht einen Kaffee?«

»Gerne, Madame. Vielen Dank.«

Der Stimme einen sanfteren Ton verleihen, Vertrauen einflößen.

»Nett haben Sie's hier.«

Sie bringt ihm seinen Kaffee in einer großen, leicht angeschlagenen Schale. Sie setzen sich an den Esstisch mit einer antiken rot-weiß karierten Wachstuchdecke. Seit einer Ewigkeit hat Gomez so etwas nicht mehr gesehen.

»Ich bin auf der Suche nach einer Frau, die Sie kennen müssten: Laura Paoli.«

»Laura?«

»Ja, Ihre Nachbarin.«

»Meine *ehemalige* Nachbarin«, korrigiert die alte Dame. »Sie wohnt schon lange nicht mehr hier.«

»Und wissen Sie, wo ich Sie finden kann?«

»Nein, Monsieur.«

»Warum ist sie weggezogen?«

»Sie hat ihre Arbeit verloren und konnte die Miete für das Haus nicht mehr bezahlen. Sie hat ein kleines Apartment im Bahnhofsviertel gefunden. Sie hat mir übrigens ihre Katzen überlassen.«

»Wo hat sie damals gearbeitet?«

»Im Supermarkt Carrefour. Der im großen Einkaufszentrum gleich am Ortseingang ... Kennen Sie den?«

Gomez nickt.

»Und wann ist sie weggezogen?«

»Warten Sie ... Vor sechs Monaten, vielleicht auch etwas mehr. Die Zeit vergeht so schnell ...«

Sie deutet eine Geste an, die den rasenden Lauf der Zeit zum Ausdruck bringen soll.

»Und hat sie sich bei Ihnen gemeldet, seitdem sie umgezogen ist?«

Die alte Dame fährt sich mit der linken, von Arthritis gezeichneten Hand durchs Haar.

»Nicht ein einziges Mal. Das muss man sich vorstellen. Kein Anruf, nichts. Sie hat sich nicht mal nach Mistoufle erkundigt. Das ist die ältere der beiden Katzen. Der geht es übrigens gar nicht gut. Es ist nicht schön, so alt zu werden, wissen Sie ... Ich sollte mich vielleicht mal richtig anziehen«, bemerkt sie plötzlich.

Sie knöpft ihren Morgenrock zu, Gomez schenkt ihr ein freundliches Lächeln.

»Sie sind völlig in Ordnung so, machen Sie sich keine Sorgen. Ich kreuze hier einfach unangemeldet in aller Herrgottsfrühe auf, entschuldigen Sie bitte ... Haben Sie etwas Ungewöhnliches beobachtet, bevor Laura entlassen wurde? Hat sich etwas an ihrem Verhalten geändert? Schien sie vor etwas Angst zu haben?«

»Sie war weniger fröhlich, das stimmt. Ich denke, sie hatte Probleme. Sie wirkte irgendwie traurig. Ich habe sie nie mehr im Garten gesehen. Sie hat sich in ihrem Haus eingeschlossen, selbst wenn sie frei hatte.«

»Hat sie Ihnen anvertraut, was sie *traurig* gemacht hat?«

»Nein.«

»Hat sie Besuch bekommen?«

»Anfangs hatte sie einen Freund. Später habe ich ihn nicht mehr gesehen. Vielleicht hat ihr das so zugesetzt.«

»Vielleicht, durchaus möglich.«

»Warum suchen Sie Mademoiselle Laura?«

»Ich benötige ihre Aussage in einer alten Angelegenheit«, erwidert Gomez und erhebt sich. »Sie haben mir auf jeden Fall sehr geholfen. Und vielen Dank für den Kaffee, er war köstlich.«

Ungenießbar, bitter wie Galle. Wie kann sie nur überleben, wenn sie so was jeden Morgen trinkt?

Alexandre geht auf die Tür zu. Die alte Dame folgt ihm auf den Fuß.

»Au revoir, Madame.«

»Au revoir, Monsieur. Sagen Sie ... Falls Sie Laura finden, könnten Sie mir Bescheid geben? Sie war ein nettes Mädchen.«
»Gerne«, verspricht er.

* * *

Dieser ganz besondere Augenblick. Der Übergang vom Traum zur Wirklichkeit. In dem man sanft das Reich der Illusion verlässt und das Bewusstsein die Oberhand zu gewinnen versucht. Ein letztes Mal fällt Lisa ins Leere und schlägt vor ihren Füßen auf. Da schreckt Cloé hoch.
Der Kopf schmerzt, als hätte er über Stunden in einem Schraubstock gesteckt.
Sie setzt sich auf die Bettkante. Die Lider bleischwer, die Beine wie Watte.
Sie hat nachts von ihm geträumt. Die Bilder verflüchtigen sich schon. Sind längst verschwommen. Werden bald im Abgrund ihres Unterbewusstseins archiviert sein.
Doch sie erinnert sich genau, dass der Schatten in ihrem Albtraum war und mit ihr gesprochen hat. Die Worte selbst allerdings hat sie schon vergessen. Was bleibt, ist das Gefühl, ihn ganz in der Nähe gehabt zu haben, seine Präsenz noch zu spüren.
Sie schaut auf ihren Wecker, braucht eine Sekunde, um zu realisieren, dass es bereits nach neun Uhr ist.
»Verdammter Mist!«
Cloé stürzt ins Badezimmer, erfrischt ihr Gesicht mit kaltem Wasser. Es hämmert in ihrem Kopf, als wollte etwas darin heraus. Oder hinein. Sicher die üble Nachwirkung des Whisky-Medikamenten-Cocktails.
Hohe Messe um zehn Uhr mit Pardieu und allen Führungskräften. Monatliche Sitzung der Geschäftsführung.
Sie lässt das Frühstück aus, schluckt nur ihr Medikament, springt unter die Dusche und zieht sich im Eiltempo an. Einmal kurz das Haar gebürstet, und schon läuft sie die Stufen der Außentreppe hinab. Geschminkt wird während der Fahrt.
Neun Uhr dreißig. Es gibt noch eine geringe Chance, dass sie rechtzeitig ankommt.
Der Mercedes düst los, gerät in einer Kurve wegen Nässe und überhöh-

ter Geschwindigkeit leicht ins Schleudern. Dann immer wieder rote Ampeln.

Neun Uhr fünfundvierzig. Der Wagen fährt auf die Autobahn. Hundert Meter weiter der erste Stau. Eine Prozession von Bremslichtern, so weit das Auge reicht.

»Verdammter Mist«, wettert Cloé erneut.

Jetzt ist es sicher: Sie wird zu spät kommen. Und wieder negativ auffallen.

* * *

Das Einkaufszentrum erwacht. Vor den Läden sind die Eisenjalousien noch nicht hochgezogen. Nur der Supermarkt hat seine Tore schon für die morgendliche Kundschaft geöffnet.

Gomez geht zum Empfang und präsentiert, statt zu grüßen, seinen Ausweis.

»Ich würde gerne einen Verantwortlichen sprechen.«

Die Angestellte starrt ihn verblüfft an.

»Einen Verantwortlichen für was?«

Er seufzt. Der Kaffee der alten Dame massakriert seine Gedärme mehr als der schlimmste Fusel.

»Den Geschäftsführer, wenn Sie wollen. Es ist dringend.«

»Der Geschäftsführer? Aber … er ist nicht da. Noch nicht.«

»Dann den Personalleiter.«

»Worum geht es?«

Bleib ruhig, Alex. Dieses arme Mädchen kann schließlich nichts dafür. Er lächelt, sieht ihr geradewegs in die Augen. Sie wird bleich.

»Polizeiliche Ermittlungen, mein Herzchen. Also tun Sie mir den Gefallen und rufen Sie ihn an. Und zwar sofort.«

Sie greift zum Hörer und entschuldigt sich, bevor sie die schlechte Nachricht verkündet.

Die Polizei ist da, Monsieur.

Der Personalleiter kommt aus seinem Büro geeilt und schüttelt Gomez die Hand. Ein weicher, schlaffer Druck. Passend zu seinem verschlagenen Blick.

»Monsieur Pastor, Personaldirektor«, verkündet er großspurig.

»Hauptkommissar Gomez, Kriminalpolizei.«

»Was kann ich für Sie tun?«
»Haben Sie ein Büro?«
»Selbstverständlich!«, erwidert der Leiter der Personalabteilung mit einem Lächeln, das Gomez anwidert.

Eines steht fest: Wenn er seine Frustration an jemandem auslassen muss, dann an diesem hochnäsigen, selbstgefälligen Affen. Tadellos gebügeltes Hemd, hässliche Krawatte, blank gewienerte Schuhe. Käme ihm als Opfer gerade recht.

»Dann zeigen Sie mir mal den Weg, ich folge Ihnen.«
»Haben Sie einen Durchsuchungsbefehl?«
Wenn ihm danach wäre, würde er jetzt laut loslachen.

Aber ihm ist nicht danach. Und seine Jochbeinmuskeln würden es nicht noch einmal durchstehen.

»Einen Durchsuchungsbefehl, um in Ihr Büro zu gehen? Warum nicht gleich ein königliches Schreiben mit Siegel?«
»Das heißt ...«
»Wie, *das heißt*? Ich habe Ihnen ein paar Fragen zu stellen. Aber wenn es Ihnen lieber ist, kann ich Sie auch auffordern, mich aufs Kommissariat zu begleiten, und zwar in einem hübschen Kastenwagen mit vergitterten Fenstern und Blaulicht. Ganz wie Sie wünschen.«

Das Mädchen am Empfang hat Mühe, ein Kichern zu unterdrücken.
»Gut, dann folgen Sie mir«, kapituliert der Personalleiter.
Kurz darauf betreten sie besagtes Büro, das mehr einem Hühnerstall gleicht, von dem aus man den riesigen Konsumpalast überblicken kann.

»Möchten Sie einen Kaffee?«, fragt Pastor, der inzwischen ziemlich stark schwitzt.

»Nein, danke. Mir ist schon übel genug vom Anblick Ihrer Krawatte.«
»Sind Sie immer so unfreundlich zu den Leuten?«, erwidert der Personalleiter aufgebracht.

»Manchmal ist es noch schlimmer, glauben Sie mir.«
»Verstehe ... Also, wie kann ich Ihnen behilflich sein?«
»Seit wann arbeiten Sie hier?«, beginnt Gomez.
»Seit etwa neun Jahren.«
»Gut. Laura Paoli, sagt Ihnen der Name etwas?«
Der Personalchef überlegt angestrengt, aber sein Hirn scheint so früh am Tag noch nicht auf Hochtouren zu laufen.

»War hier als Kassiererin beschäftigt«, fügt Gomez hinzu. »Wurde vor ungefähr einem Jahr entlassen.«

»Vielleicht … Ich entsinne mich nicht mehr genau.«

»Dann denken Sie noch mal intensiv nach. Oder finden Sie ihre Akte.«

»Dürfte ich wissen, warum Sie sich für sie interessieren?«

Alexandre spürt, wie ihm der Geduldsfaden zu reißen droht.

»Ich erkläre Ihnen kurz das Konzept: Ich stelle die Fragen, Sie antworten. Nicht so schwer, oder? Selbst ein Fünfjähriger würde das verstehen. Also wenn Sie sich nicht an Laura Paoli erinnern, dann suchen Sie ihre Akte raus. Und zwar schnell.«

»Nun seien Sie mal nicht so aggressiv, Monsieur!«, empört sich der Personalleiter.

»Noch bin ich kein bisschen aggressiv. Aber wenn das hier so weitergeht, wird sich das wahrscheinlich bald ändern.«

Er sieht dem Personalleiter direkt in die Augen, woraufhin dieser seinen Blick sofort abwendet. Dieser unangenehme Fünfzigjährige mit seinen schlaffen Wangen und der künstlichen Bräune macht sich bestimmt ein Vergnügen daraus, sein Heer von Kassiererinnen zu terrorisieren. Und er erinnert sich haargenau an Laura Paoli, versucht nur krampfhaft, ihm etwas anderes vorzugaukeln, dessen ist Gomez sich sicher.

Um seinen rüpelhaften Besucher schnell wieder loszuwerden, macht sich der Personalleiter hektisch daran, die Hängeordner im Wandschrank zu durchforsten.

»In der Tat, hier steht es, sie hat unsere Belegschaft vor elf Monaten verlassen.«

»Mit *unsere Belegschaft verlassen* wollen Sie ausdrücken, dass Sie sie vor die Tür gesetzt haben … Ist das richtig übersetzt?«

»In der Tat mussten wir uns von ihr trennen.«

»Dürfte ich wissen, warum?«

»Sie wurde wegen einer schweren Verfehlung entlassen.«

»Die Einzelheiten, bitte.«

Der Personalleiter tut so, als würde er die Akte Punkt für Punkt durchgehen, nur um dem Blick dieses Irren auszuweichen.

»Mehrfache Verspätungen, mehrfaches unerlaubtes Fernbleiben vom Arbeitsplatz sowie Fehlbeträge in der Kasse.«

»Warum? ... Warum diese Verspätungen, dieses unerlaubte Fernbleiben, diese Kassenfehlbeträge?«

»Aber das weiß ich doch nicht!«

»Sie haben doch bestimmt mit ihr gesprochen, bevor Sie sie auf die Straße gesetzt haben, oder? Sie müssen sie danach gefragt haben!«

»Vielleicht ... Zweifellos. Ich glaube, mich jetzt in der Tat zu erinnern, dass sie von persönlichen Problemen sprach. Aber so etwas kann man ja nicht durchgehen lassen. Probleme hat schließlich jeder.«

»*In der Tat!*«, spöttelt Gomez. »Und was war sie vorher für eine Angestellte?«

»Normal, nichts zu beanstanden.«

»Gibt es ein Foto in der Akte?«

Der Personalleiter nickt.

»Zeigen Sie her.«

Endlich kann er sich eine Vorstellung von Laura machen. Eine hübsche Brünette mit einem bezaubernden Lächeln. Er löst das Foto aus der Akte und steckt es in seine Jackentasche.

»Ich muss mehr über die junge Dame erfahren«, erklärt er. »Ich werde einige ihrer ehemaligen Arbeitskollegen befragen.«

Der Personalleiter wird so weiß wie sein tadelloses Hemd.

»Das kann eine Weile in Anspruch nehmen«, fügt Gomez genüsslich hinzu. »Mehrere Stunden, es sei denn, Sie können mir sagen, ob sie Freunde hier hatte. Leute, die mir Auskunft geben können, wo ich sie heute finden kann.«

»Ähm ... In der Tat, ich glaube, sie war mit Amanda eng befreundet ... Mademoiselle Jouannet, eine andere Kassenangestellte.«

»Ist sie da?«

»Ich sehe mal im Dienstplan nach.«

Der Personalleiter klickt eine Tabelle an.

»Amanda ... Amanda ... Sie hat gerade ihren Dienst angetreten.«

»Perfekt. Lassen Sie sie heraufkommen.«

»Unmöglich. Sie ist schon auf ihrem Posten. Sie müssen wiederkommen, wenn ...«

»Lassen Sie sie heraufkommen, hab ich gesagt! Und zwar auf der Stelle.«

Pastor denkt einen kurzen Augenblick daran, zu protestieren. Den Sicherheitsdienst zu rufen und den Kerl rausschmeißen zu lassen. Letztlich entschließt er sich jedoch, einen Skandal zu vermeiden.

Einen Anruf später betritt besagte Amanda das Büro. Ihre besorgte Miene verrät, wie sehr es sie einschüchtert, zu diesem Sklavenhalter gerufen zu werden.

Gomez lächelt sie an und stellt sich vor. Dann wendet er sich an den Personalleiter.

»Lassen Sie uns bitte allein. Und seien Sie so nett, die Tür hinter sich zu schließen.«

Pastor zögert, will Einspruch erheben. Gomez geht auf ihn zu, drängt ihn auf den Flur und schlägt ihm die Tür vor der Nase zu. Dann fordert er die Kassiererin auf, sich zu setzen, und nimmt selbst in Pastors Sessel Platz.

»Entspannen Sie sich, Mademoiselle … Mit diesem Typen ist es bestimmt eher selten lustig«, scherzt Gomez mit leiser Stimme.

Amanda schenkt ihm ein schüchternes Lächeln.

»Das ist noch milde ausgedrückt!«, gesteht sie. »Ein richtiges Ekelpaket!«

»Gut, ich suche eine Person, die Sie kennen und die hier gearbeitet hat … Laura Paoli.«

»Laura?«

»Sie sind eine ihrer Freundinnen, nicht wahr?«

»Ja schon, aber …«

Amanda scheint vollkommen perplex, dass sich dieser Typ nach Laura erkundigt.

»Wissen Sie, wo ich sie finden kann?«, fragt Gomez.

Die junge Frau nickt.

»Ja, dann sagen Sie's mir!«, erwidert er ungeduldig.

»Zentralfriedhof, Reihe 14.«

* * *

Als Cloé aus dem Bus steigt, knickt sie mit dem Fuß um. Heute geht aber auch alles schief.

Zusammen mit anderen Passanten eilt sie über den Zebrastreifen. Sie ist wieder mal spät dran. Carole erwartet sie in ihrem Lieblingsrestaurant zu einem gemeinsamen Mittagessen. Sie haben sich erst am Vortag getroffen, doch Carole hat darauf bestanden. *Ich muss unbedingt mit dir reden …*

Unterwegs denkt Cloé wieder an diesen schrecklichen Morgen.

Mit fünfundvierzig Minuten Verspätung hat sie den Konferenzraum betreten und ein paar Entschuldigungen gestammelt, bevor sie, wie gewöhnlich, neben dem Alten Platz genommen hat.

Sie erinnert sich noch an jedes Wort. An jedes einzelne Wort von Pardieu.

Mademoiselle Beauchamp! Wie reizend von Ihnen, sich zu uns zu gesellen! Ich hoffe, Sie haben gut geschlafen.

Und das vor allen anderen. Vor allen Führungskräften der Agentur.

Eine öffentliche Demütigung, die schlimmste aller Strafen. Wie konnte er es wagen?

Hämisches Grinsen von Art Director Matthieu Ferraud, diesem jungen eingebildeten Schnösel. Und von Martins, in dessen Ohren es Musik gewesen sein muss ... Ein Albtraum.

Völlig aus dem Konzept gebracht, hat sich Cloé dann bei der Präsentation der Dossiers in Widersprüche verwickelt, hat Namen, Zahlen, Daten durcheinandergebracht und somit der ganzen Versammlung vor Augen geführt, wie unkonzentriert und schlecht vorbereitet sie war.

Kurz, sie hat ein erbärmliches Schauspiel abgeliefert.

Endlich taucht das Leuchtschild des Restaurants auf, und beim Überqueren der Straße wäre Cloé fast von einem Wagen angefahren worden.

Sie öffnet die Tür des überfüllten Lokals und entdeckt Carole an einem Tisch im hinteren Teil. Sie geht zu ihr, sie umarmen sich.

»Alles in Ordnung, meine Liebe?«, erkundigt sich Carole leicht besorgt.

»O nein ... Ich hatte einen beschissenen Vormittag!«

Cloé gibt ihr eine kurze Zusammenfassung von den morgendlichen Ereignissen, erwähnt allerdings nicht, dass sie mitten in der Nacht aufgestanden ist, um sich einen Whisky zu genehmigen.

»Oje«, sagt Carole bekümmert. »Jetzt musst du dich in den kommenden Wochen aber mächtig ins Zeug legen, sonst könnte der Alte seine Entscheidung, dir seinen Posten zu überlassen, doch noch rückgängig machen.«

Die beiden Freundinnen geben bei dem Kellner die Bestellung auf, dann beginnt Carole mit ihrem Verhör.

»Und wie geht es dir sonst, abgesehen von diesem Fiasko heute Morgen?«

»Bertrand kommt heute Abend.«

»Oh, toll!«, ruft Carole. »Glaubst du, er …«

»Ich glaube gar nichts. Er muss mir meinen Schlüssel zurückbringen. Aber ich hoffe, wir können reden. Denn ich habe noch immer nicht verstanden, was passiert ist. Und man weiß ja nie, vielleicht ändert er seine Meinung noch … Ich habe jedenfalls vor, ihm etwas Gutes zu kochen, und werde versuchen, ihn umzustimmen.«

Die Teller kommen, aber Cloé hat keinen Hunger. Sie isst sowieso immer weniger. Manchmal rührt sie tagelang überhaupt nichts an.

»Ich habe lange nachgedacht über das, was du letztes Mal erzählt hast.«

Cloé merkt, dass ihre Freundin Mühe hat, die richtigen Worte zu finden. Dass sie dabei ist, ein schwieriges Thema anzuschneiden. Ihre Muskeln spannen sich reflexartig an. Sie baut einen unsichtbaren Schutzwall auf.

»Hast du immer noch das Gefühl, von einem Mann verfolgt zu werden?«

Carole hat die Frage mit sanfter Stimme gestellt. Dennoch ist sie für Cloé wie ein Schlag ins Gesicht.

»*Das Gefühl?*«, entgegnet sie trocken. »Das ist kein *Gefühl*. Das ist die Realität.«

»Hör zu, Clo … Ich würde dir gern glauben, wirklich. Wir sind seit zwanzig Jahren befreundet, und du weißt, wie viel mir an dir liegt. Doch ich würde dir keinen Gefallen tun, wenn ich den Mund hielte.«

Cloés Miene verschließt sich, trotzdem ist Carole nicht aufzuhalten.

»Ich glaube, du hast ein Problem.«

»Da gebe ich dir allerdings recht!«, meint Cloé ironisch.

»Das ist kein Scherz. Ich glaube, du leidest an einer Form von Verfolgungswahn.«

»Das wird ja immer besser! … Nur damit du's weißt, gestern Abend war ein Polizeibeamter bei mir. Er glaubt mir, er nimmt mich ernst. Und er wird Ermittlungen einleiten.«

Carole ist verblüfft, aber nicht überzeugt. Wahnhafte Paranoiker sind in der Lage, einen sehr überzeugenden Eindruck auf ihre Umgebung zu machen, das ist bekannt. Mit ihrem Charme könnte es Cloé durchaus gelungen sein, dem Beamten etwas vorzumachen.

»Ich habe mit Quentin darüber gesprochen, weißt du …«

»Du hast deinem Typen davon erzählt?«, fällt Cloé ihr ins Wort. »Mit welchem Recht?«

»Versteh das bitte nicht falsch«, seufzt Carole. »Ich habe mir gedacht, durch seinen Beruf könnte er mir helfen, dich zu verstehen. Und er teilt meine Meinung.«

»Ach, wirklich? Es freut mich zu hören, dass auch er mich für verrückt hält.«

Mit einer brüsken Bewegung schiebt Cloé ihren Teller weg und verschränkt die Arme vor der Brust.

»Wir wollen dir doch nur helfen!«

»Dieser Bulle will mir helfen. Du dagegen ...«

»Sag so etwas nicht.«

Carole zieht einen Zettel aus der Tasche und legt ihn neben den Teller ihrer Freundin. Cloé faltet ihn auseinander, entziffert einen Namen und eine Telefonnummer.

»Das ist die Nummer eines Therapeuten. Quentin kennt ihn, er meint, er sei der Beste. Geh zu ihm und sag, dass du von Quentin kommst, Clo. Das kann so nicht weitergehen mit dir ...«

Um Cloés Mund spielt ein Lächeln, das zwischen Wut, Demütigung und Grausamkeit schwankt.

»*Du* solltest zu ihm gehen«, zischt sie.

Carole ist einen Augenblick sprachlos, sagt aber dann:

»Du hast recht, eigentlich sollte wirklich jeder eine Therapie machen.«

»Nein, nicht jeder. Aber du ganz bestimmt. Er könnte dir vielleicht erklären, warum du dich von einem verheirateten Mann vögeln lässt.«

Carole steckt nun ihrerseits die Ohrfeige ein.

»Du solltest so etwas nicht sagen«, murmelt sie.

»Und du solltest mich nicht für verrückt halten. Weil ich das alles nämlich nicht erfinde. Weil dieser Typ existiert und weil er mich umbringen will. Und ich dachte, du wärst meine Freundin.«

»Das bin ich doch!«, verteidigt sich Carole.

Sie ist den Tränen nahe, aber Cloé lässt sich nicht erweichen.

»Verräter sind keine Freunde«, fügt sie hinzu.

Sie steht auf, zieht ihre Jacke an. Dann knüllt sie das Stück Papier zusammen und wirft es auf Caroles Teller.

Draußen erwartet sie ein feiner Nieselregen und eisiger Wind.

Cloés Herz schlägt heftig. Zu heftig, wie gewöhnlich. Sie läuft schnell über den Bürgersteig, ignoriert die Menge, den Regen, die Kälte.
Als sie das Ende der Straße erreicht, weint sie bitterlich.

* * *

Zentralfriedhof, Reihe 14.
Vor dem Grab von Laura Paoli beginnt Gomez zu frieren. Er denkt an Cloé.
Lassen Sie mich nicht allein. Ich habe Angst ...«
Begründete Angst, Cloé.
Vor dem Grabstein steht ein Strauß verwelkter Blumen. Das bedeutet, dass vor einigen Wochen jemand hier gewesen sein muss. Er wird herausfinden müssen, wer. Und zwar schnell.
Ein Angehöriger? Der Mörder vielleicht?
Gomez schlägt den Kragen seines Blousons hoch und steuert auf den Ausgang zu. Er hat es nicht eilig. Zwischen Gräbern fühlt er sich auf seltsame Art zu Hause.
Er betritt das Büro des Friedhofswärters, zeigt seinen Ausweis und stellt dem marmornen Typen ein paar Fragen.
Wenige Minuten später verlässt er den Friedhof mit einem Namen und einer Adresse. Anscheinend Lauras Bruder. Gomez hofft, dass er seine Fragen am Telefon beantworten wird. Vorausgesetzt, er findet seine Nummer. Sonst muss er sich vor Ort begeben.
Zu weit entfernt, um mit dem Auto hinzufahren. Er müsste den Zug nehmen, was ihn nicht wirklich begeistert.
Seine letzte Zugfahrt war mit Sophie.
Sie hatten gerade erfahren, dass sie sterben würde.

* * *

Die Partie zieht sich in die Länge, es wird Zeit, eine neue zu beginnen.
Das hat er sich kurz vor dem Bruch mit Cloé gesagt.
Seither fühlt sich Bertrand gut. Er fühlt sich frei. Frei, um nach Belieben neue Spielchen zu spielen.
Er ist wieder auf der Jagd, auf der Suche nach einem neuen Spielzeug.

Doch er hat es nicht eilig. Denn die Partie mit Cloé ist noch nicht beendet.
 Das Beste kommt immer ganz zum Schluss.
 Er liebt die Tränen so sehr, den Schmerz, den er verursacht. Anderen wehzutun macht ihm Spaß, mehr als alles andere.
 Jedem das Seine.
 Er ist nun mal so. Warum gegen seine wahre Natur ankämpfen? ...
 Die Geschichte wiederholt sich, der Spieler verbessert sich. Tag für Tag, Jahr für Jahr.
 Zunächst die Richtige aufspüren. Diejenige, die sich in ihn verlieben wird.
 Sie glücklich machen, ihr eine leidenschaftliche Gegenwart vorgaukeln, eine gemeinsame Zukunft.
 Sanft vorgehen. Immer ganz sanft. Das ist der einzig wahre Weg, um jemandem wirklich wehzutun.
 Das Grausame hinter einer Maske der Zärtlichkeit, hinter einem Lächeln, einer Aufmerksamkeit verbergen. Das Verdorbene unter einem dichten Teppich von Rosenblüten verstecken, den er vor ihren Füßen ausgebreitet hat.
 Bei Cloé hat das hervorragend funktioniert. Er erfreut sich noch jetzt daran!
 Je stärker sie sind, desto tiefer fallen sie. Das ist ein Naturgesetz.
 Und ein unvergleichliches Vergnügen.

* * *

Cloé deckt den Tisch fertig. Sie hat sich gezwungen, bis achtzehn Uhr im Büro zu bleiben, um erst nach dem Alten aufzubrechen. Trotzdem wird sie rechtzeitig fertig.
 Hübsche Tischdecke, Kerzenlicht, stimmungsvolle Musik, verlockende Düfte aus der Küche.
 Sexy Kleid, aber nicht übertrieben, diskreter Schmuck, tadellose Frisur.
 Die perfekte Falle.
 Und Bertrand wird sich gern einfangen lassen, da ist sie sicher.
 Es gelingt ihr nicht, das Desaster dieses Tages zu vergessen. Heute Abend versucht sie, sich davon zu überzeugen, dass sie den Fauxpas wie-

dergutmachen kann. Dass sie Pardieu aufs Neue bezirzen und ihm beweisen kann, dass sie der großen Aufgabe gewachsen ist.

Dieser Hauptkommissar wird den Schatten ausschalten und wieder Licht in ihr Leben bringen.

Und Bertrand wird ihr erneut in die Arme sinken.

Und dann wird sie genauso stark sein wie vorher. Stärker noch. Alles kommt wieder ins Lot. Das ist gewiss.

Cloé gibt ihrer samtenen Falle den letzten Schliff. Etwas Parfum – Bertrands Lieblingsduft.

Mehrmals ist sie versucht, sich ein Glas Whisky einzuschenken. Um sich zu entspannen, um ihre Angst abzubauen. Doch sie widersteht.

Bisweilen denkt sie an Carole. An diesen Bruch, der ihr unwiderruflich scheint. Gewissensbisse hat sie keine. Man erklärt seine beste Freundin nicht für verrückt!

Doch obwohl sie ihr Verhalten nicht bedauert, fühlt sie sich schlecht. Ein undefinierbarer Schmerz, der wellenartig in ihr aufsteigt. Ein diffuses Unbehagen, das sie auf diesen grässlichen Tag zurückführt, der aber auf die wundervollste Weise enden wird. Auch das ist gewiss.

Sie zieht es vor, den Zweifel in die hinterste Kammer ihres Bewusstseins zu verbannen.

Der Schatten existiert, ich bin nicht paranoid. Carole hatte unrecht, sie hat mich verloren. Das ist schmerzhaft, aber unvermeidlich. Außerdem braucht sie mich mehr als ich sie.

Es ist 20:40 Uhr, als die Türglocke geht. Cloé öffnet und schenkt Bertrand ein zärtliches Lächeln. Er ist elegant, hat sich in Schale geworfen. Erstes gutes Zeichen.

Cloé bittet ihn herein, nimmt ihm den Mantel ab. Er will ihr die Schlüssel reichen, sie tut so, als würde sie es nicht bemerken, und zieht ihn in den Salon.

»Was möchtest du trinken?«

»Ich bleibe nicht lange«, sagt er schnell, als er den gedeckten Tisch sieht.

Cloé lässt sich nicht entmutigen. Sie hatte mit einer solchen Reaktion gerechnet. Völlig klar, dass er es ihr nicht leichtmachen würde. Er muss ihr erst mal einen gewissen Widerstand bieten, so sind die Spielregeln.

»Du wirst doch wohl Zeit haben, ein Gläschen mit mir zu trinken.«

»Wenn du darauf bestehst.«

Er nimmt in einem Sessel Platz, und sie serviert ihm seinen Lieblingsaperitif. Ein Glas Weißwein, einen Saint-Joseph. Cloé hat drei Läden abgeklappert, bis sie eine Flasche gefunden hat.

»Wie geht es dir?«, fragt sie.

»Gut. Und dir?«

»Okay«, versichert sie.

Sie setzt sich ihm gegenüber hin, schlägt ihre wohlgeformten Beine übereinander.

»Die Polizei hat mir geraten, mir die Schlüssel zurückgeben zu lassen«, erklärt sie. »Ein Ermittler hat die Angelegenheit in die Hand genommen. Sie suchen jetzt den Mann, der mich seit Wochen belästigt.«

Bertrand kann seine Überraschung nicht verbergen.

»Ich bin zuversichtlich«, versichert Cloé. »Dieser Hauptkommissar scheint mir außerordentlich kompetent. Ich denke, er wird diesen Verrückten finden und mich ein für alle Mal von ihm befreien.«

»Hat er eine Spur?«

»Er hat gestern erst mit den Ermittlungen begonnen.«

Cloé spürt, dass sie ihre Worte untermauern sollte, und sei es mit einer Lüge.

»Zwei seiner Leute sind heute vorbeigekommen, um Fingerabdrücke zu nehmen ... Sie haben mir geraten, erneut die Schlösser auszutauschen.«

»Wirklich?«, fragt Bertrand mit einem kurzen Lächeln. »Und warum willst du dann die Schlüssel zurückhaben? Wenn du doch sowieso neue Schlösser bekommst, ergibt das eigentlich keinen Sinn.«

Cloé fixiert ihn mit einem kühnen Blick.

»Es war ein Vorwand, um dich zu sehen.«

Er lächelt erneut, kippt den Rest aus seinem Glas hinunter.

»Du hast dich nicht geändert«, sagt er bloß.

»Doch. Ich glaube schon ... Hast du mir den Zahlungsbeleg der Bankkarte mitgebracht? Die Polizei braucht ihn.«

»Ich konnte ihn nicht finden«, gesteht Bertrand. »Ich hab ihn wohl weggeworfen.«

»Mist ... Das ist ärgerlich, aber gut, kann man nicht ändern.«

Bertrand stellt sein leeres Glas auf den Couchtisch und sieht auf seine Uhr.

»Ich hab dein Lieblingsgericht gekocht. Du bleibst doch, oder?«

Das ist keine Frage, eher eine Bestätigung.

»Tut mir leid, aber ich hab keine Zeit.«

Cloé ist bemüht, sich nicht aus der Fassung bringen zu lassen. Das gehört zum Spiel. Auch wenn sie eine Niederlage langsam nicht mehr ausschließen kann.

»Aber natürlich bleibst du! Dann können wir reden, und ich kann dir zeigen, wie sehr ich mich verändert habe.«

Bertrand legt den Schlüsselbund auf den Tisch und steht auf.

»Ich bin vorbeigekommen, um dir den Schüssel zurückzubringen. So war es ausgemacht, oder?«

»Also, ich weiß nicht, warum du Angst hast, mit mir zu essen ...«

»Ich hab keine Angst. Aber ich bin schon spät dran. Eine Frau erwartet mich, und ich kann es kaum erwarten, sie zu sehen. Und diese Frau bist nicht du.«

* * *

Cloé steht am Wohnzimmerfenster.

Sie ähnelt einer steinernen Statue. Oder eher einer Statue aus Sand. Die im Begriff ist, beim geringsten Windhauch, bei der kleinsten Welle zu zerfallen.

Er ist schon mit einer anderen Frau zusammen, hat schon einen Ersatz für mich gefunden. Er muss sie kennengelernt haben, als wir noch zusammen waren, anders ist es gar nicht möglich. Erst betrogen und dann verlassen. Das volle Programm!

Cloé zieht die Vorhänge zu, öffnet die Bar. Vergessen sind die goldenen Opfer-Regeln. Zwei Trennungen an einem Tag rechtfertigen schon mal einen Verstoß. Vor allem, weil ein Wochenende bevorsteht und sie nicht befürchten muss, am nächsten Morgen zu spät zu kommen. Sie kann den ganzen Tag ihren Rausch ausschlafen, wenn sie will.

Den ganzen Tag heulen, wenn sie will.

Cloé mag Alkohol eigentlich gar nicht. Deshalb muss sie sich zwingen, eine gehörige Dosis Martini und Gin runterzukippen. Sie fährt fort, indem sie die Flasche Saint-Joseph leert, die sie für den Aperitif geöffnet hat, und fügt diesem Cocktail eine der berühmten Herzpillen hinzu sowie drei Beruhigungstabletten.

Zwei, nicht mehr, hat der Neurologe angeordnet. Aber in Ausnahmefällen ...

Sie betrachtet die Familienfotos, verweilt bei dem Gesicht von Lisa, deren Blick sie plötzlich zu verurteilen scheint.

Die Kerzen auf dem Tisch sind für nichts und wieder nichts runtergebrannt. Cloé greift nach der weißen Decke und reißt sie mit einem wütenden Aufschrei herunter. Augenblicklich ertönt ein ohrenbetäubendes Scheppern, Kristall und Porzellan zerbrechen.

Sie lässt sich auf ihr Sofa fallen. Wartet auf Erlösung. In Schlaf versinken, vergessen. Für eine Nacht.

Die Tiefen der Abgründe erforschen, nachdem die Gipfel unerreichbar sind.

In ihrer rechten Hand die P38, erneut geladen.

In ihrer Brust ein Trommelfeuer. Und Schluchzer, die sie zu ersticken drohen.

* * *

Bertrand streckt sich auf seinem Sofa aus, stellt den Fernseher an.

Er ist vielleicht etwas zu weit gegangen. Leichter Rechenfehler bei der Schachpartie.

Er hätte ihr einen Hoffnungsschimmer lassen sollen, und sei er noch so klein. Aber er ist trotzdem zuversichtlich, dass ihm noch eine Runde zu spielen bleibt. Dass sie noch nicht gänzlich k. o. ist.

Ein Lächeln um die Lippen, starrt er zur Decke.

Als kleiner Junge hat es ihm einen Heidenspaß gemacht, Schmetterlingen die Flügel auszureißen. Und anschließend zu beobachten, wie sie, an den Boden gefesselt, langsam und qualvoll verenden.

Jetzt, als Mann, zerreißt er die Flügel von Engeln.

* * *

Gomez weiß nicht recht, was er hier tut. Was er hier zu suchen hat. Er fühlte sich verloren, hat den Weg rein zufällig gewählt. Oder war es gar kein Zufall ...?

Als er sie sieht, denkt er kurz daran, umzukehren. Aber es ist schon zu spät. Also steigt Gomez aus dem Wagen, ohne zu wissen, was er ihr überhaupt sagen soll.

»Guten Abend, Alexandre«, begrüßt ihn Valentine mit gespielter Schüchternheit.

Sie trägt schon ihre Uniform, die ihr gar nicht so schlecht steht.

»Guten Abend, Valentine. Ich hatte Lust, Sie zu sehen«, gesteht er.

»Wir duzen uns doch, oder?«

»Stimmt. Aber mir kommt es vor, als hätten wir uns circa ein Jahrhundert lang nicht gesehen!«

»Da hast du nicht ganz unrecht!«, meint Valentine lachend. »Ich hätte auch gedacht, dass du mich etwas früher anrufen würdest.«

Kein Hauch von Vorwurf in ihrer Stimme.

»Ich wollte, aber … Sie ist gestorben. Sophie ist tot.«

Valentine wendet kurz den Blick ab.

»Das wusste ich nicht. Das tut mir wirklich leid.«

»Danke.«

»Ich habe gehört, was mit dem jungen Kommissar aus deinem Team passiert ist.«

»Er ist noch am Leben, doch vielleicht nicht mehr sehr lange … Wie du siehst, schleicht der Tod um mich herum.«

»Sag das nicht, Alexandre.«

Leicht verlegen schaut sie auf ihre Uhr.

»Du hättest mich anrufen sollen. Dann hätten wir uns früher treffen können, denn jetzt muss ich zum Dienst. Aber wir können uns morgen sehen, wenn du willst. Das würde mich freuen.«

Es war vielleicht genau dieser Satz, auf den er gewartet hat. Der ihn hierhergeführt hat. Zu wissen, dass jemand Lust hat, ihn zu sehen.

»Morgen kann ich nicht, da muss ich verreisen. Aber ich rufe dich bald an«, verspricht er.

Sie glaubt ihm keine Sekunde, scheint aber trotzdem nicht böse zu sein. Sie hat verstanden, dass sie noch warten muss. Sie stellt sich auf die Fußspitzen und drückt ihm einen Kuss auf den Mundwinkel.

Er schließt die Augen, zieht sie an sich. Eine Frau in den Armen zu halten tut ihm gut. Gibt ihm das Gefühl, noch am Leben zu sein.

»Ich rufe dich an«, wiederholt er. »Jetzt musst du gehen.«

Sie schenkt ihm ein letztes Lächeln und entschwindet Richtung Kommissariat. Gomez folgt ihr mit den Augen, bis sie in dem Gebäude verschwunden ist.

Sein Handy vibriert in der Jeanstasche. Er kennt die Nummer nicht, nimmt das Gespräch aber an.

Er hört nur einen Atem. Eine Art Stöhnen.

»Hallo?«

»Er ist da!«, flüstert eine Stimme wie aus dem Jenseits.

Gomez runzelt die Stirn.

»Cloé, sind Sie das?«

»Er ist da … Kommen Sie! Bitte!«

»Ganz ruhig … Wo sind Sie?«

»Zu Hause! Er ist da, kommen Sie schnell!«

»Er ist in Ihrem Haus? Können Sie ihn sehen?«

»Helfen Sie mir!«

»Ich komme«, sagt Gomez und setzt das Blaulicht aufs Dach seines Peugeot. »Ich bin in wenigen Minuten da. Halten Sie durch, Cloé!«

Die Verbindung wird abrupt unterbrochen, als er mit quietschenden Reifen anfährt und mit heulender Sirene die schlafende Stadt durchquert.

KAPITEL 36

Alexandre schaltet die Sirene aus und nimmt das Blaulicht vom Dach. Mit Vollgas erreicht er endlich die Rue des Moulins. Er parkt einige Meter vom Haus entfernt und springt aus dem Wagen, die Sig-Sauer in der Hand.
Er läuft durch den Garten und die Außentreppe hinauf. Vorsichtig drückt er die Türklinke herunter, die keinerlei Widerstand leistet. Im Halbdunkel tastet er sich an der Wand entlang. Aus dem Wohnzimmer dringt ein schwacher Lichtschein, mit dessen Hilfe er sich orientieren kann.
Lautlos schleicht er voran, bis er auf der Schwelle des von einer kleinen Tischlampe erhellten Raumes steht. Als er das zerbrochene Geschirr am Boden entdeckt, steigt seine Anspannung. Der Weg war weit, und er hat trotz der Sirene lange gebraucht.
Vielleicht kommt er zu spät.
Mit äußerster Vorsicht inspiziert er den Rest des Hauses. Niemand in der Küche oder in Cloés Schlafzimmer. Auch das Gästezimmer ist leer.
Verdammt, wo steckt sie?
Hat er sie gekidnappt? Ist sie geflohen?
Auf jeden Fall nicht mit dem Wagen, denn den hat er auf der Straße gesehen.
Er kehrt um und bleibt vor der letzten Tür stehen. Das Badezimmer – abgeschlossen.
»Cloé, sind Sie da drin?«, flüstert er.
Als er das Ohr an die Tür legt, vernimmt er ein Wimmern.
»Cloé, ich bin es, Gomez. Machen Sie auf!«
Vielleicht hat sich der Angreifer dort mit ihr verschanzt.
Alexandre versetzt der Tür mit der Schulter einen heftigen Stoß, doch sie hält stand. Er hört einen grauenvollen Schrei auf der anderen Seite und unternimmt weitere wütende Versuche, die Tür aufzubrechen. Schließlich

gibt das Schloss nach, Gomez macht einen Satz nach vorn und verliert beinahe das Gleichgewicht.

»Cloé!«

Sie sitzt zusammengekauert in einer Ecke zwischen Badewanne und Dusche. Die Hände auf die Ohren, die Stirn auf die Knie gelegt.

Er hockt sich vor sie hin, ergreift ihre Handgelenke und zwingt sie, den Kopf zu heben.

»Cloé? Ich bin da, alles ist gut.«

Panik und Tränen entstellen ihr Gesicht. Geweitete Pupillen, bebende Lippen.

»Ich bin da«, wiederholt er sanft. »Und sonst niemand. Ich habe das ganze Haus abgesucht. Jetzt ist alles gut ...«

Er nimmt sie in die Arme und streichelt ihr übers Haar. Sie ringt nach Luft, klammert sich an ihn und krallt ihre Nägel in seinen Nacken.

»Beruhigen Sie sich«, murmelt er. »Sagen Sie mir, was passiert ist ...«

Er will ihr aufhelfen, doch sie bricht förmlich in seinen Armen zusammen.

»Sind Sie verletzt?«, fragt der Hauptkommissar besorgt.

Sie schluchzt, unfähig, ein Wort herauszubringen. Also trägt er sie aufs Sofa, setzt sich neben sie und wartet geduldig, dass sie sich etwas beruhigt. Ihr verstörter Blick irrt umher und prallt gegen die Wände, die Decke, wie ein Vogel, der in einem zu engen Käfig gefangen ist. Alexandre beobachtet sie besorgt, denkt daran, einen Arzt zu holen.

Und plötzlich begreift er.

»Aber ... Sie sind ja völlig high!«

Auf dem Couchtisch die leeren Flaschen, die Medikamentenschachteln. Kein Zweifel.

Gomez' Gesichtsausdruck verändert sich.

»Cloé, hören Sie mich?«

Sie antwortet noch immer nicht, so als wäre sie völlig abwesend. Offenbar in der Hölle.

Ein schlechter Trip.

Nach der Angst, zu spät gekommen zu sein, keimt nun Zorn in ihm auf.

»He, hören Sie mich? ... Nein, dazu sind Sie viel zu weit weg!«

Er packt sie bei den Schultern und schüttelt sie energisch.

»Los, Cloé, sehen Sie mich an! Hören Sie mir zu, verdammt!«

Er zwingt sie, sich aufzusetzen, ihr Kopf gleitet zur Seite.
»Was genau haben Sie geschluckt?«
Er gibt auf, sie fällt hintenüber auf das Kissen.
Er geht in die Küche und nimmt eine Flasche Wasser aus dem Kühlschrank. Als Cloé die kalte Dusche über den Kopf bekommt, verkrampft sich ihr ganzer Körper, und sie schreit wie am Spieß. Sie schlägt um sich, Gomez bekommt sogar einen Kinnhaken ab.
»Verschwinde!«, schreit sie. »Verschwinde!«
Der Hauptkommissar gibt den Kampf auf, lässt sich in den Sessel gegenüber sinken und zündet sich eine Zigarette an.
Cloé rollt sich zusammen und zittert wie Espenlaub. Wimmernd faselt sie wirres Zeug.
»Das hat mir gerade noch gefehlt!«, seufzt Gomez.

* * *

Ein Geräusch weckt ihn auf.
Erschöpft braucht Alexandre eine Weile, um gewahr zu werden, dass er nicht in dem Sessel neben Sophies Bett sitzt. Weil sie tot ist. Dass er bei einer anderen Frau eingeschlafen ist.
Bei einer Klientin.
Er erhebt sich, ein mörderischer Schmerz fährt ihm in den Rücken. Er öffnet die angelehnte Badezimmertür und betrachtet betrübt das Schauspiel.
Cloé kniet vor der Toilettenschüssel. Ein Gebet, das weder katholisch noch orthodox ist.
»Geht es?«, brummt er.
Obwohl er nichts getrunken hat, hat er das Gefühl, einen Kater zu haben wie sie. Sie steht auf, betätigt die Spülung und gurgelt mit etwas Wasser. Der Blick des Polizisten ist ihr unerträglich.
»Ich will duschen. Wenn Sie mich allein lassen würden ...«
Alexandre geht in die Küche, um Kaffee zu kochen. Er gähnt ausgiebig und erfrischt an der Spüle Gesicht und Nacken mit Wasser.
Drei Uhr morgens. Was für eine Nacht!
Er sucht Tassen und Zucker. Stellt alles auf ein Tablett. Das erinnert ihn daran, wie er immer für Sophie Frühstück gemacht hat.

Kurz darauf kommt Cloé zu ihm ins Wohnzimmer. Sie trägt einen Bademantel, der so weiß ist wie ihr Gesicht.

Das lange, nasse Haar fällt schwer auf ihre Schultern.

Ihr verzweifelter Blick fällt schwer auf ihn.

»Ich habe Kaffee gemacht. Und ich würde Ihnen raten, eine Tasse zu trinken.«

»Danke«, sagt sie mit gebrochener Stimme. »Danke, dass Sie geblieben sind.«

»Alles andere wäre unterlassene Hilfeleistung gewesen. Wie geht es Ihnen?«

»Mir ist übel ...«

»Sagen Sie bloß!«

Er schenkt den Kaffee ein, gibt ein Stück Zucker in seine Tasse.

»Sie haben mir etwas verschwiegen, Mademoiselle. Sie haben *vergessen*, mir zu sagen, dass Sie Alkoholikerin sind.«

Cloé betrachtet ihre nackten Füße. Eine heiße Welle der Scham überkommt sie. Als würde ihr Gesicht mit Wasserstoff aufgepumpt.

»Das bin ich nicht!«, verteidigt sie sich. »Ich ... ich war es zumindest vorher nicht.«

»Vor was?«

Sie trinkt einen Schluck Kaffee und verzieht das Gesicht. Er ist glühend heiß.

»Bevor er mein Leben in einen Albtraum verwandelt hat.«

»Und Ihre Lösung besteht darin, sich die Kante zu geben? Wie schlau!«

Sie kann kein Mitleid von ihm erwarten, das weiß Cloé. Er hat drei Stunden in einem unbequemen Sessel geschlafen und muss sich jetzt abreagieren. Das ist sein gutes Recht.

»Ich weiß, dass das keine Lösung ist«, entgegnet sie. »Danke, dass Sie mich dran erinnern, sehr taktvoll von Ihnen.«

»Takt ist nicht meine Stärke. Und was haben Sie außer Alkohol noch geschluckt?«

»Nichts.«

»Ach, hören Sie doch auf!«, poltert der Hauptkommissar. »Als ich gestern Abend gekommen bin, hatten Sie nicht nur getrunken. Verkaufen Sie mich bitte nicht für blöd. Sie haben Drogen genommen.«

»Aber nein!«, wimmert Cloé.

Ein hinterhältiger Kopfschmerz ist im Begriff, die Übelkeit noch zu übertrumpfen. Jedes Wort des Polizisten bohrt sich wie ein glühender Speer in ihren armen Schädel.
»Kokain? Crack? Crystal? Speed? ... Geraucht oder gespritzt?«
»Nichts von allem«, beteuert Cloé.
»Unmöglich«, beharrt Alexandre. »Alkohol allein kann Sie nicht in diesen Zustand versetzt haben.«
Sie schließt die Augen, lehnt den Kopf zurück. Sie ist so müde ... Und muss sich jetzt einem regelrechten Verhör stellen.
»Ich sage doch, dass ich nur getrunken habe«, murmelt sie. »Ich habe nicht einmal zu Abend gegessen ... Ich habe meine Medikamente genommen, das ist alles.«
»Welche Medikamente?«
»Beruhigungsmittel, die mir der Arzt verschrieben hat.«
Gomez lacht leise auf.
»*Beruhigungsmittel?* Also, ich kann Ihnen bei der Bibel schwören, dass Sie sonst was genommen haben, aber keine Beruhigungsmittel! Sie täten besser daran, mir die Wahrheit zu sagen, Mademoiselle. Sonst werde ich mir beim nächsten Mal nicht die Mühe machen, herzukommen.«
Cloé seufzt und hält dem Blick des Kommissars stand.
»Ich habe zwei Gläser Martini Gin getrunken und die Flasche Croze Hermitage«, beharrt sie. »Dann habe ich drei Beruhigungstabletten genommen und eine Kapsel Ysorine.«
»Was ist das für ein Zeug?«
»Etwas fürs Herz.«
»Sie sind herzkrank?«
»AV-Knoten-Reentrytachykardie. Anscheinend nichts Schlimmes.«
»Also, was ist gestern Abend passiert?«
»Ich habe Bertrand wiedergesehen. Ich dachte, dass ... Ich habe geglaubt, wir hätten noch eine Chance, aber ...«
Alexandre zuckt leicht verärgert die Achseln. Er ist Hauptkommissar und kein Beziehungstherapeut. Und seine Klientin geht ihm allmählich gehörig auf die Nerven.
»Aber er hat Ihnen zu verstehen gegeben, dass es endgültig aus ist, ja? Also haben Sie, um zu vergessen, die Hälfte aller vorhandenen Flaschen geleert und irgendwelchen Mist geraucht ...«

Sie hat noch nicht die Kraft, sich aufzuregen, dabei würde sie ihn liebend gern zur Tür hinausbefördern. Aber er ist ihre letzte Rettung, das darf sie nicht vergessen.

»Ich habe Ihnen doch gerade gesagt, dass ich nur Wein getrunken habe.«
»Hören Sie auf, mich für dumm zu verkaufen, Mademoiselle Beauchamp! Als ich Sie gefunden habe, hatten Sie Halluzinationen. Waren nicht zu beruhigen ... Sie haben Unsinn geredet und mir sogar einen Schlag ans Kinn versetzt.«
»Schreien Sie bitte nicht so«, fleht Cloé. »Sie können das ganze Haus durchsuchen. Sie werden hier keine Drogen finden. Es gibt keine, und es hat nie welche gegeben. Aber das kann ich Ihnen natürlich nur schwer beweisen. Ich denke, dass der Alkohol und die Medikamente nicht zusammengepasst haben.«

Gomez lächelt etwas nervös.

»Also gut. Warum haben Sie mich dann gestern Abend angerufen? Nicht, damit ich Sie tröste, weil Ihr Lover Sie hat sitzenlassen, hoffe ich. Denn für diese Art Dienste bin ich nicht zuständig.«

Obwohl sich Cloé mehr und mehr gedemütigt fühlt, sagt sie nichts. Die Angst, ganz allein in diesem Haus zu sein, ist zu groß. »Ich saß hier auf dem Sofa, war fast eingeschlafen. Und plötzlich habe ich gehört, wie die Haustür aufgeschlossen wurde ... Dabei hatte ich abgeschlossen. Aber der Schlüssel drehte sich im Schloss. Ich dachte, ich würde einen Herzinfarkt bekommen! Ich habe mich ins Bad geflüchtet und seine Schritte auf dem Flur gehört. Glücklicherweise hatte ich mein Handy in der Tasche und habe Sie sofort angerufen. Er hat versucht, die Badezimmertür zu öffnen, ich habe geschrien, dass ich die Polizei gerufen hätte. Er ... er hat gesagt, er käme wieder. Aufgeschoben sei nicht aufgehoben.«

»Er hat mit Ihnen gesprochen«, wundert sich Gomez.

»Ja. *Ich komme wieder, mein Engel ... Aufgeschoben ist nicht aufgehoben.*«
»*Mein Engel?* ... Haben Sie seine Stimme erkannt?«

Cloé schüttelt den Kopf.

»Sie klang merkwürdig, wie erstickt. Dann habe ich nichts mehr gehört, bis Sie gekommen sind. Das ist alles.«

»Äußerst spannend«, sagt Alexandre mit spöttischem Unterton und trinkt seinen Kaffee aus.

»Ich weiß nicht, was daran lustig ist«, erwidert Cloé verärgert.

»Nein, lustig ist das natürlich nicht … Anschließend haben Sie dann eine Bande kleiner grüner Kobolde gesehen, die aus der Kloschüssel kam, oder?«

Cloé wirft ihm einen vernichtenden Blick zu.

»Bitte keine Spielchen mit mir, Mademoiselle Beauchamp«, warnt Alexandre.

»Ich sage Ihnen doch, dass er hier war. Und gegangen ist, bevor Sie eingetroffen sind.«

»Jetzt, da ich weiß, dass Sie Alkoholikerin und Junkie sind, tendiere ich dazu, Ihnen nicht mehr zu glauben … Komisch, was?«

»Wenn das so ist, dann gehen Sie. Raus hier!«

Er lehnt sich tiefer in seinen Sessel zurück, sieht sie mit seinen durchdringenden Augen an.

»Ihre größte Angst ist, dass ich gehorche, stimmt's?«

Sie fixiert die Wand, verschränkt die Arme.

»Darauf kommt es jetzt auch nicht mehr an. Soll er doch kommen und mir die Kehle durchschneiden.«

»Ihnen die Kehle durchschneiden? Meiner Ansicht nach hat er etwas anderes mit Ihnen vor«, bemerkt Alexandre lächelnd.

Cloé spürt einen kalten Schauder über ihre noch nasse Haut gleiten.

»Haben Sie die Schlösser auswechseln lassen?«

Sie versucht, sich zu beruhigen, ehe sie antwortet.

»Der Schlosser kommt am Montag gegen Abend.«

»Sehr gut.«

»Ich dachte, es handelt sich nur um einen schrecklichen grünen Kobold!«

Gomez schenkt sich Kaffee nach und gibt diesmal zwei Stück Zucker hinein.

»Man kann sich gar nicht genug vor Kobolden in Acht nehmen. Vor allem, wenn sie grün sind. Eine wahre Plage.«

»Wenn Sie mich nicht ernst nehmen, weiß ich nicht, was Sie hier zu suchen haben«, seufzt Cloé.

»Ich habe heute den ganzen Tag über Nachforschungen angestellt«, erklärt er. »Glauben Sie, ich würde meine Zeit damit verschwenden, wenn ich Sie nicht ernst nehmen würde?«

Weil ihr keine Antwort einfällt, zuckt sie nur die Achseln.

»Das Einzige, was ich Ihnen in den Kopf zu bringen versuche, ist, dass

Alkohol Sie noch angreifbarer macht. Und dass Sie damit aufhören müssen. Und auch mit den Drogen.«

»Ich nehme keine Drogen, verdammt nochmal!«, schreit Cloé. »So langsam kotzen Sie mich wirklich an.«

Er ist verwundert, dass sie solche Töne anschlägt.

»Bleiben Sie bitte sachlich. Ich erinnere Sie daran, dass Sie es mit einem Polizeibeamten zu tun haben. Okay, Sie sind clean, keine Drogen, das glaube ich Ihnen. Dafür aber Medikamente, die Sie in der Kombination mit Alkohol in denselben Zustand versetzen wie eine Line Koks oder ein Trip. Also kein Alkohol mehr, einverstanden?«

»Ja ... Darf ich wissen, was Ihre Ermittlungen ergeben haben?«

»Ich habe Ihre Nachbarn befragt, aber keiner von ihnen hat hier einen Mann herumstreunen sehen.«

»Was haben Sie für einen Vorwand gefunden?«

»Ich habe gesagt, jemand hätte versucht, bei Ihnen einzubrechen ... Dann war ich bei Ihrer Putzfrau. Sie hat mir gezeigt, wo sie die Schlüssel ihrer Arbeitgeber aufbewahrt. In einem abgeschlossenen Schrank, dagegen ist also nichts einzuwenden. Und ihr Mann ist 1,74 Meter groß.«

»Sie haben sie doch nicht ernsthaft nach der Körpergröße ihres Mannes gefragt?«, meint Cloé erstaunt.

»Haben Sie mir nicht gesagt, dass der Typ groß ist? Der Mann von Fabienne ist der Einzige, der Zugang zu den Schlüsseln hat. Also wollte ich sichergehen. Aber ich nehme an, unter *groß* verstehen Sie über 1,80 Meter, oder?«

»Ja.«

»Gut ... Außerdem habe ich Erkundigungen über Ihren Exmann eingeholt. Wir können ihn von der Liste der Verdächtigen streichen. Denn er sitzt wieder hinter Gittern. Raten Sie mal, warum.«

»Häusliche Gewalt?«, vermutet Cloé.

»Falsch ... Er hat einen Typen auf der Straße zusammengeschlagen. So, ich werde mich jetzt mal aufs Ohr hauen gehen.«

»Sie können in meinem Zimmer schlafen«, bietet Cloé an.

Er mustert sie verblüfft.

»Wie bitte?«

»Wenn Sie müde sind, können Sie mein Bett nehmen. Ich bleibe hier.«

»Mademoiselle Beauchamp, ich habe nicht vor, bei Ihnen einzuziehen. Ich wiederhole, ich bin Bulle und kein Bodyguard. Ich bin nicht zu Ihrem Schutz abgestellt ...«

»Er könnte wiederkommen.«

»Das ist wenig wahrscheinlich, und ich kann nicht mein Leben hier verbringen. Also gehen Sie jetzt brav ins Bett und behalten Sie das Handy in Ihrer Nähe, okay?«

Sie wirft ihm einen flehenden Blick zu, und er muss plötzlich an die Dauermieterin in Reihe 14 auf dem Zentralfriedhof denken.

»Ich muss morgen früh zum Zug und ...«

Er verdreht die Augen.

»Okay, ich bleibe.«

»Danke, Herr Hauptkommissar. Das Zimmer ...«

»Ich weiß, wo Ihr Schlafzimmer ist. Ich habe gestern Abend auf der Suche nach dem Unsichtbaren das ganze Haus inspiziert. Aber ich glaube, dass Sie dringender ein Bett brauchen als ich. Sie sehen furchtbar aus!«

»Danke, ganz *reizend*.«

»Gern geschehen. Als braver Wachhund nehme ich das Sofa.«

* * *

Wenn er die Augen geschlossen hat, fällt es ihr leichter, ihn anzusehen.

Also betrachtet Cloé ihn ausgiebig. Ohne sein zynisches Lächeln und seinen leicht verrückten Blick hat er ein angenehmes Gesicht, das trotz der Zeichen von Erschöpfung noch jung ist. Kräftige Arme und schöne Hände, die Cloé auf einmal wahnsinnig gerne in die ihren nehmen würde.

Er ist in einer merkwürdigen Position auf dem Sofa eingeschlafen.

Um ihn nicht zu stören oder zu zeigen, wie groß ihre Angst tatsächlich ist, hat sie lange gewartet, ehe sie ins Wohnzimmer zurückgekommen ist. Denn sie konnte natürlich nicht einschlafen.

Sie hat das Gefühl, mehrere Liter Kaffee angereichert mit Amphetaminen getrunken zu haben. Schon seit Wochen weiß sie nicht mehr, was Schlaf ist. Jedenfalls nicht ohne eine massive Dosis Beruhigungsmittel. Dabei ist Alexandre jetzt da. Endlich in Sicherheit, könnte sie beruhigt die Augen schließen und sich die wohlverdiente Ruhe gönnen. Aber es will ihr nicht gelingen.

Wie lange kann man leben, ohne zu schlafen? Wenn das Herz ohnehin schon zu schnell schlägt?

Sie hat Gomez' Schlaf genutzt, um die P38 unter dem Sofa verschwinden zu lassen. Damit er nicht merkt, dass sie wieder geladen ist und sie womöglich konfisziert. Denn Cloé verschwendet keinen Gedanken mehr daran, dass er sie festnehmen könnte. Jetzt, wo sie sich kennen ...

Auf Zehenspitzen schleicht sie in die Küche und trinkt einen halben Liter Wasser. Dieser hartnäckige Durst, der sie ständig quält.

Sie schaut aus dem Fenster. Bald wird es hell. Dann geht sie zurück zu dem schlafenden Kommissar, der sich nicht einen Millimeter vom Fleck gerührt hat. Erneut betrachtet sie ihn eingehend. Dabei denkt sie an Bertrand. Ständig.

Dieser Mistkerl, dieser gemeine Mistkerl.

Und doch würde sie alles tun, damit er zurückkommt. Denn sie ist eine Süchtige auf Entzug.

»Warum sind Sie nicht in Ihrem Zimmer?«

Sie zuckt zusammen. Die verrückten Augen haben sich im Dämmerlicht geöffnet.

»Ich kann nicht schlafen«, flüstert Cloé.

»Das tut man für gewöhnlich auch im Bett.«

»Ich hab's versucht.«

»Versuchen Sie es noch einmal«, knurrt Gomez und wendet ihr den Rücken zu.

»Störe ich Sie?«

»Ein komisches Gefühl, zu spüren, wie Sie mich anstarren ... Gefalle ich Ihnen, oder was ist los?«

»Seit ich dieses Problem habe, kann ich nicht mehr schlafen. Und ich muss andauernd an Bertrand denken.«

Er dreht sich wieder zu ihr und seufzt.

»Vergessen Sie ihn.«

»Ich kann nicht.«

»Scheint, als wären Sie ihm ziemlich verfallen ... Wie lange waren Sie zusammen?«

»Sechs Monate.«

Er denkt an die achtzehn gemeinsamen Jahre mit Sophie. So kurz, so intensiv.

»Das ist nicht lange«, sagt er.
»Egal, das ist nicht das, was zählt.«
»Vielleicht. Was hat er Ihnen gestern Abend gesagt?«
»Dass er mit einer anderen Frau verabredet ist.«
»Ein echter Gentleman! Und Sie hätten ihm am liebsten die Augen ausgekratzt, was?«
»Ja.«
»Die beste Art, sich zu rächen, wäre, sich jemand anderen zu suchen.«
»Ich habe keine Lust, mich zu rächen. Ich möchte, dass er zurückkommt.«

Alexandre richtet sich auf, jegliche Hoffnung auf Schlaf ist dahin. Er streicht sich durchs Haar und unterdrückt ein Gähnen.

»Ich fasse es nicht!«, sagt er und schüttelt den Kopf. »Ich sitze hier um sechs Uhr morgens und höre einer verkaterten Fremden zu, die mir ihre emotionalen Enttäuschungen erzählt! Es muss sich um einen Albtraum handeln, anders ist das nicht zu erklären!«

»Wollen Sie Frühstück?«, fragt Cloé lächelnd.
»Ich glaube, das habe ich mir in der Tat verdient.«
»Um wie viel Uhr geht Ihr Zug?«
»Um neun Uhr zweiunddreißig vom Gare de Lyon.«
»Verbringen Sie ein langes Wochenende im Süden?«
»Ich fahre für einen Tag in die Gegend von Lyon. Um wegen Ihres grünen Kobolds zu ermitteln.«
»Haben Sie eine Spur?«
»Nicht die geringste. Ich habe mir Lyon ganz zufällig ausgesucht. Ist schön da, nicht wahr?«

Sie verdreht die Augen.

»Warum haben Sie mir nichts gesagt?«
»Wenn ich ihn geschnappt habe, gebe ich Ihnen Bescheid«, verspricht Alexandre. »Was ist jetzt mit dem Frühstück?«
»So gut wie fertig«, sagt Cloé und steht auf.

Sobald sie das Zimmer verlassen hat, legt Alexandre sich wieder hin und schließt die Augen. Sie sieht Sophie wirklich ähnlich. Das ist frappierend, beinahe erschreckend. Jedes Mal, wenn er sie ansieht, blutet ihm das Herz.

Und doch, wenn er könnte, würde er sie für den Rest seines Lebens ansehen.

KAPITEL 37

Die Fahrt zieht sich endlos in die Länge. Der Zug ist voll und überhitzt. Manche Reisende sind in einen Film vertieft, den sie sich auf ihrem Laptop anschauen, andere schaffen es, tief und fest zu schlafen ... Und das, obwohl im hinteren Teil des Wagens vier oder fünf durch die Reise aufgekratzte Kinder pausenlos plärren.

Und dann ist da dieser Mann direkt vor ihm, der, seit sie Paris verlassen haben, ohne Unterlass telefoniert. Er erzählt irgendjemandem sein wahrlich uninteressantes Leben und lacht in regelmäßigen Abständen schallend los. Glücklich sind die, die noch was zu lachen haben ...

Endlich legt er auf, und Alexandre kann einen erleichterten Seufzer nicht unterdrücken. Er schließt die Augen und versucht zu vergessen, wo er ist. Er muss die ganze Zeit an Cloé denken. Alles überschlägt sich in seinem Kopf, der ebenfalls überhitzt ist.

Laval auf seinem Totenbett, Sophie in einer Urne, Laura in ihrem Grab. Cloé noch mit einer Gnadenfrist. Alexandre braucht keinen Laptop, um seinen Film zu sehen. Einen Horrorfilm.

Dieser Irre wird auch sie töten, da ist er sich sicher. Es sei denn, er bringt ihn vorher hinter Schloss und Riegel.

Natürlich könnte er den ganzen Tag über ihr Haus observieren, aber der Mörder scheint ziemlich clever und lässt sich sicher nicht so leicht schnappen. Er würde verdeckte Ermittler benötigen und mehrere Teams. Doch Gomez kann keine Verstärkung anfordern, denn er führt diese Untersuchung gänzlich illegal. Weil er im Zwangsurlaub ist, seine *Trauerarbeit leisten* soll, wie der Kriminalrat sagt.

Also muss er eine Spur finden. Und die einzige Spur ist Laura. Die letzten Monate vor ihrem Tod rekonstruieren, herausfinden, wer sie im Alter von noch nicht einmal dreißig Jahren getötet hat.

Einen kurzen Moment denkt er daran, die Informationen seinem Chef zu übermitteln und den Fall abzugeben. Aber die Indizien sind so schwach, dass niemand einen Finger rühren würde.

Vielleicht will Gomez die Sache auch selbst übernehmen, um dieser Frau näher zu kommen und sich zugleich von seinem eigenen Leben zu entfernen. Aber das will er sich nicht eingestehen.

Er nickt ein, und ein zufriedenes Lächeln entspannt sein Gesicht. In ebendiesem Moment malträtiert erneut das Klingeln des verfluchten Handys seines Sitznachbarn sein Trommelfell. Dann gibt der Typ zum x-ten Mal seine Belanglosigkeiten zum Besten, über die nur er selbst lachen kann.

Gomez spürt ein vertrautes Gefühl in sich aufsteigen. Einen Anfall unkontrollierbarer Wut.

Er klopft seinem Vordermann auf die Schulter. Der wendet ihm seine einfältige Visage zu.

»Es wäre nett, wenn Sie am Ende des Gangs telefonieren würden. Da drüben. Verstehen Sie?«

Der Typ antwortet mit einem eigenartigen, halb hochnäsigen, halb erstaunten Lächeln. Dann setzt er in aller Ruhe sein Gespräch fort. *Ja, entschuldige ... Nein, nichts weiter, nur so 'n Nervbolzen ...*

Alexandre springt von seinem Sitz auf und packt den aufdringlichen Typen beim Kragen. Der lässt vor Schreck sein kostbares Telefon fallen und reißt die Augen auf. Wortlos sammelt Gomez das iPhone auf und zerrt dessen Besitzer gewaltsam zum Ende des Großraumabteils.

»Sind Sie verrückt?«, schreit dieser. »So geht das ja wohl nicht! Ich rufe die Polizei, Sie werden sehen! Die weisen Sie ein, Sie Armleuchter!«

Alexandre drückt ihn gegen die Toilettentür und nähert sein Gesicht gefährlich dem seines Gegenübers.

»Nicht nötig, ich bin die Polizei. Und solltest du noch einmal mit deinem verdammten Handy zurückkommen, stopfe ich es dir ins Maul. Verstanden?«

Der Unglückliche nickt mehrmals. Gomez löst seinen Griff, klopft ihm mit einer pseudofreundlichen Geste auf die Schulter und kehrt unter den verwunderten Blicken der Mitreisenden an seinen Platz zurück. Sogar die Kinder sind urplötzlich still, fürchten vielleicht, dasselbe Schicksal zu erleiden.

Hast du gesehen, Maman, der Mann hat eine Pistole ...

Eine Frau in einer anderen Reihe bedenkt ihn mit einem dankbaren Lächeln, bevor sie sich wieder in ihren Roman vertieft.

Alexandre hingegen vertieft sich wieder in die Betrachtung der Landschaft und wartet, dass sich seine Nerven beruhigen. Nur noch eine halbe Stunde, und er ist in Lyon.

Plötzlich verspürt er den Wunsch, Cloé anzurufen, um zu hören, wie es ihr geht. Aber er traut sich nicht, sein Handy zu benutzen …

* * *

Cloé fährt ziellos durch die Gegend. Außerstande, allein zu Hause zu bleiben, ist sie kurz nach Alexandre aufgebrochen. Jetzt ist sie irgendwo im Département Essonne an einem ihr völlig unbekannten Ort. Aber zumindest ist sie sicher, den Schatten abgehängt zu haben.

Heute strahlt die Sonne. Trotzdem ist ihr furchtbar kalt. Ein innerer Blizzard, der ihre Seele gefrieren lässt. Ihre Hände zittern, und ein nervöser Tick lässt das linke Augenlid zucken.

Wieder blickt sie in den Rückspiegel, ohne etwas Verdächtiges zu entdecken. Natürlich sind da andere Autos, aber keines, das ihr die ganze Zeit über gefolgt wäre.

Als sie eine kleine Teerstraße sieht, die in den Wald führt wie eine stumme Einladung, biegt sie plötzlich ab. Sie hat Lust, sich die Beine zu vertreten, sich in der Sonne aufzuwärmen.

Sie stellt den Mercedes auf einem Parkplatz neben mehreren anderen Wagen ab und beschließt, etwas spazieren zu gehen. Sie trifft ein junges Pärchen mit zwei Kindern, von denen eines gerade Fahrradfahren lernt. Sie lächelt beim Anblick dieser normalen Menschen, die ein so schön normales Leben führen.

Menschen, die sich nicht dauernd umdrehen, um sich zu vergewissern, dass ihnen niemand folgt.

Die nicht den Sonnenuntergang fürchten. Die keine Angst haben vor der einbrechenden Dunkelheit und vor dem Widerhall von Schritten in ihrem eigenen Haus.

Aber hat sie gestern Abend wirklich etwas gehört? Sie ist sich nicht mehr ganz sicher. In einem plötzlichen Anflug von Ehrlichkeit wird ihr klar, dass sie sich in einem derart weggetretenen Zustand befunden hat, dass sie sich womöglich alles nur eingebildet hat. Dabei schien es so real.

Und doch ist es unwahrscheinlich. Dass er es wagen würde, in ihr Haus einzudringen, wenn sie da ist. Ohne zu wissen, ob sie überhaupt allein ist. Das Schreckgespenst des Wahnsinns taucht bedrohlich wieder vor ihr auf.

Cloé weiß, dass der Schatten wirklich existiert. Doch sie weiß auch, dass sie auf einem dünnen Seil balanciert, ohne Netz und doppelten Boden. Und dass sie bei der geringsten abrupten Bewegung ins Leere stürzen kann. Dorthin, wo Verstand und Ordnung nicht mehr existieren.

Wo der Schatten das Regiment führt.

* * *

Weil er sich nicht angekündigt hat, kann Gomez nur hoffen, dass er die zweistündige Zugfahrt nicht umsonst auf sich genommen hat.

Der Taxifahrer informiert ihn, dass sie ihr Ziel bald erreicht haben. Die roten Zahlen huschen über den Taxameter, und Alexandre sagt sich, dass er ganz schön blöd ist, diese Ermittlung allein und heimlich durchzuführen. Hundert Euro für den TGV und jetzt vierzig Euro für das Taxi – und beides kann er sich nicht erstatten lassen. Und die Rückfahrt ist noch nicht mal mit eingerechnet ...

Aber er spürt, dass er eine Aufgabe zu erfüllen hat. Dass er dieser Frau nicht zufällig am Marneufer und dann auf dem Revier begegnet ist.

Er spürt, dass er der Einzige ist, der ihren Tod verhindern kann. Also spielt das Geld keine Rolle. Zumal er seit Sophies Tod sowieso nicht recht weiß, was er damit anfangen soll. Sicher, wenn die Miete und die anderen laufenden Kosten bezahlt sind, bleibt nicht viel übrig. Aber selbst dieses bisschen scheint ihm vollkommen unnütz. Was soll er damit kaufen, und vor allem für wen?

Was sollte er sich, der an nichts mehr Freude hat und der eigentlich nur davon träumt, seiner geliebten Verstorbenen nachzufolgen, bitte schön kaufen? Plötzlich denkt Alexandre an Valentine. Manchmal kommt ihm dieses Mädchen unvermittelt in den Sinn, wie eine alberne, unpassende Idee. Er hätte selbst nicht sagen können, ob er Lust hat, mit ihr zu schlafen. Er findet sie anziehend, das ist unbestritten, und es beruht auf Gegenseitigkeit. Aber er würde ihr nur Leid zufügen, und ob er zu so einem Verbrechen bereit ist, ist die Frage.

Außerdem ist es schon so lange her, dass er mit einer Frau geschlafen hat ...

»So, Monsieur, hier ist es.«

»Können Sie bitte auf mich warten? Wenn ich sehe, dass es länger dauert, komme ich heraus, bezahle und rufe für den Rückweg ein anderes Taxi.«

Alexandre steht vor dem mit goldenen Spitzen verzierten Tor. Ein gutbürgerliches Haus in einem angelegten Garten. Auf dem Briefkasten der Name, den er sucht: Romain Paoli. Er drückt den Klingelknopf und hofft weiter auf sein Glück. Eine Frauenstimme antwortet ihm.

»Kriminalpolizei. Ich möchte mit Romain Paoli sprechen.«

Er wartet, das elektrische Tor öffnet sich langsam. Dahinter erscheint eine Frau von knapp vierzig, die gekleidet ist, als wolle sie zur Sonntagsmesse gehen. Schwarze Hose, cremefarbene Bluse.

»Guten Tag, Madame, ich möchte Ihrem Mann ein paar Fragen stellen.«

»Er ist nicht da. Sie müssten am späten Nachmittag wiederkommen. Worum geht es denn?«

»Ich bin extra aus Paris gekommen, um ihn zu sprechen, und muss noch heute zurück ... Sagen Sie mir bitte, wo ich ihn finden kann. Es geht um seine Schwester.«

»Viviane?«

»Nein, Laura.«

»Laura? ... Aber sie ist tot.«

»Ich weiß. Also, wo kann ich ihn finden?«

»Schwer zu sagen. Er wollte mit einem Freund Mountainbike fahren.«

Alexandre setzt eine finstere Miene auf. Das gelingt ihm spielend.

»Und wenn Sie ihn anrufen würden? Ich nehme an, er hat sein Handy dabei.«

»Ja natürlich, das kann ich versuchen.«

Sie bittet ihn endlich herein und führt ihn in ein großes, penibel aufgeräumtes Wohnzimmer. Nicht ein Staubkörnchen auf dem ganzen Nippes und den Möbeln im Empire-Stil. Ein Ort, an dem die Zeit langsamer zu verstreichen oder gar stehenzubleiben scheint. Wie ein großer Luxussarg.

* * *

Sie hätte nie gedacht, dass ihre Beine sie so weit tragen würden.
Cloé fühlt sich wohl in dieser ungewohnten Umgebung. Waldspaziergänge gehören zwar nicht zu ihren Lieblingsbeschäftigungen, aber die Stille und Ruhe sind perfekt, um ihre Ängste zu vertreiben. Sie versteht jetzt besser, warum ihr Vater jeden Morgen allein losgeht. Obwohl er seit seinem *Unfall* darauf verzichtet. Vorübergehend, wie sie hofft.
Nur hin und wieder begegnet sie jemandem und genießt die fast vollständige Einsamkeit. Bestens geeignet, um nachzudenken und sich die Fragen zu stellen, die ohne Unterlass an ihr nagen.
Endlich kommt der Parkplatz, auf dem nur noch drei Wagen stehen, in Sichtweite. Aber es ist auch Mittagszeit, und im Wald sind nicht mehr viele Spaziergänger.
Cloé hat keinen Hunger.
Nicht hungrig, nicht müde … Ihre innere Uhr ist aus dem Takt geraten.
Sie sucht in ihrer Tasche nach dem Autoschlüssel und hebt den Kopf. Im Gegenlicht sieht sie eine Gestalt, die am Kühler des Mercedes lehnt.
»Nein …«
Ein Mann, der einen schwarzen Kapuzenpulli und eine Sonnenbrille trägt.

* * *

»Ich hoffe, mein Mann kommt bald. Aber wissen Sie, er war nicht gerade in der unmittelbaren Umgebung unterwegs.«
Alexandre hat den Taxifahrer weggeschickt und wartet in dem großen Wohnzimmer.
»Darf ich Ihnen inzwischen einen Kaffee oder einen Tee anbieten?«
»Nein, vielen Dank«, antwortet Gomez.
»Vielleicht haben Sie Hunger? Sie hatten sicher keine Zeit zum Mittagessen?«
Er sieht sie mit einem angedeuteten Lächeln an. Bemerkt, dass sie schnell im Badezimmer war, um Frisur und Make-up in Ordnung zu bringen. Und sogar umgezogen hat sie sich. Sie hat das sehr brave Outfit gegen etwas Frecheres getauscht.
»Ich möchte keine Umstände machen«, sagt er. »Erzählen Sie mir lieber von Laura.«

Sie nimmt in dem Sessel ihm direkt gegenüber Platz und bedenkt ihn mit einem verführerischen Lächeln.

»Die arme Laura«, seufzt sie und fährt sich mit der perfekt manikürten Hand durch das volle Haar. »Sie war einfach nicht geschaffen fürs Glück ...«

»Was ist das, Glück?«

Die Frage überrascht sie, und sie mustert Alexandre neugierig, wendet dann aber den Blick gleich wieder ab. Daran ist Gomez gewöhnt. Nur wenige Menschen schaffen es, ihn lange direkt anzusehen.

»Ich weiß nicht ... Eine Familie gründen, ein gewisses Gleichgewicht finden.«

»Ist das Ihr Verständnis von Glück?«, fragt der Hauptkommissar verwundert.

»Ja schon ... ja, warum nicht?«

»Nun ja, warum nicht ... Laura war also nicht fürs Glück geschaffen?«

»Sie war instabil ... Sie hat ihr Studium abgebrochen und arbeitete als Kassiererin in einem Supermarkt.«

Sie sagt das mit einer Mischung aus Mitleid und Abscheu. So als habe sie ihm mitgeteilt, dass Laura an einer ansteckenden Krankheit litt.

»Ich weiß, dass sie Kassiererin war«, erklärt Alexandre. »Was mich interessiert, ist, wie sie gestorben ist. Sie hat sich umgebracht, aber wie genau?«

»Sie hat sich aus dem Fenster ihrer Wohnung im sechsten Stock gestürzt. Entsetzlich ...«

Es war also kein Hilferuf gewesen. Vielmehr eindeutig ein One-way-Trip.

»Warum hat sie wohl ihrem Leben ein Ende gesetzt?«

Madame Paoli zuckt die Achseln und beugt sich vor, um ein paar imaginäre Staubkörnchen von ihren Schuhspitzen zu wischen. Vor allem aber wohl, um ihr tiefes Dekolleté zur Geltung zu bringen. Gomez schaut gern hin, empfindet aber plötzlich auch eine Art Mitleid. Eine Spießbürgerin, die es genießt, einem Bullen mit Ganovenvisage gegenüberzusitzen.

Vor allem aber eine Frau, die sicher nicht besonders glücklich ist, wenn sie sich derart vor dem Erstbesten zur Schau stellt.

»Hat sie irgendeinen Abschiedsbrief, eine Erklärung hinterlassen?«

»Nein, nichts. Aber sie war sehr labil, das sagte ich ja bereits.«

»Deswegen bringt man sich ja nicht unbedingt gleich um.«

»Ihr Freund hatte sie verlassen ... Gut, er war ein Schwächling, ein Lo-

ser, aber ich glaube, es war schlimm für sie, allein zu sein. Außerdem hatte sie ihre Stelle verloren ... Und um ehrlich zu sein, ich glaube auch, dass sie psychische Probleme hatte.«
»Welcher Art?«
»Ich denke, sie war halbwegs verrückt«, flüstert Madame Paoli.
»Gibt es hier noch jemanden in diesem Haus?«, fragt Alexandre.
»Wie bitte?«
»Sind wir alleine hier?«
»Ja, wir sind alleine ... Aber warum fragen Sie das, Herr Kommissar?«
Ihre Augen funkeln wie ein Weihnachtsbaum. Alexandre lächelt.
»Warum flüstern Sie dann so?«, fragt er leise.
Madame Paoli räuspert sich.
»Ja, Entschuldigung, ich weiß auch nicht, warum ...«
»Sie war also *halbwegs verrückt*?«
»Sie war in Behandlung.«
»Das heißt nicht, dass sie verrückt war«, wirft Alexandre ein. »Viele Leute sind in Therapie, wissen Sie ...«
»Ja schon, ich selbst auch.«
Sie hat wieder geflüstert. Er rückt seinen Sessel etwas näher an den ihren und setzt eine sanftere Miene auf. Warum sich nicht auf ihr Spiel einlassen, während er auf das Familienoberhaupt wartet?
»Und warum das, Madame Paoli?«
»Na ja ... Wissen Sie, mein Mann hat mich betrogen ...«
Er hätte darauf wetten können. Darauf wetten, dass sie ihm innerhalb der ersten Viertelstunde ein intimes Geständnis machen würde.
»Tatsächlich? Sollte er etwa auch verrückt sein?«
Sie lächelt ihn verlegen an und errötet leicht.
»Denn man muss schon verrückt sein, um eine Frau wie Sie zu betrügen.«
Madame Paoli lacht geziert.
»Sie sind nett!«
»Nein, ich habe nur Augen im Kopf. – Laura war also bei einem Therapeuten in Behandlung?«
Madame Paoli nickt.
»Aber sie hatte wirklich ein Problem. Soweit ich weiß, litt sie unter Verfolgungswahn.«

»Das ist in der Tat schlimm. Was bildete sie sich denn ein?«

»Komische Sachen.«

»Glaubte sie, dass ihr ein Unbekannter nachstellte?«

»Woher wissen Sie das?«, fragt sie verblüfft.

»Dinge erraten, das ist mein Job. Bei Ihnen wusste ich auch sofort, dass Sie gelitten haben.«

»Wirklich? Sind Sie Polizeibeamter oder ...«

»Ein guter Polizist hat Instinkt. Sie glaubte also, dass ein Unbekannter sie bedrängte, dass jemand sie gar töten wollte?«

»Ganz genau. Sie behauptete, ständig verfolgt zu werden. Und auch, dass man bei ihr eindringen und ihr Dinge stehlen würde. Aber das waren keine richtigen Einbrüche! Nur Gegenstände, die verschwanden beziehungsweise umgestellt wurden. Sie hat sogar mehrmals Anzeige erstattet. Aber das ist Ihnen vielleicht schon bekannt?«, meint Madame Paoli plötzlich.

»Ja, das weiß ich. Und wie haben Sie reagiert, als sie Ihnen davon erzählt hat?«

»Wir beide hatten nicht viel miteinander zu tun. Sie hat sich meinem Mann anvertraut. Der hat gleich gemerkt, dass sie dabei war, durchzudrehen, und sie überredet, einen Spezialisten aufzusuchen ... Sagen Sie, ist Ihnen nicht zu heiß? Ich finde, es ist wirklich sehr warm hier drinnen.«

»Liegt das vielleicht an mir, Lucie?«, fragt Alexandre mit einem übertriebenen Lächeln.

»An Ihnen? Aber ... Woher wissen Sie meinen Vornamen?«

Offensichtlich verwirrt, sucht sie nach Worten. Sie ist in ihre eigene Falle getappt.

»Er steht auf dem Briefkasten ... Mit wem hat Ihr Mann Sie betrogen?«

»Mit einer Arbeitskollegin. Und noch dazu habe ich die beiden hier in unserem Haus überrascht!«

»Na, sagen Sie mal, er ist ja nicht besonders clever, Ihr Ehemann! Das muss furchtbar für Sie gewesen sein«, seufzt Alexandre. »Wissen Sie den Namen?«

»Annabelle.«

»Ich meine den von Lauras Therapeuten.«

»Ach ... ich erinnere mich nicht genau. Mein Mann hat ihn mir gesagt, aber ... Es war eine Frau, und ich glaube, sie hat ihre Praxis im Département Val d'Oise. Aber Sie haben mir noch immer nicht gesagt, warum Sie sich so sehr für Laura interessieren.«

Die Eingangstür öffnet sich, und der Zauber ist wie weggeblasen.

»Da kommt mein Mann«, erklärt Lucie und zieht ihre Jacke über das Top.

* * *

Cloé ist einige Sekunden wie versteinert. Der Mann löst sich von der Kühlerhaube und baut sich mit überkreuzten Armen vor ihr auf. Obwohl sie noch gut zwanzig Meter voneinander trennen, hat sie den Eindruck, bereits seine behandschuhten Hände auf sich zu spüren. Also weicht Cloé vorsichtig zurück.

Einen Schritt. Dann unmerklich einen zweiten.

Er fixiert sie durch seine Sonnenbrille. Ein Tuch verdeckt sein Kinn und seinen Mund.

Das ist er, kein Zweifel.

Als er sich nähert, dreht sich Cloé um und rennt über den Feldweg. Sie läuft, so schnell sie kann, und beginnt zu schreien. *Hilfe! Zu Hilfe!*

Sie vergeudet ihre Kräfte, denn es ist niemand in der Nähe.

Außer ihm.

Sie wirft einen Blick zurück. Er läuft schneller als sie. Kommt ihr gefährlich nah.

Sie spürt weder Müdigkeit noch Atemnot. Nur Angst. Von Adrenalin gedopt, hastet Cloé weiter. Die Furcht verdoppelt ihre Kräfte, sie bricht alle Geschwindigkeitsrekorde.

Plötzlich erinnert sie sich, dass sie die P38 in ihrer Umhängetasche hat. Sie muss sie nur herausholen – ohne das Tempo zu verlangsamen.

Wieder sieht sie sich um. Niemand. Er ist aus ihrem Blickfeld verschwunden. Sie bleibt stehen, zieht die Pistole hervor, lässt sie aber beinahe fallen, so stark zittert sie. Der Ohnmacht nahe, bekommt sie kaum noch Luft. Dennoch erinnert sie sich, dass man die Waffe entsichern muss, ehe man abdrückt.

Sie hält die Waffe mit beiden Händen vor sich hingestreckt, sucht nach dem Ziel. Verlassener Weg, absolute Stille.

»Verdammt, wo ist er?«, wimmert sie. »Wo ist er bloß?«

Sie dreht sich einmal um die eigene Achse, sieht aber noch immer nichts. Sie hebt den Blick sogar gen Himmel, als hätte er dorthin hochfliegen können. Seitenstiche durchbohren sie, helle Flecken platzen vor ihren Augen wie Seifenblasen. Der friedliche Wald ist zu einem erbitterten Feind geworden, in dessen hohen Gewächsen sich Monster verbergen.

Ein Geräusch lässt sie herumfahren. Nur ein Vogel, der kreischend aufflattert.

Cloé senkt die Arme, versucht, wieder zu Atem zu kommen. Regungslos steht sie mitten auf dem Weg. Weiß nicht, in welche Richtung sie fliehen soll. Weiter kopflos geradeaus, zurück zum Parkplatz oder lieber bleiben, wo sie ist?

Eine lange Weile verharrt sie so, die Waffe in der zitternden Hand.

»Vielleicht habe ich nur geträumt ...«

Mitten im Nirgendwo redet sie mit sich selbst.

»Vielleicht war er gar nicht da!«

Doch, Cloé.

Genau hinter dir.

KAPITEL 38

Die Rückfahrt kommt ihm noch länger vor als die Hinfahrt. Dabei ist der Zug weniger voll und die Luft etwas frischer.

Und vor allem hat er seine Zeit nicht vergeudet. Was das Ehepaar Paoli ihm anvertraut hat, bestätigt seine Überzeugung, dass Laura eine ähnliche Leidensgeschichte durchgemacht hat wie Cloé. Eine Qual, die sie dazu getrieben hat, den Kampf aufzugeben und sich aus dem Fenster zu stürzen.

Es sei denn, sie wäre nicht freiwillig gesprungen, sondern jemand hätte »nachgeholfen«.

Doch niemand in ihrem Umfeld hat etwas bemerkt.

Besser gesagt, alle haben mit angesehen, wie eine Frau allmählich verrückt geworden ist.

Aber niemand hat sie verstanden, ihr zugehört. Ihr geglaubt.

Daran ist sie gestorben.

Dieser mysteriöse Mörder ist clever, durchtrieben und verfügt über ein hohes Maß an krimineller Energie.

Zunächst einmal wählt er sein Opfer sorgfältig aus. Noch kennt Alexandre seine Kriterien nicht genau, doch der Mann hat eindeutig einen guten Geschmack, was Frauen angeht ... Nach den Fotos zu urteilen, die er bei ihrem Bruder gesehen hat, besaß Laura viel Charme und sah gut aus. Genau wie Cloé. Dann stellt er seiner Beute so lange nach, bis sie jegliche Bezugspunkte, ihre Freunde, ihre Arbeit verloren hat. So isoliert der Jäger sie, bevor er zum letzten Angriff übergeht.

Einsamkeit macht besonders verletzlich, das weiß dieser Dreckskerl nur zu genau.

Das Ziel dieses gesichtslosen Mörders ist Gomez hingegen ein Rätsel. Will er sie in den Selbstmord treiben oder sie eigenhändig umbringen und das Verbrechen als Selbstmord tarnen?

Gleich am Montag wird er sich auf die Couch der Therapeutin begeben, die Laura in den Wochen vor ihrem Todessprung behandelt hat. Und er muss nach anderen, ähnlichen Fällen suchen, die sich in der Gegend ereignet haben. Denn Alexandre ist davon überzeugt, dass dies nicht der erste Versuch dieses Perversen war.

Während die Landschaft an seinen müden Augen vorbeizieht, entwickelt der Hauptkommissar langsam seinen Plan. Dass er sich im Zwangsurlaub befindet, wird die Fortführung der Ermittlungen allerdings erheblich erschweren.

Bleibt auch die Frage, ob er seine Erkenntnisse mit Cloé teilen soll. Im Moment glaubt sie noch, es könne sich um einen Racheakt oder eine persönliche Feindschaft handeln. Doch wenn Alexandre ihr enthüllt, dass sie es mit einem gefährlichen Psychopathen zu tun hat, gerät sie vielleicht endgültig in Panik.

Sie könnte aus dem Fenster springen. Oder vor einen Zug.

Soll er sie auf eine ferne Insel schicken oder als Köder hierbehalten, um den Killer aus dem Schatten zu locken? Wenn er eine Chance haben will, diesen Dreckskerl zu schnappen, muss er sich für die zweite Lösung entscheiden. Zumal er sicher ist, dass Cloé sich weigern wird zu fliehen und ihren Job aufzugeben.

Auch wenn er sie kaum kennt, weiß er doch, dass Flucht einfach nicht ihrem Naturell entsprechen würde.

Gomez geht zum Ende des Wagens, um Cloé anzurufen. Er gerät an die Mailbox und lächelt, als er zum ersten Mal ihre Ansage hört.

Guten Tag, seien Sie nicht enttäuscht, dass Sie mich nicht persönlich erreichen, ich verspreche, Sie so schnell wie möglich zurückzurufen!

»Guten Abend, Cloé. Hier ist Hauptkommissar Gomez. Ich wollte nur wissen, wie es Ihnen geht. Ich bin im Zug auf dem Rückweg von Lyon ... Rufen Sie mich an, wenn Sie können. Lassen Sie mich wissen, ob die Kobolde Sie heute in Ruhe gelassen haben!«

Als er wieder auf seinem Platz sitzt, sieht er zu, wie der Schatten die Landschaft verschlingt – irgendwo zwischen Lyon und Paris.

• • •

Ein immer deutlicheres Gefühl von Kälte zwingt sie, wieder zu sich zu kommen. Langsam heben sich ihre Lider, fallen aber gleich wieder zu. Sie sind so schwer …

Endlich gelingt es Cloé, die Augen offen zu halten. Aber sie sieht nichts. Was normal ist, denn es ist Nacht.

Die folgenden Augenblicke sind irreal. Sie fantasiert, treibt durch unbekannte, albtraumartige Dimensionen. Sie fragt sich, ob sie noch träumt oder wirklich hier ist, in diesem Körper, den sie nicht spürt. Sie möchte wieder in das Vergessen eintauchen, sich aber auch aus diesem merkwürdigen weggetretenen Zustand befreien.

Sie weiß weder, wo sie ist, noch, wie spät es ist oder welcher Tag.

Tastend streckt sie die rechte Hand aus, stellt fest, dass sie am Boden liegt. Sie streicht über ihr Gesicht, das sich wie aus Pappe anfühlt. Gefühllos.

Mit unendlicher Kraftanstrengung gelingt es ihr, sich aufzurichten. Jetzt sitzt sie mit hängenden Armen da und ringt nach Luft. Sie zittert am ganzen Leib, ist quasi eingefroren.

Was normal ist, denn sie ist vollkommen nackt.

Das bemerkt sie, als sie ihre Beine und ihren Bauch berührt.

In diesem Augenblick überkommt sie die Angst. Eine Mischung aus Kälte und Grauen.

Sie versucht, sich zu entsinnen. Sieht sich am helllichten Tag im Wald.

Der Schatten an ihrem Auto. Der Schatten, der sie verfolgt. Dann die Pistole, die Stille …

Sie erinnert sich noch, dass jemand sie von hinten angreift. Eine Hand in einem Lederhandschuh, die sich auf ihren Mund presst.

Dann Filmriss. Eine Art schwarzes Loch.

Cloé klappert mit den Zähnen, verschränkt schützend die Arme vor der Brust. Jetzt, nachdem sich ihre Augen an die Dunkelheit gewöhnt haben, erkennt sie ringsherum Farnkraut. Sie rappelt sich auf, ihre Füße gleiten über den eisigen Boden.

Nackt, mitten im Wald, mitten in der Nacht. Völlig verloren, mutterseelenallein.

Es sei denn … Sie dreht sich einmal im Kreis, rechnet mit einem unheilvoll leuchtenden Augenpaar. Ist er noch da, in ihrer Nähe? Beobachtet er sie, während sie mit sich kämpft?

Sie lauscht aufmerksam, hört aber nichts anderes als das Klappern ihrer

Zähne, das unregelmäßige Pochen ihres armen, geschundenen Herzens. Und das Rauschen des Windes in den Zweigen.

Sie fällt auf die Knie und tastet den Boden nach ihrer Kleidung und ihrer Tasche ab. Auf der Suche nach irgendetwas Vertrautem, an das sie sich klammern kann.

Schließlich berührt ihre linke Hand Stoff. Ihre Sachen sind da, auch ihre Schuhe und die Tasche. Große Erleichterung überkommt sie, die aber nur von kurzer Dauer ist.

Sie versucht, das Zittern unter Kontrolle zu bekommen, und zieht sich hastig an. Nur das Notwendigste: Jeans, T-Shirt, Samtjacke und Turnschuhe. Der Rest ist egal.

Schnell durchsucht sie ihre Tasche. Der Autoschlüssel und die P38 sind noch da. Auch ihr Handy. Sie schaltet es ein – der Akku ist leer, es erlischt sofort.

Nichts wie weg von hier, los.

Die Arme schützend vorgestreckt, läuft sie durch das Gestrüpp. Sie stolpert über Wurzeln, verliert das Gleichgewicht, reißt sich Hände und Knie auf. Sofort steht sie wieder auf, läuft tapfer immer weiter. Andauernd dreht sie sich um, kann aber nichts entdecken. Sie hat Angst, dass er da ist, genau hinter ihr. Dass er sie bei den Haaren packt, sie wieder in seine Gewalt bekommt.

Sie verstaucht sich den Knöchel und stöhnt, hält aber nicht inne.

Die Panik treibt sie an. Immer schneller, immer weiter.

Endlich wird es heller, und sie gelangt auf einen breiten Weg. Sicher der, auf dem er sie angegriffen hat … Sie zögert zwischen rechts und links. Unmöglich, sich zu orientieren.

Sie entscheidet sich für links und rennt trotz ihres schmerzenden Beins los. Die Tasche an die Brust gedrückt, läuft sie wie eine Wahnsinnige. Ihre Lunge brennt wie Feuer. Sie schreit, um sich Mut zu machen.

Nur ein Schrei, nicht einmal ein Hilferuf.

Plötzlich glaubt sie, in der Ferne eine dunkle Form zu erkennen, und betet, dass es ihr Auto sein möge. Mit zitternder Hand holt sie den Schlüssel aus der Tasche und betätigt die Fernbedienung. Als die Blinklichter aufleuchten, empfindet sie unendliche Erleichterung.

Das muss das Glück sein! Doch es ist nur von kurzer Dauer, wie es das Glück so an sich hat.

Sie stürzt in den Mercedes und verriegelt sofort die Türen. Sie blickt sich um, inspiziert den Rücksitz und lässt den Motor an. Die Uhr im Armaturenbrett zeigt 19:49 Uhr. Sie hat geglaubt, es sei schon mitten in der Nacht.

Zurücksetzen, schnelles Wenden und dann auf die Straße. Sie stellt die Heizung auf die Höchsttemperatur von siebenundzwanzig Grad und tritt das Gaspedal durch.

Doch sie kommt nicht weit. Nach einem Kilometer muss sie am Straßenrand anhalten. Lange weint und schreit sie. Um dem Druck Luft zu machen, um nicht daran zu ersticken.

Schließlich wischt sie die Tränen mit dem Ärmel ab.

Beruhige dich, Cloé ... Du musst weg von hier!

Sie klappt die Sonnenblende herunter und betrachtet ihr zerkratztes Gesicht im Spiegel. Und plötzlich überkommt sie eine noch viel größere Angst.

Was hat er mit mir gemacht?

Jetzt, da sie sich in Sicherheit glaubt, wird ihr klar, dass sie vollständig nackt aufgewacht ist.

Er hat mich ausgezogen. Meinen Körper berührt. Vielleicht sogar noch Schlimmeres.

Sie öffnet den Reißverschluss ihrer Jeans, schiebt die Hand zwischen die Schenkel.

Sie will es wissen.

Was dieser Dreckskerl ihr angetan hat, während sie ohnmächtig war.

Wieder kommen ihr die Tränen. Eine furchtbare Übelkeit dreht ihr den Magen um, sie hat gerade noch Zeit, die Tür zu öffnen, bevor sie sich übergibt.

Sie verriegelt den Wagen und fährt zitternd weiter.

Er hat mich vergewaltigt.

Sie fühlt, dass ihr Körper sich verhärtet. Dass er stirbt.

Eine eisige Flüssigkeit fließt durch ihre Venen, eine warme Flüssigkeit rinnt ihr über die Wangen.

Etwas in ihrem Inneren ist zerbrochen.

Endgültig.

KAPITEL 39

Alexandre bezahlt das Taxi und steigt in strömendem Regen aus. Er läuft zum Eingang, gibt den Türcode ein und rettet sich ins Trockene. Seine Schritte sind schwer, er spürt die Müdigkeit, obwohl er den ganzen Tag über gesessen hat. Als er den zweiten Stock erreicht, krampft sich seine Hand um das Geländer. Eine zusammengekrümmte Gestalt vor seiner Tür. Die Stirn auf die Knie gepresst, zitternd wie Espenlaub.

»Cloé?«

Er hilft ihr auf, sie bricht in seinen Armen zusammen. Er zögert kurz und drückt sie dann an sich.

»Cloé, beruhigen Sie sich ... Was ist los?«

Sie kann nicht sprechen, nur schluchzen. Ihr Gesicht ist zerkratzt, die Hände bluten. Das ist kein Theater.

Ohne sie loszulassen, öffnet er die Tür und führt sie in das kleine Wohnzimmer. Sie klammert sich an ihn wie an einen Rettungsring. Er beschließt, sie nicht zu drängen, sondern geduldig auf eine Erklärung zu warten.

»Sie sind ja halb erfroren ... Ich mache Ihnen etwas Warmes zu trinken.«

Er legt seine Waffe in eine Schublade, die er abschließt, und geht in die Küche.

Sein Herz schlägt viel zu schnell. Er ahnt das Schlimmste, weiß, dass dieses Mädchen etwas Grauenvolles durchgemacht hat. Wenn man die Sprache verliert, war der Schock sehr groß.

In der Mikrowelle macht er Wasser heiß und gibt einen Teebeutel in die Tasse. Den Blick auf die gegenüberliegende Wand gerichtet, sitzt Cloé auf dem Sofa und weint noch immer. Eine weiße Wand, an der ein Bild von Sophie hängt.

»Trinken Sie«, befiehlt er.

Als sie nach der Tasse greift, bemerkt er, dass ihre Jeans am Knie zerrissen ist. Er setzt sich neben sie und lässt sie nicht aus den Augen, um das geringste Zeichen auf ihrem Gesicht wahrzunehmen. Ein Blick kann manchmal Bände sprechen ...

»Was ist passiert, Cloé? Erzählen Sie es mir, bitte.«

Er zieht seinen Lederblouson aus und legt ihn ihr um die Schultern.

»Sind Sie verletzt?«

Noch immer nichts, kein Wort. Sie sieht ihn nicht an, so als würde sie sich schämen.

Sich schämen, wofür?

Alexandre beginnt zu verstehen. Dumpfer Zorn steigt in ihm auf.

»Sie haben gut daran getan, herzukommen«, sagt er sanft.

»Ich wusste nicht, wo ich hinsollte ... Er ist überall!«

Endlich die ersten Worte.

»Was hat er Ihnen angetan?«

Cloé schließt die Augen, versucht, das Unaussprechliche zu erzählen. Doch ihr Mund versagt ihr den Dienst. Alexandre nimmt sie bei den Schultern und zieht sie an sich. So wird ihr das Sprechen leichter fallen. Wenn sie nicht seinem Blick ausgesetzt ist.

»Sagen Sie es mir, bitte. Haben Sie keine Angst«, murmelt er.

DAS war noch gar nichts, mein Engel. Nur das Vorspiel.
Aber ich hoffe, es hat dir gefallen!
Ich hatte Lust auf eine kleine Kostprobe.
Ich habe mich nicht in dir getäuscht. Habe die richtige Wahl getroffen.
Ich täusche mich sowieso nie. Oder nur selten ...
Und aus jedem Irrtum lernen wir, er bringt uns weiter.

Du warst unvorsichtig, mein Engel. So unvorsichtig! Dich im Wald zu verlaufen, mein liebes Kind ... Wie leichtsinnig!
Ich muss gestehen, dass du mich etwas enttäuscht hast. Aber ich weiß, dass du es nicht wieder tun wirst. Denn aus jedem Irrtum lernen wir.
Doch das wird dich nicht retten.
Ab jetzt ist die Angst in deinen Körper eingebrannt.
Deinen schönen Körper. Den ich mit Muße bewundern konnte. Berühren konnte ... Sogar in ihn eindringen.
Es war nicht das erste Mal, weißt du.
Du bist so hübsch, wenn du schläfst! Aber mit offenen Augen bist du mir noch lieber.
Und beim nächsten Mal wirst du mich ansehen, das verspreche ich dir.
Mein Gesicht wird das Letzte sein, was du siehst.
Das letzte Bild, das du mit ins Grab nimmst.

KAPITEL 40

»Gehen wir«, sagt Alexandre mit sanfter Stimme.
Cloé presst die Handflächen aneinander. Sie zittert noch immer, obwohl die Heizung auf die höchste Stufe gestellt ist.
»Ich kann nicht ...«
»Ich werde ganz in der Nähe sein. Ich lasse Sie nicht im Stich.«
Er öffnet die Beifahrertür, doch Cloé rührt sich nicht. Er nimmt ihre Hand in die seine, sie schüttelt den Kopf.
»Kommen Sie. Ich verspreche Ihnen, dass alles gut gehen wird.«
»Ich bin doch überhaupt nicht vorzeigbar.«
Alexandre lächelt traurig.
»Wenn Sie vorher beim Friseur und bei der Maniküre gewesen wären, würde man Ihnen niemals glauben!«
Sie zieht ihre Hand zurück, wirft ihm einen schneidenden Blick zu.
»Bitte kommen Sie jetzt mit, Cloé.«
»Das bringt doch gar nichts!«
Er hockt sich vor sie.
»Vertrauen Sie mir?«, fragt er.
Sie nickt kurz.
»Dann hören Sie mir zu ... Sie müssen Anzeige erstatten, damit dieser Dreckskerl erwischt und unschädlich gemacht werden kann.«
»Ich habe schon versucht, Anzeige zu erstatten!«
»Das war nicht dasselbe. Heute Abend wird man Sie ernst nehmen, glauben Sie mir.«
»Aber Sie sind Polizeibeamter! Und ich habe Ihnen schon alles erzählt ...«
Wie soll er ihr die Situation erklären? Der Augenblick ist schlecht gewählt, um ihr zu offenbaren, dass er gar nicht offiziell befugt ist, diese Ermittlungen zu führen.

»Ebendeshalb weiß ich auch, was zu tun ist. Sie kommen jetzt mit!«

Seine Stimme wird eindringlicher, und endlich ist Cloé bereit, den Wagen zu verlassen. Gomez nimmt sie erneut bei der Hand, damit sie nicht in letzter Minute noch weglaufen kann. In dem Augenblick, als sie das Kommissariat betreten, reißt sie sich los.

»Muss ich mich einer ärztlichen Untersuchung unterziehen?«

»Ja. Anders geht es nicht. Aber keine Angst …«

Ohne Vorwarnung macht Cloé kehrt und läuft in die andere Richtung. Gomez holt sie ein und packt sie bei den Schultern.

»Schluss jetzt, verdammt nochmal! Uns bleibt keine andere Wahl. Cloé, bitte, hören Sie mir zu. Wenn wir diesen Saukerl nicht festnehmen, macht er weiter. Er wird Sie nie in Ruhe lassen. Haben Sie gehört?«

Sie wendet den Blick ab, versucht, die Tränen niederzukämpfen.

»Wenn Sie nicht tun, was ich Ihnen sage, lassen Sie ihm freie Hand! Wollen Sie das etwa? Dass er Sie weiter tyrannisiert?«

Er zieht sie erneut hin zu dem Gebäude, als würde er ein Tier zum Schlachthof führen.

»Dies ist die letzte Prüfung, die Sie erdulden müssen, das verspreche ich Ihnen«, fügt er hinzu.

Sie würde es so gerne glauben. Doch er selbst scheint von seinen eigenen Worten auch nicht wirklich überzeugt.

Am Ende ihrer Kräfte lässt sie sich zum Empfangstresen führen, wo ein Beamter sie kritisch mustert. Aber sie sieht ja auch wirklich grauenvoll aus.

»Guten Abend. Ich begleite eine Freundin, die Anzeige erstatten will.«

Cloé hat nicht damit gerechnet, als eine *Freundin* vorgestellt zu werden. Dank dieses Tricks werden sie schneller vorgelassen und befinden sich zwei Minuten später in einem kleinen Büro, einem jungen Mann von nicht einmal fünfundzwanzig Jahren gegenüber. Cloé hätte lieber mit einer Frau gesprochen, protestiert aber nicht und nimmt brav Platz, bevor sie ihren Personalausweis zeigt.

»Mademoiselle ist heute Nachmittag angegriffen worden«, erklärt Gomez. »Sie steht noch immer leicht unter Schock, aber sie wird dir erläutern, was passiert ist.«

Der Kommissar schenkt Cloé ein Lächeln, um ihr Vertrauen einzuflößen.

»Ich höre, Mademoiselle.«

Cloé konzentriert sich, nicht in Tränen auszubrechen. Bloß kein Mitleid erwecken. Sie holt zweimal tief Luft. Trotz dieser Kälte in ihrem Innern hätte sie gern ein Fenster geöffnet. Aber es gibt keins.

»Lassen Sie sich Zeit«, fügt der Beamte freundlich hinzu. »Ich verstehe, dass es nicht leicht für Sie ist.«

»Ich ... ich bin im Wald spazieren gegangen ...«

Der Kommissar macht sich keine Notizen, hört nur aufmerksam zu.

»Im Wald von Sénart, glaube ich. Ein richtig langer Spaziergang, und dann wollte ich zu meinem Auto zurück.«

Sie hält inne, Alexandre legt eine Hand auf ihre Schulter.

»Und da habe ich ihn gesehen. Er stand da, an meinen Wagen gelehnt. Ganz in Schwarz gekleidet, eine Kapuze über den Kopf gezogen. Er trug eine Sonnenbrille und eine Art Tuch um den Hals, das die untere Hälfte seines Gesichts verdeckte.«

Die beiden Ermittler hängen an ihren Lippen, obwohl Alexandre die Geschichte schon kennt. Doch vielleicht bekommt er ja diesmal eine ausführlichere Version zu hören. Auch eine klarere. Nicht von Schluchzern unterbrochen.

»Als ich ihn gesehen habe, hab ich die Flucht ergriffen und bin in die entgegengesetzte Richtung gerannt ...«

»Und warum?«, fragt der Kommissar.

»*Warum?*«, wiederholt Cloé. »Weil das *er* war!«

»Er? Wer?«

Cloé schließt die Augen. Schweigen macht sich in dem kleinen Raum breit. Ein beklemmendes Schweigen.

Ihr wird klar, dass sie alles noch einmal ganz von vorne erzählen muss. Immer und immer wieder erklären. Um letztlich vielleicht doch wieder für verrückt gehalten zu werden.

Als sie erneut die Augen öffnet, trifft ihr Blick auf den von Gomez. Merkwürdigerweise findet sie seine Augen jetzt gar nicht mehr so furchterregend. Sie sind sogar unglaublich schön.

Und so klammert sie sich an diesen Blick wie an einen Strohhalm. Wie an einen Rettungsring, der sie vor dem Ertrinken bewahrt. Und gleich darauf fühlt sie neue Kräfte in sich aufsteigen.

Nein, du Saukerl, ich bin noch nicht erledigt. Noch nicht tot. So leicht wirst du mich nicht vernichten.

Du glaubst, ich hätte die Waffen gestreckt? Du irrst dich. Ich bin nicht allein und habe noch den Willen zu kämpfen. Das werde ich dir beweisen.

Während Cloé mit neuem Elan zu erzählen beginnt, deutet Alexandre ein Lächeln an.

Der Killer hat dieses Mal vielleicht doch das falsche Opfer gewählt ...

* * *

»Wie ist es gelaufen?«, erkundigt sich Gomez.

Cloé antwortet nicht. Damit hat er gerechnet. Er drückt seine Zigarette aus, öffnet ihr die Wagentür. Sie steigt ein, aber Alexandre fährt nicht gleich los. Er möchte vorher ein Wort von ihr hören. Nur ein Wort.

»War es schlimm? ... Ich verstehe.«

»Nichts verstehen Sie!«, herrscht Cloé ihn an.

Er ist leicht befremdet angesichts ihres Wutausbruchs. Schließlich ist er nicht verantwortlich. Aber wenn es sie erleichtert, ist er gern bereit, ihre Vorwürfe hinzunehmen.

»Worauf warten Sie? Sollen wir hier Wurzeln schlagen?«

Er legt den ersten Gang ein, und der Wagen entfernt sich vom Rechtsmedizinischen Institut.

»Was sagt der Arzt?«, fragt Alexandre fünf Minuten später.

Die Lippen fest zusammengepresst, starrt Cloé ins Leere.

»Sie dürfen ruhig weinen«, erklärt der Hauptkommissar. Er beschleunigt das Tempo ein wenig und versucht, sich zu entspannen.

»Also, was hat der Arzt gesagt? Ich muss das wissen. Das ist wichtig für das weitere Vorgehen.«

»Ich hab keine Lust, darüber zu sprechen!«

»Antworten Sie«, befiehlt Gomez, ohne die Stimme zu heben.

Sie drückt die Schläfe an das kalte Seitenfenster.

»Keine Spur von Schlägen, nur ein paar blaue Flecken, die ich mir bei dem Sturz zugezogen habe. Keine Spur von ... von gar nichts.«

Darauf hätte Gomez wetten können. Dieser Typ ist viel zu gerissen, um seine DNA zu hinterlassen.

»Sind Sie beruhigt?«

»Ich möchte jetzt nach Hause.«

»Sie können bei mir übernachten, wenn Sie wollen«, schlägt Gomez vor.

Er pfeift auf die Vorschriften, darauf kommt es jetzt auch schon nicht mehr an.

Cloé zögert. Natürlich hat sie Angst, allein zu Hause zu bleiben. Bei dem bloßen Gedanken schnürt sich ihr die Kehle zusammen.

Natürlich könnte er heute Nacht wiederkommen. Doch sie sehnt sich auch nach ihrem Refugium, ihren Sachen, ihren Gewohnheiten. Sich an den vertrauten Bildern festklammern, an den alltäglichen Gerüchen.

Inmitten des Chaos braucht man seine altbekannten Orientierungspunkte.

»Ich muss morgen früh arbeiten gehen, deshalb kann ich nicht bei Ihnen schlafen. Und ich muss unbedingt duschen.«

»Ich habe auch ein Badezimmer«, bemerkt Gomez mit einem Schmunzeln. »Und morgen ist Sonntag.«

Cloé weiß nicht mehr, welchen Vorwand sie erfinden soll. Also sagt sie lieber die Wahrheit.

»Ich möchte lieber allein sein. Aber danke für das Angebot.«

Er gibt noch mehr Gas, sie hält sich am Armaturenbrett fest. Die Anspannung ist fast greifbar.

Cloé hat Lust, jemanden zu töten. Herumzubrüllen. Mit dem Kopf an die Wand zu schlagen.

Alexandre hat Lust, eine zu rauchen, sich den Irren zu schnappen, der diese junge Frau traumatisiert hat. Er hat Lust, sie in die Arme zu nehmen, sie zu trösten.

»Tut mir leid, dass Sie das über sich ergehen lassen mussten«, sagt er unvermittelt.

Sie reißt sich zusammen, um nicht loszuheulen.

»Er wird dafür zahlen, das verspreche ich Ihnen«, fügt Gomez hinzu.

Sie wechseln kein einziges Wort mehr, bis der Peugeot in der Rue des Moulins anhält.

»Ich begleite Sie«, kündigt der Hauptkommissar an. »Ich sehe mich noch im Haus um.«

Dieser Vorschlag beruhigt Cloé zwar, doch sie kann es kaum erwarten, allein zu sein. Um endlich nicht mehr die Starke spielen zu müssen.

Sie betreten das Haus. Cloé geht sofort ins Wohnzimmer, stellt sich ans Fenster. Gomez inspiziert jeden Raum.

»Alles in Ordnung«, verkündet er schließlich.

»Einen guten Abend, Herr Hauptkommissar. Und danke.«

Es fällt Alexander schwer, sie ihrem Schicksal zu überlassen.

»Ich rufe Sie morgen an. Und melden Sie sich, wenn es nötig ist. Sie können mich jederzeit anrufen, Tag und Nacht.«

Er legt eine Hand auf ihre Schulter und spürt, wie sie sich verkrampft.

»Er hat mich für verrückt erklärt«, murmelt sie.

»Wer?«

»Der Arzt ... Er ... er hat mir gesagt, ich hätte nichts, überhaupt nichts. Dies sei vielleicht nur ein übler Scherz, den man mir gespielt hätte ... Ein übler Scherz, das muss man sich mal vorstellen.«

»Denken Sie nicht mehr daran«, beschwört sie Gomez. »Die Anzeige ist aufgenommen. Und es wird uns gelingen, ihn festzunehmen, glauben Sie mir.«

»Niemand wird ihn festnehmen«, sagt Cloé.

Gomez fühlt sich, als hätte er eine Ohrfeige bekommen. Er drückt Cloés Schulter.

»Ich werde sterben, ich weiß es. Ich spüre es.«

Er zwingt sie, sich umzudrehen. Sie weint nicht, ist eiskalt.

»Bevor er Sie umbringt, muss er erst mich umbringen.«

Er verlässt das Haus, und sobald sie die Eingangstür abgeschlossen und verriegelt hat, legt Cloé die Kleider ab. Besser gesagt, reißt sie sie sich vom Leib, als stünden sie in Flammen.

Statt sie in den Wäschekorb zu werfen, befördert sie sie direkt in den Mülleimer. Hätte sie einen Kamin, würde sie sie verbrennen. Alles, was er berührt hat, muss verschwinden.

Aber sie kann sich nicht die Haut abreißen. Also schließt sie sich im Badezimmer ein und stellt sich unter den heißen Wasserstrahl der Dusche. Sehr heiß.

Glühend heiß.

Sie seift sich mit übertrieben viel Duschgel ein und scheuert ihre Haut wie wild. Hysterisch geradezu.

Vielleicht gelingt es ihr am Ende doch, sie abzuschälen. Wenn es sein muss, wird sie die ganze Nacht damit zubringen.

* * *

Gomez schlägt den Kragen seines Blousons hoch.

Eine kalte Nacht wie so viele andere. Eine Nacht, in der er nicht schlafen wird. Wie in so vielen anderen.

Dreißig Meter entfernt sitzt er in seinem Auto und observiert das Haus. Seine Augen haben nichts von ihrer Schärfe verloren.

Falls dieser Dreckskerl hier aufkreuzt, wird er ihn bereuen lassen, je das Licht der Welt erblickt zu haben.

Doch der unsichtbare Mann bleibt unsichtbar. Was schließlich auch logisch ist. Gomez versucht weiterhin, sein Profil zu erstellen, das hilft ihm, wach zu bleiben. Er fragt sich, was Laura und Cloé gemeinsam haben könnten, abgesehen von ihrem guten Aussehen.

Nach der Beschreibung ihres Bruders war Laura eine Kämpfernatur, die sich nicht leicht unterkriegen ließ. Sie hat zwar nicht Karriere gemacht wie Cloé, vermutlich weil sie mit zwanzig aus einer Laune heraus ihr Studium an den Nagel gehängt hatte, um einem Mann bis ans andere Ende der Welt zu folgen. Einige Zeit vor ihrem Tod aber hat sie den Mut gehabt, ein Fernstudium zu beginnen, und hat sogar die Abendschule besucht. Und, noch erstaunlicher, sie hat sich in ihrer knapp bemessenen Freizeit auch noch in einer feministischen Vereinigung zur Bekämpfung von Gewalt gegen Frauen engagiert.

Während er sich erneut eine Zigarette anzündet, wird ihm klar, dass dieses perverse Schwein es nicht auf leichte Beute abgesehen hat. Er zieht offensichtlich Opfer vor, die bis zum bitteren Ende kämpfen.

Schön und stark will er sie haben. Widerspenstig und gefährlich.

Es ist kurz vor vier Uhr morgens. Gomez tut der Rücken weh. Aber sein Schmerz ist ohne Bedeutung. Das Einzige, was zählt, ist, dass Cloé in Sicherheit schlafen kann. Das Einzige, was ihm wichtig ist, ist, dass diese Frau ihr Leben zurückbekommt.

Während er seins verloren hat.

* * *

Es klopft an seiner Fensterscheibe. Gomez schreckt aus dem Schlaf hoch. Es ist schon hell, Cloé steht, eingehüllt in einen großen Schal, auf dem Bürgersteig. Der Hauptkommissar setzt sich mühsam auf, lässt das Seitenfenster herunter.

»Guten Morgen«, sagt Cloé mit einem Schmunzeln.

Seine Glieder sind noch steif von der Kälte. Ja, er hat sogar Mühe zu sprechen.

»Haben Sie die Nacht hier verbracht?«

»Sieht ganz so aus«, erwidert Alexandre.

»Kommen Sie, ich mache Ihnen einen Kaffee.«

Das lässt er sich nicht zweimal sagen und folgt Cloé in die Küche. Sie wirkt gelassener als am Vortag, fast heiter. Was den Hauptkommissar absolut nicht beruhigt.

»Ich habe beim Öffnen der Fensterläden Ihren Wagen gesehen. Ich wollte mich vergewissern, dass Sie nicht erfroren sind.«

»Das ist nett. Haben Sie denn schlafen können?«

»Nein«, gesteht sie und stellt eine Tasse mit dampfendem Kaffee vor ihn hin. »Sie nehmen Zucker, oder?«

»Ja, bitte. Und wie fühlen Sie sich?«

Sie dreht sich um, kehrt ihm den Rücken zu. Sie weicht seinem Blick aus, das ist offensichtlich.

»Es geht, danke.«

»Setzen Sie sich zu mir«, bittet Alexandre.

Cloé nimmt ihm gegenüber Platz. Ihr Unbehagen ist quasi mit Händen zu greifen.

»Sagen Sie mir bitte, wie es Ihnen geht«, wiederholt Alexandre. »Ich will die Wahrheit wissen, keine Lügen.«

Sie wärmt sich die Hände an dem Becher und starrt auf den Tisch.

»Sie müssen Hunger haben. Ich mache Ihnen Frühstück.«

»Antworten Sie mir«, befiehlt Gomez. »Das Frühstück kann warten.«

Schließlich hebt sie den Blick, ihre Unterlippe zittert leicht.

»Es geht mir schlecht. Sehr schlecht …«

Er wollte nur, dass sie es zugibt, als würde das irgendetwas ändern.

»Jedem an Ihrer Stelle würde es schlecht gehen.«

»Was wissen Sie über ihn?«

»Nichts«, gibt Alexandre vor. »Ich habe noch nicht genügend Anhaltspunkte, um …«

»Sie lügen!«, fällt ihm Cloé ins Wort. »Jetzt ist es an Ihnen, die Wahrheit zu sagen!«

Er trinkt einen Schluck Kaffee und zündet sich eine Zigarette an.

»Sie haben recht, doch die Wahrheit könnte Ihnen auch noch den allerletzten Nerv rauben.«

Er hätte besser eine andere Formulierung gewählt.

»Heraus damit«, fordert Cloé mit schneidender Stimme.

»Ich habe eine Frau gefunden, der das Gleiche widerfahren ist wie Ihnen ... Vor etwa einem Jahr.«

Cloé ist wie vom Blitz getroffen. Alexandre hat den Eindruck, sie würde gleich vom Stuhl fallen und in tausend Stücke zerspringen. Tausend Stücke eines wunderschönen feinen weißen Porzellans.

»Ein Mann, den nur sie gesehen hat und den sie nicht beschreiben konnte. Ein Mann, der ihr ständig nachstellte ... Genau dasselbe Szenario, bis auf ein paar einzelne Kleinigkeiten.«

»Sie wollen sagen, dass ... dass ...«

»Ich will damit sagen, dass dies nicht sein erstes Mal ist. Es handelt sich nicht um einen Racheakt oder was weiß ich. Wir haben es mit einem Geisteskranken zu tun.«

Cloé ringt nach Luft, als hätte sie sich verschluckt. Alexandre verstummt, lässt sie die Information erst mal verdauen.

»Und was ist aus ihr geworden?«, fragt Cloé schließlich.

»Sie ist tot«, sagt Alexandre. »Offiziell handelt es sich um Selbstmord.«

Sie springt auf, taumelt und stützt sich dann auf der Spüle ab.

Gomez bleibt hart. Sie wollte die Wahrheit hören, jetzt muss sie damit fertigwerden.

»Sie könnten Ihre Koffer packen und fliehen«, sagt er schließlich.

Sie antwortet nicht, steht noch immer vorgebeugt da. Er fragt sich, ob sie sich gleich übergeben oder ohnmächtig werden wird.

Schließlich dreht sie sich um und sieht ihm geradewegs in die Augen.

»Ich fliehe nicht.«

»Überlegen Sie sich das gut.«

»Aber Sie werden ihn doch festnehmen! Sie ... Sie postieren eine Wache vor meiner Tür und ...«

»Es gibt noch etwas anderes, das ich Ihnen sagen muss«, unterbricht er sie. »Ich bin nicht im Dienst.«

»Wie bitte?«

Dieses Mal senkt er den Blick. Es ist schwerer zu gestehen, als er geglaubt hatte.

»Offiziell leite ich diese Ermittlungen nicht. Übrigens gibt es offiziell gar keine Ermittlungen.«

»Ich verstehe kein Wort … Erklären Sie mir das!«, brüllt sie.

»Ich habe Ihnen von dem jungen Kommissar erzählt, der im Krankenhaus liegt und mit dem Tod ringt. Durch meine Schuld. Ich habe ihn in einen Einsatz verwickelt, der viel zu gefährlich war. Mein Vorgesetzter hat mich in Zwangsurlaub geschickt, ich glaube sogar, dass die Generaldirektion mich feuern wird.«

Cloé funkelt ihn böse an, als würde sie sich jeden Moment auf ihn stürzen.

»Als ich die Aktennotizen über Ihren Fall gelesen habe, habe ich sie ernst genommen. Weil ein Freund von mir, ebenfalls Hauptkommissar, mir mal eine verblüffend ähnliche Geschichte erzählt hat. Deshalb habe ich mir gesagt, dass jemand Ihnen helfen muss. Auch wenn ich eigentlich nicht dazu befugt war … So, jetzt wissen Sie alles. Morgen habe ich einen Termin bei der Therapeutin, die Laura betreut hat, die junge Frau, die sich das Leben genommen hat. Mit meinen Recherchen zu Lauras Fall versuche ich, mehr über diesen Mann und über seine Methoden in Erfahrung zu bringen.«

Cloé nimmt schließlich wieder Platz. Sie kann sich nicht mehr auf den Beinen halten. In ihrem Innern kämpfen Wut, Enttäuschung und Verwirrung miteinander. Ist dieser Hauptkommissar auch ein Verrückter? Oder doch ihre letzte Hoffnung?

»Deshalb mussten Sie gestern Abend unbedingt Anzeige erstatten. Ich hoffe, dass nun endlich offizielle Ermittlungen eingeleitet werden. Morgen fahre ich mal bei meinem Vorgesetzten vorbei. Dann erzähle ich ihm alles, was ich weiß, alles, was ich über Laura herausgefunden habe. Ich hoffe, er überträgt mir diesen Fall und gewährt mir die erforderlichen Mittel.«

»Und wenn er ablehnt?«

»Dann verbringe ich meine Nächte vor Ihrem Haus.«

»Ist das alles, was Sie mir vorzuschlagen haben?«

So viel Verachtung in ihrer Stimme …

»Mehr kann ich nicht tun, sorry.«

»Und wenn er auftaucht, was können Sie dann tun?«

So viel Wut in ihren Augen …

»Wenn er aufkreuzt, kümmere ich mich um ihn.«

»Nachdem Sie gar keine Befugnis haben, auf welcher Grundlage …?«
»Wenn ich ihn ins Kranken- oder Leichenschauhaus befördere, kann er Ihnen nichts mehr anhaben.«
»Wenn Sie das tun, sind Sie definitiv geliefert.«
»Was zählt, sind Sie. Alles andere ist mir völlig egal.«
»Hören Sie auf! Sie haben sicher keine Lust, Ihren Job zu verlieren. Der ist schließlich alles, was Ihnen noch geblieben ist.«
»Sie täuschen sich«, korrigiert Gomez und sein Blick ist eiskalt. »Mir ist nichts geblieben. Rein gar nichts.«
Er zieht seinen Blouson an und verlässt den Raum. Cloé eilt ihm nach und packt ihn am Arm.
»Wohin gehen Sie?«
Alexandre hat Lust, um sich zu beißen. Zweifellos, weil sie ihn wie einen Hund behandelt.
»Ich gehe brav zurück ins Auto. Danke für den Kaffee.«
Cloé stellt sich zwischen ihn und die Tür.
»Bleiben Sie hier!«
»Ich bin nicht hier, um mich von Ihnen rumkommandieren zu lassen. Und ich bin nicht Ihr Ventil, an dem Sie alles ablassen können!«
Sie ähnelt einem Panther, der ihm jeden Moment an die Kehle springen wird. Sophie war auch schön, wenn sie wütend war … Besaß dabei aber mehr Anmut.
»Ich bin ja wirklich ein Glückspilz!«, zischt Cloé. »Der einzige Bulle, der sich für meinen Fall interessiert, ist ein Outlaw, ein Betrüger … Womöglich sind Sie sogar sein Komplize!«
Er unterdrückt das Verlangen, sie mit Gewalt zum Schweigen zu bringen.
»Sie haben sie doch nicht mehr alle! Aber wenn Sie mit mir nicht zufrieden sind, dann suchen Sie sich doch jemand anderen.«
Er hätte nicht gedacht, dass sie es so schlecht aufnehmen würde. Hatte insgeheim sogar gehofft, dass sie ihn besonders heroisch finden würde.
»Sie wollten mich für dumm verkaufen! Verschwinden Sie!«
»Wenn Sie wollen, dass ich gehe, dann lassen Sie mich vorbei.«
Da sie unbeirrt stehenbleibt, packt er sie bei den Schultern, schiebt sie einen Meter zur Seite und öffnet die Tür.
»Rühren Sie mich nie wieder an!«

Sie ist der Hysterie nahe.

»Keine Sorge«, erwidert Alexandre und eilt die Stufen der Außentreppe hinunter. »Und grüßen Sie Ihren Freund schön von mir, wenn er Sie das nächste Mal besucht!«

Cloé verliert den letzten Rest an Beherrschung und brüllt:

»Du elender Mistkerl! Es wundert mich gar nicht, dass deine Frau dich hat sitzenlassen! Sie hat gut daran getan, abzuhauen! Erbärmlicher Versager!«

Alexandre macht kehrt. Überrascht eilt Cloé ins Haus zurück, versucht, die Eingangstür zu schließen.

Zu spät.

Gomez versetzt ihr einen Schlag auf die Schulter, sodass sie fast das Gleichgewicht verliert.

»Oh, Pardon!«, lacht Alexandre gequält. »Ich habe den letzten Satz nicht verstanden ... Sie sagten?«

Instinktiv weicht Cloé zurück.

»Raus hier!«

Sie hat die Stimme gesenkt, sein Grinsen wird breiter, diabolisch. Cloé weiß, dass sie zu weit gegangen ist. Und dass dieser Typ gefährlich ist.

Weglaufen würde nichts nützen. Schließlich gibt es nur eine Tür, und er steht genau davor.

»Ich würde jetzt gerne noch einen Kaffee trinken«, erklärt Gomez. »Gestatten Sie?«

Er streift sie im Vorbeigehen und lässt sich seelenruhig in der Küche nieder. Cloé bleibt im Flur stehen und weiß nicht, was sie tun soll. Sie erwägt, aus ihrem eigenen Haus zu fliehen, versucht, sich zu erinnern, wohin sie die Wagenschlüssel gelegt hat.

Ihr Wagen steht vor Gomez' Haus.

Wenn sie zu Fuß flüchtet, holt er sie ein. Also beschließt sie, ihm die Stirn zu bieten. Sie tritt in die Küche und stellt fest, dass er sich schon Kaffee eingeschenkt hat.

»Fühlen Sie sich wie zu Hause!«, faucht sie ihn an.

»Danke, Sie sind äußerst liebenswürdig.«

Er scheint belustigt. Nur dass Hass in seinen Augen aufflammt, die wieder diesen verrückten Ausdruck haben.

Wut.

Cloé greift nach einem Messer, das auf der Arbeitsfläche herumliegt, und versteckt es hinter ihrem Rücken. Dann baut sie sich vor ihm auf und hält seinem Blick stand.

»Sie glauben also, dass ich sein Komplize bin? Vielleicht bin ich es ja selbst!«, höhnt der Bulle. »Wo ich doch so ein *Mistkerl* bin … Aber nein, ich habe vergessen, dass ich ja ein erbärmlicher *Versager* bin … Deshalb bin ich wohl nicht schlau genug, um dieser berüchtigte Psychopath zu sein.«

»Das habe ich nicht gesagt«, murmelt Cloé. »Ich habe nicht gesagt, dass Sie es sind.«

Er rührt Zucker in seinen Kaffee und lässt sie nicht aus den Augen.

»Ich mache Ihnen Angst, *Mademoiselle*? Was verstecken Sie da hinter Ihrem Rücken? Ich wette, ein Messer! Glauben Sie wirklich, dass Sie den Mumm dazu haben?«

»Ich möchte, dass Sie jetzt mein Haus verlassen.«

»Ich trinke zunächst meinen Kaffee zu Ende, wenn Sie nichts dagegen haben. Ich habe die Nacht in meiner Karre verbracht und mir den Arsch abgefroren, nur um über eine Hysterikerin zu wachen. Das ist doch eine kleine Belohnung wert, oder?«

Er trinkt seinen Kaffee aus und steht auf. Doch statt zur Haustür zu gehen, steuert er direkt auf sie zu.

»Ich habe Hunger.«

Cloé steht hilflos da. Er drängt sie an die Spüle, streckt den Arm aus, um den Hängeschrank zu öffnen, und zieht ein Päckchen Kekse heraus. Sein Mund nähert sich ihrem Ohr.

»Meine Frau hat mich nicht sitzenlassen«, murmelt er. »Sie ist unter qualvollen Schmerzen gestorben.«

Eisige Kälte umfängt Cloé plötzlich.

»Es … es tut mir leid. Ich hatte nicht verstanden, dass …«

Sie versucht nicht einmal, sich zu befreien, weiß, dass sie keine Chance hätte.

»Sie verstehen überhaupt nichts. Sie glauben, aller Welt überlegen zu sein. Halten sich für perfekt … Ich denke, dieser Geisteskranke hat sie nicht zufällig ausgewählt.«

»Was wissen Sie schon davon?«, versucht Cloé einen Gegenangriff.

»Das ist offensichtlich.«

Cloé schluckt die Beleidigung hinunter. Sie weiß, wenn sie ein Wort hinzufügt, ein einziges nur, bringt sie das Fass zum Überlaufen.

»Was ist los, Mademoiselle Beauchamp? Hat es Ihnen die Sprache verschlagen?«

Einfach schweigen und den Blick senken, sie sieht keine andere Alternative. Nur die Glut seines Zorns nicht weiter entfachen. Angesichts ihres Schweigens wird Alexandre wieder ganz ruhig. Er greift hinter ihren Rücken nach dem Messer und wirft es in die Spüle.

»Mit so etwas spielt man nicht«, sagt er. »Das ist gefährlich.«

Endlich tritt er zurück. Cloé atmet auf.

»Viel Glück auf jeden Fall!«, ruft er vom Flur aus. »Und noch mal danke für den Kaffee.«

Sobald die Tür ins Schloss gefallen ist, lässt sie sich an der Wand zu Boden gleiten. Er hat sie nicht berührt, und dennoch hat sie den Eindruck, geschlagen worden zu sein.

Sie fühlt sich um Jahre zurückversetzt, erstarrt in dieser Stille, diesem Stumpfsinn, die auf die Gewalt folgen.

KAPITEL 41

Die Abenddämmerung setzt früher ein als gewöhnlich. Der Himmel hängt so tief, dass er die Dächer zu erdrücken scheint.

»Das macht neunzehn Euro fünfzig, Madame.«

Cloé reicht dem Taxifahrer einen Zwanzig-Euro-Schein.

»Stimmt so«, sagt sie.

Sie steuert auf ihren Mercedes zu, der direkt hinter Gomez' Wagen steht. Sie hebt den Kopf und entdeckt ein kleines erleuchtetes Rechteck im zweiten Stock. Er ist also zu Hause.

Cloé spielt nervös mit dem Autoschlüssel. Am liebsten würde sie auf der Stelle kehrtmachen, aber ...

Seit Stunden schon denkt sie darüber nach. Ihr bleibt keine andere Wahl, sie muss zu ihm gehen. Muss mit ihm reden. Auch wenn ihr der Gedanke an eine Konfrontation mit Gomez unerträglich ist.

Doch es muss sein. Weil sie niemand anderen hat.

Weil sie vor Einsamkeit halb krepiert und er ihre einzige Hoffnung ist.

Weil alle sie für verrückt halten. Nur er nicht.

Weil er hartnäckig ist, stark und intelligent. Ein solider Schutzwall gegen den Schatten.

Sie muss nur noch die richtigen Worte finden, Worte, die ihn umstimmen. Sie muss sich zurücknehmen, ihren Charme einsetzen. Egal wie, allein das Ergebnis zählt: Ihn überzeugen, wieder ihr Schutzengel zu werden.

Cloé geht zum Eingang des bescheidenen, um nicht zu sagen hässlichen, Gebäudes. Am Vorabend hat sie einfach auf gut Glück geklingelt, bis irgendwer ihr geöffnet hat.

Heute funktioniert das nicht. Sie setzt ganz auf den Überraschungseffekt und darf sich auf keinen Fall ankündigen. Dieser Grobian wäre in der Lage, sie auf dem Bürgersteig stehen zu lassen.

Das Schicksal ist ihr hold, denn im selben Moment verlässt ein Paar das

Haus. Cloé nutzt die Gelegenheit und geht in den zweiten Stock. Auf jeder Stufe krampft sich ihr Inneres ein wenig mehr zusammen.

Oben angekommen, holt sie tief Luft und klopft dreimal an die Tür. Gomez ist keiner, der durch den Spion schaut. Das wird Cloé klar, als er die Tür öffnet: Er ist sichtlich überrascht.

»Na, so was … Mademoiselle Beauchamp! Was verschafft mir die Ehre?«

Er scheint gerade aus der Dusche zu kommen – nasse Haare, frisch rasiert. Er trägt zerschlissene Jeans und ein schwarzes T-Shirt mit Totenkopf.

»Guten Abend … Ich bin hier, um meinen Wagen abzuholen.«

»Der steht aber nicht hier oben. Sehen Sie mal auf der Straße nach.«

Cloé unterdrückt ein Lächeln. »Ich wollte die Gelegenheit nutzen, um Ihnen etwas zu sagen.«

»Reizende Idee!«

Er lehnt sich an den Türrahmen, verschränkt die Arme vor der Brust.

»Sie bitten mich nicht herein? Das ist nicht besonders höflich.«

»Ich bin eher der ungehobelte Typ«, flüstert der Hauptkommissar mit einem spöttischen Lächeln. »Und ich hätte nicht übel Lust, Ihnen die Tür vor der Nase zuzuschlagen. Also sagen Sie, was Sie zu sagen haben.«

Cloé setzt alles auf eine Karte. Sie schiebt ihn zur Seite und betritt seine Wohnung. Er hätte sie daran hindern können, hat sie aber gewähren lassen.

»Darüber möchte ich nicht im Treppenhaus sprechen«, erklärt sie.

Gomez schließt die Tür und richtet sich vor ihr auf. Sie stehen sich in dem schmalen Flur gegenüber, der in das spärlich möblierte Wohnzimmer führt. Obwohl Cloé erst am Vortag hier war, kann sie sich nur schwach erinnern.

Sie wagt sich nicht weiter vor.

Ich bin in der Wohnung, das ist schon mal was.

»Also, was haben Sie mir so Dringendes mitzuteilen?«

»Tut mir leid wegen heute Morgen. Ich hätte so nicht reagieren dürfen. Nun, das ist alles.«

Sie hat das Gefühl, vor ihm auf die Knie gefallen zu sein.

»*Das ist alles?* … Ich nehme an, das ist der Teil im Skript, wo ich antworten soll, dass alles vergeben und vergessen ist und ich Ihnen weiterhin helfen werde. Ist es so?«

Genauso ist es. Also sag es!

»Nichts verpflichtet Sie dazu«, erwidert sie.
»Das stimmt allerdings! Gut, dass Sie das sagen.«
»Aber es ist Ihr Job«, fügt sie ungeschickt hinzu. »Und sicher wollen Sie diese Ermittlungen zu einem Abschluss bringen.«
Sie lächelt ihn kess, wenn nicht gar herausfordernd an. Alle Zurückhaltung ist schon wieder wie hinweggefegt.
»Was ich an Ihnen so bewundere, ist, dass Sie wirklich vor nichts zurückschrecken!«
»Hören Sie, Hauptkommissar, ich weiß, dass ich heute Morgen etwas abweisend war, aber ...«
»Sie waren nicht *etwas abweisend*«, korrigiert Alexandre. »Sie haben mich wie den letzten Dreck behandelt, wie einen dahergelaufenen Straßenköter!«
»Nun übertreiben Sie mal nicht!«
»Ich übertreibe also? Das wird ja immer schöner hier!«
Er hat erneut die Hände vor der Brust verschränkt wie ein bockiger kleiner Junge.
Ein Junge von ein Meter neunzig Größe und hundert Kilo Lebendgewicht.
»Sie hätten von Anfang an mit offenen Karten spielen sollen«, setzt Cloé hinzu. »Dann wäre das alles nicht passiert.«
»Klar, es ist meine Schuld!«
»Sie helfen mir doch, oder?«
»Denken Sie eigentlich bei allen, dass sie Ihnen stets zu Diensten sein müssen, oder habe ich allein diese Ehre?«
»Ich habe nie gedacht, dass Sie mir zu Diensten stehen!«, verteidigt sich Cloé.
Er bemerkt, dass sie immer wieder eine Haarsträhne um den Finger wickelt. Dass sie sich unbehaglich fühlt.
»O doch, Mademoiselle! Man könnte durchaus meinen, Sie betrachten alle anderen als Ihr persönliches Personal, dessen Sie sich nach Gutdünken bedienen können ... Aber ich gehöre nicht zu Ihren *Dienstboten*, Hoheit!«
Cloé hat Lust, ihn zu ohrfeigen, doch das wäre in der augenblicklichen Situation wohl nicht sehr ratsam.
»Also, helfen Sie mir jetzt, ja oder nein?«, fragt sie mit schneidender Stimme.
Sie ist etwas laut geworden und bereut es sofort.

»Erinnern Sie sich, ich bin nur ein *Outlaw*, nicht mal ein richtiger Bulle. Nur ein *Betrüger*.«

»Sie lassen mich also im Stich?«

»So ist es«, bestätigt Gomez.

»Und was soll ich jetzt machen?«

Alexandre lässt sie auf dem Flur stehen und nimmt auf seinem Sofa Platz. Cloé ist klar, dass sie nicht eingeladen ist, ihm zu folgen. Er trinkt in aller Ruhe sein Glas aus, während sie ihn mit vor Wut funkelnden Augen anstarrt.

»Machen Sie, was Sie wollen«, erwidert er schließlich. »Das ist mir vollkommen egal, das können Sie mir glauben.«

Er schenkt sich ein zweites Glas Bourbon ein und zündet sich eine Zigarette an.

»Ich begleite Sie nicht hinaus, Sie kennen ja den Weg.«

Hinter den weißen Rauchwolken erahnt Cloé sein ungeniertes Grinsen.

»Sie sind ein Widerling!«, faucht sie.

»Sie sind nicht die Erste, die das sagt. Seien Sie etwas origineller.«

Cloé zögert, ob sie gehen soll. Bleibt noch Plan B. Riskant, doch so wie die Lage aussieht ...

Sie tritt ins Wohnzimmer, hält aber gebührenden Abstand. Er mustert sie belustigt.

»Sie sind immer noch da?«

»Ich kann Sie bezahlen«, schlägt Cloé trocken vor.

Sie hat ihn ein weiteres Mal überrascht. Das verraten seine Augen.

»Sie wollen sagen mit Geld?«, fragt er in besonders unangenehmem Tonfall.

Sie ist sprachlos. Alexandre lacht still vor sich hin und leert sein Glas.

»Natürlich mit Geld! Wofür halten Sie mich?«

»Glauben Sie, ich brauche Ihre Kohle? Sehe ich aus wie ein Hungerleider?«

»Sagen Sie, wie viel Sie wollen.«

Sie steht stockstreif da. Gomez spürt wohl, dass sie leidet, kann aber kein Mitleid für sie empfinden.

»Ich bin zu teuer für Sie.«

»Ich habe viel Geld.«

Gomez erhebt sich vom Sofa, packt sie am Arm und schiebt sie auf den Flur zurück.

»Ich bin nicht käuflich«, verkündet er und öffnet die Wohnungstür.

Sie reißt sich los und streicht über ihren Ärmel, als hätte er ihn beschmutzt.

»Wenn Sie so viel Kohle haben, dann leisten Sie sich einen Bodyguard.«

»Sie haben mein Leben auf dem Gewissen!«

»Ich habe so vieles auf dem Gewissen«, seufzt Alexandre. »Auf Wiedersehen, Mademoiselle Beauchamp.«

* * *

Alexandre hat die Bourbonflasche fast geleert.

Sie war nicht voll, Herr Staatsanwalt ...

Die Füße auf dem Couchtisch, raucht er die letzte Zigarette aus der Schachtel.

Es ist zwei Stunden her, seit sie gegangen ist. Seit er sie rausgeworfen hat, besser gesagt. Er fragt sich, wo sie sein mag. Er fragt sich vor allem, warum er sich ihr gegenüber so hart gezeigt hat. Schließlich ist sie gekommen, um sich zu entschuldigen, auch wenn sie sich ziemlich ungeschickt angestellt hat.

Sophie betrachtet ihn durch die Rauchwolke hindurch. Und ihr Blick ist streng. Unerbittlich.

»Diese Frau ist unerträglich«, verteidigt sich Alexandre. »Sie glaubt, sich alles herausnehmen zu können, und hält die anderen für ihre Sklaven!«

Jetzt führt er tatsächlich schon Selbstgespräche.

Das passiert ihm öfter, seit Sophie ihn verlassen hat.

Er trinkt den letzten Schluck Jack Daniel's und wirft das Glas über die Schulter.

»Soll sie doch sehen, wie sie zurechtkommt, wenn sie so *stark* ist.«

Sophie starrt ihn weiter an, Gomez wendet den Blick ab. Seine Gewissensbisse verursachen ihm Übelkeit.

Sobald er aufsteht, sieht er, wie die geraden Linien schlangenförmig werden. Wie Wellen, die sich an der Wand brechen. Er stützt sich auf die Rückenlehne des Sofas, schließt die Augen. Selbst saufen kann er nicht mehr richtig.

Er schwankt ins Badezimmer und hält den Kopf unter den Wasserhahn.

Als er ihn hebt, sieht er sich im Spiegel an.

»Sie ähnelt dir, das ist wahr. Aber sie ist so anders als du ...«

In der Küche trinkt er einen starken Kaffee. Dann einen weiteren.

Wozu bin ich noch nütze?

Hundertmal hat er sich schon die Frage gestellt. Seitdem sie nicht mehr da ist, irrt er ziellos durch eine Welt, die durch ihre Abwesenheit verwüstet ist. Eine Welt wie nach einer Atomkatastrophe, die er leider überlebt hat.

Eine Welt ohne Farbe, ohne Geruch, ohne Geschmack. Ohne Erbarmen.

So stellt er sich die Hölle vor.

»Ich wünschte so sehr, sie wäre wie du!«

Er lässt sich erneut auf sein Sofa fallen und starrt auf die Wand, die ihm auch nicht weiterhilft. Es erträgt sich selbst nicht, ein untätiger Säufer auf einem billigen Sofa. Der Niedergang.

Er steht am Rand des Abgrunds.

Nein, nicht am Rand. Er hängt schon mit dem Kopf nach unten und blickt in einen schwarzen klaftertiefen Schlund. Und ihm wird klar, dass das Einzige, was ihn davon abhält zu fallen, die Verbrecherjagd ist.

Merkwürdige Vorstellung, dass ein Psychopath das Seil hält, das ihn am Absturz hindert.

Er zieht seinen alten Blouson an, nimmt seine Sig-Sauer und seine Wagenschlüssel und löscht das Licht. Während er, ans Geländer geklammert, die Treppe hinuntergeht, hallt Sophies Stimme in seinem alkoholdurchtränkten Hirn wider.

Das ist kein ausreichender Grund, sie sterben zu lassen, mein Liebling ...

Gomez steigt in seinen Wagen, lässt den Motor an.

»Du hast gewonnen, Liebes, ich mache mich wieder auf die Jagd. Ich muss den Hurensohn erwischen. Wenn ich es nicht für diese Hysterikerin mache, dann wenigstens für Laura.«

Es ist leicht, Vorwände zu finden. Gomez hat Angst, ins Leere zu fallen, und diesen Moment hinauszuzögern ist das Einzige, was für ihn zählt.

* * *

Im Leben gibt es einige ganz elementare Bedürfnisse, die wesentlich sind und die uns daran erinnern, dass wir im Grunde nur Tiere sind.

Und dazu gehört ein Ort, an dem wir uns sicher fühlen. Ein Unterschlupf, ein Refugium. Ein Bau, eine Höhle.

Wenn dieser Ort nicht mehr existiert, wird man zu einem gehetzten Tier, das sich ständig umsieht und keine Ruhe findet.

Das wird Cloé schmerzhaft bewusst. Furchtbar schmerzhaft.

Nachdem sie über eine Stunde ohne Ziel und Hoffnung über triste, eisglatte Straßen gefahren ist, kehrt sie zurück. Zum Ausgangspunkt. Weil man immer zurückkehren muss.

Sie könnten Ihre Koffer packen und fliehen ...

Den Job aufgeben, auf den Posten der Generaldirektorin verzichten. Auf alles, was sie sich aufgebaut hat.

Verschwinden, sich im Nebel eines kalten Morgens auflösen.

Das ist vielleicht noch schwieriger, als der Angst zu trotzen.

Sie sitzt im Wohnzimmer, die P38 in Reichweite.

Warum hat er sie mir gelassen? Er hätte sie mir wegnehmen können, während ich bewusstlos war. Während er ... Er hat nicht einmal Angst, dass ich ihn verletze oder töte. Er hält sich für allmächtig.

Sicher, weil er es ist.

Das *Warum* überschlägt sich in ihrem Kopf. Hüpft wirr herum, prallt von den schmerzenden Wänden ihres Schädels ab. Das Wichtigste ist vielleicht das *Warum ich?*

Diese typische Frage, immer dann, wenn das Unglück zuschlägt.

Sicher weil ich schön bin. Anziehend. Weil ich erfolgreich bin, Neid und Begehrlichkeiten wecke.

Man beruhigt sich, wie man kann. Eine Ursache finden, einen Grund.

Dieser Bulle hat mich im Stich gelassen. Wie vor ihm Bertrand. Dabei habe ich doch mein Bestes getan. Habe mich sogar entschuldigt.

In einem Punkt hat er recht. Sie sollte sich vielleicht einen Bodyguard zulegen. Einen Söldner, einen Muskelmann, der die ganze Nacht auf ihrer Fußmatte schläft. Einen guten Wachhund mit kräftigen Zähnen.

Beim Geräusch der Türglocke setzt ihr Herzschlag aus. Dabei würde sich der Schatten niemals ankündigen.

Cloé steckt die Pistole in die Tasche ihres Sweatshirts, tritt auf den Flur und macht Licht. Sie drückt ihr Ohr an die Tür und fragt sich, wer sie wohl besuchen kommt.

»Ja?«

»Gomez.«

Die Überraschung ist groß. Obwohl … Cloé lächelt nervös und schließt auf. Das Erste, was sie sieht, sind seine Augen, in denen sich das Flurlicht spiegelt.

»Und wenn ich es nun gar nicht gewesen wäre?«, fragt er.

»Wie bitte?«

»Wie konnten Sie sicher sein, dass ich es bin?«

»Ich habe Ihre Stimme erkannt«, gibt Cloé vor.

»Wirklich? Mit nur einem einzigen Wort?«

Cloé schließt die Tür doppelt ab und geht ihm voran ins Wohnzimmer. Dort legt er seinen Blouson ab, lässt sich in einem Sessel nieder.

»Möchten Sie etwas trinken?«

»Ich bin schon betrunken.«

Cloé erschaudert, versucht zu verbergen, was sie empfindet. Unendliche Erleichterung und dumpfe Angst. Sie hätte nicht gedacht, dass beides sich tatsächlich vereinen kann.

»Kochen Sie mir lieber einen Kaffee«, ordnet Gomez an.

Sie geht in die Küche, versteckt die P38 in einem Schrank hinter den Konserven. Dann macht sie sich daran, den Kaffee aufzusetzen. Ein kindliches Lächeln um die Lippen.

Er ist zurückgekehrt. Ich habe gewonnen. Ich bin die Beste.

Ich brauche keine Angst vor ihm zu haben. Er bellt, aber er beißt nicht.

Sie stellt Kanne, Tasse und Zuckerdose vor ihn auf den Couchtisch und nimmt ihm gegenüber Platz. Während er sich Kaffee einschenkt, mustert ihn Cloé genau. Seiner Beteuerung zum Trotz, scheint er nicht betrunken.

»Sie hätten sich vergewissern müssen, dass ich es wirklich bin, bevor Sie aufmachen«, sagt er und rührt den Zucker um. »Lassen Sie sich morgen von Ihrem Schlosser einen Spion einbauen.«

»Okay … Danke, dass Sie Ihre Meinung geändert haben.«

Sie sagt das in einem siegessicheren Tonfall. Das ist kein Dank. Vielmehr eine Feststellung.

»Das hat nichts mit Ihrem erbärmlichen Entschuldigungsversuch zu tun. Und wenn ich bereit bin, mich dieser Angelegenheit zu widmen, dann nur unter gewissen Bedingungen.«

Cloés Lächeln verschwindet. Sie erinnert sich an ihren Vorschlag, ihren Plan B. Er wird Geld von ihr verlangen. Sie rechnet aus, wie viel auf ihren Sparbüchern schlummert, legt eine Summe fest, die nicht überschritten werden darf. Als wäre ihr Leben nicht ihre gesamten Ersparnisse wert.

»Ich höre«, sagt sie.

Alexandre zündet sich eine Zigarette an, macht es sich in seinem Sessel bequem.

»Nie wieder schlagen Sie mir gegenüber einen Ton an wie heute Morgen, und Sie tun, was ich sage, ohne Fragen zu stellen.«

Cloé hat das Gefühl, an einer besonders dicken Kröte herumzuwürgen.

»Ist das alles?«

»Wenn Ihnen das gelingt, wäre das schon mal was!«, spottet der Bulle.

»Sie wollen kein Geld? ... Jede Arbeit verdient einen Lohn!«

»Ich bekomme einen Lohn. Ich bin beurlaubt, nicht arbeitslos. Und ich wiederhole, ich bin nicht käuflich.«

Letzten Endes nutzt er die Situation nicht aus.

Letzten Endes ist er auch kein Mistkerl. Eher ein guter Typ.

»Vorsicht, Mademoiselle Beauchamp. Wenn Sie nicht auf meine Bedingungen eingehen, setze ich nie mehr einen Fuß hierher. Ist das klar?«

»Klarer geht es nicht«, versichert Cloé.

»Perfekt. Ihr Kaffee ist eklig. Reines Spülwasser.«

»Ich kann Ihnen einen stärkeren kochen, wenn Sie möchten.«

Er wirft ihr einen spöttischen Blick zu.

»Nun übertreiben Sie mal nicht! Die Maske der unterwürfigen Frau steht Ihnen gar nicht.«

»Sie sollten schon wissen, was Sie wollen, Monsieur Gomez.«

»Diesen Geisteskranken schnappen, das ist es, was ich will. Das ist das Einzige, was mich interessiert.«

»Unser Ziel ist also dasselbe.«

»Erzählen Sie mir noch einmal alles von Anfang an«, fordert der Ermittler und schenkt sich Kaffee nach. »Ich will die ganze Geschichte von A bis Z hören. Vielleicht ist mir ein Detail entgangen.«

Cloé stößt einen gedehnten Seufzer aus.

»Wollen Sie die ganze Nacht hier verbringen?«, fragt sie.

»Stört Sie das? ... Oder reizt Sie das?«

Sie tut so, als wäre sie schockiert, was ihm erneut ein Lächeln entlockt.

»Ich arbeite morgen«, erklärt sie.

»Nun gut, je schneller Sie mir Ihre Geschichte erzählen, desto früher bin ich wieder weg.«

»Schon klar. Sagen Sie, was heute Morgen betrifft ...«

»Darauf brauchen wir nicht zurückzukommen«, fällt ihr der Hauptkommissar ins Wort.

»Doch. Ich wollte nur sagen, dass ... Als Sie mir gesagt haben, dass Sie beurlaubt sind, dass der Typ, der mich verfolgt, ein gefährlicher Psychopath ist, da habe ich falsch reagiert. Ich habe mich unmöglich verhalten. Aber nur, weil ich Angst hatte. Schreckliche Angst sogar. Und wenn man Angst hat ...«

»... fährt man seine Krallen aus?«

»Genauso ist es«, murmelt Cloé.

»Okay«, erwidert Alexandre. »Ist notiert. Doch das entschuldigt Ihr Verhalten trotzdem nicht.«

»Sind Sie immer so starrsinnig?«

»Da haben wir ja schon mal was gemeinsam, oder?«

Sie lacht leise. Leichthin. Elegant. Gegen seinen Willen entspannt sich auch Gomez ein wenig.

Doch eine Sekunde später lacht sie nicht mehr. Sie ist sogar den Tränen nahe. Sie steht auf, stellt sich ans Fenster und tut so, als würde sie hinaussehen.

Gomez trinkt seinen Kaffee aus, versucht, sie nicht zu brüskieren.

»Was ist los?«, fragt er einfach.

»Nichts.«

»Also, setzen Sie sich her und erzählen Sie mir.«

Cloé tut wie geheißen, nimmt aber lieber im Sessel neben ihm, nicht ihm gegenüber Platz. Er dreht sich leicht zur Seite, um sie im Blickfeld zu haben. Sie hat die Beine übergeschlagen, kaut am Nagel ihres Zeigefingers. Es ist nicht das erste Mal, dass Gomez sie rührend findet. Sobald sie ihren Panzer ablegt, ähnelt sie einem launischen und zerbrechlichen kleinen Mädchen. Das man gern beschützen möchte.

»Sollen wir das morgen machen? Wenn Sie sich nicht gut fühlen, können wir ...«

»Nein. Ich möchte nicht, dass Sie gehen. Ich brauche Sie.«
Er verbirgt sein Unbehagen hinter der Rauchwolke einer neuen Zigarette.

»Er hat vor nichts Angst«, murmelte Cloé. »Er weiß, dass ich bewaffnet bin, hätte mir meine Pistole wegnehmen können, hat es aber nicht getan.« Alexandre beschließt, sie nicht zu unterbrechen, sie nicht direkt anzusehen. Das Problem mit der Waffe regelt er später. Oder er lässt sie ihr, das hat er noch nicht entschieden.

»Er hat vor nichts Angst«, wiederholt sie. »Er ist sich so sicher. Er will, dass alle mich für verrückt halten. Dass sogar ich mir die Frage stelle, ob ich nicht paranoid bin. Und das werde ich vielleicht auch, wenn … Er duldet es nicht, wenn ich mich von ihm entferne, das hat er gezeigt. Er hat mich bestraft, als ich mehrere Hundert Kilometer weg war. Er hat sich an meinem Vater vergriffen, er wusste, wie sehr mich das trifft. Damit wollte er mich zwingen, zurückzukommen, mich zwingen, ihm entgegenzutreten. Besser gesagt, mich zwingen, ihm zur Verfügung zu stehen … Als würde er jede meiner Bewegungen voraussehen und mir ständig auf den Fersen sein. Als könnte er mich die ganze Zeit sehen. Während ich ihn niemals sehe. Er taucht auf, er verschwindet … Er kennt mein Gesicht und jetzt sogar meinen Körper. Während ich nur weiß, dass er groß ist und kräftig.«

Sie legt eine Pause ein. Alexandre hängt an ihren Lippen, ist wie hypnotisiert von ihrer sanften Stimme, die den Schmerz und das Grauen mit so viel Anmut ausdrückt.

»Ich kann an nichts anderes denken«, fährt Cloé fort, »als an das, was er mir angetan hat … Das frisst sich in meinen Kopf, hindert mich fast am Atmen. Ich war bewusstlos, er konnte tun und lassen, was er wollte. Er hat vielleicht … Nein, nicht *vielleicht*: Ich bin sicher, er hat mich missbraucht! Auch wenn er keine Spuren hinterlassen hat. Ich weiß es, ich spüre es …«

Der Hauptkommissar legt eine Hand vor den Mund, wie um zu verbergen, was er empfindet. Aber Cloé sieht ihn gar nicht an. Sie ist nicht da, sie ist woanders.

»Er will mich nicht töten, sondern er will mich *zerstören*. Das ist nicht dasselbe. Es ist so, als würde er bei jeder Begegnung ein Stück von mir ausreißen. Das geht so weiter, bis nichts mehr von mir übriggeblieben ist …«

Alexandres Unbehagen nimmt noch zu. Bisweilen nimmt er eine sinnliche Note in ihrer Stimme, in ihren Gesten wahr. Sie scheint schon teilweise in der Gewalt des Schattens zu sein. Dann hätte er gewonnen. Bald wird sie bereit sein, ihm nachzugeben, sich umbringen zu lassen, ohne sich zur Wehr zu setzen. Und das ist unerträglich.

Alexandre springt auf, Cloé verstummt.

»Wir machen morgen weiter«, sagt er und greift nach seinem alten Lederblouson.

»Sie gehen?«

»Ich bleibe in der Nähe.«

Sie bemerkt, dass er sie nicht ansieht. Dass er sie nicht mehr ansieht. Als wäre ihr Anblick plötzlich nicht mehr auszuhalten.

Als er schon auf dem Flur ist, packt sie ihn beim Arm.

»Bleiben Sie, bitte … Ich habe Angst, allein zu sein.«

»Sie müssen morgen arbeiten, vergessen Sie das nicht. Sie müssen schlafen.«

»Ich schlafe nicht mehr. Seit Wochen schon.«

»Das ist unmöglich!«, erwidert Alexandre.

»Immer mal wieder eine Stunde … Aber wenn Sie dablieben, würde ich ein Beruhigungsmittel nehmen und endlich schlafen können.«

Alexandre ist in der Defensive. Nur nicht nachgeben.

»Ich bin nicht Ihr Teddybär. Kaufen Sie sich ein Plüschtier.«

»Hören Sie auf, mich so zu behandeln, Hauptkommissar! Das habe ich verdammt nochmal nicht verdient!«

Er antwortet nicht, fixiert nur die Tür mit dem immer stärkeren Bedürfnis, zu fliehen.

»Ich kann Ihnen das Bett im Gästezimmer beziehen. Dort sind Sie gut untergebracht, das versichere ich Ihnen. Und zu Hause wartet ja sowieso niemand auf Sie.«

Jetzt sieht er sie direkt an.

»Danke, dass sie mich daran erinnern«, erwidert er verdrießlich.

»Entschuldigung«, murmelt Cloé.

Sie kommt näher, viel zu nahe. Ergreift seine Hand. Er zieht sie nicht zurück.

»Okay«, sagt er schließlich. »Ich bleibe diese Nacht, weil die Schlösser noch nicht ausgewechselt sind. Aber es ist das letzte Mal.«

»Danke.«

Sie lässt die Finger seinen Arm hochwandern. Sie drängt sich an ihn, er schließt die Augen.

»Bitte nicht, Cloé.«

»Warum nicht? Ich gefalle Ihnen doch …«

Immer dieses unerschütterliche Selbstbewusstsein. Diese Sicherheit, was für einen Charme sie besitzt und welche Gefühle sie bei anderen auslöst.

»Und Sie gefallen mir auch«, fügt sie hinzu.

»Nein, Sie brauchen mich, das ist etwas ganz anderes.«

Er schiebt sie behutsam zurück, obwohl er Lust hätte, sie an die nächste Wand zu pressen. Oder sie in ihr Bett zu tragen.

Er weiß selbst nicht mehr genau, was er will. Was er sich wünscht und was nicht. Es kommt alles so plötzlich. Und war doch so vorhersehbar.

Da ist Sophies Gesicht, das sich über das ihre legt.

»Mache ich Ihnen Angst? Weil ich ihr ähnlich sehe?«

Er schiebt sie wieder zurück. Sie gibt auf. Fühlt sich plötzlich sehr unwohl.

»Entschuldigen Sie, ich dachte … Das war dumm von mir. Ich mache das Zimmer fertig. In fünf Minuten bin ich zurück.«

Schon ist sie verschwunden, und er steht da wie der letzte Idiot.

Flüchten oder bleiben. Widerstehen oder nachgeben.

Cloé kommt zurück, er hat den Eindruck, sie wäre gar nicht weg gewesen.

»Ihr Zimmer ist fertig … Brauchen Sie noch etwas?«

Er vergisst zu antworten.

Starrt sie für lange Sekunden an. Sie hat geweint, was ihre Augen noch schöner macht.

Als er sich nähert, ist sie nicht überrascht.

Als er ihr Gesicht in die Hände nimmt, vergisst sie, warum er da ist.

Als er sie küsst, vergisst sie, dass sie sterben wird.

Endlich ein Ort, an dem sie sich in Sicherheit fühlt. Endlich!

KAPITEL 42

Als Cloé aufwacht, ist sie erstaunt.

Es ist ihr gelungen zu schlafen. Ohne Tabletten, ohne Alkohol. Sie hat einfach nur die Augen zugemacht.

Es ist früh am Morgen, der Tag noch ein Versprechen. Das einzige, das sicher gehalten wird.

Alexandre ist schon auf. Sitzt in einem Sessel und betrachtet sie. Mit einer Intensität, zu der nur seine Augen imstande sind.

»Bist du schon lange wach?«, fragt Cloé.

»Ich habe nicht geschlafen.«

»Wieso kommst du nicht zu mir?«

Mit einer kleinen Handbewegung, einem verführerischen Lächeln lädt sie ihn ein. Er rührt sich nicht vom Fleck.

»Komm doch!«, bittet sie mit lasziver Stimme.

Schließlich überwindet er die kurze Entfernung, die sie voneinander trennt, und steigt langsam zu ihr ins Bett wie ein Raubtier, das sich seiner Beute nähert.

Cloé liegt unter der Decke, doch dorthin will er nicht. Er legt sich einfach neben sie, lässt sie nicht aus den Augen. Dann schiebt er langsam die Laken, die ihren Körper verhüllen, beiseite.

Sie umklammert die Sprossen am Kopfende des Bettes, eine freiwillig Gefangene.

Als er seine kalte Hand auf ihren glühenden Bauch legt, beißt sie sich auf die Lippe.

»Schließ die Augen«, befiehlt Alexandre.

Sie gehorcht. Nur fühlen, empfinden. Der Fantasie freien Lauf lassen. Mit geschlossenen Augen sieht man besser.

Diese unglaublich sanfte Hand, die allmählich bis zu ihrem Hals hinauf- und wieder hinabwandert, bis sie bei den Hüften angekommen ist.

Doch der Schmerz ist ganz nah. Sitzt direkt unter ihrer Haut.

»Was, glaubst du, hat er mit mir gemacht?«, fragt sie mit kaum hörbarer Stimme.

»Ich glaube, dass er das mit dir gemacht hat«, flüstert ihr der Kommissar ins Ohr.

Seine Hand wird energischer, als er sie ihr zwischen die Beine schiebt. Reflexartig presst Cloé die Schenkel zusammen. Zu spät, er ist schon in ihr.

»Beweg dich nicht. Denk dran, du warst bewusstlos, ihm ausgeliefert …«

Seine Stimme klingt fast grausam, bedrohlich.

Cloé hört, wie ihr Herz rast, heftig in ihrer Brust schlägt, so laut, dass es in ihrem Kopf widerhallt.

»Ich glaube, er hat auch das mit dir gemacht …«

Mit der anderen Hand drückt Alexandre ihr die Kehle zu. Nur ganz leicht, sodass sie noch Luft bekommt.

Cloé will sich ihm entwinden. Sich widersetzen.

Doch irgendetwas zwingt sie, sich seinem Willen zu unterwerfen. Die Lust, ihm zu geben, was er erwartet.

»Erinnerst du dich jetzt?«, fragt Alexandre.

Die Bilder überschlagen sich in ihrem Kopf. Empfindungen, die Gestalt annehmen, sich miteinander vermischen.

»Hat dir das gefallen?«

»Ich weiß nicht … Ich weiß es nicht!«

»Lass die Augen zu«, befiehlt Alexandre erneut. Seine Lippen gleiten über ihre Haut, das Blut pulsiert in ihren Schläfen. Direkt hinter ihren Augenlidern ein roter, von zuckenden Blitzen durchzogener Himmel.

»Mir hat es gefallen«, gesteht Gomez. »Und ich hätte Lust, wieder anzufangen.«

Ein lauter Donnerschlag.

Cloé öffnet die Augen und taucht direkt ein in Alexandres Blick. Wie in ein Bad aus kochender Lava.

»Bist du es?«, fragt sie starr vor Entsetzen.

»Wer soll es sonst sein?«

Er lächelt, seine Hand umschließt Cloés Kehle.

»Mein Gott!«, stöhnt sie.

»Dein Gott, das bin ich.«

Die Angst wird stärker als das Verlangen. Sie versucht, ihn wegzustoßen, zu fliehen. Er drückt sie auf die Matratze, legt sich mit seinem ganzen Gewicht auf sie. Seine Finger haben sich in Klingen verwandelt, die ihr in die Haut schneiden.

Sie schreit, schlägt um sich. Er beißt sie bis aufs Blut, reißt ihr Fleischstückchen heraus.

Bald ist der Schmerz so stark, dass er nach Stille verlangt.

Bald kann Cloé nicht einmal mehr schreien.

Aufgeben, sich aufgeben. Ihm geben, wonach er verlangt.

Ihm ihren Körper ausliefern, ihm ihre Seele opfern.

Unter seinen Händen sterben und dabei vergessen, dass sie einst das Leben liebte.

KAPITEL 43

Gomez zieht seine Jeans an, verlässt das Zimmer und schließt die Tür hinter sich.

Im Wohnzimmer greift er nach seinem Lederblouson, zieht ihn direkt über die nackte Haut und geht hinaus auf die Außentreppe.

Auf die steinerne Brüstung gestützt, genießt er mit einem leichten Lächeln auf den Lippen minutenlang die nächtliche Kühle.

Er fühlt sich gut. Seltsam entspannt.

Dabei war er sich sicher gewesen, dass es ihm wehtun würde.

Die Luft ist aufgeladen, das Gewitter grollt noch in der Ferne. Hin und wieder zuckt ein Blitz über den milchigen Himmel, hinterlässt eine verschwimmende Narbe.

Schließlich setzt sich Alexandre auf die unterste Treppenstufe und zündet sich eine Zigarette an.

Es ist lange her, dass er sich so heiter und gelassen gefühlt hat … Und auch wenn er weiß, dass dieses Gefühl nicht anhalten wird, weil er weiß, dass es nicht lange anhalten kann, genießt er jede Sekunde dieser so wundersamen wie flüchtigen Genesung.

Und vermeidet, an das zu denken, was folgen wird.

KAPITEL 44

Als Cloé aufwacht, ist sie erstaunt.
Es ist ihr gelungen zu schlafen. Ohne Tabletten, ohne Alkohol. Sie hat einfach nur die Augen zugemacht.
Es ist früh am Morgen, der Tag noch ein Versprechen. Das einzige, das sicher gehalten wird.
Alexandre ist schon auf. Sitzt in einem Sessel und betrachtet sie. Mit einer Intensität, zu der nur seine Augen imstande sind.
Cloé richtet sich langsam auf, zieht die Laken enger um ihren Körper. Sie zittert, kalter Schweiß perlt auf ihre Brüste.
»Hast du von mir geträumt?«, fragt Alexandre.
Zu dieser frühen Stunde klingt seine Stimme matt, fast unnatürlich.
Cloé zittert immer stärker angesichts dieser regungslosen Gestalt, die sich mit dem Schatten vermischt.
»Oder vielleicht hast du von ihm geträumt ...«
Gewandt erhebt er sich, ist blitzschnell bei ihr. Cloé schiebt die Laken beiseite und springt aus dem Bett. Aber zwischen ihr und der Tür ist Alexandre. Der sie so merkwürdig anstarrt.
Er geht einen Schritt auf sie zu, sie weicht zurück, bis sie an die Wand prallt.
»Mache ich dir Angst?«
Er umarmt sie, presst seine Lippen auf ihren Hals. Sie erstarrt, ihr Herz setzt aus.
»Was ist los, Cloé?«
Er streicht ihr eine Strähne aus dem Gesicht und beobachtet, wie die Angst in ihren Augen immer größer wird.
»Bist du es?«, stöhnt sie.
»Ja, ich bin's«, erwidert Alexandre zärtlich lächelnd. »Wer soll es sonst sein?«

»Mein Gott!«

Sie bricht in seinen Armen zusammen, er hält sie fest, trägt sie aufs Bett.

»Was ist denn los?«, erkundigt sich Gomez besorgt. »Sag's mir ...«

»Wirst du mich töten?«

Er sieht sie ungläubig an. Dann, mit einem Mal, begreift er.

»Wie kannst du so etwas glauben?«, wirft er ihr mit tonloser Stimme vor.

»Ich habe geträumt, dass du es warst ... Es wirkte so echt! Du hast mich gebissen und gewürgt ...«

Gomez sammelt seine Kleidungsstücke vom Boden auf, verlässt wortlos den Raum. Als er die Badezimmertür hinter sich schließt, vergräbt Cloé ihr Gesicht im Kopfkissen, fängt an zu heulen und mit den Fäusten auf die Matratze einzuschlagen.

Es war nur ein Albtraum. Der doch so real schien.

Wieder hat sie ihn verletzt. Wieder wird er sie verlassen.

Sie stürzt zum Badezimmer, tritt, ohne anzuklopfen, ein. Er steht schon unter der Dusche, und ohne zu zögern stellt sie sich zu ihm. Klammert sich an ihn und küsst ihn wieder und wieder. Entschuldigt sich wieder und wieder.

»Du bist total verrückt!«, sagt Alexandre.

»Ja!«

Sie bricht in Gelächter aus, er zieht sie an sich.

Für einen Augenblick, so flüchtig wie köstlich, vergisst er, dass er noch vor kurzem hat sterben wollen.

WIE konntest du es wagen, mein Engel?
Seine Hände haben deinen Körper berührt ... Und du hast es zugelassen.

Du tust so vornehm, dabei bist du nur eine Schlampe, eine Nutte. Ein Nichts.

Denn niemand hat das Recht, dich zu berühren. Niemand außer mir. Du weißt das, aber du wolltest mich verletzen. Das ist dir gelungen, ich gebe es zu! Bravo, mein Engel: Meine Wut ist seitdem grenzenlos. Du musst dringend an die Regeln erinnert werden.

Ich werde dir zeigen, was es kostet, mir nicht zu gehorchen. Mich zu betrügen, mich zu hintergehen.

Vielleicht willst du mich ja provozieren? Mich herausfordern? Um zu sehen, wozu ich fähig bin?
Das wirst du sehen, mein Engel.
Schon bald, das verspreche ich dir.

KAPITEL 45

Gomez nimmt den Anruf auf seinem Handy entgegen, obwohl er am Steuer sitzt.
»Ich bin's«, verkündet Maillard kurz angebunden. »Komm ins Büro, ich muss mit dir reden.«
»Ich wollte ohnehin vorbeischauen«, erklärt Alexandre. »Aber zuerst muss ich noch dringend was erledigen ...«
»Sofort!«, ordnet der Kriminalrat an. »Du kommst sofort hierher, verstanden?«
Alexandre sieht auf die Uhr am Armaturenbrett. Lauras Therapeutin hat nur vormittags Sprechstunde, er will sie nicht verpassen. Aber es ist gerade mal 9:45 Uhr, das müsste machbar sein. Und es scheint momentan nicht ratsam, sich mit Maillard anzulegen, der ganz offensichtlich sowieso schon mit dem falschen Fuß aufgestanden ist.
»Okay, bin gleich da.«
Der Kriminalrat beendet abrupt das Gespräch. Gomez setzt das Blaulicht aufs Dach und wendet mitten auf einer der Hauptverkehrsstraßen.
Was kann er bloß von mir wollen, wo ich doch *im Urlaub* bin? Möglicherweise hat die Generalinspektion eine Entscheidung getroffen, oder Maillard hat Wind von seinen privaten Ermittlungen bekommen. Was es auch ist, die Unterredung verspricht explosiv zu werden.
Rund eine Viertelstunde später parkt Alexandre vor dem Polizeirevier und macht sich direkt auf den Weg ins Büro seines Chefs.
»Salut«, begrüßt er ihn.
Der Kriminalrat mustert seinen Untergebenen zornig. Aber daran ist Alexandre ja schon gewöhnt.
»Was gibt's?«, erkundigt er sich und nimmt Platz.
»Du bist also im Urlaub?«, kommt Maillard gleich zur Sache. »Oder täusche ich mich da etwa?«

Seufzend zieht Alexandre eine Schachtel Zigaretten aus seiner Hemdtasche.

»Du hast mich doch selbst in die Ferien geschickt, ich verstehe deine Frage nicht ganz.«

»Dann erklär mir doch mal, was es mit dieser Frau auf sich hat.«

»Mit welcher Frau?«

»Also wirklich, Alex, verkauf mich nicht für dumm!«, regt sich der Kriminalrat auf.

»Sprichst du etwa von Cloé Beauchamp?«

»Ja, genau von der«, bestätigt Maillard. »Ich rede von dieser Verrückten, die …«

»Sie ist nicht verrückt«, unterbricht ihn Alexandre mit ruhiger Stimme. »Sie braucht uns, weil sie in Gefahr ist.«

Der Kriminalrat öffnet die vor ihm auf dem Schreibtisch liegende Akte.

»Was sie braucht, ist ein Therapeut. Und du bist keiner, Alex. Ein Psychopath vielleicht, aber sicher kein Psychiater!«

»Danke für das Kompliment.«

»Du sollst zur Ruhe kommen, dich entspannen, ins Grüne fahren … Von der Bildfläche verschwinden!«

»Wenn niemand sie ernst nimmt, wird sie sterben. Willst du das?«

Die Bestimmtheit seines Freundes verunsichert Maillard ein wenig.

»Wie kommst du darauf?«

»Als ich erfuhr, warum sie aufs Revier gekommen war, habe ich sofort die Parallelen zu einem anderen Fall bemerkt, von dem ich gehört hatte. Im Département Val d'Oise hat eine Frau mehrfach versucht, wegen eines ähnlichen Problems Anzeige zu erstatten.«

»Na und? Verrückte gibt es auch bei denen genug!«

»*Na und?*«, erwidert Alexandre und sieht ihn eindringlich an. »Die andere *Verrückte* ist tot.«

Der Hauptkommissar schweigt einen Moment. Er weiß, das hat erst mal gesessen.

»Wie ist sie zu Tode gekommen?«

»Offiziell war es Selbstmord. Ein Sprung aus dem Fenster.«

Die Lippen des Kriminalrats umspielt ein spöttisches Lächeln. Ein schlechtes Zeichen.

»Selbstmord also?«
»Möglicherweise hat jemand etwas nachgeholfen«, fügt der Hauptkommissar hinzu.
»Viele Leute springen aus dem Fenster. Das passiert tagtäglich. Und es kommt eher selten vor, dass man ihnen dabei behilflich sein muss.«
»Warum vertraust du mir nicht?«
»Ich habe dir immer vertraut, Alex. Aber du hast keinerlei Legitimation, in dieser Angelegenheit zu ermitteln.«
»Dann setzt halt jemand anderen auf den Fall an.«
»Das kommt überhaupt nicht in Frage.«
»Aber wieso?«
»Weil es überhaupt keinen Fall gibt! Ich habe die Aktennotizen und die am Samstagabend erstattete Anzeige gelesen. Und ich habe den Arzt angerufen, der die Frau untersucht hat. Da gibt es nichts, Alex. Absolut nichts Konkretes! Bei unserer Arbeitsauslastung werde ich keinen meiner Männer mobilisieren, nur weil ein beurlaubter Kollege ein mulmiges Gefühl bei der Sache hat!«

»Hör auf zu brüllen«, bittet ihn Alexandre. »Ich bin nicht irgendein Kollege, und ich habe Anhaltspunkte, die über *ein mulmiges Gefühl* hinausgehen. Es gibt nichts Konkretes, weil der Kerl außerordentlich durchtrieben ist.«

»Nein, Alex. Da spiel ich nicht mit. Die Frau verschaukelt uns. Sie hat Probleme und sollte zu einem Spezialisten gehen. Und was dich betrifft, seit ... seit Sophie nicht mehr da ist, baust du nur noch Mist.«

Gomez verdaut den Seitenhieb. Damit hatte er gerechnet.

»Vertraust du meinem Instinkt nicht mehr?«

»Momentan nicht«, räumt Maillard ein. »Auf jeden Fall hat die Staatsanwaltschaft die Anzeige vom Samstag ad acta gelegt. Somit können wir gar nicht ermitteln.«

Das ist keine große Überraschung, aber Alexandre hatte sich doch etwas anderes erhofft.

»Die Frau hat 'ne Totalmeise«, fährt sein Vorgesetzter fort. »Also, halt dich von ihr fern, verstanden?«

»Sie wird bedroht, das weiß ich!«

»Sie *fühlt* sich bedroht, das ist ein Unterschied!«

Gomez schweigt, Maillard dagegen wird laut.

»Zwing mich nicht, Sanktionen gegen dich zu verhängen! Dazu habe ich nämlich nicht die geringste Lust.«

Alexandre sieht seinen Freund so lange durchdringend an, bis dieser den Blick senkt, woraufhin Gomez wortlos das Zimmer verlässt und die Tür hinter sich zuknallt. Als er an seinem Büro vorbeikommt, bleibt er kurz stehen. Komisch, er hat das Gefühl, hier nicht mehr hinzugehören. Ein Fremder, dem selbst die Wände ablehnend gegenüberstehen.

* * *

Während sie ihren Espresso austrinkt, wirft Cloé einen Blick auf ihre Mails. Nathalie macht Fortschritte, ihr Kaffee wird geradezu genießbar.

Eine Nachricht von Pardieu mit dem Betreff DRINGEND zieht ihre Aufmerksamkeit auf sich. Sie klickt sie an und stellt fest, dass sie heute Morgen 8:15 Uhr an alle Mitarbeiter der Agentur ging.

Alle sollen sich am frühen Nachmittag zu einer außerordentlichen Sitzung einfinden.

Ihr wird ganz heiß. Der große Tag ist also endlich da. Heute wird er es verkünden.

Cloé schließt die Augen und lächelt. Heute ist der große Tag. Heute ist *ihr* großer Tag.

Sie muss diesen Moment mit jemandem teilen, es in die Welt hinausposaunen. Sie greift zu ihrem Handy und geht ihre Kontakte durch. Aber wen könnte sie anrufen?

Wie selbstverständlich wählt sie Alexandres Nummer. Er geht fast im gleichen Moment dran.

»Ich bin's, Cloé. Stör ich dich?«

»Ich fahre gerade, aber es geht schon ... Was ist los?«

»Der Alte hat heute Nachmittag eine Versammlung einberufen. Er wird seinen Nachfolger bekanntgeben ... Endlich, heute werde ich offiziell für diesen Posten bestimmt!«

»Dann ist ja alles bestens«, erwidert Alexandre.

»Du scheinst dich nicht sonderlich zu freuen!«

Ihr wird plötzlich klar, dass sie diesen Mann kaum kennt. Und doch war er es, dem sie als Erstem davon erzählen wollte.

»Das hat nichts mit dir zu tun«, erwidert Gomez. »Mir gehen nur ein paar Dinge im Kopf herum, ich werde dir heute Abend davon erzählen. Ich bin auf dem Weg zu einem Treffen ...«

»Okay. Ich umarme dich.«

»Ich dich auch.«

Er beendet das Gespräch, Cloé liest noch einmal Pardieus Mail. Ihre Hand krampft sich um die Maus.

Merkwürdig, dass der Alte nicht mit ihr gesprochen hat, bevor er die Mail verschickte.

Aber warum hätte er noch mit ihr sprechen sollen, wo er ihr die gute Nachricht ohnehin schon vor Wochen mitgeteilt hat? Und außerdem war sein Lächeln heute Morgen breiter als sonst, als sie ihn in seinem Büro begrüßt hat. Sie haben sich lange unterhalten, und Cloé hatte sich noch einmal für ihre Verspätung am Freitag entschuldigt, bevor sie ihm von einem großen Vertrag berichtete, den sie gerade dabei ist abzuschließen. Ein Segen für die Agentur. Und der Alte wirkte sichtlich zufrieden.

Nein, es gibt wirklich keinen Anlass für Zweifel.

Sie lehnt sich zurück und genießt den Augenblick. Fühlt sich wie eine Prinzessin kurz vor der Krönung. Schon bald wird sie hier das Zepter schwingen.

All die Jahre harter Arbeit und großer Opfer. Und nun die Belohnung.

Sie würde es so gern Bertrand sagen. Auch wenn sie die Nacht mit einem anderen Mann verbracht hat, muss sie immer noch an ihn denken. Er sollte bei ihr, an ihrer Seite sein. Doch er ist meilenweit weg. Die noch offene Wunde schmerzt und will nicht verheilen.

Ich hätte nie mit diesem Polizisten geschlafen, wenn du mich nicht verlassen hättest!

Als sie sich mit geschlossenen Augen Bertrands Gesicht vorstellt, fällt ihr schlagartig etwas auf. Etwas, das sie vorher nicht gesehen hat.

Etwas ganz Offensichtliches.

Jedes Mal, wenn der Schatten auftauchte, war Bertrand nicht da.

Mit Carole bin ich dem Schatten schon begegnet. Aber nie in Begleitung von Bertrand. Warum?

Als mir dieser Gestörte das erste Mal auf der Straße gefolgt ist, war das nach einer Abendgesellschaft, zu der ich ohne Bertrand gegangen bin.

So viele beunruhigende Zufälle ... Ihr Gedankenkarussell fängt an, sich immer schneller zu drehen, die Sache mit der Garage fällt ihr wieder ein.

Bertrand hätte durchaus die Möglichkeit gehabt, den Strom abzuschalten, um mir diese Falle zu stellen. Was beweist mir denn, dass er tatsächlich Zeuge eines Autounfalls gewesen ist?
Der Abend, als ich den Schatten im Garten gesehen habe ... Kurz darauf klingelte Bertrand an meiner Tür.
Der Unfall meines Vaters ... Ich hatte ihm die Adresse meiner Eltern gegeben und ihm am Telefon erzählt, dass Papa jeden Morgen einen Spaziergang macht.
Die Vorfälle ziehen im Zeitraffer an ihr vorüber, sie ringt nach Luft.
Nein, das kann nicht sein!
Doch es ist, als habe sich ein Schleier gelüftet und der Himmel sei aufgerissen. Nun sieht sie klar. Kann jedes Detail erkennen.
Der Schatten und Bertrand sind ein und dieselbe Person.

* * *

»Sie brauchen einen Termin, Monsieur.«
Gomez zückt seinen Dienstausweis und hat dabei das ungute Gefühl, eine Fälschung vorzulegen.
»Ich muss dringend mit Frau Doktor sprechen. Ich habe ihr bereits Samstag eine Nachricht auf dem Band hinterlassen.«
»Ja, die habe ich heute Morgen abgehört«, erwidert die Sprechstundenhilfe. »Aber Doktor Murat hat den ganzen Vormittag über Therapiegespräche.«
Alexandre schenkt ihr sein charmantestes Lächeln.
»Ich hätte nichts dagegen, wenn sie mich zwischen zwei Patienten kurz einschieben könnte. Es ist wirklich sehr wichtig, wissen Sie ... Ich muss sie unbedingt sprechen. Und ich stehle ihr sicher auch nicht viel von ihrer kostbaren Zeit, versprochen.«
»Ich werde sie fragen, wenn sie herauskommt«, verspricht ihm die Dame am Empfang. »Gehen Sie in der Zwischenzeit doch bitte ins Wartezimmer, dort hinten ...«
»In Ordnung. Vielen Dank, Madame.«
Er nimmt in dem Raum Platz, in dem bereits ein etwa fünfzigjähriger Mann sitzt, dem es offensichtlich nicht besonders gut geht.
Schweiß perlt auf seiner Stirn, und er kaut an seinen Nägeln.

»Sind Sie das erste Mal hier?«, erkundigt sich der Patient mit unsicherer Stimme. »Sie ist wirklich äußerst kompetent, Sie werden sehen. Ich komme jetzt schon seit fünf Jahren jede Woche einmal hierher.«
»Aha ... Und, hilft es Ihnen?«
»Ja. Vorher, wissen Sie, hätte ich es nie gewagt, Sie anzusprechen.«
»Bin ich so furchterregend?«, erkundigt sich Alexandre.
»Nein, das ist es nicht! Es liegt an mir ... Ich habe eine Phobie. Ich kann einfach nicht mit anderen Menschen reden. Beziehungsweise, ich konnte es nicht. Jetzt ist es schon besser geworden. Und Sie? Oder ist es Ihnen unangenehm, mir zu sagen, warum Sie hier sind? Ich will nicht indiskret sein.«
»Nein, nein, das stört mich nicht«, erwidert Gomez. »Ich komme, weil ich ein paar Fragen zum Thema Selbstmord habe.«
Die Augen des Patienten weiten sich, er ist sichtlich erschüttert. Gomez hätte wohl besser den Mund gehalten.
»Das darf man nicht! Niemals, das können Sie mir glauben! Selbstmord ist keine Lösung!«
»Ich bin Polizist und brauche einen Rat bei einem meiner Fälle«, stellt Alexandre rasch klar.
»Oh, Verzeihung! Ich dachte schon ...«
»Keine Ursache.«
Die Tür zum Behandlungszimmer öffnet sich. Die Therapeutin begleitet eine junge Frau hinaus und bleibt kurz am Empfang stehen, bevor sie zum Wartezimmer kommt. Sie begrüßt ihren langjährigen Patienten und mustert Gomez einen Augenblick.
»Herr Hauptkommissar? Sie können gleich mit mir kommen, vorausgesetzt, es geht schnell.«
Alexandre schüttelt ihr die Hand, zwinkert dem Mann aufmunternd zu und folgt der Psychiaterin in ihr geräumiges Büro.
»Entschuldigen Sie, dass ich hier so ohne Termin reinschneie, aber ich habe Ihren Namen erst am Samstag erhalten, und es ist wirklich dringend.«
»Setzen Sie sich doch«, schlägt Doktor Murat vor.
Gomez nimmt auf dem einzigen Stuhl vor ihrem Schreibtisch Platz. Die Psychiaterin ist um die vierzig, nicht sehr attraktiv, aber mit einem einschüchternden Blick.

»Ich wollte mit Ihnen über Laura Paoli sprechen. Eine ehemalige Patientin von Ihnen.«

»Laura Paoli ... Ja, ich erinnere mich«, meint die Ärztin. »Was macht sie jetzt?«

»Sie ist tot«, eröffnet ihr der Polizist.

Die Psychiaterin zeigt keine wahrnehmbare Reaktion.

»Damit hätte ich rechnen müssen. Sonst wären Sie vermutlich nicht hier ... Was ist passiert?«

»Sie hat sich das Leben genommen. Vor ungefähr sechs Monaten hat sie sich aus dem Fenster gestürzt.«

Murat braucht einen Moment, um die schlechte Nachricht zu verdauen. Die Niederlage.

»Hat es Sie nicht beunruhigt, dass sie nicht mehr zu Ihnen kam?«, erkundigt sich Gomez.

»Nein. Das kommt häufig vor, wissen Sie ... Die Patienten unterbrechen ihre Behandlung, wann immer sie es für richtig halten. Und außerdem ist Laura nicht sehr oft bei mir gewesen. Vier Sitzungen, höchstens. Aber ich erinnere mich an sie, weil ihr Fall nicht so alltäglich war.«

»Das kommt mir sehr gelegen«, meint Gomez lächelnd. »Also können Sie mir von ihr und ihren Problemen erzählen. Schildern Sie mir bitte zunächst, welchen Eindruck Sie bei Ihrer ersten Begegnung von Laura hatten. Warum kam Sie zu Ihnen ...«

Die Therapeutin macht es sich in ihrem Sessel bequem und schlägt die Beine übereinander.

»Ich erinnere mich, dass sie die Couch fixierte, als mache sie ihr Angst. Obwohl sie auf dem Stuhl saß. *Anscheinend bin ich verrückt, Frau Doktor*, hat sie gleich zu Anfang gesagt. Ich war überrascht und fragte sie, wer das denn behaupte, und sie sagte: *Alle. Meine Freunde, meine Familie ...* Dann erzählte sie mir ihre Geschichte. Eine unsichtbare Präsenz, die nach und nach ihr Leben in einen Albtraum verwandelt hat. Fenster, die sich in ihrer Abwesenheit öffneten, Gegenstände, die im Regal umgestellt wurden. Fotos, die aus Alben verschwanden. Unerklärliche Geräusche in der Nacht ... Anfänglich dachte ich, sie würde tatsächlich von jemandem verfolgt, doch ich habe schnell begriffen, dass sie tatsächlich unter Wahnvorstellungen litt.«

»Wie kamen Sie darauf?«, erkundigt sich Gomez.

»Weil die Geschichten, die sie mir erzählte, vollkommen an den Haaren herbeigezogen waren! Warum zum Teufel sollte jemand in ein Haus eindringen – und wie sollte er das ohne Sachbeschädigung tun, wo doch die Schlösser ausgewechselt worden waren –, um ein paar Gegenstände umzustellen?«

»Warum nicht?«, gibt der Hauptkommissar zu bedenken.

»Weil es keinen Sinn ergibt!«

»Es sei denn, derjenige will, dass alle sie für verrückt halten. Er tut Dinge, die für Außenstehende völlig unwahrscheinlich sind, sodass alle davon ausgehen, es handle sich nur um eine Einbildung ...«

»Wollen Sie damit sagen, dass tatsächlich jemand Laura verfolgt hat? Haben Sie konkrete Hinweise für diese Vermutung?«

»Ja.«

Doktor Murat macht den Eindruck, als habe sie einen Schlag auf den Kopf erhalten.

»Dann hätten wir es allerdings mit einem außergewöhnlich perversen Individuum zu tun.«

»Ganz genau«, bekräftigt Alexandre. »Einer meiner Kollegen hatte mir damals von Laura Paoli erzählt, und als kürzlich eine Frau zu uns aufs Revier kam und eine fast identische Geschichte erzählte, bin ich hellhörig geworden.«

»Soll das etwa heißen, der Täter hat wieder angefangen?«

»Leider ja.«

Die Therapeutin setzt ihre Brille ab, als wolle sie das Offenkundige lieber nicht sehen.

»Aber ist das nicht ein bisschen weit hergeholt?«, fragt sie. »Ich meine ... dass Sie von Laura gehört haben und jetzt auf ein zweites *Opfer* gestoßen sind?«

»Der Täter muss in der Gegend wohnen, geht in seiner Umgebung auf die Jagd. Ich kenne bisher nur diese beiden Opfer, aber wenn meine Vermutungen stimmen, kann es durchaus sein, dass es weit mehr gibt. Angesichts seiner Methode und der Zeit, die diese Vorgehensweise in Anspruch nimmt, kann er aber nur in einem sehr eingeschränkten Radius agieren. Ein Vergewaltiger oder Mörder kann in ganz Frankreich operieren und anschließend seelenruhig wieder nach Hause fahren. Hier aber haben wir es mit einem Kerl zu tun, der den Frauen über Monate nachstellt. Also kann er sich nicht von seinem Zuhause oder seiner Arbeit, wenn er denn eine hat, entfernen ... Folglich stammen alle Opfer aus dem gleichen geografischen Sektor.«

»Ich kann es einfach nicht glauben«, bemerkt die Ärztin. »Und was wäre Ihrer Meinung nach sein Motiv?«

»Er will seine Opfer in den Wahnsinn treiben. Und anschließend tötet er sie. Offiziell hat sich Laura aus dem Fenster gestürzt, aber ich kann mir vorstellen, dass er da etwas nachgeholfen hat.«

Doktor Murat schüttelt den Kopf. Sie will es offenbar immer noch nicht wahrhaben.

»Aber warum will er, dass seine Opfer verrückt werden, bevor er sie umbringt?«

Gomez zuckt die Achseln.

»Fragen Sie mich nicht nach den tieferen Beweggründen eines Psychopathen. Normalerweise habe ich es eher mit Dealern, Einbrechern und Zuhältern zu tun ...«

»Verstehe«, lächelt die Therapeutin. »Wissen Sie, ich habe bei Laura systematische Wahnvorstellungen, also eine Paranoia diagnostiziert und nach Gründen für ihre Erkrankung gesucht. Doch leider hat sie mir nicht die Zeit gelassen, sie zu verstehen. Wie schon erwähnt, war sie nur drei oder vier Mal hier ... Wahrscheinlich habe ich nicht das gesagt, was sie hören wollte. Und deshalb ist sie nicht wiedergekommen.«

»Tatsächlich hat sie die Therapie schon vorher abgebrochen«, bestätigt Alexandre. »Umgebracht hat sie sich erst ungefähr zwei Monate nach der letzten Sitzung bei Ihnen.«

»Sagen Sie, diese Frau, von der Sie mir erzählt haben, die möglicherweise das zweite *Opfer* werden könnte ...«

An der merkwürdigen Art, wie sie das Wort Opfer betont, erkennt Gomez, dass er sie nicht hat überzeugen können.

»Mir kommt da gerade etwas in den Sinn ... Könnte sie nicht von Laura gehört haben?«

»Sie kennen sich nicht.«

»Sind Sie sicher, dass die beiden keine gemeinsamen Freunde haben? Dass diese Frau auf die eine oder andere Weise von Lauras Geschichte erfahren haben könnte?«

»Warum?«

»Wenn dieses zweite *Opfer* ...«

»Sie heißt Cloé«, erklärt Alexandre.

»Wenn Cloé von dieser Geschichte gehört hat, wenn sie ihr Angst gemacht hat, kann sie in der Folge durchaus die gleichen Symptome entwickelt haben. Natürlich nur, wenn sie die gleiche Veranlagung hat.«

Gomez sieht sie fragend an.

»Ich werde mich verständlicher ausdrücken ...«

»Das wäre schön!«, meint Alexandre ironisch.

»Stellen Sie sich einen Moment lang vor, Cloé hätte die entsprechende Veranlagung. Anders gesagt, sie verfügt über eine paranoide Persönlichkeitsstruktur. Stellen wir uns weiter vor, sie hat von Lauras Leidensweg gehört und ist davon überzeugt, dass diese tatsächlich verfolgt wurde. Das macht ihr Angst, und sie sagt sich, dass sie einen solchen Albtraum niemals erleben möchte. Sie sagt sich außerdem, dass ein Geisteskranker in der Gegend umgeht. Dass sie das nächste Opfer sein könnte ... Dann genügt schon ein kleiner Auslöser, damit sie demselben Muster folgt wie Laura.«

»Ein Auslöser?«

»Zum Beispiel ein Mann, der sie auf der Straße verfolgt. So etwas passiert jeden Tag, wissen Sie.«

»So hat es tatsächlich angefangen«, gesteht Alexandre. »Ein Typ ist ihr nachts auf dem Weg zu ihrem Auto gefolgt.«

»Hat Cloé eine psychiatrische Vorgeschichte? Eine paranoide Persönlichkeit?«

»Davon weiß ich nichts«, gibt Gomez zu.

»Das sollten Sie unbedingt überprüfen, Herr Kommissar. Befragen Sie ihre Angehörigen, ihre Freunde ... Das ist für Laien natürlich nicht leicht zu erkennen, aber ich glaube, oberste Priorität für Sie sollte erst einmal haben, herauszufinden, ob Cloé von Lauras Geschichte erfahren haben könnte. Und wenn die Antwort ja ist, können Sie davon ausgehen, dass sie an demselben Syndrom leidet.«

»Das glaube ich nicht, aber ich werde der Sache nachgehen.«

»So, jetzt muss ich mich aber von Ihnen verabschieden. Ich kann meinen Patienten nicht länger warten lassen.«

KAPITEL 46

Cloé hat nicht gefrühstückt.
Es ist, als würde sich mit jedem Atemzug eine Schlinge fester um ihre Kehle ziehen.
Alle fünf Minuten sieht sie auf die Uhr am unteren rechten Bildschirmrand. Sie könnte nicht sagen, ob die Zeit zu schnell oder zu langsam verstreicht.
Die Versammlung beginnt in einer Viertelstunde, Cloé hat Lampenfieber. Wie ein Künstler, bevor er die Bühne betritt.
Sie verlässt ihren Schreibtisch, um zur Toilette zu gehen. Vor dem großen Spiegel ordnet sie ihr Haar, überprüft ihr Make-up, knöpft ihre Bluse einen Knopf weiter zu.
Soll eine Generaldirektorin sexy wirken oder besser streng?
Ihre Hände und die Stirn sind leicht feucht.
Sie bemerkt, dass sie sich verändert hat. Wirklich, grundlegend. Noch vor ein paar Monaten wäre sie selbstsicherer aufgetreten. Das Einzige, was sie in einem solchen Moment empfunden hätte, wäre Siegesfreude.
Aber es ist so viel passiert, in so kurzer Zeit …
Die Hände flach auf die grünlichen Fliesen neben dem Waschbecken gestützt, schließt sie die Augen.
Ich habe es geschafft, der große Tag ist gekommen. Ich habe es geschafft, trotz aller Hindernisse, die es zu überwinden galt. Trotz allem, was Bertrand mir angetan hat.
»Aber ich werde Alexandre alles erzählen, und er wird dich zu Staub zermahlen!«
Die Tür öffnet sich und Martins' Gestalt taucht im Spiegel auf.
Gemischte Personaltoiletten hätte es wirklich nicht gebraucht!
»Nervös?«, erkundigt sich der zweite stellvertretende Direktor herausfordernd.

Er betrachtet sie selbstgefällig.
Armer Philip, du weißt nicht, was dich erwartet!
»Ich habe keinen Grund, nervös zu sein.«
»Stimmt, die Würfel sind schon gefallen«, bestätigt Martins mit einem vielsagenden Lächeln.

Sie mustern sich ausgiebig im Spiegel. Dann kehrt Cloé in ihr Büro zurück und läuft auf dem Flur dem Alten in die Arme.

»Es ist Zeit, Cloé.«

»Na, dann wollen wir mal«, meint sie.

Er reicht ihr seinen Arm, und diese ungewohnte Berührung gibt ihr Halt. Gemeinsam gehen sie zum Sitzungssaal, wo ein Teil der Angestellten bereits wartet. Es ist, als beträten sie eine Kathedrale und schritten zum Altar.

Tische und Stühle sind nach hinten geschoben. Die Versammlung oder besser gesagt die Rede findet also im Stehen statt.

Martins erscheint, schüttelt einigen Kollegen die Hand. Wieder kreuzt sein Blick den von Cloé, ein stilles Kräftemessen. Dann bezieht Pardieu vor dem Fenster Position und bittet um Ruhe. Die Mitarbeiter stellen sich im Halbkreis auf. Das Hochamt kann beginnen.

»Ich habe Sie heute hier zusammengerufen, um Ihnen etwas Wichtiges mitzuteilen.«

Es ist so still, dass man eine Stecknadel fallen hören könnte. Und das Klopfen ihres Herzens, da ist Cloé sich sicher.

»Ich habe beschlossen, in vierzehn Tagen meinen Ruhestand anzutreten.«

Die Neuigkeit überrascht niemanden. Schon seit einiger Zeit laufen die Wetten, wer seine Nachfolge antreten wird.

»Seien Sie versichert, dies ist nicht meine Abschiedsrede! Die hebe ich mir für meinen Ausstand auf, wenn Sie genügend Champagner getrunken haben, um sie zu ertragen!«

Einige kichern, andere begnügen sich mit einem Lächeln. Cloé und Martins zeigen keinerlei Regung.

»Ich habe Sie heute alle hierhergebeten, um Ihnen zu sagen, wer meine Nachfolge in der Agentur antreten wird. Ich habe, in enger Abstimmung mit der Geschäftsleitung, sehr lange darüber nachgedacht. Und ich kann Ihnen sagen, die Wahl ist mir nicht leichtgefallen. Nicht, dass nicht auch ich ersetzbar wäre, aber … eine solche Entscheidung ist nie einfach.«

Los, mach schon, Alter, sag's endlich!, fleht Cloé innerlich.

»Ab dem ersten Juni wird unsere Agentur von einer Person geleitet, die Sie alle bereits kennen, da sie nun schon seit einigen Jahren bei uns arbeitet ...«

Ein Feuerball explodiert in Cloés Bauch. Sie kann nicht anders, sie lächelt, und ihre Augen blicken verstohlen zu Martins hinüber, der leichenblass ist.

»Diese Person wird also in vierzehn Tagen ihr Amt antreten«, fährt Pardieu fort. »Und ich hoffe, Sie werden ihr genauso treu und loyal zur Seite stehen, wie Sie es mir gegenüber getan haben ...«

Er wendet seinen Kopf in Cloés Richtung, sieht ihr geradewegs in die Augen.

»Mein Nachfolger heißt Philip Martins.«

Der Schock ist so groß, dass Cloé das Gefühl hat, der Alte habe ihr einen Dolchstoß in den Rücken versetzt.

Was er im Übrigen soeben auch getan hat.

»Ich weiß, dass die Agentur bei Philip in guten Händen ist. Er hat vor inzwischen acht Jahren bei uns angefangen, sich solide und kompetent eingearbeitet und bewiesen, dass er im richtigen Moment die richtigen Entscheidungen treffen und gleichzeitig mit dem Teamgeist arbeiten kann, der unsere Agentur auszeichnet und so erfolgreich gemacht hat.«

Cloé ist wie vor den Kopf gestoßen. Kleine, bunte Sternchen tanzen vor ihren Augen. Sie hört kaum noch etwas – nur Worte, die keinen Sinn ergeben.

Solide und kompetent ... richtige Entscheidungen ... Teamgeist ... erfolgreich ...

Nein, wirklich, das ergibt keinen Sinn.

Sie dreht sich noch einmal zu Philip um und sieht in seinen Augen ihre Niederlage. Die Demütigung ist vollkommen.

Die Blicke der anderen, zufrieden oder mitleidig, brennen auf ihrer Haut, bohren sich in ihr Fleisch.

Den aufbrandenden Beifall empfindet sie wie eine Unzahl von Ohrfeigen.

Und so ergreift Cloé die Flucht.

KAPITEL 47

Wir haben es mit einem außergewöhnlich perversen Individuum zu tun ...
Um das zu erfahren, hätte er keinen Therapeuten aufsuchen müssen. Gomez stellt fest, dass er seine Zeit verschwendet hat. Und er stellt außerdem fest, dass Laura sich unheimlich einsam gefühlt haben muss. Dem Schatten ausgesetzt.
So sehr, dass sie nur noch einen Ausweg sah: den großen Sprung ins Ungewisse.
Er stellt den Wagen auf dem Parkplatz des Krankenhauses ab und betritt das große Gebäude.
Er war schon seit mehreren Tagen nicht mehr da. Doch nicht Schuldgefühle, sondern ein tiefes inneres Bedürfnis führt ihn hierher ...
Das Bedürfnis, ihn zu sehen, und wenn es nur durch die Glasscheibe ist.
Auf der Station bittet Gomez die Oberschwester, ihn zu ihm zu lassen.
»Monsieur Laval ist verlegt worden«, erklärt sie. »Sein Zustand hat sich verbessert, deshalb wurde er auf die Normalstation verlegt.«
»Ist er aufgewacht?«, fragt Gomez mit einem hoffnungsfrohen Kinderlächeln.
»Nein, er befindet sich noch immer im Koma, aber er braucht keine künstliche Beatmung mehr.«
Die Schwester weist ihm den Weg und kümmert sich wieder um ihre Patienten. Alexandre erholt sich langsam von dem Schock. Eine Sekunde lang hat er tatsächlich geglaubt, es sei ein Wunder geschehen.
Also macht er sich auf den Weg, verläuft sich, fragt erneut.
Gut fünf Minuten später betritt er auf Zehenspitzen Lavals Zimmer. Als ginge es darum, ihn nicht aufzuwecken. Dabei würde er doch nichts lieber tun als das ...
Er zieht sich einen Stuhl ans Bett, legt seinen Blouson ab und setzt sich.
»Hallo Dornröschen. Na, sag mal, dein neues Zimmer ist ja richtig toll!«

Er nimmt die Hand des Kleinen und drückt sie fest.

»Stimmt, du siehst schon viel besser aus.«

Lavals Gesicht ist fast wieder normal, ebenso fein und ebenmäßig wie zuvor. Natürlich hängt er immer noch am Tropf. Eine Kanüle in jedem Arm. Und er ist auch noch an einen Apparat angeschlossen, der Blutdruck und Herzschlag überwacht.

Aber keine Schläuche in Hals und Nase mehr. Mehrere Verbände wurden abgenommen.

Doch das Bein ist nicht wieder angewachsen. Und die Augen bleiben hoffnungslos geschlossen.

»Hier, das habe ich dir mitgebracht«, sagt der Hauptkommissar und legt ein kleines Büchlein auf das Nachtkästchen. »Es ist nicht zum Lesen, denn es steht nichts drin ...«

Gomez lässt die Hand seines jungen Kollegen los und zieht einen Stift aus der Tasche. Er schlägt das Büchlein auf und schreibt das Datum auf die erste leere Seite.

»Es ist eine Art Journal«, erklärt er. »Ich werde Tag für Tag deine Fortschritte notieren. Ich werde auch vermerken, wer dich besuchen kommt, sowie alles, was um dich herum geschieht und was du nicht sehen kannst. Was du aber vielleicht wissen möchtest ... wenn du aufwachst.«

Mit seiner gestochenen Schrift schreibt Alexandre ein paar Zeilen hinein und sieht dann zu dem Kleinen hinüber.

»Es tut mir leid«, sagt er, »ich war seit ein paar Tagen nicht da. Aber ich hatte etwas Dringendes zu erledigen. Ein neuer Fall.«

Er erinnert sich, dass Laval ein großer Fußballfan war. Er spielte sogar in einem Amateurverein.

Als er noch zwei Beine hatte.

Alexandres Kehle zieht sich zusammen. Er hält die Tränen zurück.

»Auch wenn ich auf der Ersatzbank sitze, seit du in diesem Bett liegst, habe ich beschlossen, wieder aktiv zu werden ... Ich glaube, ich habe einen großen Fisch am Haken. Ein Drecksskerl, dem es Spaß macht, sich Mädchen auszusuchen und sie dann in den Wahnsinn zu treiben, bis sie aus dem Fenster springen. Psychopathen sind zwar nicht mein Spezialgebiet, aber nachdem sich sonst niemand darum kümmern will, habe ich mich der Sache angenommen ... Ich glaube, das hilft mir, nicht selbst verrückt zu werden! Und auch wenn ich nicht ständig vorbeikomme, musst du wissen, dass ich an dich denke. Und zwar jeden Tag. Jede Minute. Jede verdammte Sekunde ...«

Alexandre dreht sich plötzlich um und sieht Oberkommissar Villard auf der Schwelle. Der lächelt ihn fast zärtlich an.

Gomez lässt eilig die Hand des Kleinen los und klappt das Büchlein zu.

»Halt seine Hand ruhig weiter«, sagt sein Stellvertreter und tritt näher. Die beiden Männer mustern sich eine Weile schweigend, dann nimmt auch Villard Platz.

»Es geht ihm besser, meinst du nicht?«

»Sieht ganz so aus«, pflichtet Alexandre bei. »Auf alle Fälle ist sein Gesicht wieder fast normal. Und er kann jetzt auch eigenständig atmen.«

»Und wie geht es dir?«

Gomez ist verwundert, dass Villard ihm diese Frage stellt. Er begnügt sich damit, die Achseln zu zucken.

»Was treibst du den ganzen Tag? Langweilst du dich nicht zu sehr?«

»Ich stricke Schals für die Heilsarmee.«

»Angeblich führst du heimlich Ermittlungen durch. Stimmt das?«

»Was soll ich sonst tun? Ich kann nicht stricken.«

Der Hauptkommissar greift schließlich erneut nach Lavals Hand.

»Glaubst du, dass er wieder aufwacht?«, fragt Villard noch.

»Ich weiß es nicht. Aber wenn ich mein Leben für das seine geben könnte, würde ich es tun.«

Villard schüttelt den Kopf.

»Du hattest schon immer einen Hang zum Pathos, stimmt's?«

»Aber es ist die Wahrheit. Es ist meine Schuld, dass er sich in diesem Zustand befindet. Und ich schwöre dir, ich würde wirklich mit ihm tauschen. Nicht nur, damit er das alles nicht durchmachen muss, sondern auch, weil es mir sehr gut passen würde, im Koma zu liegen.«

Villard fühlt sich plötzlich unbehaglich.

»Alex, wir haben dir zwar nicht viel geholfen, als deine Frau von dir gegangen ist, aber ...«

»Du kannst ruhig sagen *gestorben ist*«, unterbricht ihn Gomez schroff.

»Als deine Frau gestorben ist«, berichtigt sich Villard. »Aber du wolltest auch keine Hilfe. Du hast ein Vakuum um dich herum geschaffen.«

»Nein, ich bin von einem Vakuum aufgesogen worden. Das ist nicht dasselbe.«

»Ich weiß, dass du das hier nicht gewollt hast. Wir wissen alle, dass du Laval nicht gefährden wolltest. Wir haben nicht vergessen, wer du bist.«

Gomez spürt, dass ihm wieder die Tränen in die Augen steigen. Also zieht er seinen Blouson an, beugt sich über Laval und gibt ihm einen Kuss auf die Stirn.

»Ich komme morgen wieder, mein Junge. Sei nett und mach den Krankenschwestern nicht zu viel Ärger.«

Dann drückt er seinem Stellvertreter die Hand.

»Danke«, sagt er.

»Wofür?«

»Danke, das ist alles.«

Er geht hinaus und beschleunigt den Schritt, um nicht zu lange an diesem Ort zu bleiben, der an allen Ecken und Enden nach Krankheit und Tod riecht. Das zumindest ist Sophie erspart geblieben und sie hat die letzten Jahre mit ihm zusammen in ihrer Wohnung verbringen können.

Sobald er draußen ist, zündet er sich eine Zigarette an und nimmt einen tiefen Zug. Eine Wohltat ...

Wieder in seiner Wohnung angekommen, macht Alexandre es sich auf dem Sofa bequem und nimmt ein Mittagessen zu sich, das jeden Ernährungsberater in den Wahnsinn treiben würde.

Heute Abend geht er zu Cloé. Um für ihre Sicherheit zu sorgen. Ein sehr enger Personenschutz.

Er hätte nie mit ihr schlafen dürfen, darüber ist er sich völlig im Klaren. Doch er kann es nicht wirklich bereuen. Er möchte es sogar gleich wieder tun, obwohl ihm die Vorstellung auch eine gewisse Übelkeit bereitet. Er widert sich selbst an.

Sein Handy vibriert. Er nimmt es vom Couchtisch.

»Hallo, Alexandre, hier ist Valentine.«

»Valentine ...«, sagt Gomez lächelnd. »Wie geht es dir?«

»Das wollte ich dich fragen«, antwortet sie.

»Lieber nicht.«

Kurzes Schweigen, dann setzt Valentine erneut an.

»Ich dachte, wir könnten uns vielleicht heute Abend treffen? Ich habe frei und schulde dir noch eine Essenseinladung.«

»Du schuldest mir gar nichts«, erwidert der Hauptkommissar. »Und heute Abend habe ich leider schon etwas vor.«

Er spürt die Enttäuschung am anderen Ende der Leitung.

»Aber wenn du willst, können wir uns heute Nachmittag sehen.«

»Nicht wirklich die richtige Zeit, um essen zu gehen«, meint Valentine.

»Dann lad mich zum Kaffee ein.«

»Okay, willst du zu mir kommen?«

Alexandre stellt sich ein kurzes heißes Schäferstündchen vor und lehnt lieber ab. Vorerst.

»Wir könnten uns in der Stadt treffen. Kennst du den Pub in der Rue Racine?«

»Nein, aber ich werde ihn finden«, versichert Valentine.

»Um siebzehn Uhr, passt dir das?«

»Ja. Bis dann also.«

»Ich umarme dich«, sagt Gomez, ehe er auflegt.

Er wirft das Handy ans andere Ende des Sofas und seufzt. Er nimmt ein gerahmtes Foto vom Tisch und legt es auf seinen Schoß. Dann lächelt er Sophie traurig zu.

»Ich weiß, dass ich Mist baue … Aber ich bin noch da, ich habe Wort gehalten, siehst du? Vorerst zumindest. Dabei habe ich dir gar nichts versprochen, erinnerst du dich? Nein, nur noch ich erinnere mich … Und das tut so unglaublich weh.«

* * *

Das tut so unglaublich weh.

Cloé hat sich in ihr Büro geflüchtet. Sie steht am Fenster, die Stirn gegen die Scheibe gepresst, die Zähne zusammengebissen, und versucht, ihre Niederlage zu verdauen.

Wie konnte Pardieu ihr das antun?

Wie hat er so zynisch und grausam sein können, dieser Dreckskerl?

Nathalie klopft kurz an und tritt sofort ein.

»Cloé? Ich wollte sehen …«

»Raus«, befiehlt ihre Vorgesetzte mit dumpfer Stimme.

»Aber …«

»Raus!«, wiederholt Cloé, ohne sich umzuwenden.

Endlich schließt sich die Tür in ihrem Rücken. Ihre Lippen beginnen zu zittern, ihre Kehle schnürt sich zusammen.

Die Tür öffnet sich wieder. Cloe schließt die Augen.

»Ich habe gesagt, Sie sollen verschwinden!«

»Ich habe mit Ihnen zu reden«, erklärt eine männliche Stimme.

Eine Stimme, die sie jetzt hasst. Sie dreht sich um und steht Pardieu gegenüber.

»Ich verstehe Ihre Enttäuschung. Aber Ihre Reaktion vorhin ... einfach so davonzurennen ...! Ich hätte etwas mehr Haltung erwartet. Etwas mehr Professionalität.«

»Es tut mir wirklich leid, dass meine Reaktion Ihnen missfallen hat, Herr Generaldirektor.«

Sie hat einen ganz neuen Ton angeschlagen, eine Mischung aus Arroganz und Wut.

»Wäre es Ihnen lieber gewesen, dass auch ich Ihnen applaudiere?«, fügt sie hinzu.

»Ich kann mir vorstellen, dass Sie mich verabscheuen, meine Kleine«, seufzt Pardieu. »Aber ...«

»Hören Sie auf, mich *meine Kleine* zu nennen. Ich habe einen Namen. Ich heiße Cloé Beauchamp.«

Der Präsident lächelt leicht belustigt. So als wäre das alles nur ein Spiel.

»Ich sehe, dass Sie nicht in der Lage sind, mir zuzuhören. Wir sprechen ein andermal darüber.«

»Wie Sie wünschen, Herr Generaldirektor«, antwortet Cloé.

Endlich geht Pardieu und schließt leise die Tür hinter sich. Cloé verharrt einen Moment regungslos.

Verächtlich betrachtet sie die Akten, die sich auf ihrem Schreibtisch türmen und die sie nun zu verhöhnen scheinen.

Plötzlich ergreift sie eine und schleudert sie gegen die Tür. Die Blätter fallen auf den Boden, und sie stampft wütend darauf herum. Dann wirft sie ihre ach so wertvollen Dossiers eines nach dem anderen durchs Zimmer.

Schließlich sinkt sie vollkommen erschöpft in ihren Schreibtischsessel.

* * *

Gomez kommt aus der Dusche und macht sich auf die Suche nach sauberer Kleidung. Er sollte daran denken, die Waschmaschine anzustellen, bevor er bald nur noch in Unterhosen dasteht.

Eilig läuft er die Treppe hinab, beschließt, zu Fuß zum Pub zu gehen, um den milden Frühlingsnachmittag etwas zu genießen. Als wenn die Sonne das Eis zum Schmelzen bringen könnte.

Kommt auf die Dicke der Schicht an ...

Er wird eine Frau treffen, die etwas von ihm erwartet. Die sich offenbar in ihn verliebt hat. Er bereitet sich darauf vor, ihr zu sagen, dass sie ihn besser vergessen soll. Oder ihr Hoffnungen zu machen, er hat sich noch nicht entschieden.

Bevor er eine andere trifft, die er heute Nacht in die Arme nehmen, mit der er schlafen wird.

Alles, nur nicht untergehen. Sich festklammern, egal an was, egal an wem. Die Leere füllen, die sich unaufhaltsam in seinem Inneren breitmacht. Und die ihn in einen schwindelerregenden Strudel zieht.

Gedankenverloren geht er, die Hände in den Taschen seines Lederblousons, mit schnellem Schritt, ohne den Schatten zu bemerken, der ihm in gebührendem Abstand folgt.

* * *

Es ist siebzehn Uhr, als Cloé endlich die Kraft findet, ihr Refugium zu verlassen. Sie hält es hier keine Sekunde länger aus, auch wenn sie gerne als Letzte gegangen wäre, um niemandem auf den Fluren zu begegnen.

Sicher jubilieren alle schadenfroh. Lachen hinter meinem Rücken. Drecksbande.

Die Beauchamp hat ganz schön eins reingekriegt. Endlich wurde sie auf ihren Platz verwiesen!

Sie stellt sich das hämische Gekichere, die spöttischen Blicke hinter jeder Tür vor. Nicht eine Sekunde denkt sie, dass der eine oder andere vielleicht Mitgefühl empfinden könnte.

Wenn der Jäger stirbt, frohlockt das Wild ...!

Sie hat den Nachmittag damit verbracht, den Alten zu verfluchen. Sich auszumalen, wie sie sich rächen könnte.

Als sie sich dem Aufzug nähert, sieht sie Martins aus der entgegengesetzten Richtung auf sich zukommen.

Sobald er sie erblickt, strafft er sich, wölbt die Brust. Wie ein Alpha-Männchen, das seine Stärke demonstrieren will.

Zwangsläufig begegnen sie sich, doch ihre Blicke weichen einander gekonnt aus.

Cloé holt den Aufzug und wirft einen Blick auf Pardieus Tür am Ende des Flurs. Jetzt ist er ihr schlimmster Feind.

Nein, nicht ihr schlimmster Feind.

Denn sie weiß, dass ihre neue Schwäche den Schatten beleben und sie zu einer perfekten Beute machen wird.

* * *

Letztlich hat er sie nicht gebeten, ihn zu vergessen. Hat sie überhaupt um gar nichts gebeten.

Alexandre hat es einfach nur geschehen lassen. Mit dem Gefühl, dass sein so müdes Herz in eine Seidendecke gewickelt wird.

Dass sich seine Fangzähne in zartes, köstliches Fleisch schlagen, um seinen Durst mit frischem Blut zu stillen.

Doch nichts kann seinen Durst stillen. Und nichts kann sein Herz erwärmen, das schon im Todeskampf liegt.

Nur ein Aufschub.

Als Valentine seine Hand ergriffen hat, hat er sie nicht zurückgezogen.

Als sie ihr Gesicht dem seinen genähert hat, hat er sie geküsst.

Und dann hat er sie im Pub sitzenlassen.

Ich habe zu tun, wir sehen uns bald.

Sie hat nicht einmal protestiert. Offensichtlich glücklich mit den Brosamen, die er ihr hinzustreuen bereit ist.

Zu Hause angekommen, steigt Alexandre direkt in seinen Wagen und setzt das Blaulicht aufs Dach. Er wird nicht mehr lange Polizeibeamter sein, das weiß er. Also will er es ausnutzen.

Bald wird all das vorbei sein.

Cloé, Valentine, seine Laufbahn.

Sein Leben.

Alles nur Illusion. Denn sie ist tot.

Er atmet, raucht, isst, trinkt, hat eine Erektion. Sein Herz schlägt, manchmal zu schnell. Und sein Kopf ist voller Erinnerungen, die dem ganzen Desaster trotzen.

Aber das sind alles nur Trugbilder.

Denn er ist tot.

KAPITEL 48

Cloé hatte den Schlosser vergessen. Er wartet vor ihrer Tür und raucht eine Zigarette.
Sie denkt nicht einmal daran, sich für ihre Verspätung zu entschuldigen, lässt ihn seine Arbeit machen und flieht ins Wohnzimmer. Sie füllt ein Glas zur Hälfte mit Whisky, gibt Orangensaft dazu und setzt sich in einen Sessel.
All das ist nur ein Traum. Ein Albtraum. Irgendwann wird sie daraus aufwachen. Und dann wird alles wieder in Ordnung sein.
Zweites Glas.
Das erinnert sie an Lisas Sturz. Gleich danach hat sie sich dasselbe gesagt.
Unmöglich, dass etwas so Grauenvolles passiert ist.
Das ist ein Albtraum, ich werde aufwachen. Morgen früh ist das alles vorbei.
Sie ist nie aufgewacht. Und Lisa auch nicht.
Also war es real.
Sie schaltet ihren Laptop ein, holt ihren Lebenslauf aus der Versenkung. Er ist drei Jahre alt. Damals hat sie kurz daran gedacht, die Agentur zu verlassen, sich etwas anderes zu suchen. Jetzt muss sie ihn aktualisieren und ein Motivationsschreiben verfassen. Sich bei einer anderen Firma bewerben.
Ihr Blick verschwimmt, sie schließt die Augen. Wieder von vorne anfangen. Oder fast. Eine neue Karriere in einem anderen Haus beginnen. Mit neuen Kollegen, einem neuen Chef. Ein anderer, vor dem sie katzbuckeln muss. Sich beweisen, zeigen, dass sie die Beste ist.
»Ich bin nicht die Beste«, murmelt sie. »Ich bin gar nichts mehr …
Mit einer wütenden Geste wischt sie die Tränen ab und trinkt ihr Glas aus.

Sie klappt den Laptop zu, springt auf und fängt an, im Zimmer auf und ab zu gehen
»Das ist alles nur deine Schuld, du Dreckskerl!«, brüllt sie plötzlich. »Es ist nur deinetwegen! Und ich schwöre dir, das wirst du mir büßen.«
Der Schlosser erscheint auf der Schwelle und sieht sie verblüfft an.
»Haben Sie mit mir gesprochen?«, fragt er verschüchtert.
Cloé schüttelt den Kopf.
»Ich war am Telefon«, lügt sie. »Sind Sie fertig?«
»Nein, noch nicht, ich mache weiter.«
Genau, mach weiter. Mach, dass dieser Mistkerl nicht mehr in mein Haus kann.
Bertrand, dieser Mistkerl. Aber es könnte auch Martins sein ... Wenn das der Fall ist, wäre die Mission des Mannes in Schwarz nun erfüllt. Cloé wird ihn nie wieder sehen und ist gerade dabei, hundert Euro für nichts zu bezahlen. Aber was sind hundert Euro, wenn der Traum zerbricht?
Zerbricht wie Lisas Wirbelsäule.

* * *

Als Gomez bei seiner »Klientin« eintrifft, ist der Schlosser noch da.
Der Hauptkommissar schüttelt ihm die Hand.
»Madame ist im Wohnzimmer«, flüstert der, »und sie scheint sehr übel gelaunt.«
»Madame ist immer übel gelaunt«, erklärt Gomez lächelnd.
Und tatsächlich steht Cloé mit verschränkten Armen im Wohnzimmer am Fenster und blickt auf den Garten. Es scheint, als stünde sie schon seit Stunden da.
»Guten Abend.«
Als sie sich umwendet, begreift Alexandre sofort, dass sie einen furchtbaren Tag hinter sich hat.
Ihr Blick spricht Bände.
Er geht zu ihr, zögert aber, sie zu berühren. Hat den eigenartigen Eindruck, die vergangene Nacht läge weit zurück. Dass sie wieder Fremde sind.
»Was ist los?«, fragt er.
»Schenk dir was zu trinken ein«, bietet sie an und dreht sich wieder um.

Alexandre bemerkt die Whiskyflasche auf dem Couchtisch und das leere Glas.

»Wie ich sehe, hast du schon ohne mich angefangen ... Dabei haben wir das doch besprochen oder?«

»Wenn du gekommen bist, um mir Vorhaltungen zu machen, dann verschwinde«, faucht Cloé.

»Ich bin gekommen, um dich zu beschützen. Und ich danke dir für den herzlichen Empfang.«

Er hört sie hämisch lachen.

»Um mich zu beschützen? Oder vielleicht, um dir ein paar schöne Stunden zu machen ...?«

Alexandre zwingt sie, ihn anzusehen. Sie vermag seinem Blick jetzt standzuhalten. Eine Frage der Gewohnheit.

»Soll ich deinem Gedächtnis auf die Sprünge helfen?«, fragt Alexandre. »Du hast die Initiative ergriffen, erinnerst du dich nicht?«

»Ich musste mir nicht sehr viel Mühe geben.«

Alexandre lächelt auf eine Weise, als würde er ihr ins Gesicht spucken.

»Was willst du? Du bist eben unwiderstehlich! Das soll das doch heißen, oder? Merkwürdig, dass dein Lover dann das Weite gesucht hat ... Ich frage mich wirklich, warum! Wo du doch so sanftmütig und charmant bist!«

Cloé befreit sich aus seinem Griff und legt die Stirn an die Scheibe.

»Soll er doch kommen und mich töten, das wäre besser.«

Der Hauptkommissar seufzt und schenkt sich schließlich ein Glas Single Malt ein.

»Na wunderbar ... Lass uns vergessen, was wir gesagt haben, okay?«

»Okay«, murmelt Cloé. »Es geht mir nicht gut, tut mir leid.«

»Das habe ich begriffen. Ist er wieder aufgetaucht?«, fragt Alexandre und zündet sich eine Marlboro an.

In ihr Schweigen zurückgezogen, betrachtet Cloé plötzlich fasziniert die verlassene Straße.

»Deine Performance als Statue ist wirklich beeindruckend ... Ist es so schwer, mit mir zu reden?«

Der Schlosser klopft zwei Mal diskret an die Wohnzimmertür.

»Ich bin fertig, Madame. Ich habe Ihnen zwei Schlüsselsets im Eingang gelassen.«

Cloé greift nach ihrer Tasche und holt das Scheckheft heraus.

Der Handwerker reicht ihr eine Rechnung und wartet geduldig, wobei er in der Hoffnung, man würde ihm einen Aperitif anbieten, auf die Whiskyflasche schielt.

Doch Cloé begnügt sich damit, ihm wortlos den Scheck zu reichen.

»Gut, danke, ich hoffe, ab jetzt werden Sie nicht mehr belästigt.«

»Auf Wiedersehen«, sagt Cloé. »Ich begleite Sie nicht, Sie kennen ja den Weg.«

Der Schlosser steckt den Scheck ein und reicht ihr die Hand.

»Schönen Abend«, meint er ironisch.

Gomez beobachtet Cloé, während sie sich ein Glas einschenkt.

Das dritte.

»Kannst du mir jetzt, nachdem wir allein sind, vielleicht sagen, was los ist?«

»Er hat gewonnen«, knurrt Cloé und entschwindet in die Küche.

Gomez verdreht die Augen und folgt ihr.

»Ich mag keine Ratespiele!«

Cloé stellt die Spülmaschine an. Ihre Bewegungen sind brüsk, und er errät, dass sie nur mühsam einen Wutausbruch unterdrückt.

»Also was?«, beharrt der Hauptkommissar. »Was soll das heißen, *er hat gewonnen*?«

»Pardieu hat Martins den Posten gegeben.«

»Scheiße«, sagt Gomez nur. »Wie hat er es dir gesagt?«

»Er hat die gesamte Belegschaft zusammengetrommelt und eine schöne Rede auf die *außergewöhnliche Persönlichkeit* gehalten, die seine Nachfolge antreten wird! Aber diese Person war eben nicht ich. Das nennt man, glaube ich, eine öffentliche Demütigung.«

»Das ist ekelhaft«, stimmt Alexandre zu. »Hast du mit ihm gesprochen? Ich meine hinterher ...«

»Ich hätte ihn am liebsten umgebracht. Also bin ich ihm lieber aus dem Weg gegangen.«

»Was hast du jetzt vor?«

»Ich weiß es nicht ... vermutlich einen anderen Job suchen. Ich sehe nicht, wie ich nach diesem Affront bleiben könnte.«

»Warum hast du gesagt: *er hat gewonnen*?«

»Ich war für diesen Posten vorgesehen. Und ich habe ihn nicht bekommen, weil ich in letzter Zeit nicht gut war. Ich bin zu spät gekommen, ich habe Fehler gemacht und war mehrmals nicht da ... also hat er gewonnen! Ich werde nicht Generaldirektorin. Ich werde niemals Generaldirektorin!« Gomez denkt an den Personalleiter des Supermarkts. Diesen Idioten von Pastor.

Mehrfache Verspätungen, mehrfaches unerlaubtes Fernbleiben vom Arbeitsplatz sowie Fehlbeträge in der Kasse ...

»Aber das habe ich nicht verdient«, fährt Cloé fort, die plötzlich gesprächig wird. »Der Alte hat all die Jahre vergessen, in denen ich geschuftet habe wie eine Verrückte, all die Verträge, deren Abschluss er mir zu verdanken hat ... all das Geld, das ich dieser verdammten Agentur eingebracht habe!«

»Wenn es ihnen in den Kram passt, haben die Menschen ein kurzes Gedächtnis.«

»Ich glaube nicht an deine Geschichte mit dem Psychopathen«, erklärt Cloé plötzlich. »Ich denke, dass mich jemand destabilisieren wollte, damit ich den Job nicht bekomme.«

»Wer? ... Komm schon, raus damit!«

»Martins natürlich.«

Gomez setzt sich und nimmt einen Apfel aus dem Obstkorb.

»Er hat befürchtet, dass ich die Stelle bekommen würde, also hat er alles getan, um mich auszuschalten! Du musst zugeben, dass das eine ziemlich stichhaltige Hypothese ist, oder?«

»Stimmt«, pflichtet Gomez bei. »Aber ich glaube trotzdem nicht daran. Ein solches Risiko einzugehen ... Du siehst ihn jeden Tag im Büro, da hättest du ihn erkennen können.«

»Er hat die Drecksarbeit nicht selbst gemacht, das würde auch gar nicht zu ihm passen. Er hat jemanden engagiert.«

»Nicht einfach, jemanden zu finden, der so was übernimmt.«

»Ich glaube, es war Bertrand, mein Ex. Das ist mir mit einem Schlag klar geworden. Mir ist aufgefallen, dass er nie da war, wenn der Schatten sich mir genähert hat.«

»Ein dürftiges Indiz ... Und welches Motiv hat er deiner Meinung nach?«

»Verstehst du nicht? Geld natürlich! Martins hat Bertrand bezahlt. Damit er mich zuerst verführt und dann zum Angriff übergeht.«

»Das ist nicht ausgeschlossen«, muss Gomez zugeben. »Es stimmt, dass Bertrand deine Schlüssel hatte. Dass er deine Gewohnheiten kennt ... Ich werde ihn mir demnächst mal näher ansehen.«

»Wie das?«

»Darf ich dich darauf hinweisen, dass dies mein Job ist? Also vertrau mir. Er wird nichts merken.«

Ihr Blick ist in die Ferne gerichtet, die Lippen zusammengepresst. Sie denkt wieder über ihre Niederlage nach. Gomez ergreift ihre Hand, sie lässt es geschehen.

»Sollen wir was essen gehen?«, schlägt er vor. »Damit du auf andere Gedanken kommst?«

»Ich bin müde und habe keinen Hunger. Ist dir eigentlich klar, was mir da passiert ist?«

»Ich kann mir vorstellen, wie enttäuscht du bist. Aber du lässt dich nicht so leicht unterkriegen. Du rappelst dich wieder auf und wirst woanders finden, was du suchst ... Du bist stark.«

Sie verfällt in ein bitteres Lachen.

»Ich bin nicht stark, das täuscht ... Ich habe Angst vor einem Schatten!«

»Jeder an deiner Stelle hätte Angst. Also sei nicht so streng mit dir, okay?«

Er lässt ihre noch immer kalte Hand los.

»Ich möchte, dass du mir eine Liste all deiner Bekannten erstellst.«

Cloé sieht ihn verwundert an.

»Freunde, Nachbarn, ehemalige Nachbarn, Arbeitskollegen ... Kurz, alle.«

»Das ist ein Scherz, oder?«

»Ganz und gar nicht«, versichert Gomez. »Du kennst bestimmt viele Leute, aber ... es muss sein. Das könnte helfen, den Unsichtbaren zu finden.«

»Wirklich? Aber ich sage dir doch, es ist ...«

»Wir wissen nicht, wer es ist. Noch nicht. Ich will keine Spur außer Acht lassen. Also tu bitte, was ich dir sage. Ich will die Liste auch mit den Leuten vergleichen, die mit Laura zu tun hatten. Ich muss den gemeinsamen Nenner zwischen dir und diesem Mädchen finden.«

»Aber sie ist tot!«, ruft Cloé heftig. »Ich versteh wirklich nicht, wie ...«

»Ich befrage ihre Freunde, ihre Familie, ihren Ex.«

Cloé schweigt eine Weile und sieht ihn prüfend an.
»Haben sie dir die Ermittlungen nun doch übertragen?«
Der Blick des Hauptkommissars hält dem von Cloé stand.
»Nein«, sagt er. »Mein Chef ist der Ansicht, dass es nicht genügend Anhaltspunkte gibt. Aber das hindert mich nicht daran, weiterzumachen. Nichts wird mich daran hindern.«
Cloé enthält sich jeden Kommentars, doch er merkt, dass sie enttäuscht ist.
»Und ich habe noch ein paar Freunde auf dem Revier. Wenn ich bestimmte Infos brauche, kann ich mich an sie wenden. Ich für meinen Teil bin weiterhin davon überzeugt, dass es sich um einen Verrückten handelt, der sich zuerst Laura, dann dich als Opfer ausgesucht hat.«
»Was hat diese Laura gearbeitet?«, fragt Cloé plötzlich.
»Sie war Kassiererin im Supermarkt.«
»Was …? Und du glaubst, wir hätten gemeinsame Freunde?«
Cloé kann sich ein verächtliches Lächeln nicht verkneifen.
»Oh, Pardon«, höhnt der Hauptkommissar. »Wie konnte ich nur auf so etwas kommen?! Wie konnte ich es wagen, mir auch nur vorzustellen, dass Mademoiselle Beauchamp irgendeine Gemeinsamkeit mit einer einfachen Supermarktkassiererin hat? Ich bin wirklich zu blöd!«
»Hör auf!«, sagt Cloé in scharfem Ton.
»Du solltest lieber aufhören. Du verachtest alle, die nicht deine soziale Stellung haben, ja?«
Das Läuten der Glocke unterbricht ihre unschöne Diskussion. Cloé geht zur Tür, gefolgt von ihrem Schutzengel.
Einem Schutzengel mit Gaunervisage und einer 9 mm Sig-Sauer.
»Hast du keinen Spion einsetzen lassen?«, flüstert Alexandre vorwurfsvoll.
»Er hatte nicht das nötige Material dabei. Außerdem muss ich zuerst die Erlaubnis des Hausbesitzers einholen …«
Also presst Cloé das Ohr an die Tür und fragt:
»Wer ist da?«
»Ich bin es, Caro, Quentin ist bei mir.«

* * *

Dieser Besuch hat mehr von einem Stellungskrieg als von einem netten Abend unter Freunden.

Auf der einen Seite des Couchtischs sitzen Carole und Quentin auf dem Sofa. Ihnen gegenüber hat sich Alexandre in einem Sessel niedergelassen und mustert sie unverhohlen.

Banalitäten. Die Staus, die nahende schöne Jahreszeit. Die steigenden Temperaturen.

Doch im Wohnzimmer ist es so kalt, als würde ein eisiger Nordwind durchpfeifen.

Carole bemüht sich krampfhaft um ein Lächeln. Cloé schenkt den Gästen etwas zu trinken ein und stellt Salzgebäck auf den Tisch.

»Wir waren gerade in der Nähe, und ich wollte nachsehen, wie es dir geht, meine Liebe ...«

Cloé setzt sich endlich neben Alexandre.

»Nicht besonders gut«, erklärt sie in eisigem Ton. »Probleme im Job.«

»Nervt dich der Alte immer noch?«

»Ja, aber nicht mehr lange. Ich werde kündigen.«

»Ach ja? Und der Posten als Generaldirektorin?«

»Den hat er Martins gegeben«, erklärt sie und greift nach ihrem Glas. Das vierte.

»Oh, verdammt!«, ruft Carole.

Ein langes Schweigen vertieft die Kluft zwischen ihnen noch. Dann wendet sich Carole dem Unbekannten ihr gegenüber zu, den Cloé nur mit seinem Vornamen vorgestellt hat, ohne jede weitere Erklärung. Er unterscheidet sich von den bisherigen Eroberungen ihrer alten Schulfreundin. Hat etwas von einem Gangster. Gefährlich und doch verführerisch.

Und die Augen ... haben so einen leicht verrückten Ausdruck.

»Und Sie, Alexandre, was machen Sie beruflich?«.

Gomez fixiert sie, Carole guckt sofort weg, als wäre sie geblendet worden.

»Ich bin Hauptkommissar.«

»Wirklich?«, fragt Carole dümmlich.

»Stört Sie das?«

»Warum sollte uns das stören?«, fällt Quentin ein.

Die Stimmung ist so erdrückend, dass Carole ihren Schal abnimmt, um sich mehr Luft zu verschaffen.

»Hauptkommissar Gomez stellt Ermittlungen über den Mann an, der mich verfolgt«, fügt Cloé mit einem leichten Lächeln hinzu. »Ihr wisst schon, der, den es gar nicht gibt!«

Carole seufzt. Quentin erwidert Cloés Lächeln.

»Wir dachten, ihr ... wärt zusammen«, sagt er. »Ist es nicht etwas spät für Ermittlungen? Machen Sie Überstunden, Herr Hauptkommissar?«

Die beiden Männer schätzen sich mit Blicken ab, Quentin gibt nicht nach.

»Ich bin vierundzwanzig Stunden am Tag im Dienst«, erwidert Alexandre scherzhaft.

»Unsere Polizei ist wirklich sehr effizient!«, bemerkt Quentin. »Wie beruhigend. In welchem Kommissariat arbeiten Sie?«

»Kripo Val-de-Marne.«

»Oh ... Und kommen Sie mit Ihren Ermittlungen voran?«

»Ja, durchaus. Ich denke, dass wir den Kerl bald hinter Schloss und Riegel bringen werden.«

»Umso besser«, meint Carole schüchtern.

»Sie beide glauben nicht an die Existenz des mysteriösen Angreifers, nicht wahr?«, fragt der Hauptkommissar.

»Nein, sie glauben nicht daran«, versichert Cloé. »Sie haben mir geraten, einen Psychiater aufzusuchen. Dazu muss man sagen, dass sich Quentin mit Geisteskranken auskennt ... Er passt nachts auf sie auf. Und deshalb sieht er sie auch sonst überall.«

»Ich habe nie behauptet, dass du krank bist«, korrigiert Quentin sie mit erstaunlicher Ruhe.

»Nein, nur dass ich unter Verfolgungswahn leide. Und das ist ja wohl eine Geisteskrankheit.«

»Ich glaube, es war keine gute Idee, vorbeizukommen«, seufzt Quentin und legt die Hand auf Caroles Oberschenkel.

Carole ist völlig aufgelöst.

»Cloé hat offensichtlich keine besondere Lust, uns zu sehen«, fährt der Krankenpfleger fort. »Also sollten wir uns verabschieden und den Hauptkommissar seine *Ermittlungen* fortführen lassen.«

Carole hebt den Blick zu ihrer Freundin, sie kämpft mit den Tränen.

»Willst du mir das bis in alle Ewigkeit übelnehmen?«, fragt sie mit belegter Stimme. »Ich wollte dir doch nur helfen.«
Cloé zögert kurz, ehe sie bissig antwortet:
»Dieser Irre hat mich angegriffen. Er hat mich vergewaltigt.«
Carole lässt vor Schreck fast ihr Glas fallen.
»Mein Gott, aber ...«
Cloé läuft wortlos hinaus. Sie hören, wie am Ende des Gangs eine Tür zugeknallt wird.
Carole sitzt wie erstarrt auf dem Sofa.
»Sie sollten jetzt besser gehen«, sagt Gomez. »Cloé hat einen schlimmen Tag hinter sich. Ich glaube, das ist nicht der richtige Augenblick für eine Versöhnung. Vielleicht ein andermal ...«
»Ja ... Ich ... Wir gehen«, murmelt Carole.
Sie erheben sich alle drei, und Quentin tritt zu Alexandre.
»Wir sind beruhigt, dass Sie da sind.«
»Mein Gott«, flüstert Carole, »aber warum hat sie mir nichts gesagt?«
Gomez begleitet sie zur Tür, schüttelt ihnen die Hand.
»Sind die Schlösser wenigstens ausgetauscht worden?«, fragt Quentin besorgt.
»Ja, der Schlosser war gerade da. Aber warum interessiert Sie das, wenn Sie doch gar nicht an die Existenz dieses Typen glauben?«
»Nach dem, was Cloé uns eben anvertraut hat, denke ich, dass wir uns vielleicht geirrt haben«, gesteht der Krankenpfleger kleinlaut.
»Das könnte durchaus sein«, meint der Hauptkommissar. »Einen schönen Abend noch.«
»Passen Sie gut auf sie auf«, sagt Quentin nur.
Gomez verriegelt die Tür und geht ins Schlafzimmer, Cloé liegt auf dem Bett. Auf dem Bauch, das Gesicht im Kissen vergraben. Er setzt sich zu ihr und streichelt ihr Haar.
»Sie sind weg«, sagt er leise. »Und ich glaube, sie kommen so bald nicht wieder.«
»Sie sollen sich zum Teufel scheren«, stößt Cloé erstickt hervor. »Sie sollen sich alle zum Teufel scheren ...«
»Ich auch?«
Sie dreht sich zu ihm um, er hat ein tränenüberströmtes Gesicht erwartet. Doch sie weint nicht, ihr Ausdruck ist versteinert.

»Nein, du nicht«, sagt sie und legt den Kopf an seine Schulter.
»Warum hast du das deiner besten Freundin an den Kopf geworfen?«
»Sie ist nicht mehr meine Freundin. Und ich will, dass sie ebenso leidet wie ich.«

KAPITEL 49

Jetzt ist es schon eine Woche.
Seit einer ganzen Woche ist der Schatten nicht mehr aufgetaucht. Als hätte ihn die Finsternis verschluckt.
Oder als hätte er keinen Schlüssel mehr.
Aber um Cloé auf der Straße zu verfolgen oder ihr nach der Arbeit aufzulauern, braucht er keinen Schlüssel.
Eine List, eine Falle oder das Ende des Albtraums?
Dieses plötzliche Verschwinden bestärkt Cloé in ihrer Theorie: Martins hat das Ganze inszeniert. Er hat bekommen, was er wollte, und infolgedessen den Vertrag mit Bertrand aufgekündigt und das grausame Spiel für beendet erklärt.
Draußen ist es noch nicht hell, aber Cloé ist schon wach. Wie immer.
Der Schatten ist weg, doch der Schlaf nicht zurückgekommen. Zwei, drei Stunden, mehr nicht.
Alexandre hat das Bett verlassen und sich wie immer im Sessel eingerichtet.
Man könnte meinen, er fürchte sich, in ihrer Nähe zu schlafen.
Der Schatten ist weg, aber der Hauptkommissar ist noch immer auf seinem Posten.
Vielleicht, weil er nicht mehr ohne mich sein kann ...?
Leise schleicht Cloé in die Küche, um ein Glas Wasser zu trinken und ihre Tabletten zu nehmen. Inzwischen schluckt sie vier oder fünf pro Tag. Manchmal auch sechs, sie zählt nicht mehr wirklich mit.
Doch ihrem Herzen geht es immer schlechter, es schlägt schneller und schneller.
Aber sie spürt, dass es falsch wäre, die Behandlung jetzt abzubrechen.
Übrigens hat sie ihrem Arzt nichts von der Verschlechterung gesagt. Sie

hat ihn nur gebeten, das Rezept zu erneuern und die Schlafmittel nicht zu vergessen, die inzwischen zu ihrem treuen Begleiter geworden sind.

Der Schatten ist weg, ja. Aber die Nachwirkungen bleiben. Diese ekelhaften Wundmale, die sich in ihre Erinnerung gebrannt haben.

»Du solltest wieder ins Bett gehen, es ist noch früh ...«

Cloé zuckt zusammen, sie hat Alexandre nicht kommen hören.

»Vor allem, weil du heute dein Vorstellungsgespräch hast. Du musst in Form sein.«

Sie öffnet ihre Arme wie eine Einladung. Er hebt sie hoch und setzt sie auf die Arbeitsplatte, schiebt die Satinträger des Nachthemds auf der seidigen Haut zur Seite. Er schließt die Augen, versucht sich an eine andere weiche Haut zu erinnern. An den Duft einer anderen Frau.

Seiner Frau.

»Ich dachte, ich soll mich ausruhen, damit ich nachher in Form bin«, flüstert Cloé.

»Habe ich das gesagt?«

»Hast du.«

»Du hast recht, ich höre auf!«, erklärt er und tritt einen Schritt zurück.

Sie schlingt die Arme um seinen Hals und zieht ihn wieder an sich.

»Ich will eine Ganzkörperdurchsuchung, Herr Hauptkommissar!«

Er fängt an zu lachen, sie liebt es, wenn er lacht.

Das kommt so selten vor, dass es für sie wie ein Geschenk ist. Ein kostbares Geschenk, das er nur ihr macht.

* * *

Es ist Zeit zu gehen. Cloé zieht ihre Jacke an, greift nach ihrer Tasche und öffnet die Tür zu Nathalies Büro.

»Ich muss für ein oder zwei Stunden weg«, erklärt sie.

»Okay, Cloé. Sind Sie zu erreichen?«

»Nur im Notfall.«

Auf dem Gang versucht Cloé, sich natürlich zu geben. Dabei geht sie zu einem Vorstellungsgespräch bei der Konkurrenz.

Die Ereignisse haben sich förmlich überschlagen. Nach der Krönung von Martins hat sie ihren Lebenslauf an drei Agenturen geschickt. Achtundvierzig Stunden später kam der erste Anruf.

Die anderen würden bald folgen, daran hat sie keinen Zweifel. Also ist sie doch noch etwas wert.

Also wird alles wieder in Ordnung kommen.

Ein neuer Job, ein neuer Mann in ihrem Leben. Selbst wenn es ein verwitweter, quasi vom Dienst suspendierter Polizeibeamter ist. Der lieber im Sessel als im Bett schläft.

Selbst wenn dieser Mann immer nahe an der Verzweiflung ist.

Aber Cloé wird ihn zum Glück bekehren, ihm die Freude am Leben zurückgeben. Am Leben zu zweit.

Ohne auf dem Flur jemandem zu begegnen, tritt sie in den Aufzug und drückt den Knopf zum Erdgeschoss. Während sie sich eigentlich auf das bevorstehende Gespräch konzentrieren sollte, denkt sie an Alexandre. Der tagsüber ermittelt und die Nächte bei ihr verbringt. Denn selbst wenn der Schatten verschwunden ist, versucht der Hauptkommissar weiter herauszufinden, wer sie verfolgt hat. Er hat noch nicht das letzte Wort gesprochen.

Cloé auch nicht …

Ja, es wird mir gelingen, ihn zu zähmen, sagt sie sich. So, dass er ganz mir gehört.

So, dass ich nicht mehr nur das Abbild einer Toten bin.

Denn sie spürt, dass er im Moment nur Station bei ihr macht. Sozusagen auf der Durchreise ist, bevor er ein anderes Ziel ansteuert.

Jeden Abend ist sie aufs Neue überrascht, ihn vor ihrer Haustür anzutreffen.

Jede Nacht ist sie aufs Neue überrascht, in seinen Armen einzuschlafen.

Jeden Morgen wird sie von Unruhe gepackt, wenn er geht.

Da sie keine Lust hat, mit der Metro zu fahren, schlägt sie den Weg zur nahegelegenen Taxistation ein. Als sie an einer roten Ampel warten muss, checkt sie ihr iPhone.

Ein leichter Druck auf ihre Schulter lässt sie herumfahren.

Die Ampel springt auf Grün, die Menschen stürzen, wie von einer unsichtbaren Strömung fortgespült, auf den Zebrastreifen.

Doch Cloé bleibt am Ufer stehen.

Rührt sich nicht. Starrt den Mann ohne Gesicht an.

Eine Kapuze auf dem Kopf, eine Sonnenbrille auf der Nase, ein Tuch über den Mund gezogen.

Cloés Knie beginnen zu zittern. Dann auch die Lippen.

»Du wirst zu spät kommen, Cloé.«

»Wer … wer sind Sie?«

Selbst ihre Stimme zittert.

»Offenbar dein schlimmster Albtraum … Du hast geglaubt, ich hätte aufgegeben, ja? Du hast geglaubt, es wäre vorbei? Du denkst, dass ein einfaches Schloss mich entmutigen, ein Wachhund mich fernhalten könnte?«

Cloé steht mit offenem Mund da, atmet das Entsetzen ein. Gleich wird sie ersticken. Wenn nicht ihr Herz vorher stehenbleibt.

Diese unheilvolle Stimme bohrt sich tief in sie hinein und breitet sich aus wie tödliches Gift.

»Bist du verliebt in ihn, Cloé? Verliebt in diesen kleinen Drecksbullen? Oder vielleicht lässt du dich nur gerne von ihm vögeln … Stimmt's, Cloé? Gefällt dir das?«

Cloé blickt sich um. Will um Hilfe rufen. Aber ihre Stimmbänder versagen.

»Du musst wissen, dass ich niemals aufgebe, mein Engel. Niemals.«

Viel später, als er schon weg ist, beginnt Cloé zu schreien.

Wie eine Geisteskranke.

KAPITEL 50

Das Klingeln seines Handys lässt Alexandre aufschrecken. Er ist am Steuer seines Wagens eingenickt. Er sucht es überall, findet es schließlich im Handschuhfach. Zu spät ...
 Seit Stunden observiert er das Haus, in dem Bertrand wohnt. Seit Tagen überwacht er ihn, verfolgt sein Kommen und Gehen.
 Im Moment passiert nicht viel. Er geht zur Arbeit, verbringt dort einen Gutteil seines Tages. Abends geht er manchmal aus, auf Mädchenfang, oder bleibt brav zu Hause. Man könnte sein Verhalten als normal bezeichnen – wenn es so etwas wie Normalität überhaupt gibt.
 Aber der Typ ist dennoch verdächtig, das kann Gomez nicht leugnen. Allein schon weil er Cloé vorgegaukelt hat, er habe eine andere, doch bis jetzt hat der Hauptkommissar noch keine Frau an seiner Seite gesehen.
 Sicher, er ist allein bei seinen Ermittlungen und kann Bertrand nicht rund um die Uhr im Auge behalten. Aber wenn er eine neue Eroberung hätte, hätte Alexandre sie zumindest einmal sehen müssen.
 Warum also hat er Cloé belogen? Warum wollte er sie noch zusätzlich leiden lassen?
 Vielleicht nur, um sie endgültig loszuwerden. Damit sie ihn in Ruhe lässt.
 Gomez vergeudet wahrscheinlich seine Zeit, hat sich von Cloés unerschütterlicher Gewissheit in die Irre führen lassen.
 Um seine Arbeit korrekt zu erledigen, müsste er eigentlich parallel Martins überwachen und seine Nachforschungen über Lauras Tod fortsetzen. Außerdem müsste man die Bankkonten der beiden Männer genauer unter die Lupe nehmen und ihre Telefonate abhören. Aber da er völlig inoffiziell ermittelt, sind ihm nun mal die Hände gebunden ...
 Dennoch zweifelt er nicht daran, dass er das Monster bald zur Strecke bringen wird.

Heute ist Bertrand den ganzen Tag zu Hause geblieben. Hat er frei? Ist er krank?

Alexandre zündet sich eine Zigarette an und hört seine Mailbox ab. Cloés Stimme trifft ihn wie ein Hieb in die Magengrube.

Alex, ich bin es ... Er war wieder da! Er hat auf der Straße auf mich gewartet ... hat mich bedroht! Er hat furchtbare Sachen gesagt ...

Nach dem Hilferuf langes Schluchzen.

Gomez wählt die Nummer von Cloé, die sofort abhebt.

»Hat er dir etwas getan?«

»Nein ...«

»Was hat er gesagt?«

Cloé versucht, jedes seiner Worte zu wiederholen. Sie schreit ins Telefon.

»Versuch dich zu beruhigen ... Bitte, versuch dich zu beruhigen!«

Er hört sie weinen. Das tut ihm weh. Viel mehr, als er gedacht hätte.

»Gehst du zu deinem Vorstellungsgespräch?«

»Ja, aber ich weiß nicht, ob ich es schaffe ...«

»Versuch dich zu beruhigen«, wiederholt der Hauptkommissar immer wieder. »Heute wird er nicht mehr auftauchen, da bin ich ganz sicher. Ich hole dich abends nach der Arbeit ab, okay?«

»Ja!«, wimmert Cloé.

»Du schaffst das schon. Ich bin sicher, dass du es schaffst ... Sei stark. Ich umarme dich.«

»Ich dich auch.«

Gomez legt auf und schlägt wütend auf das Lenkrad.

Und in diesem Augenblick sieht er, dass Bertrands Wagen, der in dreißig Meter Entfernung geparkt war, verschwunden ist.

* * *

Es ist achtzehn Uhr, als sich die Tür des Aufzugs öffnet. Cloé entdeckt Alexandre, der in der Halle auf und ab geht. Sie sehen sich kurz an. Das ist so schmerzhaft ...

Diese Angst, die wieder an ihr klebt. Sie hatte sie ein bisschen vergessen, zur Seite gedrängt. Heute ist sie mit aller Macht zurückgekommen.

Du musst wissen, dass ich niemals aufgebe, mein Engel. Dann nimmt Alexandre sie in die Arme und drückt sie an sich.

»Ich bin da. Es ist vorbei.«

Sie wünscht sich so sehr, dass er recht hat. Aber sie weiß, dass er sich täuscht. Und die Worte hallen in ihrem Kopf wider ... *Gefällt dir das? ... Du musst wissen, dass ich niemals aufgebe, mein Engel.*

»Komm«, sagt Gomez. »Wir nehmen meinen Wagen, ich fahre dich morgen früh her.«

Sie steigen in den Peugeot 407, der in zweiter Reihe parkt. Alexandre bemerkt, wie sie sich ängstlich umsieht.

»Ich bin sicher, dass dieser Saukerl uns beobachtet! Ich bin sicher, dass er irgendwo hier ist ...«

»Kann sein. Aber solange ich bei dir bin, hält er Abstand«, versichert Alexandre.

Der Peugeot fädelt sich in den Verkehr ein. Cloé streckt die Beine aus. Sie hat das Gefühl, als wären ihre Muskeln aus Holz und sie müsste ersticken. Sie öffnet das Fenster, schließt die Augen.

»Wenn du seine Stimme gehört hättest«, murmelt sie. »Die furchtbaren Sachen, die er gesagt hat.«

»Es ist das erste Mal, dass er mit dir gesprochen hat, oder?«

»Nein, auch schon an dem Abend, als du zu mir gekommen bist. Als ich dich angerufen habe.«

»Hast du seine Stimme diesmal erkannt?«, fragt Alexandre.

»Er hatte ein Tuch vor dem Mund.«

»Aber trotzdem, er war ganz in deiner Nähe, du hast sein Gesicht gesehen«, beharrt Alexandre. »Die Form seines Gesichts ... Hattest du das Gefühl, ihn zu kennen?«

»Ich weiß nicht. Ja, vielleicht. Aber das war nur so ein Gefühl.«

»Er stand unmittelbar vor dir! Ist dir nicht irgendetwas aufgefallen – ein Detail?«

»Nein!«, jammert Cloé.

»Seine Statur, sein Geruch ... Die Hände?«

»Er trug Handschuhe.«

»Dann etwas anderes ... Versuch dich zu erinnern, das ist wichtig!«

Alexandres Stimme ist hart und autoritär. Als wenn er eine Verdächtige verhören würde

»Ich weiß, dass es wichtig ist«, erwidert sie wütend. »Aber ich sage dir doch, ich habe ihn nicht erkannt!«

Sie verbirgt das Gesicht in den Händen. Gomez ändert seinen Ton.

»Entschuldige. Wir sprechen später darüber, wenn du dich etwas beruhigt hast, ja?«

»Ja, danke«, murmelt sie und sucht nach einem Papiertaschentuch.

Sie wischt sich die Tränen ab und kauert sich auf ihrem Sitz zusammen. Den Rest der Fahrt schweigen sie.

Zu Hause angekommen, lässt sie sich aufs Sofa fallen. Alexandre nimmt ihr gegenüber Platz und fängt wieder an:

»Wie war dein Gespräch?«

»Was glaubst du? In dem Zustand, in dem ich war ... Ich war erbärmlich.«

Sie schüttelt den Kopf, durchlebt noch einmal das Desaster.

Aufgeregt und nervös, hat sie sich bei jedem Wort verhaspelt. Die drei Männer ihr gegenüber müssen sie für eine Anfängerin gehalten haben!

Danke für Ihren Besuch, wir melden uns.

»Sie werden sich nie melden. Die Sache ist gelaufen.«

»Beim nächsten Mal wird es besser«, tröstet sie Alexandre und zündet sich eine Zigarette an.

»Er wusste, wohin ich gehe.«

»Hat er das gesagt?«

»Nein, nur dass ich zu spät kommen werde. Aber ich bin sicher, dass er mir absichtlich aufgelauert hat, um mich zu verunsichern.«

»Nicht zwingend.«

»Er wusste, wo ich hingehe, und wollte, dass ich das Vorstellungsgespräch vermassele! Das ist eindeutig.«

Die Idee, dass der Mann über alles, was sie tut, Bescheid weiß, lässt ihr das Blut in den Adern gefrieren.

»Wem hast du von diesem Treffen erzählt?«

»Nur dir, sonst niemandem.«

Alexandre erhebt sich und blickt sich um. Er bückt sich und fährt mit der Hand unter dem Tisch entlang.

»Was treibst du da?«, fragt Cloé verwundert.

Der Hauptkommissar bedeutet ihr mit einem Handzeichen zu schweigen und macht weiter. Er sucht das ganze Wohnzimmer ab, hinter den Bildern, unter den Stühlen, in dem kleinen Bücherregal ... Lange Minuten, in denen Cloé die Luft anhält.

»Suchst du ein Mikro?«, flüstert sie.

»Ja, aber da ist nichts. Weißt du, vielleicht hat er sich einfach, in der Hoffnung dich zu sehen, in der Gegend rumgetrieben. Es war Mittagszeit, und er hat bestimmt darauf gewartet, dass du rauskommst.«

Cloé schüttelt erneut den Kopf, ist mit dieser Version nicht einverstanden.

»Auf alle Fälle hast du ihn diesmal aus der Nähe gesehen. Du hast seine Stimme gehört, selbst wenn er sie verstellt hat. Wenn es Bertrand gewesen wäre, hättest du ihn garantiert erkannt. Das geht ja gar nicht anders.«

»Ich weiß nicht ...«

»Du hättest ihn erkannt«, beharrt der Hauptkommissar.

Sie ist erschöpft, ihre Nerven liegen blank. Die Beine verkrampfen sich, die Augenlider zucken nervös.

»Beruhige dich«, bittet Alexandre.

»Er hat mich gefragt, ob ich in dich verliebt bin.«

Gomez fühlt sich unbehaglich. Das hat sie ihm am Telefon nicht erzählt.

»Er hat gesagt: *Bist du verliebt in diesen kleinen Drecksbullen? Oder ... vielleicht ... lässt du dich nur gerne von ihm vögeln ...*«

Sie fängt wieder an leise zu weinen.

»Woher weiß er das?«, jammert sie.

»Das ist nicht schwer. Er hat gesehen, dass ich zu dir komme und die Nacht über bleibe. Er kann sich vorstellen, dass ich nicht auf dem Sofa schlafe.«

»Aber woher weiß er, dass du ein Bulle bist? Woher weiß er alles über mich, über uns? Das gibt es doch gar nicht ... Er ... er muss all seine Zeit damit verbringen, mich auszuspionieren. Er muss ...«

Sie spricht den Satz nicht zu Ende, bricht in Schluchzen aus.

»Was will er von mir? Was will er bloß von mir? Martins hat den Job bekommen, warum lässt er mich dann nicht in Ruhe?«

»Ich weiß es nicht«, murmelt Alexandre. »Aber ich werde es herausfinden, das verspreche ich dir.«

KAPITEL 51

»Ich wünsch dir einen schönen Tag«, sagt Alexandre und lächelt.
Ein verkrampftes Lächeln, das ihr nichts vormachen kann. Er ist besorgt, und das sieht man. Eine Sorge, die Cloé tröstet.
Sie küsst ihn, streichelt über sein Gesicht. Er hat sich heute Morgen nicht rasiert, was sie besonders anziehend findet ...
»Bis heute Abend dann ... Ich hole mein Auto ab.«
»Okay, aber ich fahre hinter dir her.«
Sie öffnet die Wagentür, steigt aber nicht aus. Sie sieht ihn noch immer an, mit einer ganz besonderen Intensität.
»Das wird ein langer Tag ohne dich«, sagt sie nur.
Diesmal schenkt er ihr ein richtiges Lächeln.
»Los, du bist schon spät dran. Wir sehen uns heute Abend. Alles wird gut, sei unbesorgt«, fügt Alexandre mit einem Augenzwinkern hinzu.
Schließlich steigt sie aus. Der Ermittler wartet, bis sie in dem Bürogebäude verschwunden ist, bevor er den Motor anlässt und weiterfährt Richtung Sarcelles, einem Vorort im Département Val d'Oise.
Heute Morgen trifft er sich mit Amanda, der früheren Arbeitskollegin und Freundin von Laura. Er will herausfinden, mit welchen Leuten sie bekannt war. Denn nach wie vor hält er an der Theorie fest, dass es sich in beiden Fällen um ein und denselben Täter handelt.
Dieser Kerl, der ihn zum Narren hält. Der auf seinen Nerven herumtrampelt.
Er erwartet nicht viel von diesem Treffen, doch er will keine Spur auslassen. Wenn man sich im Wald verirrt hat, ist jeder neue Pfad ein Hoffnungsschimmer.
Da er schon spät dran ist, setzt er das Blaulicht aufs Dach und rast los.
Die Geschwindigkeit, die Autos, die zur Seite fahren, um ihn vorbeizulassen. Das gibt ihm das Gefühl, wichtig zu sein. Jemand zu sein.

Obwohl er eigentlich so gut wie nichts mehr ist.

Bloß ein beurlaubter Bulle, den seine Vorgesetzten und etliche seiner früheren Kollegen fallen gelassen haben.

Ein Witwer, der mit seiner Trauer nicht zurechtkommt. Auch wenn er mit einer anderen Frau schläft. Weil sie Sophie ähnelt, die er nicht vergessen kann. Das ist vielleicht sogar das Schlimmste.

Und doch hält ihn diese Frau am Leben. Ist seine Infusion. Eine Art Hoffnung, ein Hauch von Leben.

Für Sekunden, manchmal sogar für Minuten, stellt er sich vor, dass er, wenn der Fall abgeschlossen und der Schatten verschwunden ist, bei ihr bleibt. Doch die Eisschicht um sein Herz wird immer dicker. Ihm ist kalt. Selbst wenn er Cloé in seine Arme schließt. Selbst wenn er in ihr ist.

Schließlich kommt er auf dem Parkplatz des Einkaufszentrums an und stellt seinen Wagen in der Nähe des Eingangs ab. Er hastet zu dem Schnellimbiss, wo Amanda bereits auf ihn wartet.

»Entschuldigen Sie die Verspätung.«

»Nicht weiter schlimm. Meine Schicht beginnt erst um elf Uhr, wir haben Zeit ...«

Gomez bestellt sich einen Kaffee und für die Kassiererin einen Tee. Sie muss um die vierzig sein, ihr Parfum schlägt Alexandre auf den Magen.

»Und«, fragt er, »haben Sie über das nachgedacht, worum ich Sie gebeten habe?«

»Ja«, antwortet Amanda. »Aber ich kenne nicht alle Menschen, die Lauras Weg gekreuzt haben. Wir standen uns nah, das stimmt, aber ...«

»Sagen Sie mir doch einfach, was Sie wissen. Jedes Detail kann wichtig sein.«

Gomez holt einen Block, einen Stift und die von Cloé angefertigte Liste aus seiner Tasche.

»In Ordnung, ich versuche mein Bestes ... Sie war zwei Jahre mit einem Typen namens Michaël zusammen. Er arbeitete als Verkäufer in einem der Läden hier im Einkaufszentrum. Im Sportgeschäft, wissen Sie?«

Gomez nickt. Schreibt Namen und Vornamen auf.

»Welche Sorte Mensch?«

»Eher durchschnittlich! Absolut unauffällig ... fast ein bisschen langweilig. Ein Allerweltstyp eben. Und dann, eines Tages, hat er sie einfach sitzenlassen. Das war, bevor sie gefeuert wurde. Ehrlich, ich weiß wirklich nicht, was ich Ihnen von dem Typen erzählen soll. Dabei hatte Laura einen starken Charakter!«

»Hmm ... sonst noch was?«

»Laura hatte nicht viele Freunde, sie war eher eine Einzelgängerin. Viele hielten sie für hochnäsig, distanziert und unnahbar. Aber das ist falsch, wissen Sie. Das dachten nur die Leute von ihr, die sie nicht so gut kannten.«

Hochnäsig, distanziert und unnahbar. Eigentlich genau wie Cloé, denkt der Hauptkommissar.

Amanda liefert ihm weitere Namen, ein paar Vornamen. Nichts Interessantes dabei für Gomez, der sich sagt, dass er hier wohl nicht fündig werden wird.

»Wissen Sie«, fährt Amanda fort, »seit Ihrem Anruf habe ich mir das Hirn zermartert, und auf einmal ist mir eine Sache wieder eingefallen. Es ist sicher nicht von Bedeutung, aber ...«

»Immer raus damit«, ermuntert sie Alexandre.

»Nun, ich weiß, dass Laura bei einer Abendveranstaltung mal einem Mann begegnet ist, der es ihr ziemlich angetan hatte. Sie hat ein paarmal von ihm gesprochen. Eigentlich sogar relativ häufig.«

»Wie hieß er?«

»Keine Ahnung! Sie hat bestimmt seinen Vornamen erwähnt, aber ich muss gestehen, er fällt mir nicht mehr ein. Auf jeden Fall fand sie ihn attraktiv, geheimnisvoll, verführerisch ...«

»Tja, muss mein Zwillingsbruder gewesen sein!«, witzelt Alexandre.

Amanda lacht und rührt Zucker in den Tee.

»Sind Sie etwa ein *Psychopath*?«

»Scheint so ... Also, dieser Kerl, was können Sie mir von ihm erzählen?«

»Nach dieser ersten Begegnung hat sie öfter von ihm gesprochen«, wiederholt Amanda. »Sie hat mir gesagt, dass sie ihn gerne wiedersehen würde.«

»War sie zu der Zeit noch mit Michaël zusammen?«

»Ja. Aber ich glaube, sie war nicht sehr glücklich mit ihm.«

»Verstehe ... Wann genau war das?«

»Ungefähr drei oder vier Monate vor ihrer Entlassung.«

»Okay, das interessiert mich. Also, dieser mysteriöse Don Juan fällt ihr bei einer Abendveranstaltung auf und ...?«

»Sie hat seine Telefonnummer über die Person herausbekommen, von der sie zu dem Fest eingeladen wurde. Sie hat ihn angerufen, und sie haben sich verabredet. Sie waren zusammen einen Kaffee trinken, dann ein zweites Mal. Doch beim dritten Treffen hat er ihr erzählt, dass er verheiratet ist und Kinder hat.«

»Oje ... und schon war der Zauber dahin!«

»So könnte man sagen!«, bestätigt Amanda mit einem Lächeln, das auf eigene Erfahrungen schließen lässt. »Der Typ hat ihr erklärt, er könne nicht mit ihr zusammenbleiben, obwohl er sich sehr zu ihr hingezogen fühle. Seine familiären Verpflichtungen zwängen ihn dazu ... blablabla! Die alte Leier! Um ihr das zu sagen, hätte er sich nicht dreimal mit ihr treffen müssen. Sie hat sich ganz umsonst Hoffnungen gemacht. Das ist richtig gemein, oder?«

»Vielleicht hat er es mit der Angst bekommen, als es ernst zu werden drohte. Männer haben manchmal das Bedürfnis, sich zu beweisen, dass sie noch in der Lage sind, eine Frau zu erobern.«

»Ja, aber es ist trotzdem gemein! Ich glaube, dass Laura sehr darunter gelitten hat. Ich hatte das Gefühl, dass sie sich wirklich in diesen Mann verliebt hatte. Danach hat sie sich sehr verändert. Auch wenn es zweifellos nicht damit zusammenhing, hat sie sich von da an noch mehr zurückgezogen und bei der Arbeit ziemlich viel Mist gebaut. Sie kam zu spät, war aggressiv zu den Kunden ...«

In Gomez' Gehirn schrillen die Alarmglocken.

»Versuchen Sie sich an den Namen dieses Mannes zu erinnern, bitte!«, drängt er. »Oder wenigstens an seinen Vornamen! An eine Kleinigkeit, an irgendwas!«

»Ich habe Ihnen ja schon gesagt, dass ich seinen Nachnamen gar nicht kenne. Und an seinen Vornamen kann ich mich leider nicht mehr erinnern. Dafür weiß ich allerdings noch sehr gut, was er beruflich machte, denn das war nicht gerade alltäglich ...«

Alexandre hält den Atem an.

»Er war Krankenpfleger in einer psychiatrischen Anstalt.«

KAPITEL 52

Noch immer fassungslos sitzt Alexandre wie versteinert am Steuer seines Wagens.

»Ich glaube es nicht! Ich hatte ihn vor meiner Nase ... Der Dreckskerl saß mir direkt gegenüber!«

Er überlegt, wie er es am besten anstellt, diesem Verrückten das Handwerk zu legen.

Denn für Alexandre steht eines fest: Der Schatten kann niemand anders sein als Quentin. Der verführerische und geheimnisvolle Quentin. Ein guter Ehemann und Vater, der dennoch seine Nachmittage mit Cloés bester Freundin verbringt. Der seine freie Zeit darauf verwendet, eine Frau zu terrorisieren. Nachdem er eine andere bereits in den Selbstmord getrieben hat. Das ist also der gemeinsame Nenner zwischen Laura und Cloé.

Sein Handy klingelt. Noch immer unter Schock, dauert es eine Weile, bis er das Gespräch annimmt. Cloé holt ihn in die Realität zurück.

»Was gibt's?«

»Nichts ... Ich wollte einfach nur deine Stimme hören«, erwidert sie.

»Wo bist du?«

»Auf dem Parkplatz eines Supermarkts.«

»Was machst du da?«

Er zögert einen Moment, ob er ihr verraten soll, dass er eine ernst zu nehmende Spur hat. Doch er entscheidet sich anders.

»Ich ermittle.«

»Auf dem Parkplatz eines Supermarkts?«, wundert sich Cloé. »Ein interessanter Ort für Nachforschungen!«

»Hast du Lust, mit mir mittagessen zu gehen?«, schlägt Alexandre plötzlich vor.

Cloé ist überrascht, er ahnt, dass sie lächelt.

»Ja, gerne.«
»Ich fahre zurück nach Paris ... und bin in einer guten halben Stunde da. Passt das?«

* * *

»Das ist das Lokal, in dem ich mich immer mit Caro getroffen habe«, sagt Cloé.
Gomez ergreift die Gelegenheit beim Schopfe.
»Ihr Freund ist ein bisschen merkwürdig, oder?«
»Quentin? Ach ... das würde ich so nicht sagen. Ein bisschen mysteriös vielleicht.«
»Also, ich fand ihn eher unsympathisch«, meint der Ermittler. »Was macht er noch mal beruflich?«
»Er ist Krankenpfleger in der Psychiatrie.«
»Ach ja, stimmt! Weißt du, wo genau er arbeitet?«
»In Villejuif. In einer besonderen Einrichtung, ich weiß nicht mehr, wie sie heißt ... Ein Ort, an dem man die ganz schwierigen Patienten einsperrt.«
»Du meinst eine geschlossene Psychiatrie?«, erkundigt sich Alexandre.
»Ja, so ähnlich. Für besonders schwere und gefährliche Fälle. Nun ja, eine merkwürdige Arbeit, aber Quentin scheint sie zu mögen. Er arbeitet dort übrigens vor allem nachts ...«
»Nur nachts?«
»Das weiß ich nicht. Er hat mir gegenüber bloß erwähnt, dass er oft in der Nacht arbeitet.«
»Und er ist verheiratet und Familienvater, oder?«
»Ja. Aber wieso interessierst du dich auf einmal so für ihn?«, wundert sich Cloé.
»Nur so. Ich fand ihn halt merkwürdig.«
»Inwiefern merkwürdig? Willst du damit sagen, du verdächtigst ihn ...?«
»Nein!«, antwortet Gomez hastig. »Dafür gibt es gar keinen Anlass. Andererseits, alle, die mehr oder weniger mit dir in Verbindung stehen, sind potenzielle Verdächtige.«
»Offensichtlich ... Aber ich kenne Quentin kaum. Und ich sehe nicht, welchen Grund er hätte, mich ... Du verdächtigst ihn wirklich?«

»Wie schon gesagt: ich gehe jeder Spur nach. Und bisher habe ich mich noch nicht mit ihm beschäftigt. Mit Carole übrigens auch nicht.«
»Carole? Das soll wohl ein Scherz sein!«
»Keineswegs. Weißt du übrigens, wie er mit Nachnamen heißt?«
»Nein.«
»Weißt du, wo er wohnt?«
»Auch nicht«, gibt Cloé bedauernd zu.
Sie ergreift seine Hand.
»Zum Glück bist du da, um auf mich aufzupassen.«
»Nur dafür?«, erkundigt sich Alexandre mit einem Lächeln. »Nun, dann erzähl mir doch mal, wie Carole diesen Kerl kennengelernt, wie sie sich in ihn verliebt hat …«
»Esse ich gerade mit dem Polizisten oder mit dem Mann an meiner Seite?«
»Mit beiden, mein Liebling! Du kannst den einen nicht ohne den anderen haben.«
»Okay, ich nehme beide.«
»Stört es dich, wenn wir über deine Freundin Carole sprechen?«
»Sie ist nicht mehr meine Freundin.«
»Früher oder später wirst du ihr doch sicher verzeihen, oder?«
»Ich verzeihe nie.«

* * *

Während der Fahrt läuft Alexandres Gehirn auf Hochtouren. In Gedanken spielt er noch einmal die kurze Begegnung mit dem Mann durch, der inzwischen zu seinem Hauptverdächtigen geworden ist, und wiederholt innerlich Cloés Worte.

Dieser Mistkerl hat sich an ihre beste Freundin rangemacht, um Cloé nahe sein zu können. Um alles über sie in Erfahrung zu bringen. Jedes Puzzlestück rückt nun nach und nach an seinen Platz.

Als Alexandre endlich in Villejuif ankommt, stellt er den Peugeot auf dem Klinikparkplatz ab.

Eine psychiatrische Anstalt: ein Ort, der Angst macht.

Hier in Villejuif befindet sich eine der wenigen geschlossenen Einrichtungen für psychisch schwerkranke Menschen aus ganz Frankreich.

Ein Ort, um diejenigen zu isolieren, die zu einer Gefahr für andere oder für sich selbst geworden sind. Die ein Verbrechen begangen haben, aber nicht schuldfähig sind und deshalb hier eingewiesen wurden. Oder von denen man befürchtet, dass sie eines Tages erneut gewalttätig werden.

Doch hinter diesen Mauern befinden sich auch diejenigen, die sich selbst verletzen oder sich das Leben nehmen wollten, es aber nicht geschafft haben.

Bevor er aussteigt, denkt Alexandre gründlich nach. Wie soll er es anstellen, Quentins Nachnamen und Anschrift herauszubekommen, wo er doch keine offizielle Untersuchung durchführt? Wenn er seine wahre Identität preisgibt, könnte das seine weiteren Ermittlungen gefährden.

Auch wenn er sicher ist, dass es nichts bringt, entschließt er sich, seine Chance zu nutzen.

Zwei Minuten später präsentiert er sich mit seinem charmantesten Lächeln am Empfang der Anstalt.

»Guten Abend, Mademoiselle. Ich suche jemanden, der hier bei Ihnen arbeitet. Er ist Krankenpfleger in der Nachtschicht ... Er heißt Quentin.«

»Quentin? Ja, natürlich. Ich lasse ihn sofort ausrufen.«

Die junge Frau greift zum Telefon, Gomez ist perplex. Er hatte an so ziemlich alles gedacht. Nur nicht an das Naheliegendste.

»Quentin? Hier ist Rachel ... Bei mir am Empfang wartet jemand auf dich.«

Sie schenkt Alexandre ein bezauberndes Lächeln.

»Er kommt sofort, Monsieur.«

Der Hauptkommissar erwägt kurz, die Flucht zu ergreifen, aber er weiß, dass es sinnlos ist. Die Rezeptionistin hatte genug Zeit, ihn zu mustern, und würde ihn detailliert beschreiben können. Dann kann er dem Krankenpfleger auch gleich persönlich gegenübertreten.

»Vielen Dank«, antwortet er schlicht. »Sagen Sie ihm, dass ich draußen auf ihn warte.«

Alexandre geht hinaus und zündet sich eine Zigarette an. Innerhalb von zwei Minuten entwickelt er einen Schlachtplan. Genau in dem Moment taucht Quentin auch schon auf.

»Sieh an ... der Herr Hauptkommissar! Was für eine Überraschung ...«

Die beiden Männer schütteln sich die Hand.

»Tut mir leid, dass ich Sie bei der Arbeit störe, aber ich muss Sie unbedingt sprechen.«

»Es ist ruhig heute Abend«, erwidert Quentin. »Ich habe ein paar Minuten Zeit.«

»Perfekt ... Wollen wir ein Stück laufen?«

Sie biegen in eine Allee ein, die von einem mickrigen Rasen gesäumt ist. Ein Schrei dringt durch die Mauern nach draußen. Gomez sieht den Krankenpfleger fragend an.

»Mit der Zeit gewöhnt man sich dran ... Was kann ich für Sie tun? Es ist Cloé doch hoffentlich nichts zugestoßen, oder?«

»Nein. Ich befrage nur gerade nach und nach all ihre Freunde und Bekannten ... Um das Detail zu finden, das mich auf die richtige Fährte führt. Und da ich zufällig hier in der Gegend war, dachte ich, ich versuche einfach mal mein Glück.«

»Ich gehöre nicht zu ihren Freunden!«, betont Quentin. »Kann ich vielleicht eine Zigarette haben? Ich hab vergessen, meine mitzunehmen.«

Gomez reicht ihm die Schachtel und sein Zippo-Feuerzeug.

»Sie sind mit ihrer besten Freundin liiert. Also gehören Sie zu ihrem engen Umfeld.«

»Wie man's nimmt. Ich kenne Carole noch nicht sehr lange. Und Cloé habe ich höchstens zwei Mal gesehen. Nein, drei Mal ... Beim letzten Mal waren Sie ja dabei!«

»Wie Sie wissen, stelle ich Nachforschungen an über den Kerl, der sie verfolgt und ...«

»Welchen Kerl?«, unterbricht ihn Quentin mit einem zynischen Lächeln. »Glauben Sie wirklich, dass er existiert?«

Er schüttelt leicht bedauernd und zugleich herablassend den Kopf.

»Sagen Sie mir jetzt nicht, dass Sie ihr auf den Leim gegangen sind, Alexandre!«

Gomez antwortet nicht, sondern lässt den Krankenpfleger einfach reden.

»Haben Sie ihn denn je gesehen, diesen mysteriösen *Angreifer*?«

»Nein«, gesteht Gomez. »Nie.«

»Nur Cloé hat ihn gesehen! Sie tut mir wirklich aufrichtig leid.«

»Klären Sie mich auf«, bittet ihn der Hauptkommissar. »Sie scheinen sich Ihrer Sache ja sehr sicher ...«

»Cloé leidet unter einer vorübergehenden starken Paranoia, einem systematischen Wahn. Nach dem, was Carole mir erzählt hat, ist es nicht das erste Mal.«

»Wirklich?«, wundert sich Gomez.

»Besser gesagt, Cloé ist jemand, der schon immer solche paranoiden Tendenzen hatte. Sie wissen schon, das Gefühl, dass sich alle Welt gegen sie verschworen hat, dass die Leute eifersüchtig und neidisch auf ihren Erfolg sind, sich an ihr rächen, ihr Böses wollen ...«

Quentin unterstreicht seinen Vortrag mit ziemlich theatralischen Gesten.

»Doch jetzt befindet sie sich offensichtlich in einer wahnhaften Phase, was deutlich schwerwiegender ist. Das kommt manchmal vor. Menschen mit paranoiden Tendenzen werden oft wahnhaft, wenn sie so um die vierzig sind.«

»Was genau ist denn so ein systematischer Wahn?«, will Alexandre wissen.

»Einfach ausgedrückt, wenn der Patient ein logisch stimmiges System errichtet, das sich aber an einer verzerrten Realität orientiert.«

»Was heißt das im Klartext?«

»Cloé bildet sich diesen Verfolger nur ein.«

»Wollen Sie damit sagen, dass sie lügt? Uns alle belügt?«

Sie bleiben stehen, Quentin sieht Gomez direkt in die Augen.

»Nein, Cloé lügt nicht. Sie ist davon überzeugt, dass dieser Mann wirklich existiert. Ich glaube, in dem Stadium, in dem sie sich befindet, sieht sie ihn tatsächlich. So wie Sie mich gerade sehen.«

»Wie erklären Sie sich die Gegenstände, die bei ihr im Haus umgestellt wurden?«

»Möglicherweise hat sie das selbst getan. Beziehungsweise, sie redet sich ein, dass sie in ihrer Abwesenheit umgestellt wurden. Sie verknüpft jedes Ereignis, sei es noch so unbedeutend oder harmlos, mit diesem mysteriösen Mann. Ein toter Vogel auf der Fußmatte? Den hat natürlich er dort hingelegt. Eine Zeichnung auf dem Auto? Die hat natürlich er gemacht. Ein Auto, das ihr an der Stoßstange klebt? Das ist wieder er ... Können Sie mir folgen?«

»Aber … Der Angriff?«

Quentin setzt sich auf ein Mäuerchen und tritt seine Zigarette aus. Gomez bleibt vor ihm stehen.

»Welcher Angriff?«

»Cloé ist betäubt worden und nackt mitten im Wald aufgewacht.«

Wieder lächelt der Krankenpfleger bedauernd.

»Ich wette, dafür gab es keinen Zeugen!«

»Nein, aber …«

»War sie verletzt? Wurde sie nachweislich misshandelt oder …?«

»Nein«, gibt Alexandre zu.

»Ihnen als Ermittler muss ich doch nicht erklären, dass jede Form der Misshandlung Spuren hinterlässt, oder? Sie behauptet, vergewaltigt worden zu sein … Hat ein Arzt sie untersucht?«

Gomez nickt.

»Und?«

»Nichts.«

»Sehen Sie! Sie hat sich all das nur eingebildet«, sagt Quentin. »Das gehört zu ihrem Szenario.«

»Übertreiben Sie da nicht etwas?«

»Ich kann Ihnen versichern, bei allem, was ich hier tagtäglich hinter diesen Mauern sehe, dass mich nichts mehr überrascht. Hier gibt es viel verstörendere Dinge! Doch das Problem bei der Paranoia ist, dass der Patient nicht erkennt, dass er krank ist. Das würde all seine Gewissheiten erschüttern, das wäre das Ende der Welt, die er sich erschaffen hat … Menschen mit diesem Krankheitsbild sind unendlich schwer zu behandeln. Wir haben einige hier im Haus. Ich weiß, wovon ich spreche, glauben Sie mir.«

Nun setzt auch Gomez sich.

»Cloé lehnt sich mit aller Macht gegen jene auf, die ihr zu erklären versuchen, dass sie krank ist und sich helfen lassen sollte«, fährt Quentin fort. »Sie betrachtet sie als Feinde. So war es mit Carole. Ich hatte ihr einen sehr guten Spezialisten empfohlen. Doch als sie Cloé davon überzeugen wollte, ihn zu konsultieren, hat sie sich mit Händen und Füßen dagegen gewehrt. Ja, sie wollte sogar nichts mehr mit Carole zu tun haben … Dabei sind sie seit über zwanzig Jahren beste Freundinnen!«

Alexandre zündet sich eine neue Zigarette an. Sie schmeckt komisch.

»Sie schlafen mit ihr, nicht wahr?«, platzt Quentin heraus.

Der Ermittler antwortet nicht. Der Krankenpfleger wertet dieses Schweigen als Eingeständnis und fährt mit seinem Monolog fort.

»Ich kann Sie verstehen, sie ist wirklich attraktiv! Als ich sie das erste Mal gesehen habe, ist sie mir auch sofort aufgefallen. Sie ist faszinierend. Doch ich habe gleich gemerkt, dass sie gefährlich ist.«

»Gefährlich?«

»Nicht klar im Kopf«, erklärt der Pfleger. »Ich hab ein Gespür dafür! Berufskrankheit, könnte man sagen.«

»Gut ... wenn ich mal zusammenfasse, was Sie mir gerade gesagt haben, dann ist Cloé ernsthaft krank, und ich kann nichts für sie tun.«

»Sie verschwenden nur Ihre Zeit, Hauptkommissar. Sie könnten zehn Jahre lang Nachforschungen anstellen, doch Sie würden diesen Verfolger niemals finden. Denn er existiert nur in Cloés Kopf. Also, wenn Sie ihr wirklich helfen wollen, versuchen Sie, sie davon zu überzeugen, einen Spezialisten aufzusuchen.«

»Nachdem, was Sie gerade ausgeführt haben, wäre das eine *mission impossible*.«

»Man kann nie wissen ... Die Liebe bewirkt bisweilen Wunder!«

Sie sehen einander schweigend an, dann ergreift Gomez wieder das Wort.

»Etwas aber stört mich an Ihrer Theorie ... Die ganze Geschichte hat Cloé schwer geschadet: Der Posten als Generaldirektorin ist ihr durch die Lappen gegangen, sie hat ihren Freund verloren, dann ihre beste Freundin ...«

»Das stimmt. Cloé hat sich selbst geschadet, da haben Sie recht. Sie könnte sogar so weit gehen, sich etwas anzutun.«

Gomez denkt mit Schaudern an den Selbstmordversuch, von dem Cloé ihm erzählt hat.

»Aber warum?«

»Das kann uns nur ein guter Psychiater verraten. Im Übrigen kennt Cloé selbst die Gründe nicht. Sie ist sich all dessen nicht bewusst.«

»Ich glaube, sie fühlt sich schuldig an einem Unfall ihrer Schwester«, meint Alexandre.

»Ja, Caro hat mir davon erzählt. Das ist in der Tat eine plausible Erklärung. Womöglich erlegt sie sich eine Bestrafung auf, weil sie sich schuldig fühlt. Sie hat sich einen Henker und eine Strafe ausgedacht.«

»Aber warum jetzt? Fast dreißig Jahre später! Das ergibt doch keinen Sinn.«

»Im Gegenteil, das ist sogar sehr einleuchtend. All das geschieht genau in dem Moment, wo sie fast am Ziel all ihrer Träume ist. Ein netter Freund, ein guter Posten ... Sie hat alles. Wohingegen ihre Schwester nichts hat. Begreifst du langsam, worum es geht, Alexandre?«

Gomez nickt, ist noch nicht einmal überrascht, dass er unerwartet geduzt wurde.

»So, ich muss wieder an die Arbeit«, verkündet Quentin, nachdem er auf die Uhr gesehen hat. »Aber wenn du noch mehr Informationen brauchst, kannst du dich ruhig jederzeit wieder an mich wenden.«

Sie stehen auf, schütteln sich die Hand.

»Wenn ich Cloé irgendwie helfen kann ...«

»Danke ... Kannst du mir deine Telefonnummer geben?«

»Ja, natürlich. Du kannst mich hier anrufen oder auf dem Handy.«

Quentin gibt ihm beide Nummern, die Gomez sorgfältig in sein Notizbuch schreibt.

»Und dein Name?«

»Barthélemy. Bis bald, Alexandre. Und halte mich auf dem Laufenden.«

»Sicher.«

Der Pfleger geht zurück in die Anstalt. Gomez sieht ihm nach, bevor er sich langsam auf den Weg zu seinem Auto macht.

Er war gekommen, um einen Verdächtigen in die Enge zu treiben. Doch nun tritt er völlig verunsichert den Rückweg an.

KAPITEL 53

Sie stehen einander in der Küche gegenüber.

Seit sie zurück sind, hat Alexandre die meiste Zeit nachdenklich geschwiegen.

»Es ist nichts Besonderes, aber ich hatte nicht viel Zeit zum Einkaufen«, entschuldigt sich Cloé.

»Macht nichts, ich habe sowieso keinen großen Hunger.«

»Bist du sauer?«

»Nein, nur etwas k. o.«

Cloé stochert mit der Gabel in ihrem Essen herum. Auch sie hat keinen Appetit.

»Und du, wie war dein Tag?«, will er wissen.

»Es wird Zeit, dass ich mich nach etwas anderem umsehe, langsam wird's unerträglich! Die verspotten mich alle, machen sich über mich lustig ...«

Alexandre runzelt die Stirn.

»Was haben sie denn gesagt?«

»Ach nichts!«, lacht Cloé nervös. »Das machen sie natürlich nicht offen! Aber hinter meinem Rücken wird getuschelt!«

»Woher weißt du das, wenn es *hinter deinem Rücken* geschieht?«

»Ich weiß es, das ist alles«, weicht sie knapp aus. »Sie freuen sich alle diebisch über meine Demütigung!«

»Und warum sollten nicht einige von ihnen auch gegen Martins' Beförderung sein? Es gibt sicher welche, die lieber dich gehabt hätten.«

»Das glaubst du! Ich weiß, was sie reden. Sie wollen mich am Boden sehen.«

»Das bildest du dir nur ein.«

Cloé bedenkt ihn mit einem vernichtenden Blick und wirft ihre Gabel hin.

»Nein, das bilde ich mir nicht ein!«, erregt sie sich. »Sie haben sich alle gegen mich verschworen.«

Quentins Worte lassen die Szene in einem anderen Licht erscheinen.

»Sie konnten es nicht ertragen, dass ich so schnell aufgestiegen bin, dass ich besser war als sie! Also haben sie beschlossen, mich zu Fall zu bringen. Wahrscheinlich stecken sie sogar alle mit Martins unter einer Decke.«

Ihre Augen funkeln fiebrig.

»Wer sind denn *sie*?«, hakt Alexandre nach. »Wer? Nenn Namen!«

»Aber ich weiß es doch nicht! Die … die Kollegen aus der Agentur, die von Martins angestachelt wurden. Es ist durchaus möglich, dass sie Bertrand angeheuert haben, um mich einzuschüchtern, damit ich Fehler mache.«

Gomez schließt die Augen, fährt sich mit der Hand durchs Haar.

»Hör zu, Cloé, ich glaube, du bildest dir da was ein. Du siehst überall Schlechtes, verdächtigst alle anderen, gegen dich zu sein …«

Sie blitzt ihn wütend an, doch er lässt sich nicht beeindrucken.

»Deine Komplott-Theorie vom angeheuerten Lakaien ist nicht überzeugend, das sage ich dir. Du hast eine zu blühende Fantasie. Ich kann mir wirklich nicht vorstellen, dass deine Arbeitskollegen einen Typen beauftragen, der dich erst verführen und dann terrorisieren soll. Noch dazu jemanden, der gut verdient.«

»Und ich glaube, dir fehlt es an Fantasie!«, zischt Cloé.

Trotz seines zunehmenden Unbehagens versucht Alexandre, die Ruhe zu bewahren.

»Du vergisst Laura. Sollen es etwa auch Martins und deine Arbeitskollegen gewesen sein, die sie in den Tod getrieben haben?«

Cloés Gesicht verwandelt sich zu einer starren Maske.

»Es gibt keine Gemeinsamkeiten zwischen diesem Mädchen und mir.«

»Bist du dir da so sicher? Ich nicht. Also suche ich weiter in dieser Richtung.«

»Wenn du an der falschen Stelle ansetzt, wirst du nie etwas herausfinden.«

»Willst du damit sagen, dass ich unfähig bin?«

Sie wirft ihr Essen in den Mülleimer und knallt den Teller dann in die Spüle, wo er scheppernd zerbricht.

»Verdammt nochmal! Siehst du, wozu du mich treibst!«

»Langsam! Ist es nicht möglich, mit dir zu diskutieren, ohne dass du ausrastest? Ich bin da, um dir zu helfen, wie oft soll ich dir das noch sagen? Aber wenn ich dir derart auf die Nerven falle, kann ich auch nach Hause gehen.«

Angesichts dieser Drohung beherrscht Cloé ihren Zorn.

»Ich möchte nur, dass du mir glaubst«, erklärt sie eine Tonlage sanfter.

»Und ich möchte auch, dass du mir glaubst. Ich überwache Bertrand, aber bis jetzt habe ich nichts gefunden, was gegen ihn spricht … Außer, dass ich nicht weiß, wo er war, als dieser Typ dich gestern belästigt hat.«

Cloé setzt sich wieder zu ihm, stibitzt ihm eine Zigarette und pafft ein paar Züge.

»Er ist nicht zur Arbeit gegangen, den ganzen Tag zu Hause geblieben. Aber ich bin in meinem Auto eingeschlafen, und dein Anruf hat mich geweckt. Da habe ich gesehen, dass er sich aus dem Staub gemacht hatte.«

»Na, super!«, stößt Cloé hervor. »Vielleicht hat er das Haus mit einer Kapuze auf dem Kopf und einer Sonnenbrille verlassen, und du hast nichts gemerkt!«

»Wenn er es wirklich ist, überführe ich ihn bald.«

»Nachdem er mich umgebracht hat?«

»Natürlich vorher«, beruhigt er sie. »Gestern hat er direkt vor dir gestanden … Also versuche, dich an irgendetwas zu erinnern.«

»Ich habe dir schon alles gesagt«, seufzt sie.

»Darf ich dich darauf aufmerksam machen, dass mir das gar nichts gebracht hat? Wie groß war er?«

Sie antwortet nicht gleich, wendet den Blick ab.

»Also?«, erregt sich der Hauptkommissar. »Du wirst doch wohl gesehen haben, ob er groß oder klein war?«

»Groß.«

»Wie groß? So wie ich? Größer? Kleiner?«

»Ungefähr so wie du.«

»Also war er ungefähr einen Meter neunzig groß. Das ist eher selten. Ich schätze, dass dein Ex etwa eins fünfundachtzig groß ist, stimmt das?«

Cloé seufzt.

»Das ist doch gleich!«
»Oh nein! Das ist nicht gleich.«
»Er hat vielleicht Absätze getragen.«
»Pumps meinst du? Das nenne ich ein Indiz!«, spottet Alexandre.
»Hör auf, dich über mich lustig zu machen!«
»Gut, sagen wir, der Typ war zwischen eins fünfundachtzig und eins neunzig groß. Und die Statur?«
Nachdem sie schweigt, fährt er fort:
»Schmächtig? Breitschultrig?«
»Normal.«
»Normal also. Deine Hinweise sind wirklich sachdienlich ... Dick oder dünn?«
»Normal, das sage ich doch!«
»Offenbar hat dieser Dreckskerl keine besonderen Merkmale! Vielleicht einen Akzent?«
»Nein! Wenn er mit mir spricht, verstellt er seine Stimme.«
»Man könnte fast meinen, dass du mir nicht helfen willst«, sagt Gomez mit einem wütenden Lächeln. »So, als wolltest du nicht, dass ich ihn erwische ...«
»Was für ein Unsinn! Darf ich dich daran erinnern, dass das Ganze nur einen kurzen Moment gedauert hat? Außerdem habe ich dein Verhör jetzt satt! Bin ich hier die Verdächtige, oder was?«
Sie steht auf und knallt die Tür hinter sich zu. Alexandre lässt sich auf seinen Stuhl sinken.
»Vielleicht ja«, murmelt er.

* * *

Als sie allein in ihrem dämmrigen Zimmer ist, fängt sie an zu weinen. Sie setzt sich aufs Bett, presst das Kopfkissen an sich und wiegt sich vor und zurück.
Er hat mich im Stich gelassen. Und der andere wird zurückkommen. Immer wieder. Um mich fertigzumachen.
Cloé denkt an die Waffe, die sie im Küchenschrank versteckt hat. Sie muss sie vor dem Einschlafen auf das Nachtkästchen legen. Selbst wenn sie nicht schläft. Aber es bleiben ja noch immer die Schlaftabletten ...

Doch dann höre ich ihn nicht einmal hereinkommen, wache vielleicht erst auf, wenn er sich über mich beugt. Mit einem Messer in der Hand.

Ihr Schluchzen wird heftiger. Sie wiegt sich weiter vor und zurück wie ein aus dem Takt geratenes Metronom.

Alexandre ist gegangen, ohne etwas zu sagen. Nicht einmal auf Wiedersehen.

»Umso besser! Jetzt hält auch er mich für verrückt!«

Ihre Stimme hallt seltsam im Zimmer wider. In der Leere, die sie umgibt, sie aufsaugt. Sie verschlingt.

Und dann lähmt sie plötzlich das Geräusch der sich öffnenden Eingangstür. Sie hört auf zu weinen, zu atmen, sich zu bewegen. Hört fast auf zu leben.

Schritte auf dem Flur.

Sie müsste fliehen. Aus dem Fenster steigen und ums Haus herum auf die Straße laufen.

Aber sie sitzt wie versteinert auf ihrem Bett. Wartet auf ihr letztes Stündlein.

Die Zimmertür öffnet sich mit einem unheilvollen Quietschen. Sie presst das Kopfkissen fester an sich. Ein ziemlich dürftiger Schutz.

Als sich die Gestalt in der Türöffnung abzeichnet, gefriert ihr das Blut in den Adern.

»Schläfst du?«

Alexandres Stimme bringt sie zurück ins Leben.

»Nein«, murmelt sie.

Gomez tastet nach dem Lichtschalter. Cloé schließt die Augen. Als sie sie wieder öffnet, betrachtet Alexandre sie mit einer Mischung aus Zärtlichkeit und Zorn. Sie wischt ihre Tränen ab und beginnt wieder, sich vor und zurück zu wiegen.

»Ich habe gedacht, er wäre es.«

Alexandre setzt ein Knie auf die Matratze und schiebt ihr Haar beiseite, um ihr Gesicht zu streicheln.

»Du musst mir vertrauen, Cloé«, sagt er.

»Wo warst du?«

»Ich war gereizt und hatte Angst, zu heftig zu werden. Also bin ich lieber etwas an die frische Luft gegangen.«

Ein eisiges Frösteln gleitet über Cloés Haut.

»Geht es dir jetzt besser?«

Sie hat wie ein schuldbewusstes kleines Mädchen gesprochen.

Vielleicht ist sie wirklich krank. Vielleicht sogar gefährlich. Doch er kann sie nicht allein lassen.

Er streckt sich neben ihr aus und zieht sie sanft an sich.

KAPITEL 54

»Guten Tag, Frau Doktor, hier spricht Hauptkommissar Gomez. Erinnern Sie sich an mich?«

»Natürlich«, antwortet die Psychiaterin.

»Haben Sie ein paar Minuten Zeit für mich? Ich würde Ihnen gern noch ein paar fachliche Fragen stellen.«

»Schießen Sie los.«

»Danke ... Also, ich möchte wissen, ob ein Patient während einer wahnhaften Störung Halluzinationen haben kann.«

»Halluzinationen?«, wundert sich Doktor Murat.

»Ja, zum Beispiel Menschen sehen, die gar nicht existieren.«

»Unmöglich. Bei einem solchen Krankheitsbild gibt es keine visuellen oder auditiven Halluzinationen. Nur eine verzerrte Wahrnehmung der Realität. Wenn Halluzinationen auftauchen, handelt es sich dabei im Grunde eher um einen paranoiden Wahn.«

»Und was ist der Unterschied?«

»Der paranoide Wahn ist ein Symptom der Schizophrenie.«

»Können Sie mir das bitte kurz erklären?«

»Kurz? Das ist nicht so leicht!«

»Also dann eben länger.«

»Um es vereinfacht auszudrücken, hinter dem paranoiden Wahn steckt keine Logik. Salopp ausgedrückt kann es in alle Richtungen gehen. An einem Tag glaubt sich der Patient von Außerirdischen verfolgt, am nächsten hält er sich für Jesus. Das sind Halluzinationen ... Visuelle, auditive oder auch Geruchs- und Geschmackseinbildungen. Während der systematische Wahn, der eben nicht schizophren ist, sehr gut strukturiert ist und immer demselben Schema folgt. Er greift nur auf interpretative Mechanismen zurück, nicht auf halluzinative. Das ist zwar etwas schematisiert dargestellt, aber so bekommen Sie eine Vorstellung.«

Angesichts des beredten Schweigens ihres Gesprächspartners fährt die Psychiaterin geduldig fort:

»Mit anderen Worten, der Patient mit systematischem Wahn wird quasi in einer Endlosschleife immer dieselben Fakten vortragen. Er verformt die Realität, interpretiert sie so, dass sie zu seiner Wahnvorstellung, seiner Verschwörungstheorie passt.«

»Können Sie mir ein Beispiel geben?«

»Gut, ein stark vereinfachtes Beispiel: Ein Patient mit systematischem Wahn wird, wenn er einen platten Reifen hat, behaupten, seine Feinde hätten absichtlich Nägel auf die Straße gestreut. Verstehen Sie, worauf ich hinauswill?«

»Ja«, sagt Alexandre, »jeder alltägliche Zwischenfall wird als Angriff des Feindes interpretiert.«

»Genau! Geht die Waschmaschine kaputt, ist das die Schuld dessen oder derer, die man als Gegner einstuft. Es ist Sabotage! Ebenso, wenn der Hund an einem Herzinfarkt stirbt ... Wenn der an systematischem Wahn Erkrankte sich vom Geheimdienst überwacht glaubt, wird er jeden Touristen mit einem Fotoapparat für einen Agenten halten, der ihn ausspionieren will.«

»Ich verstehe«, sagt Alexandre.

»Aber keine Halluzinationen ... und im Übrigen auch keine Lügen.«

»Nur eine falsche Wahrnehmung der Realität«, fällt Alexandre ein. »Schizophrene sehen Außerirdische, die nicht existieren, während Paranoiker reale Touristen sehen, diese aber für Geheimagenten halten.«

»Ganz genau, Herr Hauptkommissar.«

»Vielen Dank, Frau Doktor, Sie haben mir sehr geholfen. Und wären Sie eventuell auch bereit, sich mit jemandem in Ihrer Sprechstunde zu unterhalten, und mir dann Ihre Meinung zu sagen?«

»Nun ... Wenn diese Person einen Termin ausmacht, gerne. Aber es ist unmöglich, Ihnen den Inhalt der Konsultation weiterzugeben. Ich darf Sie daran erinnern, dass ich der Schweigepflicht unterliege.«

»Ja, natürlich, aber ...«

»Da gibt es kein *Aber*! Das kann ich nicht tun, außer natürlich, wenn ein Richter ein Gutachten verlangt.«

»Gut, danke für Ihre Hilfe, Frau Doktor.«

»Gern geschehen, und einen schönen Tag noch, Herr Hauptkommissar ... Ah, noch eine letzte Sache. Ich habe keine Ahnung, womit genau Sie es zu tun haben. Aber Sie müssen wissen, dass Paranoiker, die unter systematischen Wahnvorstellungen leiden, sehr überzeugend sind. Im Allgemeinen wirkt ihre Theorie so logisch, dass sie ihrer Umgebung glaubwürdig erscheint.«

»Gut ... Gibt es noch etwas?«

»Sie können gefährlich werden. Sehr gefährlich sogar. Eine Paranoia, die nicht mit Neuroleptika oder durch eine Therapie behandelt wird, kann den Patienten zur Tat treiben.«

»Zur Tat treiben?«, fragt Alexandre naiv.

»Ja, der Kranke kann versuchen, Selbstmord zu begehen, um seinen Qualen zu entkommen. Aber er kann auch den- oder diejenigen angreifen, die er für sein Unglück verantwortlich macht. Das heißt, versuchen, ihn oder sie zu töten.«

Auf diese Warnung folgt ein lastendes Schweigen.

»Danke für Ihren Rat, Frau Doktor.«

* * *

Das Wasser hat immer die Farbe des Himmels.

Weil es eigentlich gar keine Farbe hat. Nur die, die man ihm gibt.

Alexandre hat das Gefühl, zum Grund der Dinge vorzudringen, als seine Augen sich in das schlammige Wasser der Marne versenken. In die Hässlichkeit, die jeder Sache, jedem Wesen, jedem Gedanken innewohnt.

Warum entdeckt sein Blick stets das Grässliche? Warum bleibt er nie an der Oberfläche der Dinge haften?

Er sitzt auf einer Bank und raucht eine Zigarette nach der anderen. Der Krebs kommt für seinen Geschmack etwas zu langsam. Und dann kann man nicht einmal sicher sein. Da gibt es auch schnellere Lösungen. Die noch dazu weniger schmerzhaft sind.

Er weiß es nicht mehr.

Ob Cloé krank ist. Vielleicht total verrückt.

Oder ob sie die Wahrheit sagt und Quentin im Begriff ist, sie zu töten.

Quentin oder jemand anderer. Es muss Hunderte von psychiatrischen Krankenpflegern in Paris und Umgebung geben.

Nein, er weiß es wirklich nicht mehr. Er ist kein Psychiatrie-Experte, nur ein Bulle, der bald gefeuert wird, bald erledigt ist. Ohnmächtig und überfordert.

Er weiß nur, dass er Cloé helfen will. Das Bedürfnis hat, sie zu retten – vor ihren eigenen Dämonen oder vor einer realen Gefahr.

Das Bedürfnis, sie zu retten, aber warum?

Was bedeutet sie mir? Ich weiß nicht einmal, wer sie ist. Was sie ist.

Oder sie im Stich lassen? Und dann?

Danach mich im Stich lassen. Mich fallen lassen.

Das Wasser ist grau – wie der Himmel. Wie meine Gedanken heute. Gestern, vorgestern ...

Wie an jenem Tag, als Cloé ihm an diesem Ort begegnet ist. Jener präzise Augenblick, der etwas in ihm ausgelöst hat. In dem er ihr Leid gesehen und es zu seinem gemacht hat.

Er hätte sich an diesem Tag ins Wasser stürzen können. Aber Cloé hat seinen Weg gekreuzt.

Darum ist er noch da.

Langsam geht er weiter am Ufer entlang. Das Klingeln seines Handys reißt ihn aus seinen schmerzlichen Betrachtungen. Er erkennt die Nummer von Oberkommissar Villard.

»Hallo.«

»Ich habe die Informationen, um die du mich gebeten hast.«

»Sag an!«

»Tom Quentin Barthélemy, wohnhaft in Créteil. Ich schicke dir die genaue Adresse per SMS ... Er ist Krankenpfleger in einer psychiatrischen Klinik in Villejuif. Unverheiratet und kinderlos.«

Gomez erstarrt.

»Unverheiratet und kinderlos, bist du sicher?«

»Ja ... Ansonsten nicht aktenkundig ... Er ist clean.«

»Okay, danke.«

»Keine Ursache, Alex. Was willst du von dem Typen?«

»Nichts, keine Sorge.«

»Wann kommst du zurück?«

»Keine Ahnung. Das musst du unseren verehrten Chef fragen!«

»Das werde ich tun ... Und wie geht es dir sonst?«

»Es geht. Wie genau, weiß ich selbst nicht. Bis bald, Alter. Und noch mal danke.«

Alexandre legt auf und hebt den Blick zum Himmel.

Quentin Barthélemy ist weder ein guter Ehemann noch ein guter Vater. Das macht ihn noch nicht zum Mörder. Nur zu einem verdammten Lügner. Und eventuell zu einem echten Perversen.

* * *

»Wie geht's heute, Champion?«

Lavals Augen sind noch immer geschlossen. Als Gomez ihm einen Kuss auf die Stirn drückt, wirkt sein Gesicht eher entspannt.

»Mir geht es schlecht«, murmelt Alexandre. »Ich weiß nicht mehr, woran ich bin ...«

Das regelmäßige Geräusch der Maschine gibt die Schläge von Lavals Herz wieder. Dieses Herz, das durchhält, das nicht aufgeben will.

Von dem regelmäßigen Rhythmus gewiegt, betrachtet Alexandre ihn eine Weile. Er nähert seine Hand der des Kleinen, ergreift sie schließlich.

Dann fängt er leise an zu reden. Erzählt ihm von seinen Ermittlungen, seinen Zweifeln, seinen Schwächen.

Von seiner aufkeimenden Liebe zu Cloé. Dieser Liebe, mit der er nichts anzufangen weiß. Die einem letzten Aufbegehren gleicht, einem allerletzten Gefecht.

Er beschreibt ihm, wie schön sie ist. Wie stark. Wie sehr sie in Gefahr ist.

»Sie würde dir gefallen, mein Junge ... Da bin ich mir ganz sicher. Man muss sie natürlich kennen, aber ... selbst wenn sie einen anstrengenden Charakter hat und etwas zu selbstsicher ist, denke ich doch, dass sie dir gefallen würde. Sie scheint arrogant und überheblich, aber ich glaube, das ist nur eine Maske. Weil sie so sehr gelitten hat nach dem Unfall ihrer Schwester, dass sie sich einen Panzer zulegen musste, um überleben zu können. *Seht nur alle her, wie stark ich bin!*«

Nach einem langen Schweigen spricht er von Sophie. Die Tränen steigen ihm in die Augen, ohne dass er es bemerkt. Und plötzlich drückt Lavals Hand die seine mit unerwarteter Kraft.

Alexandre lächelt glücklich.

»Hörst du mich? Ich glaube, du hörst mich wirklich, du kleiner Mistkerl! Warum machst du dann nicht die Augen auf? Du willst meine Visage nicht sehen, stimmt's? Das kann ich dir nicht verdenken. Nach allem, was ich dir angetan habe ... Oder du willst die Welt nicht mehr sehen. Aber es gibt auch nette Sachen hier, erinnere dich ...«

Er nimmt das Heft aus dem Nachtkästchen, greift zu seinem Stift und füllt zwei Seiten.

Dann küsst er den Kleinen wieder. Als wäre er sein Sohn.

Zwei Minuten später sitzt er in seinem Wagen. Mit neuer Energie. Vielleicht hat Laval ihm seine übertragen.

Er muss herausfinden, ob Quentin der Mann ist, den er sucht. Die Strategie ist einfach. Es gilt, den Wolf aus dem Wald zu locken. Dafür gibt es nur eine Lösung: Er muss einen größeren Bogen um Cloé machen, um den Schatten glauben zu machen, sie sei ohne Schutz.

Das Feld räumen für Quentin Barthélemy. Oder für Bertrand. Egal wen.

Nicht mehr den Bodyguard spielen, sondern aus der Ferne beobachten.

Nur, dass Cloé damit nicht einverstanden sein dürfte.

Während er über eine bessere Umsetzung seines Plans nachdenkt, klingelt sein Handy.

»Hallo, Alex, hier ist Maillard.«

Ein eisiger See trennt sie voneinander. Jeder steht an einem anderen Ufer. Dabei waren sie früher Freunde.

Damals, als Laval noch zwei Beine hatte.

»Warte, ich muss anhalten.«

Alexandre parkt am Bordstein und schaltet den Motor aus.

»Hast du in letzter Zeit den Kleinen besucht?«, fängt der Kriminalrat an.

»Ich komme gerade aus dem Krankenhaus. Er hat meine Hand gedrückt. Er zeigt einige Reaktionen, ich denke, das ist ein gutes Zeichen.«

»Umso besser«, murmelt Maillard. »Umso besser.«

»Aber du rufst mich nicht an, um dich nach Laval zu erkundigen, oder?«

»Nein. Couturier will dich sprechen. Er wird dich vorladen.«

Couturier. Der Leiter der internen Untersuchungskommission, die Nachforschungen über sein *Fehlverhalten* im Fall Tomor Bashkim anstellt.

»Und ich wollte dich vorwarnen«, fährt Maillard fort.

»Danke, das ist nett.«

»Ich habe heute Morgen mit ihm gesprochen. Die Sache sieht nicht gut für dich aus.«

»Ach, wirklich?«, fragt Gomez ironisch.

»Nachdem Laval nicht aus dem Koma erwacht und dein Urlaub sich dem Ende nähert …«

Maillard sucht nach Worten, Alexandre beschließt, ihm zu helfen.

»Er wird mich vom Dienst suspendieren, ja?«

»Ja.«

Gomez schluckt die Information schweigend. Er wusste, dass es so kommen würde, aber es jetzt real zu hören, tut ihm trotzdem weh.

»Was hast du gesagt?«, fragt er schließlich.

»Was sollte ich sagen?«, seufzt der Kriminalrat. »Es ist eine vorübergehende Beurlaubung, bis die Untersuchung abgeschlossen ist.«

»Sie werden mich feuern, und das weißt du ganz genau. Sie haben wohl schon alles vergessen, was ich bisher geleistet habe.«

»Hör zu, Alex, ich habe dich immer unterstützt. Aber in diesem Fall konnte ich einfach nichts für dich tun.«

»Und ich glaube, du *wolltest* nichts für mich tun«, erwidert Alexandre bissig. »Ich glaube, du hast mich im Stich gelassen. Ich glaube sogar, du hast ihnen von meinen heimlichen Ermittlungen erzählt. Ich glaube, du hast mich verpfiffen.«

»Hör auf mit dem Unsinn«, knurrt Maillard. »Du spinnst ja. Ich habe getan, was ich konnte!«

»Ja, das kann ich mir vorstellen. Aber keine Sorge, ich werde meine Waffe und meinen Dienstausweis brav abgeben, ohne Zicken zu machen. Ich werde dir keine Probleme bereiten! Damit du ruhig schlafen kannst, mein Lieber!«

»Alex, sag so was nicht …«

Maillard kann nicht ausreden, da Alexandre bereits aufgelegt hat.

Wütend schlägt Gomez auf das Lenkrad und legt den Kopf in die Hände.

All das ist logisch. Ich habe Mist gebaut, ich muss bezahlen. Ich muss für den Kleinen bezahlen, der in seinem Bett dahindämmert und vielleicht nie wieder die Farbe des Himmels sieht.

Also kämpft Alexandre seinen Zorn nieder und lässt den Motor an.

Wird er sich weniger schuldig fühlen, wenn er bestraft wird? Unsinn!

Selbst wenn man ihm ein Bein amputieren würde, würde er sich noch genauso schuldig fühlen. Das Einzige, was ihn von dieser Last befreien könnte, wäre ein Lächeln des Kleinen. Ein Wort der Vergebung.

Gomez öffnet das Fenster und atmet tief durch. Er versucht, sich wieder auf seine Ermittlung zu konzentrieren – die letzte seiner Laufbahn, das weiß er.

Plötzlich klingelt sein Handy. Nachdem er sich überzeugt hat, dass es nicht wieder Maillard ist, nimmt er das Gespräch an.

»Ja, bitte?«

»Alexandre? Hier ist Quentin Barthélemy.«

Gomez' Blutdruck schnellt in die Höhe.

»Hallo, Quentin ... Was gibt's?«

»Ich habe seit deinem gestrigen Besuch viel nachgedacht. Ich würde dich gerne sehen.«

Gomez zögert kurz, also fährt Quentin fort:

»Ich habe mit einem bekannten Spezialisten über Cloés Fall gesprochen, ich glaube, er kann ihr helfen ... Hast du Zeit?«

»Ja ... Treffen wir uns in Villejuif?«

»Nein, ich habe heute frei. Wenn du mir deine Adresse gibst, komme ich vorbei.«

Gomez zögert erneut. Aber selbst wenn Quentin der Schatten ist, geht er kein großes Risiko ein. Denn dieser Dreckskerl ist letztlich nur ein Feigling, gerade mal in der Lage, alleinstehende Frauen zu terrorisieren.

»Ich wohne in Maisons-Alford, am Boulevard Clemenceau Nummer 156.«

»Okay, ich warte dort auf dich. Sagen wir in einer Stunde, passt dir das?«

»Sehr gut, also bis dann.«

Entweder ist dieser Typ ein Profi, der Cloé wirklich helfen will, oder der Wolf hat von sich aus beschlossen, aus dem Wald zu kommen. Warum, ist einfach zu verstehen: Er will den Bullen weiter einer Gehirnwäsche unterziehen und gegen Cloé aufbringen. Damit auch er sie für verrückt hält und aufhört, sie zu schützen. Eine nachvollziehbare Taktik.

Vorausgesetzt, er ist der Täter.

Aber was hat er sich zuschulden kommen lassen? Rechtlich gibt es keinerlei Handhabe gegen ihn. Man kann ihn nicht einmal in Untersuchungshaft nehmen.

Er hat eine Kapuze aufgesetzt und ist Cloé gefolgt. Er trug eine schwarze Brille, um ihr Angst zu machen, Herr Staatsanwalt.

Wie soll er beweisen, dass er in ihre Wohnung eingedrungen ist? Dass er sie im Wald betäubt und ausgezogen hat? Dass er ihr Leben in einen Albtraum verwandelt hat?

Nach diesem Treffen wird es Barthélemy logisch erscheinen, dass ich mich von Cloé abwende. Er wird sich in Sicherheit wiegen.

Eine perfekte Falle.

* * *

Auf dem Weg wählt Alexandre Cloés Nummer. Er gerät an die Mailbox.

»Hallo, meine Schöne, hier ist Alex. Ich wollte nur hören, wie es dir geht. Also, dann bis heute Abend, ich umarme dich. Ich umarme dich ganz fest.«

Er legt auf, wirft das Handy auf den Beifahrersitz und gibt Gas. Er hätte gerne *Ich liebe dich* gesagt. Das überrascht ihn. Und wahrscheinlich hat er sich durch seine Art, *Ich umarme dich* zu sagen, auch verraten ...

Als er den Boulevard Clemenceau erreicht, sieht er Quentin, der schon auf ihn wartet. Er parkt seinen Wagen und lässt sich Zeit, zu dem Krankenpfleger hinzugehen.

»Ich bin etwas zu früh dran«, entschuldigt sich Quentin und reicht ihm die Hand.

»Kein Problem.«

Der Hauptkommissar tippt den Code ein und öffnet die Haustür.

»Ich wohne im zweiten Stock«, erklärt er und geht zur Treppe. »Du hast also interessante Neuigkeiten für mich?«

»Ich glaube schon.«

Oben angekommen, öffnet Gomez seine Wohnungstür und tritt als Erster ein.

»Über die Unordnung musst du hinwegsehen.«

»Keine Sorge ... Lebst du allein?«

»Nein«, behauptet Alexandre, »aber meine Frau ist nicht ordentlicher als ich!«

»Ordnung ist ein Teil des Selbsterhaltungstriebs.«

»Hast du vor, mich zu analysieren?«

Quentin lacht und hängt seinen Blouson im Eingang auf.

»Dazu bin ich nicht in der Lage, ich bin nur Krankenpfleger, kein Psychiater.«

»Umso besser. Willst du etwas trinken?«

»Danke, gerne einen Kaffee, wenn du welchen dahast.«

»Setz dich, ich komme gleich wieder«, erklärt Alexandre und verschwindet in der Küche.

Quentin nutzt seine Abwesenheit, um sich umzusehen. Das Wohnzimmer, in ein Halbdunkel getaucht, ist spartanisch eingerichtet. Absolut trist. Man könnte meinen, hier würde niemand wohnen. Höchstens ein Phantom.

»Arbeitet deine Frau?«, fragt er etwas lauter.

Alexandres Hand krampft sich um das Kaffeepaket, und er verschüttet das Pulver neben den Filter.

»Ja. Bei einem Notar«, antwortet er.

»Ah, ein guter Job.«

»Und deine?«, erkundigt sich Gomez, der zurück ins Wohnzimmer kommt.

»Ich werde dir etwas anvertrauen«, lächelt Quentin, »ich bin gar nicht verheiratet.«

Gomez spielt perfekt den Erstaunten. Und im Übrigen ist er das wirklich. Dass Barthélemy ihm die Wahrheit so ungeniert gesteht. Er zweifelt mehr und mehr daran, dass er der Täter ist, bleibt aber dennoch auf der Hut. Entgegen seiner Gewohnheit hat er diesmal seine Waffe nicht abgelegt.

»Aber Cloé hat mir gesagt …«

»Ich weiß. Das habe ich auch Carole vorgemacht, aber es stimmt nicht. Doch das behältst du bitte für dich, ja?«

»Es geht mich ja schließlich nichts an«, erklärt Alexandre und zuckt die Achseln.

»Ich weiß, dass Carole nicht die Frau meines Lebens ist, und durch diese kleine Lüge halte ich sie etwas auf Distanz, vermeide, dass sie sich Illusionen über eine gemeinsame Zukunft macht.«

»Gemein ist es trotzdem«, wirft Alexandre ein.

»Sicher, aber die Frauen sind so kompliziert …«

Quentin nimmt auf dem Sofa Platz, Alexandre holt den Kaffee aus der Küche und setzt sich in den Sessel gegenüber.

»Also, erzähl mal wegen Cloé«, beginnt der Hauptkommissar.

»Ich habe mit dem Professor gesprochen, der die psychiatrische Abteilung leitet. Weißt du, der ist wirklich ein bekannter Spezialist ... Ich habe ihm die Symptome geschildert, an denen Cloé leidet, und er hat meine Vermutung bestätigt. Nach seiner Ansicht befindet sie sich in einem systematischen Wahnzustand.«

Alexandre zündet sich eine Zigarette an und bietet auch Quentin eine an, doch der lehnt ab.

»Er hat mir gesagt, eine Kollegin, die in der Stadt praktiziert, hätte ihm von einem ganz ähnlichen Fall erzählt.«

»Tatsächlich?«, fragt Gomez.

»Ja, eine junge Frau, die ebenfalls überzeugt war, von einem Mann verfolgt zu werden. Ich glaube, sie war Kassiererin in einem Supermarkt.«

Beinah hätte Gomez seine Zigarette fallen lassen, versucht aber, sich nichts anmerken zu lassen.

»Und?«

»Das Ganze hat mit einem Selbstmord geendet«, fährt der Krankenpfleger fort und nimmt einen Schluck. »Sie hat sich aus dem Fenster gestürzt.«

Dieser Dreckskerl schreckt vor nichts zurück. Er erlaubt sich sogar, ihn zu provozieren.

Oder aber er ist so unschuldig wie ein neugeborenes Lamm.

»Ich glaube nicht, dass Cloé Lust hat, ihrem Leben ein Ende zu setzen«, gibt er zurück.

»Selbstmord kommt meist ganz unverhofft.«

Alexandre sieht dem Krankenpfleger in die Augen, versucht herauszufinden, welches Spiel dieser Mann spielt.

»Ich habe dir ein paar Unterlagen zu dem Thema mitgebracht«, fährt Quentin fort und erhebt sich. »Es ist zwar etwas viel zu lesen, aber ich glaube, da kannst du viel über Paranoia lernen.«

»Super«, sagt Gomez ironisch. »Ich wollte schon immer mal ein Psychologiebuch lesen! Kannst du mir das Ganze nicht lieber zusammenfassen?«

Quentin geht zum Eingang, wo er seine Umhängetasche zurückgelassen hat.

»Ich bin sicher, dass es dich faszinieren wird«, sagt er lachend.

Gomez lächelt und trinkt seinen Kaffee aus. Als er den Kopf hebt, sieht er in der Fensterscheibe das Spiegelbild eines Mannes, der hinter seinem Rücken steht. Der etwas in den erhobenen Händen hält.

Er spürt, wie ihm ein seltsamer Schauer über den Rücken läuft.

Eine endlose Sekunde verstreicht.

In der Gomez nichts tut.

In der Quentin ausholt.

Dann springt Alexandre auf und fährt herum. Der Schlag trifft ihn mit voller Wucht an der Schläfe.

Ohne einen Laut von sich zu geben, fällt er hintenüber und geht vor dem Sofa zu Boden.

Der Aufprall ist brutal, es fühlt sich an, als würde sein Schädel in zwei Hälften gespalten.

Er versucht, seine Waffe zu ziehen, doch ein Fuß setzt sich auf seinen Unterarm und hält ihn am Boden fest.

Er stöhnt leise und spürt, wie er langsam das Bewusstsein verliert.

KAPITEL 55

»He, ist da jemand?«

Wie ein Brummen dringt das Geräusch aus weiter Ferne in sein Bewusstsein. Als käme es aus dem Jenseits.

»Hauptkommissar ... Hörst du mich?«

Gomez blinzelt. Aus dem Nichts taucht ein Gesicht auf. Mit einem beruhigenden Lächeln.

Trotzdem zieht er es vor, die Augen wieder zu schließen. Noch ein wenig ... Dieses köstliche Gefühl der Verweigerung.

Auch wenn es ihm seltsam vorkommt, dass er sich dessen überhaupt bewusst ist. Hat er sich doch tot geglaubt. Eine kräftige Hand schüttelt ihn, er bekommt eine Ohrfeige.

»Los, mein Lieber, aufwachen! Ich hab noch was anderes zu tun ...«

Quentin sitzt rücklings auf einem Stuhl, das Kinn auf die Lehne gestützt, und lächelt ihn weiter an.

»Na, kommst du wieder zu dir?«

Gomez versucht es. Kurz darauf merkt er, dass er sich in seiner eigenen Wohnung befindet.

»Ich hoffe, die Kopfschmerzen sind nicht zu schlimm?«

»Aber was ist ...«

Sein Mund ist so trocken wie eine mit Kakteen bespickte Wüste. Sein Kopf gleicht einem ins Trudeln geratenen Luftschiff. Der Absturz steht unmittelbar bevor.

Und er hat den unangenehmen Eindruck, eine ganze Flasche Whisky auf ex getrunken zu haben.

»Erinnerst du dich nicht mehr?«

Gomez sitzt ebenfalls auf einem Stuhl, die Hände allerdings im Rücken gefesselt. Er erinnert sich vage an einen Schlag, vor allem aber an den Schmerz und dann den Sturz.

Ihm gegenüber spielt Barthélemy mit seiner Sig-Sauer.

Auch wenn sein Geist noch nicht sehr klar ist, wird dem Hauptkommissar bewusst, dass er sich in einer heiklen Lage befindet.

»Du steckst wirklich in der Scheiße, Alex!«, bestätigt ihm Quentin. »Aber das passiert den meisten, die zu neugierig sind. Und nicht clever genug ... Oder beides wie in deinem Fall. Es gibt eben Menschen, die eine Dummheit nach der anderen begehen ...«

Gomez zieht es für den Moment vor zu schweigen. Das Wichtigste ist, wieder Kraft zu schöpfen. Nachdem er nicht tot ist, will er plötzlich leben. Mehr als alles andere.

Zunächst einmal muss er richtig zu sich kommen. Diesen Nebel zerreißen, der sein Gehirn einhüllt.

Er versucht, die Finger zu bewegen, doch es will ihm nicht gelingen. Als stünde er unter dem Einfluss einer starken Droge. Er vermag kaum, seinen Gegner zu fixieren.

»So, jetzt wollen wir beide uns mal ein bisschen unterhalten. Natürlich nur, wenn du einverstanden bist ...«

Alexandre stößt einen Schmerzenslaut aus.

»Wunderbar«, bemerkt der Krankenpfleger höhnisch. »Wusste ich doch, dass du gesprächsbereit bist.«

Die Waffe in der Hand, läuft er auf und ab.

»Solltest du anfangen zu schreien, knebele ich dich!«, fügt er hinzu und fuchtelt mit einer Rolle Klebeband herum. »Aber bei der Dosis, die ich dir verabreicht habe, würde es mich wundern, wenn es dazu käme.«

Das ist es also, dieser Dreckskerl hat mich unter Drogen gesetzt!

Quentin hält ihm eine Spritze unter die Nase.

»Eine sehr effiziente Substanz, um noch die Widerspenstigsten in zahme Lämmchen zu verwandeln. Weißt du, was das ist? Ein Molekül, das keine Spuren im Organismus hinterlässt. Was bedeutet, dass sie nichts finden werden, wenn sie dich in den nächsten Tagen obduzieren!«

Barthélemy frohlockt, Gomez spürt, wie ihm die Angst in jede Faser seines Körpers kriecht. Vermutlich, weil er sich selbst auf einem Edelstahltisch des Rechtsmedizinischen Instituts vorstellt. Das Gehirn auf der einen, die Leber auf der anderen Seite.

Plötzlich ist der Tod gar nicht mehr so romantisch und verlockend. Nur noch gemein und widerwärtig.

»Und nachdem die Rechtsmediziner immer überlastet sind, würde es mich wundern, wenn sie dich in den nächsten achtundvierzig Stunden aufschneiden. Was meinst du, Alex?«

»Ich meine, ... du bist ein ... ein ...«

Gomez ist nicht in der Lage, einen zusammenhängenden Satz herauszubringen.

»Ein was?«, fragt Quentin belustigt. »Ein Genie? Ganz deiner Meinung, mein Lieber.«

Gomez versucht, sich zu konzentrieren, so gut es geht. Er muss einen klaren Gedanken fassen, sich bewegen. Ausgeschlossen, hier wehrlos zu sterben. So zu krepieren.

Erbärmlich.

»Ein Hurensohn!«, stößt er endlich hervor.

»Immer schön höflich bleiben, ja?«

»Bringt mich ... das um?«

»Die Droge? Nein, keine Sorge! Die Spritze hast du nur bekommen, damit du dich ruhig verhältst. Umbringen werde *ich* dich.«

Alex schließt die Augen. Doch alles schwankt weiter. In seinem Kopf. Und es fällt ihm noch immer genauso schwer, auch nur einen Finger zu regen. Als hätte dieser Saukerl ihn mit Zement übergossen, der jetzt hart wird.

Er muss durchhalten. Nachdem der Organismus so schnell auf diese Droge reagiert, wird die Wirkung hoffentlich nicht von langer Dauer sein.

»Siehst du, Alex, ich mag dich. Ich finde dich ... wie soll ich sagen? Sympathisch. Rührend. Ja, genau, rührend.«

»Wie schön«, murmelt eine Stimme aus dem Jenseits.

»Ah, wie ich sehe, kannst du wieder sprechen. Sehr gut. Aber weißt du, ich halte gern Monologe! Also zwing dich nicht, mir zu antworten.«

Quentin legt seine behandschuhten Hände auf Alexandres Schultern und beugt sich zu ihm hinab. Ihre Stirnen berühren sich fast.

»Ich würde sogar sagen: Halt deine große Schnauze!«, zischt er. »Verstanden?«

Er richtet sich auf, und Gomez kann wieder atmen. So langsam, dass er befürchtet, einzuschlafen. Also beißt er sich auf die Zunge, bis es blutet.

»Gut, was habe ich gerade gesagt?«, fährt sein Peiniger fort. »Ach ja, ich finde dich rührend. Aber zu neugierig ... Na ja, ich kann's schon verstehen, mein Junge. Ich verstehe, warum du auf dieses Mädchen fliegst. Jeder Mann an deiner Stelle wäre ihr auf den Leim gegangen ... Das Problem ist nur, dass es schlecht ist, einem anderen die Frau wegzunehmen. Sehr schlecht. Hat man dir das nicht beigebracht? Dabei steht es schon in der Bibel.«

»Einem anderen die Frau ...?«

»O ja, Alex«, seufzt der Krankenpfleger. »Cloé gehört mir. Nicht dir.«

»Ich konnte nicht wissen ... dass sie dir gehört.«

»Doch, natürlich wusstest du es! Von Anfang an. Aber du hast geglaubt, du wärst stärker als ich. Du hast dir die Aufgabe gestellt, sie zu retten. Hast dich zum Helden aufgespielt.«

Quentin nähert sein Gesicht erneut dem von Gomez.

»Jetzt sieht unser Held aber ganz schön mitgenommen aus!«

»Der Held pfeift auf dein Gelaber.«

Der Krankenpfleger zwinkert ihm zu und tätschelt seine Wange.

»Ich glaube, du kannst dir gerade keine Arroganz erlauben.«

Gomez sammelt seine Kräfte und zerrt an den Fesseln. Hoffnungslos. Doch seine Beine sind frei, das lässt ihm eine Chance. Sofern er sie wieder in seine Gewalt bekommt. Für den Moment verhält er sich ruhig. Den geeigneten Augenblick abwarten.

Quentin bleibt vor Sophies Porträt auf dem Buffet stehen.

»Deine Frau war schön. Stimmt, Cloé sieht ihr ähnlich. Eindeutig. Das war sicher ein Schock für dich, ja?«

»Was ... willst du, außer mich mit deinem Geschwätz anöden?«

»Ich? Ich wollte nur Cloé. Aber du hast dich mir in den Weg gestellt. Dich zwischen uns gedrängt.«

»Ich habe meine Arbeit getan.«

Mit ihm sprechen. Selbst wenn es eine Qual ist. Dieser Verrückte muss sich mitteilen. Alles auspacken.

Ihm antworten. Ihn ermutigen weiterzusprechen. Sein Verbrechen und seine Pläne enthüllen.

Zeit gewinnen, viel Zeit.

»Stimmt. Aber ich darf dich daran erinnern, dass du kein Bulle mehr bist.«

»Doch«, entgegnet Gomez. »Ich bin *noch* … ein Bulle. Und einen Polizeibeamten zu erschießen ist … der glatte Wahnsinn.«

Quentin bricht in schallendes Gelächter aus, bei dem es Gomez den Magen umdreht. Der Krankenpfleger nimmt wieder auf dem Stuhl Platz. »Danke, dass unser Held mich warnt. Wenn ich dich umgebracht habe, werde ich drüber nachdenken, das verspreche ich dir.«

Es folgt ein langes Schweigen, während dem sich die beiden Männer mit Blicken messen. Doch Gomez hat Mühe, seine Augen offen zu halten.

»Du willst ja sowieso sterben«, behauptet Quentin plötzlich.

»Woher willst du … das wissen?«

»Ich weiß alles. Deine Frau fehlt dir, und du möchtest zu ihr. Möchtest allem ein Ende setzen. Sonst hättest du dich nicht so niederschlagen lassen, hättest versucht, dich zu verteidigen. Du hast mein Spiegelbild in der Scheibe gesehen, stimmt's? Und in diesem Augenblick hast du den Kampf aufgegeben.«

Gomez presst die Lippen zusammen – dieser Dreckskerl hat recht.

»Sterben«, murmelt Quentin. »Das Leid vergessen, die Qual, den Schmerz … Das muss doch wunderbar sein, oder?«

»Willst du es ausprobieren?«, fragt der Hauptkommissar plötzlich mit neuer Energie.

Unglaublich, wie stark Zorn machen kann.

Quentin lächelt wieder. Ein bedauerndes Lächeln.

»Ich fürchte, du bist an der Reihe, mein Lieber. Nicht ich. Du wirst krepieren, und ich kann mich in aller Ruhe um die hübsche kleine Cloé kümmern … Du bist nicht mehr da, um über sie zu wachen wie ein braver Hund.«

Alexandres Kehle zieht sich schmerzlich zusammen, er hält die Tränen zurück, die ihm in die Augen schießen. Diese haben inzwischen ihren leicht verrückten Ausdruck verloren und gleichen jetzt eher denen eines erschrockenen Kindes.

Oder denen eines Mannes, der weiß, dass er sterben wird. Ohne seine Mission erfüllt zu haben.

»Ich werde sie über den Verlust hinwegtrösten«, spottet Barthélemy. »Ich werde mich um sie kümmern, darauf kannst du dich verlassen.«

»Du bist völlig krank! Du hast einen Pfleger der Psychiatrie Villejuif umgebracht und seinen Platz eingenommen, stimmt's?«

Quentin lacht höhnisch und erhebt sich erneut. Offensichtlich kann er nicht stillsitzen.

Alexandre ist verwundert, einen ganzen Satz in einem Zug gesagt zu haben. Er hat das Gefühl, langsam wieder zu Kräften zu kommen.

»Du bist vielleicht lustig ... Ich glaube, du hast verdient, dass ich es dir erkläre. Dass ich dir erzähle, wer ich wirklich bin und was ich mit ihr machen werde.«

Nein, ich habe es nicht verdient, mir anhören zu müssen, wie mir ein Psychopath haarklein seine Vorgehensweise und seine Motive darlegt.

Doch Alexandre wird diese letzte Tortur über sich ergehen lassen müssen.

»Ich habe Cloé bei einer Abendgesellschaft getroffen, zu der Carole mich eingeladen hatte. Wir haben ein paar Worte gewechselt, aber sie hat mich nicht einmal wahrgenommen. Sie war zu sehr damit beschäftigt zu glänzen! Zu strahlen wie die Sonne ... Ich wusste sofort, sie ist die Richtige. In genau diesem Augenblick hab ich sie ausgewählt.«

Der Hauptkommissar unterbricht ihn nicht mehr, lässt ihn seine morbide Liebesgeschichte erzählen. Gomez sieht erleichtert, wie Quentin die Waffe auf den Couchtisch legt.

»Ich habe angefangen, ihr heimlich zu folgen. Ihre Gewohnheiten und Manien zu notieren. Kurz gesagt, ich habe sie kennengelernt. Dann habe ich mich ihrer besten Freundin genähert. Die war nicht schwer zu verführen ... sie ist mir mit erstaunlicher Leichtigkeit auf den Leim gegangen ... Na ja, anscheinend habe ich einen unglaublichen Charme. Was meinst du? ... Durch Caro habe ich viel über meine Zukünftige erfahren. Gut, ich musste dafür so tun, als wäre ich in sie verliebt, und das war wirklich nicht leicht, das kannst du mir glauben. Dieses Mädchen ist sterbenslangweilig! So aufregend wie ein Teller Nudeln!«

Gomez verlagert vorsichtig sein Gewicht nach vorn. Er versucht einige kleine Bewegungen, um seinen Körper wieder elastisch zu machen. Die Zementschicht zum Reißen zu bringen.

»Und dann bin ich zum Angriff übergegangen. Ich habe eine unfehlbare Methode: Ich treibe sie in den Wahnsinn!«

Quentin nähert sich ihm erneut, Gomez lehnt sich wieder zurück.

»Was hampelst du denn so rum?«

»Ich muss pinkeln«, behauptet Alexandre.

»Tut mir leid, ein andermal. Wie gesagt, ich treibe sie in den Wahnsinn. Wenn du wüsstest, wie geil das ist! Sie erzählen allen ihre Geschichte, und niemand glaubt ihnen.«

»Niemand, außer mir.«

»Man kann nie alle Probleme vermeiden«, gibt Barthélemy zu. »Aber das macht auch nichts. Siehst du, was mir gefällt, ist, sie zu verunsichern. Sie vollkommen aus dem Gleichgewicht zu bringen! Mit anzusehen, wie sie gegen einen unsichtbaren Feind kämpfen. Wie sie all ihre Bezugspunkte verlieren, alles, was sie sich aufgebaut haben. Du kannst dir nicht vorstellen, wie amüsant das ist.«

»Nein, das kann ich nicht«, bestätigt Gomez. »Dazu bin ich nicht verrückt genug.«

»Ich leider auch nicht«, meint Quentin bedauernd. »Ich liebe den Wahnsinn. Er zieht mich unwiderstehlich an. Die Normalität ist so trist, so vorhersehbar. So banal!«

Quentin macht eine kleine Pause, so als würde er über seine Worte nachdenken.

»Ja, ich bin verrückt. Aber nur ein bisschen. Nur manchmal. Schade …«

»Ich habe eine Sensationsmeldung für dich«, verkündet Gomez. »Du bist total verrück, wahnsinnig, irre, plemplem. Und zwar zu hundert Prozent, und immerzu.«

Quentin scheint ihn nicht zu hören, setzt seinen Monolog ungerührt fort.

»Mit meiner Hilfe entdecken diese Mädchen neue Welten, durchleben neue Erfahrungen. Mit meiner Hilfe lernen sie endlich etwas anderes kennen als die Verzweiflung eines unbedeutenden, manchmal unausgeglichenen, meist tristen Lebens. Ich bin ihr Retter …«

Der Krankenpfleger entfernt sich wieder, läuft, die Hände in die Hüften gestemmt, auf und ab.

»Cloé ist eine erstklassige Beute. Eine, die sich wehrt! Und sie hat ein unglaubliches Potenzial … Dank Caroles Informationen habe ich schnell begriffen, dass sie paranoide Tendenzen hat, und das hat mir die Arbeit erheblich erleichtert.«

Cloé … was sie wohl gerade macht?, fragt sich Alexandre plötzlich. Er stellt sie sich in ihrem schwarzen Kostüm vor. So schön, dass man Kopf und Kragen für sie riskieren möchte, alles zu geben bereit wäre.

Für sie sterben, er glaubt, dazu wäre er bereit. Aber jetzt würde er doch lieber leben. Mit ihr.

In diesem Augenblick hat er Lust dazu. Unglaubliche Lust sogar. In diesem Augenblick ist Alexandre bereit, alles zu versprechen. Wahrscheinlich, weil ihm nicht mehr genug Zeit bleibt, es einzuhalten.

Quentin setzt sich wieder und fährt mit seiner Beichte fort.

»Du fragst dich bestimmt, wie ich all das bewerkstelligt habe? ... Du wirst sehen, es war ganz einfach. Zunächst habe ich mir Nachschlüssel zu ihrer Wohnung machen lassen. Cloé hat eine sehr gut organisierte Putzfrau: Sie beschriftet die Schlüsselbunde ihrer Arbeitgeber mit deren Namen und bewahrt sie in einem Schrank am Eingang auf. Und, wie du siehst, Alex, hast du einen Fehler gemacht, warst nicht sorgfältig genug ... wenn du dich etwas mehr um Fabienne gekümmert hättest, hättest du mich viel früher entlarvt. Du hättest herausgefunden, dass ich auch mit ihr was hatte, dass ich auch sie aufs Kreuz gelegt habe! Aber da hatte ich richtig Glück: Sie ist hübsch und viel witziger als Carole. Und sie langweilt sich mit ihrem Mann zu Tode. Kurz, ich habe ihr die Schlüssel entwendet, sie nachmachen lassen und wieder zurückgehängt. Das Ganze habe ich jedes Mal wiederholt, wenn Cloé das Schloss hat auswechseln lassen. Ein Kinderspiel!«

Alexandre wird bewusst, wie unvorsichtig es von Cloé war, seinen Anweisungen nicht zu folgen. Wie nachlässig er selbst gewesen war. Fabienne genauer unter die Lupe zu nehmen stand noch auf seiner To-do-Liste. Wenn er nur die Zeit und die Mittel gehabt hätte ... Wenn Maillard nur auf ihn gehört hätte.

»Dann bin ich bei Cloé eingedrungen und habe ein paar Wanzen angebracht. Mal hier, mal da. Aber Achtung, das war gutes Material, kein minderwertiger Schrott ... Wenn man Erfolg haben will, muss man investieren. Schade, dass du sie nicht gefunden hast, was, Alex? Dazu muss man sagen, dass ich mir viel Zeit gelassen habe, sie zu verstecken, und dass es mehr als einer einfachen Durchsuchung bedurft hätte, sie zu finden ... Ich habe auch ein Ortungsgerät in Cloés Auto angebracht. Unglaublich, was man heutzutage alles im Internet bestellen kann!«

Der Hauptkommissar schließt die Augen, er möchte schlafen, wehrt sich aber, so gut es geht, gegen dieses Bedürfnis. Quentin hilft ihm mit einer weiteren Ohrfeige.

»He, schön hiergeblieben, du Held! Willst du nicht wissen, wie es weitergeht?«

Gomez hebt den Kopf.

»Also, ich habe überall Mikros angebracht. Wenn du wüsstest, was ich alles gehört habe! Und ich kann die ein Geheimnis verraten: Bei Bertrand hat sie viel lauter geschrien als bei dir.«

Alexandres Gesicht verkrampft sich kaum merklich. Was würde er dafür geben, diesen Typen abknallen zu können. Oder besser noch, ihn zu zerquetschen wie eine überreife Frucht.

»Aber ich wollte dir nicht wehtun, mein Lieber.«

»Ich zumindest musste sie nicht überfallen, damit sie merkt, dass es mich überhaupt gibt«, erwidert Alexandre.

»Ach komm«, grinst Quentin, »mach dir doch nichts vor. Sie hat dich nur wahrgenommen, weil sie dich gebraucht hat. Weil sie Angst hatte. Weil *ich* ihr Angst gemacht habe. Ohne mein Zutun hätte sie dich keines Blickes gewürdigt.«

Gomez will antworten, doch er spürt, dass er ins Leere sprechen würde.

»Nachdem die Mikros nicht ausgereicht haben«, fährt der Krankenpfleger fort, »habe ich an strategischen Stellen Minikameras installiert. So kann ich das Haus betreten, wenn ich sicher bin, dass sie schläft. Schlau, was? Und dann kann ich sie nach Lust und Laune betrachten. Und sie ist wirklich schön. Eine richtige Augenweide ...«

Alexandre kann es nicht fassen. Wie hat ihm all das entgehen können?

Quentin zündet sich eine Zigarette an und bläst Gomez den Rauch in die Augen.

In jene Augen, die nichts gesehen haben. Die sich erst jetzt öffnen – jetzt, da es zu spät ist.

»Weißt du, was Yaba ist?«

»Methylamphetamin«, antwortet Gomez automatisch.

»Bravo, du hast deine Lektion gut gelernt! Das habe ich in ihre Herztabletten gemischt: Ich habe ihre Medikamente durch diesen Dreckskram ersetzt. Du kannst dir gar nicht vorstellen, wie Crystal in schwacher Dosierung die Paranoia steigert! Unsere kleine Prinzessin ist total süchtig danach geworden. Und sie hat auch andere Drogen geschluckt, wenn sie vermeintlich ihre Schlaf- und Beruhigungsmittel genommen hat. Ich habe verschiedene Sachen ausprobiert, um die Wirkung zu testen. Um sie noch mehr aus der Fassung zu bringen. *Up and down* ... Und jeden Tag nimmt sie das Zeug brav weiter, ohne es auch nur zu ahnen.«

»Du Dreckskerl!«, brüllt Gomez.

»Du solltest mich für meine Intelligenz bewundern«, empört sich Barthélemy.

»Du bist nicht intelligent, sondern ernsthaft krank.«

Quentin begnügt sich mit einem Lächeln und drückt seine Zigarette in dem überquellenden Aschenbecher aus. Dann nimmt er den Stummel und steckt ihn in seine Hosentasche.

»Willst du, dass ich dir die Fortsetzung erzähle?«

»Ich will dir die Fresse wegblasen!«

»Das Hirn«, korrigiert Quentin. »Das Hirn werde *ich* dir wegblasen.«

Alexandre schluckt hörbar.

»Hat unser Held Schiss?«, flüstert der Krankenpfleger. »Das verstehe ich. Und glaub mir, es tut mir leid, dir das antun zu müssen.«

»Dann lass es doch bleiben! Ich habe sowieso nichts gegen dich in der Hand ... Du gehst kein Risiko ein!«

Wieder ein bedauerndes Lächeln.

»Ich habe keine andere Wahl. Vor deinem gestrigen Besuch wusste ich, dass du einen Bezug zwischen Cloé und Laura hergestellt hattest. Wirklich praktisch, diese Mikros! Aber das allein war noch nicht gefährlich für mich ... Okay, ich wollte dich erledigen, allein schon, weil du Cloé gevögelt hast, doch manchmal muss man seine Wünsche zurückstellen, um sein Ziel zu erreichen. Aber als ich dich dann gestern vor der Psychiatrie in Villejuif gesehen habe, wusste ich, dass du es herausgefunden hast. Du hättest nie dort aufkreuzen dürfen, mein Lieber. Ein fataler Fehler ...«

Gomez verflucht sich weiter im Stillen. All die Fehler, die ihm niemals hätten unterlaufen dürfen. Wie einem blutigen Anfänger. Sein Blick wandert zu dem Porträt von Sophie, das an der Wand hängt.

Ich bitte um mildernde Umstände. Ich war nicht in meiner normalen Verfassung. Ohne sie war ich verloren. Können Sie das verstehen, Herr Staatsanwalt? ...

»Glaubst du, ich würde zulassen, dass du meine ganze Arbeit vernichtest? Solange du da bist, habe ich keine freie Bahn. Also muss ich dich eliminieren. Denn jetzt, da Cloé fast so weit ist, bin ich entschlossen, sie mir ganz zu holen.«

»Und wie?«, fragt Alexandre und versucht, sein Unbehagen zu verbergen.

Diesmal hat Quentins Lächeln nichts Bedauerndes. Es ist einfach nur furchterregend.

»Bald wird sie auch ihren letzten Halt noch verlieren. Und dein Tod, auch wenn er gar nicht eingeplant war, wird die Dinge noch beschleunigen. Sie hat keine Freunde mehr, bei den Bullen ist sie sowieso schon unten durch. Es dauert nicht mehr lange und ich kann mit ihr machen, was ich will, niemand wird ihr mehr glauben. Bis sie es nicht mehr erträgt zu sehen, was aus ihr geworden ist. Bis Angst und Einsamkeit sie dazu treiben, ihrem erbärmlichen Leben ein Ende zu setzen ...«

Alexandre wird plötzlich eiskalt. Er beginnt zu zittern. Diese blauen Augen lassen ihn vor Entsetzen erstarren.

Der Krankenpfleger steht erneut auf, geht um das Sofa herum. Plötzlich verschwindet er in der Küche, wo Gomez ihn den Kühlschrank öffnen hört.

Jetzt oder nie.

Alexandre sammelt seine letzten Kräfte und versucht aufzustehen.

Seine Muskeln und die Beine versagen ihm den Dienst, er beißt die Zähne zusammen, bekommt keine Luft. Seine Arme bleiben an der Lehne des Stuhls hängen, von dem er sich nicht befreien kann.

Er sinkt zurück. Zurück auf null.

Erneuter Versuch, während sich der Krankenpfleger in der Küche eine Dose Cola aufmacht und weiter über das perfekte Verbrechen doziert.

»Ich frage mich, für welchen Weg sie sich entscheiden wird ... Glaubst du, sie nimmt Schlaftabletten, oder wirft sie sich vor einen Zug? Sie könnte sich auch eine Kugel in den Kopf jagen ... Du hättest ihr die Knarre abnehmen sollen, Alex. Da hast du wieder mal Mist gebaut ...«

Gomez versucht erneut, seine Beinmuskulatur anzuspannen, der Schmerz ist überwältigend.

»Na ja, aber Frauen bringen sich selten mit Feuerwaffen um. Sie wollen ihr Gesicht nicht zerstören, bis in den Tod schön bleiben. Ich erinnere mich, wie Laura aus dem Fenster gesprungen ist ... Du kannst dir nicht vorstellen, wie schön das war!«

Alexandres Knie geben nach, er stürzt vornüber auf den Couchtisch aus Glas, der seinem Gewicht nicht standhält und mit lautem Getöse zerbirst. Die Sig-Sauer fällt auf den Teppich.

Gomez ist leicht benommen, kann sich aber in dem Moment, als Quentin herbeistürzt, von dem Stuhl befreien. Der Krankenpfleger bleibt mit offenem Mund stehen.

»Scheiße ...«

Gomez beugt sich vor und ballt die noch immer in Handschellen gefesselten Fäuste. Wie ein Kampfstier in der Arena nimmt er Anlauf und rammt seinen vorgestreckten Kopf in die Magengrube seines Gegners. Quentin wird gegen die Wand geschleudert und gleitet nach Atem ringend zu Boden.

Doch der Stier hat bekanntermaßen keine Chance.

Alexandre will die Situation ausnutzen. Sein Feind liegt am Boden, der richtige Augenblick, ihn fertigzumachen. Mit Fußtritten. Mit irgendetwas auf ihn einschlagen.

Doch Alexandre kann nicht mehr. Der Angriff hat ihn die letzten Kräfte gekostet.

Er bricht zusammen, während Barthélemy sich mühsam aufrappelt.

»Scheiße«, wiederholt der Krankenpfleger und legt die Hand auf den Magen. »Du hast 'ne verdammte Kraft ...«

Langsam kommt er wieder zu Atem, ohne den Bullen, der direkt vor ihm auf den Knien gegen die Ohnmacht ankämpft, aus den Augen zu lassen.

»Du spinnst, Alex. Jetzt sieh dir mal den Saustall an! Was soll ich da machen? ... Ein netter Versuch, aber mit dem, was du in den Adern hast, hattest du keine Chance.«

Gomez rührt sich nicht mehr, versucht erneut, seine Kräfte zu sammeln.

Warum gehorchen ihm seine Muskeln nicht mehr?

Er sieht, wie Barthélemy nach der Spritze greift und den Rest der Ampulle aufzieht.

Er sieht, wie sich der Tod nähert, ohne dass er auch nur die geringste Möglichkeit hat zu entkommen.

Er versucht, sich aufzurappeln, doch zwei kräftige Pranken drücken ihn auf den Boden. Die Kanüle dringt behutsam in seine Halsader.

Die Wirkung tritt unmittelbar ein. Gomez streckt die Waffen. Quentin fasst ihn unter den Achseln, schleift ihn unter unglaublicher Anstrengung über den Teppich und lehnt ihn ans Sofa. Dann nimmt er die Sig-Sauer und entsichert sie.

»Zeit, zum Ende zu kommen, mein Freund. Nachdem du solchen Lärm gemacht hast, muss ich die Dinge beschleunigen. Schade, ich hatte dir noch so viel zu erzählen ...«

Er nimmt einen Schalldämpfer aus seiner Tasche und steckt ihn auf die Pistole.

Alex hockt reglos am Boden und Tränen rinnen über sein gelähmtes Gesicht.

Gomez weint, weil er an Cloé denkt, die sein unmittelbar bevorstehender Tod hilflos zurücklassen wird.

Er weint, weil er an Sophie denkt, die sein unmittelbar bevorstehender Tod ins Vergessen stürzen wird.

Er weint, weil er nie erfahren wird, ob der Kleine aus dem Koma erwacht.

Mein Gott, mach, dass er zu Bewusstsein kommt ...

Er kann nicht einmal um Gnade flehen, weil er nicht mehr zu sprechen vermag.

Quentin betrachtet ihn eine Weile. Ohne Hass, ohne Mitleid. Mit ausdruckslosem Blick.

Dann öffnet er die Handschellen, greift nach der rechten Hand des Bullen und legt sie um die Pistole.

»Du wirst mir helfen müssen. Tut mir leid, aber das ist wegen deiner Freunde von der Spurensicherung. Wenn du keine Schmauchspuren an den Händen hast, werden sie misstrauisch werden.«

Er zwingt Gomez, den Finger um den Abzug zu legen, und führt seine Hand an die Schläfe, an die Stelle, wo sich ein Bluterguss gebildet hat.

Der Hauptkommissar gleicht einer Marionette, Barthélemy zieht die Fäden.

Das Schauspiel geht seinem Ende zu.

In einem letzten Aufbegehren versucht Gomez, seinen Kopf von dem Lauf zu entfernen. Doch Quentin hält ihn an den Haaren fest.

»Gute Reise, mein Held ...«

Alexandres Augen suchen verzweifelt das Porträt an der Wand.

Sie ein letztes Mal sehen. Mit ihr gehen.

Endlich lächelt Sophie ihm zu. In dem Moment, als sein Finger gegen seinen Willen den Abzug betätigt.

KAPITEL 56

Sie hat den Eindruck, dieser Nachmittag wolle niemals enden.

Cloé schaut zum x-ten Mal diskret auf ihre Uhr, aber die Zeiger machen sich ein teuflisches Vergnügen daraus, sich nur im Schneckentempo voranzubewegen.

Die Kunden ihr gegenüber scheinen es nicht eilig zu haben. Vielleicht fühlen sie sich wohl in ihrem Büro. Tatsächlich ist es in ein angenehmes Licht getaucht, nachdem sie die Jalousien hochgezogen hat.

Während die beiden Männer – der Chef einer Fastfood-Kette und sein PR-Leiter – die Entwurfsplanung komplett auseinandernehmen, denkt Cloé an Alexandre.

Ein angenehmer Schauer durchfährt sie.

Gerne würde sie die Nachricht noch einmal anhören, die er ihr am späten Vormittag hinterlassen hat. Seine Art zu sagen *Ich umarme dich ganz fest* ... Als wolle er damit heimlich *Ich liebe dich* sagen.

Auch sie würde ihm gerne ihre Liebe gestehen. Aber dazu müsste sie es sich erst einmal selbst eingestehen.

Eines Tages, vielleicht. Bald, vielleicht.

Endlich diesen Panzer ablegen.

Ihr Verlangen nach ihm wird immer stärker. Das Verlangen, ihn zu berühren, sich in seine Arme zu schmiegen.

In letzter Zeit fühlt sie sich nur noch in seiner Gegenwart wohl. An ihn zu denken, zu wissen, dass sie ihn in wenigen Stunden sehen wird, beruhigt sie daher ein wenig.

Denn ihr Inneres fühlt sich an wie ein Pulverfass, das jederzeit zu explodieren droht, ihr Herz ist ein tollwütiges Tier.

Es wird jeden Tag schlimmer. Vor allem nachmittags.

Ihre angespannten Nerven scheinen kurz vor dem Zerreißen zu stehen, ihre Muskeln verkrampfen sich in regelmäßigen Abständen, als würden sie mit Stromstößen traktiert. Eine heftige Migräne verwandelt ihren Kopf in einen Kessel, in dem ein teuflisches Gebräu brodelt.

Sie führt ihren Bleistift an den Mund und kaut mechanisch darauf herum, ohne es überhaupt zu merken. Der PR-Leiter schaut sie über seine Lesebrille hinweg mit ausdruckslosen Augen an. Hastig nimmt Cloé den Stift aus dem Mund.

Es ist der fünfte Termin an diesem Tag. Seit Martins zum künftigen Generaldirektor geweiht wurde, muss Cloé Fronarbeiten leisten.

Die jetzigen Kunden haben bereits drei neue Entwürfe verlangt. Als sie ihr jetzt erneut die Unterlagen zurückgeben, träumt Cloé davon, ihnen das, was von ihrem Bleistift übriggeblieben ist, in die Kehle zu stoßen. Sie behält sich mehr schlecht als recht unter Kontrolle, versucht krampfhaft, ihnen ein Lächeln zu schenken.

Die Worte *Wir verlassen uns darauf, dass Sie uns schnellstmöglich einen neuen Entwurf zukommen lassen,* wirken auf sie wie ein Hornissenstich.

Sie müsste antworten, dass sie sich selbstverständlich darauf verlassen können, schweigt jedoch.

Die Hand des PR-Leiters ist feucht. Cloé kann es gerade noch unterdrücken, eine angeekelte Grimasse zu ziehen. Endlich verlässt er ihr Büro, sein Chef jedoch bleibt.

Was will der denn noch?
Mich zum Essen einladen. Das hat gerade noch gefehlt!
Am besten noch in eins seiner vergammelten Restaurants!

Cloé lehnt ab, ohne auch nur die Form zu wahren; der Mann ist überrascht, gibt sich jedoch nicht geschlagen. Ein wenig Widerstand gefällt ihm offensichtlich. Immerhin ist er dabei, der Agentur zigtausend Euro zu bezahlen, und hält es daher für selbstverständlich, einen Bonus zu bekommen. Ein kleines süßes Dessert. Ein Geschenk des Hauses.

Er hat keine feuchten Hände. Nur Grapschhände.

Wahrscheinlich bildet er sich ein, er könne damit die Leidenschaft einer charmanten jungen Frau entfachen. Was er jedoch entfacht, ist die Zündschnur eines Dynamitpäckchens. Das ihm um die Ohren fliegen wird.

Die Ohrfeige, die er bekommt, schallt über die ganze Etage. Fast ein Wunder, dass die Wände nicht wackeln.

Er starrt Cloé in die Augen, sie hält seinem Blick stand. Und als würde eine Ohrfeige nicht reichen, setzt sie noch eins drauf.

»Du glaubst wohl, du könntest dich einfach bedienen, du Affe? Hast du heute Morgen beim Rasieren vielleicht mal in den Spiegel geschaut? Dein Anblick verursacht mir Übelkeit ...«

Der Sandwich-König verliert für wenige Sekunden die Fassung. Dann holt er zum Gegenschlag aus:

»Das wirst du noch bereuen, du Miststück«, prophezeit er und verlässt ihr Büro.

Cloé steht regungslos in der Türöffnung und fühlt sich merkwürdig ruhig. Es ist nicht das erste Mal, dass es zu einem solchen Vorfall kommt. Dass sich ein Kunde ein wenig zu kühn, um nicht zu sagen aufdringlich gebärdet. Es ist jedoch das erste Mal, dass Cloé darauf mit einer Ohrfeige und Beschimpfungen reagiert. Normalerweise hätte sie den Mann zum Aufzug begleitet und ihn mit einem verschwörerischen Lächeln und einem Augenzwinkern abgewimmelt.

Dieses Mal hat sie ihm eine Demütigung verpasst, die in die Annalen eingehen wird.

Als sie sich wieder ein wenig gefasst hat, wirft sie einen Blick in den Gang. Als sie den beleidigten Mann aus Pardieus Büro kommen sieht, ist ihr klar, dass sie einen Fehler zu viel begangen hat.

Der Alte versucht, seinen Kunden zurückzuhalten, läuft hinter ihm her. Verkneift es sich gerade noch, vor ihm auf die Knie zu fallen. Ohne seine Arthrose würde er bestimmt vor ihm am Boden kriechen und ihm die Füße küssen.

»Du musst ihm nur einen blasen«, murmelt Cloé. »Genau das will er doch; also opfere dich, alter Sack!«

Der Kunde jedoch bleibt ungerührt und verkündet mit Donnerstimme: »Das werde ich an die ganz große Glocke hängen, das gibt eine hübsche Werbung für Sie, verlassen Sie sich drauf!« Diesen Worten, an den Chef einer Werbeagentur gerichtet, mangelt es nicht an Ironie. Auf den Gängen und in den Büros denkt jedoch niemand daran zu lachen. Es herrscht vielmehr Totenstille.

Pardieu zitiert Cloé in sein Büro. Sie seufzt und begibt sich langsam in die Höhle des Löwen, der die Tür hinter ihr zuknallt.

»Können Sie mir das erklären?«

»Er hat mir an den Hintern gefasst, und ich hab ihm eine gescheuert«, fasst Cloé die Situation zusammen. »Das ist ja wohl verständlich, oder?«

»Wir haben soeben einen Großkunden verloren!«, brüllt der Alte. »Sie haben ihn geschlagen und beleidigt, obwohl er Sie doch nur zum Essen eingeladen hat!«
Cloé kann sich ein Lächeln nicht verkneifen.
»Zum Essen? Aber, aber! Ich darf Sie daran erinnern, *Monsieur le Président*, dass mein Vertrag nicht vorsieht, mich von Kunden betatschen zu lassen, um einen Auftrag zu bekommen.«
»Seien Sie ruhig!«, schreit Pardieu. »Ich ertrage Ihre Lügen nicht länger!«
Noch nie hat er sich so aufgeregt. Cloé würde ihm gern raten, sich zu beruhigen, denn sie befürchtet, er könnte einen Herz- oder Schlaganfall bekommen. Andererseits würde es ihr nicht schlecht gefallen, wenn er hier vor ihren Augen das Zeitliche segnete. Könnte durchaus sein, dass ihr vor lauter Schreck nicht automatisch die Nummer des Rettungsdienstes einfiele.
»Sie haben komplett den Verstand verloren! Wollen Sie die Agentur ruinieren?«
Er lässt sich, offensichtlich erschöpft, in seinen Sessel fallen. Dann richtet er seine kleinen Augen auf Cloé.
»Machen Sie, dass Sie rauskommen! Sie sind fristlos entlassen wegen groben Fehlverhaltens. Setzen Sie nie mehr einen Fuß in dieses Haus, verstanden?«

Cloé sitzt niedergeschlagen in ihrem Büro und kann es noch nicht wirklich fassen.
Sie versucht, Alexandre anzurufen, der ihr sicher sagen könnte, was sie jetzt tun soll. Doch sie erreicht nur seine Mailbox und verpasst dem Papierkorb einen heftigen Fußtritt.
»Alex, ich bin's. Ich sitze ziemlich in der Scheiße! Bitte ruf mich zurück. Ruf mich schnell zurück!«
Als sie auflegt, erscheint Pardieu ungebeten.
»Sie sind noch da?«
»Hören Sie, Monsieur, ich ...«
»Ich will nichts hören!«, brüllt der Alte. »Packen Sie zusammen, was Ihnen gehört, und verschwinden Sie!«
Cloé geht auf ihn zu, er bleibt ungerührt. »Der Typ hat mir an den Hintern gefasst«, erinnert sie ihn und versucht, ihre Wut zu beherrschen.

»Ja und!«

»Dafür werde ich nicht bezahlt!«

»Ich frage mich, wofür ich Sie überhaupt bezahle, also …!«

»Ich habe diesem Laden hier mehr Kohle eingebracht als jeder andere«, explodiert die junge Frau. »Aber stimmt, ich wurde für meinen Einsatz ja bereits umfassend belohnt!«

»Dachten Sie wirklich, ich würde meine Agentur in die Hände einer Hysterikerin legen?«, höhnt Pardieu.

»Blödes Sackgesicht!«, murmelt Cloé.

»Machen Sie, dass Sie wegkommen.«

Pardieu hält die Tür fest, als fürchte er, sie würde sonst aus den Angeln fallen. Cloé sucht ein paar Sachen zusammen, die sie in ihre Tasche stopft, und schlüpft in ihre Jacke.

Als sie an dem Generaldirektor vorbeigeht, verlangsamt sie den Schritt.

»Sie werden *Ihre Agentur* nicht in den Himmel mitnehmen können.«

»Auf Nimmerwiedersehen, Mademoiselle Beauchamp. Das Arbeitsamt wird Ihnen sicher eine Stelle als Schlammcatcherin anbieten, da habe ich keine Sorge. Oder einen Platz in einer Anstalt.«

»Und auf dich wartet schon ein Plätzchen auf dem Friedhof!«

Cloé wendet ihm den Rücken zu und entfernt sich über den Gang. Alle haben ihre Plätze verlassen, um die Szene zu beobachten. Einen Abgang wie diesen sieht man schließlich nicht allzu oft.

Die schweigenden Zuschauer sehen Cloé erhobenen Hauptes und mit festem Blick vorübergehen. Hoffentlich hören sie nicht, dass ihr Herz zum Zerspringen schlägt. Am Ende dieses Spießrutenlaufs versperrt Martins ihr den Weg. Wie ein letztes Hindernis, eine letzte Abschlussprüfung.

»Tut mir leid«, sagt er nur. »Aber das musste ja so kommen.«

Er wirkt aufrichtig. Cloé jedoch sieht nur einen Mann, der ihr die Stelle weggenommen hat, die ihr rechtmäßig zustand. Einen Mann, der das Allerschlimmste ausgeheckt hat, um dieses Ziel zu erreichen.

Sie sieht ihn lange an.

»Auch du wirst dafür bezahlen.«

* * *

Warum rufst du nicht zurück? Warum bist du nicht da?
Cloé weint. Seit Stunden. Seit sie die Tiefgarage der Agentur verlassen hat.
Entlassen wegen groben Fehlverhaltens. Keine Abfindung, kein Arbeitslosengeld.
Nichts.
Dieser Kunde gehörte sicher auch zu der von Martins angezettelten Intrige. Und er hat tatsächlich gewonnen, dieser Mistkerl. Nun hat er freie Bahn. Aber vielleicht reicht ihm das noch nicht. Vielleicht will er sie tot sehen. Vielleicht wird er seinen Soldaten der Finsternis losschicken, um sein Werk zu vollenden.
Cloé hat bereits drei Gläser Whisky hinuntergekippt und zwei Herztabletten eingenommen. Sie sieht die Dunkelheit anbrechen, wie man einen mächtigen Feind erwartet. Einen, den nichts aufhalten, nichts bremsen kann.
Nur Alex könnte das. Aber er ist nicht da. Lässt sie allein, ein weiteres Mal.
Die Nacht, die sie so sehr fürchtet, klopft schließlich an die Fenster.
Cloé leert ein viertes Glas, eine dritte Packung Kleenex.
Wo bist du? Womit habe ich deine Abwesenheit verdient? Natürlich war sie zu ihm hingefahren. Stand vor verschlossener Tür, während der Peugeot 407 nicht weit vom Haus entfernt parkte.
Mit letzter Willenskraft versucht sie, sich zu beruhigen. Offensichtlich verfolgt er eine Spur. Vielleicht hat ihn diese Spur weit weggeführt von Paris. Vielleicht ist er mit der Bahn gefahren, wie letztes Mal? Der Akku seines Handys ist leer, und er ist unterwegs zu ihr.
Man belügt sich, wo es geht, vor allem, wenn man Angst hat.
Das Klingeln des Telefons lässt sie zusammenfahren, sie stürzt zum Hörer des Wandtelefons.
»Alex?«
Am anderen Ende der Leitung Schluchzen. Und eine vertraute Stimme.
»Ich bin es, Caro ...«
Die Enttäuschung ist so groß, dass Cloé versucht ist, einfach aufzulegen.
Erneutes Schluchzen, Cloés Gesichtszüge verhärten sich.
»Was willst du?«

»Quentin hat mich verlassen!«, heult Carole.

Cloés Herz bleibt ungerührt.

»Und was soll ich da machen?«

Caroles Schluchzen wird heftiger.

»Ich habe auch Probleme. Und die sind schwerwiegender, als von einem verheirateten Typen den Laufpass zu bekommen.«

»Ich dachte, du würdest mir wenigstens zuhören!«, jammert Carole.

»Da hast du dich eben getäuscht«, stellt Cloé fest. »Er wird zu seiner Frau zurückgekehrt sein. Also vergiss ihn einfach. Und bei der Gelegenheit kannst du mich auch gleich vergessen. Ich hab anderes zu tun, als mir dein Gejammer anzuhören. Nur zur Info, ein Psychopath versucht, mich umzubringen, und ich habe meinen Job verloren.«

Carole schnieft geräuschvoll, putzt sich die Nase.

»Das wusste ich nicht«, stammelt sie. »Soll ich zu dir kommen?«

Cloé lächelt. Ein unheimliches Lächeln.

»Glaubst du etwa, mir in irgendeiner Form behilflich sein zu können …?«

Sie legt mit einer heftigen Bewegung auf, schenkt sich ein weiteres Glas Whisky ein.

Dann zieht sie sich aus, lässt ihre Kleider auf dem Parkett im Wohnzimmer liegen und geht, leicht schwankend, ins Bad.

Der Spiegel spielt ihr einen üblen Streich.

Das kann doch nicht ich sein. Dieses Mädchen mit den roten, geschwollenen Augen und dem abwesenden Blick.

Dieses Mädchen mit den rissigen Lippen und dem gelblichen Teint. Mit stumpfem Haar und glänzender Haut.

Dieses Mädchen, das zum Heulen hässlich ist. Und das tatsächlich heult.

Cloé steigt in die Wanne, öffnet den Wasserhahn und zieht den Vorhang zu. Die Hände wie üblich gegen die blauen Fliesen gestützt, stellt sie sich vor, wie das warme Wasser Demütigung, Kummer, Angst und Einsamkeit hinwegspült.

Aber das wäre zu einfach. Eine Dusche nützt da nichts, es bleibt alles bis tief unter ihre Haut eingraviert.

Nachdem sie eine lange Weile unter dem heißen Wasserstrahl gestanden hat, beschließt Cloé endlich, aus der Dusche zu steigen. Dichter Dampf hängt in dem überheizten und von Feuchtigkeit gesättigten Raum.

Sie wickelt sich in ein Handtuch und stellt sich vor den Spiegel. Dann sieht sie sie.

Die Botschaft, die mit dem Finger auf den beschlagenen Spiegel geschrieben ist.

Das Spiel ist aus, mein Engel.

• • •

»Hier ist niemand, Madame. Wir haben alles überprüft.«
»Es war aber jemand da!«, stöhnt Cloé.
Der Polizeibeamte betrachtet sie mit einem Anflug von Überdruss.
»Wir sind durch alle Zimmer gegangen. Haben sogar in die Schränke und unter die Betten geschaut. Ich kann Ihnen versichern, dass außer Ihnen und uns niemand in diesem Haus ist.«
Sein Kollege lächelt leicht sarkastisch. Er blickt auf seine Uhr.
»Er ist hier gewesen!«, schreit Cloé fast. »Er ist sogar ins Bad gekommen, während ich geduscht habe!«
»Ja, die Nachricht auf dem Spiegel, ich weiß. Aber die Tür war nicht aufgebrochen ...«
»Und Alkohol begünstigt Halluzinationen, müssen Sie wissen«, fügt sein Kollege mit einem Blick auf die Whiskyflasche auf dem Couchtisch hinzu. »Also, damit sollten Sie es wirklich nicht übertreiben, Madame.«
Voller Scham senkt Cloé den Blick. Diese Männer können es mit dem Schatten jedenfalls nicht aufnehmen. Sie will Alexandre hier haben, sonst niemanden.
»Danke, dass Sie gekommen sind«, murmelt sie.
»Schließen Sie hinter uns ab und ruhen Sie sich aus«, rät der Polizist. »Guten Abend, Madame.«
Die Tür fällt ins Schloss. Cloé bleibt zurück, starr vor Entsetzen.
Das Spiel ist aus, mein Engel ...

Als eine Kirchturmuhr in der Ferne Mitternacht schlägt, öffnet Cloé eine Flasche Whisky und schluckt ein Beruhigungsmittel. Sie hat darüber nachgedacht, das Haus zu verlassen, weiß jedoch, dass es zwecklos ist. Er wird sie finden, egal, wohin sie geht.
Gomez hat nicht zurückgerufen. Er ist nicht gekommen.

Er wird nicht mehr kommen.
Wird nicht sehen, wie sie zu ihrem Bett kriecht, die P38 unter ihr Kopfkissen schiebt.
Er wird nicht sehen, wie sie auf die Knie fällt, um ein Gebet zu sprechen.
Lieber Gott, mach, dass er nicht kommt ... Mach, dass Alexandre nichts zugestoßen ist.

* * *

Es ist dunkel. Es ist kalt.
Cloé weiß nicht mehr, wie sie hergekommen ist. Sie erinnert sich nur, dass sie wie verrückt gerannt ist, während der Schatten ihr ohne Unterlass folgte.
Eine riesige Halle.
Als sie den Kopf hebt, sieht sie Lisa, die sich auf den Balken schwingt. Sie hört ihr glasklares Lachen, das den Raum erfüllt. Und dann ihren gellenden Schrei, als sie ins Leere fällt.
Der Körper schlägt vor ihren Füßen auf. Das grauenhafte Geräusch von berstenden Knochen.
Da flüchtet sich Cloé in einen fensterlosen Raum, ganz hinten in der Fabrik. Auf dem Boden in eine Ecke gekauert, lauscht sie. Aber das Einzige, was sie hört, ist ihr eigener Herzschlag.
Ich würde dir gern zu Hilfe kommen, meine Lisa. Aber ich muss mich verstecken! Muss mich immer verstecken ... Sonst findet er mich. Sie weint, sie zittert. Bis ein Geräusch ihr das Blut in den Adern stocken lässt.
Die Tür.
Jemand versucht, sie zu öffnen.
Das kleine Schloss zerspringt, ein deutlich vernehmbares Knarren kündet das Schlimmste an. Plötzlich erhellt ein gelbliches Licht die Szene und Cloé entdeckt die Nachricht, die auf die Wand geschrieben ist: *Das Spiel ist aus, mein Engel.*
Eine riesige Gestalt baut sich im Türrahmen auf, und Cloé fängt wieder an zu atmen.
»Alex!«
Er tritt ein, lässt die Tür offen, kommt jedoch nicht zu ihr. Mit verschränkten Armen lehnt er sich an die Wand. Als warte er auf etwas.

»Komm!«, fleht Cloé.

Er bewegt sich nicht, begnügt sich damit, sie anzustarren. Seine Augen glänzen, als würde er gleich anfangen zu weinen.

In diesem Moment taucht eine andere Gestalt auf. Die des Ungeheuers.

Der Schatten kommt auf sie zu, beachtet Alexandre nicht, der nichts tut, um ihn aufzuhalten.

Nun ist er bei ihr angelangt. Er hat kein Gesicht, trägt Handschuhe.

Er packt ihre Handgelenke, hebt sie in die Luft.

Cloé schreit so laut, dass sie schließlich davon aufwacht.

Sie keucht, kalter Schweiß rinnt ihr über Stirn und Rücken.

Sie setzt sich im Bett auf, versucht, wieder normal zu atmen.

Nach ein paar Minuten hat sie sich etwas beruhigt. Die roten Ziffern des Weckers zeigen 4:28 Uhr an. Sie legt sich wieder hin, schließt die Augen.

Irgendetwas hindert sie jedoch daran, erneut in die Welt der Albträume zu gleiten. Ein Eindruck, eine Beklemmung.

Sie ist nicht allein im Zimmer.

Er ist da.

KAPITEL 57

Er ist da.

Cloés Finger krallen sich in das Bettzeug. In ihrem Hirn macht sich gähnende Leere breit, die aber sogleich mit Panik aufgefüllt wird.

Sie denkt an nichts mehr.

Nur an ihn.

Und an den Tod.

Völlig regungslos, mit offenem Mund versinkt sie in einer abgrundtiefen Urangst.

Sie sieht ihn nicht, spürt ihn nur. Hört jetzt sogar seine gleichmäßigen Atemzüge.

Der Atem eines Raubtiers.

Sie ahnt, dass er ganz nah ist. Am Fußende des Bettes, gleich neben dem Fenster.

So verstreichen mehrere Minuten. Bis ihr Gehirn wieder zu arbeiten beginnt. In einem Wahnsinnstempo.

Ihre Hand gleitet unter das Kopfkissen, um nach der getreuen P38 zu greifen.

Doch die Pistole ist nicht mehr da. Vielleicht ist sie genau in diesem Moment auf sie gerichtet?

Beruhige dich, Cloé ... Beruhige dich und denk nach!

Aus dem Bett springen, ins Bad rennen und den Schlüssel zweimal umdrehen.

Dazu müsste sie erst einmal in der Lage sein, sich überhaupt zu bewegen, und sei es, nur den kleinen Finger zu rühren.

Ob er weiß, dass ich wach bin? Ob er mich sehen kann? Wird er mich töten? Und wenn ich einfach warte, bis er geht?

Sie schließt die Augen, konzentriert sich.

Unauffällig nach dem Handy greifen, das auf dem Nachttisch liegt, die Bettdecke wegschieben. Aus dem Bett springen, auf den Flur stürzen. Geradeaus bis ins Badezimmer. Abschließen. Und die Polizei anrufen.

Sie versucht, ihre Kräfte zu sammeln und Mut zu fassen. Ihr Herz wird die Tortur nicht mehr lange aushalten, sie muss weglaufen.

Und wenn er mich einholt, bevor ich das Bad erreicht habe?

Alex, warum bist du nicht da? Mein Gott, warum nur bist du nicht da!

Plötzlich macht er eine Bewegung. Cloé empfindet den leichten Luftzug wie einen Peitschenhieb.

Eine Explosion in ihrem Gehirn.

Sie greift nach ihrem Handy, springt aus dem Bett und stürzt auf den Flur, der vom Licht der Straßenbeleuchtung nur spärlich erhellt wird.

Noch nie im Leben ist sie so schnell gerannt.

So schnell, dass sie an die Badtür stößt und das Telefon fallen lässt.

Als sie endlich die Hand auf die Klinke legt, wird sie plötzlich brutal zurückgezerrt. Er hat sie an den Haaren gepackt, sie schreit auf. Wehrt sich, schlägt ins Leere.

Nach einem heftigen Stoß landet sie auf dem Boden. Sie hat nicht die Zeit, sich aufzurappeln, er packt sie beim Handgelenk, dreht sie auf den Rücken und schleift sie übers Parkett zum Schlafzimmer.

Mit den Füßen versucht Cloé, sich an irgendetwas festzuhalten. Sie kippt einen Blumenhocker um, auf dem eine Pflanze steht; er ist zu leicht, um sie zu halten. Der Terrakottatopf zerschellt mit einem dumpfen Geräusch auf dem Boden.

Im Schlafzimmer hebt eine unsichtbare Kraft sie hoch und wirft sie aufs Bett. Cloé springt augenblicklich auf, um sich in die andere Ecke des Zimmers zu flüchten.

Das Licht der Nachttischlampe erhellt den Raum, ihr Albtraum nimmt Gestalt an. Er trägt eine Strumpfmaske, hat die Kapuze seines schwarzen Pullis über den Kopf und einen Schal bis über die Nase gezogen. Die Handschuhe sind ebenfalls schwarz.

»Guten Abend, mein Engel.«

An die Wand gedrängt, starrt Cloé mit aufgerissenen Augen auf Satan höchstpersönlich.

Er steht zwischen ihr und der Tür, es gibt keinen Ausweg mehr. Jede Hoffnung, zu fliehen, ist zunichtegemacht.

Nur das Bett trennt sie. Keine zwei Meter.

Es ist aus und vorbei, Cloé weiß es.

»Wolltest du um diese Zeit baden? Fühlst du dich etwa schmutzig?«

Die unheilvolle Stimme erfüllt den ganzen Raum. Dringt mit Gewalt in ihr Ohr.

Eine zähflüssige Substanz, tödlich.

»Oder hast du etwa Angst vor mir? Ist es das, mein Engel? Du wolltest fliehen? Das ist verständlich, weißt du ... Und deine Angst ist berechtigt.«

Mit einem Sprung setzt er über das Bett.

Cloé flüchtet zur Seite, er fängt sie sofort ein, drückt sie brutal gegen die Wand und legt eine Hand um ihren Hals. Sie wehrt sich weiter, eine wütende Löwin. Sie tritt und schlägt um sich, trifft ihn am Schienbein und am Kopf. Er hält jedoch stand und schließt die Hand noch fester um ihren Hals. Er zwingt sie, sich umzudrehen, drückt ihr Gesicht gegen die Wand und packt ihre Handgelenke.

Sie leistet weiter Widerstand, schreit.

»Hilfe! So hilf mir doch jemand!«

Er zieht ein Band aus der Tasche und fesselt ihre Hände auf dem Rücken.

Eine Drehung, und sie steht ihm wieder gegenüber. Er drängt sich so dicht an sie, dass sie nicht einmal mehr mit den Beinen zutreten kann.

»Du bist ja außer Rand und Band, meine süße Cloé! Aber ich werde dich schon zur Räson bringen.«

Er drückt ihren Hals zu, sodass sie nicht mehr schreien kann. Nicht einmal mehr atmen.

»Das Spiel ist aus, mein Engel ...! Ich habe dich doch gewarnt, oder?«

Dann nimmt er ihr Gesicht in seine Hände und zieht sie von der Wand weg zum Bett. Sie stößt gegen den Pfosten, fällt auf die Matratze.

Keine Zeit, unter die Decke zu kriechen, er ist bereits über ihr.

Sie versucht, mit dem Knie zuzustoßen, er blockiert ihre Beine.

»Wo ist denn dein Wachhund, Cloé? Du bist so schutzlos, man könnte meinen ...«

»Er kommt jeden Moment!«, schreit sie. »Er kommt und macht dich fertig!«

Er fängt an zu lachen, zieht ein Messer aus der Tasche. Das typische

Klicken eines Springmessers dringt kalt in Cloés Ohren. Die Klinge glänzt im Licht der Nachttischlampe, als er sie langsam ihrem Gesicht nähert.

»Wenn du weiter rumschreist, schneide ich dir die Kehle durch.«

Sie schließt die Augen, es wird wieder still.

»Gut. So ist es gut, mein Engel ...«

»Was wollen Sie?«, stöhnt Cloé. »Wer schickt Sie?«

»Errätst du es nicht? Ich habe dich für scharfsinniger gehalten ...«

Cloé ist kurz davor, ihm zu sagen, dass sie ihn erkannt hat. *Ich weiß, dass du es bist, Bertrand!*

Sie hält den Satz im letzten Moment zurück. Nur nicht das eigene Todesurteil unterschreiben, solange noch eine Chance besteht zu überleben.

»Ich kann Sie bezahlen, ich habe Geld!«

»Ach, wirklich? Das ist eine gute Idee ...«

Sie ahnt, dass er lächelt, auch wenn sie seinen Mund nicht sehen kann. Man hört es an seiner Stimme, die vom Schal gedämpft wird und die er gekonnt zu verstellen weiß.

»Wie viel wollen Sie? Ich gebe Ihnen alles ... Alles, was ich habe!«

Er legt die Messerklinge über ihre Lippen.

»Pst ... Red keinen Unsinn, mein Engel. Du hast nämlich gar nichts mehr.«

»Wie viel bezahlt er Ihnen? Ich kann Ihnen mehr geben! Ich habe Geld, das schwöre ich Ihnen!«

»Das glaube ich dir, meine Schöne. Aber ich übersteige deine Mittel bei weitem.«

»Wenn Sie mich anfassen, bringt Alexandre Sie um!«

»Dein kleiner Vorstadtbulle? Da besteht keinerlei Gefahr. Und weißt du, warum? Weil er tot ist.«

»Nein!«

»Doch, mein Engel. Er hat sich das Hirn weggeblasen.«

Er richtet sich auf, legt den Zeigefinger an die Schläfe.

»Peng! ... Bye bye, Hauptkommissar Gomez.«

»Nein!«

»Man muss davon ausgehen, dass er die Schnauze voll hatte von dir. Er hat den Tod einem Leben mit dir vorgezogen. Ganz schön mies, oder? Aber du hast es ja nie verstanden, einen Mann zu halten, Cloé. Woran mag das nur liegen?«

Cloé beginnt zu schluchzen, die Klinge durchschneidet den ersten Träger ihres Satinnachthemds.
Dann den zweiten.
»Ich weiß, warum sie alle abhauen. Weil sie sehr schnell sehen, wer du bist, mein Engel. *Was* du bist ...«
Sie schließt die Augen, spürt, wie die Stahlklinge den Rest ihres Nachthemds in der Mitte aufschlitzt.
»Soll ich dir sagen, was du bist, Cloé?«
Das kalte Metall gleitet ihren Bauch hinunter.
»Möchtest du vielleicht lieber, dass ich es dir zeige?«
»Lassen Sie mich! Bitte lassen Sie mich ...«
Sie weint nun heiße Tränen.
»Du bist nichts weiter als eine kleine egozentrische Schlampe. Ein Miststück, das Spaß daran hat, auf anderen herumzutrampeln ... Und ich, ich werde dich auf deinen Platz verweisen.«
»Alex wird dich umbringen!«
Als Cloé die Augen wieder öffnet, kreuzt sie flüchtig den Blick ihres Angreifers. Seine Augen sind vielleicht blau. Oder grau. Hell auf jeden Fall, da ist sie sich sicher.
»Alex wird dich umbringen!«, schreit sie erneut.
Plötzlich bohrt sich die Spitze der Klinge unter ihr Kinn.
»Ich habe dir doch gesagt, dass er tot ist, dein Bastard von einem Bullen! Hörst du? Er ist tot, dieses Arschloch! Tot! Krepiert wie ein Hund!«
Seine Stimme wird plötzlich härter. Er ist wütend.
Reg ihn nicht auf, Cloé! Tu es nicht. Tu es bloß nicht!
»Er hat ein Loch mitten im Kopf! Wie oft muss ich dir das noch sagen? Hör gefälligst zu! Er hat sich das Hirn weggeblasen!«
Cloé beginnt zu schluchzen, die Tränen wärmen ihren Hals, bevor sie das Bettzeug durchnässen.
Er nähert sein Gesicht dem ihren, flüstert ihr ins Ohr:
»Ich habe ihm ein bisschen dabei geholfen, weißt du ... Aber das ist ein Geheimnis. Ein Geheimnis zwischen dir und mir, einverstanden? Das wirst du doch niemandem sagen, nicht wahr?«
»Nein!«, antwortet Cloé zitternd. »Nein, ich sag es niemandem, das schwöre ich!«
»Gut ... Er hatte mich nämlich entlarvt, der gute *Alex*. Er war gar nicht

so blöd, weißt du? Auch ihn hast du fein benutzt, was? Nun ist er tot, und das ist deine Schuld.«

Er spürt, wie sich ihr Körper unter seinem anspannt.

»Aber ich werde dir noch ein weiteres kleines Geheimnis anvertrauen, Cloé: Er wollte sterben. Er wollte wieder mit seiner Frau vereint sein. Weil du ihm scheißegal warst. Er hat beschlossen, mich mit dir allein zu lassen ...«

Er richtet sich erneut auf, um die Wirkung seiner Worte zu genießen. Die Panik auf ihrem Gesicht.

Plötzlich nimmt er seinen Schal und seine Kapuze ab. Cloé erahnt nun sein teuflisches Lächeln. Sie ist nahe daran, das Bewusstsein zu verlieren.

Wenn er jetzt auch noch die Strumpfmaske ablegt, bin ich tot.

Ans Bett gefesselt und mit einer scharfen Klinge bedroht, hat sie keine Möglichkeit, sich zu wehren.

Er presst seine Lippen auf ihre, sie wendet den Kopf heftig ab. Er hält ihr Gesicht in seinen behandschuhten Händen, zwingt sie, ihn anzusehen, bevor er erneut beginnt.

Dann wandert sein Mund ihren Hals hinunter, zu ihren Brustwarzen, während seine freie Hand sich zwischen ihre Schenkel schiebt.

Cloé kann kaum atmen. Sie riecht sein Parfum, holzig, leicht nach Moschus, es verschlägt ihr den Atem.

Ihr Herz schlägt in ihrer Brust wie ein panischer Vogel mit den Flügeln gegen die Stäbe seines Käfigs. Sie kann nicht mehr an sich halten und beginnt zu schreien. Er legt ihr eine Hand auf den Mund und fährt fort, ohne Eile ihre Haut zu kosten.

In aller Ruhe.

Und plötzlich beendet er sein grausames Spiel. Er hebt sie hoch und lässt sie auf den Bauch fallen. Sie spürt, dass er die Fessel um ihre Handgelenke durchschneidet. Dennoch gelingt es ihr noch nicht, die Hände zu bewegen.

Er zieht Schal und Kapuze wieder an und steigt aus dem Bett.

»Ich komme wieder, mein Engel«, verspricht er. »Mir scheint, du bist noch nicht ganz reif ...«

Er verstaut das Messer in seiner Tasche, betrachtet sie einen Moment.

»Wenn du dir etwas Mühe gibst, kannst du dich befreien. Es wird vielleicht eine Weile dauern, aber du schaffst es. Den Anfang habe ich ja schon gemacht ... Wie du siehst, bin ich wirklich nett!«

Einen Augenblick lang hofft sie, der Albtraum sei vorüber. Aber er packt sie bei den Schultern und dreht sie auf den Rücken, zwingt sie anschließend, sich aufzusetzen.

Legt ihr eine Hand unter das Kinn, damit sie den Kopf hebt.

Er nähert sein maskiertes Gesicht auf wenige Zentimeter dem ihren.

»Ich komme wieder. Gute Nacht, mein Engel ...«

KAPITEL 58

»Gut, dann fasse ich mal zusammen: Er ist ins Haus gekommen, während Sie schliefen, und als Sie aufgewacht sind, hat er sich auf Sie gestürzt. Dann hat er Ihre Handgelenke gefesselt und hat ... versucht, sie zu missbrauchen. Aber er hat es nicht getan. Sie mussten nur Berührungen über sich ergehen lassen.«

Nur Berührungen über sich ergehen lassen.

Eine lässige Art, die Tortur zusammenzufassen, die Cloé soeben erdulden musste.

»Dann ist er gegangen, und es ist Ihnen gelungen, sich von den Fesseln zu befreien. Danach haben Sie uns angerufen. Ist das so richtig?«

Cloé nickt. Sie kauert auf dem Sofa, der junge uniformierte Beamte nimmt ihr gegenüber im Sessel Platz.

Seine Kollegin kommt aus dem Schlafzimmer zurück, wo sie eine erste Inspektion vorgenommen hat.

»Zeigen Sie mir bitte einmal Ihre Handgelenke.«

Cloé schiebt die Ärmel ihres Bademantels hoch und streckt ihr die Arme entgegen. Sie zittern noch immer.

»Ich sehe keinerlei Spuren. Normalerweise sieht man bei einem Strick ...«

»Das war kein Strick«, antwortet Cloé leise. »Eher eine Art Band.«

»Dieses hier?«, fragt die Polizeibeamtin und schwenkt ein glänzendes Stoffstück.

»Ja.«

»Gehört das Ihnen?«

»Nein, ich glaube nicht. Das muss er dabeigehabt haben.«

»Okay«, fährt der Beamte fort. »Er war mit einem Messer bewaffnet, sagen Sie. Was für eine Art Messer?«

»Das weiß ich nicht ... Einfach spitz und scharf!«

Ganz ruhig Cloé, sie sind hier, um dir zu helfen.
»Ich glaube, ein Springmesser.«
»Wie lang war die Klinge?«
»Keine Ahnung. Vielleicht dreißig Zentimeter.«
Der Leutnant lächelt kaum merklich.
»Nun, das wäre ein riesiges Fleischermesser, kein Springmesser!«
»Dann eben kürzer ... Es war ziemlich dunkel, wissen Sie.«
»Natürlich, verstehe. Damit hat er Ihr Nachthemd zerschnitten, stimmt das?«
»Ja.«
Die Polizistin betrachtet die Stofffetzen auf dem Tisch.
»Gut«, nimmt der junge Beamte den Faden wieder auf, »welche Farbe hatte der Messergriff?«
»Keine Ahnung«, gesteht Cloé. »Vielleicht schwarz. Dunkel jedenfalls.«
»Das ist ziemlich ungenau ... Und er selbst, können Sie ihn mir beschreiben?«
»Groß, kräftig. Helle Augen.«
»Die Haare?«
»Er trug eine Strumpfmaske, eine Kapuze und einen Schal, der bis hierher reichte«, antwortet Cloé und legt die Hand unter ihre Nase. »Also ...«
»Also können Sie ihn nicht beschreiben. Dann hat er Ihr Nachthemd zerschnitten, und er hat Sie ...«
Leicht verlegen wirft er einen Blick auf seine Notizen.
»Er hat versucht, Sie zu küssen, und er hat Sie berührt. Hat er sonst noch etwas versucht?«
Cloé antwortet mit einem Kopfschütteln.
»Okay. Ich muss telefonieren, entschuldigen Sie mich bitte.«
Er entfernt sich Richtung Eingang, Cloé schenkt sich noch ein Glas Wasser ein. Dabei wird ihr klar, dass sie sich die Zeit hätte nehmen sollen, die beiden Whiskyflaschen verschwinden zu lassen. Auch das Glas, in dem die Eiswürfel geschmolzen sind und einen bernsteinfarbenen Wasserrest hinterlassen haben. Außerdem die Schachtel Beruhigungsmittel. Sie hat nur daran gedacht, die P38 zu verstecken, die sie unter dem Bett wiedergefunden hatte. Er hat sie ihr wieder dagelassen. Unglaublich.

Können ihm Kugeln nichts anhaben?

Der Polizeibeamte steckt sein Handy ein und macht seiner Kollegin ein Zeichen. Sie verschwinden beide. Cloé merkt, dass sie ins Schlafzimmer gehen. Wahrscheinlich, um es erneut zu untersuchen.

Als sie allein ist, zögert sie, ob sie sich noch ein Glas Scotch einschenken soll. Es würde ihr Zittern beruhigen.

Sie greift nach ihrem Handy, wählt Alexandres Nummer. Aber wie bereits die Male zuvor, erreicht sie nur seine Mailbox. Sie legt auf, schließt die Augen.

Als sie sie wieder öffnet, sind die beiden Polizisten zurück im Wohnzimmer.

»Sind Sie verletzt?«, fragt der junge Beamte, während er wieder im Sessel Platz nimmt.

Cloé hebt ihren Bademantel und zeigt ein Hämatom, das sich auf ihrem Schienbein zu bilden beginnt.

»Hat er Ihnen das zugefügt? Hat er Sie geschlagen?«

»Das ist passiert, als er mich über den Boden geschleift hat. Ich habe versucht, mich im Flur mit den Füßen an dem Blumenständer festzuhalten … Dabei ist der Blumentopf auf mich gefallen.«

»Verstehe. Sie sagen auch, er habe versucht, Sie zu würgen. Können Sie Ihre Haare bitte einmal zurücknehmen?«

Cloé gehorcht, sie ist sicher, dass die Spuren auf ihrem Hals zu sehen sind. Der uniformierte Beamte beugt sich vor. Er riecht nach Leder und einem dezenten Parfum, dessen Namen Cloé vergessen hat.

»Ich sehe nichts«, sagt er. »Es ist ein wenig gerötet, aber nur ganz schwach.«

»Dabei dachte ich, er würde mich umbringen, so fest hat er zugedrückt.«

»Natürlich«, antwortet der Polizist und setzt sich wieder. »Sonst noch etwas?«

»Nein«, antwortet Cloé.

Es folgt ein kurzes Schweigen.

»Wissen Sie, Mademoiselle Beauchamp, ich habe meine Kollegen angerufen. Die, die gestern Abend hier bei Ihnen waren. Erinnern Sie sich?«

Cloé runzelt die Stirn.

»Natürlich erinnere ich mich. Ich habe Ihnen doch gesagt, dass sie da waren!«

»Meine Kollegen haben mir versichert, dass Sie Ihr Haus gewissenhaft durchsucht und nichts Außergewöhnliches festgestellt haben.«

»Ja und?«, seufzt Cloé.

»Nun, die Kollegen haben mir gesagt, dass Sie betrunken wirkten.«

»Ich war nicht betrunken!«, wehrt sie sich. »Ich ... Ich hatte ein oder zwei Gläser getrunken, das war alles.«

Dieses Mal verbirgt der Bulle sein Lächeln nicht.

»Die Flasche auf dem Tisch, also die Flasche, die noch nicht leer ist, da fehlt ... da fehlt gut und gerne der Inhalt von zwei großen Gläsern, oder?«

»Das habe ich doch gerade gesagt.«

»Und die Flasche auf dem Boden? Sie ist leer, oder?«

»Ich bin nicht betrunken, Herrgott nochmal!«, erregt sich Cloé.

»Einverstanden, beruhigen Sie sich, Mademoiselle ... Was machen Sie beruflich?«

Arbeitslos. Ohne jegliche Bezüge.

»Ich arbeite in einer Werbeagentur.«

»Ah, gut ... Und was machen Sie dort?«

»Ich bin stellvertretende Geschäftsführerin.«

Auf seinem Gesicht ist Bewunderung zu lesen.

»Und da klappt alles gut? In der Agentur, meine ich.«

Cloé zögert, er nutzt diese Pause, um anzufügen:

»Wenn wir Ermittlungen aufnehmen, werden wir das alles überprüfen, wissen Sie ... Also sprechen Sie besser ganz offen, Mademoiselle.«

Cloé starrt auf die leere Whiskyflasche auf dem Teppich.

Was bin ich doch für eine Idiotin.

»Ich bin heute entlassen worden. Besser gesagt, gestern.«

»Aus welchem Grund?«

»Ich ... Ich habe einen Kunden geohrfeigt.«

»Ach wirklich? Und warum?«

»Weil er ... mir an den Hintern gefasst hat.«

Er macht seiner Kollegin wieder ein Zeichen, sie kommt mit einem Alkoholtester.

»Würden Sie da bitte hineinpusten, Mademoiselle?«

Cloé würde sich gerne aufregen. Sie am liebsten hinauswerfen. Aber solange sie da sind, ist sie in Sicherheit.

Ich komme wieder. Und mache dich fertig.

»Er ... hat mich zum Trinken gezwungen«, fantasiert sie plötzlich.
»Wirklich?«, wundert sich der Bulle. »Und warum haben Sie mir das nicht früher gesagt?«
Cloé fährt sich durchs Haar.
»Ich hatte es vergessen.«
»Natürlich ... Gut, Mademoiselle, wir haben unsere Zeit auch nicht gestohlen, wissen Sie.«
Sie wirft ihm einen vernichtenden Blick zu, er weicht ihm nicht aus.
»Ich glaube, Sie hatten einen Albtraum.«
Cloés schließt die Augen. Sie schüttelt leicht den Kopf.
»Ich glaube, dass Sie etwas zu viel getrunken haben, vermutlich, weil Sie gestern entlassen worden sind. Und dass Sie zusätzlich Tabletten geschluckt haben. Nach dem, was Sie gestern meinen Kollegen anvertraut haben, ist es nicht das erste Mal, dass Sie die Polizei gerufen haben wegen eines *mysteriösen* Angreifers ... Und ich glaube, dass Sie wieder einmal etwas erfunden haben, damit man Ihnen zu Hilfe kommt.«
Er steht mit kalkulierter Langsamkeit auf, stellt sich neben Cloé. Er nimmt ihre Hand in seine, lächelt sie an.
»Sie sollten sich helfen lassen, Mademoiselle«, sagt er erstaunlich sanft.
»So dürfen Sie nicht weitermachen.«
Cloés Augen füllen sich plötzlich mit Tränen.
»Sie müssen zu einem Arzt gehen. Zu einem Psychologen oder Psychiater. Ich kann einen Krankenwagen rufen, wenn Sie möchten.«
Cloé hat keine Kraft mehr. Um zu protestieren. Zu erklären. Zu argumentieren.
Jegliche Energie ist aus ihrem Körper gewichen.
Cloé zögert; wenn sie zustimmt, wird man sie einweisen. Alles, bloß das nicht.
»Nein«, antwortet sie.
»Das ist ein Fehler, wissen Sie? Ich glaube, Sie sind gefährdet. Aber ich kann Sie nicht zwingen, also ...«
Er lässt ihre Hand los, wendet den Kopf ab.
Das war's.
Nun ist sie wieder eine Beute.
Ich komme wieder. Und mache dich fertig.

KAPITEL 59

»Die Hausmeisterin hat ihn gefunden«, erklärt Maillard. »Sie kommt einmal die Woche, um bei ihm zu putzen.«

Wie betäubt betrachtet Oberkommissar Villard Alexandres Leichnam, der bäuchlings inmitten der Trümmer des Wohnzimmertisches liegt, die Sig-Sauer neben seiner rechten Hand. Das zum Fenster gewandte Gesicht ist in das gleißend helle Licht der Mittagssonne getaucht. Und in eine große Blutlache. In den offenen Augen eine nicht zu entziffernde Botschaft.

»Scheiße, das darf nicht wahr sein«, murmelt der Oberkommissar. »Alex, das kann nicht sein …«

Kriminaloberrat Maillard lehnt sich an die Wand. Auch er betrachtet seinen Freund. Beziehungsweise das, was von ihm übriggeblieben ist.

Der Gerichtsmediziner erscheint, schüttelt beiden Männern kurz die Hand und macht sich unverzüglich an die Arbeit. Lastende Stille.

Irgendwann setzt sich Maillard. Er kann sich nicht mehr auf den Beinen halten.

»Ich würde sagen, er ist seit ungefähr vierundzwanzig Stunden tot«, verkündet der Gerichtsmediziner knapp. »Selbstmord, ohne jeden Zweifel.«

»Es ist meine Schuld«, murmelt der Kriminalrat. »Ich hätte es ihm nicht auf diese Weise sagen dürfen …«

Villard sieht ihn fragend an.

»Ich habe ihn gestern angerufen und ihm mitgeteilt, dass die interne Untersuchungskommission ihn suspendiert. Dass ich nichts mehr für ihn tun konnte. Gleich danach muss er sich erschossen haben.«

Villard dreht sich wieder zu Alexandre. Auch wenn der Anblick kaum zu ertragen ist.

»Sie haben ihn umgebracht«, erklärt er kalt. »Die Arbeit war das Einzige, was er noch hatte.«

»Was hätte ich denn tun sollen?«, gibt der Kriminalrat zurück.

Villard antwortet nicht. Er geht zum Gerichtsmediziner hinüber, der neben Gomez' Leichnam kniet.

»Merkwürdig, dass er einen Schalldämpfer verwendet hat, oder?« Der Polizist in ihm meldet sich zu Wort. Der Gerichtsmediziner zuckt die Achseln.

»Vielleicht wollte er die Nachbarn nicht alarmieren. Damit man ihn nicht zu schnell findet und womöglich ins Krankenhaus bringt.«

»Das ist doch Blödsinn«, meint der Oberkommissar nervös. »Wenn man vorhat, sich eine Kugel in den Kopf zu schießen, ist es doch völlig egal, ob man dich dreißig Sekunden oder sechs Monate später findet? Du bist tot, so oder so!«

»Du weißt genauso gut wie ich, dass man nicht zwangsläufig stirbt, wenn man sich eine Kugel in den Kopf jagt. Er war übrigens nicht sofort tot.«

»Wie kommst du darauf?«, fragt Villard.

»Die Unmengen von Blut ... Sein Herz hat wohl noch eine Zeitlang weitergeschlagen. Wenigstens eine Stunde.«

Maillard flüchtet ans andere Ende der Wohnung. Es ist Jahre her, dass er das letzte Mal geweint hat.

* * *

Die Decke ist weiß. Eine neutrale Farbe, die etwas Deprimierendes hat. Vor allem, wenn man sie stundenlang anstarrt.

Ich komme wieder. Und mache dich fertig.

Die P38 in der rechten Hand, die linke ans Herz gedrückt, liegt Cloé auf dem kalten Parkettboden.

Sie kann unmöglich zurück in dieses Bett. Selbst wenn sie die Laken wechselt oder die Matratze austauscht.

Die Pistole wird sie nicht mehr loslassen. Nicht für eine Sekunde. Nicht mal, wenn sie aufs Klo geht.

Nun ist er tot, und das ist deine Schuld. Krepiert wie ein Hund ... Bye bye, Hauptkommissar Gomez!

Meine Schuld.

Aber nein, er ist nicht tot. Er kann nicht tot sein.

»Alex!«, schreit sie plötzlich auf.
Langsam erhebt sie sich und geht Richtung Bad. Ihr Gesicht ist fahl, die Augen glühen. Vor Angst, noch immer.
Er darf nicht gestorben sein. Nicht so, nicht jetzt.
Sie verriegelt die Tür, legt die Pistole auf den Badewannenrand, zieht den Duschvorhang nicht zu.
Es sprudelt heiß aus dem Hahn, Cloé hält die Augen offen. Auch wenn sie brennen.
Du bist stärker als er, das weiß ich. Er hat dich nicht töten können.
Lange bleibt sie so, die Hände gegen die Fliesen gestützt, und lauscht angespannt.
Seit die Polizisten gegangen sind, duscht sie zum sechsten Mal.
Bald wird sich ihre Haut ablösen. Doch sie wird sich noch immer schmutzig fühlen. Der Geschmack seiner Lippen auf den ihren. Widerlich. Sie schluckt das glühend heiße Wasser und spuckt es in einem kräftigen Strahl wieder aus.
In der Nacht hat sie weder sein Lächeln noch seinen Geruch wiedererkannt. Also kommen ihr Zweifel.
Es war dunkel, ich hatte Todesangst. Der Duft nach Moschus hat den Geruch seiner Haut überdeckt ...
Schließlich dreht sie den Wasserhahn zu, zieht sich an, trocknet ihr Haar und nimmt sich sogar die Zeit, Make-up aufzulegen. Um das Grauen zu überdecken.
Doch kein Lidschatten, keine Schminke kann verbergen, dass sie am Ende ist.
Sie steigt in ihren Mercedes und fährt Richtung Maisons-Alfort.

* * *

Sie hat geklingelt, geklopft. Immer wieder.
Nach einer Weile öffnet sich die Wohnungstür gegenüber und eine ältere Dame kommt ins Treppenhaus. Elegant, akkurat zurechtgemacht. Sie nähert sich Cloé, lächelt sie freundlich an.
»Suchen Sie jemanden, Mademoiselle?«
»Ich möchte zu Monsieur Gomez. Ich bin mit ihm befreundet.«
»Mein Gott ... Wissen Sie es noch nicht?«

Es schnürt Cloé die Kehle zu, sie ringt nach Luft. Plötzlich packt sie die gute Frau bei den Schultern und schüttelt sie heftig.

»Was weiß ich nicht?«, schreit sie.

Die alte Dame starrt die Furie auf High Heels an.

»Was soll ich wissen?«, brüllt Cloé.

»Er ist tot, Monsieur Gomez«, erklärt die alte Dame zaghaft.

Cloé lässt sie los, hält sich am Geländer fest. Die Treppe beginnt sich zu drehen, verschwimmt. Aus der Ferne dringt eine Stimme zu ihr.

»Sie haben ihn heute gegen Mittag gefunden. Sie waren bei mir, um mir Fragen zu stellen, weil sie wissen wollten, ob ich etwas gehört habe. Aber da ich ein bisschen schwerhörig bin ... Anscheinend hat er sich umgebracht, mit seiner Pistole. Wie entsetzlich! Ich glaube, weil seine Frau gestorben ist. Mein Gott, so jung ...«

Cloé tritt einen Schritt zurück. Dann, plötzlich, rennt sie die Treppenstufen hinunter, lässt die Nachbarin einfach stehen.

KAPITEL 60

Es ist Nacht. Beziehungsweise noch nicht wieder Tag. Ich weiß es nicht wirklich.
Ich warte nun schon seit Stunden. Meine Augen sind trocken, davon erschöpft, offen zu bleiben.
Und mir ist kalt.
Dabei haben sie im Radio gesagt, die Temperaturen seien außergewöhnlich mild für die Jahreszeit.
Daran erinnere ich mich. Das war vor einer Stunde, oder vielleicht zwei. Ich weiß es nicht mehr so genau.
Mir ist wirklich kalt. Man könnte fast meinen, die Kälte käme aus mir selbst, aus den Tiefen meines Wesens.
Eine Spur aus Raureif, die auf ihrem Weg alles vernichtet.
Glaubst du, das ist möglich?
Nein, natürlich nicht! Ich red nur so vor mich hin ... Die Kälte kommt von draußen.
Sie müssen sich getäuscht haben, im Radio. Oder sie haben gelogen.
Es ist verrückt, wie die Leute lügen können! Ich konnte es früher auch.
Aber damit ist jetzt Schluss. Endgültig.
Niemand wird mich mehr belügen. Und auch ich werde nicht mehr lügen. Ich werde mich nicht mehr verstecken.

Sieh mal einer an, es ist schon Morgen ... Während ich mich mit dir unterhalten habe, ist der Tag angebrochen.
Das müsstest du sehen, Liebster ... Dieser leicht rosafarbene Himmel ist so schön.
Das müsstest du sehen, Liebster. Aber das kannst du ja nicht mehr.
Du kannst nicht mehr sehen, du kannst nicht mehr lächeln.

Dabei hattest du ein so schönes Lächeln. So schöne Hände.

Wie sehr wünschte ich mir, dass sie mich berührten. Aber du kannst mich ja nicht mehr berühren, Liebster.

Aber ich, ich kann dich noch immer lieben.

Bist du überrascht? Überrascht, weil ich dich »Liebster« nenne? ... Das kann ich verstehen. Auch mich überrascht es.

Ich hatte nicht die Zeit, es dir zu gestehen, du bist zu schnell gegangen. Zu früh. Er hat dich mir genommen, bevor ich Zeit hatte, es zu begreifen.

Dennoch weiß ich, dass mir eines Tages diese Worte über die Lippen gekommen wären.

Du warst der Einzige, der hinter die Fassade, hinter die Mauern geschaut hat, hinter denen ich mich verschanzt habe. Nur du hast gesehen, was sich dahinter verbarg. Nur du hast verstanden.

Nur du hast mich beschützt. Und du hast es mit deinem Leben bezahlt.

Also lass mich dich Liebster nennen.

Da ist er.

Ich dachte schon, er käme überhaupt nicht mehr.

Er tritt aus dem Haus, schließt hinter sich ab.

Ich muss los, Liebling. Ich muss gehen. Ich glaube, es ist Zeit.

Ich steige aus dem Auto, schlage leise die Wagentür zu. Ich überquere die Straße, um mich an seine Fersen zu heften. Komisch, dass er sich nicht umdreht. Eigentlich müsste er sich umdrehen. So sieht man es doch immer im Film.

Also rufe ich ihn bei seinem Vornamen. Schließlich dreht er sich um, und ich sehe, dass er überrascht ist.

Auf das Erstaunen folgt ein Lächeln. Er wagt es tatsächlich, mich anzulächeln. Er hält sich für stark und mich für schwach.

Da täuscht er sich in jeder Hinsicht.

Weil ich sein Lächeln auslöschen werde.

»Cloé? Was machst du hier? Wolltest du mich sehen?«

»Ja, ich wollte dich sehen. Tot.«

Als mein rechter Arm sich in seine Richtung hebt, ändert sich sein Gesichtsausdruck. Seine Augen weiten sich vor Erstaunen, die Wagenschlüssel fallen ihm aus der Hand.

Ich hätte gedacht, meine Hand würde zittern.

»Cloé ... Was ...?«

»Das Spiel ist aus, mein Engel!«

Mein Finger am Abzug. Ich habe nicht vergessen, die Waffe zu entsichern, und ich habe sie auch geladen, wie du es mir beigebracht hast.

Ja, ich werde abdrücken, Liebling. Lass mir nur etwas Zeit. Die Zeit, noch ein bisschen das Entsetzen zu genießen, das sein Gesicht verzerrt.

»Du bist verrückt!«

»Und du bist tot.«

»Cloé, sprich mit mir! Wir können ...«

»Ich spreche nicht mit Toten.«

Mein Finger drückt ab. Der Lärm überrascht mich, der Rückstoß auch.

Er torkelt zurück, stößt an sein Auto und fällt, eine Hand auf den Bauch gepresst, auf die Knie. Ich gehe auf ihn zu, meine Absätze klappern auf dem Asphalt. Bis in mein Gehirn. Jedes Geräusch ist lauter, jede Sekunde zieht sich in die Länge. Ich bin so nah bei ihm, dass ich mit dem Lauf meiner getreuen P38 seine Stirn berühren könnte.

»Cloé ...«

»Du bist tot, und ich spreche nicht mit Toten. Das habe ich dir doch schon gesagt, oder?«

Ich lasse die Waffe auf die Höhe seines Mundes herabsinken und drücke ein zweites Mal ab.

Ich hatte es ihm gesagt. Dass ich sein Lächeln auslöschen würde.

Er schlägt auf den Bürgersteig.

Wenn er jetzt noch nicht tot ist, wird es nicht mehr lange dauern.

Dann wende ich mich ab und gehe langsam zu meinem Auto zurück.

Ich lasse den Wagen an, fahre im Zeitlupentempo am Schauplatz des Geschehens vorbei.

Ich war die Heldin in dieser Aufführung.

Ich gebe Gas, fahre mit quietschenden Reifen an. Ich hätte nicht gedacht, dass es so einfach sein würde.

Blut klebt an meinen Händen. Aber das lässt sich abwaschen. Das sieht man bald nicht mehr. Doch aus meiner Bluse geht es nicht raus. Ich hätte daran denken sollen, etwas anderes anzuziehen.

Doch all das ist ohne Bedeutung.

Ich habe gerade einen Mann umgebracht. Den Herrn der Bestie. Und ohne seinen Herrn ist die Bestie nichts mehr, da bin ich sicher.
Ich werde auch die Bestie jagen. Sie töten. Bald ist die Reihe an ihr.

Ruhe in Frieden, mein Liebster.

* * *

Ich nutze die Gelegenheit, als der Postbote das Haus betritt, und folge ihm, ehe die Tür ins Schloss fällt. Ich gehe die drei Stockwerke nach oben, doch meine Beine wollen nicht so recht.
Sicher die Müdigkeit.
Vorhin schien es einfacher. Doch das Bild des vor seinem Auto knienden Mannes lässt mich nicht mehr los. Das Bild seines zerfetzten, entstellten Gesichts ... Es vernebelt mir den Kopf, schiebt sich wie ein unauslöschlicher Fleck vor meine Augen.
Nein, mach dir keine Sorgen, ich werde es schaffen. Weil du da bist, bei mir bist. Weil deine Stimme mir sagt, was ich tun soll. Deine Stimme, oder meine, ich weiß es nicht genau. Egal.
Aber ich höre diese Stimme. Da bin ich mir ganz sicher.
Ich lasse den Finger auf der Klingel. Und warte.
Schließlich öffnet er, noch halb verschlafen. Halb angezogen. Wenn ich mir vorstelle, dass ich dieses Gesicht geliebt habe ... Dass ich diesen Körper an meinen gepresst habe. Zunächst sieht er mich überrascht, dann zornig an.
»Cloé ... Was willst du hier?«
»Ich wollte dich sehen.«
»Ich dich nicht.«
Ich hindere ihn daran, die Tür zuzuschlagen, und bitte mich selbst herein, ohne ihn nach seiner Meinung zu fragen.
In Unterhosen, mit vom Schlaf verquollenen Augen sieht er überhaupt nicht mehr so gefährlich aus. Nur wütend.
»Gut, jetzt verschwinde gefälligst!«
»Wo ist deine Verkleidung? Dein schwarzer Kapuzenpulli, die Strumpfmaske ...?«
Die Verblüffung auf seinem Gesicht könnte echt sein. Ja sogar witzig. Wenn ich nicht wüsste, dass er es ist.

»Welche Verkleidung? Verdammt, wovon redest du, Cloé?«

»Du willst mich fertigmachen? Genau das hast du doch gesagt, letzte Nacht, oder?«

»Letzte Nacht, du bist ja total verrückt ...«

Ich ziehe die Hand aus meiner Jackentasche, er schielt entgeistert auf den Lauf meiner P38.

»Siehst du, ich bin diejenige, die wiederkommt. Und ich werde dich fertigmachen.«

Er weicht zurück, ich trete näher.

»Cloé ... Leg sofort die Waffe weg. Was ist denn nur in dich gefahren?«

Ich entsichere die Pistole und lade sie. Ich werde zum echten Profi.

»Cloé, hör mit dem Scheiß auf, verdammt! Lass uns reden. Beruhige dich und nimm die Waffe runter!«

»Ich bin ganz ruhig. Du kannst dir gar nicht vorstellen, wie ruhig ...«

Die Panik verzerrt seine Stimme, macht seine Augen größer. Seine wunderschönen grünen Augen.

Letzte Nacht kamen sie mir blau vor. Oder grau. Offensichtlich trug er Kontaktlinsen, um mich zu täuschen. Damit ich ihn nicht erkenne.

Aber ich habe ihn schon vor langer Zeit demaskiert.

»Das Spiel ist aus ...! Jetzt wirst du krepieren.«

Große Sätze für große Momente.

Und dies ist einer. Der Schatten wird zur Hölle fahren. Dorthin, wo er hingehört.

»Hör auf, Clo ... Hör auf, bitte! Du weißt nicht mehr, was du tust, ich glaube ...«

Ich ziele, ich drücke ab. Der Rückstoß überrascht mich nicht mehr. Er prallt gegen die Wand, bevor er zusammenbricht. Ich habe auf den Kopf gezielt, aber danebengeschossen. Ich habe ihn am Hals getroffen.

Ich dachte, eine Pistolenkugel reicht, und man ist sofort tot. Direkt und sauber. Das machen sie uns im Fernsehen und im Kino glauben. Aber das stimmt nicht: Der Tod braucht seine Zeit.

Heute bin ich seine Botin. Ich schlage zu, ich richte hin.

Ich bin die Macht.

Die Rache.

Die Gerechtigkeit.

Verzweifelt ringt er nach Luft, er kämpft. Er streckt sogar einen Arm nach mir aus.

Ich glaube, er bittet mich um Hilfe.

Er hat dich mir genommen. Deshalb kenne ich kein Mitleid ... Seine Augen flehen mich an.

Ich weiche ein paar Schritte zurück, mir wird übel.

Mein Blick trübt sich. Ich glaube, ich weine.

Hilf mir, Liebster ... Hilf mir!

KAPITEL 61

»Du hast aber ein hübsches Kleid an!«
Ich lächle sie an, beuge mich zu ihr hinab, um sie auf die Stirn zu küssen. Sie ist kalt, wie der Tod.
Alles, was ich berühre, ist eisig wie der Tod. So muss es wohl sein, wenn man die Seite wechselt.
»Siehst du, ich hatte gesagt, dass ich wiederkomme. Ich habe mein Versprechen gehalten! Ich bin vor knapp zwei Stunden bei Papa und Maman eingetroffen, und schon bin ich bei dir.«
Ich setze mich auf das ungemachte Bett, lege eine Hand auf Lisas Knie. Meine Lisa. Meine liebe Lisa ...
»Ich habe Urlaub, weißt du? Verlängerten Urlaub. Ich habe in der Agentur gekündigt, ich hatte die Schnauze voll. Sie haben natürlich versucht, mich davon abzuhalten. Aber davon wollte ich nichts hören ... Ich bin schließlich frei. Sollen sie sich doch jemand anderen suchen für ihren dreckigen Job!«
Lisa sitzt in ihrem verschlissenen Kunstledersessel. Ihr Kopf ist gefährlich zur Seite gesunken. Das ist normal. Sie ist eine Puppe. Eine kaputte Puppe.
Ich habe sie kaputt gemacht, es ist meine Schuld. Nun bin ich gekommen, um das wiedergutzumachen.
Ich lausche dem Gesang der Vögel, der durch das halb geöffnete Fenster hereindringt. Ich betrachte meine Hände. Ich sehe Blut daran. Schnell verstecke ich sie zwischen meinen Schenkeln.
Blut verschwindet nie vollständig. Auch nicht, wenn man fest reibt. Der Geruch bleibt und das Gefühl.
»Sollen wir nicht wieder einen Spaziergang im Park machen, wie letztes Mal? Ich bin sicher, du hast nichts dagegen! Bleib schön sitzen, ich hol dein Taxi.«

Als ich die Gänge inspiziere, finde ich das Gesuchte neben dem Stationszimmer. Da erscheint die Chefin der Weißkittel.

Wenn sie mich anmacht, bringe ich sie um.

»Madame! Was haben Sie damit vor?«

»Ich nehme meine Schwester mit in den Park. Sehen Sie da irgendein Problem?«

Ich muss einen besonders furchteinflößenden Blick haben. Er spiegelt sich in ihren Augen. Sie hat verstanden, dass es besser ist, wenn sie sich zurückzieht. Sie muss das Blut an meinen Händen gewittert haben.

Sie weiß, dass ich mich verändert habe. Ich bin nicht mehr dieselbe Cloé. Ich bin jetzt die echte Cloé.

»Nein ... Nein, natürlich. Machen Sie nur.«

Zehn Minuten später sind wir draußen. Lisa und ich.

Ich komme wieder. Und mache dich fertig.

Seltsam, dass dieser Satz noch immer in mir nachhallt. Wo ich doch den, der ihn ausgesprochen hat, vernichtet habe.

Das wird mit der Zeit schon vergehen.

»Schau nur, wie schön es ist, meine Lisa!«

Sie hatten recht, im Radio. Die Temperaturen sind für die Jahreszeit sehr mild.

Du wirst nicht wiederkommen. Denn ich bin zu dir gekommen. Um *dich* fertigzumachen.

»Sollen wir, wie letztes Mal, zum Wasserbecken gehen?«

Bei Lisa muss man Fragen stellen und diese auch gleich beantworten. Wenigstens widerspricht sie nicht.

Die Seerosen sind noch immer verblüht, aber der Ort ist hübsch.

Ich ziehe die leichte Decke über die Beine meiner Schwester. Ihr Blick kreuzt den meinen, hält einen Moment inne. Ich habe ihr soeben die ganze Geschichte erzählt. Ich bin sicher, dass sie mir zugehört hat.

Und sie scheint mich nicht zu verurteilen.

Das tut so gut – jemand, der mir zuhört, der mir glaubt. Endlich.

»Ich wünschte, du hättest Alexandre kennengelernt ... Ich bin sicher, du hättest ihn gemocht.«

Ich halte meine Tränen zurück, Lisa soll mich nicht weinen sehen.

Ja, ich wünschte, du hättest Alex kennengelernt.

Und ich hätte dich gern gekannt, kleine Schwester. Die Frau, die du hättest werden können ...

»Ich habe dir ein Geschenk mitgebracht.«

Ich öffne meine Handtasche, blicke lange auf die Walther P38.

Die habe ich für dich mitgebracht, meine Lisa.

Der Tod wird mein Geschenk sein. Das schönste Geschenk, das ich dir machen kann, glaube ich.

Ich muss nur den Mut finden.

Es ist so schwer, den Mut zu finden. Seine Fehler gutzumachen. Aber es wird mir gelingen, keine Sorge. Ich werde dich von diesem Körper befreien, der nur noch eine drückende Last ist. Deine Seele wird gen Himmel fliegen. Wie ein Vogel, der endlich fliegen darf, wohin er möchte.

Ja, ich werde dich befreien, meine Lisa. Das bin ich dir schuldig.

»Ich bin zum selben Zeitpunkt zerbrochen wie du, weißt du ... Das hat man natürlich nicht gesehen. Ich habe die Stücke zusammengeklebt, so gut es ging. Ehrlich gesagt, irgendwie. Vor sechsundzwanzig Jahren bin ich in lauter Einzelteile zerbrochen. Wie ein Puzzle, verstehst du?«

Risse in Körper und Seele. Durch die mein Lebenssaft langsam davonfließt.

Ich musste so viel Energie aufwenden, um diese Löcher abzudichten!

»Deshalb bin ich dich nie besuchen gekommen, meine Lisa. Denn bei jedem Besuch wären die Risse gefährlich größer geworden. Bei jedem Besuch lief ich Gefahr, ganz auseinanderzubrechen.«

Aber das hat niemand verstanden. Niemand hat es gesehen.

Mit Ausnahme eines Mannes. Er hieß Alexandre.

Ich wische die Tränen fort, die mir über die Wangen laufen. Schließlich ist es mir doch nicht gelungen, sie zu verbergen.

Ich werde mit ihr gehen, das weiß ich. Direkt nach ihr. Die Puzzleteile werden vom Wind zerstreut. Es wird zwei Vögel am Himmel geben, die frei sind zu fliegen, wohin sie möchten.

Gestorben bin ich ohnehin schon in dieser Fabrik. Die echte Cloé ist damals verschwunden. Und nun ist es Zeit, diese widerliche Maskerade zu beenden.

Ich streichle das Gesicht meiner kleinen Schwester, lächle sie zärtlich an.

»Lass mir noch ein wenig Zeit, bitte. Ich bin noch nicht ganz bereit.«
Erneut sieht sie mich an. Sie hat verstanden, das weiß ich. Das spüre ich. Sie ruft mich, ermutigt mich. Ich greife in meine Handtasche, meine Finger umklammern den Kolben.
Zwei Vögel, die frei sind zu fliegen, wohin sie möchten.
Da höre ich Schritte in meinem Rücken. Sofort wende ich mich um. *Ich komme wieder. Und mache dich fertig.*
Nein, das kann nicht er sein. Denn ich habe ihn getötet. Ich habe sie alle beide getötet.
Eilig schließe ich meine Handtasche.
»Mademoiselle Beauchamp? Kriminalpolizei.«
Zwei Typen, gekleidet wie Hinz und Kunz von der Straße.
»Polizei?«
Ich sehe nicht nur erstaunt aus. Ich bin es wirklich. Jetzt schon?
Der erste schwenkt seinen Ausweis, sein Kollege ebenfalls. Ein Oberkommissar und ein Kommissar.
»Können Sie später wiederkommen? Ich bin mit meiner Schwester hier …«
»Wir haben das Pflegepersonal informiert«, erwidert der Oberkommissar. »Man wird sie abholen. Ich muss Sie bitten, uns zu folgen, Mademoiselle Beauchamp.«
Ich wende mich wieder Lisa zu, versuche, sie anzulächeln. Aber es geht nicht mehr.
Mein Gott, Lisa … Meine liebe Élisabeth. Ich werde nicht mehr genügend Zeit haben!
»Ich muss gehen. Man wird dich in dein Zimmer zurückbringen, mach dir keine Sorgen.«
Ich küsse sie auf die Wange, drücke mich ein paar Sekunden an sie. Ich fühle, dass ihr Atem schneller geht.
»Mach dir keine Sorgen, ich komme wieder.«
Wir müssen noch länger leiden. Noch länger warten.
Schließlich umarme ich sie ganz fest, hebe sie dabei fast aus dem Rollstuhl.
»Verzeih mir, Lisa!«
Der Kommissar legt mir eine Hand auf die Schulter, ich zucke zusammen.

»Wir müssen gehen, Mademoiselle.«

Ich löse mich von Élisabeth mit der entsetzlichen Vorahnung, dass ich sie das letzte Mal in meinem Leben sehe. Ich glaube, auch sie hat das verstanden; ihr Gesicht, das seit sechsundzwanzig Jahren praktisch nichts mehr ausdrückt, wird plötzlich leichenblass.

Ich stehe vor den beiden Bullen und überlege, die Walther zu ziehen. Da fällt mein Blick auf die Waffe, die sie an der rechten Hüfte tragen.

Nein, ich muss eine andere Lösung finden. Wenn sie mich jetzt erschießen, hat Lisa keine Chance mehr.

Der Kommissar kommt mit ein paar Handschellen auf mich zu.

»Nicht hier. Meine Schwester soll das nicht sehen.«

Der junge Beamte zögert, fügt sich aber schließlich meinem Wunsch. Er konfisziert meine Handtasche, nimmt mich am Arm und führt mich zum Parkplatz, wo ihr Wagen neben meinem steht.

»Wie haben Sie mich hier gefunden?«

»Wir waren bei Ihren Eltern, sie haben uns gesagt, dass Sie hier sind.«

»Und was genau wollen Sie von mir?«

Der Kommissar beginnt meine Handtasche zu durchwühlen. In diesem Moment werde ich aschfahl. Er nimmt die P38, packt sie in eine Plastikhülle.

»Ich werde Ihnen das erklären. Ich ...«

»Das ist nicht nötig, wir wissen alles. Sie sind verhaftet, Mademoiselle Beauchamp.«

* * *

Ich träume davon, zu duschen. Oder ein Bad zu nehmen.

Ich fühle mich schmutzig. Entsetzlich schmutzig, Liebster. Ich habe das Gefühl, der Knastgeruch hat meine Kleidung und meine Haut durchdrungen, meinen ganzen Körper.

Ich habe die Nacht in einer stinkenden Gefängniszelle verbracht. Ich bin vor den Augen meiner kleinen Schwester verhaftet worden. Kannst du dir so etwas vorstellen?

Aber vielleicht hat Lisa ja gar nichts davon mitbekommen.

Nein, ich habe geschworen, nie mehr zu lügen. Natürlich hat Lisa verstanden. Das habe ich in ihren Augen gesehen.

Sie hat alles verstanden, das weiß ich. Alles.

Ich stelle mir die Angst meiner Eltern vor. Meine armen Eltern ...

Ich habe das nicht gewollt, der Schatten hat es so gewollt. Ich hatte gar keine andere Wahl.

Aber das weißt nur du. Wusstest nur du. Sie wissen überhaupt nichts, verstehen überhaupt nichts.

Der Schatten existierte, aber sie haben ihn nicht gesehen. Blind und taub. Und sie sehen ihn noch immer nicht.

Werde ich jemanden finden, der mir zuhört? Gibt es auf dieser Welt irgendjemanden, der in der Lage ist, mich zu hören?

Sie haben mich in die Hauptstadt zurückgebracht, haben mich verhört. Sie waren zu viert. Es hat Stunden gedauert, Liebster.

Anfangs habe ich geleugnet. Ich habe ihnen gesagt, dass sie sich täuschen. Dass nicht ich es war, dass sie einen großen Fehler machen.

Dann habe ich begriffen, dass es vergebene Mühe ist. Allem Anschein nach funktioniert das Lügen nicht mehr. Wahrscheinlich, weil ich geschworen habe, es nicht mehr zu tun.

Sie haben einen Zeugen, weißt du. Jemanden, der mich erkannt hat.

Ich hatte mich gefragt, wie sie mich so schnell haben finden können, inzwischen weiß ich es: Die Frau von Martins hat mich gesehen, gestern Vormittag. Durch das Küchenfenster.

Sie hat mich *identifiziert*, wie sie es nennen.

Und bei Bertrand haben sie einfach eins und eins zusammengezählt. Weil es dieselbe Waffe war.

Ich habe Fehler gemacht, so viele Fehler. Ich hätte mir mehr Zeit nehmen müssen, um meine Rache vorzubereiten. Aber diese Zeit hatte ich nicht!

Ich komme wieder. Und mache dich fertig.

Ich habe Angst. So viel Angst, weißt du ...

Während ich mit dir spreche, bin ich auf einem Flur im ersten Stock des Justizpalastes. Alle können mich sehen.

Sehen, was aus mir geworden ist, sehen, was der Schatten aus mir gemacht hat.

Alle, außer dir, Liebster.

Das tut weh, weißt du.

Der Ermittlungsrichter ist eine Frau, jünger als ich.

Eine Brünette mit ausgemergeltem Gesicht, vorstehenden Wangenknochen und dunklen Augen, die tief in den Höhlen liegen.

Der Verteidiger wurde von Amts wegen bestellt, weil ich nicht wusste, wen ich nehmen sollte. Auch er ist jung. Sicher ein Anfänger. Und er wirkt, als würde er nichts von dem verstehen, was mit mir geschieht.

Ich erzähle meine Geschichte, ein weiteres Mal. Ohne das geringste Detail auszulassen.

Es dauert viele Minuten, während derer mir die Richterin aufmerksam zuhört. Manchmal unterbricht sie mich, um mir eine Frage zu stellen, um einen Punkt zu klären.

Und dann, endlich, komme ich zum Ende dieses unerträglichen Berichts. Dabei bete ich, es möge das letzte Mal sein, dass ich diese Geschichte erzählen muss.

Die Richterin nimmt ihre Brille ab, starrt mich mit einem merkwürdigen Gesichtsausdruck an.

Jedes Wort, das sie ausspricht, gräbt sich unauslöschlich in meine Erinnerung ein.

Mademoiselle Beauchamp, ich teile Ihnen mit, dass Sie der vorsätzlichen Tötung an Monsieur Philip Martins angeklagt sind. Mit anderen Worten wegen Mordes. Außerdem wegen Mordes an Bertrand Levasseur. Ich werde beim Haftrichter Untersuchungshaft beantragen. Außerdem wird ein psychiatrisches Gutachten über Sie angeordnet.

Inhaftierung. Das heißt, dass ich ins Gefängnis komme.

Psychiatrisches Gutachten. Das heißt, sie hält mich für verrückt.

Dabei habe ich es ihr doch gesagt. Dass es Notwehr gewesen ist. Dass er dich umgebracht hat.

Hauptkommissar Gomez hat Selbstmord begangen. Ihre Stimme war kalt, als sie mir das an den Kopf warf.

* * *

Ich habe alles versucht, weißt du. Alles.

Ich habe es hundert Mal, tausend Mal wiederholt. Ich habe es mit allen Wörtern erklärt, die ich kenne. Und ich kenne viele.

Aber ich glaube, das ist keine Frage des Vokabulars. Ich habe den Eindruck, mich in einer anderen Wirklichkeit zu befinden. Sie schauen mich alle an, als gehörte ich nicht in ihre Welt. Als sei ich nicht normal.

Ich habe ihnen gesagt, dass er dich umgebracht hat, dass er mich angegriffen, mir Gewalt angetan hat. Dass er wiederkommen und mich fertigmachen wollte. Dass ich keine andere Wahl hatte.

Ich habe ihnen gesagt, dass du das Opfer warst. Und ich. Dass Martins alles organisiert, inszeniert und vorbereitet hat. Dass er alles in Gang gesetzt hat, um mich zu vernichten.

Aber niemand hört mir zu. Sind sie denn alle Teil des Komplotts?

Ich fange wirklich an, mir diese Frage zu stellen, weißt du.

* * *

Die Tage vergehen, einer gleicht dem anderen, seit ich hier eingesperrt bin. Die Minuten verstreichen langsam, nutzlos und schmerzlich.

Manchmal träume ich, dass alles nur ein Albtraum ist. Dass ich aufwachen werde und alles wieder normal sein wird. Wie zuvor.

Dabei weiß ich sehr wohl, dass es kein Albtraum ist.

Oder eigentlich doch. Einer von denen, aus denen man nie mehr erwacht.

Warum ich? Warum du?

Womit habe ich das verdient?

Nachdem ich Lisa die Freiheit versprochen habe, wartet sie jetzt wahrscheinlich jeden Tag auf mich.

Wie lange wird sie noch leiden müssen? ...

* * *

Manchmal hasse ich dich richtig.

Weil du nicht mehr da bist. Weil du mich im Stich gelassen, mich verlassen hast.

Weil ich allein bin, schrecklich allein, mitten unter all diesen Leuten, die nichts wissen. Die unfähig sind, die Wahrheit zu sehen.

Ich vermodere in dieser abscheulichen Zelle. Pausenlos drehe ich darin meine Runden. Stundenlang, tagelang. Ich gehe dicht an den schmutzigen Wänden entlang, gegen die ich nichts auszurichten vermag.

An die ich manchmal meinen Kopf schlage.

Ich bin allein, schrecklich allein.

Oder nein, nicht wirklich. Da ist die Angst, sie ist bei mir. Sie verlässt mich nie. Wie eine zweite Haut.

Vor dem Schatten habe ich keine Angst mehr, nur vor der Zukunft.

KAPITEL 62

Wie soll ich das überstehen?
Das Gefängnis war hart. Schrecklich. Endlose Wochen, in denen ich mir meine Nerven an den Gitterstäben, am Stacheldraht aufgerieben habe. Endlose Wochen, in denen ich mich auf neun Quadratmetern abgearbeitet habe.
Das war hart, ja.
Aber das hier, das ist die wahre Hölle.
Es ist, als hätte man mich lebendig begraben. Als läge ich in meinem eigenen Sarg und sähe mir selbst beim Sterben zu.
Heute Morgen bin ich hier angekommen. Nach einer Fahrt im Kastenwagen, angekettet wie ein Tier auf dem Weg zum Schlachthof.
Man hat mir nicht gesagt, wohin die Reise geht. Doch als ich das Gebäude sah, habe ich es begriffen.
Begriffen, dass ich am Ende meiner Reise, an meinem endgültigen Bestimmungsort angekommen bin.
Zuerst wurde ich zu einem Arzt gebracht. Wieder einmal habe ich meine Geschichte erzählt. Von Anfang bis Ende. Es fiel mir nicht leicht, das stimmt. Weil ich wieder und wieder dasselbe erzählen muss, bringe ich schließlich alles durcheinander und widerspreche mir. Ich verwechsle die Ereignisse, die Namen, die Bilder.
Ich bin so müde, Liebster. Richtiggehend erschöpft.
Der Arzt wirkte eigentlich ganz nett. Er lächelte, war freundlich. Auch diesmal habe ich wieder gebetet. Dafür, dass ich endlich aus dem Mund irgendeines Menschen die erlösenden Worte höre. Ganz einfache Worte.
Mademoiselle Beauchamp, Sie haben hier nichts verloren! Wir lassen Sie gehen!
Doch ich habe nur lauter komplizierte Wörter, lauter Lügen gehört.
Systematischer Wahn ... Neuroleptika ... Angstlöser ... Psychotherapie ...

Einstellung des Verfahrens ... Entscheidung des Gefängnisdirektors ... Einweisung in die Geschlossene ...

Da habe ich angefangen zu schreien.

Ich glaube, ich habe noch nie so laut geschrien.

Anschließend wollte ich fliehen. Da der Psychiater sich weigerte, die Tür aufzumachen, habe ich ihn geschlagen. Ich glaube, ich habe sogar versucht, ihn umzubringen.

Ich konnte einfach nicht mehr, verstehst du ...?

Sogleich kamen Krankenpfleger. Sie waren zu dritt.

Hier gibt es statt blauer Uniformen weiße Kittel.

Wie sollte ich mich da verteidigen? Wie sollte ich da kämpfen?

Gewaltsam haben sie mich in ein Zimmer gezerrt, in dem ein im Boden einzementiertes Bett steht, mitten in dem leeren Raum. Und darauf haben sie mich festgeschnallt und mir eine Spritze gegeben.

Ich hatte das Gefühl, mein Hirn würde meinen Kopf verlassen und mir zu den Ohren herauslaufen.

Sachte verebbte mein Zorn, und die Verzweiflung gewann die Oberhand. Seitdem heule ich nur noch. Ich weine mir sämtliche Tränen aus dem Körper, der schon bald vertrocknet und welk sein wird.

Ich weine schon seit Stunden. Allein in meinem Sarg.

Wo sind meine Eltern? Wo sind meine Schwestern? Meine Freunde? All die Leute, die mich kennen und wissen, dass ich nicht verrückt bin.

Haben sie mich schon vergessen? Oder hindert man sie daran, zu mir zu kommen?

Es gibt niemanden, mit dem ich reden könnte, außer mit dir. Du, mein Phantom.

Allein in meinem Sarg. Dazu verdammt, hierzubleiben bis ans Ende meiner Tage, das habe ich wohl begriffen.

* * *

Sie haben mich losgebunden. Aber die Tür bleibt verschlossen, und die Fenster sind vergittert.

Also habe ich mich auf dem Boden zusammengerollt. In einer Ecke dieses Sterbezimmers.

Ich zittere wie ein Tier. Es liegt nicht an der Kälte, denn man erstickt hier fast. Es ist etwas anderes.

Sie haben mich gezwungen, Medikamente zu schlucken. *Trinken Sie, sonst binden wir Sie wieder fest.*

Schweine.

Ich habe das Gefühl, als habe man mir mit der Keule einen Schlag auf den Kopf verpasst. Mein Gehirn ist wie Watte, meine Erinnerungen zerfransen sich. Mein Körper gehorcht mir nicht mehr wirklich. Meine Energie erlischt allmählich – wie eine Flamme ohne Sauerstoff.

Ich weiß wo ich bin. Ich weiß, wer ich bin. Ich spüre alles, ich vergesse nichts.

Doch meine Kräfte verlassen mich, mein Blick verschwimmt.

Warum verurteilt man mich, wo ich mich doch nur verteidigt habe?

Was geschieht mit mir, mein Liebster?

Mein Gott, was geschieht bloß mit mir? ...

* * *

Ich glaube, ich bin eingeschlafen.

Für ein paar Minuten oder ein paar Stunden. Wie soll ich das wissen?

Hier gibt es keine Uhr. Das Einzige, was ich zu Gesicht bekomme, sind die Kanülen, die sie uns in die Venen stechen.

Nichts mehr, an dem man sich orientieren könnte. Nur weiße Mauern des Schweigens. Vielleicht schlafe ich wieder ein. Welch andere Zuflucht habe ich? Welch anderen Ausweg – als den Tod?

Ich hoffe, ich werde von dir träumen, deine Stimme hören. Ich habe deine Stimme so sehr geliebt ...

Ein Geräusch zwingt mich, die Augen wieder zu öffnen.

Ein Schlüssel im Schloss.

Kommen sie, um mich zu betäuben? Um mich zu foltern?

Leise rufe ich nach meiner Mutter. Mit geballten Fäusten flüstere ich: *Maman, Maman, Maman! Ich flehe dich an, komm mich holen! Es war ein Unfall, ich schwöre es dir! Mach, dass sie mich nicht umbringen, bitte, hilf mir!*

Ein schwacher Lichtschein erhellt das Nichts, jemand kommt auf mich zu.

Natürlich ein Weißkittel. Andere gibt's hier nicht, so viel ist sicher. Nur die und die Verrückten.

Ich hebe den Kopf, und mit einem Mal überwältigt mich eine große wie unerwartete Freude.

Ein bekanntes Gesicht. Endlich, ein Orientierungspunkt. Eine Hoffnung.

»Quentin!«

Dieses Glück verleiht mir ungeahnte Kräfte. Ich stürze mich in seine Arme, obwohl ich ihn kaum kenne. Plötzlich wird er zu meinem einzigen Freund, zu meinem Lichtschein, zum Zentrum der Welt.

Ich umarme ihn, umklammere ihn wie ein Ertrinkender die rettende Boje.

Ich schluchze an seiner Schulter, er streicht mir sanft übers Haar.

»Quentin, du ahnst nicht, wie froh ich bin, dich zu sehen ...«

Er spricht noch immer nicht, wischt nur die Tränen fort, die mir über die Wangen laufen. Aber er lächelt mich an. Und das tut mir gut. So unendlich gut...

Ich lege wieder den Kopf an seine Schulter.

»Du holst mich hier heraus, nicht wahr? Sag mir, dass du mich herausholst, ich flehe dich an!«

Nie zuvor habe ich so viel Hoffnung in einen einfachen Satz gelegt.

Ich atme tief ein, berausche mich an seinem Geruch, seinem Parfum.

Holzig, leicht nach Moschus.

Und in dem Moment zieht es mir die Kehle zu, dreht es mir die Eingeweide um.

Zuerst verstehe ich nicht, warum. Warum dieser Duft so schreckliche Bilder in mir aufsteigen lässt.

Ich komme wieder. Und mache dich fertig.

Hastig mache ich mich los, begegne im schwachen Lichtschein seinem Blick.

Seinen blaugrauen Augen.

Sein Lächeln wird breiter, während ich vor ihm zurückweiche.

»Guten Abend, mein Engel ... Du hast mir gefehlt, weißt du. Ich freue mich, dich wiederzusehen.«

Ich mache drei Schritte nach hinten, bis ich mit dem Rücken gegen die Wand stoße. Vor Entsetzen bleibt mir der Mund offen stehen.

Das ist das Ende der Welt.
Eingesperrt in meinem Sarg.
Aber nicht allein, nein.
Zusammen mit dem Schatten.

Ich rutsche an der Wand hinab und sinke in mich zusammen, bis ich den Boden berühre. Ich kann mich nicht länger auf den Beinen halten.

Er kniet sich vor mich hin, streichelt mein Gesicht.

Ich will mich wehren, ihn wegstoßen … ich habe nicht mehr die Kraft dazu. Die verdammten Medikamente.

»Du hast all meine Erwartungen übertroffen, Cloé. Du bist wirklich perfekt.«

Seine Hand gleitet über meinen Hals, hebt mein Anstaltshemd leicht an.

Mein Herz wird zerspringen, ich fühle es. Ich hoffe es.

»Du bist zur Mörderin geworden, mein Engel … Armer Martins, armer Bertrand! Begreifst du, dass du eiskalt zwei Unschuldige umgebracht hast, meine Schöne?«

Mein Kopf schwankt von rechts nach links, um zu verneinen. Um das Offensichtliche zu vertreiben.

»Ich versichere dir, sie hatten beide absolut nichts damit zu tun. Niemand hat mich bezahlt, es gibt keinen *Auftraggeber* … Es gibt nur mich! Dich und mich. Und jetzt, wo du hier bist, kann ich mich endlich an dir gütlich tun. Das wird Monate, vielleicht Jahre dauern … Und dann werde ich deiner überdrüssig werden und mir eine andere suchen. Dann werde ich dir dabei zusehen, wie du langsam hinter diesen Mauern krepierst.«

»Ich werde ihnen sagen, wer du bist! Ich werde ihnen sagen, was du gemacht hast!«

Ich versuche zu schreien, doch es kommt nur ein jämmerliches Winseln über meine Lippen.

»Nur zu, mein Herzblatt, sag ihnen alles, was du willst. Sie werden dir nicht glauben. Den Verrückten glaubt man nie, vor allem nicht Paranoikern wie dir … Sie werden denken, dass du mich in deinen Wahn eingeschlossen hast, weil du mich kennst. Sie werden einfach deine Dosis erhöhen, das ist alles.«

»Nein!«

»Doch, Cloé. Das Wort einer Verrückten hat keinen Wert. Sie werden so tun, als würden sie dich ernst nehmen, und dir einfach stärkere Medikamente verabreichen ... Hier bist du nichts mehr. Einfach nur eine Geistesgestörte, eine gefährliche Kriminelle, die für ihre Taten nicht zur Verantwortung gezogen werden kann. Du hast lebenslänglich bekommen, Liebling. Und es schert sich wirklich niemand mehr einen Dreck um dich. Niemand, außer mir.«

Ich weiß nicht, wie, aber plötzlich finde ich die Kraft, ihn umzustoßen. Er fällt auf die Seite, und ich renne zur Tür. Ich rüttele am Griff und rufe mit dem, was mir an Stimme bleibt, um Hilfe, trommle mit meinen Fäusten gegen die Tür.

Als ich mich umdrehe, klimpert er sacht mit dem Schlüsselbund.

»Ist es das, was du willst, mein Engel? Komm, hol ihn dir ... Los, komm! Willst du dich etwa aus dem Staub machen? Haben wir beide es nicht schön hier?«

Ich werfe den Kopf zurück, mein Schädel schlägt gegen die geschlossene Tür.

Ich möchte ihn mir einschlagen. Um sein Grinsen nicht mehr sehen, seine Stimme nicht mehr hören zu müssen.

Die Wirkung der Beruhigungsmittel ist zu stark. Meine betäubten Nerven lassen mich im Stich. Ich sacke an der Tür in mich zusammen.

Auf dem Bett sitzend, beobachtet er mich, als könnten seine Augen in mein Inneres dringen.

»Dein Gesicht hat sich verändert, Cloé. Jetzt finde ich dich noch viel schöner ... Sicher, weil deine Masken von dir abgefallen sind! Endlich hast du deine Überlegenheit verloren, diese Arroganz abgelegt, die dich entstellt hat. Jetzt bist du wirklich du selbst ... Und gehörst tatsächlich ganz mir. Jetzt bin ich sicher, dass du mich ansehen wirst. Ich werde die Welt für dich sein, ist dir das klar?«

Er lacht hämisch, steckt den Schlüsselbund in die Tasche. Dann kommt er langsam auf mich zu.

»Und du wirst den Verstand verlieren, Cloé. Langsam wirst du vergessen, wer du warst.«

»Nein ...«

»Doch, mein Engel. Und ich weiß, dass du mich lieben wirst, wie du noch nie jemanden geliebt hast. Denn du wirst nur noch mich haben.«

Er hebt mich vom Boden auf und trägt mich zu seinem Unterschlupf.

Gleich hinter dem Bett.

Die Augen zur Decke gerichtet, liege ich auf dem Boden, auf den kalten Fliesen.

Er spricht mit mir, ich höre ihm zu. Ohne ihm antworten zu können.

Ich kann nur weinen.

Während er mich langsam auszieht, wie eine Stoffpuppe...

»Weißt du, du bist die Erste, die mir hierher gefolgt ist. Normalerweise begehen sie Selbstmord, um mir zu entkommen. Aber du ... du bist nicht wie die anderen, du bist außergewöhnlich. Du, du bist wirklich mein größter Erfolg.«

Ich rufe um Hilfe, doch die Worte bleiben mir im Hals stecken.

Und die Lippen dieses Kranken wandern über meinen hilflosen, nackten Körper und hinterlassen grauenvolle Brandmale.

»Mein Meisterwerk ...«

EPILOG

Ein Jahr und drei Monate später ...

HAST du wieder die Schlösser auswechseln lassen, mein Engel?
Dabei solltest du doch inzwischen wissen, dass das nichts nützt ... Keine Tür, kein Schloss kann mich aufhalten.
Der Beweis: Ich bin schon wieder bei dir zu Hause. Du bist gerade zur Arbeit gegangen. Tapfere kleine Soldatin! Ich sehe, wie du dich entfernst in deiner Uniform, in der du wirklich hinreißend aussiehst. Die ich dir aber schon bald vom Leib reißen werde.
Du hast schon den Boden unter den Füßen verloren.
Kannst schon nicht mehr ohne deine Tabletten einschlafen. Du denkst nur noch an mich, obwohl du mich nicht einmal kennst.
Doch das ist noch nichts im Vergleich zu dem, was dich erwartet.
Mein geliebter Engel, meine geliebte Valentine ... Ich hoffe, du wandelst auf Cloés Spuren und wirst es so weit bringen wie sie.
Mit ein Grund, warum ich dich ausgesucht habe.
Zuallererst, weil du schön bist. Wirklich, Alex hatte, was Frauen angeht, einen exzellenten Geschmack! Das muss ich schon sagen! Aber ich habe dich nicht allein wegen deiner weiblichen Reize und deines Charmes erwählt. Es ist auch wegen der Waffe, die du an deinem Gürtel trägst.
Eines Tages wirst du dich ihrer bedienen. Eines Tages wirst du abgleiten. Und dann werde ich da sein.
Ich habe dir schon einen Platz reserviert. Den der wunderbaren Cloé ...
Meinst du, du hast das Zeug dazu, sie zu ersetzen?
Weißt du, von ihrem Weggang habe ich mich noch nicht erholt. Viele lange Monate waren wir zusammen. Unzertrennlich. Sie gehörte nur mir allein.

Cloé, meine geliebte Cloé ... Ich habe gedacht, sie würde aufgeben. Aber Cloé gibt niemals auf, weißt du.
Sie hat mich beeindruckt, das muss ich gestehen!
Es ist nicht leicht, sich umzubringen. Vor allem dann, wenn man nur wenig Mittel zur Hand hat. Kein Fenster, aus dem man sich stürzen kann. Kein Messer, mit dem man sich die Pulsadern aufschneiden könnte. Keine Tabletten, um sich zu vergiften. Nur gerade die Dosis, um sie zu betäuben, um den Willen zu brechen.
Aber Cloé hat es dennoch geschafft.
Zwischen zwei Kontrollgängen hat sie das eine Ende eines Lakens um ihren Hals und das andere ans Fenstergitter geknotet.
Und dann hat sie sich hingekniet.
Du kannst dir nicht vorstellen, wie schwer das zu bewerkstelligen ist. Eine unvorstellbare Qual.
Sie hat den richtigen Moment abgewartet. Sie wollte, dass ich sie finde. Sie hatte die Augen weit geöffnet, ich habe sie lange betrachtet.
Ich habe geweint, weißt du. Geflennt wie ein Kind. Tränen der Wut, des Zorns. Es tat mir auch weh. Sie verloren zu haben.
Wunderbare Cloé. Mutige Cloé ... Sie hat es geschafft, mich zu verletzen. Aber nicht, mich zu töten.
Schade für dich.

Die Schlösser auszuwechseln nützt gar nichts, mein Engel. Ich bin schon wieder draußen.
Ich habe eine schöne Überraschung für dich vorbereitet. Nach deiner anstrengenden Nachtschicht im Namen des Gesetzes.
Eine Überraschung, die dafür sorgen wird, dass du keinen Schlaf findest. Die dich zum Grübeln bringen, dafür sorgen wird, dass du an allem und jedem zweifelst. Vor allem an dir selbst.
Schon bald, mein Engel, bist du so weit...

Der Schatten schleicht sich aus dem Haus. So unauffällig wie ein wildes Tier. So unfassbar wie ein Windhauch.
 Die Hände in den Taschen, die Kapuze über dem Kopf pfeift Quentin eine Opernarie vor sich hin. Hastig sieht er sich um und läuft dann über die verlassen daliegende Straße davon.

Er bemerkt nicht das Auto, das rund fünfzig Meter entfernt parkt.
Auch nicht den Mann am Steuer. Der mit einem starken Zoomobjektiv das Geschehen festgehalten hat.

Du bist dir deiner zu sicher, um mich zu sehen, du widerwärtiger Dreckskerl.
Zu sicher, um dir vorstellen zu können, dass *du* diesmal die Beute bist.
Für Cloé kann ich nichts mehr tun. Aber Valentine bekommst du nicht.
Deine Stunden sind gezählt, das kannst du mir glauben. Schon bald wirst du im Gefängnis verrotten. Wenn sie dich nicht zu den Verrückten in deine eigene Anstalt sperren. Das würde mir gefallen, muss ich sagen!
Aber egal, du kriegst in jedem Fall lebenslänglich.
Auch wenn ich nicht mehr vor Ort ermittle, sondern nur noch Büroarbeiten erledige, weil ich behindert bin, so habe ich doch meine Polizistenseele behalten.
Ich habe ja auch eine gute Schule durchlaufen, bin vom Besten ausgebildet worden.
Er hieß Alexandre Gomez.
Er hat immer gesagt: *Folge deinem Instinkt, Kleiner ... Verlier das Ziel niemals aus den Augen.*
Während ich in anderen Sphären unterwegs war, die Grenzen einer anderen Welt erkundete, hat er mich nicht aufgegeben.
Tag für Tag ist er gekommen, um mit mir zu reden. Um mir Mut zu machen. Mich wachzurütteln.
Tag für Tag hat er mir von seinen Zweifeln, seinen Hoffnungen erzählt. Oder seinen Enttäuschungen.
Tag für Tag hat er mir aufgeschrieben, was ich seiner Meinung nach nicht hören konnte. Was ich aber dennoch gehört habe.
Und als ich von den Toten zurückgekehrt bin, habe ich neben meinem Bett ein Büchlein gefunden. Bei jedem seiner Besuche hat er darin meine Fortschritte, jede Etappe meines Überlebenskampfes notiert.
Und den Stand seiner Ermittlungen.
Ich kenne Cloé, ohne ihr je begegnet zu sein. Ich weiß, was du ihr angetan hast, du elender Mistkerl.

Für sie ist es zu spät. Aber für die anderen nicht.
Das habe ich Alexandre versprochen.
Ich glaube, heute wäre er stolz auf mich. Stolz auf seinen *Kleinen* von damals.
Und stolz auf den Mann, der ich geworden bin.

DANKSAGUNG

Ich möchte mich bei all jenen bedanken, die sich mit Begeisterung als meine ersten Leser zur Verfügung gestellt haben. Mein Dank gilt zunächst meiner Mutter sowie Emmanuelle, Philippe, Sylvain und Dominique, die mir ehrlich ihre Meinung zu diesem Roman gesagt haben.

»Sie werden noch monatelang daran denken.«

Cosmopolitan

A.S.A. Harrison
Die stille Frau
Roman

Aus dem Englischen von
Juliane Pahnke
Bloomsbury Berlin, 384 Seiten
€ 14,99 [D], € 15,50 [A], sFr 21,90*
ISBN 978-3-8270-1207-4

Sie sind das perfekte Paar: erfolgreich, charmant, schön. Doch hinter dere Fassade ist nichts, wie es scheint. Denn er lebt ein Doppelleben – und sie plant längst ihre Rache. Raffiniert, elegant und atemberaubend spannend erzählt dieser Roman davon, wie eine alltägliche Liebe auf gefährliche Abwege geraten kann.

»Für alle, die *Gone Girl* mochten. Ein faszinierendes Pas-de-deux über die Ehe.« Vogue

Leseproben, E-Books und mehr unter www.berlinverlag.de

BLOOMSBURY BERLIN

»Dieser Thriller wird Sie fesseln. Widerstand zwecklos.«

Karen Slaughter

Elizabeth Haynes
Atemnot
Thriller

Aus dem Englischen von
Elvira Willems
Berlin Verlag Taschenbuch,
480 Seiten
€ 9,99 [D], € 10,30 [A], sFr 14,90*
ISBN 978-3-8333-0956-4

Zwei Leichen in einer Nacht – das hat das kleine Dörfchen Morden noch nie erlebt. Die hübsche Polly wurde blutig ermordet; ihre Nachbarin Barbara hat sich offensichtlich selbst umgebracht. DCI Louisa Smith muss herausfinden, ob die beiden Todesfälle zusammenhängen. Bald setzt sich für sie und ihr Team ein faszinierendes Puzzle zusammen: Das halbe Dorf scheint ein dunkles, erotisches Geheimnis zu hüten. Und niemand weiß, ob der Täter noch einmal zuschlagen wird...

Leseproben, E-Books und mehr unter www.berlinverlag.de

»Susanne Mischke ist die deutsche Krimikönigin.«

Cosmopolitan

Susanne Mischke
Töte, wenn du kannst!
Kriminalroman
Berlin Verlag Taschenbuch,
448 Seiten
€ 9,99 [D], € 10,30 [A], sFr 14,90*
ISBN 978-3-8333-0960-1

Ein Moment der Unachtsamkeit wird zum schlimmsten Alptraum: Mitten in Göteborg verschwindet Tinka Hanssons Tochter spurlos. Vier Jahre später haben die Eltern immer noch nichts von Lucie gehört, bis der Vater plötzlich einen Anruf vom Entführer erhält: Die Tochter lebt, doch für weitere Informationen soll er zum Mörder werden…Gleichzeitig nehmen Kommissar Gregor Forsberg und seine Kollegin Selma Valkonen den Fall neu auf: Können sie das Schlimmste verhindern?

Leseproben, E-Books und mehr unter www.berlinverlag.de